LES AMOURS

DE JEUNESSE

LES AMOURS

DE JEUNESSE

LES AMOURS

DE JEUNESSE

PAR

MARC BAYEUX

E. D.

PARIS

E. DENTU, ÉDITEUR

LIBRAIRE DE LA SOCIÉTÉ DES GENS DE LETTRES

PALAIS-ROYAL, 15-17-19, GALERIE D'ORLÉANS

—

1886

LES
AMOURS DE JEUNESSE

I

Bachelier ès lettres.

C'était une fort grande salle, tapissée de papier gris ; sobre d'ailleurs d'ornements. Elle avait en longueur à peu près le double de sa largeur ; quatre fenêtres sans rideaux occupaient l'un des grands côtés ; en face, le long mur était percé d'une petite porte très étroite.

A droite, en entrant par cette porte, se voyait, appuyée au mur de l'une des extrémités, une chaire de professeur. A gauche, vis-à-vis de la chaire, un vaste tableau noir se dressait au-dessus d'une cheminée de marbre gris, dans laquelle je ne vis jamais de feu. Une éponge, un chiffon et de nombreux fragments de craie s'étalaient capricieusement avec la poussière sur la tablette de la cheminée. On devait faire des mathématiques en cet endroit.

Sur le mur, vis-à-vis des fenêtres, aux deux côtés de la porte, on avait fixé, à l'aide de pains à cacheter, une classique carte d'Europe d'Andriveau-Goujon, et une nappemonde non moins classique. Derrière la place qu'occupait le professeur, d'autres pains à cacheter servaient à maintenir un tableau synoptique de l'histoire universelle. On devait, d'après cela, faire non-seulement des mathématiques, mais encore de la géographie et de l'histoire.

Au milieu de la salle, une forte table de chêne posait ses pieds lourds sur le parquet : une table de salle à manger à rallonges, qui pouvait offrir de la place pour vingt-cinq à trente personnes. On avait négligé de la recouvrir d'aucun tapis, et la diversité des bois qui formaient les rallonges et les bouts arrondis de la table s'étalait effrontément, tirant le regard dès le premier abord. Du reste, une certaine homogénéité était due à de nombreuses et énormes taches d'encre dont ces bois variés étaient uniformément recouverts. Dans les parties non tachées, il y avait de beaux dessins à la plume, représentant des animaux, des arbres, des maisons et de vilains bonshommes, que les toques et les robes noires dont ils étaient endodelinés révélaient comme étant des professeurs. Autour de la table et le long des murs se rangeaient une trentaine de chaises de paille, dont plusieurs disloquées. Deux lampes à abat-jour de fer-blanc verni, blanc en dessous, vert en dessus, étaient suspendues au plafond, de manière à pouvoir éclairer toute la table.

C'était tout bonnement la classe de M. Legay, préparateur au baccalauréat ès lettres, rue Jacob, à Paris.

Quand je pénétrai pour la première fois dans la classe de M. Legay, un matin du mois d'avril 1846, vers dix heures, ils étaient là vingt-cinq gaillards, de dix-huit à vingt ans, assis autour de la table en question. Des papiers, des bouquins éreintés, des plumes et des encriers encombraient l'espace réservé à chacun d'eux. Pas la plus petite place vacante. Le professeur n'était point encore arrivé; on causait en attendant. A mon entrée, tous les yeux se fixèrent sur moi et les conversations firent silence.

Au dehors, il pleuvait de cette furieuse façon particulière au mois d'avril. J'étais venu sans parapluie et à pied, pour des raisons à moi connues. Trempé de pluie et de boue, j'étais hideux. On ricana. Pensez que j'étais un grand diable de seize ans, à cheveux blonds effarouchés comme une crinière de lion ; mon chapeau était fort vieux, et les poils, collés par l'averse, révélaient les cassures de la forme. Je portais un paletot à taille, couleur café au lait, que ma croissance rapide avait rendu trop petit de moitié ; même il y avait un accroc au dessus de la poche gauche, reprisé tant bien que mal par ma mère.

Mon *Manuel* et mon buvard avaient trouvé, sous le plastron de mon paletot, un abri contre la pluie. Je les tenais alors à la main. Et je restai près de la porte, fort anxieux, cherchant de l'œil, autour de la table, quelle place j'allais occuper. Personne ne parut disposé à m'accueillir. Après quelques instants d'hésitation, je me décidai à entrer ; et, en attendant que je fusse admis à la table, je choisis la moins mauvaise chaise que je pus, puis, l'ayant placée dans l'embrasure d'une fenêtre, je m'assis en rougissant.

Toutes les têtes avaient tourné sur toutes les épaules pour suivre cette évolution. C'était une minute cruelle ; j'avais remarqué que plusieurs de ces jeunes gens avaient une toilette élégante et que, parmi les plus modestes, il n'en était pas un qui ne fût, cependant, beaucoup mieux vêtu que moi. Lorsque je fus assis, on me tourna le dos, et personne ne s'occupa plus de ma personne. Les conversations recommencèrent. J'écoutai.

Ce que j'entendais n'était pas fait pour diminuer mon embarras. Ces messieurs, comme s'il se fût agi de tout autre chose que le baccalauréat, parlaient de l'Opéra, du carnaval qui venait de finir, de leurs bonnes fortunes, de plusieurs endroits où ils passaient leurs nuits à jouer fort gros jeu. Ils s'invitaient réciproquement à des soirées, à des dîners *aux Provençaux*, ailleurs et partout. Je demeurai consterné et convaincu que j'étais tombé dans une bande de millionnaires.

Il le faut avouer : aucune femme ne s'était encore honorée d'être mon esclave ; aucune comtesse n'avait,

pour moi, laissé tomber son éventail. J'étais fort vertueux, et j'en crevais dans ma peau. Rien ne saurait
donc vous donner une idée de mon admiration pour
cette brave jeunesse, qui parlait tout naturellement des
danseuses et grandes dames, dont la vision seule, en
rêve, me brûlait les yeux. Quant aux dîners des *Provençaux*, je n'en savais pas grand'chose, si ce n'est que
cela coûtait au moins cinq francs par tête. — Oui, au
moins. — Ces messieurs-là me parurent des dieux.

Mon ignorance vous fera sourire. Elle avait sa raison
d'être, ainsi que toute chose ici-bas. Mon père et ma
mère habitaient leur petite maison de Juvisy, et j'y
avais été élevé comme dans un cloître. Mon père se
rappelait sans cesse un grand-oncle, aide-de-camp du
général Partouneaux, tué à la Bérésina ; il voulait faire
de moi un soldat. Ma mère, que les souvenirs de la
Bérésina ne touchaient que d'une façon désagréable,
prétendait reconnaître en moi une vocation littéraire,
et voulait que je devinsse professeur. Mon père était un
homme sévère et économe. Un matin il m'avait tenu ce
langage :

— Monsieur, vous allez avoir seize ans, dans deux
mois. C'est l'âge requis pour être bachelier. Vous avez
eu tout le loisir d'étudier ici, mieux que dans aucun
collège ; il vous reste donc deux mois pour préparer
votre examen. C'est suffisant, à mon avis. Si vous n'êtes
pas reçu, vous n'aurez qu'à vous engager sur-le-champ ;
si vous êtes reçu, vous préparerez votre licence ; et si
dans deux ans, vous n'êtes pas licencié, vous n'aurez
encore qu'à vous engager. Ma volonté est irrévocable ;
je ne consens même à tenter cette épreuve que par
condescendance pour votre mère. Acceptez-vous ? —
J'accepte, avais-je répondu.

On m'avait loué une petite chambre à Paris, rue du
Cherche-Midi. Il y avait une voisine en face. On m'avait
assuré une pension de cinquante francs par mois ; plus
vingt-cinq francs que je devais toucher d'une répétition que m'avait procurée un vieux monsieur. Mon père

avait meublé ma chambre de meubles rudimentaires, il
avait choisi l'institution de M. Legay, et m'avait recommandé de la bonne façon. Voilà mon histoire en deux
mots ; et vous voyez bien que jamais, en ma vie, je
n'avais dîné *aux Provençaux.*

L'avenir devait changer tout cela, et j'y comptais
bien. Comme alors je le voyais souriant de promesses ! Je me moquais amplement des difficultés, et j'écrivais, en sournois, une tragédie qui devait effacer la
Lucrèce de M. Ponsard. Une chose me chagrinait :
c'est qu'à la veille de subir mon baccalauréat, je n'avais
jamais vu la Sorbonne, et j'ignorais absolument la forme
des examens. A Juvisy, on disait que c'était terrible.
Cependant, ce matin-là, après mon maigre déjeuner,
chez moi ; je m'étais rendu avec confiance à l'institution
préparatoire de M. Legay. L'accueil que j'y recevais me
donnait à penser que les bacheliers se recrutaient parmi
les sujets d'une trempe meilleure que la mienne. Grand
Dieu ! serai-je obligé de m'engager, et d'aller ainsi
mourir à la Bérésina ?

Je rêvais à cet avenir avec perplexité, tout en regardant tomber la pluie et sans perdre un mot de ce que se
racontaient mes orgueilleux camarades.

Au bout d'un quart d'heure, un professeur entra. Ce
professeur, qui se nommait M. Geoffroy, ne me remarqua pas tout d'abord. Il prit place dans la chaire, tira de
sa poche de côté quelques papiers qui contenaient sa
leçon. Ce fut en boutonnant sa redingote qu'il m'avisa,
dans l'encoignure de la fenêtre.

— Tiens ! le nouveau ? fit-il. — Qu'est-ce que vous
faites là, monsieur ?

— Monsieur, répondis-je en me levant, il n'y a pas
de place à la table.

— Mais si fait ! On va vous en faire. Ces messieurs
vont se presser un peu. Tenez, là, devant vous. Approchez votre chaise.

Personne ne faisait mine d'entendre. Le professeur
éleva la voix :

— Monsieur Ducouti et vous, monsieur Séchain, éloi-gnez-vous donc un peu l'un de l'autre. Ce sera une bonne occasion de vous empêcher de vous passer mutuellement vos devoirs. Monsieur va se mettre entre vous deux.

Ces messieurs, Ducouti et Séchain, obéirent d'assez mauvaise grâce, et me laissèrent la place aussi étroite que possible ; mais enfin, je casai ma chaise dans ce petit espace, et la leçon commença. On expliqua une ver-sion. Ne l'ayant point écrite, je profitai de ce répit pour regarder le profil de mes voisins, Ducouti à ma gauche, Séchain à ma droite.

Le premier était un jeune homme brun, de dix-huit ans à peu près. Pensionnaire chez M. Legay, sa toilette était négligée, car il se trouvait, en quelque sorte, chez lui. Sa physionomie était d'un type effacé et prétentieux.

Le second, Frédéric Séchain, paraissait âgé d'au moins vingt ans. Il formait un contraste frappant avec Ducouti. C'était un grand beau garçon blond, dont la figure n'avait rien de spirituel ni de fin, mais il était vraiment char-mant. Il avait de grands yeux bleus, un nez délicat, légè-rement aquilin. La bouche fine et les dents en perles. Ses cheveux étaient bouclés, sa cravate irréprochable. Comme moi, il portait un paletot de couleur claire, ainsi que la mode le voulait alors ; mais combien différent était ce paletot ! Fin, souple, de bonne étoffe, point mouillé. M. Séchain avait dû venir en voiture.

Parmi ses papiers, devant lui, on voyait une paire de gants ; il avait une jolie canne entre les jambes. En cherchant du regard son chapeau suspendu à l'espagno-lette de l'une des fenêtres, je le reconnus pour un des plus beaux chapeaux qu'il y eût au monde. Moi j'avais déposé le mien à terre, ainsi que beaucoup des élèves le faisaient, dans un coin. J'eus honte près de ce beau jeune homme dont l'élégance se révélait même par la beauté de son buvard en maroquin et la reliure opulente de ses livres de travail; il avait, s'il vous plaît, un porte-plume d'argent ! — d'argent !

Il me regardait à peine, et semblait préoccupé de sa
version, qui se trouva mauvaise et pleine de contre-
sens. On se mit à rire follement. M. Séchain rougit. Le
professeur, au milieu du vacarme qui suivit la lecture,
annonça qu'on allait expliquer quelques passages de la
première idylle de Théocrite ; et afin de s'édifier sur ma
force, me demanda la première explication. Je n'avais
point apporté mon Théocrite. Mon voisin blond me prêta
le sien avec plus d'obligeance que je n'eusse osé l'espérer. Au moment où j'allais commencer, le professeur me
demanda :

— A propos, comment vous appelez-vous, monsieur ?

— Armand de Rives, répondis-je ?

— Bien.

Alors, autour de la table, vingt-cinq voix moqueuses
répétèrent mon nom, en y ajoutant des plaisanteries d'un
goût excessivement douteux, telles que celles-ci :

— Rives-oli !

— Rives-de-Gier !

— Rives-la-Gaillarde !

— Rives-al !

Cela me vexa cruellement et me fit sortir de ma timidité.

— Vous vous trompez, m'écriai-je, j'aime mieux
Rives-arol. Et j'ai une plume aussi.

Je pensais à ma tragédie avec un immense orgueil.
Pas un d'entre eux, à coup sûr, n'était capable d'écrire
une tragédie. On fit silence.

— Voyons un peu cette première idylle, commanda le
professeur. Expliquez donc, monsieur de Rivarol, puisque Rivarol il y a.

Au milieu d'un silence profond, j'expliquai une page
tout entière, sans que le professeur me fît la plus légère
observation. Je tremblai, car mon père m'avait toujours
appelé « imbécile ! » et je pensais devoir commettre de
lourdes fautes. Je crus que le professeur dormait, puisqu'il ne me disait rien. Je me trompais. Il était fort
éveillé. Quand j'eus fini la page, il m'arrêta :

— Fort bien, dit-il. A quel collège avez-vous fait vos études ?

— Ce n'est pas au collège, monsieur, c'est chez mon père.

— Eh bien ! vous avez bien travaillé, voilà tout. A un autre.

Un autre continua l'explication, je rendis le Théocrite à mon voisin ; il me sourit avec une amabilité parfaite.

— Monsieur de Rives, me dit-il à voix basse, je crois qu'il sera agréable d'être placé près de vous, à l'examen.

La glace était rompue entre M. Séchain et moi. Je lui sus gré de la bonne grâce de son sourire. Ce sourire de l'homme le mieux mis de la compagnie fut un baume pour mon orgueil froissé. J'étais tout disposé dès lors à devenir son ami, s'il le voulait ; lui, de son côté, parut avoir quelque inclination pour moi. Il me parlait avec une politesse bon enfant, et riait de bon cœur en faisant pour moi des plaisanteries qu'il trouvait charmantes, et dont je lui pardonnais la pauvreté en faveur de l'intention.

M. Ducouti, mon autre voisin, moins expansif, me témoigna pourtant une pareille sympathie. Lorsque la leçon fut terminée, je me trouvai tout consolé de mon chapeau cabossé et de mon vieux paletot ; il était constaté officiellement que j'étais à la fois le plus jeune et le plus *fort* des élèves du cours, en grec et en latin. M. Legay ayant succédé à M. Geoffroy, car il faisait lui-même le cours d'histoire, me chargea de développer quelques questions. Je le fis avec une vivacité et un brio tels qu'il ne trouva pas d'autre critique à m'adresser que celle-ci :

— C'est très bien dit, mais vous parlez trop vite, oh ! beaucoup trop vite.

Il est vrai que j'avais ce défaut au suprême degré ; condamné chez mon père à un silence presque perpétuel, j'avais perdu les nuances de la parole ; et j'accumulais les mots les uns sur les autres, quand je parlais, avec une si grande précipitation, qu'il était difficile de saisir ce que je disais. Mais, malgré cette critique méritée, j'avais subi mes épreuves à ma gloire, j'avais conquis mon rang dans l'institution Legay, on ne me regardait plus avec tant de dédain. Lorsque, à une heure d'après-midi, la séance fut levée, je jouissais de la considération générale, et presque de l'amitié de mes deux voisins. Séchain, surtout, me traitait en camarade, et me demanda de quel côté je demeurais, afin de faire le chemin avec moi. Nous étions voisins, à peu près. Il demeurait rue de l'Ouest. Nous fîmes comme si nous avions été voisins tout à fait, et la pluie ayant cessé, nous revînmes bras dessus bras dessous.

Heureux âge, que cette jeunesse ! On a alors une expansion, une confiance sans bornes. Les deux mains sont ouvertes, et touche dedans qui veut ! On a de ces facilités de liaison inexplicables ; et, chose singulière, on se trompe rarement sur les affinités qui vous appellent, quand on y veut réfléchir. Mais on ne réfléchit pas. Pour moi, je fus tout entier au charme de me trouver de plain-pied dans l'intimité d'un jeune élégant comme était Frédéric Séchain. Cette vanité me perdit. J'eus avec lui une confiance telle, que je lui racontai toutes mes petites affaires, dans le parcours de la rue Jacob à la rue du Cherche-Midi ; car il m'accompagna jusqu'à ma porte. De son côté, il montra plus de réserve ; mais je pus apprécier, plus tard, que cette réserve venait, non de son caractère, mais bien des circonstances au milieu desquelles il vivait.

Frédéric Séchain ne répondit donc à mes complètes confidences que par des demi-aveux. Il était déjà homme du monde, et discret. Cependant j'appris ou je devinai qu'il était fort riche, et qu'il demeurait rue de l'Ouest, avec sa mère, veuve, et un oncle, frère de sa mère. Cet oncle était, — je crus le comprendre, — un homme fantasque, un mauvais vivant, une espèce de parent quinteux que l'on tolérait dans la famille, et qui, par sa présence seule, chassait tous les amis.

Il s'appelait Pierre, cet oncle.

1*

Je répète que M. Séchain ne me dit rien de tout cela
d'une façon positive. Plusieurs fois même je le surpris
occupé à chercher des subterfuges pour échapper aux
questions précises que ma sincérité d'âme me faisait lui
adresser. Je devinai ces choses à l'aide d'inductions
aussi serrées qu'on les peut attendre de la part d'un
apprenti bachelier ; et même mes observations laissèrent beaucoup à désirer pour le premier jour. Ce ne fut
qu'à la longue que les lacunes se comblèrent, et que je
me fis une conviction. Préoccupation bien excusable,
puisque, en somme, Frédéric Séchain paraissait vouloir
se lier avec moi d'une certaine intimité, et devint, en
effet, mon ami au bout de peu de temps.

Le jour de ma seconde séance au cours de M. Legay
fut marqué par de nouveaux étonnements de la part de
mes camarades. Ma version fut déclarée admirable par
le professeur. Il n'y avait pas grand mérite à cela, et
vous connaissez le proverbe, par lequel les borgnes sont
proclamés rois dans le royaume des aveugles. Je n'étais,
il est vrai, qu'un borgne ; mais ces messieurs avaient
tout ce qu'il fallait pour être aveugles. Leurs études
avaient été très mauvaises ; en outre, ils faisaient parade
de s'occuper plus de leurs plaisirs que de leurs travaux
d'examen. Je m'établis pourtant dans l'idée périlleuse
que j'étais tout à fait capable d'être reçu bachelier
d'emblée ; les deux mois assignés par mon père pour ma
préparation me parurent très inutiles. Les plumes de
l'aide de camp et les glaces de la Bérésina disparurent
à jamais de mon horizon. Il ne fallait cependant qu'un
tout petit échec à la Sorbonne pour ramener les plumes
et la Bérésina. — Outrecuidance de seize ans.

Je fis, malgré ma naïveté, une remarque qui décelait chez moi un certain esprit d'observation. Les élèves
de M. Legay continuaient à parler entre eux d'Opéra, de
danseuses, de jeu, de parties fines, etc. Mais je voyais
rarement la réalisation de ces beaux projets. Mon voisin
de gauche, Ducouti, un des plus grands parleurs, me
parut au fond d'une sagesse admirable, ainsi que les

autres. A part trois ou quatre des plus âgés, qui s'amusaient réellement et manquaient parfois le cours, ou bien y arrivaient avec la mine fatiguée, ces jeunes gens prenaient leur examen à cœur, et le plus riche de tous, Frédéric Séchain, était aussi celui de tous qui travaillait le plus.

Les choses marchèrent ainsi pendant trois semaines, à peu près. Il arriva alors une aventure nouvelle qui porta ma réputation d'homme *fort* à son comble. Et je dis : aventure, car dans les préliminaires de ce rien important, qui se nomme examen de bachelier, tout prend des proportions exagérées. Peut-être dans la vie en est-il toujours ainsi, et les choses ne sont-elles que ce qu'on les apprécie. Toujours est-il qu'un jour, rentré chez moi avec le texte de ma version, je m'oubliai trop à regarder le rideau de ma voisine. On était à la fin d'avril, le temps était tiède ; ma fenêtre était ouverte, et le vent me filouta la feuille volante sur laquelle le texte était écrit. J'y attachais si peu d'importance, que je ne daignai pas même courir après. Une version de plus ou de moins, que m'importait? N'étais-je pas assez fort? Je me rendis au cours, le lendemain, sans ma version ; mais il se trouva que cette version contenait justement un passage fort difficile, un de ces passages à nuances fines, qui font le désespoir des traducteurs.

Le professeur fit lire toutes les traductions, pas une ne se trouva satisfaisante ; mes camarades enrageaient, Séchain, tout autant que les autres. J'étais le seul que l'on n'eût point interrogé.

— J'ai réservé, dit M. Geoffroy, la version de M. de Rives pour la dernière. Il va, sans doute, nous donner la vraie traduction. Son texte nous servira de *corrigé*. Voyons, monsieur de Rives, à vous.

L'honneur était grand. Mon orgueil était immense. J'étais assez humilié, sous d'autres rapports, pour tenir à celui-là. Je serais plutôt mort que d'avouer que je n'avais pas fait ma version ; j'aurais trop redouté de paraître avoir reculé devant la difficulté qui avait arrêté tant de braves. Je m'adressai à Séchain.

—Voulez-vous me donner votre texte? lui demandai-je.
— Volontiers, répondit-il.

Il me présenta le latin de la maudite version, version intraduisible, disait-on. Et, sur le latin, je lus couramment un français irréprochable. Du moins, le professeur ne releva aucune faute. Aujourd'hui, connaissant mieux les idiomes d'Homère et de Virgile, je me montrerais plus sévère que ne le fut M. Geoffroy. Peut-être était-il fatigué de la lecture de vingt-cinq versions, et s'arrêta-t-il à la vingt-sixième, afin de s'épargner la fatigue dernière d'une correction. Cependant les élèves prirent le tour de force pour bon, et, sans jalousie, me couvrirent d'applaudissements.

A la fin de la séance on m'accabla de questions. Quoi! je n'avais pas préparé cette version! Quoi! j'étais capable de lire ainsi, à livre ouvert, les passages les plus ardus! Chose admirable! — L'aventure amena un résultat décisif. Dès le lendemain, mes camarades s'étant concertés, me députèrent l'un d'entre eux, Ducouti, mon voisin de gauche; et Ducouti me tint le discours suivant :

— Monsieur Armand de Rives, nous vous tenons tous pour un bon camarade. Vous êtes, de beaucoup, le plus capable d'entre nous. Vous ne refuserez pas, certainement, de nous rendre un grand service. Vous ne devez vous présenter à l'examen, nous le savons, que dans cinq semaines; mais nous sommes neuf qui devons le subir dans huit jours. Nous vous supplions d'avancer votre examen; votre réception est assurée; et, à l'épreuve écrite, en vous plaçant au milieu de nous, vous pourrez nous communiquer le brouillon de notre devoir. Nous le copierons. De la sorte, nous serons tous reçus, grâce à vous et avec vous. Moi et ces messieurs, nous vous en prions.

Renoncer à cinq semaines de préparation, l'affaire était grave. Abréger ainsi mon noviciat, c'était m'exposer à des choses bien désagréables : la Bérésina et le reste! Cependant, j'avais reçu le matin même les certificats nécessaires de rhétorique et de philosophie ; puis, la vanité aidant, moitié par bonté d'âme, moitié par orgueil, je consentis à ce qu'on me demandait, après toutefois m'être donné le plaisir de me faire longuement prier, surtout par Frédéric Séchain, qui ne s'y épargna pas. Il était aussi de cette fournée des neuf, qui se trouvèrent dix par mon consentement.

Je ne voulus pas instruire mon père de cette hasardeuse tentative. N'ayant pas d'argent pour la consignation, j'empruntai les fonds à M. Legay, qui s'y prêta de bonne grâce, sachant bien que mon père ne manquerait pas de le rembourser ; et le jour où j'allai me faire inscrire fut le premier jour où je mis les pieds à la Sorbonne. Frédéric Séchain fut obligé de me conduire.

II

Une grisette.

Le jour de l'examen arriva. Le sentiment de l'imprudence énorme que je commettais me saisit en sortant de chez moi à sept heures du matin ; j'avais mis ma meilleure redingote ; elle me gênait un peu aux manches ; je me trouvais mal à l'aise. J'eus envie de pleurer en me rendant à la Sorbonne. Mais je pensai à ma chère mère, qui avait tant combattu contre mon père, pour me mettre à même de concourir, et la pensée de ma mère me donna du cœur. Quand j'arrivai au fatal rendez-vous, j'étais calme. Mes neuf camarades m'attendaient. Nous entrâmes ensemble et prîmes place à la même table, dans un coin éloigné du bureau du professeur.

On dicta la version. Elle me parut facile. L'examen s'annonçait de la manière la plus satisfaisante. J'écrivis rapidement, et sans dictionnaire, un brouillon, que je passai sous la table à Frédéric Séchain, qui prit soin de le communiquer aux autres. Mais quand je me mis à l'œuvre pour mon propre compte, ayant cru découvrir

un contre-sens dans ma première traduction, je voulus
le corriger. Par malheur, le contre-sens fut dans la correction et n'était pas dans le brouillon passé à mes amis.

La Sorbonne, cette auguste réunion de savants, se
montra indulgente. Mon contre-sens fut absous, et nous
fûmes, tous dix, admis à subir l'épreuve orale. Les dix
élèves d'une même institution admis ensemble, sans
échec ! L'affaire fit du bruit ; car alors, l'épreuve écrite
du baccalauréat passait pour le grand écueil des
examens. La vieille Université n'avait pas encore subi
la loi Falloux, et on tenait pour certain qu'un élève
admis à cette première épreuve était assuré de son
succès à la seconde.

Cependant la mauvaise fortune nous attendait à cette
épreuve orale dont on faisait si peu de cas. Sur les dix
amis d'abord, trois seulement triomphèrent en dernier
résultat. Ducouti et moi, nous étions parmi les heureux ;
Frédéric Séchain se trouva parmi les sept refusés, qui
devaient recommencer le pénible labeur de leur préparation.

Quelle joie pour moi ! Et quel charme dans le souvenir d'un premier succès ! Lorsque le garçon de service m'eut affirmé, par trois fois, que j'étais reçu, bien
reçu, très reçu, avec d'excellentes notes, je me jetai à
son cou, et je l'embrassai éperdument. Je descendis
quatre à quatre l'escalier de la salle, et sans m'inquiéter
du scandale, une fois dans la cour de la Sorbonne, je
lançai dans les airs, à toute volée, mon pauvre *Manuel*,
à qui pourtant je devais ma réception. Il retomba, l'infortuné. Ses feuilles éparses jonchèrent le sol ; je les
réunis à la hâte. Je riais comme un fou. Puis, ayant
remis les débris de mon livre à Frédéric Séchain qui,
déjà *collé*, me suivait avec une mine consternée, je pris
ma course, ventre à terre, dans la rue, à travers les
passants et les voitures, ne demandant aux dieux, comme
Achille, qu'un vent qui me conduisît à Troie...... non, à
Juvisy. Le chemin de fer d'Orléans était la voie la meilleure. Je m'élançai dans la direction de la gare. Dans

cette course furieuse, en tournant au coin de la rue des Mathurins, je trébuchai; je faillis tomber. Une vieille femme me retint. Je l'avais bousculée.

— Petite bête! dit-elle en colère.

— Vive la France! répondis-je.

Et sans égard pour son âge avancé, je l'embrassai comme j'avais embrassé le garçon, c'est-à-dire à l'étouffer. Je chiffonnai son bonnet. Elle se fâcha.

— Vous ne savez donc pas que je suis reçu? m'écriai-je en reprenant ma course.

Cela lui était bien égal, à cette vieille. Mais je la laissai crier, et j'arrivai, galopant, assez tôt pour prendre le convoi. J'étais encore en nage quand je tombai dans les bras de ma mère. Elle ne pouvait rien comprendre à ce que je lui racontais. Il me fallut recommencer plusieurs fois ma narration pour lui expliquer clairement mon bonheur, qui était le sien. Mon père survint.

— Tant mieux! dit-il avec froideur.

Et il me gronda de m'être hasardé à l'examen sans son aveu. Ce fut cependant grande fête à la maison; et dès le lendemain je revins à Paris, afin d'y commencer les nouveaux travaux qui, en deux ans, devaient me conduire à la licence ès lettres. Toujours sous peine d'engagement.

Le soir même de mon retour, je reçus la visite de Frédéric Séchain. Il me rapportait les lambeaux de mon *Mannel*. Humilié de son échec, Séchain avait une mine allongée et pâle, si funèbre, qu'elle me fit soupçonner que le pauvre garçon avait été l'objet de grandes sévérités de la part de l'oncle Pierre. Je n'osai l'interroger là-dessus et il évita de m'en parler. Il me demanda ce que je ferais de mon temps maintenant que je n'étais plus obligé de consacrer tous les jours trois heures au cours de M. Legay.

— Je vais, répondis-je, préparer ma licence.

— Sans prendre de vacances?

— Sans prendre de vacances. Mon père ne me permet pas cela.

— Eh bien! reprit Frédéric, vous seriez bien gentil
de venir travailler chez moi, avec moi; je n'irais plus
au cours de M. Legay, où l'on ne fait rien qui vaille;
vous me prépareriez, sans qu'il vous en coûtât rien, en
travaillant vous-même. Ce serait me rendre un vrai
service.

Il se mit à rire, et ajouta avec une étourderie
juvénile :

— Je ne dirais rien de tout cela à mon oncle; et, au
lieu d'avoir à payer le cours du père Legay, nous nous
amuserons ensemble avec les cinquante francs par mois.

— Diable! pensai-je, il paraît que c'est l'oncle qui
tient les cordons de la bourse.

Je fus, en outre, surpris que Séchain, riche comme
il disait l'être, en fût à compter sur cinquante francs
par mois, pour s'amuser. Mais je me bornai à cette
objection :

— Comment ferez-vous pour cacher mes visites à
votre famille? On devinera tout.

— Oh! répondit-il, c'est facile. Ma mère et mon
oncle demeurent au premier étage; mais moi j'occupe
un petit logement au sixième, une chambre de domestique que l'on m'a fait meubler. J'y ai tenu pour avoir
ma liberté. On ne vous connaît pas; si, par hasard, on
vous rencontrait dans l'escalier, on ne saurait qui
vous êtes. Nous nous enfermerons tous les jours,
pendant un temps égal à la durée du cours. Il est
impossible qu'on soupçonne rien.

— C'est fort bien, dis-je encore. Mais, en dehors
des heures de clôture, si votre mère ou votre oncle
s'avisent de venir chez vous, on me verra, et, plus tard,
on me reconnaîtra.

— Jamais ma mère ni mon oncle ne montent à ma
chambre, répondit-il.

— C'est singulier.

— Acceptez-vous? demanda-t-il avec insistance.

— Oui, dis-je, quoiqu'il me répugne de m'associer
à une tromperie.

— Oh ! fit-il.

— Pardon ! je ne veux pas vous fâcher. Jouer un petit tour à sa famille est peut-être excusable. Cela dépend. Mais moi, je vous aide là-dedans ; il est probable que votre mère et votre oncle, venant à me connaître, m'en sauraient très mauvais gré.

— Jamais, dit-il d'un ton péremptoire, vous ne connaîtrez ni ma mère, ni mon oncle.

De la part d'un homme aussi bien mis que Frédéric, cela pouvait passer pour une intention de mettre le pauvre diable que j'étais sur le pied convenable à un répétiteur. J'en éprouvai une gêne intime. Cependant, Frédéric ne me parla pas de paiement pour les leçons que je lui donnerais, quoiqu'il sût fort bien que je donnais une leçon pour m'aider à vivre. L'idée ne me vint point que cela pouvait être en même temps une spéculation économique ; à vrai dire, je ne sus que penser. Et comme il insista, comme j'aimais beaucoup, en somme, à me trouver avec lui, j'acceptai.

Nos rapports devinrent ainsi quotidiens. La chambre de mon ami Frédéric Séchain, modestement meublée, était cependant confortable ; je m'y plaisais beaucoup. L'unique fenêtre donnait sur les gouttières ; mais quelle vue on avait ! le Luxembourg tout entier, les arbres, le soleil. Le mois de mai commençait. Parfums et lumière ; jeunesse surtout, espérance et gaîté ! Ah ! qui vous rendra à mes regrets, beaux jours de la seizième année, sitôt passés, jamais oubliés ! Lorsque j'arrivais, le matin, Frédéric m'ouvrait la porte en souriant. Les quatre ans qui le faisaient mon aîné ne lui donnaient pas une gravité fort grande ; je ne voyais de son caractère que les côtés gais et affectueux. Il avait toujours pour m'accueillir quelque plaisanterie nouvelle ; et, chose charmante entre toutes, cette gaîté avait je ne sais quelle grande allure du monde fashionable, qui me séduisait par mes instincts élégants.

Chez Frédéric tout était d'une forme parfaite. Quand il s'informait de ma famille, il ne disait pas : Comment

va votre mère? Mais il disait : Comment se porte
Madame votre mère? Ces riens, ces phrases polies,
dont la tradition tend à se perdre, se retrouvaient ici
intactes et me plaisaient. Les vêtements d'intérieur de
Séchain étaient encore plus élégants que ses habits de
ville. Il avait des pantoufles de maroquin rouge, une
belle robe de chambre soutachée, du linge d'une
exquise finesse. Autour de l'homme flottait une odeur
de patchouli. Les petits fauteuils étaient moelleux, le
bureau de travail toujours propre. Une horloge de bois,
un *coucou* de paysan, était à la tête du lit. Je trouvai
un sans-façon aristocratique dans l'exhibition naïve de
cet objet rustique.

Évidemment, Séchain pouvait avoir une pendule. Il
ne daignait.

Quant aux livres, ils abondaient. Il y en avait sur les
tables, dans la bibliothèque, partout. Quelques-uns,
par leur utilité pratique, excitaient mon envie. Je
n'avais jamais été assez riche pour posséder la *Biogra-
phie universelle, Patria, Un million de faits.* L'insouciance de Frédéric pour ces livres utiles me semblait
encore un indice de grand caractère. Quand nous étions
au travail, je voyais qu'il écrivait sur du beau papier
glacé, et le chiffonnait, et le déchirait ; tandis que moi,
j'écrivais une tragédie sur du papier écolier à six sous
la main. Encore, avais-je grand soin de ne pas le
gaspiller !

Les livres de Frédéric offraient pour moi une ressource si précieuse, que bientôt je vins travailler chez
lui plus volontiers que chez moi. Il me montrait de chez
son oncle les belles éditions des classiques qui me
faisaient défaut. Toute la collection Pankoucke y passa.
Ce M. Pierre devait avoir une belle bibliothèque. Quand
il me plaisait d'emporter chez moi ces précieux volumes, mon ami ne s'y opposait pas. Au besoin, il me les
proposait. Et puis, quelques jeunes gens, amis de
Frédéric, venaient nous visiter. Il y avait de jeunes
représentants de la noblesse qui me traitaient familiè-

rement ; il y avait aussi de jeunes artistes bons enfants
qui risquaient des charges et paraissaient m'aimer.
Aucun de nos anciens camarades de chez M. Legay n'était
admis, excepté Duconti. Mais on lui faisait peu d'accueil.

Pendant le premier mois tout se passa régulièrement.
Frédéric travaillait sous ma direction avec une assiduité réelle. Il ne prenait de repos que par intervalles,
dans la journée ; les amis n'étaient admis que le soir,
après dîner. On bavardait alors, et malgré le nom aristocratique et la toilette élégante, chacun de nous se
trouvait gamin, comme l'âge l'autorisait encore. On
descendait par la fenêtre, afin de prendre l'air dans les
gouttières et sur le toit. Il y avait de quoi se rompre
le cou. Mais qu'importe ! On s'amusait à jeter divers
projectiles sur la tête des passants inoffensifs ou dans
les vitres des voisins. J'avais une certaine gravité qui
m'attirait des railleries de temps à autre, mais personne
ne songea jamais à m'humilier pour mes vieux habits.
Même, il me parut que ces jeunes gens me reconnais-
saient une valeur personnelle qui comblait les distances.

Un soir, l'un d'eux, M. Massé de Vireville, alla
jusqu'à me tutoyer ; et comme ma sauvagerie naturelle
m'empêcha de lui répondre sur le même ton, il en parut
fâché. C'était, en vérité, une nichée de diables, domi-
ciliée au sixième étage. On riait à gorge déployée. Une
fois le vacarme se prolongea assez avant dans la nuit.
Vers deux heures du matin, au moment où nous allions
nous séparer, un voisin furieux frappa contre la cloison
de la chambre et nous somma de le laisser dormir.

Ce voisin dormeur nous fit énormément rire. A
travers la cloison, on lui cria d'aller se coucher. Il se
fâcha tout à fait ; mais nous étions en nombre : il dut
subir la loi pour cette fois. Le lendemain, lorsque je
vins donner à Séchain sa leçon quotidienne, j'appris
que le voisin, furieux, l'était venu réveiller à six heures
du matin pour lui proposer un coup d'épée. Frédéric
l'avait prié, à son tour, de le laisser dormir ; mais
l'autre, devenu impitoyable, avait fait un vacarme à

réveiller la maison entière. Frédéric s'était levé afin d'ouvrir sa porte, puis s'était remis au lit. Le voisin, poussant jusqu'au bout sa vengeance, était entré, puis saisissant les couvertures dans lesquelles Séchain s'était emmaillotté, il les avait roulées en paquet, avait pris le paquet sous son bras, et s'était retiré avec sa proie. Séchain, resté nu, s'était levé, avait poursuivi l'agresseur, sans pouvoir le joindre.

Mon ami m'attendait avec impatience, afin de guetter de compagnie le voisin, au moment où il rentrerait chez lui. Il ne tarda pas longuement. Il avait fait ses courses du matin avec les couvertures sous son bras, et revenait tranquillement. Interpellé, il nous rit au nez, et nous lança le paquet à la tête. On s'expliqua. C'était un pauvre garçon sans fortune, venu à Paris pour se préparer à l'Ecole polytechnique, et qui, en attendant son admission, vivait en donnant des leçons de mathématiques. Sa mauvaise étoile lui avait fait louer la chambrette voisine de la nôtre ; il se levait de très bonne heure et se couchait tard. Mais à deux heures du matin, nous l'empêchions de dormir. C'était intolérable.

La fin de l'explication fut qu'on l'invita à venir passer ses soirées avec nous. Il promit et vint en effet, mais rarement. Il passait au dehors ses soirées de travail ; c'était le meilleur parti à prendre. Quand il se donnait un jour de congé, nous étions honorés de sa visite. Il était joueur et très beau joueur, quoique pauvre ; ce fut à lui que l'on dut l'introduction des cartes dans notre cercle, et l'ère de l'écarté et du lansquenet prit naissance. Mon petit budget n'aurait pu supporter de grosses pertes : par bonheur, les premières séances me constituèrent un gain relativement considérable, et j'eus la prudence de le mettre en réserve, afin de me créer une caisse dont les fonds étaient consacrés spécialement au jeu. Notre nouvel ami, qui se nommait Leverny, nous rendit peut-être en cela un mauvais service ; il ne s'en tint pas là : il nous donna encore les premiers exemples de la fumerie : pipes, cigares et cigarettes.

Dans ces circonstances, alors que nous pensions, grâce à nos innocentes débauches, être devenus des êtres très terribles, une aventure eut lieu, qui porta notre gloire à son comble. Aventure de femme !

J'ai dit que j'avais, vis-à-vis de mon logement, rue du Cherche-Midi, une voisine. Elle n'était plus jeune et n'était guère jolie. Mais je consacrais à la regarder à peu près tout le temps que je restais chez moi. Je rêvais de ma voisine.

Le rideau de la voisine ! Joli petit poème. Le rideau était bien blanc, la chambre semblait coquette ; ma voisine me paraissait humaine. Mes capacités en télégraphie n'allaient pas loin ; mes regards étaient avides, mais rien de plus. On aurait dit, à me voir les yeux braqués toujours dans la même direction, un glouton, un gourmand qui convoite un fruit mûr et n'ose pas aller le cueillir. La hardiesse et la science me faisaient défaut pour une attaque décisive ; plusieurs fois je m'étais consulté sur ce qu'il y avait à faire, je m'étais reproché ma timidité ; je m'étais promis le matin d'agir vigoureusement le soir. Mais, consultations, reproches et promesses, tout avait été vain. J'en rougissais ; je m'avouais que je n'étais qu'un lâche, et je restais là, à ma fenêtre, avec le sentiment profond de mes désirs inutiles et de mon humiliation.

Quand je me trouvais avec Séchain, seul, chez lui, je ne pouvais cacher une préoccupation cruelle. L'amour est ainsi, il se trahit lui-même. Frédéric m'interrogea sur la cause de mes ennuis et de mes soupirs mal dissimulés. Je lui avouai qu'une voisine, en face de chez moi, était la cause première de ces ennuis ; mais j'ajoutai, avec fatuité, que mes perplexités venaient seulement de la question grave de savoir si je consentirais à céder aux agaceries dont j'étais l'objet.

— Car enfin, disais-je, il y faut regarder à deux fois, avant de se laisser prendre par une femme ! La femme, je le sais trop, est un être machiavélique et pervers. J'ai sans doute une expérience suffisante et une assez

grande fermeté pour ne pas me laisser gouverner par
une jupe. Cependant...

— C'est fort juste, répondait Frédéric, mais enfin, vous
pouvez profiter d'une occasion, pour une fois, sans vous
engager dans une liaison. Pour ma part, j'ai toujours
évité les liaisons.

Oh! voisine! voisine de la rue du Cherche-Midi,
n'étant plus jeune déjà, à l'époque dont je parle, vous
devez être aujourd'hui bien horrible, voisine; certainement les ans n'ont pas respecté votre beauté, et si vous
avez mal employé vos belles années, vous devez avoir
de bien amers regrets, car le temps est passé. Eh bien!
pour vous consoler, si la fortune veut que ce feuillet
imprimé soit lu par vous, souvenez-vous, voisine, qu'il
fut un temps où vous demeuriez au sixième, rue du
Cherche-Midi; qu'en face de vous, il y avait un grand
garçon rose et blond, rêveur comme une élégie; et que
ce jeune homme, aussi vierge que la Yung Frau, vous
a aimée, vous a idolâtrée; il n'osait pas vous parler,
osait à peine vous regarder, mais tenait à votre sujet,
avec son ami Frédéric, des discours pleins d'une innocence cynique, tels qu'on n'en tiendra plus sur vous, voisine, car vous avez passé l'âge. — Et moi aussi, hélas!

Un matin, lorsque, plus rêveur que de coutume, j'arrivai chez Frédéric, je lui trouvai la mine très préoccupée. Je l'interrogeai. Il me répondit qu'il était l'heure
de travailler.

Rien n'était plus juste, et j'ouvris Homère, le quatrième chant de l'*Iliade*, il m'en souvient! Mais après
plusieurs vaines tentatives pour m'expliquer un hémis-
tiche, mon ami et moi, nous échangeâmes un regard;
je laissai tomber le livre; Frédéric ne songea pas à le
ramasser.

Tous deux, nous étions atteints du même mal.

— Eh bien, tant pis! s'écria Frédéric en se levant
avec agitation, tant pis! Il faut vous l'avouer, oui, je
suis amoureux, complètement amoureux! J'avoue que
c'est bien sot, mais voilà! C'est comme ça!

Il était vêtu d'une robe de chambre en légère flanelle bleue; et dessous, comme il faisait fort chaud, il n'avait pas de pantalon. Sa coiffure était un bonnet de pêcheur napolitain, en drap rouge. Il avait encore ses fameuses pantoufles en maroquin, rouge aussi. Dans ce costume, sa robe de chambre ouverte, marchant à travers sa chambre et gesticulant, il avait la mine d'un fou. Je jugeai, tout d'abord, que son amour était tout autrement impétueux que le mien; je le pressai de s'expliquer; il en mourait d'envie, mais il se fit prier assez longtemps. Enfin, il consentit à parler.

— Venez à la fenêtre, me dit-il, et bourrons une pipe; nous causerons mieux.

Je n'avais point encore avec la pipe une familiarité suffisante pour consentir à la fumer dans un moment où je voulais écouter de toutes mes oreilles. Je roulai gauchement une cigarette de maryland; Frédéric prit un cigare, et tous deux, fumant tant bien que mal, nous nous mîmes à la fenêtre.

Mon ami me désigna un vaste chantier plein de pierres, dans lequel travaillaient des maçons, et situé vis-à-vis de sa maison, de l'autre côté de la rue. Le fond de ce chantier était séparé du jardin du Luxembourg par un simple mur; à droite et à gauche se trouvaient des maisons. L'une de ces maisons, celle de gauche, avait un jardin qui touchait au chantier et n'en était séparé encore que par un mur; et dans le jardin, touchant presque le mur, parmi d'autres arbres plus petits, se dressait un superbe acacia.

Frédéric me désigna ce jardin et la maison à laquelle il appartenait, et dit simplement :

— C'est là !

Je regardais de tous mes yeux comme j'écoutais de toutes mes oreilles. Je ne vis rien de particulier. La maison, haute de six étages, se dressait entre le Luxembourg et son jardin. Les nombreuses fenêtres s'alignaient toutes pareilles; celles du rez-de-chaussée étaient en partie cachées par l'acacia.

— Ce rez-de-chaussée, reprit Frédéric, est occupé par l'atelier d'une modiste. Parmi les ouvrières, il y en a une, la plus jeune et la plus charmante fille qu'on puisse voir. Depuis huit jours, je ne cesse pas de la regarder lorsque je suis seul, et elle trouve toujours des prétextes pour se mettre à la fenêtre, ou sortir dans le jardin.

— Tiens! tiens! dis-je.

— C'est comme ça. Et dans ce moment même, elle se mettrait en correspondance, si votre présence ne l'effrayait pas.

— Je voudrais bien la voir.

— Rentrons dans la chambre pour un moment. Elle vous croira parti; vous vous cacherez derrière le rideau, je me placerai seul en évidence; vous la verrez paraître aussitôt.

— Je veux bien. Mais, à cette distance, je ne pourrai pas voir si elle est réellement jolie.

— Vous en doutez?

— Non; mais je ne serais pas fâché de voir.

— Attendez-moi un instant, dit Frédéric.

Il sortit de la chambre, et je l'entendis descendre l'escalier. Au bout de cinq minutes, il rentra, tenant à la main une grosse jumelle en ivoire à cercles d'or.

— Mon oncle et ma mère, dit-il, étaient sortis; je me suis emparé de leur lorgnette de théâtre. Tenez, embusquez-vous, et regardez par le coin du rideau.

J'exécutai la manœuvre recommandée; et, en effet, Frédéric s'étant placé à l'observatoire, je vis presque aussitôt paraître derrière l'acacia une petite jeune fille brune, pour laquelle je ne partageai pas l'admiration de Frédéric. Mais, si d'un côté l'amour l'aveuglait, de l'autre ma jalousie se plut à diminuer la grandeur de son triomphe; car enfin, c'était un triomphe. Il y avait correspondance évidente entre la jeune fille et Frédéric; tandis que moi!... moi, la voisine de la rue du Cherche-Midi ne m'avait jamais regardé, même de travers. C'était humiliant.

Après avoir envoyé deux ou trois baisers à travers les airs, l'heureux Frédéric se retourna vers moi :

— Qu'en pensez-vous ? demanda-t-il.

— Hé ! hé ! hé ! fis-je en ricanant, et faisant un mouvement pour reprendre place à la fenêtre.

— Prenez donc garde ; ne vous montrez pas ! Vous allez l'effrayer ! s'écria Frédéric.

Et il me repoussa si brusquement, que je donnai de la tête contre le mur et me fis un mal atroce.

— Et maintenant, écoute, ô poète ! reprit Frédéric, après avoir envoyé un dernier baiser dans la direction de ses amours, il me faut l'aide de ta plume inspirée, pour exprimer mes feux.

Je fus peu touché de cette invocation ; je m'étais fait une grosse bosse à la tête, je frottais doucement la place endolorie, tandis que Frédéric sautillait de place en place, en poussant de petites interjections qui n'appartenaient à aucune langue humaine. Il finit par tomber dans un fauteuil et réitéra :

— Poète, j'ai besoin de toi !

Je n'avais pas fait un mystère à mes amis de mes talents de versificateur. J'avais même *consenti* à donner lecture de quelques passages de ma tragédie, qui avait été trouvée fort belle. Le moment était venu d'adoucir Melpomène. La muse légère allait célébrer les amours de mon ami Frédéric avec une modiste ; il fallait présentement faire rimer *jour* et *amour*, *âme* et *flamme*, *cœur* et *bonheur*. Mon ami me sollicita énergiquement, avec insistance. Je me fis naturellement prier et je consentis comme à regret, quoique je mourusse d'envie de me rendre. Quoique ce ne fût que comme écrivain bénévole, c'était toujours une douceur pour moi d'être mêlé à une histoire d'amour.

— Je veux bien, dis-je, vous écrire quelque vers ; mais comment les ferez-vous parvenir ?

—Cela, répondit Frédéric, est une question de détail ; cela me regarde. Je veux bien vous dire, cependant, que j'ai su me créer des intelligences dans la place.

2

Outre ses ouvrières, la modiste possède un galopin qui se nomme Auguste. Ayant vu le galopin dans le jardin, je l'ai aisément reconnu dans la rue, un jour qu'il allait faire une course. Je l'ai corrompu en lui offrant une pièce de vingt sous. Le misérable m'a révélé tous les secrets de l'ennemi. La petite s'appelle Rosalie ; elle demeure chez sa patronne. Le petit Auguste s'est engagé, sur l'honneur, à remettre mes lettres à Rosalie ; quand je voudrai écrire, il me suffira d'entr'ouvrir ma fenêtre, et, sans me montrer, de faire entendre ce cri : *Guguste !* Et si *Guguste* est à la maison, il accourra sur-le-champ ici.

— Voilà qui est fort bien. Mais s'il n'y est pas ?

— Il ne viendra pas, et j'en serai quitte pour pousser un nouveau cri une heure plus tard. Mais, ajouta Frédéric en jetant un regard vers le jardin, il y est en ce moment. Je le vois. Ecrivez vite ! je vais l'appeler.

— Mais, mon cher, répondis-je, on ne fait pas des vers comme ça à la minute.

— Voyons ! voyons ! insista Frédéric d'un ton impatient. L'occasion est belle. J'en veux profiter ; je veux mes vers sur-le-champ. Il n'y a pas à dire. Mettez-vous à la besogne.

— Mais enfin...

— Il n'y a pas de mais enfin. Houp ! houp !

Il plaça devant moi, sur le bureau, une belle feuille de papier blanc, et mit la plume dans ma main. Je repoussai la plume avec indignation, en déclarant que je ne voulais pas compromettre ma dignité d'écrivain en me livrant à des productions hâtives, Frédéric, chose singulière, se mit dans une fureur réelle :

— Ta dignité ! ta dignité ! criait-il. Tiens ! voilà pour ta dignité !

Et il me chargeait de coups de poing. Je ripostai. Un combat furieux s'engagea ; on entendit des cris étouffés, des plaintes, des grincements de dents. A la fin, quoique je combattisse pour le bon droit, je fus vaincu. Il est toujours beau de combattre pour l'indépendance, mais les meilleures causes ont encore leurs revers.

Je me résignai ; je subis la loi de la force. Frédéric avait quatre ans de plus que moi, et un poignet supérieur ; il n'y avait rien à répliquer. Je fus cependant surpris de cette violence de caractère, manifestée ainsi pour la première fois, à l'improviste. Je pensai que l'amour le rendait fou.

L'ordre régnant à Varsovie, il me fut accordé quelques minutes pour calmer le trouble apporté par la lutte dans mon inspiration poétique. Frédéric s'était remis au guet, et me dit :

— Le galopin est toujours là.

— Mais, lui demandai-je, en consentant à faire des vers, je n'ai pris l'engagement d'avoir des idées. Donnez-moi des idées, je vais versifier dessus.

— Dites ce que vous voudrez. Dites, par exemple, que je suis un désespéré, un homme blasé : ça fait toujours bien. Ajoutez qu'*elle* m'arrache à la perdition, mais qu'elle peut me mener au diable, si elle veut.

Je réfléchis pendant une minute.

— C'est bien difficile, dis-je.

Cependant je me mis à l'œuvre ; le papier se couvrit rapidement d'écriture. Les premiers vers d'amour que je fisse de ma vie coulèrent limpides, comme échappés d'une source vive ; et ils étaient faits pour un autre !

Qu'on vienne, maintenant, vous parler de la puissance des inspirations personnelles. Ces vers n'étaient pas merveilleux, tant s'en faut ; mais ils furent assurément supérieurs à ce que j'aurais espéré.

Les voici, avec leurs chevilles, si ma mémoire est fidèle :

> Pourtant, j'avais juré, dans un jour de tristesse,
> D'oublier l'espérance et d'oublier l'amour.
> Hélas ! je vous ai vue, et toute ma jeunesse
> Et mes illusions sont déjà de retour.

Cette première strophe était bien désespérée. Frédéric, aussitôt qu'elle fut écrite, m'arracha le papier et se mit à la copier de sa plus belle écriture. Je continuai sur une autre feuille, et Frédéric copia de la même manière, avec impatience, et strophe par strophe. Voici la suite :

Etes-vous un démon, venu des noirs abîmes,
Tourmenter ici-bas les malheureux mortels,
Broyer l'âme et le cœur de vos propres victimes,
Et vous venger ainsi des tourments éternels ?

Ou bien, êtes-vous l'ange aux ailes diaphanes,
Descendu tout exprès du céleste séjour,
Pour donner une idée, à nous mortels profanes,
Des bonheurs de là-haut en inspirant l'amour ?

Mais, qui que vous soyez, ange ou démon, qu'importe !
Je ne vous quitte pas, Satan ou Gabriel.
Si vous êtes démon, que le diable m'emporte ;
Si vous êtes un ange, ah ! montrez-moi le ciel.

Parfait ! parfait ! s'écria Frédéric après avoir lu cette dernière strophe.

L'effort avait été grand, mais couronné de succès. Néanmoins, j'étais en nage ; c'est une âpre et rude besogne de courtiser la muse dans de telles conditions. Ces pauvres vers devaient avoir sur ma destinée une influence telle, que jamais, sans doute, poète ambitieux ne rêva pour quatre strophes, fussent-elles quatre chefs-d'œuvre, un succès et un résultat pareils à celui que je devais obtenir. Seize vers ! Chacun d'eux devait être payé sur le prix de cent mille francs. Un joli denier, comme on voit. Il y a peu d'encouragements de cette valeur pour la poésie.

Mon ami, avant même d'avoir inclus *ses* vers dans une enveloppe élégante, s'étant assuré de la présence du gamin chez la modiste, fit entendre le cri convenu.

— *Guguste !*

Cinq minutes après, on grattait à la porte. J'ouvris et Guguste entra. C'était un *trottin* d'une douzaine d'années, vêtu d'une livrée modeste ; il tenait à la main sa casquette galonnée. Sa figure narquoise ne disait rien de bon. De prime-abord, je lui aurais donné des calottes. Frédéric lui remit la missive; il jura de la faire parvenir, moyennant deux francs, immédiatement donnés, et la promesse d'une somme pareille, après la mission remplie. On lui garantit, en outre, s'il venait à être chassé par la modiste, pour l'aide qu'il prêtait à Frédéric, de le faire recevoir au service de l'oncle Pierre, en qualité de groom. Lorsqu'il fut parti, Frédéric se mit à rire.

— C'est-à-dire que s'il est chassé, je serai obligé de le proposer à Vireville. Mon oncle est trop rat pour consentir jamais à s'attacher personnellement un groom. Il se sert assez des domestiques de ma mère; on n'a pas l'idée d'un bonhomme aussi ladre.

La journée se passa sans que rien, de la part de la jeune Rosalie, nous témoignât qu'elle avait reçu la lettre. J'allai dîner à mon petit restaurant ordinaire; et quand je revins le soir, selon la coutume, je trouvai réunis chez Frédéric quatre ou cinq jeunes gens de nos amis, Massé de Vireville et Leverney entre autres. On fumait beaucoup; on jouait, on faisait force calembours. Sans raconter ses amours, Frédéric parla de mes vers, et les lut; on les loua, on les critiqua. Il s'ensuivit une vigoureuse discussion littéraire, dans laquelle je fus énergiquement secondé par Leverney. La similitude de nos positions était un lien entre lui et moi, bien que ses études, exclusivement portées sur les mathématiques, n'eussent rien d'attrayant pour un auteur de tragédies. Mais enfin, Leverney était une bonne âme; il m'aimait, et quand les circonstances devinrent telles, par la suite, que j'eus un impérieux besoin de trouver un champion et un répondant, il n'hésita pas à m'offrir son aide.

Il est peut-être bien de mentionner ce détail que, malgré les promesses, les cinquante francs mensuels économisés par Séchain, grâce à mes leçons, ne passèrent jamais dans la communauté. Au reste, j'étais aussi fier que pauvre, et je ne l'aurais pas toléré; mais il n'en parla jamais. Les soixante-quinze francs que j'avais d'ailleurs par mois me permettaient tout juste

de vivre ; le budget de mes plaisirs était alimenté par
l'argent que ma mère m'envoyait ou me donnait en
cachette, quand j'allais voir mes parents. C'était fort
peu, car ce louis que je recevais de temps à autre venait
de la bourse personnelle de ma mère, qui se serait fait
un scrupule de rien distraire de la maison paternelle.

Plusieurs fois, on monta des parties de campagne
entre camarades, auxquelles je refusai de prendre part,
dans la crainte des dépenses qu'elles devaient entraîner.

Ces jours-là, quand je pouvais passer mon temps rue
de l'Ouest, étaient pour moi des jours de tristesse
morne ; je sentais plus le poids de ma pauvreté. C'était
à grand'peine que j'entretenais mes vêtements dans un
état décent ; et je formais un violent contraste avec
l'élégance de ces jeunes gens qui se disaient mes amis,
et qui peut-être le disaient sincèrement, car nous étions
à l'âge où les mains et les cœurs s'ouvrent avec sincérité.

Il faut encore rendre cette justice aux jeunes gens
que je voyais chez Frédéric, que pas un n'eut jamais
l'idée de vouloir m'humilier. Loin de là, la discrétion de
ma conduite et ma dignité rigide me valut une provocation constante à plus d'intimité. La majorité portait
des noms aristocratiques ; ceux-là surtout se montrèrent affectueux. Je fus toujours invité par eux à les
aller voir, comme je venais voir Séchain : ils insistèrent
toujours pour me faire participer à leurs parties. Une
fois même, M. Massé de Vireville, celui qui une autre
fois déjà m'avait tutoyé, réitéra ses invitations à passer
mes soirées chez lui, avec tant de vivacité, que je dus
promettre, sans quoi il était visible que je l'aurais fâché.

Après son départ, Séchain me dit :

— J'espère bien que vous n'irez pas ?

— Pourquoi cela ? demandai-je avec surprise.

— Mais, mon cher, les Massé de Vireville sont de la
plus vieille noblesse, riches de plusieurs millions ; fort
gracieux, invitant tout le monde, — il souligna le mot ;
tout le monde, — mais tenant un train princier qui ne s'accommode guère aux fréquentations des gens modestes.

Je rougis de dépit et de colère. Frédéric s'en aperçut, et reprit avec vivacité :

— Moi-même j'y vais rarement, et uniquement parce que j'y suis forcé. J'ai été élevé avec Ferdinand au collège de Felletin, nos relations ont toujours été bonnes, et rien ne m'autorise à les rompre, sans quoi je n'irais pas chez des gens qui ont un peuple de laquais à leurs trousses et des voitures armoriées que ça n'en finit pas.

— Cependant, observai-je avec impatience, M. de Vireville m'a invité, et j'ai promis.

— Pure politesse de sa part ; mais vous feriez une triste figure dans ce monde-là.

— Au fait, repris-je, blessé au cœur, je remarque que vous avez pris soin de m'écarter de votre famille. Probablement vous redoutez que je n'y produise aussi ma triste figure. Merci de la leçon.

Je me levai de la chaise que j'occupais. L'orgueil seul m'empêcha de pleurer. Je pris mon chapeau et je me dirigeai vers la porte en répétant : Merci de la leçon !

Frédéric accourut à moi et se plaça en travers de la porte.

— Mon ami, Armand, mon ami, s'écria-t-il, vous ne partirez pas comme cela. Je n'ai pas voulu vous blesser. Certainement, vous avez le malheur d'être moins riche que quelques-uns d'entre nous, mais vous êtes notre égal par le nom, notre supérieur par l'esprit et le cœur. Je le reconnais. Là, moi, personnellement, je vous suis redevable d'un service ; vous m'en rendez de nouveaux tous les jours. Vous voyez donc bien que je ne puis chercher à vous blesser. Mon conseil était désintéressé ; je vous conseillais d'agir comme j'agis moi-même ; si vous trouvez bon d'agir autrement, mettons que je n'en ai rien dit. Vous êtes le maître d'aller chez Vireville si cela vous plaît.

— Merci de la permission, dis-je froidement. Irai-je aussi chez vos parents ?

Cette question parut embarrasser cruellement Frédéric. Il répondit après réflexion :

— Si l'occasion s'en présente, je ne dis pas non. Mais nous nous amusons assez entre nous, pour n'avoir pas grand intérêt à nous aller ennuyer dans le salon de ma mère. Je vous donne pourtant ma parole d'honneur que je ne cherche pas à vous écarter, et que je vous tiens pour l'égal ou même le supérieur de tous ceux qui sont chez nous. Ainsi...

— C'est bon, dis-je. Au fait, j'ai eu tort de me fâcher. Vous me donnez un conseil, voilà tout.

Je replaçai mon chapeau sur un meuble et repris ma place sur une chaise. Au fond, la blessure saignait ; quoi que pût protester Frédéric, je me trouvais humilié.

— Voyons, me demanda-t-il avec insistance, irez-vous visiter Massé de Vireville ?

— Cela vous tient fort à cœur, répondis-je sans me douter sur quelle plaie je mettais le doigt. Oui, j'irai au moins une fois, puisque je l'ai promis.

— Eh bien ! mon cher Armand, me dit Frédéric, je vous ai donné un conseil, vous ne le suivez pas ; libre à vous. Maintenant, laissez-moi vous adresser une prière.

— Dites ; je vous écoute.

— Donnez-moi votre parole de ne pas parler de moi avec Ferdinand de Vireville, ni avec personne de sa famille ; et je vous prie, si on vient à parler de moi devant vous, détournez la conversation.

— C'est singulier, ce que vous me demandez là, répondis-je.

— Non, reprit Séchain avec effort. C'est très simple. Le père de Vireville ne m'aime pas ; il ne manque jamais une occasion de me tourner en ridicule, quand je suis absent. Je serais humilié s'il se laissait aller devant vous à ses plaisanteries. Me donnez-vous votre parole ?

— Je n'en vois guère la nécessité, dis-je. Le motif est futile. Mais enfin, puisque vous y tenez, je vous promets formellement de ne pas parler de vous chez M. de Vireville.

Frédéric parut satisfait à demi ; nous en restâmes là.

Le soir, quand je fus rentré chez moi, je délibérai, non
pas si j'irais chez M. de Vireville, mais si je retournerais chez Séchain. Après réflexion, je me résolus pour
l'affirmative. Il me parut certain que rien de personnellement blessant n'était au fond de cette affaire, j'y
crus voir des craintes réelles de la part de Séchain pour
lui-même. Craintes très sérieuses, et dont il ne m'avait
pas, à coup sûr, avoué la véritable cause. Mais là n'était
pas la question. Du moment où mon amour propre était
sauf, je n'avais aucun motif pour me fâcher.

Cependant, afin de lever jusqu'au dernier doute, je
pris le parti de rester chez moi pendant un jour ou deux.
Dès le milieu de la seconde journée, j'entendis frapper
à ma porte, et je restai stupéfait en voyant devant moi
Frédéric Séchain et M. de Vireville en personne.

Ma chambre n'était pas faite pour donner une haute
idée de ma fortune ; je rougis un peu. J'étais moi-même
dans un costume d'intérieur qui me faisait ressembler
à un ouvrier : une chemise de grosse toile et un vieux
pantalon de coutil. Je priai ces messieurs d'entrer, et je
leur avançai mes meilleures chaises.

Frédéric et Ferdinand de Vireville me serrèrent affec-
tueusement la main ; Frédéric, cependant, avait l'air
mal à l'aise sous mon regard. J'avoue que leur réunion
me causait une grande surprise ; je ne pouvais deviner
pourquoi Frédéric redoutait les indiscrétions de son
ami lui-même, et cependant semblait avec lui dans de
si excellents rapports.

— Nous avons une voiture en bas, me dit M. de
Vireville avec un air riant. Nous avons le projet, Frédéric et moi, d'aller manger à Saint-Cloud, à la *Tête-
Noire*, une friture que Dussaulx, — c'était un autre
ami de Frédéric, — nous promet depuis longtemps, et
nous n'avons pas voulu y aller sans vous. Etes-vous
des nôtres, monsieur de Rives ?

Ce serait avec plaisir, répondis-je, mais j'ai à travailler.
Et je montrai ma table chargée de papier.

— Oui, je vois bien, reprit Ferdinand ; mais j'ai d'ex-

cellents yeux. Ce sont des vers. Tout ce qui n'est pas
travail d'examen doit se remettre. Vous ne pouvez refuser. C'est une occasion de manger Dussaulx et ses gou-
jons. Il s'agit d'un pari qu'il a perdu. Il doit nous
défrayer complétement, moi et deux de mes amis, voitures comprises. Décemment, vous ne pouvez pas lui
faire grâce d'un tiers de ce qu'il me doit. Je m'y oppose,
d'abord.

Cela était dit d'un ton joyeux et familier, derrière
lequel il était impossible de deviner l'intention de
m'épargner toute perplexité d'argent. Frédéric se joignit à Vireville. Je consentis, et je demandai seulement
le temps de m'habiller. Pendant cela, après s'être
informé s'il n'était pas indiscret, Ferdinand s'approcha
de ma table et se mit à lire mes vers à haute voix. Il
s'interrompait de temps à autre pour m'adresser des
éloges ; Séchain approuvait.

— Seulement, dit Ferdinand, vous êtes classique en
diable. Je le regrette. On voit que vous n'avez jamais
lu Victor Hugo.

— Je l'avoue, répondis-je. Il ne fait pas partie du
programme des examens de la Sorbonne.

De Vireville se mit à rire.

— Je le crois bien. Mais, malgré cela, je vous engage
à l'étudier ; il y a de ces choses qui vous frapperont
vivement. La première *Orientale*, en autres choses, est
un chef-d'œuvre.

Tout en parlant de la sorte, ma toilette s'acheva, et
nous descendîmes gaiement. Séchain trouva moyen de
rester un moment avec moi, en arrière, et me dit :

— Armand vous êtes un mauvais cœur. Vous m'avez
gardé rancune ; il a fallu venir vous chercher. C'est
très mal, mon ami.

Il me dit cela d'un ton si pénétré, que j'eus honte de
lui avoir tenu rigueur ; et je lui donnai une cordiale
poignée de main. Une fois en voiture, la conversation
prit une allure folle, et cette partie à Saint-Cloud, où
réellement nous trouvâmes Dussaulx, notre amphitryon,

devant une table de quatre couverts, fut une des parties les plus gaies que j'aie faites en ma vie.

Le lendemain, je retournai chez Frédéric, et aucune explication ne fut échangée. Au reste, la situation, vis-à-vis de la jeune modiste Rosalie, devenait perplexe et inexplicable. Depuis dix ou douze jours, nous avions expédié les premiers vers ; d'autres avaient suivi par la même voie, et Frédéric, amoureux et impatient, n'avait pas reçu de réponse. Vainement nous avions rendu les épîtres de plus en plus brûlantes ; vainement, dans mes vers, Frédéric menaçait de se donner la mort et de mettre fin à son martyre par un prompt trépas ; vainement encore on avait chargé le trottin, l'affreux Guguste, d'insister de vive voix pour obtenir un mot, un seul mot, qui dît d'espérer à l'infortuné Frédéric : la réponse, toujours promise, ne venait pas, et Frédéric se désolait.

On aurait pu croire que la jeune Rosalie dédaignait ses feux... Mais non ! La correspondance télégraphique continuait plus ardente que jamais. Ce matin même, lendemain de la promenade à Saint-Cloud, obligés de garder la chambre, à cause d'une pluie d'été assez abondante, nous utilisions nos loisirs forcés, Frédéric et moi, en nous livrant aux plus affreuses suppositions. Il faut dire que c'était un dimanche, et que, par conséquent, le travail étant proscrit, nous flânions avec sécurité, sans remords.

J'en vins à émettre la supposition que Guguste, au lieu d'être un messager fidèle, avait détourné les lettres, afin de prolonger ce temps de correspondance à blanc, qui était une source de bénéfices pour lui.

— J'y ai déjà pensé, répondit Frédéric ; je l'ai sévèrement interrogé. Mais il a répondu avec tant d'aplomb, il a protesté avec tant d'énergie qu'il avait bien remis toutes les lettres, que j'ai dû le croire. Autant que l'on peut se fixer aux serments d'un trottin, il faut se fier à ceux de Guguste. Il a remis les lettres, j'en réponds.

— Moi, dis-je, je réponds que non. Ce Guguste me produit l'effet d'un traître ; sa mine est perverse.

— Ciel ! s'écria Frédéric, tant de noirceur serait-elle possible !

— Il faudrait, repris-je, s'en assurer.

— Par quel moyen ? voilà la question, répondit l'amoureux.

Nos regards étaient fixés avec inquiétude sur la maison de la bien-aimée. Le dimanche, elle avait l'habitude de sortir avec sa famille, nous avait dit Guguste, car c'était une fille vertueuse. Mais, comme il pleuvait, ce dimanche-là, sa famille, puisque famille il y avait, n'était pas venue la chercher, et l'ingénue avait dû rester prisonnière. Chez la modiste, son logement se composait d'un petit cabinet situé sous les toits, et qui ne prenait jour que par une de ces fenêtres, dites à tabatière, qui s'ouvrent et se ferment comme le couvercle d'une boîte.

Tandis que nous regardions dans cette direction, nous vîmes le couvercle se soulever, et la tête de Rosalie parut, absolument comme celle d'un diable à ressort. Frédéric lui fit, à travers la distance, un grand salut qu'elle rendit avec grâce ; afin de la familiariser avec ma personne, je lui fis, à mon tour, un salut non moins profond, rendu par elle avec non moins de grâce. Enhardi par ces témoignages de bienveillance, Frédéric, afin de s'assurer du sort de ses lettres, ou plutôt des miennes, prit une enveloppe sur son bureau et la montra à la jeune fille avec un geste qui demandait : Les avez-vous reçues ?

Nous pensâmes qu'elle avait fort bien interprété la question, quand nous la vîmes faire un geste affirmatif : Oui ! Dès lors, plus de doutes, et Guguste était innocent. D'autres, plus avisés, se seraient posé la question de savoir si Rosalie, n'ayant pas reçu les lettres, et voyant qu'on lui montrait une enveloppe, comme pour lui demander si elle consentirait à la recevoir, n'avait pas répondu : Oui, écrivez-moi. Je veux bien ! — Mais nous crûmes, Frédéric surtout, ce qui nous plaisait le plus.

Levernay vint se joindre à nous ; et Ducouti, notre

ancien camarade de chez M. Legay, étant survenu, nous dressâmes la table de jeu, et nous fîmes un lansquenet à quatre devant la fenêtre. Rosalie resta à son poste, et nous regardait ; ce qui gênait considérablement Frédéric, car préoccupé de sa belle, il suivait mal le jeu, et perdait. L'amour a toujours été la source des désordres. Frédéric ayant fait un banquo de cinquante francs contre Levernay, le perdit et se mit en colère d'une façon puérile, ainsi que cela lui arrivait quelquefois ; mais il se calma soudain, en voyant la jeune modiste lui faire un signe de tête.

Cela me révéla un amour profond, car, bien qu'il fût riche, Frédéric aimait passionnément l'argent, et n'étaitt pas homme à se consoler aisément pour le sourire d'une femme qu'il n'aurait point aimée avec passion. Levernay et Ducouti connaissaient vaguement la poursuite dont notre ami honorait la petite voisine ; mais ils étaient forts ignorants des détails. Ils se montrèrent sans pitié, jouèrent un jeu perfide et finirent par gagner une espèce de somme à Frédéric. Il était furieux. Quand à moi, mon gain était insignifiant ; je me trouvai à l'abri des récriminations dont les deux autres furent l'objet.

Et Rosalie, pendant cela, se tenait à sa tabatière. La pluie ayant cessé, elle s'assit même sur le bord du toit, les jambes pendantes à l'intérieur de sa chambre, et mangeait gentiment du pain et des abricots, dont elle jetait les noyaux dans la gouttière. Elle riait de temps à autre en nous regardant ; elle avait sa toilette des jours de fête ; on voyait à son cou un petit ruban rose. Elle était charmante ; j'avoue qu'elle me fit rêver. Cela dura jusqu'au soir. Frédéric, furieux de ses pertes au jeu, enchanté, fasciné par la vue de son amoureuse, reçut une impression décisive ; à certains symptômes, je reconnus qu'il était plus enflammé que jamais.

Nous n'eûmes point l'occasion de nous expliquer, car nos amis ne nous quittèrent qu'au moment où je sortis moi-même pour aller dîner, et Frédéric passa la soirée

3

dans sa famille ; mais je prévis des événements décisifs pour le lendemain.

Le lendemain matin, en effet, étant venu à l'heure habituelle pour donner ma répétition, je trouvai la porte close ; et après être allé faire un tour de promenade et être venu essayer une nouvelle tentative, je constatai que Frédéric courait les champs. Je me résignai à rentrer chez moi pour travailler seul. Le soir, après dîner, je revins fort impatient de savoir à quoi mon ami avait employé sa matinée. Il était encore absent. Mais on était au mois de juillet ; à cette époque, le jour est assez beau à huit heures du soir ; je pus donc lire, sur la porte de Frédéric, ces mots écrits à la craie, évidemment à mon intention : *Je suis au Luxembourg.*

Je me dirigeai donc vers le Luxembourg ; j'avais à peine franchi la grille, que j'aperçus Frédéric, errant comme une âme en peine, le long du mur qui, ainsi que je l'ai dit, séparait le jardin du Luxembourg du chantier de pierres situé vis-à-vis de la maison.

Frédéric était si fort préoccupé de contempler la crête de ce mur, qu'il ne me vit qu'au moment où je lui frappai sur l'épaule. Il parut sortir d'un rêve et me dit :

— Enfin, vous voilà !

— Je suis venu ce matin, lui dis-je, et ne vous ayant pas trouvé...

— Ah ! fit-il en m'interrompant, je ne puis plus vivre sans elle ! Il faut que je la voie, que je lui parle, que je l'enlève ou que je meure ! Ce matin, je suis allé aux informations ; j'ai fait le guet, j'ai espionné, j'ai interrogé des maçons qui travaillaient dans le chantier.

— Dans quel but ? demandai-je.

— Voici. Je voudrais m'introduire dans le jardin de sa maison ; mais pour y arriver, il faut d'abord avoir accès dans ce maudit chantier. J'espérais que l'un des maçons avait la clef ; je l'aurais corrompu. Cependant, ces enfants de la Creuse m'ont déclaré n'avoir pas la disposition des clefs. Par une fatalité qui peint mon infortune d'un seul trait, le propriétaire du terrain est le même, l'unique propriétaire de la maison de la rue de Fleurus, où demeure mon idole. C'est donc le portier de cette maison qui garde la clef ; il vient ouvrir le chantier chaque matin, il vient encore le fermer chaque soir.

— Eh bien ! dis-je, il faut s'adresser à ce portier.

— C'est très inutile. M'ayant vu, un jour, parler avec Auguste, il a, paraît-il eu vent de mes projets. D'après les déclarations du trottin, ce portier m'aurait signalé à la maîtresse de Rosalie ; vous voyez qu'il est notre ennemi d'avance. Inutile d'essayer rien de son côté : il tient la clef, et la tient bien.

— Les déclarations du trottin, fis-je observer, me sont très suspectes.

— Aussi, je veux à l'avenir me passer de son aide, repartit Frédéric. Mais je suis convaincu de l'imprudence de toute tentative contre le portier.

— Que faire alors ?

— Se passer du trottin et du portier ; se passer de la clef ; entrer ce soir dans le chantier, en passant par dessus la muraille.

— Comment faire pour franchir cette muraille ?

— Vous me voyez en train d'y rêver, fort inutilement, à vrai dire. Je compte sur vous pour trouver un moyen.

— Vous vous adressez mal, répondis-je. Je ne vois aucun moyen praticable.

Durant cette conversation, nous nous promenions toujours, en va et vient, sous le mur maudit, et Frédéric ne le quittait pas des yeux. On admirera notre naïveté ; la mienne au moins était sincère, quand je croyais au portier incorruptible. J'ignorais le pouvoir de la pièce de vingt francs sur les âmes les plus dures, et j'étais trop préoccupé pour penser à la vieille fable de Jupiter en pluie d'or, entrant chez Danaé. Que voulez-vous ? Je n'étais pas dieu et je n'étais pas riche. Deux motifs au lieu d'un pour ne point comprendre qu'on se métamorphosât en pluie d'or.

Quant à Frédéric, je ne jurerais pas qu'il en fût là.

Mais lui péchait par la connaissance trop grande de la valeur de l'or ; s'il ne donnait pas vingt francs au portier, c'est qu'il savait trop que vingt francs sont une somme, et cela lui paraissait cher. Il n'était donc pas amoureux ? demanderez-vous. — Si fait ; mais il l'était à sa manière. Et vous le connaîtrez mieux par la suite.

Nous cherchions ! nous cherchions ! Tous les moyens furent proposés ; je dis tous, car on agita même les plus impraticables. Il fut question de nous faire enfermer dans le Luxembourg afin d'escalader le mur sans témoins, quand le public serait sorti. Mais alors, il y avait un poste d'infanterie trop voisin de l'endroit. On calcula les chances d'échapper à la surveillance. Elles étaient nulles. Je proposai l'escalade par la rue de l'Ouest ; mais là, les passants nombreux devaient s'étonner et jeter l'alarme. Je proposai encore l'effraction de la serrure, c'était trop grave ; l'usage d'une fausse-clef, ce n'était pas moins grave ; puis il aurait fallu une empreinte, et le temps de fabriquer cette clef. Or, Frédéric ne démordait pas de son idée : il voulait, le soir même, pénétrer dans le jardin de Rosalie pour lui parler, ou du moins lui laisser une lettre, bien en évidence, sur la fenêtre de l'atelier, afin d'être assuré que cette lettre lui parviendrait.

Il faut dire que Rosalie, le matin, descendait la première à l'atelier, et ouvrait les fenêtres avant l'arrivée de sa maîtresse et des autres ouvrières. Frédéric s'en était assuré.

L'heure passait. On battait la retraite. On nous chassa hors du Luxembourg. Le conciliabule se continua dans la rue. Soudain, je me frappai le front. J'avais trouvé !

Quel moyen ? Vous allez le voir par l'exécution. J'en esquissai le projet à Frédéric. Il demeura persuadé que la difficulté était vaincue. Là-dessus grands cris, grande joie, embrassade, effusion. J'étais son sauveur. Mon moyen lui permettait, non pas de parler à Rosalie, mais de lui faire tenir une lettre en mains propres. Il fallait écrire cette lettre et nous montâmes quatre à quatre l'escalier qui nous menait à son sixième étage, afin de confectionner cette lettre. Frédéric ne pouvait pas l'écrire sans mon aide. Il exigeait qu'elle fût en vers. Une heure à peine nous restait. Je me mis à l'œuvre et j'écrivis la dernière épître que je devais écrire en cette circonstance. Je puis dire que je me surpassai : c'était tout bonnement inepte, mais on n'avait pas le temps d'être difficile. Frédéric d'ailleurs me harcelait ; à chaque vers, il demandait en trépignant : Est-ce fini ?

La lettre écrite et copiée, Frédéric la mit sous enveloppe, selon la coutume. Seulement, il attacha cette enveloppe à un bout de ficelle d'un mètre environ de longueur, eut soin de se munir d'un foulard tout neuf, et mit le tout dans sa poche. Ces divers objets, dont l'énumération a lieu de surprendre, étaient destinés à l'effraction des portes et au bris des clôtures.

Sur mon conseil, Frédéric se composa une tête inquiète, et nous pénétrâmes avec fracas chez le portier de la maison. Ce portier, qui connaissait l'oncle Pierre et la mère de Séchain pour des millionnaires, avait une grande considération pour mon ami. Frédéric lui raconta qu'ayant laissé ouverte, par mégarde, la porte de sa chambre, un courant d'air s'était établi, et le vent — le vent était d'un calme désespérant et pas un souffle d'air ! — et le vent avait enlevé un magnifique foulard par la fenêtre, il l'avait fait tournoyer, et l'avait enfin déposé dans le chantier, en face, de l'autre côté de la rue.

Le portier éprouva quelque surprise de cet accident. Il secoua la tête, comme un homme qui dit : Vous vous trompez ! c'est impossible. Mais Frédéric insista, j'insistai ; nous requîmes le portier de nous procurer sur l'heure l'entrée du chantier, afin d'y reprendre le foulard. Le portier savait aussi bien que nous où était la clef. Il consentit à l'aller demander à son confrère de la rue de Fleurus.

Entre confrères on ne se refuse rien. Le portier de la rue de Fleurus remit au nôtre la clef de Sésame ; nous vîmes bientôt revenir notre émissaire ; il nous ouvrit la

bienheureuse porte, et nous pûmes fouler enfin ce sol
béni et arriver au pied du mur derrière lequel respirait
Rosalie.

Par malheur, notre portier, peut-être par défiance,
parut vouloir faire du zèle. Il persista à entrer avec nous
et à chercher le foulard avec nous.

Je me chargeai de l'amuser. Je lui disais : j'ai vu
tomber le foulard de ce côté. — Il faisait une noire
nuit, et je désignais le coin le plus éloigné du mur de
Rosalie, l'endroit du chantier où le gaz de la rue proje-
tait l'ombre la plus épaisse. Le portier disait : Il sera
difficile de le retrouver dans ce coin. Il se mettait à
quatre pattes, tâtonnant dans les coins, parmi les pierres
et les petits cailloux, fort en danger de rencontrer autre
chose que ce qu'il cherchait. J'étais debout près de lui,
et je riais en moi-même, comme on peut le croire, d'un
bon rire rabelaisien. Pendant cela, Frédéric, à l'autre
bout du champ de pierres, poursuivait son œuvre mystérieuse.

A la ficelle, dont l'une des extrémités tenait à la lettre,
il attacha une petite pierre et la lança par-dessus le mur
mitoyen. La pierre entraîna la ficelle, la ficelle entraîna
la lettre ; le tout, comme je l'avais prévu, s'enchevêtra
dans les branches de l'acacia qui, dans le jardin de
Rosalie, se trouvait précisément devant la fenêtre de
l'atelier qu'elle devait ouvrir le lendemain matin. La
ficelle arrêtée aux branchettes laissait pendiller la lettre
et le caillou. Il était impossible que la jeune fille ne vît
pas cela.

Frédéric ayant ainsi parachevé sa besogne, poussa
un grand cri de surprise feinte : — Voilà mon foulard !
— Il poussa ce cri d'une voix aiguë, afin de bien certifier sa présence aux oreilles de Rosalie, qui peut-être
dormait, car il était tard. Puis il revint vers nous, tandis
que le portier se relevait en murmurant :

— Tiens ! c'est singulier ! Il était là-bas ; vous disiez
pourtant qu'il était tombé là.

— C'est, répondis-je, le vent qui l'aura roulé plus loin.

Ce vent était bon à tout. Je certifie de nouveau cependant qu'il n'en faisait pas assez pour soulever un duvet de cygne. Mais, cela était certain, Frédéric avait retrouvé son foulard ; il n'y avait pas à dire non, que diable ! Il le tenait à la main, et le montra au portier, tandis que celui-ci, les mains gênées de petits graviers, se les frappait l'une contre l'autre, et frottait ensuite les genoux blanchis de son pantalon.

Et penser, monsieur, que l'auteur de cette mystification était un grand sot de seize ans, tellement naïf que, s'il avait eu à regarder une femme en face, il aurait pris la fuite comme si cinq cents diables l'eussent poursuivi.

Nous sortîmes. Une fois débarrassés du portier, nous nous mîmes à rire de cette façon extravagante propre aux gens de notre âge. Frédéric était ravi ; moi, je l'avouerai, j'étais orgueilleux ; j'avais dépassé Mascarille et Scapin. Bafouer Géronte est trop facile : mais jouer un portier finaud ! C'est sublime. Hélas ! ce jour de gloire eut un funèbre lendemain. Lorsque j'arrivai, vers neuf heures du matin, Frédéric était sorti. Sous le pressentiment d'une catastrophe, j'allai faire un tour ; j'étudiai au Luxembourg l'*Electre* d'Eschyle, une belle tragédie ! Cependant Eschyle ne calmait pas mes perplexités, loin de là : mon inquiétude grandit et devint une espèce d'épouvante, quand j'entendis sonner midi. Frédéric n'était point encore chez lui ; du banc que j'occupais dans le jardin, je voyais très bien sa chambre ; à midi, la chambre était vide.

Ce ne fut que vers une heure que Frédéric rentra. Il se mit à la fenêtre et m'aperçut. Sa figure était pâle. Il me fit signe de l'attendre. Que s'était-il donc passé ? Je le sus bientôt. Frédéric, m'ayant rejoint dans le jardin, m'avoua qu'un grand scandale était advenu, et que, pour quelque temps au moins, il serait prudent de ne pas retourner chez lui.

Voici ce qui s'était passé :

Misérable trottin ! Combien j'avais été clairvoyant lorsque je le jugeai coquin sur sa mine. La maîtresse de Rosalie s'appelait aussi Rosalie, et avait cinquante ans. Guguste, narquois comme un gamin de Paris, avait remis à la Rosalie de cinquante ans les billets doux adressés à la Rosalie de dix-sept. On l'appelait *Mademoiselle !* Mais cette vieille modiste, unie par des liens illégitimes à un personnage à barbe qu'elle nommait son mari, avait pris plaisir à s'illusionner. Afin de réveiller les feux mourants de monsieur par un souffle de jalousie, elle lui avait communiqué mes... nos épîtres, les épîtres de Frédéric, veux-je dire, car lui seul avait signé. Mais les deux scélérats, l'homme et la femme, avaient ri ! oui, ils avaient ri de mes vers ! Ils avaient trouvé cela drôle jusqu'au jour où, le matin, on avait aperçu, sur l'indication même de la jeune fille, le billet pendu dans l'acacia, au bout de sa ficelle. Tout le monde nous avait trahis ! Mascarille et Eraste étaient bernés. La vue de la lettre dans l'acacia avait fait redouter cependant des entreprises plus audacieuses ; on avait ri jusqu'alors, mais le moment était venu de donner une leçon à ces « jeunes gens ! » Le monsieur à barbe parla de casser sa canne sur le dos de Frédéric ; son épouse effrayée, le supplia de n'en rien faire pour cette fois, et promit de mettre fin, seule, aux poursuites de cet effronté, en révélant tout à ses parents.

En effet. Ce matin-là, Mme Séchain, la mère de Frédéric, prenait un bain avant déjeuner. La femme de chambre, Josette, vint l'avertir qu'une dame demandait à lui parler. Mme Séchain étant au bain, ne pouvait recevoir ; elle prescrivit de faire attendre. Mais soudain, la porte de la chambre s'ouvrit avec fracas, la modiste furieuse, exaspérée comme il convient à la vertu outragée par un jeune débauché, fit irruption dans la chambre du bain.

Elle criait et vociférait ; elle était rouge, elle étouffait, elle tenait à la main les billets en vers, dans lesquels Frédéric racontait son martyre. Quel vacarme ! Mme Séchain se réfugia au fond de sa baignoire, et dans son agitation soulevait l'onde parfumée en gros bouillons ; toute la maison en fut submergée.

— Josette ! Josette ! passez cette femme à la porte !

Mais point d'affaire ! Il fallut écouter l'effroyable dénonciation contre Frédéric. Le fils de Mme Séchain se permettait d'écrire les madrigaux aux femmes honnêtes ! C'était un vaurien, un don Juan : il escaladait les murs. On l'avait vu rôder autour de l'asile de la vertu, en compagnie d'un sacripant, d'un homme de mauvaise mine ; et l'alcôve chaste de Mme Rosalie était en péril d'être prise d'assaut. A la fin de ce discours, entrecoupé de reproches et de larmes, la modiste jeta tous les billets, sans excepter le dernier, avec son caillou et trois mètres de ficelle, sur une chaise qui se trouva là, et dit :

— Madame, si votre polisson de fils y revient encore, mon mari, *qu'est* un homme bien élevé, lui cassera les reins. Vous *v'là* avertie.

Et elle sortit.

Tempête, ouragan, cris, fureurs ! Mme Séchain se fit donner un peignoir par Josette, et fit appeler son fils, et fit appeler son frère. M. Pierre arriva éperdu. Que se passait-il ? On lui montra les lettres, le caillou et la ficelle, preuves accablantes, pièces de conviction d'un forfait à jamais mémorable ! Frédéric, la conscience mal en repos, descendit de sa chambre, entra près de sa mère, demeura consterné dès les premiers mots. On devine ce qui se passa.

— Ma mère, dit Frédéric en terminant la narration de ce désastre, ma mère était exaspérée, moins pour la chose en elle-même qu'à cause de la scène inconvenante qui lui avait été faite et dont nous avions fourni le prétexte. Il sera bien difficile de lui faire oublier cela. Cette malheureuse modiste a été vraiment bien insolente, et c'est ce que ma mère pardonne le moins.

— Mais, dis-je, je ne vois pas ce qui me regarde là-dedans.

— Attendez ! — Mon oncle a lu les billets doux. Après déjeuner, il les a relus. Il faut vous dire que mon oncle est un maniaque qui n'aime pas à être troublé ; il

3'

est aussi vexé que ma mère. Ayant relu les vers, il a haussé les épaules et a dit : C'est stupide !

— Bien obligé ! m'écriai-je. Mon cher Frédéric, votre oncle n'est pas gracieux !

— Non, dit Frédéric, mon oncle n'est pas gracieux. Il a donc trouvé vos vers stupides, mais il a fait l'observation que, quelque bêtes, qu'ils fussent, ils dépassaient évidemment mes facultés poétiques ; j'ai eu beau protester que j'en étais l'auteur, il n'a pas voulu me croire, et même s'est fâché de nouveau en me sommant de déclarer le véritable nom du poète.

— Et vous m'avez nommé, Frédéric ?

— Il l'a bien fallu. Mon oncle m'a demandé qui vous êtes. Je lui ai rappelé que, déjà plusieurs fois, je lui avais parlé de vous. Il m'a dit alors, avec son petit air : D'où sort ce monsieur ? Est-ce que c'est cet individu de mauvaise mine dont parlait la modiste ? Vous comprenez, mon cher Armand, que j'étais au supplice de tout cela. Mon oncle et ma mère sont persuadés que c'est vous qui, par vos conseils, m'avez entraîné dans cette affaire ; que vous êtes non-seulement l'auteur des vers, mais l'auteur de l'intrigue, et même mon oncle a terminé ses reproches, en disant : Tu peux annoncer à ce monsieur de Rives que, s'il m'arrive jamais de le rencontrer quelque part, je lui ferai mon compliment.

— Frédéric, m'écriai-je, vous ne m'avez pas défendu ! Vous vous êtes justifié à mes dépens !

Frédéric rougit en protestant :

— Oh non ! j'ai fait ce que j'ai pu pour vous innocenter. Mais, d'ailleurs, que vous importe ? Afin que mon oncle n'ait pas la fantaisie de monter ici quelque jour, ou de vous guetter dans l'escalier, j'irai pendant un peu de temps travailler avec vous, chez vous.

— Comment ! demandai-je, votre oncle serait homme à me guetter !

— Je ne dis pas cela précisément..... Mais enfin, il a une malice incroyable quand il s'y met ; et au fond, cela nous est bien indifférent, pourvu que nous soyons ensemble, d'être chez moi ou chez vous.

Je consentis à suivre le conseil de Frédéric. J'avoue que, malgré mon air hardi, j'étais au fond très mal rassuré sur une rencontre possible avec l'oncle Pierre, et je me trouvais intimidé à l'idée que, désormais, pour monter chez Frédéric, il me faudrait passer devant la redoutable porte de l'appartement du premier étage. Ce fut donc au tour de mon ami de venir chez moi ; cela d'ailleurs le dépaysait, et l'aidait à oublier cette déception de l'amour humilié. Cependant, ce nouveau train de vie ne put se prolonger. Nos amis, que nous n'avions pas mis dans le secret de notre malheur, s'étonnaient de ne plus trouver personne chez Séchain, lorsqu'ils s'y présentaient. Le voisin Levernay se plaignit qu'après l'avoir déshabitué de dormir, on le laissait, à présent, veiller seul. S'il était aisé de transporter chez moi le travail, il l'était moins d'y tenir les réunions de gaité. Les chaises manquaient. Il fallut, bon gré malgré, rétablir le centre de nos associations chez Séchain ; je me promis du moins d'y aller rarement.

Dans les premiers jours, en effet, je tins parole ; mais Séchain avait besoin de mes leçons, il me sollicitait sans cesse ; puis, — que ne fait pas la force de l'habitude ! — moi-même je souffrais de mon exil. Enfin, j'aimais beaucoup Frédéric. C'était mon premier ami ; aucune désillusion n'était venue encore refroidir les vivacités de mon cœur ; je l'aimais avec une sincérité et un abandon que peu de gens pourront apprécier à trente ans, quoique tous l'aient éprouvé à vingt.

Mes visites rue de l'Ouest reprirent leur régularité. Il est vrai que je ne montais jamais l'escalier sans que le cœur me battît. Je gravissais les marches de l'entresol et du premier étage en toute hâte, trois par trois ; je traversais le palier sur la pointe du pied, je frémissais quand le parquet craquait à mon passage devant la large porte de l'appartement. Quand enfin je me trouvais au troisième étage, je respirais. Le terrible oncle Pierre était esquivé pour cette fois encore !

En descendant, c'était la même frayeur. Elle était ridicule, et rien ne justifiait cette crainte de me trouver en face d'un homme bien élevé qui, sans doute, devait borner ses reproches à quelque petite épigramme, à quelque raillerie inoffensive. Etait-il même probable que je le rencontrasse jamais? Etait-il croyable qu'il cherchât à me rencontrer? D'ailleurs, il ne me connaissait pas. Mais j'avais peur, c'est tout dire. Cela ne se peut raisonner, et je continuais mes précautions, comme s'il se fût agi de passer à côté de Croquemitaine. Les sévérités humiliantes de mon père m'avaient constitué petit garçon, vis-à-vis de tout homme qui avait l'âge de mon père ; je ne pouvais rien changer à cette disposition de mon esprit.

Un jour, enfin...

III

Mon début dans le monde.

Un jour enfin... Ce jour-là était un dimanche. Le dimanche m'a toujours été fatal. J'avais passé la matinée avec Frédéric ; nous nous étions quittés de bonne heure, car sa mère donnait un grand dîner auquel il devait assister : mais nous avions pris rendez-vous pour la soirée, à huit heures précises, chez lui. Frédéric m'avait promis de s'esquiver en sortant de table, et nous devions passer la soirée ensemble, n'importe où.

Mon ami était habituellement très exact. A huit heures précises donc, j'arrivai rue de l'Ouest. J'avais eu soin de me faire beau ; j'avais endossé ma redingote bien brossée.

Et ici qu'il me soit permis de donner un détail.

Cette redingote m'a causé bien des tourments. Je ne a mettais que dans les circonstances solennelles ; elle

m'avait servi à l'examen, et, on le sait, elle était étroite
et me gênait aux manches. C'est que ma redingote était
âgée d'une grande année ; elle ne m'avait jamais largement habillé, et les derniers efforts de ma taille en se
développant ne l'avaient point élargie. Bref, c'était la
redingote étriquée d'un collégien qui pousse ; mais ma
mère affirmait qu'elle était encore passable. Je ne
réponds pas que la conviction de ma mère fût désintéressée ; quant à mon père, son opinion était faite : ma
redingote était fort bien ; j'aurais été mal venu de dire
le contraire.

Force m'était donc de porter cette glorieuse redingote.
C'était déjà très pénible d'avoir une redingote âgée d'un
an, lorsque je voyais les jeunes gens amis de Frédéric,
ainsi que Frédéric lui-même, afficher un luxe effrayant
de vêtements splendides ; mais une circonstance imprévue ajouta encore à mon tourment. La mode changea.
A l'époque où ma redingote avait été faite, on portait
les tailles courtes ; l'année suivante, on les portait longues. Or, ma redingote à courte taille, accourcie encore
de la longueur nouvelle de ma croissance, contrastait
cruellement, allez, avec les tailles longues des vêtements neufs. Les basques montaient jusqu'au milieu du
dos, et les deux boutons de la taille faisaient la mine de
deux têtes de clous que l'on m'aurait plantés entre les
épaules. — Triste !

En me regardant dans la glace, j'avais constaté que,
par devant, ma redingote était présentable ; le drap des
revers était sans tache, les boutonnières étaient intactes,
le derrière m'inquiétait ; oh ! il m'inquiétait beaucoup.
Je me demandais quel effet produisait ma tournure aux
yeux des gens qui marchaient derrière moi sur le trottoir. J'étais préoccupé quand ces gens parlaient ; j'aurais désiré savoir s'ils ne parlaient pas de cette redingote, étrange à contempler. Si, par hasard, des êtres
en belle humeur riaient, je me trouvais fort perplexe :
ne riaient-ils point de ma redingote ? Peut-être ! Que
de fois, furieux, prêt à invectiver les gens, je m'arrêtai

brusquement, afin de laisser passer devant moi d'heureux vivants qui, assurément, occupés seulement de
leurs plaisirs, ne s'étaient pas avisés même que j'eusse
une redingote, courte ou longue.

Mais quand une chose vous tient au cœur!

J'avais imaginé une manœuvre savante pour arriver à
dissimuler l'indignité de mon vêtement. Cette manœuvre consistait à me tenir toujours le dos collé au mur
dès que je me trouvais dans une maison. Je ne consentais que dans les cas de force majeure à m'aventurer
dans le milieu d'une pièce, à laisser un espace suffisant
entre la muraille et moi pour que l'on pût y passer.
Toujours je me tenais contre la cloison, ainsi qu'un
tableau de famille ; et je me flattais que, vu de face, ma
dignité avait moins à souffrir. Illusion qui me tranquil-
lisait à demi ; chimère consolante, dont mon esprit se
repaissait ; comme si la préoccupation constante, évidente, sur mon visage et dans mes gestes, ne devait
pas, au contraire, attirer encore plus l'attention sur le
point que je voulais cacher !

Ainsi, j'étais revêtu ce dimanche-là d'une redingote à
courte taille, la seule redingote que j'eusse. J'arrivais à
huit heures, sur l'indication de Frédéric. Je montais
l'escalier avec les précautions accoutumées, et j'avais la
confiance entière de trouver mon ami fidèle, comme de
coutume, à notre rendez-vous. Je fus déçu ! Sa porte
était close, aussi bien que celle de Levernay. J'eus
beau frapper, cogner et refrapper à l'une et à l'autre,
l'une et l'autre restèrent closes. Levernay était sorti,
courant après quelque pretantaine ; Frédéric Séchain
semblait n'avoir point encore trouvé le moment de s'esquiver du salon de sa mère.

Que faire ? Attendre sur le carré : c'était ennuyeux.
M'aller promener au Luxembourg m'obligeait à passer
une fois de plus devant la porte périlleuse. Après une
minute d'hésitation, après avoir interrogé l'escalier,
pour voir si quelqu'un ne montait pas, je me résignai,
bien à regret, à descendre pour gagner le Luxembourg.

J'ignorais pourquoi, mais le cœur me battait plus que de coutume, et je tenais ma canne, une petite canne assez jolie, présent de ma mère, comme si je m'étais préparé à battre quelqu'un.

Un, deux, trois, quatre étages. Je descendis tout cela, cent marches de chêne ciré, avec le pressentiment que quelque chose de grand et de solennel allait avoir lieu. J'arrivai enfin au palier du premier au-dessus de l'entresol ; je touchais la première marche de l'étage libérateur, lorsque la porte de l'appartement s'ouvrit. Un monsieur parut. C'était l'oncle Pierre. M. Pierre-Francis Pautrel.

Je le regardais de travers, comme quelqu'un qui a le soleil dans les yeux. Il se mit à rire.

— Pardon, monsieur, dit-il n'êtes-vous pas M. Armand de Rives ?

— En effet, répondis-je.

Et je dus m'arrêter. J'étais démasqué, reconnu. Arrêté, Louis XVI, à Varennes, n'eut point une émotion plus cruelle. Cependant, pour sauver l'honneur, j'affectai le calme et je m'approchai.

M. Pierre Pautrel ne paraissait point être ce grigou décrit par Frédéric. Je ne saurais mieux donner une idée de l'oncle de mon ami qu'en le comparant à Hertzen, le rédacteur du *Kolokol*, que la photographie a rendu si populaire. Idée, ai-je dit, car la ressemblance n'était pas complète. C'était un homme d'une quarantaine d'années, dont les cheveux abondants et noirs grisonnaient un peu. Il était de taille moyenne, mais bien pris. Les traits de sa figure étaient un peu gros au premier coup d'œil ; au second, on démêlait une finesse pleine de bonté affectueuse. Ses yeux avaient un regard vague : il portait des lunettes.

Son vêtement ne pouvait pas être admis pour un vêtement de cérémonie, quoique sa sœur donnât à dîner ce jour-là. Avec un pantalon et un gilet blancs, il avait une grande cravate de batiste blanche, dont les pointes flottaient. Il portait une jaquette, une sorte de veste en

drap gris, d'apparence pauvre, et qui devait bien avoir
l'âge de ma redingote. Mais cela avait bon air. Pas de
montre; un cordon noir laissait deviner un lorgnon
reposant dans l'une des poches du gilet. Tandis qu'il
tenait, d'une main, la porte ouverte, de l'autre main il
fouillait tranquillement l'une des poches de sa jaquette,
et finit par en retirer une pastille qui, mise dans la
bouche, répandit une énergique odeur de menthe. Il
souriait en croquant sa pastille.

— Vous aviez rendez-vous avec M. Frédéric Séchain?
demanda M. Pautrel.

— Oui, répondis-je en balbutiant, mais puisqu'il n'est
pas chez lui...

M. Pautrel m'interrompit.

— Monsieur, je suis l'oncle de M. Séchain. Je l'ai
chargé d'une course pressée, qu'il a dû faire après dîner;
mais il ne doit pas tarder à rentrer. Si vous désirez
l'attendre, vour pouvez l'attendre ici.

Le ton de bienveillance de M. Pautrel ne calma pas
ma terreur. Je devais être rouge comme une pivoine, et
il s'en aperçut, je le vis à sa mine; cela fut loin de me
rassurer.

— Monsieur, dis-je, je ne veux pas vous déranger;
ayez seulement la bonté de dire à Séchain qu'il me rencontrera au Luxembourg.

— Je ne souffrirai pas, reprit M. Pautrel, que vous
ayez inutilement monté six étages; je vous prie de
vouloir bien entrer. Frédéric m'a souvent parlé de vous
— il ricana — et je désire avoir l'honneur de faire
votre connaissance, monsieur Armand de Rives!

— Mais, monsieur, en vérité... je ne sais si je dois...
sans indiscrétion...

— Entrez donc! entrez donc! dit M. Pierre d'un ton
péremptoire.

Je dus me résigner. A moins de prendre la fuite, je
ne pouvais refuser.

Quand je fus dans l'antichambre, M. Pierre referma
la porte d'entrée, et se dirigea vers une autre porte

qu'il ouvrit. Il me fit signe d'avancer. Son rire moqueur
ne cessait pas. Au moment de franchir cette seconde
porte, je sentis la main de mon introducteur s'appuyer
entre mes épaules, bien peu au-dessus des boutons de
ma redingote ; et il me poussa dans un salon plein de
monde, en disant de sa voix douce :

— Voilà le coupable !

— Un grand murmure se fit dans le salon. C'était la
première fois de ma vie que j'entrais dans un salon.
Celui-là était plein de monde, comme je l'ai dit. Et quel
monde !

Il y avait des jeunes filles.

J'éprouvai alors, pour la première fois, une sensation
cruelle dont peu de gens savent se défendre en entrant
dans un endroit où se trouvent des femmes. En cette
circonstance, c'était inattendu : ce fut terrible. Supposez un conscrit qui n'a jamais vu le feu, et qui aperçoit à l'improviste une batterie ennemie braquée sur lui,
vous n'aurez encore qu'une mesure imparfaite de mon
désarroi. Il fut de courte durée. Pour cette fois, j'avais
à peine fait un pas que le calme revint. L'éclair éblouissant était passé. Je regardai avec calme autour de moi,
et je fis un salut poli, que l'on m'a dit, dans la suite,
avoir été fort convenable. Ce fut un hasard heureux.

Tout le monde s'était levé. Il y avait une douzaine de
personnes. On prenait le café. Tout d'abord, je remarquai trois jeunes filles, trois visages rayonnants de
toute la grâce que l'on peut rêver. — Chose terrible ! —
l'une de ces jeunes filles s'avança vers moi en souriant
et me dit :

— Monsieur, je suis enchantée de vous voir !

On se tenait obstinément debout, comme si j'avais été
le roi de Prusse. Il y avait beaucoup de curiosité dans
cette politesse. Chacun était là, tenant à la main sa
tasse de café, la cuiller en suspens, le regard moqueur.
Tandis que je saluais la jeune fille qui s'était avancée
vers moi, l'oncle Pierre prenait la peine de m'approcher
un fauteuil, et dit à son tour :

— Monsieur de Rives, nous vous attendions avec impatience. Prenez donc ce fauteuil.

J'obéis. Une fois assis, je regardai tout le monde d'un air ébahi. On m'imita. Ayant ma redingote cachée par le dos du fauteuil, je me sentais rassuré sur mes derrières ; l'ennemi ne me faisait plus peur. M. Pautrel prit place près de moi, s'accouda sur le guéridon où se trouvait le café et me dit :

— Monsieur de Rives, Frédéric nous a souvent parlé de vous, et nous désirions beaucoup vous connaître ; aujourd'hui, l'occasion s'est présentée, ou plutôt, pour être franc, j'ai eu soin de la faire naître, en obligeant Frédéric à manquer le rendez-vous que vous lui aviez donné. J'espère que vous me pardonnerez.

— De grand cœur, monsieur, quoique, à vrai dire, vous m'ayez causé une surprise dont je suis encore ému.

— Je sais, reprit M. Pautrel en souriant ; il y a une petite histoire qui vous donne des inquiétudes.

Je rougis de nouveau, et je répondis pourtant :

— Elle m'en donnait, je l'avoue ; mais me voilà rassuré.

— Tant mieux, dit M. Pautrel, nous n'avons point l'intention de vous manger.

La jeune fille qui, à mon entrée, s'était avancée vers moi, quitta de nouveau la chaise qu'elle occupait, et, prenant une tasse sur le plateau, me demanda :

— Prenez-vous du café, monsieur de Rives?

— Oui, mademoiselle, répondis-je en m'inclinant.

Tandis que la jeune fille remplissait la tasse, M. Pautrel reprit en me la désignant :

— Madame ! madame Séchain, la mère de votre ami Frédéric.

Je restai béant de surprise. Mme Séchain, il est vrai, ressemblait à son fils d'une manière frappante, et je l'avais remarqué d'abord ; mais il était impossible de la prendre pour sa mère. On aurait juré qu'elle n'avait pas plus de dix-huit ans. M. Pautrel se frotta les mains, et dit en riant :

— Ma chère Adèle, voilà un compliment en prose dont vous ne pouvez contester la sincérité.

Mme Séchain sourit à son tour d'une façon séduisante, de cette heureuse façon qui atteste un bon et sincère accueil fait à un compliment sincère. Je me levai afin de recevoir la tasse qu'elle me présentait ; mais je me replongeai vivement dans mon fauteuil.

L'idée de ma redingote me poignardait.

— Oui, dit l'oncle Pierre, au moment où je portais la tasse à mes lèvres, oui, je vous ai guetté. Je voulais absolument connaître l'auteur des vers qui nous ont été rapportés dans des circonstances si dramatiques. Nous avons beaucoup ri de toute cette histoire, monsieur, au moins de ce que nous en connaissons, car la bonne dame qui nous a fait une scène n'a pas donné de détails. Frédéric, de son côté, a voilé son récit et n'a pas voulu sortir de ses réticences. Quant à vos vers, on pourrait y reprocher quelques chevilles ; mais enfin, vous les faisiez sur commande, et c'est déjà bien joli de les avoir faits tels qu'ils sont. — Il éclata de rire. — Pardieu ! on me pendrait bien avant de m'en faire faire de pareils, et je ne vous intenterai pas de procès là-dessus. A présent, je vous pardonnerai même vos chevilles si vous consentez à être franc : si vous consentez à nous raconter votre épopée avec Frédéric, de façon à nous permettre de juger s'il a été aussi ridicule que nous le croyons.

J'entendis de petits rires autour de moi. Cela était clair, j'étais sur la sellette. M. Pautrel me tendait un piège. Il était certain que le récit d'une aventure de grisette, en présence de femmes du monde, parmi lesquelles étaient deux jeunes filles, présentait des difficultés cruelles. C'était épineux. Les deux jeunes filles que je voyais de loin, assises dans l'embrasure d'une fenêtre, riaient et chuchotaient avec sournoisie ; et je soupçonnai, aux regards que l'on me jetait, tout le péril de ma situation. La manière dont j'allais m'exécuter fournirait la base d'une appréciation définitive sur mon compte. J'entrais dans le monde ; il s'agissait de gagner mes éperons.

Un piège est toujours inquiétant. Plus expérimenté, j'aurais éprouvé de l'inquiétude, et, peut-être, j'aurais commis quelque bévue. L'ignorance du danger me le fit éviter. Ignorance presque complète ; j'eus, il est vrai, la vague notion d'une difficulté à surmonter, mais je ne m'y arrêtai guère, et j'allai bravement à l'ennemi. La jeunesse a ses privilèges : Dieu la protège. Quand je me souviens de l'aplomb incroyable que j'eus en ce moment, il me paraît que je donnais de belles espérances.

— Vous voulez donc le récit de notre odyssée ? demandai-je d'un ton dégagé.

— Je vous le demande, répondit l'oncle Pierre.

Je feignis l'inquiétude, et je regardais autour de moi, puis je repris :

— Frédéric n'est point ici ?

— Vous le voyez : il est absent.

— Il ne se serait pas caché sous un meuble ?

— Non, vraiment. Mais pourquoi ces précautions ?

— C'est que, dis-je, je n'aime à dire du mal de mes amis qu'en leur absence. Puisque vous m'assurez que Frédéric n'est pas là, je vais le sacrifier avec sécurité.

Et au milieu de l'attention générale, je commençai mon récit, dans lequel, en effet, je sacrifiai Frédéric, en revanche de ce qu'il m'avait lui-même sacrifié d'abord. J'eus soin de voiler les endroits scabreux de ce petit roman et j'arrivai au bout de ma narration sans avoir fait un faux pas, sans avoir hasardé un mot dont la censure la plus sévère pût s'effaroucher. Mon succès fut complet. Aujourd'hui que les années ont amorti les côtés excentriques de mon langage, j'ai peine à concevoir comment je me tirai de ce pas difficile. On m'attendait pour rire de moi ; je fis rire de mon prochain. — Je dis : rire aux éclats. Depuis que j'avais occasion de parler souvent avec Frédéric et ses amis, j'avais acquis la faculté de nuancer ma conversation ; mais, en acqué-

rant la souplesse de tous, je n'avais pas perdu la vivacité du débit, cette vivacité qui m'avait attiré le blâme
du professeur à mon entrée chez M. Legay. Ma parole
était éclatante et rapide ; cela surprenait d'abord, mais
on s'y habituait promptement ; cette originalité devenait
un motif d'attention, et, par suite, de succès. On pourra
méditer cela avec fruit.

L'originalité de la forme fait souvent passer la vulga-
rité du fond. Chez moi, l'originalité était excessive ;
elle venait de la sauvage éducation que mon père
m'avait imposée. Quelle que fût la cause de ma bizarrerie, je plus par cette bizarrerie.

Il y avait assurément quelque chose de communicatif
dans la gaieté bavarde de ce grand garçon blond, qui
riait lui-même, comme un fou, de ce qu'il racontait,
sans attendre qu'on eût ri et approuvé. A raconter
l'histoire, je la trouvai énormément drôle : il arriva que
tout le monde fut de mon avis ; en dix minutes, le salon
parut plein de pensionnaires et de collégiens écervelés.
On m'interrogeait, j'avais riposte à tout. Je brûlais les
planches, je gesticulais afin de compléter par la panto-
mime la description de nos aventures. Il vint un moment
où tout le monde parlait et riait à la fois. Je ne m'entendais plus, j'allais toujours ; et, je le répète, je n'allai
cependant que jusqu'où il fallait aller pour rester en
dedans de la limite rigoureuse au delà de laquelle je me
serais perdu dans l'inconvenance.

Quand j'eus fini, je fus surpris de voir M. Pautrel
seul, grave et réservé. Il se retenait de rire, et cela
m'inquiéta. Ce ne fut que par la suite qu'il me fut donné
de connaître les motifs de cette gravité forcée, et qui
n'allait guère au caractère vraiment gai de l'oncle
Pierre. Cependant il me décerna les éloges les plus vifs,
et me demanda si je consentirais à réciter les vers de
mes billets doux.

— Vous les avez trouvés mauvais, répondis-je. J'ai
trop de confiance en votre jugement pour en appeler,
monsieur.

— Prendrez-vous un peu de liqueur, monsieur ? demanda Mme Séchain.

— Certes ! dit M. Pautrel, sans attendre ma réponse.

Et lui-même m'offrit un petit verre. Je regardais l'oncle Pierre. Sa figure affectueuse me plaisait ; de son côté il ne cessait pas de m'observer, croquant pastille sur pastille. Il ne prenait pas de café et se disait souffrant ; de temps à autre il s'essuyait le front.

— Vous êtes malade, mon bon Pierre ? dit Mme Séchain.

— Non, ma chère Adèle. C'est M. de Rives qui m'a fait trop rire. Afin de le récompenser, l'une de ces demoiselles va bien vouloir nous faire un peu de musique.

Il se tourna, en disant cela, vers les deux jeunes filles, qui n'avaient point quitté l'embrasure de la fenêtre. Elles parurent ne pas avoir entendu.

— Eh bien ! mesdemoiselles, dit Mme Séchain, vous ne refusez pas, j'espère !

Mesdemoiselles continuèrent à faire la sourde oreille ; mais soudain une vieille dame, leur mère, appuya la prière de Mme Séchain :

— Allons, Ernestine, Amélie ! voyons, jouez-nous quelque chose.

— Mais, maman ! s'écrièrent-elles toutes deux ensemble, nous ne savons rien.

— Je le veux, dit la mère.

Il fallait obéir ; cependant il y eut encore un court instant de débat, entre les deux sœurs, à qui ne se mettrait point au piano. Ce fut enfin mademoiselle Amélie, l'aînée, qui se sacrifia. Ayant quitté la place qu'elle occupait près de la fenêtre, elle s'assit au piano. Mme Séchain avait préparé le tabouret ; il se trouva trop élevé. Ce fut un petit débat comique entre Mlle Amélie et Mme Séchain, mademoiselle s'étant levée pour tourner le tabouret dans un sens, et Mme Séchain s'obstinant à le tourner dans le sens opposé. On aurait dit deux jeunes chats jouant avec une pelote de fil. On me parut fort gai dans cette maison. Il est vrai qu'on était presque en famille.

Mlle Amélie, maîtresse enfin de son tabouret, le mit au point qui lui convenait, et s'assit à son aise. Elle paraissait réfléchir, se demander ce qu'elle allait jouer, quand un jeune homme, à figure sévère, et tout de noir habillé, qui se trouvait assis près de la cheminée, lui dit :

— Amélie, joue donc le quatrième acte des *Huguenots*.

Aussitôt, sans s'assurer si le piano était d'accord, Mlle Amélie commença avec une fougue un peu fiévreuse et passionnée, en artiste éprise de son art, et qui donne peut-être plus d'ardeur au piano que cet instrument sans âme n'en peut recevoir. Je dirai même qu'il y avait une nuance de manie dans cette fougue, mais il y avait aussi une habileté consommée. Mademoiselle avait dit cependant ne rien savoir ; mais elle jouait sans musique, sûre d'elle-même et de l'effet qu'elle allait produire.

On l'écoutait attentivement. Je ne remarquai pas parmi les auditeurs ces petits échanges de paroles à voix basse que l'on se permet d'habitude derrière les pianistes ; le jeune homme qui avait demandé les *Huguenots*, et que je devinai être le frère de ces demoiselles, était plus attentif que personne. Il avait, dis-je, la figure grave et sévère ; il portait à la boutonnière de sa redingote noire un bout de ruban rouge. Décoré à vingt-cinq ans ! Ce devait être un officier ; je sus en effet qu'il était lieutenant de chasseurs d'Afrique, et se trouvait alors en permission.

Quant à la sœur, Mlle Ernestine, ayant refusé de se mettre au piano, elle écoutait à peine d'une façon distraite, et regardait fréquemment dans la rue avec indolence. Cette demoiselle était la plus jeune et paraissait avoir environ mon âge, seize ans ; la sœur Amélie pouvait en avoir dix-sept. Le contraste entre elles était frappant, quoique elles eussent les cheveux de la même

couleur, le même teint, les mêmes yeux. Autant l'aînée
paraissait vive, gracieuse, avide de plaire, autant la
jeune était nonchalante, insoucieuse et peu disposée à
dire quatre mots aimables. Je les regardais avidement,
sans me soucier de laisser remarquer mon air bête. Les
petits pages amoureux, au moyen âge, devaient regarder ainsi les belles châtelaines féodales.

Il ne me serait pas venu dans l'idée que ces belles
jeunes filles pourraient jamais laisser traîner leur regard
sur ce pauvre moi que j'étais. Cependant, elles devaient
être mêlées au drame cruel que j'ai à raconter ; toutes
deux devaient m'aimer, et je devais les aimer toutes
deux.

IV

Les deux sœurs

Mme Séchain attirait aussi mes regards. Elle était
d'un blond châtain, d'une blancheur de peau idéale.
Véritablement belle, les yeux vifs et souriants, le nez
d'une délicatesse antique ; l'ensemble de sa figure présentait un ovale parfait. Chacun des traits du visage
était si finement, si nettement accusé, les cils et les
sourcils, les coins de la bouche rieuse se détachaient si
bien sur ce visage rose et blanc, qu'on éprouvait une
sorte de surprise à la regarder. Sa toilette était des plus
simples. Sur l'ouverture des manches de sa robe rose, il
y avait des nœuds de rubans flottants ; ces rubans s'ar-
rêtaient parfois sur les bras et semblaient moins finement
satinés que cette peau fraîche, dont le grain se
devinait irritant au toucher. Pas de bracelets. Par une
coquetterie raffinée, Mme Séchain laissait voir ses bras
depuis le coude jusqu'à la main, dans leur longue et
irréprochable nudité ; un bracelet aurait coupé cette
ligne magnifique et gâté le poignet fin. Les mains
n'étaient pas moins parfaites : petites, potelées, allon-
gées. Les ongles en amande. La chair rose, au bout des

doigts, paraissait translucide. Et, pour compléter le système, il n'y avait pas plus de bagues aux doigts que de bracelets aux bras.

J'étais tellement préoccupé de ces beautés que ce fut à peine si je jetai un regard sur les autres personnes qui se trouvaient là, deux vieilles dames, dont l'une de grande mine aristocratique (c'était la mère des jeunes filles), et l'autre grosse, grasse, rouge, vulgaire en un mot. Outre le jeune officier, il y avait encore un autre monsieur qui pouvait passer pour un jeune homme ; un autre grand monsieur à barbe et à moustache, très soigneux de sa toilette. Il y avait, enfin, un vieillard à cheveux rares et blancs que je crus d'abord être le père des jeunes filles, et qui simplement était un vieux célibataire, légitimiste enragé.

J'allais oublier une dame entre deux âges qui, assise dans un large fauteuil, se tenait nonchalamment penchée, comme pour mieux écouter la musique. Chez cette dame, tout paraissait prétentieux et viser à l'effet.

Au moment où Mlle Amélie terminait son quatrième acte des *Huguenots*, au milieu des applaudissements, la porte du salon s'ouvrit et Frédéric Séchain entra. Il s'apprêtait à rendre compte à son oncle de la mission dont il avait été chargé, lorsqu'il m'aperçut, et fit un mouvement de stupeur et de colère dont rien ne saurait donner une idée. Ma présence au milieu du salon parut le bouleverser.

M. Pautrel et moi nous nous mîmes à rire, et nous aurions eu bien des imitateurs si tout le monde ne s'était pas empressé, dans ce moment même, autour de la jeune pianiste. Personne ne remarqua donc le jeu de physionomie de Frédéric. J'attribuai son mécontentement visible à la crainte qu'il éprouvait que je ne l'eusse sacrifié dans le récit de ses amours avec la modiste.

— Bonsoir, Armand, dit-il enfin en balbutiant, et d'une voix qui ne pouvait réussir à être affectueuse. Je ne m'attendais pas à vous trouver ici.

4

— Et moi, répondis-je, je ne me repens pas d'y être venu, mais je vous assure que j'y suis venu malgré moi.

— Hum ! fit Séchain d'un air de doute.

M. Pautrel se mit à rire et dit :

— Mon pauvre Frédéric, tu t'es laissé jouer. Que veux-tu ? La partie au moins a été gaie ; et le meilleur plaisir que tu m'aies causé en ta vie, ç'a été, certainement, de me fournir une occasion de connaître monsieur.

— De quoi parlez-vous, messieurs ? demanda Mme Séchain en approchant.

— Des bévues de Frédéric, répondit M. Pautrel.

Frédéric s'éloigna en maugréant. Sa mine avait quelque chose de singulier et de plus maussade que ne le comportait l'innocente mystification dont on l'avait rendu victime. Mme Séchain haussa imperceptiblement les épaules, avec un air de supériorité dont je ne saisis pas bien la portée, et me dit en souriant :

— J'espère bien, monsieur de Rives, qu'à l'avenir il ne sera plus besoin de vous guetter au passage pour obtenir l'honneur de vos visites.

— Madame, répondis-je en saluant, il ne faut pas trop encourager les importuns. J'ai peur de l'être.

— Je vous assure que vos craintes ne sont pas fondées, reprit M. Pierre. Vous nous ferez toujours plaisir en vous arrêtant ici, au lieu de monter au sixième étage de Frédéric.

Je promis volontiers et Mme Séchain s'éloigna. La conversation devint générale, et pendant le reste de la soirée je n'eus plus qu'à me reposer avec la certitude de la bienveillance de tout le monde. Frédéric parla peu ; je fus surpris de voir mon ami, habituellement si prolixe, se tenir dans une réserve pleine de circonspection. Vers minuit, tout le monde se retira. Mlles Amélie et Ernestine me regardaient à peine. Moi, je les regardais beaucoup.

Frédéric, en sortant avec moi, au lieu de monter à sa chambre, vint m'accompagner. Une fois arrivés dans la rue, il donna quatre ou cinq coups de canne sur le pavé, et s'écria :

— Mon cher Armand, c'est impardonnable !

— Je ne vois pas, répondis-je, ce qu'il y a d'impardonnable là-dedans. D'abord, tout cela est arrivé malgré moi. Je n'en ai pas de regret, mais enfin, j'ai été forcé.

Je lui racontai comment les choses s'étaient passées. Il ne voulait pas me croire, et s'écria que, pour tout au monde, il aurait voulu éviter cette introduction chez ses parents. Je me fâchai, et lui demandai ce qu'il voyait en cela de compromettant. Il refusa de me répondre catégoriquement ; nous nous quittâmes avec une sorte d'hostilité, lui voulant me faire promettre que je ne retournerais pas chez sa mère, et moi lui déclarant que j'userais largement de l'invitation qui m'était faite.

Je dormis peu. Pendant toute la nuit je repassai dans mon esprit les événements de la soirée ; je revis les diverses physionomies qui m'avaient entouré dans le salon de Mme Séchain ; et, parmi ces apparitions, trois femmes se détachaient de la foule.

Mme Séchain d'abord, puis Mlles Amélie et Ernestine de Renne.

Il serait difficile de préciser quel sentiment j'éprouvais pour chacune d'entre elles. Sans espérer de réussir, je vais essayer de le faire.

J'avais à peine plus de seize ans. A cet âge, on l'a répété souvent avec assez de raison, un jeune homme n'aime pas une femme ; il aime la femme. La sensation matérielle l'attire, mais le cœur n'a pas encore fait son choix. J'en étais là. Et si affreux que soit cet éclectisme de l'amour juvénile, comme ce crime était celui de mon âge et qu'on n'est pas pendable pour cela, j'avoue que mes désirs étaient sans bornes. J'avais d'ailleurs des circonstances atténuantes.

Élevé dans la maison paternelle, sous les yeux d'une mère vigilante, les dépravations précoces des jeunes gens m'étaient inconnues. Mon ignorance était profonde, et l'intuition que tout homme porte en lui me faisait seule frissonner quand j'entendais prononcer certains mots mystérieux. J'avais, il est vrai, composé des vers d'amour pour mon ami Frédéric, mais ces vers ne venaient pas de la science de mon cœur ; j'avais, pour les faire, employé certains mots, certaines phrases que j'avais lues ailleurs ; je m'étais servi de locutions toutes faites, sans apprécier ce qu'elles signifiaient. Ces locutions m'avaient plu, je les avais reproduites ; une harmonie étrange jaillissait pour moi du mot *amour* et je le répétais avec ivresse, mais avec ignorance.

Ce mot me plaisait tant, que c'était pour moi une joie de le redire dans les trois langues que je savais balbutier, et j'invoquais Eros comme un Grec d'Athènes ou de Corinthe. Et puis j'étais poëte. Toutes les fibres de mon être étaient tendues et vibrantes comme les cordes d'un précieux instrument dont je ne savais pas jouer encore, mais dont le vent, le hasard, en arrachant de vagues harmonies, me faisait pressentir la puissance et le charme. Avec le désir juvénile, je ressentais donc déjà la haute aspiration vers l'idéal pur et rayonnant ; je commençais à palpiter pour la recherche de l'inconnu. Dans le corps je devinais l'âme ; dans l'action j'entrevoyais la vie.

Récemment, avec Frédéric et ses amis, il m'était arrivé d'entendre parler d'amours vénales, de femmes payées. Cela m'avait fait horreur. Je m'étais insurgé contre cette idée avec toute la force de l'indignation. On avait ri. Mais j'avais laissé rire, et je m'étais juré, avec une implacable volonté, de garder mon serment, que jamais je ne tiendrais une femme que d'elle-même, que toute faveur que je recevrais ne viendrait que d'un libre choix. Je sentais, non sans orgueil, une soif d'aimer aussi pure qu'elle était ardente ; et dirai-je les ineffables puérilités auxquelles je me livrais en attendant ? Avouerai-je que le vieil amour d'une petite fleur fut pour moi une religion de jeunesse.

Dirai-je que ma pauvre chambre me semblait attendre la compagne de ma vie, et que souvent, en rentrant seul, j'ouvrais les bras comme pour saisir l'amour espéré, et que je les refermais sur ma poitrine, donnant une étreinte éperdue à une image indécise, qui n'était autre que mon désir et mon rêve ?

Aussi avide d'aimer, la première femme désirable que je rencontrerais devait m'inspirer un amour insensé. Si, dans le salon de Mme Séchain, j'avais rencontré une femme, Mme Séchain seule, par exemple, j'étais amoureux. Mais j'en avais rencontré trois, trois également belles, trois également rayonnantes. Et j'étais en suspens, inquiet, perplexe.

Mme Séchain m'attirait par des instincts imprévus. Elle avait, au suprême degré, cette beauté diabolique que possèdent les femmes privilégiées aux approches de la quarantaine, au moment où la beauté va les abandonner pour toujours. Une femme si richement douée, sachant que cette beauté trompeuse ne durera plus qu'un jour, use alors de l'expérience acquise pour jouir amplement de ce jour de répit. Elle connaît sa force, et la met en usage. Aussi, Mme Séchain m'avait-elle frappé par l'attrait de ses regards assurés et francs, par une certaine provocation dans le geste, par la manière même dont ses cheveux étaient relevés aux tempes Je ressentais, sans m'en rendre compte, l'influence de la femme savante en amour, disposée à débarbouiller un adolescent ; je subissais le pouvoir d'une femme qui aurait été, à la fois, mère passionnée et maîtresse éperdue.

Je repoussais cette idée ; il me semblait bien que je ne trouvais pas ainsi la satisfaction tant désirée de mes aspirations sublimes. Les jeunes filles exerçaient sur moi une séduction plus voilée, plus calme, mais aussi plus profonde.

L'aînée des deux sœurs, Amélie, m'apparaissait avec sa physionomie hautaine et douce, si attrayante, avec son sourire un peu triste. On devinait en elle une souffrance cachée, un ennui qui était peut-être frère de mon désir, et qu'elle dissimulait avec soin sous un enjoue-

4.

ment tendre, plein de grâce et de dignité. Sa voix était
nette, précise ; mais elle avait un timbre pénétrant et
frais qui m'allait au cœur ; après qu'elle avait parlé, on
l'aurait suppliée de recommencer.

Elle était grande, elle était svelte ; son corsage
opulent révélait une femme. Sa taille fine avait des
allures de couleuvre ; sa démarche avait des ondulations irrésistibles. Son cou gracieux irritait par la
pudicité de ses contours et faisait rêver.

Sa chevelure, presque noire, était d'une abondance
inouïe, et couronnait un front si beau, que jamais depuis
je n'en ai vu de pareil. Ses yeux bruns, limpides et sincères, avaient une certaine pensée dans le regard ;
le nez, un peu aquilin, donnait à la figure une allure
hautaine, caractérisée encore par des sourcils puissamment arqués. Mais la bouche, petite, finement dessinée,
souriante avec les plus belles dents du monde, et une
lèvre inférieure rose et peu accentuée, démentait cet
indice impérieux par le charme vainqueur du sourire
plein de bonté.

Quant à sa sœur plus jeune, Ernestine, je sus par la
suite qu'elle avait été élevée en Afrique, tandis qu'Amélie
avait reçu son éducation dans un couvent en France.
La plus jeune des deux sœurs devait à cette particu-
larité une disposition à l'indolence qui la faisait ressembler, d'après ce que j'avais entendu dire, à une femme
de harem. Ses cheveux, de la même nuance brune,
étaient moins opulents ; son front était moins haut, et
elle voilait nonchalamment son regard avec ses paupières aux longs cils. Son nez était moins fin, la bouche plus
grande avait quelque sensualité. Quand elle parlait, sa
voix, harmonieuse autant que celle de sa sœur, avait
des notes traînantes. Sa parole était moins accentuée ; son
visage était plus rond ; son cou, par suite de l'attitude penchée habituelle à cette jeune fille, avait une séduction de
plus. Elle était grande, ainsi que sa sœur ; le climat de
l'Afrique l'avait hâtivement mûrie. En observant bien,
on voyait peut-être moins d'opulence dans les formes.

Je passe les autres perfections, mais que l'on soit persuadé que, dans mes rêves, je n'en oubliais aucune. Je
commentais chaque pose, chaque geste, chaque pli de
robe, chaque mouvement de corsage. Un pied chaussé
d'une fine bottine que j'avais vu soulever le bas de la
jupe me revenait obstinément à la pensée ; et pour tenir
ce pied dans ma main, j'aurais consenti à bien des servilités. Mais comment, mon Dieu ! admettre qu'un tel
bonheur me fût possible ; et comment croire que jamais
Mlle Ernestine de Renne pourrait me dire, en me désignant du doigt le parquet, à ses pieds.

— Mettez-vous là, bien vite, et demandez pardon !

Saints du ciel ! pour en arriver là, dussiez-vous me
prendre pour un mécréant, j'aurais embrassé la religion
du bon Mahomet, qui tolère la polygamie dans son paradis. Dussiez-vous me traiter de prodigue, j'aurais trafiqué de mes nombreux châteaux en Espagne ; si un juif,
le plus juif du monde, m'avait proposé de me prêter un
baiser d'une de ces trois femmes, à la condition que je
lui laisserais en gage les sept satellites de Jupiter, je
lui aurais répondu sérieusement :

— Sept satellites, c'est trop peu ; je vais en décrocher quatorze et vous donner la lune avec.

Eh bien ! je crois en conscience que je l'aurais fait.
Dame ! j'avais seize ans !

Ris ! barbe de bouc et front cornu, vieux diable
détrôné depuis que les chimistes font de la magie de
toutes les couleurs. Les chimistes ne t'ont pas tout pris :
il te reste la grande, la précieuse sorcellerie, la jeunesse
et l'amour. Qui donc, à seize ans, ne s'est pas donné au
diable ? Et si quelque bedeau s'en excuse, il enrage à
soixante ans de ne le pouvoir plus faire. Faust commença
par implorer Méphistophélès, afin qu'il lui rendît la jeunesse ; et quand il l'eut, ce bon savant se mit à courir
sur le Brochen, avec le diable au corps. Mieux avisé que
Faust, je n'avais pas perdu de temps, et je me demandais quelle magicienne j'allais choisir pour l'embrasser.

Malgré cette invocation au diable, je n'en étais pas

moins très vertueux. Je rêvais d'un pied « élégamment chaussé d'une souple bottine, » mais j'en rêvais en tout bien tout honneur ; je ne sondais pas la profondeur de mes pensées, et, m'arrêtant aux premières conséquences, je négligeais d'avancer de déductions en déductions, jusqu'au point périlleux où je serais allé, certes, si l'on m'avait mis à même la besogne.

L'idée ne me vint pas de raisonner. L'idée ne me vint pas que la seule possible à réaliser parmi mes trois tentations était Mme Séchain ; qu'elle seule pouvait m'offrir des chances de succès ; qu'en faisant la cour à l'une des deux jeunes filles, je m'adressais à une place bien gardée, bien surveillée, qui, voulût-elle se rendre, en serait empêchée par des gouverneurs prudents.

Pas de brèche possible à la morale, de ce côté ; et quant au mariage, il était encore plus impossible que la séduction. Etait-il vraisemblable que l'on consentît jamais à donner en mariage une fille ravissante, riche, élégante, à un gueux qui n'avait pas six deniers et que recommandait seulement le manuscrit d'une tragédie ? qui se présentait chez les gens vêtu d'une redingote ridicule, avec une histoire de fredaine pour bienvenue ? — Non ! non, mille fois non !

Et cependant je m'imaginais tout possible. Je m'imaginais, dans un bosquet de Watteau. Elle était chaussée de petites mules blanches, elle était vêtue d'une robe de soie brochée qui traînait derrière elle sur les gazons, elle portait la poudre et la mouche assassine. Quant à moi, avec une veste gorge de pigeon, je tendais le jarret d'une façon triomphante, et je débitais les madrigaux les plus jolis du monde. Au fond du paysage vers lequel nous avancions, on voyait un lac bleu, une barque dorée à voile de pourpre, avec un batelier discret, pour le pèlerinage à Cythère. Des tourterelles volaient dans l'air.

Cependant, laissons ces rêves. Et pour en venir à la réalité, disons en peu de mots ce qu'était cette famille de Renne, la mère, le fils et les deux filles.

Mme de Renne était la veuve d'un officier général tué

en Afrique. Après la prise d'Alger, Mme de Renne avait laissé en France, aux soins d'une parente, les deux enfants qu'elle avait déjà, Edouard et Amélie. Ernestine était venue au monde en Algérie six mois après. M. de Renne, alors colonel, avait obtenu un commandement important, et s'était, pour ainsi dire, naturalisé Africain. Devenu général, il avait appelé son fils Edouard près de lui et l'avait avancé de son mieux. En 1843, M. de Renne avait été tué. Sa veuve, alors, revint en France avec sa petite fille.

Outre sa pension de veuve, elle jouissait, disait-on, d'une certaine fortune, et reçut quelque peu de monde. Parmi les personnes avec lesquelles elle se lia se trouvait Mme Séchain, qu'elle avait connue autrefois, mariée, avant son départ pour l'Afrique, et qu'elle retrouvait veuve comme elle, établie avec son frère, M. Pautrel, mère en outre d'un grand garçon, Frédéric Séchain.

On supposa, avec assez de vraisemblance, que les rapports des deux familles aboutiraient à un mariage ; Frédéric parut devoir épouser infailliblement l'une des filles de Mme de Renne. Ceux qui en parlaient, comme on parle de tout, faisaient pourtant observer que la disproportion des fortunes serait peut-être un obstacle. La fortune de Mme de Renne était modique, et, disait-on, sans sa pension de veuve d'un officier général, elle aurait été fort gênée.

Mme Séchain, au contraire, paraissait jouir d'un revenu considérable. On ignorait le chiffre précis de ce revenu. Mais on parlait de 75 à 80,000 francs de rente.

C'était un joli denier. Sur ce revenu, bien entendu, M. Pierre Pautrel figurait bien pour une petite somme d'apport ; mais c'était peu de chose, et personne n'admit jamais que l'oncle de Frédéric possédât plus de cinq ou six mille francs de rente.

Du reste, Frédéric Séchain devait être l'héritier de son oncle aussi certainement que de sa mère. L'oncle Pierre, célibataire, souvent malade, recueilli par sa sœur, ne pouvait pas, disait-on toujours, se dispenser de laisser sa fortune à son neveu. En faisant la part des exagérations, en réduisant à soixante mille francs seulement le revenu de la maison commune, Frédéric présentait encore une surface de plus d'un million de capital. Cela était certain.

Il y avait bien le cas où Mme Séchain viendrait à contracter un nouveau mariage et aurait d'autres enfants. Mais on savait vaguement qu'elle avait été fort malheureuse pendant sa première union, et cela rendait peu probable qu'elle se hasardât une seconde fois. Elle avait été séparée de son mari. M. Séchain, que peu de gens avaient connu, était allé on ne sait où ; on ignorait même l'époque de sa mort. Quand on parlait de M. Séchain, Mme de Renne, qui l'avait vu plusieurs fois avant qu'il se rendît en Afrique, ne manquait jamais de dire : — C'était un vilain homme. Et elle entamait alors une série de récriminations sur la conduite de cet odieux mari, qui avait rendu sa bonne et chère Adèle si malheureuse. Il paraissait donc assuré que Frédéric n'avait point à redouter un nouveau mariage de sa mère.

On discutait là-dessus le pour et le contre d'un mariage possible, et quand on était à bout de raisons, on faisait valoir que Mme de Renne était parente, cousine de Mme Séchain.

D'après cela, vous jugez qu'avec toutes mes belles ardeurs, je tombais assez mal pour avoir des chances, au milieu d'arrangements de famille. J'ignorais cependant ces détails ; et quoique je les donne dès à présent, je ne les connus que plus tard.

L'oncle Pierre, faisait, au milieu de ces heureuses gens, assez triste figure. Il passait pour maniaque, et quand il était absent, on ne se gênait pas pour dauber d'importance sur l'habitude qu'il avait de soigner excessivement sa santé. Il se croyait malade. Se *croire* malade est généralement un ridicule ; chez M. Pierre-Francis Pautrel, ce n'était qu'un défaut. Cet excellent homme y mettait tant de bonne grâce, qu'il y aurait eu de la cruauté à le railler en face. On se rattrapait quand il avait le dos tourné. Il se croyait appelé à mourir, un jour ou l'autre, d'une congestion cérébrale ; seule hypothèse que pût autoriser la santé assez robuste dont il jouissait en réalité.

Mais cette crainte de congestion le poursuivait sans cesse, à table, au lit, au spectacle, au bois. Un bourdonnement d'oreilles le prenait ? Congestion ! Le hoquet lui montait après un accès de rire ? Congestion ! Il éprouvait quelque plénitude après avoir trop bien dîné ? Congestion ! Il avait couru pour l'omnibus, et le rejoignait après s'être essoufflé ? Congestion ! Un ami lui faisait ses adieux ? Congestion ! Un autre arrivait à l'improviste ; ou bien au détour d'une rue un chien lui passait entre les jambes ? Congestion ! congestion !

M. Pierre-Francis Pautrel ressemblait à l'homme de la *Peau de chagrin*. Il se regardait vivre, évitait les chocs avec autant de soins qu'un homme qui, portant un verre trop plein, redoute toute inadvertance qui pourrait lui faire répandre une goutte du contenu.

Il se rendait ainsi très malheureux, et ajoutait, par cette préoccupation constante, à d'autres misères que nous connaîtrons plus tard.

C'était dans le but d'avoir le calme si nécessaire à un homme en péril de congestion, qu'il s'était réuni à sa sœur et vivait avec elle, entouré de soins. Il avait précautionneusement arrangé sa vie ; il avait fait mettre des bourrelets aux portes, il avait fait mettre des tapis partout. Il avait encore choisi des papiers de tenture de couleurs calmes, établi des stores pour éviter les lumières trop vives. Il avait proscrit les tableaux à cadres trop dorés ; il ne tolérait que les toiles des vieux maîtres, ou de bonnes copies de ces maîtres, œuvres d'un grand prix, qu'il contemplait avec sérénité sans risquer de s'émotionner les yeux. J'avais remarqué tout d'abord ce détail. Je n'avais vu, dans le salon, que des toiles recommandables et bien choisies. M. Pautrel était connaisseur.

Il avait apporté ses soins jusqu'à la confection des

meubles. Le mobilier se divisait en deux parties bien distinctes. Ce qui venait de Mme Séchain était composé de meubles à la mode, élégants et riches ; ce qui venait de M. Pautrel, c'était des meubles, spécialement des siéges, fabriqués sur commande, savamment combinés pour offrir tout le bien-être possible, et sans aucun souci du luxe ou de l'élégance. A grand'peine, il avait toléré la présence d'un excellent piano, et on ne l'ouvrait et on n'y touchait que sur sa demande ou sa permission expresse. J'avais, sans m'en douter, joui d'une grande faveur, lorsque M. Pautrel avait demandé de la musique.

Il s'habillait avec une indépendance absolue. Sa manie étant comme acceptée, il avait le droit incontesté de recevoir et d'aller voir les gens en veste et en pantoufles. Ses chapeaux surtout étaient étranges, à larges bords et lui touchant à peine le front. Quand il en avait un bien fait à sa tête, il le gardait jusqu'aux dernières limites de la vétusté, et ne consentait à se coiffer de neuf, qu'après avoir obligé son chapelier à recommencer vingt fois la façon d'un chapeau.

Du reste, il en était de même pour ses vêtements ; et croyez bien que le tailleur n'était pas plus heureux que le chapelier. Il avait poussé le système jusqu'à se faire lui-même un tailleur ; il avait découvert un brave ouvrier assez intelligent, et il l'avait stylé, éduqué de telle sorte qu'il y avait peu de chose à redire à chaque habit, et qu'il était possible de s'en tenir à quatre ou cinq retouches pour le rendre acceptable.

Dès qu'une fois un vêtement s'adaptait bien à son corps, ce vêtement entrait en faveur et s'éternisait sur les épaules de l'oncle Pierre ; quand l'heure de la réforme avait sonné, on trouvait parfois moyen d'obtenir un premier sursis en changeant les doublures et en refaisant les boutonnières ; puis un second, à l'aide d'une refonte générale, en retournant le drap.

Ses théories étaient sages ; il démontrait volontiers l'absurdité de nos vêtements modernes, et leur reprochait surtout de laisser le ventre exposé à la solution de continuité entre le gilet et le pantalon. Aussi, portait-il des gilets d'une longueur insolite, qui descendaient jusqu'aux cuisses. De cette façon, disait-il, on se tient le ventre et l'estomac chauds ; on n'est point exposé aux mauvaises digestions et aux douleurs d'entrailles. Les craintes de congestions diminuent d'autant. J'ignore, en vérité, ce qu'auraient été ces craintes avec des gilets courts, car il était difficile d'en avoir de plus fortes. C'était au point qu'il portait toujours, dans une poche spéciale du gilet, une petite lancette dans un étui. Il s'était fait apprendre le moyen de pratiquer une saignée. Au moindre danger, il s'ouvrait le bras ! Et, poussant encore plus loin la précaution, prévoyant le cas où il serait surpris par une attaque foudroyante, il avait, à son tour, indiqué à Mme Séchain le moyen de lui ouvrir sûrement la veine. Mme Séchain n'entrevoyait pas sans terreur l'éventualité possible de ces circonstances graves où elle aurait à faire office de chirurgien. Je ne crois pas, au reste, que le cas se soit jamais présenté. Dans les jours de notre intimité, je reçus les mêmes instructions sanguinaires, et cela m'agaçait si cruellement que, plusieurs fois, il me vint à l'esprit de le saigner de vive force, qu'il fût congestionné ou non.

Mais à l'heure de mes rêveries, nous étions loin encore de cette intimité.

Dans de certaines circonstances, une humeur vagabonde s'emparait de M. Pautrel. Il éprouvait le besoin de visiter d'autres climats, et entraînait sa sœur vers des contrées lointaines. Dans le temps où Frédéric était en train de faire son éducation à Felletin, Mme Séchain et son frère avaient fait deux voyages en Italie, un en Allemagne, un autre en Espagne. Jamais il ne consentit, malgré de vives sollicitations, à aller en Angleterre. C'était un pays froid qui lui inspirait des craintes ; il préférait les climats chauds, et avait passé, en outre, trois hivers à Nice et un en Algérie.

De ces pérégrinations, il avait rapporté une assez

5

grande quantité d'objets d'art que sa sœur avait consenti à acheter; il connaissait à fond tous les musées dont il avait des catalogues annotés. Il savait très bien la langue de chacun des pays où il avait séjourné ; mais il ne consentait jamais, ou du moins ne consentait que très-rarement à faire usage de ces idiomes. Cela, disait-il, l'obligeait à un effort de cerveau capable de développer une congestion. Une seule fois, racontait Mme Séchain, il avait parlé l'italien d'une façon étonnante. C'était à Naples. Un lazzarone l'avait rendu victime d'une petite mystification. Là-dessus M. Pautrel s'était mis en colère, et la colère lui avait délié la langue de manière qu'il avait parlé italien avec une volubilité incroyable pendant dix minutes.

Ensuite de quoi il avait été sur le point de s'évanouir.

Un dernier trait fera connaître encore mieux ce singulier caractère. Il était de première force sur le violon et possédait deux de ces précieux instruments, signés des vieux maîtres, qui sont recherchés et payés au poids de l'or. Les rares personnes qui avaient entendu M. Pierre jouer du violon étaient d'accord que bien peu des artistes les plus célèbres l'auraient pu surpasser. Mais, avec la crainte des congestions, il redoutait de s'attendrir lui-même, et ne touchait à ses violons que dans les jours de santé exceptionnelle. Encore, il voulait être seul, afin de ne pas subir l'influence passionnante du public.

Cependant, soit que ce fût la suite de sa manie, soit que, réellement, des nerfs trop impressionnables ressentissent péniblement les vibrations touchantes de ce sublime instrument, le premier et le plus beau de tous, M. Pierre, quoique ayant joué seul, était toujours malade après une séance d'un quart d'heure. Il arrivait une ou deux fois par année qu'on l'entendait le matin, dans sa chambre, à travers les portes. Mme Séchain disait alors. — Pierre sera malade aujourd'hui. Quelle imprudence ! Il joue du violon ! Et la prédiction était toujours réalisée.

Tel était donc cet homme bizarre que j'avais vu la veille pour la première fois. Après tant d'années, je me demande encore quelle décision violente, quel soudain mépris de la congestion l'avaient pu déterminer à l'acte vigoureux que l'on connaît : à m'arrêter au passage. C'était complétement sortir de son caractère. Quant à moi, heureux de la réception qui m'avait été faite, ne me doutant guère des événements que l'avenir me gardait, ne pensant plus même aux inexplicables reproches de Frédéric, je poursuivais trois images de femme.

Deux seulement, car Mme Séchain fut promptement écartée, et quoiqu'elle revînt parfois, ce ne fut jamais d'une façon durable. Mais grande était ma perplexité entre Amélie et Ernestine. Laquelle aimer des deux ? Les gens sages me diront qu'il m'était aisé de sortir de peine en ne les aimant ni l'une ni l'autre ; que rien ne me forçait à les aimer, et que je n'avais qu'à me tenir en repos. Mais je réponds à cela qu'il était très nécessaire que je fusse amoureux, que j'en reconnaissais la nécessité évidente ; que plutôt que ne l'être pas, j'aurais renoncé à jamais à vivre, et me serais laissé mourir de faim.

Quant à l'horrible conseil que d'autres m'auraient donné d'aimer les deux sœurs à la fois, le diable, mon cousin, m'en souffla bien un mot ; mais il me fit horreur ; je lui commandai le respect pour d'aussi charmantes créatures qu'étaient Mlles Ernestine et Amélie de Renne.

Mais il faut s'entendre : être amoureux ne signifie point ici être disposé à tenter les grands moyens pour arriver au but de l'amour. Il est vrai que j'étais incertain sur le choix de celle que j'aimerais ; cependant, n'eussé-je point eu cette incertitude, eussé-je été bien assuré d'aimer celle-ci et non celle-là, cela n'aurait point avancé mes affaires de beaucoup. J'aurais eu beau m'enflammer pour un objet unique, ç'aurait été un feu discret dont personne, pas même la partie intéressée, n'aurait rien su. Comment, grand Dieu ! vous imaginez-

vous que l'on puisse dire à une femme : Je vous aime !
Non, ces choses. ne sont pas possibles ! De telles paroles ne se prononcent pas. On les lit dans les romans ;
mais c'est un mensonge inventé par les romanciers, et :
Je vous aime ! est impossible à prononcer.

On peut en rêver, loin de la bien-aimée ; on peut, la
nuit, dans les fièvres de l'insomnie, le lui crier à tue-
tête à travers les espaces qui vous séparent d'elle ; on
peut prendre la résolution de le lui dire le lendemain,
aussitôt que le jour viendra, de courir à ses pieds pour
le lui jurer. Mais le jour venu, la résolution défaille ; la
bien-aimée paraît et vous sourit... le cœur vous manque,
vous avez peur, la résolution est morte. Et c'est en
quoi l'amour diffère des bâtons flottants. De loin, l'aveu
n'est rien ; de près, c'est quelque chose de bien terrible.

J'allai comme de coutume chez Frédéric ; une certaine
froideur régnait entre nous, sans que je pusse en démêler la raison. Aucune explication ne fut échangée ;
Frédéric, ainsi que je m'en étais déjà assuré, était incapable d'exposer franchement un grief. Il gardait tout
sur le cœur. Je passai la soirée seul, et le lendemain
encore je retournai chez Frédéric, à qui j'annonçai
résolûment que, le jour suivant, je ferais une visite à sa
mère. Frédéric garda le silence, comme s'il n'eût pas
entendu.

Le soir, je me promenais sur le quai, rêveur, inquiet.
Je vis venir à moi Mme de Renne, précédée de ses
deux filles, vêtues toutes deux de robes pareilles ; sans
doute, elles allaient faire une visite rue de l'Ouest.

Nous marchions en sens contraire, nous devions nous
croiser ; je m'apprêtai à faire un salut, le plus gracieux
possible.

J'étais ému. Je regardai ces demoiselles, Amélie et
Ernestine, en me demandant de nouveau : « Mais
laquelle ? » Mon salut se ressentit de cette préoccupation de mon cœur. Autant que j'en pus juger, je saluai
d'une manière déplorable, et je rougis. Mme de Renne

me sourit gracieusement, Mlle Amélie me fit un signe de tête fort discret, et rougit autant que moi. Quant à Mlle Ernestine, sans rien modifier à son air nonchalant, elle me regarda tranquillement, de haut en bas, comme si elle ne m'avait pas reconnu, comme si je ne l'eusse pas saluée. On eût dit qu'elle regardait un animal curieux dont c'était le métier de faire des courbettes.

Je me sentis enragé. Ayant dépassé ces dames d'une vingtaine de pas, je me retournai pour les voir aller. Ah ! je vous l'assure, elles étaient très tranquilles, Mlle Ernestine aussi bien que sa mère et sa sœur.

Eh bien ! moi, je l'aurais battue, cette insolente fille. Je lui montrai le poing, et je m'écria :

— Me voler mon salut ! a-t-on idée ! Ah ! par exemple ! Je te jure que je te rendrai très amoureuse de moi, que tu gémiras de ne pouvoir toucher mon cœur. Car je serai d'une froideur de glace, et je ne t'aimerai pas, quoi que tu fasses pour cela. Cela t'apprendra, coquette, à voler le salut des gens de ma sorte !

Quel homme, ayant vécu, ne m'a pas déjà compris ? Ce salut volé avait fixé mon cœur, et j'aimais Mlle Ernestine de Renne !

M. Pautrel m'avait averti que je serais assuré de le trouver le matin. Je sonnai donc vers midi, à cette porte jadis tant redoutée. J'avais laissé ce matin-là Frédéric sans répétiteur.

La femme de chambre vint ouvrir et m'introduisit dans le salon. On était encore à déjeuner. J'attendis environ dix minutes, au bout desquelles je vis entrer Mme Séchain, plus charmante encore que le jour de ma première visite. Elle avait un grand peignoir de mousseline blanche brodée et garnie de dentelles ; un peignoir qui valait, à lui seul, tout ce que la femme d'un bourgeois modeste dépense en toilettes d'éblouissant mauvais aloi pendant toute sa vie.

M. Pautrel suivait sa sœur, toujours vêtu de sa veste grise. Il entra calme, tranquille, prudent. Sa sœur, au contraire, avait une vivacité toute juvénile. Elle riait du meilleur de son cœur, et rajustait ses cheveux avec de petits gestes fous remplis de désinvolture.

Mme Séchain vint à moi la première, me tendit la main et me dit :

— Monsieur de Rives, je vois que vous n'avez pas oublié mon invitation. Je vous en remercie bien sincèrement.

M. Pautrel me fit de même un petit compliment, et ajouta qu'il était ravi de me voler à Frédéric.

— Je ne sais cependant, reprit Mme Séchain, quand on m'eut fait asseoir, quel plaisir vous aurez à faire des visites à une vieille femme comme moi et à ce pauvre Pierre qui n'est pas toujours gai. Si j'osais me prévaloir de l'amitié que vous portez à Frédéric et vous demander un peu d'indulgence, je vous dirais bien quelque chose. M'y autorisez-vous ?

Je balbutiai je ne sais quelle réponse effarée. De la part d'une telle femme, ces façons poliment affectueuses m'intimidaient fort. Mme Séchain s'était plongée dans un grand fauteuil *crapaud*, et la mousseline de son peignoir l'entourait comme un nuage, et répandait un léger et fin parfum que je ne connaissais pas. Vieille femme ! C'était tout uniquement de la coquetterie. Je la voyais : tandis qu'elle jouait avec un éventail oublié la veille sur un meuble, et qu'elle le tordait au risque de le casser, ses beaux bras nus sortaient des larges manches et se devinaient presque jusqu'à l'épaule. En même temps, ayant croisé ses jambes, elle balançait au bout de l'orteil une petite pantoufle bleue, et le pied élégant, et la cheville délicate, et l'attache de la jambe se dessinaient sous le bas à coins brodés. M. Pautrel se tenait renversé sur un autre fauteuil, le gilet ouvert, dans l'attitude de quelqu'un qui ne veut pas troubler sa digestion. Il jouait avec un petit volume à reliure noire, à tranches rouges, de même que sa sœur jouait avec l'éventail. J'avais d'abord reconnu, pendant mon attente au salon, que ce volume n'était autre que le *Quinte-Curce* d'Elzévir. Un exemplaire impayable.

— Je voudrais donc, reprit Mme Séchain, que vous
prissiez ici vos aises, comme chez vous. Cela nous mettra nous-mêmes plus à l'aise. Nous voyons fort peu de
monde, seulement quelques amis que vous avez rencon-
trés l'autre jour. La mauvaise santé de M. Pautrel nous
empêche de nous mettre en frais de politesse ; de mon
côté, je redoute les asservissements de toute nature.
Vous êtes ami de Frédéric ; c'est bien. Soyez des nôtres.
Quand cela vous plaira, venez ; mais ne vous croyez pas
obligé de venir. S'il vous plaît de rompre de temps à
autre la monotonie de nos repas, vous nous ferez plaisir ;
votre couvert sera mis, quand vous serez là, sans qu'il
soit besoin d'invitation. Est-ce dit, monsieur de Rives ?

— Très bien dit, madame, et j'accepte avec reconnaissance.

Elle se mit à rire.

— Vous plaisez à Pierre ; Frédéric nous a beaucoup
parlé de vos goûts studieux ; nous savons aussi que
vous faites un peu de littérature. Nous en avons vu des
échantillons...

Son rire redoubla ; elle fut quelque temps à se
remettre et continua d'un ton plus posé :

— ... Peut-être, à votre âge, vous avez encore beaucoup à apprendre. Pierre vous dira ce qu'il sait ; il aime
à régenter. Moi, je vous avoue mon ignorance. J'aime à
voir et à entendre les belles choses, mais je ne sais pas
formuler mes critiques. Enfin, c'est tout. — Pour aujourd'hui, afin de commencer l'exécution de notre traité
du sans-gêne, je vous signifie que je vais faire ma toilette avec ou sans votre permission. Nous avions,
Pierre et moi, projeté une promenade à Bellevue ; si
vous avez le temps, et que cela vous plaise, vous viendrez avec nous.

Elle jeta son éventail, et s'étant levée, me tendit la
main.

— Madame répondis-je, en serrant cette belle main
d'une façon timide, j'irai donc avec vous à Bellevue. Je
m'accorde ce plaisir-là.

Elle sonna sa femme de chambre et passa chez elle. M. Pierre, resté seul avec moi, posa son Elzévir, essuya ses lunettes et me dit :

— Voilà comment est Adèle. Elle est folle ! Je vous prie bien d'excuser ce sans-façon, car elle vous a parlé de bon cœur. Enfin, ne soyez pas trop formaliste.

— Je vous proteste, monsieur, répondis-je, que rien au monde ne peut me causer un plus grand plaisir que l'accueil dont je suis l'objet. Et aussi, ajoutai-je, la proposition, que vous ratifierez sans doute, de m'apprendre un peu des choses que j'ignore.

— Oh ! dit M. Pautrel en souriant, Adèle me flatte ; je ne sais pas grand'chose. J'ai un peu voyagé, un peu retenu ; mais enfin ce que j'ai de meilleur est ma bibliothèque. Connaissez-vous Winckelmann ?

— Non, répondis-je ; qui est ce monsieur ?

M. Pierre, à son tour, se mit à rire.

— Winckelmann a écrit de gros volumes sur l'art. C'est un érudit plus qu'un homme de goût, mais il est indispensable de le lire quand on veut approfondir l'art antique. Je vous prêterai Winckelmann, et nous causerons, si vous jugez que je puisse vous être utile pour votre éducation artistique.

— Vous le voyez, repris-je, j'ignorais même l'existence de Winkelmann.

— Ce n'est point un crime, répondit M. Pierre en souriant. J'ai surtout une collection de belles gravures de divers musées que j'ai visités. J'ai les dessins des dernières découvertes faites à Pompei. J'imagine que ces choses vous seront agréables ; si vous préférez la littérature, j'ai encore quelques bons livres ; mais vous aurez là-dessus plus à m'apprendre qu'à vous instruire. Il sourit. — Je ne suis pas bachelier.

Il parlait d'un ton doux, modeste et affectueux. Il accentuait lentement chaque mot, et accompagnait ses expressions, pour les rendre plus sensibles, d'un sourire particulier, dont la nuance plus ou moins prononcée correspondait à sa pensée intime et la faisait mieux comprendre. Son dernier mot : Je ne suis pas bachelier ! me fut rendu intelligible seulement par le sourire. Il y avait là, tout à la fois, une félicitation pour mon succès récent, et aussi un avertissement de ne pas trop croire mon instruction complète, pour avoir conquis ce grade de bachelier un peu plus tôt qu'on ne l'acquiert d'habitude. Je fus persuadé que M. Pautrel était un homme d'une vaste érudition, d'un savoir et d'un savoir-vivre parfaits, qui, tout en se mettant à mon service avec une modestie encourageante, appréciait cependant le bon office qu'il me rendrait. En une demi-heure, il toucha quelques mots de tout ce qu'un homme doit savoir s'il veut être au courant des choses de ce siècle. Il me parla de la science, aussi bien que de l'art. Je devinai qu'il avait de toute chose une notion exacte et sensée ; sur tous les points, une appréciation pratique. Cependant il n'avait aucune morgue inquiétante. Si jeune et si peu instruit que je fusse, il me laissa parler comme il eût fait pour un égal ; il parut même très content de s'apercevoir que mes connaissances, sur quelques points, dépassaient les siennes. Quoique voué aux spécialités de lettres, j'avais approfondi plus qu'il ne l'aurait cru la chimie et la mécanique. Il m'en fit compliment et me demanda s'il ne me serait pas agréable, au lieu d'aller à Bellevue ce jour-là, d'aller à Saint-Germain visiter l'énorme machine du chemin de fer atmosphérique.

— Je ne veux pas, dis-je, vous faire changer votre promenade ; j'avoue cependant que je désire beaucoup connaître cette machine curieuse.

— Nous irons donc à Saint-Germain, répliqua M. Pierre. Nous tâcherons, à nous deux, de comprendre la machine que, pour ma part, je n'ai jamais pu débrouiller.

5*

V

Quoi ?...

Tant de douceur et de prévenance me charmaient. Qui étais-je en somme ? Un inconnu. Je me demandai alors combien devait être belle l'existence de Frédéric, et je ne compris plus que son instruction fût si arriérée. Dans de telles conditions, tout était facile à qui voulait savoir.

— Frédéric, demadai-je, nous accompagnera-t-il ?

M. Pautrel fit un petit mouvement sec, qui ressemblait à un geste de colère.

— Non, dit-il. Frédéric prend ses plaisirs ailleurs. Sa mère ni moi nous ne sommes honorés de sa compagnie.

— C'est contrariant, repris-je. J'aurais bien souhaité qu'il nous accompagnât.

— Eh bien! dit encore M. Pierre, avec son geste de mécontentement, montez chez lui et voyez s'il consent à venir. J'en doute fort.

Je me levai :

— Puisque vous le permettez, je vais voir Frédéric, et lui proposer la partie.

— Encore une fois, reprit M. Pautrel, je pense que c'est parfaitement inutile ; tout à fait inutile.

M. Pautrel mit tant de vivacité dans ces paroles, que la congestion parut à craindre. Il tira un mouchoir de sa poche, se tamponna le front et soupira. Après avoir bruyamment soufflé, il croqua une pastille, et me voyant debout, interdit, prêt à sortir et n'osant le faire, il reprit :

— Inutile de vous donner cette peine. Je vais faire demander à Frédéric s'il veut descendre ; vous règlerez l'affaire avec lui, pendant que je vais m'habiller dans ma chambre, si vous le voulez bien.

Je repris place sur une chaise, avec un signe d'assentiment. M. Pierre donna l'ordre d'appeler Frédéric et se disposait à quitter le salon. Au moment de sortir, il revint vers moi, et de sa voix la plus douce et la plus égale, il me dit, en désignant un petit guéridon chargé de papiers.

— Monsieur de Rives, si on vous fait attendre, voici, là, les journaux de ce matin pour vous distraire, avec quelques brochures. Pardonnez-moi de vous quitter. Tâchez de décider Frédéric à venir avec nous.

Je restai seul. « Tâchez de décider Frédéric à venir avec nous ! » Ma surprise était sans bornes. Que se passait-il donc dans cette maison, en apparence si calme ? Les bizarres recommandations de Frédéric lorsque j'avais été invité par M. Massé de Vireville me revinrent à l'esprit, l'inexplicable mécontentement qu'il avait témoigné de me voir admis chez sa mère, près de son oncle, me frappa alors avec plus de puissance. A présent, l'hostilité semblait régner entre l'oncle et le neveu et même entre la mère et le fils. Encore une fois, que se passait-il ? Je me repentis alors d'être venu, quoique je n'eusse pas pu faire autrement, après l'accueil gracieux dont j'avais été l'objet. Je pressentis que je me trouvais au milieu d'un drame de famille, que ma présence, pour ainsi dire involontaire, était une complication ; que Frédéric plus que jamais, allait redouter que je ne parlasse au dehors de sa famille et de lui. Tout me parut plein de mystère. Cependant je mis fin pour un moment à mes inquiétudes en me disant :

— Ma foi, tant pis ! Marchons droit, et advienne que pourra !

Puis, en me levant pour m'approcher du guéridon où se trouvaient les journaux, mes yeux se portèrent vers cette fenêtre dans l'embrasure de laquelle, le dimanche soir, étaient assises les deux jeunes filles. Une chaise s'y trouvait en ce moment, et placée du côté où Ernestine était assise. Etait-ce la même chaise ? Cela n'était guère probable, mais enfin c'était possible, et je me plus à contempler cette chaise comme si la belle indolente y avait laissé quelque chose d'elle. Etranges sensations de l'amour naissant ! Qui pourrait étudier et reconnaître clairement les gradations par lesquelles monte la passion !

Ce que vous aurez de la femme la plus aimée et la plus aimante, aux jours fortunés de l'amour triomphant, ne vous donnera pas d'émotions plus délicieuses ni plus complètes que ces riens recueillis au début, en silence, en secret, avant qu'on sache que vous aimez, avant que vous sachiez si vous êtes aimé. Dans l'amour, tout est charmant, et les affreuses douleurs qu'il cause ne sont, au fond, que des bonheurs cruels, d'une nature particulière. Je rêvais alors à l'amour heureux, et je le croyais possible. J'ai vu depuis que l'amour a deux périodes, celle de la joie et celle des larmes ; mais la seconde n'est pas moins l'amour que l'autre ; si terrible qu'elle soit, il la faut accepter, car le pacte est conclu, avec toutes ses conséquences, dès le jour où l'on dit : J'aime !

Etrange aveuglement, aussi complet à la dixième expérience qu'à la première. Vous commencez toujours le même voyage avec la même ardeur, vous y trouverez les mêmes surprises, vous arriverez aux mêmes déboires. Vous y dépensez, croyez-vous, jusqu'à la dernière parcelle de votre cœur ; soyez certain, pourtant, qu'il vous en restera encore assez pour repaître de nouveau ce vautour insatiable. Moi, je me trouvais au seuil de la vie, riche d'espérance, de force, de croyance, de toutes les vertus de la jeunesse. J'avais une ardeur sublime ; je ne doutais de rien de bon, je niais tout le mal.

Une jeune fille s'était assise là ! C'en était assez pour que mes yeux crussent voir une étoile à cette place. Je regardais ce siège, j'étudiais sa forme ; je lui trouvais une attitude, je lui croyais un sentiment.

Le cœur palpitant, je m'avançai vers la chaise, après avoir pris un journal ; et je m'assis comme je me serais assis auprès de la femme dont je rêvais, avec un tressaillement. Je prolongeai à plaisir cette sensation en fermant les yeux. Je tenais le journal déplié sur mes genoux, et je paraissais lire. Quelle fête en moi ! .

Tandis que je m'abandonnais à cette joie, la porte du salon s'ouvrit ; Frédéric, prêt à entrer, se retourna pour recevoir une lettre que lui remit un domestique. Tenant cette lettre à la main, il s'avança vers moi sans y jeter les yeux. Il avait l'air préoccupé.

— Mon oncle m'a fait demander ? me dit-il.

— Votre oncle, répondis-je, vous a fait descendre pour que je vous parle. Il est à sa toilette. Il m'a chargé de vous prier de venir avec nous à Saint-Germain.

Frédéric ne me répondit pas. Pendant que je lui parlais, ses yeux s'étaient abaissés sur l'adresse de la lettre et en interrogeaient l'écriture. Je vis les mains de Frédéric trembler convulsivement, et ses yeux fixes s'agrandir et devenir hagards. Sa figure, soudain contractée et pâle, révéla une émotion profonde et qui devait être atroce ; un homme qui se retournerait soudain, et se verrait suspendu sur un gouffre, n'aurait point un air plus épouvanté que mon ami ne l'eut en ce moment.

Je me levai, prêt à le recevoir dans mes bras, car je pensai qu'il allait tomber.

— Frédéric ! Frédéric ! qu'avez-vous ?

Il fit un puissant effort afin de prendre une apparence calme.

— Rien, répondit-il. Non, rien... Pardon.

Tenant toujours la lettre, il se laissa tomber sur une chaise, dans l'attitude de la consternation. Il était à faire pitié. Je ne savais que penser, je ne savais que dire.

— Frédéric ! m'écriai-je, quel est donc le malheur que vous annonce cette maudite lettre ?

Il se leva en sursaut, et me répondit brutalement :

— Voulez-vous me laisser tranquille ?

Puis se remettant de son mieux et essayant un sourire plus affreux qu'une grimace :

— Pardon ! mon cher Armand, mais c'est que... non !
— Vous ne pouvez comprendre. C'est impossible. Je me sens mal.

— Je le vois bien. Mais, pour Dieu! qu'avez-vous?

Pour cette fois, il ne me répondit pas. M'ayant tourné le dos, il se précipita vers la porte de l'appartement de sa mère, comme s'il avait fui devant un péril imminent. La violence et l'égarement de sa sortie furent tels, qu'il ne s'avisa pas même de refermer complètement la porte, et je l'entendis s'écrier, en arrivant dans la chambre de Mme Séchain :

— Une lettre! une lettre de...

J'allais entendre et devenir indiscret malgré moi; par bonheur, Mme Séchain, plus prudente que son fils, repoussa brusquement la porte, et le bruit me dispensa d'apprendre ce qu'on voulait me cacher. Mais j'entendis le bruit des voix : une conversation rapide et presque violente s'engagea entre la mère et le fils. Au bout de quelques minutes, Mme Séchain, en grande toilette, ouvrit de nouveau la porte, et, traversant le salon avec vivacité, sans plus s'inquiéter de moi que si je n'avais pas été de ce monde, se dirigea vers la chambre de son frère, et murmura en tourmentant la lettre qu'elle tenait dans ses belles mains :

— Quelle insolence !

On comprend quel était mon malaise, combien grande était mon incertitude. Devais-je me retirer discrètement pour éviter d'être témoin d'une scène de famille ? Je fus sur le point de le faire ; mais d'un autre côté, je réfléchis que ce départ chagrinerait peut-être et semblerait affecté.

Au reste, je n'eus pas le loisir de prolonger beaucoup mes méditations. Au bout de quelques instants, Mme Séchain rentra dans le salon, accompagnée de M. Pautrel, et leur physionomie apaisée, le calme incontestable de leur conversation me prouva que la retraite aurait été prématurée. M. Pierre avait même un petit sourire fin, une sorte de gaieté tranquille. Mon expérience des choses de commande n'était pas suffisante pour que je pusse démêler en cela l'inquiétude profonde de gens qui se contraignent devant un étranger, et j'acceptai pour très valables le sourire et la gaieté de M. Pierre, aussi bien que l'amabilité de Mme Séchain.

Tous deux avaient terminé leur toilette ; il ne manquait à Mme Séchain que son châle. Elle alla se regarder dans la glace de la cheminée, sourit à sa bonne mine, en mettant la lettre froissée dans la poche de sa robe, et, se retournant vers son frère avec coquetterie :

— Voilà un chapeau, dit-elle, qui me va fort mal.

— Mais non, répondit M. Pierre avec douceur ; il n'a pas mauvaise tournure.

— Il me gêne !

— S'il vous gêne, prenez-en un autre. Il ne faut jamais se gêner.

— Vous avez raison, Pierre, toujours raison ! toujours ! Mais qu'en pense M. de Rives ?

Je saluai avec quelque gaucherie. Je trouvais le chapeau adorable, et la femme encore plus ; mais je ne pouvais tirer un mot de mon gosier. J'étais interdit.

— Voyons, insista l'oncle Pierre, monsieur de Rives, dites-nous votre avis.

L'idée me poussa que c'était l'occasion de faire un compliment.

Je répondis :

— Il y a des conspirations de modistes. Celle de madame a été jalouse et l'a mal coiffée.

— Diable ! diable ! dit M. Pierre en me regardant ; vous avez de la rancune contre les modistes !

Mais, quelque maigre que fût mon compliment, Mme Séchain parut m'en savoir bon gré :

— C'est de la flatterie, et non de la rancune, répliqua-t-elle en riant. Je vais changer mon chapeau.

J'admire, quand j'y pense, la prodigieuse quantité de mensonges qui se dépense chaque jour à Paris. La statistique, qui nous a révélé le nombre des œufs frais humés dans cette bonne ville, a reculé devant le chiffre des mensonges, impossible à constater. Il y a, là-dedans, deux millions de vivants, mâles et femelles, dont l'unique occupation est de cotonner la vérité, quand ce n'est pas de l'étouffer. Et quand on réfléchit que la civilisation seule est cause de ce raffinement de menterie, on a la tentation de se réfugier parmi les Nouveaux-Zélandais, qui mentent quelquefois, j'en conviens, mais qui du moins trompent leur prochain dans un but utile à eux-mêmes. Pour le manger, soit ; mais non pour flatter ses vices.

Le chapeau de Mme Séchain était, comme on dit, *charmant*. Il me plaisait, il ne lui déplaisait pas. Cependant, ce chapeau causa un tas de menteries, pour les raisons les plus honteuses :

1° Mme Séchain mentit et dit que son chapeau était laid, parce qu'elle n'était pas fâchée de quêter un compliment, et que d'un autre côté, elle avait besoin, sous prétexte de chapeau à changer dans sa chambre, d'un peu de temps pour s'entretenir de la lettre reçue, avec son fils Frédéric, qui l'attendait dans cette même chambre.

2° Je mentis à mon tour, parce que, interrogé sur la beauté d'un chapeau, chose dont je n'avais pas la moindre idée, j'aurais cru me donner l'air d'un niais en proclamant joli, à première vue, ce chapeau que des gens, dont le goût était sans doute plus épuré que le mien en cette matière, trouvaient ou semblaient trouver laid ; et d'un autre côté encore, je cédai à la provocation de Mme Séchain en lui faisant le compliment qu'elle désirait.

Heureux les Nouveaux-Zélandais qui portent de petites cottes en paille tressée qui ne leur couvrent que l'indispensable et laissent le reste dans une noble nudité !

Mme Séchain sembla prendre ses aises pour changer ce maudit chapeau. Probablement, elle était plus préoccupée de la lettre si fâcheuse reçue par Frédéric, que du chapeau condamné par mon verdict. M. Pautrel parut comprendre que la lenteur de sa sœur ne venait pas de la seule coquetterie ; il patienta pendant vingt minutes, allant et venant, me parlant de choses et d'autres, se posant à son tour devant la glace, se faisant des grimaces pour regarder ses dents, se tirant la barbe, et ébauchant à demi-voix les refrains de vieux petits airs tels que la *Boulangère*, ou : *J'ai du bon tabac.*

Au total, on pouvait supposer que l'oncle Pierre éprouvait une intime satisfaction de lui-même, et que la terrible lettre ne l'avait guère troublé dans sa crainte des congestions. Je me perdais en suppositions à ce sujet, car on pense bien que les oreilles me battaient encore d'émotion, et que j'étais assez mal remis des cris de Frédéric et de ceux de sa mère. En outre, je regardais, non sans surprise, la toilette de M. Pautrel ; le soin qu'il mettait à se mirer dans les glaces autorisait de ma part le détail de sa toilette. Il était positivement mal mis. Tout était propre, mais propre à la façon des habits des employés besoigneux qui veulent avoir une tenue décente, avec leurs dix-huit cents francs de traitement. J'ai dit plus haut quelle était l'indigence habituelle de ses vêtements ; cette indigence me frappa pour la première fois, et je me dis que sa sœur, riche comme elle l'était, se montrait peu généreuse en laissant porter à son frère des habits reprisés, tandis qu'elle et Frédéric étalaient une élégance choquante près de cette pénurie.

Malgré le loisir qui m'était laissé, je n'osais revenir sur la question de savoir si Frédéric nous accompagnerait à Saint-Germain. L'incident de la lettre avait troublé mes idées sur ce point ; cette brusque aventure m'avait empêché d'avoir avec mon ami l'entretien que M. Pautrel m'avait recommandé d'avoir ; je redoutais de faire des questions, je redoutais aussi que l'on ne m'adressât des questions. Situation pénible entre toutes. Je battais la campagne afin de trouver des sujets de conversation assez inoffensifs pour ne pas me ramener sur ce point épineux : Vous étiez là quand Frédéric a reçu la lettre. Que vous a-t-il dit ; qu'avez-vous pensé ?

Un coup de sonnette se fit entendre dans l'antichambre. Je remerciai le ciel d'une visite grâce à laquelle je trouverais peut-être le moyen de m'esquiver. On annonça

M. de Brunoy, et M. de Brunoy entra avec le sans-façon d'un vieil ami.

M. de Brunoy était l'un des invités du dimanche précédent, celui-là même que j'avais cru être le père de Mlles Ernestine et Amélie, à cause de son air vénérable. Il me sourit avec beaucoup d'affabilité et vint me tendre le main avant même de l'offrir à M. Pierre.

Celui-ci abandonna ses préoccupations de coquetterie et offrit un fauteuil au visiteur.

— Vous arrivez tout juste, dit-il, pour assister à notre départ ou pour partir avec nous.

— Où allez-vous ? demanda M. de Brunoy en s'asseyant.

— A Saint-Germain. M. de Rives est de la partie ; nous attendons Mme Séchain pour nous mettre en route. Voyez, mon cher Brunoy, si vous éprouvez la tentation de courir les champs...

— Peut-être, répondit le vieux monsieur, peut-être. Je ne dis pas non.

Puis, après avoir médité pendant quelques secondes, il reprit :

— Et monsieur de Rives ira à Saint-Germain ?

— Oui, monsieur, répondis-je. M. Pautrel et Mme Séchain veulent bien me prendre pour compagnon.

— Fort bien ! fort bien ! dit M. de Brunoy. Je venais, Pautrel, vous parler d'une petite affaire...

M. Pautrel fit une grimace très accentuée, et interrompit :

— Nous en pourrons parler une autre fois ; je n'ai pas l'esprit aux affaires pour le moment.

— C'est que, reprit le visiteur avec insistance, c'est une affaire pressée.

— Je ne dis pas le contraire, objecta encore l'oncle Pierre ; mais, pressée ou non, c'est impossible pour le quart-d'heure, car voici Mme Séchain, et nous allons partir.

Mme Séchain rentra dans le salon, suivie de Frédéric. Elle avait mis un autre chapeau, et semblait toute fière. Frédéric marchait derrière elle d'un air consterné. A la

vue de M. de Brunoy, cependant, Frédéric fit un salut
qu'il s'efforça de rendre gai ; mais la dissimulation n'était
pas son fort, et sa gaieté fut très mal jouée.

M. Pautrel, après les saluts, fit part à sa sœur de l'incertitude où se trouvait M. de Brunoy, sur la question
de savoir s'il viendrait ou non avec nous à Saint-Germain. Le vieux monsieur paraissait très perplexe, beaucoup plus que l'affaire, assez simple en elle-même, ne
l'autorisait. Une double carte devait se trouver dans son
jeu. Tout le monde avait des doubles cartes.

Mme Séchain insista.

— Nous allons faire, dit-elle, une petite caravane.
Frédéric et M. de Rives seront les éclaireurs. Avec vous,
monsieur de Brunoy, et avec Pierre, je formerai la partie grave, le conseil des vieillards. Allons ! c'est décidé.
En rentrant, nous dinerons tous ensemble. Si Pierre est
de mauvaise humeur, nous le mettrons à la porte, et
nous rirons comme quatre diables. Voyons, en route !

— C'est que, objecta Frédéric, je ne suis pas habillé,
et je n'ai pas le temps de flâner. L'époque de l'examen
approche.

— Eh ! s'écria la mère, je me moque bien de ton
examen. Je veux être gaie, d'abord.

— Mais, reprit Frédéric, si je suis refusé ?

— Si tu es refusé, je te donne le fouet.

— D'ailleurs, dit M. de Brunoy, je vous prie de me
pardonner, madame ; mais en y réfléchissant, je me vois
obligé de ne pas profiter de votre toute gracieuse invitation.

— Ah ! c'est comme ça ? s'écria Mme Séchain. Tant
pis ! M. de Rives, donnez-moi votre bras ; laissons ces
messieurs et partons. Venez, Pierre, suivez-nous !

Je donnai le bras à Mme Séchain. C'était la première
fois qu'il m'arrivait d'offrir mon bras à une femme élégante et parée ; je le fis si gauchement que j'en eus
honte et me sentis trembler. Mme Séchain sentit aussi
que je tremblais, et pour me rendre le courage, serra
mon bras avec énergie en m'entraînant vers la porte du

salon. M. Pautrel nous suivit et M. de Brunoy se disposa à sortir en même temps que nous pour retourner chez lui.

— Monsieur de Rives, me dit le vieux monsieur, avec un ton de finesse dont je ne pus saisir alors toute la portée, j'ai été très heureux de faire votre connaissance. Permettez-moi de me dire de vos amis ; quand vous aurez une minute à perdre, soyez assez bon pour me la consacrer : je serai ravi de vous recevoir.

— Avec plaisir, monsieur, répondis-je, intérieurement surpris de cette invitation que rien ne justifiait.

Nous traversâmes l'antichambre ; et, sur le palier, Mme Séchain s'arrêta un moment pour donner ses ordres à la femme de chambre qui nous avait ouvert la porte. Frédéric, conservant sa mine ahurie, était sorti en même temps que nous, pour monter chez lui. Il profita du moment où sa mère m'avait quitté le bras en se rapprochant de la femme de chambre, et tandis que M. de Brunoy descendait, en avant, avec M. Pautrel, Frédéric me tira à part et me dit d'un ton impérieux :

— Si vous tenez à vivre en paix ici, vous n'irez jamais chez M. de Brunoy !

Je le regardai fixement, sans comprendre.

C'est lui, dis-je, la seconde édition de l'affaire de M. Massé de Vireville !

— Prenez-le, répondit-il, comme vous voudrez. Je ne vous dis que ça.

Et sans attendre ma réponse, il grimpa l'escalier quatre à quatre.

VI

Effets merveilleux d'une bouteille de Porto.

Je ne tardai pas à faire partie de la maison. D'après le programme tracé par Mme Séchain, j'étais reçu avec une bonne amitié très encourageante quand il me plaisait de venir, et mon couvert était mis quand je me trouvais là à l'heure du déjeuner ou du dîner. Je mesurais bien mes visites que je ne courais pas risque d'être importun ; mais bientôt on parut me trouver trop discret, et l'on commença à m'adresser fréquemment des invitations officielles, par l'entremise de Frédéric, quand je mettais trop d'espace d'une visite à l'autre ; et je ne passais pas de soirée avec l'oncle Pierre et Mme Séchain sans être convié à quelque petite réunion intime, que l'on fixait toujours à une époque assez rapprochée, afin de ne pas rester longtemps sans me voir.

J'étais ravi, presque fat, de me voir si grandement fêté dans cette famille charmante ; et Frédéric, me laissant en repos, ne renouvelant plus ses inexplicables injonctions de ne pas accepter les invitations dont j'étais l'objet, je me laissais aller avec douceur au charme de la nouvelle vie que ce monde m'offrait.

M. Pautrel était tout à fait indéchiffrable pour moi. Je ne comprenais rien à ses craintes de congestion ; je comprenais moins encore la science profonde qu'il paraissait avoir de toute chose. Jusqu'alors j'avais jugé qu'un savant devait être pédant et insupportable ; mais l'oncle de Frédéric était affable, doux, spirituel, sans aucune morgue. Souvent nous avions de longues dissertations sur les questions les plus ardues ; j'y apportais une fougue juvénile qui le faisait sourire ; mais il était sans pitié pour mes erreurs et mes ridicules ; il les reprenait avec une raillerie fine qui n'avait rien de blessant, mais qui n'épargnait rien. Reçu bachelier de

la veille, et fort jeune encore, très embarbouillé de grec
et de latin pour ma préparation à la licence, j'avais un
penchant à la raideur et à la pédanterie de maître
d'école; j'avais, enfin, de petits ballons dans l'esprit.
L'oncle Pierre s'escrimait à les crever, sans égard pour
la confusion que j'en ressentais parfois; mais aussitôt il
m'offrait une occasion de prendre ma revanche, et
pansait lui-même la blessure de mon orgueil, de façon
à la guérir.

Lorsque, pour ces causeries, nous étions assis dans
le salon, après dîner, il se tenait dans un grand fauteuil
de soie jaune, les jambes croisées, la tête renversée sur
le dossier. Mme Séchain faisait mine de nous écouter,
hasardait quelquefois un mot, puis finissait par s'endormir à notre nez; et s'il arrivait qu'on lui adressât la
parole, elle se réveillait en sursaut, et répondait tout de
travers; nous éclations de rire, elle nous imitait de bon
cœur et disait :

— Pardon ! Je n'étais plus aux affaires présentes.

M. Pierre, alors, lui décochait une petite épigramme
sur la futilité de son esprit, et se rejetait dans le fond
de son fauteuil, en riant, et surtout en raidissant celle
de ses jambes qui se trouvait croisée sur l'autre, en
sorte que le pied rejeté en l'air, se trouvait presque à
la hauteur des genoux de Mme Séchain, placée en face
de lui. Ce geste était habituel à M. Pierre, il le renou-
velait toujours dès qu'il en avait l'occasion, changeant
cinq à six fois de suite de jambe, en riant et en se frot-
tant les mains, comme un homme très satisfait de lui-
même.

Je dus forcément me montrer moins assidu dans mes
rapports avec les amis de Frédéric dans ma chambrette,
et plusieurs fois il m'adressa d'amicales observations à
ce sujet. Je fis de mon mieux pour ne pas abandonner
ce petit monde qui, lui aussi, avait eu pour moi tant de
charmes et de flatteries. De la sorte, ma vie se trouva
très occupée, très remplie ; et même, involontairement,
il m'arriva de négliger mes études de licencié une ou

deux fois par semaine. Il est vrai que mes conversations et mes promenades avec M. Pautrel me présentaient une ample compensation à cette négligence dans mes études ; j'acquérais, rue de l'Ouest, une science d'un prix inestimable qu'aucun cours de la Sorbonne ne pouvait me donner.

J'apprenais à bien penser et à bien dire ; j'apprenais à bien saluer, à bien me vêtir. J'apprenais la science du monde avec toutes ses délicatesses, je développais le sentiment et l'amour des belles choses d'art. Sous la direction de M. Pautrel, je devenais un érudit et un orateur ; sous l'impulsion de Mme Séchain, je devenais un homme, ayant cœur et délicatesses. Après un mois de cette familiarité, je n'étais plus reconnaissable ; je m'éveillais avec ravissement à tout un monde de sensations nouvelles ; mes yeux s'habituaient à la lumière qui m'était offerte. Une circonstance me révéla les étonnants progrès que j'avais réalisés sans m'en douter.

M. Pautrel, ainsi que je l'ai dit, aimait les beaux tableaux. Sa sœur possédait plusieurs originaux d'un grand prix ; on voyait en outre quelques bonnes copies des maîtres italiens du seizième siècle. Un jour, me trouvant seul au salon, mes yeux s'attachèrent irrésistiblement sur la copie du *Christ au tombeau*, du Titien. Peut-être un rayon particulier éclairait-il alors cette toile ; je demeurai fasciné par cette beauté sévère que, six semaines avant, je n'aurais pas remarquée. Jusqu'alors j'avais parlé d'art et de poésie sur la foi des jugements que j'entendais émettre autour de moi ; à cette heure, l'art et la poésie se manifestaient. J'étais ébloui. Ma contemplation fut longue ; mon émotion m'étreignait si puissamment la gorge, que j'eus le désir de tomber à genoux. — Je n'exagère rien. — Et le soir, en rentrant chez moi, je voulus relire quelques passages de ma tragédie ; de cette fameuse tragédie, objet de tant d'espérances.

Hélas ! — Honte et douleur ! — Le jour s'était fait dans ma tête ; mes vers tragiques me parurent ce qu'ils étaient : prétentieux, ampoulés, boursouflés de faux sentiments, sans idées. Je brûlai le manuscrit et les brouillons, jusqu'à la dernière paperasse, et le nom de Victor Hugo me vint sur les lèvres. Avec M. Pautrel, j'avais lu quelques pièces du grand poète ; mon excellente mémoire me les rappela soudain.

— Je ne suis qu'un enfant ! m'écriai-je.

Et je restai terrifié de mon néant.

Cependant, au fond de ma désolation, une lumière brillait. L'art moderne prenait, pour moi, un sens mieux défini, et j'avais un certain instinct qui me révélait les choses jusqu'alors cachées. Cette première *Orientale* du maître, qu'un jour M. Massé de Vireville m'avait signalée, et que, depuis, j'avais lue et relue vingt fois sans la comprendre, je la savais par cœur ; je me mis à la réciter à haute voix, et sa beauté me fut révélée, comme celle du tableau du Titien. Le génie me parla dans ces vers sublimes. Ayant fini de les réciter, je m'abîmai dans une admiration muette et profonde qui me causait une sorte de frayeur.

— Heureusement, dis-je en revenant à moi, que je n'ai pas encore dix-sept ans, et que l'avenir m'appartient avec le travail !

Et je continuai mes visites à Mme Séchain et à M. Pautrel. Nous étions devenus tous les trois inséparables ; notre familiarité était vraiment charmante. Ils ne m'appelaient plus qu'*Armand* tout court, et ils avaient demandé que le *tu-toi* fût adopté entre Frédéric et moi. Souvent celui-ci essayait encore de prendre des airs maussades ; mais cette tendance diminuait de jour en jour. Je continuai à lui donner mes répétitions à peu près régulièrement ; et quand nous avions une partie de plaisir, elle n'était pas bonne si nous n'étions pas ensemble. Une seule chose me chagrinait, un seul petit nuage flottait dans ce ciel bleu ; durant tout ce mois, je ne revis pas Mlles de Renne. Quant à leur mère, cela m'était égal ; mais je ne la revis pas non plus.

Amoureux comme je croyais l'être, je n'aurais pas

osé faire la moindre question sur une absence qui, en y pensant bien, me mettait au supplice. Même avec Frédéric, je ne me serais pas avisé d'en dire un mot. J'aurais eu les oreilles cramoisies. Une fois pourtant, je surpris un bout de conversation d'après lequel je pus comprendre qu'il y avait quelque froideur momentanée, causée par les susceptibilités du frère, le lieutenant Edouard de Renne. Quelles étaient ces susceptibilités ? Je ne pouvais le deviner, mais la situation me semblait tendue ; et, dans cette circonstance, Frédéric s'étant mis tout à coup à reprendre des leçons d'escrime, je rapportai involontairement ces leçons à la possibilité d'une rencontre entre le lieutenant et mon ami. Frédéric passait pour très fort à l'épée ; mais il voulait, disait-il, s'entretenir la main. Ce présage me parut menaçant, et me fit mal augurer de l'avenir pour mon amour.

Un soir, pourtant, Mme Séchain, qui s'était montrée d'une humeur plus enjouée que de coutume, me retint au moment où j'allais me retirer.

— On ne s'en va pas comme ça, dit-elle, en me forçant à reprendre place dans mon fauteuil. Il s'agit d'une grave affaire dont j'ai à vous entretenir.

Je fus ému et je rougis très fort.

— Quelle affaire, madame ?

— Ah! ah! il s'agit de faire des frais de toilette. Demain, nous donnons à dîner. Nous aurons quelques personnes qu'il ne vous sera pas désagréable de rencontrer.

— Quelle folie! dit M. Pierre. C'est bien inutile de faire tant d'affaires, Adèle.

— Laissez, insista Mme Séchain ; il me plaît, à moi, de le mettre à la torture.

— J'y étais en effet.

De quoi s'agissait-il ?

— Armand, reprit M. Pautrel, nous avons demain une petite fête de famille, vous viendrez dîner avec nous, voilà tout. Vous nous le promettez, n'est-ce pas ?

— Oui, je le promets de tout mon cœur, m'écriai-je.

Car la mention faite par Mme Séchain de plusieurs

6

personnes que je serais content de rencontrer, me donnait une espérance folle.

Je sortis.

L'avertissement de Mme Séchain, qu'il faudrait faire de la toilette ne me causa pas autant de frayeur que vous le pourriez supposer. Depuis un mois, ma toilette avait subi d'heureuses modifications. Grâce à des prodiges de diplomatie vis-à-vis de ma famille, grâce à une sévère économie, aux épargnes réalisées sur mes repas, et aussi, il faut l'avouer, à une amputation sur les fonds de jeu, j'avais réussi à changer ma vieille redingote contre une neuve, à faire l'acquisition d'un petit paletot pour le matin, de deux pantalons avec leurs gilets, d'irréprochables chaussures et d'un beau chapeau. Il n'y avait rien à dire. J'étais bien mis. Je n'avais certes pas l'élégance suprême de Frédéric, dont le luxe était sans bornes ; mais enfin j'étais présentable, et c'était l'important ; je pouvais même me vanter d'avoir toujours des gants d'une entière fraîcheur : cela provenait d'une industrie particulière, d'une découverte dont je gardais le secret, qui laissait bien loin tous les nettoyages à la benzine avec ou sans odeur. Grâce enfin à ces nettoyages que je pratiquais moi-même, mes gants passaient pour neufs jusqu'à la dernière minute de leur service, jusqu'à la dislocation des coutures.

Le lendemain donc, à l'heure indiquée, je m'habillai avec soin ; et ayant obtenu mon unanime approbation, confiant dans les dires de ma glace qui me proclamait joli garçon, — les jeunes gens ont de ces fatuités innocentes ! — je me rendis rue de l'Ouest, et l'on m'annonça.

Comme de coutume, j'éprouvai une petite peur en entrant dans le salon ; comme de coutume encore, je recouvrai le sang-froid dès que la porte fut franchie. Mais j'eus à peine reconnu les personnes qui se trouvaient là, que mon cœur battit comme le cœur d'une grenouille effarouchée par un lièvre.

Vous l'avez deviné, n'est-ce pas ? Ernestine et Amélie

de Renne étaient là, avec leur mère. Je ne vis qu'Ernestine ; je soupçonnai que sa sœur n'était pas loin. Quant aux autres personnes, on m'aurait fouetté que je n'aurais pas pu affirmer si je les voyais réellement.

Cependant un fait trop évident me frappa. Le lieute · nant Edouard de Renne n'était pas dans le salon.

Avec Ernestine, Amélie et leur mère, il y avait, cela va sans dire, Mme Séchain et M. Pautrel, qui, en ce moment même, s'étant levé pour me recevoir, avançait en me tendant la main. Il y avait encore Frédéric et M. de Brunoy ; il y avait enfin un jeune homme à figure pâle, que je n'avais jamais vu, et qui devait pourtant être des intimes de Frédéric, car il le tutoyait.

Ce jeune homme s'était levé à mon entrée, et Frédéric me le présenta cérémonieusement, tout comme il aurait présenté un surnuméraire à un ministre. Il me dit qu'il s'appelait Georges Morand, et qu'il était poète. Je m'en étais douté rien qu'à sa mine pâle et à ses longs cheveux noirs. Au reste, Georges Morand, lorsqu'il s'entendit donner ce titre de *poète*, sourit d'une façon très fine et un peu triste, puis dit simplement :

— C'est une plaisanterie.

Mais ces remarques que je fais ici, de souvenir, je ne les fis pas sur-le-champ. La première folle émotion passée, je regardais, tremblant encore, Ernestine et sa sœur, et je les admirais toutes deux. Mme Séchain, dans sa robe de soie grise, ne fut pas honorée d'un seul de mes regards ; les deux sœurs me captivaient. Ainsi que le soir où je les avais rencontrées sur le quai, leurs robes étaient pareilles ; en fermant les yeux, je crois les voir encore, et je ne les décrirai pas de peur de gâter ce souvenir. Seulement imaginez-vous bien que ces robes n'ont point eu leurs pareilles au monde, et que Peau-d'Ane n'en essaya pas d'aussi gracieuses, n'en eut pas de mieux faites, ni de plus belle couleur de soleil. Mon choix était fixé entre les deux sœurs ; je pouvais donc regarder Amélie avec sécurité et rendre justice à cette incomparable beauté ; je pouvais, mieux que pour Ernestine, détailler en paix cette inimitable grâce, la pose charmante du corps, la tête penchée, les cheveux splendides. Amélie me servait, — passez-moi cette expression, — Amélie me servait d'échelon pour monter jusqu'à sa sœur. Je dois reconnaître aujourd'hui qu'Ernestine n'était pas plus belle, et même avait en elle moins de séduction ; mais alors l'amour m'aveuglait et me faisait voir une supériorité chez celle des deux sœurs que je préférais. Pourquoi la préférais-je ? C'est l'éternelle question de l'amour.

Pourquoi ? Pourquoi ? Vous m'impatientez. Je n'en sais rien. C'était ainsi.

De leur côté, les jeunes filles me regardaient, Amélie avec ses yeux doux, si gracieux que leur regard semblait un sourire ; Ernestine avec ses yeux hautains et profonds. Regard de charmeresse et de magicienne, dans lequel il y avait de la provocation.

Probablement, le changement qui s'était opéré en moi les frappait. Frédéric s'étant alors rapproché d'elles et ayant voulu leur parler à demi-voix, elles le renvoyèrent d'un signe de tête, qui disait clairement :

— Taisez-vous !

Frédéric s'éloigna. M. Pautrel fit alors entendre un petit ricanement, et après avoir croisé ses jambes et exécuté son mouvement habituel, le pied en l'air, me dit :

— Mon cher Armand, vous arrivez pour mettre de l'ordre dans la discussion que j'ai depuis un quart d'heure avec M. de Brunoy.

Je souris en demandant à M. de Brunoy :

— De quoi s'agit-il, monsieur ?

— Il s'agit, me répondit le vieux monsieur, de savoir si ce *Christ au tombeau* est une copie du Titien dont l'original est au Louvre, ou bien, si la copie est au Louvre, tandis que l'original est ici ?

— Incontestablement, répondis-je ; bien que cette copie soit fort belle, l'original du *Christ* est au Louvre.

— Vous voilà bien tous ! s'écria M. de Brunoy avec impatience.

M. Pautrel se mit à rire et jeta sa jambe en l'air.

— C'est une idée de Brunoy, dit-il ; il ne faut pas le chagriner. Vous saurez, Armand, qu'il plaide pour son saint. Brunoy est collectionneur de tableaux, et veut faire pièce aux musées de tous les souverains de l'Europe, en se disant propriétaire d'originaux dont ils n'ont que les copies. Comme Mme Séchain, ni moi, ne sommes des têtes couronnées, il est bon prince avec nous, et veut nous faire partager ses prétentions. Je m'y refuse. — Du reste, ajouta M. Pautrel, en voyant la mine contrariée de M. de Brunoy et afin d'adoucir l'effet de ses ralleries, du reste, Brunoy a de fort beaux tableaux dans sa galerie ; vous ferez bien, Armand, de la visiter.

— Monsieur, répondis-je, m'en a déjà donné l'autorisation ; j'ai eu tort de n'en point user. Je le prie de me pardonner cette négligence, que je réparerai ces jours-ci.

— Avec le plus grand plaisir, s'écria le vieux collectionneur d'un ton fort vif. Je vous attendrai demain. Vous verrez si Pautrel n'a pas tort de contester mes originaux. Ma *Bataille*, de Salvator, est mille fois plus authentique que celle du Louvre ; et j'ai des Bourguignons en nombre, dont notre musée ne possède que de rares échantillons. Vous donnerez un bon conseil à Pautrel.

— Je ne vois pas quel conseil utile je puis donner, répondis-je.

— Celui de réunir ses tableaux avec les miens, ce qui formerait la galerie la plus belle du monde, dont nous pourrions faire une *exhibition*, selon la mode anglaise. Voilà deux ans que je supplie Mme Séchain et Pautrel de consentir à exécuter cette idée. Ils refusent ; ils ont tort. Nous gagnerions beaucoup d'argent.

— Je n'en doute pas, répondit M. Pautrel. Cependant, sans être riches, Mme Séchain et moi nous nous trouvons satisfaits, et n'avons pas le moindre désir de nous livrer à l'industrie des Barnum.

6*

— Alors, s'écria M. de Brunoy, avec une incroyable vivacité, achetez-moi mes tableaux.

— Oh ! dit M. Pautrel, j'en ai... du moins, nous... en avons assez.

— Ce serait une folie, dit Mme de Renne.

Le collectionneur jeta un regard vipérin sur la mère de mes amours, et riposta aigrement :

— Folie, soit ! Mais elle ne ferait le malheur de personne, ma folie.

— Je ne comprends pas ! riposta Mme de Renne avec hauteur.

— Si votre fils était ici, vociféra M. de Brunoy, il comprendrait, lui !

Il se fit un silence profond de quelques secondes ; Mme Séchain s'écria :

— Voilà Pierre qui est tout incommodé.

M. Pautrel, en effet, ne semblait pas à son aise. La congestion menaçait. Se trouvant assis près de la cheminée, il avait saisi un petit bronze représentant un chien couché sur un socle de marbre, et s'était appliqué le chien et le marbre sur le front, afin de se donner un peu de fraîcheur. Il faisait entendre un petit claquement de langue, témoignage évident d'impatience. La sortie virulente de M. de Brunoy semblait l'avoir plus émotionné que Mme de Renne, qui en avait été l'objet. En portant les yeux sur Frédéric, je remarquai dans sa figure un embarras visible et beaucoup trop évident. M. Georges Morand avait la mine embarrassée, et cependant regardait Frédéric avec un air de cruel reproche. Les jeunes filles étaient muettes.

Je ne savais quelle figure faire. A chaque moment, dans cette famille, il se produisait des incidents bizarres, qui semblaient occasionnés par l'existence d'un secret que tout le monde connaissait, excepté moi. Ma finesse n'était pas grande, mais ce que j'en savais suffisait cependant à me révéler une situation très périlleuse.

Le domestique ouvrit la porte du salon et cria :

— Madame est servie !

Tout le monde se leva, et je fis comme tout le monde. Frédéric offrit le bras à Mme de Renne, pour passer dans la salle à manger. M. de Brunoy s'approcha diplomatiquement de Mme Séchain ; M. Georges Morand et moi nous nous trouvâmes en face d'Amélie et d'Ernestine. Un peu intimidés, je devrais dire : fortement intimidés, nous n'osions pas offrir nos services ; et les demoiselles nous regardaient avec une anxiété railleuse, en ayant l'air de se demander : Que vont-ils faire ?

M. Pautrel, qui se trouvait derrière nous, remarqua facilement ce petit mouvement d'embarras, et avec une gaieté soudaine, abandonnant ses craintes de congestion, il passa entre M. Morand et moi, puis, offrant l'un et l'autre bras aux deux sœurs, il les entraîna dans la salle à manger en disant :

— Allons, mesdemoiselles, puisque ces messieurs hésitent, tranchons la question !

M. Georges Morand et M. Armand de Rives restèrent ainsi tête à tête, derrière tout le monde, aussi désappointés qu'on peut l'être quand on est volé par un troisième larron.

Il nous fallut, avec notre honte, entrer dans la salle à manger. Tout le monde était assis déjà, et nous nous hâtâmes de prendre place sur les deux sièges qui restaient vides, aux deux côtés de Mme Séchain.

La façon dont les couverts étaient disposés mérite une mention pour sa singularité.

La table était vaste et longue. A l'une des extrémités se tenait assis M. Pautrel ; à l'autre bout, bien vis-à-vis de lui, était Mme Séchain. Mme Séchain et M. Pautrel se regardaient comme deux sphinx à travers les espaces.

Mais Mme Séchain était le centre d'un monde. Cette reine de beauté avait sa jeune garde assise près d'elle. Moi d'abord, à droite ; ensuite Mlle Ernestine, puis Frédéric après Ernestine.

A gauche de Mme Séchain se trouvait Georges Morand, et, après Morand, Mlle Amélie et M. de Brunoy. On peut s'imaginer aisément ces sept convives : la cour-

bure de la table plaçait les couverts en forme de croissant, dont le milieu était tenu par Mme Séchain, et dont
les deux pointes, occupées par M. de Brunoy et Frédéric, s'avançaient vers l'autre bout de la table qu'occupait M. Pautrel. M. Pierre Pautrel aurait ainsi dîné dans
l'isolement et le désert, si Mme de Renne n'avait été
placée à sa droite ; entre les couverts de Mme de Renne
et de M. Pautrel, il y avait une assez jolie distance,
mais cette distance n'était rien en comparaison de celle
qui les séparait des deux pointes du croissant.

Cette disposition était souvent gardée à table, les jours
où on voulait dîner gaiement, tout en ménageant les
nerfs de M. Pierre. On lui épargnait ainsi le voisinage
incommode des mangeurs turbulents. Présentement, ce
qui m'intéressait le plus, c'est que je me trouvais avoir
Ernestine à ma droite.

Mme Séchain était à ma gauche, mais cela m'intéressait infiniment moins.

J'étais ravi. Manger, à dix-sept ans et quand on a
faim, est une joyeuse occupation ; manger en bonne
compagnie un excellent dîner est charmant à tout âge ;
mais dîner près de la femme qu'on aime est un ravissement sans pareil. Je réunissais toutes ces conditions
d'un bonheur parfait. Je n'aurais pas changé mon sort
contre celui d'un prince, et je trouvai le potage délicieux.

Ces souvenirs me plaisent. Je regardais l'argenterie
opulente, les cristaux brillants sur la nappe blanche
dont les damassures décrivaient de splendides arabes-
ques. Les plis du linge étaient opprimés par le poids des
assiettes et des verres ; les carafes avaient des dessous
d'orfèvrerie, les porte-couteaux étaient ciselés. Je me
plais à revoir surtout deux salières en verre bleu garnies
d'argenterie. C'étaient des griffons effrontés qui formaient les poignées. Ces salières étaient tout à fait élégantes ; et jamais le sel que j'ai puisé depuis en d'autres salières ne me parut avoir la saveur du sel que je
puisais dans celles-ci.

Le dîner n'était pas, sans doute, un repas de Luculdus ; mais pour un homme aussi heureux que je l'étais, habitué d'ailleurs aux dîners à dix-huit sous, il avait son prix. Vous saurez donc que je mangeai ce jour-là, après le potage gras aux pâtes d'Italie, un vol-au-vent de turbot à la béchamel, du poulet sauté marengo, un filet de bœuf rôti et des pommes de terre à la châteaubriant.

Il y eut aussi des hors-d'œuvre, une salade, des glaces au citron, un magnifique dessert. Mlle Ernestine croquait les olives avec toute la grâce possible ; elle picorait le vol-au-vent du bout de sa fourchette, arrachait d'un air distrait de petits blancs d'aile de poulet. Moi, je mangeai avec toute la sécurité d'un bon estomac ; je causai un mal très grand au filet de rôti. J'avais grand soin de ne jamais laisser longuement dans mon verre un certain vin de Léoville que le domestique y versait. Ernestine rougissait à peine son eau ; moi je dédaignais l'eau, et Mme Séchain, à ma gauche, faisait comme moi.

On allait grand train, Frédéric était beau mangeur, et de plus mangeur bruyant. M. de Brunoy était un joli convive. Mlle Amélie seule se montra discrète plus que personne, et fit peu d'honneur au repas. A l'autre bout de la table, M. Pierre et Mme de Renne faisaient la meilleure contenance qu'ils pouvaient. On causait sans perdre un coup de dent, et je ne puis garantir que toutes les têtes fussent calmes au second service.

Il faut noter ce point. Il a son importance, comme on va le voir.

Mlle Amélie de Renne me regardait fréquemment. Sa beauté avait un caractère particulier que je n'ai jamais vu qu'à elle. Elle avait des teintes de gravité étranges chez une jeune fille. Son air était quelquefois triste, et — arrangez cela si vous pouvez ! — ne cessait jamais d'être gai et sincèrement gai. J'étais le seul homme, peut-être, capable d'hésiter entre elle et sa sœur. Cette singulière fille paraissait marquée pour une haute destinée ; à certains moments, sa figure prenait une anima-

tion qui la transfigurait; rien n'égalait le charme de
son sourire, et volontiers je dirais de ce sourire, ce que
Méry dit du sourire d'Héva : Le soleil levant sur un
banc de perles. Dans sa conversation, elle plaçait souvent des phrases nettes et incisives, qui ressemblaient
à des maximes de Vauvenargues. Rien d'amer : tout
charmant et empreint d'une exquise et spirituelle bonté.
Je sus, plus tard, qu'elle était pieuse, très pieuse ; mais
elle n'en faisait pas parade, et tolérait, sans y prendre
part, les conversations où la religion était maltraitée.
Sa conviction profonde ne redoutait rien qui pût altérer
sa foi ; et sa piété, qui lui inspirait pour elle-même une
rigueur extrême, était, pour autrui, d'une tolérance qui
ne se démentit jamais.

Sa sœur était tout autre. Ernestine, avec une beauté
peut-être moindre, avait un aspect plus vivant, plus
jeune, dont l'attrait était plus sensuel, mais devait être
moins durable. Au premier abord, et loin de sa sœur,
elle était irrésistible. Chez elle, les sens avaient le premier rôle; tout vibrait dans son être, et les mots prenaient une incalculable portée par la signification qu'elle
y attachait. C'était une femme, une vraie femme, une
de ces femmes rares et désirables pour la passion, mais
dont il ne reste rien après la passion assouvie. L'amour
n'était encore pour elle qu'une intuition ; mais avec une
finesse diabolique, elle avançait vite dans ses déductions; et le moins clairvoyant des hommes prévoyait
qu'Ernestine serait un jour une femme dangereuse en
amour, qui se jouerait du sentiment tout en disant l'éprouver, tout en l'éprouvant peut-être. Natures redoutables,
perverses de naissance, avec des airs naïfs, auxquelles
il faut des adorateurs à fouler aux pieds, des amants
pour les tuer, et qu'elles méprisent après les avoir tués.

Telle était la femme à laquelle je m'étais attaché,
parce qu'elle ne m'avait pas rendu mon salut. Etrange
caprice de l'esprit! Si ce que je vous ai déjà raconté a
pu vous intéresser à moi, vous pouvez trembler, car je
courais un terrible péril. Ernestine me tenait. Plusieurs

fois, dans les hasards de nos mouvements à table, je me rapprochais d'elle et le hasard, — rien que lui, croyez-le ! — fit que mon pied rencontra le sien, et que ma jambe frôla sa jambe. Alors on ne portait pas de crinolines. Je sentais cette jambe immobile, juxtaposée contre la mienne, et ce pied, qui, peut-être par innocence, ne s'éloignait pas. Un frisson me courait jusqu'à la pointe des cheveux, c'était un frisson d'une valeur particulière.

On frissonne, en effet, d'une foule de manières. L'abord d'une femme chaste et vertueuse que vous aimez et qui vous aime vous donne une sensation délicate assez puissante pour vous opprimer un peu le cœur ou vous couper l'appétit, mais assez calme pour que vous en puissiez mesurer tout le charme et vous y laisser aller avec sécurité. Vous fermez les yeux ; elle est là : vous le sentez et vous êtes heureux. Au contraire, le contact d'une femme dangereuse, comme était Ernestine, vous exalte brutalement ; il éveille des convoitises puissantes, il vous excite ; vous avez envie de boire et de chanter : l'amour païen verse ses feux dans vos veines ; vous rêvez bacchantes. Il n'y a pas à s'y tromper : chaque fruit a sa saveur, chaque femme a sa sensation.

Ceux qui ont le sens assez délicat pour saisir ces nuances sont en position de n'être pas heureux toute leur vie, et ceux-là, je les plains.

Le bien-être du dîner animait le teint d'Ernestine. Je voyais courir un sang plus chaud sous l'épiderme de ses joues ; elle avait une façon de manger en se penchant sur son assiette, qui lui découvrait le cou, par le mouvement de la tête en avant, et sa nuque, dont les cheveux étaient relevés et tordus, avait un attrait irritant. Lorsqu'elle se relevait, elle secouait la tête, et se retournant vers moi pour me répondre, car la conversation allait son train, elle me regardait un peu de côté, avec de grands yeux de gazelle, doux et provocants. Ses lèvres avaient acquis une teinte écarlate, magnifique, un poème sur l'amour.

Je me laissais aller à ces contemplations dangereuses, dont mon innocence primitive ne pouvait apprécier tous les périls, lorsque je reçus, de la part de Mme Séchain, un joli coup de pied dans les jambes. Je me retournai, et je vis Mme Séchain qui, tout en mangeant gaiement sa glace au citron, me regardait du coin de l'œil, de la même façon qu'Ernestine ; mais, en outre, sa bouche fine accusait vers les coins le pli d'un sourire charmant, plein de promesse ou de moquerie. Je ne pus deviner au juste.

Comment pouvais-je deviner ?

Pour un bachelier ès lettres cette affaire était ardue : aussi je commis un contre-sens et s'il se fût agi d'un examen, j'aurais été refusé.

Je pensai que Mme Séchain s'inquiétait maternellement de mes regards trop prolongés vers Ernestine, et j'éprouvai une grande confusion.

Et tout le monde me regardait. M. Pautrel, de son poste lointain, me jetait par dessus ses lunettes un regard moqueur. Mme de Renne avait les lèvres pincées ; M. de Brunoy avait un petit sourire railleur ; Frédéric, à son ordinaire, avait l'air très peu compréhensif, mais il me regardait. M. Georges Morand, placé à gauche de Mme Séchain, se penchait pour mieux me voir. Mais de tous ces regards, le plus pénétrant, le plus incisif était celui de Mlle Amélie. Plusieurs fois déjà, pendant le dîner, j'avais été frappé par le regard persistant de la sœur d'Ernestine ; je crus, en ce moment, voir en elle un juge sévère. Aussi demeurai-je ébahi, lorsqu'elle dit :

— Monsieur de Rives, on vous demande votre avis là-dessus.

On parlait en ce moment de gages donnés ; et, comme exemple d'un gentilhomme du seizième siècle qui s'était fait tuer pour sauver un ruban donné par la dame de ses pensées. Rien de plus chevaleresque. J'avais eu le malheur de localiser un peu la conversation avec Ernestine. M'offrir, en ce moment anxieux, le moyen de rentrer dans la conversation générale, c'était me tendre la perche. Je bénis du fond du cœur la générosité de Mlle Amélie, et je pris la perche.

C'est-à-dire que je répondis.

— Mon avis, c'est que quand on vous a donné quelque chose, c'est pour que vous le gardiez, ce quelque chose. Et il faut le garder à tout prix.

— Bien dit ! s'écria M. Pautrel.

— Un ruban ! répliqua Frédéric, un ruban ! La belle affaire ! On perd le ruban, on sauve sa vie, et l'on va demander un autre ruban. Voilà tout.

— C'est, dis-je, l'opinion d'un homme prudent qui calcule que les rubans valent seize sous le mètre.

— Ils sont laids, à ce prix-là observa Mme Séchain.

— Madame, répondis-je, la main qui les donne en fait tout le prix.

Et, je ne sais par quelle malice, en disant cela, je regardais ostensiblement la main de Mme Séchain.

— Qui a donné un ruban, dit Mlle Ernestine, peut bien n'en pas donner deux, et M. Frédéric serait trompé dans son calcul.

On se mit à rire, et Frédéric se fâcha tout rouge.

— Vous me dites là des choses… impossibles. Moi, je soutiens que pour une baliverne on ne peut pas se faire tuer.

— Du moment, dit à son tour Mlle Amélie, du moment où l'on se fait tuer pour une chose, ce n'est plus une baliverne, puisque baliverne il y a.

— Oh ! oh ! reprit M. Pautrel, Frédéric est un garçon avisé. Il ne mourra jamais que pour un motif sérieux, dans cette idée assez juste qu'il lui faudra se racheter de n'avoir vécu que pour des riens.

— Hé là ! c'est bien ! s'écria Frédéric. Arrangez-moi, ne vous gênez pas ! Voilà Armand, par exemple ; il en parle à son aise. Mais je suis certain qu'il tient à sa peau autant et plus que moi.

— Je le crois bien, dis-je vivement. Elle est meilleure que la tienne.

7

— Et cependant, reprit Mme Séchain, vous vous feriez tuer pour un ruban ?

— Certes !

— On pleurerait joliment ta mort, va ! dit Frédéric.

— Comme on rirait de ta vie, répliquai-je.

— Oh !

Cet oh ! fut proféré par tout le monde à la fois. On garda le silence pendant un moment, puis, M. de Brunoy prit la parole :

— C'était, dit-il en 1822. J'étais garde du corps. Un de mes camarades, M. de Bonnière, était beau garçon, ma foi ; il était cousin de M. de Haudonnet : une maison qui tenait, par les femmes, aux Sénancourt. Bonne famille, vieille noblesse. Quand il était entré aux gardes, je m'étais dit : « Voilà un garçon qui me déplaît. » Je ne sais pourquoi, mais on a de ces idées. Figurez-vous, nous avions l'habitude d'aller au Théâtre-Français deux fois par semaine. Les gardes du corps étaient considérés...

M. de Brunoy continua son histoire, et je le laissai dire sans l'écouter. Un peu rassuré par l'attention avec laquelle tout le monde se tournait vers lui, je revins à Mlle Ernestine.

— Vous dites donc, mademoiselle, que vous ne donneriez pas deux rubans ?

— Ai-je dit, même, que j'en donnerais un ? demanda-t-elle.

— Pardon, repris-je. Vous n'aviez rien dit, mais je... Elle m'interrompit.

— Bah !

Et agitant sa glace avec sa cuiller, elle dit tranquillement :

— Voilà une glace qui est délicieuse. J'aime beaucoup le citron.

Elle releva la tête et me regarda en face. Ses yeux étaient profonds comme l'abîme ; ils appelaient les miens. Mais tout à coup, tandis que je la regardais, elle se retourna vers M. de Brunoy, qui venait de terminer son histoire, et lui demanda en riant :

— Les gardes du corps n'avaient-ils pas un habit rouge?

Mécontent de cette manœuvre, car je ne savais pas encore combien ces coquetteries sont habituelles aux femmes, et je ne me doutais guère du moyen d'en triompher, je me retournai à mon tour vers Mme Séchain, dont le regard étrange me revint alors à la mémoire. Elle parlait avec son voisin de gauche et ne paraissait plus s'occuper de moi. J'étais furieux. Lorsque Mme Séchain se retourna vers moi, je voulus pourtant lui parler ; mais elle me coupa la parole au premier mot, et s'adressant au domestique, elle dit :

— Les candélabres !

Le jour, en effet, commençait à baisser, et des nuages orageux l'obscurcissaient encore. On voyait de grands éclairs. Deux candélabres chargés de bougies furent placés sur la table ; on ferma les jalousies et il se trouva, quand on servit le dessert, que le cours de la conversation avait changé : on parlait des soieries de Lyon.

A la lueur des bougies, on voit les gens avec d'autres yeux. Il y a toujours de la surprise quand cette lumière succède à celle du jour. La conversation passa des soieries de Lyon à un autre sujet ; on cherchait à joindre les idées par les deux bouts. On n'y parvenait guère. Dans l'animation du dîner parvenu à ce moment de causerie facile, on allait se heurter aux sujets les plus divers. Frédéric parla politique.

J'avais une pêche énorme sur mon assiette, lorsque le domestique tenant une bouteille à la main, se pencha à mon oreille en murmurant :

— Porto ?

Je tendis mon verre, qui se remplit de ce vin redoutable. Je fus surpris de voir Ernestine tendre de même son verre vide et le replacer plein devant elle. Le domestique fit le tour de la table avec lenteur, et tout le monde avait bu ce porto sans rien dire, lorsque M. Pautrel, servi le dernier, élevant son verre plein à contre-jour des bougies, l'examina longuement et dit :

— Ce vin est singulier ! Il y a un dépôt. Il est un peu tourné.

— Il est excellent, dis-je.

Mlle Ernestine avait effleuré son verre, et le tenait en ce moment à la main, presque plein encore.

— Je ne dis pas, reprit M. Pautrel ; il peut n'être pas moins bon pour cela. Mais prenez garde à vous ; ces vins de Porto, quand ils sont tournés, portent à la tête d'une façon dangereuse.

— Ah ! fit Mlle Ernestine, vraiment ?

Et elle vida son verre d'un trait.

— Ernestine ! s'écria sa mère, quelle imprudence !

— J'ai voulu savoir, répondit cette fille d'Ève.

C'était tout son caractère dans un mot : elle voulait savoir ! Mais l'incident n'eut pas de suites, et l'on se rassura quand on vit M. Pierre, malgré les craintes de congestion, vider aussi son verre.

Mme Séchain se mit à rire :

— Voilà ce que c'est que de garder son vin trop longtemps en cave ! D'ailleurs, quoique tourné, celui-ci est bon. Il ne déplaît pas à M. de Rives.

— Non, assurément, répondis-je.

Mme Séchain se retourna vers le domestique.

— Versez du porto à monsieur de Rives, dit-elle.

Et je bus un second verre. La plupart des convives m'imitèrent. Mlle Amélie, seule, n'avait pas voulu tremper ses lèvres dans ce vin ; et, sous le regard de sa mère, Ernestine refusa le second verre qu'on lui offrait.

Mais alors la conversation s'anima d'une façon singulière. Je crus entendre Frédéric qui faisait des calembours. Le dessert s'acheva au milieu d'un cliquetis de paroles dont personne, sauf Amélie, ne remarqua la singularité, parce que tout le monde y prenait part. C'était une joûte, un tournoi dans lequel on se donnait de bons coups de part et d'autre. Ernestine avait dans les yeux une vivacité très redoutable, et dans la parole une audace singulière. Mme Séchain surtout paraissait agitée ; en la regardant, je surpris chez elle des gestes de tête et des clins d'yeux, qui m'auraient fort ému si j'avais été de sang-froid ; et même elle remit en ordre une mèche de cheveux avec un mouvement de bras si hardi, que j'eus envie de rire et détournai les yeux pour ne pas céder à la tentation. Du reste, on faisait autour de la table une telle dépense d'esprit, que les miettes auraient suffi pour un mois à entretenir un petit journal.

Lorsque Mme Séchain se leva, on l'imita avec une espèce de tumulte. Mécontent de la coquetterie d'Ernestine, j'offris mon bras à Mme Séchain, et nous passâmes au salon. Le terrible porto produisant son effet, mes jambes étaient lourdes et ma tête très drôle. Le fait certain, c'est que, par surprise, nous étions tombés dans le piège de ce vin ; et, pour dire la chose sans pruderie : nous étions gris.

Tant pis ! le mot est lâché.

Une sorte de mécontentement et de gêne s'ensuivit pendant un moment. Chacun regardait son voisin avec défiance et une espèce de pudeur.

On était assis. On ne disait plus mot. Mme Séchain et Ernestine, seules, prirent bravement leur parti de cette position fausse et manifestaient leur gaieté par de petits rires qui provoquaient un retour à la conversation ; et la conversation, d'abord timide, redevint confiante après quelques instants.

L'orage avait éclaté, on entendait le tonnerre, il pleuvait à torrents ; malgré les bougies, on peut dire que l'on prit le café à la lueur des éclairs. Les fenêtres du salon étaient entr'ouvertes, et l'énergique senteur des arbres du Luxembourg, trempés par la pluie, arrivait jusqu'à nous.

Je me sentais transformé. Le sang me battait dans les artères avec une force nouvelle ; je m'initiais à la vie, à la sensation complète de l'être. Je ne cherchais pas à séparer le domaine de l'esprit de celui du corps, mais par la matière j'avais l'esprit heureux. Puis, il faut l'observer, mon matérialisme était raffiné, il me venait entouré de ce qui le peut rendre acceptable pour les délicats. Un salon élégant, des vins exquis, une conversation spirituelle; par dessus tout, des femmes charmantes et dont chaque mouvement, chaque geste, décelait une grâce. Au dehors, un splendide orage, des éclairs superbes, le grondement majestueux du tonnerre. Les parfums de la terre et des arbres mouillés flottaient dans l'air. A l'âge que j'avais alors, dans cette première jeunesse, on apprend volontiers la vie par ses extérieurs; et, en effet, il est nécessaire qu'il en soit ainsi. On ne saurait approfondir le fond, avant d'avoir tâté la surface.

Ma pensée se porta pendant une minute dans ma petite chambre, sur ma table de travail, parmi mes papiers. Je me demandai ce que valaient ces travaux de l'esprit auxquels je me livrais chaque jour, et je reconnus qu'eux seuls m'avaient donné le droit d'entrer dans ce monde. J'aimai alors mes travaux, et je résolus de les agrandir encore. Je sentis que j'avais à faire ma vie; que l'avenir était devant moi, superbe, splendide, qu'il dépendait de moi de le conquérir. En reportant mes yeux sur Ernestine, il me sembla que les obstacles qui me séparaient d'elle s'abaissaient au souffle de mon vouloir; je me sentis prétendant à un trône, et je me jurai de m'y asseoir. Aucun échec, aucune désillusion ne m'avait encore atteint; je ne me dis pas que la vie est faite de succès et de revers et que la victoire définitive ne s'obtient qu'après que les victoires et les défaites ont longtemps alterné. Non. La vie me parut un champ de bataille sur lequel les vaillants n'avaient qu'à s'avancer pour saisir le triomphe.

Mlle Amélie, cependant, ne cessait pas de me regarder; on eût dit qu'elle lisait dans mon âme.

Voilà un grand fat, allez-vous dire. Toutes les femmes le regardent! A quoi je réponds que je raconte les choses dans leur sincère vérité, que ma modestie souffre de ce que je raconte, mais que je suis aucunement fat et que la vérité a ses droits. Et puis, il y a regards et regards. Jusqu'à présent, ceux dont on m'honorait ne signifiaient pas grand chose, sauf pourtant ce dernier que je mentionne, celui de Mlle Amélie.

Ce regard-là, ce n'a été que plus tard que je le compris ! A cette heure de jeunesse et de gaieté, dans la plénitude d'un bon diner, avec d'excellent vin dans la tête, je ne pouvais m'arrêter à ce regard empreint d'une grâce austère et triste, qui même semblait contenir un reproche. Quel reproche? L'eussé-je demandé à ma conscience, elle ne m'aurait pas répondu ; je ne savais rien. Mais Mlle Amélie me croyait plus instruit. Je marchais sur l'extrême bord d'un abîme sans m'en douter. Laissez-moi vous continuer mon histoire, et tout vous sera expliqué ; vous comprendrez pourquoi on me regardait. Mais jusque-là, fiez-vous à l'assurance que je vous donne. Ce que je puis vous dire dès maintenant c'est qu'à compter de cette soirée, je devais être longtemps sans revoir Mlle Amélie.

Trop longtemps.

Elle me regardait donc, et, sans me rendre compte du pourquoi, je me levai de la place que j'occupais et m'avançai vers elle. Un peu intimidé, à mesure que j'approchais, je sentis la nécessité d'un prétexte pour justifier cette démarche.

Ma tasse de café vide à remettre sur le plateau m'en offrit un.

Ayant donc posé ma tasse, je fis un détour et m'adressant à mademoiselle, au moment où le plus furieux des éclairs déchirait le ciel, je débutai par une banalité :

— Vous ne craignez pas l'orage, mademoiselle?

Elle secoua lentement sa jolie tête, sourit, et répondit sans baisser les yeux :

— Non. Je l'aime, au contraire.

— C'est, dis-je, un goût que je partage. Chaque coup de tonnerre fait vibrer mes nerfs.

— Ah ! fit-elle. Vous êtes artiste, monsieur?

— Je voudrais le devenir, au moins. Mais l'aspiration ne suffit pas.

— Pour cela, reprit-elle, il faut une âme désintéressée.

— C'est peut-être mon premier titre, dis-je. Je ne suis pas intéressé.

— Ah ! fit-elle encore avec un air de doute.

— Aviez-vous cru le contraire ? demandai-je.

— Pardon, monsieur, il ne m'appartient pas de vous juger.

Je me reculai d'un pas et ne pus que balbutier. Pourquoi me disait-elle cela ? Cela pouvait passer pour une impertinence; et cependant son ton était doux, affectueux, caressant. Elle se leva pour couper court à cet aparté, s'approcha d'une fenêtre et l'ouvrit toute grande. La pluie redoublait. M. Pautrel parlait en ce moment avec Georges Morand ; Frédéric, sous les yeux de Mme de Renne, madrigalisait avec Ernestine. Je me trouvai seul au milieu du salon. Mais Mme Séchain quitta précipitamment M. de Brunoy, avec lequel elle s'entretenait, vint à moi et me demanda à voix basse, non sans une nuance d'inquiétude :

— Que vous disait Amélie ?

— Rien. Qu'elle aime l'orage.

Mme Séchain, par la fenêtre ouverte, promena ses regards au dehors ; elle contempla le ciel, blafard malgré la pluie, sur lequel se découpait la cime des marronniers du Luxembourg. Le vent de la tempête secouait ces grands arbres, et quand les éclairs brillaient, on voyait des lueurs bleues illuminer jusqu'aux dernières profondeurs les promenades abritées par l'épais feuillage, que l'averse n'avait pas su traverser encore.

Mme Séchain me désigna du doigt ces sombres allées, et me dit :

— Armand, qu'en dites-vous ? N'est-ce point là un asile d'amoureux ?

Je répondis imperturbablement, sans comprendre :

— Elles seront traversées dans cinq minutes, ces promenades. J'aime mieux être ici.

— Vraiment ! vraiment ! murmura Mme Séchain.

Et après m'avoir couvert d'un regard de mépris, elle alla ouvrir une autre fenêtre, ne voulant pas, semblait-il, s'approcher d'Amélie, et s'accoudant sur l'appui, mit la tête dans ses mains après avoir poussé un long soupir.

Un de ces soupirs d'abattement qui révèlent un acteur fatigué de son rôle.

— Adèle ! cria M. Pautrel, vous établissez des courants. C'est d'une imprudence !

Mme Séchain se retira vivement de la fenêtre et la referma avec une brusquerie mal dissimulée, mais à laquelle personne ne prit garde. M. Pautrel me fit signe d'approcher et me fit asseoir près de lui. Il tenait à cimenter la connaissance entre moi et M. Georges Morand. Morand était un camarade de collège de Frédéric ; il était de son âge à peu près, mon ainé de quatre ans. Il faisait des vers tout en enrageant d'être obligé de tenir des livres. Son père était commerçant.

Au bout de quelques minutes, la conversation reprit son allure générale, et la gaieté ne fut plus troublée pendant le reste de la soirée. On fit de la musique ; on lut quelques sonnets de Musset ; on parla de tout et d'autre chose encore. Je tenais rigueur à Ernestine depuis son impertinente question sur les gardes du corps habillés de rouge.

Elle avait paru d'abord n'y point prendre garde. Au fond, j'étais furieux, car je m'étais flatté, au commencement du diner, d'avoir fait sur son esprit une certaine impression. Je voyais mon espoir s'évanouir, mais je tenais ferme ! Et je laissais Ernestine coqueter avec Frédéric, puisque je ne pouvais l'en empêcher.

Mais tout à coup, au moment où personne n'y pensait, tandis qu'après la lecture d'un sonnet, M. Pautrel, Georges Morand et moi nous le discutions de notre mieux, mademoiselle se leva avec l'étourderie permise aux jeunes filles, laissa sa mère et Frédéric bâiller en face l'un de l'autre, et, passant derrière M. Pautrel, vint s'accouder au dos du fauteuil, et demanda, comme un enfant gâté :

— Que dites-vous donc là ?

Que Dieu me pardonne ! il me sembla que dans ce

7

mouvement brusque, la main de Mlle Ernestine avait effleuré mon épaule un peu plus fort que le hasard ne l'autorisait.

En étais-je sûr? ne m'étais-je pas trompé? était-ce vraisemblable? Cela me causa une si forte émotion que j'en rougis jusqu'au blanc des yeux; et afin de me donner contenance, je saisis un volume placé près du plateau à café. C'était la *Confession d'un enfant du siècle.* Je l'ouvris au hasard, et au hasard aussi, je lus vers les deux tiers de la page 185, cette maxime persane :

« Celui qui est aimé d'une belle femme est à l'abri des coups du sort. »

Je rejetai le livre et me retournant vers Ernestine.

Elle me sourit.

VII

Sinistre aventure.

Peu de temps après cette mémorable soirée, où, grâce aux facilités du dîner, et surtout grâce à la perfidie du porto, j'avais pu, pour la première fois de ma vie, jouer au sentiment avec des femmes supérieures, il arriva deux aventures à Frédéric : une gaie et une triste.

L'aventure gaie était préparée et souhaitée depuis si longtemps, que cela ne pouvait plus guère passer pour une aventure... Frédéric Séchain eut la chance d'être reçu bachelier ès lettres, ce qui motiva de fortes réjouissances, en compagnie de Levernay, de Morand, de Ferdinand de Vireville, de tous nos amis enfin. On tira un feu d'artifice sur le toit de la maison, et Mlle Rosalie put ainsi constater que Frédéric était très consolé.

On donna un nouveau dîner chez Mme Séchain, auquel assistèrent plusieurs personnes que j'avais vues lors de mon introduction forcée dans le salon; mais je fus le seul des amis de Frédéric que l'on invita. Mme de Renne y était avec Ernestine. J'entendis raconter

qu'Amélie était malade et devait se soigner pendant
quelque temps. Lorsque je voulus m'informer plus amplement de cette indisposition, on me répondit de
manière à me faire comprendre qu'il était imprudent
d'insister.

Du reste, on ne manifestait aucune inquiétude.

Les honneurs du dîner furent pour Frédéric, le triomphateur. Ernestine était charmante pour lui seul, et se
montra avec moi d'une grande circonspection. Je me
lamentai le soir, en rentrant chez moi, à la pensée que
si, comme le bruit vague en avait couru, Frédéric devait
épouser une de ses deux sœurs, ce serait à coup sûr
Ernestine qu'il épouserait.

A ce dîner assistait un monsieur que je dois mentionner spécialement. J'en ai déjà parlé lors de ma première visite. Il pouvait encore passer pour jeune et se
nommait Paul Desjardins. Ce qui le recommandait
d'abord était un air de discrétion affectée et la réserve
avec laquelle tout le monde lui parlait. Il était joli
garçon et ne paraissait pas avoir pour Mme Séchain une
politesse très grande. Je m'informai près de M. Pautrel
des qualités de M. Desjardins. M. Pautrel se mit à rire
et répondit :

— C'est un bon garçon.

Ce fut tout. Mais je commençais à deviner que, dans
ce monde, il faut se contenter de demi-mots, et quand
on ne les comprend pas, avoir l'air de les comprendre.

Quant à l'aventure triste qui arriva à Frédéric Séchain
une quinzaine de jours après son admission au grade
important de bachelier, elle ne me fut jamais bien expliquée, et aujourd'hui encore, certains détails, d'une
teinte singulièrement sinistre, ne parviennent pas à se
fixer dans mon esprit.

J'arrivai un matin, vers midi, chez Frédéric. Je lui
faisais souvent l'amitié de monter dans sa petite chambre, avant de sonner chez sa mère. Je n'avais pas été
sans remarquer combien les rapports de Frédéric avec
son oncle, et même avec sa mère, étaient pénibles dans

certaines circonstances, et je m'étais imposé la tâche
difficile de faire cesser ces dissentiments dont j'ignorais
les causes. Aussi, dis-je, je montais fréquemment chez
Frédéric et je l'obligeais à descendre avec moi chez sa
mère ; plusieurs fois, il m'arriva de le déterminer à nous
accompagner dans nos promenades. Je dois dire qu'il le
faisait toujours avec mauvaise grâce, et paraissait s'ennuyer beaucoup avec nous.

Ce matin-là, il s'agissait encore d'une promenade ;
Frédéric m'avait, dès la veille, promis d'en être, et je
m'arrêtai chez lui avec la persuasion de le trouver
prêt à me suivre. Ce qui m'affirma d'abord la vérité de
ma supposition, c'est que la porte de sa chambre était
entr'ouverte. Il paraissait m'attendre.

Je poussai cette porte, et j'entrai sans frapper. Un
spectacle inouï me fit reculer d'abord.

La chambre était saccagée de fond en comble, comme
si une sotnia de cosaques y avait passé.

Tout était dévasté, renversé, brisé. On ne pouvait
s'expliquer pourquoi. Dans toute dévastation, il y a,
sinon un but, du moins une cause : si ce n'est pas un
voleur qui a brisé pour piller, c'est au moins un accident, une trombe, un incendie. Là, rien de pareil ; un
seul coup d'œil suffisait à se convaincre qu'il n'y avait
eu ni voleur ni accident. On avait pris plaisir à la des-
truction.

Le lit de fer avait les pieds tordus, les matelas étaient
renversés et les draps déchirés. Déchirés encore étaient
les rideaux de la fenêtre, et même les serviettes de la
toilette. Les fauteuils et les chaises disloqués gisaient
à terre parmi les débris de toute nature : livres, papiers,
flambeaux, garniture de la cheminée, cuvette, pot à eau.
La glace de la toilette et celle de la cheminée étaient en
miettes. Il était impossible de faire un pas sans écraser
un morceau de verre ou de vaisselle. La fenêtre n'avait
plus une vitre. Le coucou lui-même, le malheureux
coucou était arraché de sa place ; ses poids et ses
chaînes entouraient sa caisse éventrée.

Mais, au milieu de cette désolation, un détail horrible se remarquait surtout. Frédéric possédait un grand couteau catalan, l'un des plus beaux et des plus acérés que l'on pût voir. Plusieurs fois je l'avais examiné et envié. La lame aiguë de ce couteau était plantée dans le panneau de la porte, à la hauteur du cœur. On avait lancé l'arme cruelle avec tant de raideur, que la pointe était entrée dans le bois de chêne, de deux bons centimètres, et traversait le panneau. La violence du coup avait brisé la lame près du manche ; et ce manche se voyait par terre au milieu des autres débris, avec quelques gouttelettes de sang.

Que s'était-il passé ? Je le répète, la première inspection de la chambre écartait l'idée d'un accident : d'un autre côté, un voleur n'aurait pas poussé si loin l'acharnement inutile. Ce devait être une lutte entre deux hommes exaspérés qui avait causé tout ce désastre. Frédéric avait-il été l'un des acteurs ? C'était probable ; mais contre qui s'était-il battu ? Qu'était-il devenu ? Y avait-il quelqu'un de tué ?

Un vague instinct d'horreur secrète s'ajouta encore à l'épouvante que me causait ce spectacle inattendu. J'eus une crispation de nerfs si cruelle que je faillis tomber. Je fus obligé de m'appuyer au mur.

J'appelai d'une voix tremblante :

— Frédéric ! Frédéric ! où est-tu ?

Personne ne me répondit, et je m'élançai hors de cette chambre avec la précipitation que l'on met à fuir un lieu maudit. Une fois dehors, je pensai que ce mouvement était ridicule ; je surmontai mon horreur et je rentrai. L'inspection plus complète me convainquit mieux qu'une lutte étrange avait eu lieu, mais je ne pus recueillir aucun indice sur ses causes et ses résultats.

Je pensai alors que Levernay, dont la chambre était voisine, avait dû entendre le combat, et même avait pu y prendre part. Je frappai à la porte de Levernay. Il était absent.

Bien à contre-cœur, je me résignai à descendre chez

Mme Séchain pour y chercher des éclaircissements ; je craignais d'être le porteur d'une mauvaise nouvelle. Ma perplexité était extrême. La femme de chambre qui vint m'ouvrir avait une mine consternée qui me frappa, et parut vouloir me refuser l'entrée ; mais je la repoussai, et me dirigeai vers le salon.

— Mais, monsieur... dit cette fille en hésitant.

— Qu'y a-t-il ? demandai-je.

— Elle ne put que me répondre en prenant la fuite :

— Ah ! mon Dieu ! ah ! mon Dieu !

J'ouvris le salon et j'entrai. Dans un coin, Frédéric, étendu sur un fauteuil, le front et les mains ensanglantés, paraissait à moitié mort. A peu de distance, Mme Séchain parlait très vivement avec M. Paul Desjardins, si vivement qu'ils ne remarquèrent pas d'abord mon entrée, et il me sembla entendre que Mme Séchain tutoyait M. Desjardins et se laissait tutoyer par lui.

Cette invraisemblance me frappa et m'empêcha d'entendre ce qu'ils disaient.

Ils m'aperçurent enfin et s'éloignèrent l'un de l'autre avec un air d'embarras. Je m'avançai en oubliant de saluer, et je demandai à Mme Séchain :

— Que s'est-il donc passé là-haut ?

— Rien, Armand, rien, me répondit-elle. Ne soyez pas inquiet.

— Je me tournai vers Frédéric ; il me regardait d'un œil hagard ; je réitérai ma question :

— Que s'est-il donc passé dans ta chambre ? Es-tu grièvement blessé ?

— Comment ! s'écria Frédéric en bondissant comme un furieux, je n'ai pas fermé ma porte, et ma chambre est ouverte ? On peut y entrer et voir tout cela ?

— Mais oui, répondis-je, puisque j'y suis entré.

Frédéric se précipita hors du salon et me laissa très embarrassé entre sa mère et M. Desjardins, qui gardaient un silence absolu. Il reparut au bout de deux minutes, tenant la clef de sa chambre à la main.

—J'avais oublié de la fermer ! Quelle imprudence ! dit-il.

— Armand, dit Mme Séchain, vous me pardonnerez, n'est-ce pas, si je vous prie de me laisser seule.

— Oui, madame ; je vous prie même de mettre mon indiscrétion sur le compte de mon inquiétude.

— Il n'y a pas d'indiscrétion, reprit Frédéric. Viens avec moi.

Je le suivis dans la salle à manger. Il lava avec de l'eau fraîche quelques petites plaies qu'il avait au front et aux mains. Il tremblait. Il était ému au-delà de toute expression. Pourtant, il s'efforçait de se maîtriser et me répétait sans cesse :

— Ce n'est rien... rien absolument.

— Cependant, lui dis-je, l'affaire a été chaude, à en juger par le champ de bataille. Avec qui t'es-tu battu ? Qui est venu t'attaquer chez toi ?

— Ah ! ah ! voilà l'affaire, fit-il en faisant mine de rire.

Mais il montrait les dents.

Je pensai à tous ceux que nous connaissions. Aucun ne me parut capable d'une telle attaque ; et n'osant citer personne, je gardai le silence. Fédéric reprit :

— Eh bien ! c'est avec Levernay que je me suis battu !

— Levernay ! m'écriai-je. Mais pourquoi, bon Dieu !

— Parce que... parce que, bredouilla Frédéric en cherchant.

Il ne trouva pas de raison à me donner, et s'écria :

— Tu m'embêtes, à la fin... Nous nous sommes battus. Voilà !

— Mais, repris-je avec vivacité, mon intention n'est pas de te contraindre à parler, si tu veux te taire. Je ne vois pas pourquoi tu m'injuries.

— Je ne t'injurie pas, Armand, pardonne-moi.

La porte de l'appartement de M. Pautrel, qui donnait dans la salle à manger, vis-à-vis celle du salon, s'ouvrit tout à coup, et M. Pautrel entra. Il était pâle. Aucune congestion ne paraissait à craindre. M. Pierre vint à moi avec un sourire triste.

— J'ai entendu votre voix, Armand. Laissez Frédéric se calmer tout seul. Venez avec moi.

Je le suivis dans son cabinet, dont il referma la porte avec lenteur. Il y avait de la solennité dans tout ce qui se passait. M. Pautrel me fit signe de prendre un fauteuil et s'assit en face de moi.

— Armand, dit-il, il faut nous excuser si nous ne pouvons pas tout vous dire. Mais, vous êtes de nos amis, vous saurez tout un jour. Croyez que ce n'est pas par défiance...

Je protestai par un geste ; il continua :

— Armand, mon ami, mon cher Armand, nous sommes malheureux. Plaignez-nous. Plaignez-moi, moi, surtout. Armand, depuis que j'ai eu le bonheur de vous connaître, je vous dois de bonnes journées, de bonnes causeries ; vous me rendriez des services si vous le pouviez, je le crois, j'en suis sûr. Je crois vous avoir apprécié, Armand, je vous tiens pour un modèle d'honneur. Vous êtes jeune encore, mais vous serez plus tard un homme. Eh bien ! ne transigez jamais par faiblesse avec rien de mauvais.

Je rougis et je gardai le silence... Il est clair que je n'avais rien à répondre.

Armand, reprit M. Pautrel, nous allons vous quitter pour quelque temps. Nous allons faire un petit voyage. Nous partons ce soir.

— Comment ! demandai-je, vous partez si vite ?

— Il le faut, mon ami. Dans votre solitude, notre absence sera peut-être pénible pour vous ; mais vous travaillerez, et notre absence sera de courte durée, je l'espère. Cependant, afin de vous la rendre plus supportable, je mets toute ma bibliothèque, tous mes papiers, toutes mes notes à votre disposition.

— Que je vous remercie ! dis-je. Au moins j'aurai quelques sujets d'étude.

— Vous en avez besoin, répondit-il d'un ton paternel ; vous avez beaucoup à apprendre sur beaucoup de points. Vous vous êtes laissé étourdir par de trop faciles succès.

Il changea de ton, et continua tristement :

— Votre fond à vous est excellent. Vous vous amenderez. Enfin, mon ami, je vais vous donner ma clef particulière de l'appartement. Une autre personne aura soin du reste, mais vous serez maître chez moi pendant tout le temps de notre absence. Voici encore, continua-t-il en me remettant un trousseau de clefs, la clef de mon logement. Voici celle de mon bureau. Celle-ci ouvre la bibliothèque, celle-là les casiers.

Il me fit lever et me conduisit à chaque meuble et à chaque pièce, en me désignant les clefs à l'aide de remarques particulières. Cette confiance, le ton doux avec lequel il me parlait me pénétraient le cœur ; j'avais envie de l'embrasser et de pleurer pour le consoler.

Lorsque je fus initié à tous les secrets, M. Pierre me laissa les clefs dans les mains et me conduisit vers la porte en terminant :

— Si le transport des livres vous gêne, et que vous aimiez mieux travailler ici que chez vous, vous êtes le maître ; ma seule recommandation est que, si vous travaillez ici, vous n'y receviez personne.

— Sans doute, répondis-je. Ne craignez rien. Mais...

— Mais quoi, mon ami ? Dites.

— Je ne sais comment dire... cela me désole de vous quitter.

— Allez, mon ami, vous aurez de plus graves chagrins que celui-là. Cependant, embrassez-moi.

Il m'ouvrit les bras, et je l'embrassai avec effusion. L'accolade fut chaleureuse. M. Pierre était ému autant que moi. Il se dégagea et courut à son cabinet de toilette, humecta une serviette et se la plaça sur le front pendant une minute. La peur de la congestion lui revenait. Il me rejoignit ensuite et m'accompagna jusqu'au palier.

Malgré la confiance qu'il me témoignait, il me parut craindre que je ne revisse Mme Séchain. Il me promit alors de m'écrire et me fit promettre de lui répondre, me serra une dernière fois la main, puis referma la porte tandis que je descendais l'escalier, si grandement surpris que je me demandais si je ne rêvais pas, tellement tout ce qui arrivait était imprévu.

L'idée de M. Pautrel était juste. Son absence, celle de Mme Séchain et celle de Frédéric me furent une pénible épreuve. Ces amis m'étaient chers ; je les aimais de toute mon âme. Pourquoi faut-il qu'ils m'aient depuis causé tant de chagrins ! Je savais qu'ils étaient partis sous le coup d'une secrète catastrophe; j'avais le cœur serré. En outre, je n'avais plus le plaisir de nos promenades, le charme de nos soirées et de nos causeries.

J'étais désolé.

J'allai le soir même à Juvisy voir mon père et ma mère. Je leur fis part de ma douleur, mais mon père s'y montra peu sensible. Il voyait avec mécontentement mes relations rue de l'Ouest, et prétendait que ces visites me détournaient de mon travail. Ma mère fut plus clémente. M. Pautrel m'aimait ; c'en était assez pour qu'elle l'aimât sans le connaître.

Ma mère me plaignit, tandis que mon père se réjouissait de ce que j'allais travailler sans relâche. Au bout de deux jours, je revins à Paris. Mon premier soin fut d'utiliser mes clefs. Je courus rue de l'Ouest.

J'entrai. Tout était désert, morne, affligeant. Dans cet appartement vide, le parquet craquait sous mes pieds et me faisait peine à entendre. Les meubles avaient des housses, les persiennes étaient closes. Il y avait de la gaze sur la pendule et les candelabres du salon. Je me dirigeai vers le cabinet de M. Pautrel, j'ouvris les persiennes, et m'étant assis devant son bureau, je regardai autour de moi.

Il n'y était plus, ni lui, ni personne. J'eus une grande désolation de cœur. J'étendis la main vers l'étagère qui surmontait le bureau, et je saisis un volume de Victor Hugo, je voulus lire. Impossible !

Je lisais dix lignes, puis je regardais le plafond et je pensais. A quoi tiennent nos sentiments ! Il y avait six mois, je ne connaissais ni Frédéric, ni Mme Séchain, ni

M. Pautrel, et déjà ils me semblaient une chère famille.
J'étais là, installé chez eux, avec les clefs de toutes les
portes dans les mains. Mais les amis étaient absents,
et c'était eux que je regrettais. Je m'efforçais de nouveau de lire, et j'y réussissais pendant un moment ;
mais la rêverie me prenait de nouveau. Je ne revenais
au livre que pour le quitter encore.

Ces absents me semblaient mille fois plus chers que
lorsque je les voyais chaque jour. Je me plus à me
retracer chacun de leurs gestes, leurs intonations de
voix. Tout me semblait charmant : les petites folies si
séduisantes de Mme Séchain, les rires de Frédéric ; tout,
jusqu'aux congestions de M. Pierre, mon vieil ami.

Car il était mon ami, je le sentais bien. Il me portait
une affection aussi profonde que celle que je lui portais
moi-même. Comme il était bon ! Avec quelle grâce parfaite il répondait à mes questions et éclairait mes doutes ! Combien de fois, lorsque dans les petites réunions
ou les dîners de cérémonie, il m'arrivait d'obtenir un
petit succès d'esprit, ne l'avais-je pas vu joyeux et fier
de l'approbation qu'on me donnait ! Aussi fier, en vérité,
que ma mère l'aurait été. A cette heure, il était parti.
J'aurais tout donné pour le voir ouvrir la porte et entrer
à l'improviste.

Machinalement, je portai les yeux sur la glace. Je me
vis moi-même, en me levant, au milieu de ce cabinet
de travail, au milieu des tentures de soie, des meubles
opulents, des beaux livres. On m'aurait pris pour le
maître de ce logis somptueux et élégant. Je me mis à
marcher, comme pour mieux attester la réalité de ma
présence ; mes pieds foulaient un grand tapis d'Au-
busson ; je dérangeais en passant les fauteuils de palissandre. Je regardai les tableaux de maître, les gravures
avant la lettre. Un petit portrait d'Ernestine de Renne,
fait en quatre coups de crayon, m'arrêta. Je le regardai
longuement, puis je me regardai de nouveau moi-même
dans la glace. Et je repris ma place dans le fauteuil
devant le bureau.

Une voix criait à mes oreilles :

— Millionnaire ! millionnaire ! Tu seras millionnaire, et tout cela t'appartiendra si tu le veux. Tout ce luxe sera à toi, si pauvre aujourd'hui ; et tu n'auras qu'à dire : oui !

Et encore on te remerciera d'accepter. Et cette femme que tu aimes, cette belle jeune fille que tu convoites, tu l'auras ; elle sera ta femme. Elle sera fière de ton nom, heureuse de ta fortune qu'elle aura augmentée en t'apportant la sienne. Tu seras deux, trois fois millionnaire !

Je secouai la tête, et me passai la main sur le front, afin de chasser ces idées.

— Lisons !

J'étais au moment de réussir enfin à fixer mes idées sur le livre, lorsqu'un pas se fit entendre dans la salle à manger, et qu'une main saisit le bouton de la porte.

Je tressaillis. Qui était là ? J'eus une folle espérance : Seraient-ils déjà de retour ?

La porte s'ouvrit et ce fut tout bonnement M. Paul Desjardins qui entra. Sa figure me parut fausse.

— Bonjour monsieur de Rives, dit-il. En passant dans la salle à manger, j'ai vu la clef à la porte de l'appartement de M. Pautrel. J'ai compris que vous étiez là. Je suis entré.

Je le regardais, ébahi, sans répondre. Il continua en prenant place dans un fauteuil.

— Oui... je comprends. Vous êtes surpris de me voir ici. Mais je vais vous dire : Mme Séchain m'a prié de surveiller l'appartement en son absence. Nous nous rencontrerons quelquefois.

Je lui répondis je ne sais quoi. J'aurais voulu me débarrasser de lui ; mais il tint à engager la conversation. Il se montra souple, insidieux, et m'entretint d'un tas de détails sur la vie privée de M. Pautrel et de Mme Séchain. Ensuite, il me parla de lui-même. Il était négociant, ses affaires allaient mal. Il avait une femme et une nièce à nourrir. C'était dur. Les détails intimes abondaient. Il m'avoua qu'il n'était pas un mari très fidèle ; qu'il lui arrivait parfois d'aller courir fortune à Mabille et même à la Chaumière ; qu'il avait souvent des nuits passées hors du domicile conjugal. En dernier lieu, il me demanda confidence pour confidence, et voulut savoir comment je menais la vie de jeune homme.

J'étais à cent mille lieues de soupçonner la perfidie intéressée qu'exécutait en ce moment M. Desjardins. Je n'eus aucune idée du piège qu'il me tendait ; cependant je ne lui révélai aucun scandale sur mon compte, d'abord, parce que j'étais assez malheureux pour n'avoir jamais fourni prétexte à scandale, et que j'étais, selon l'expression, sage comme un bon dieu de bois ; ensuite, je gardai encore le silence, parce que, eussé-je eu dans mon sac les histoires les plus drôles, je me serais gardé d'ouvrir ce sac devant un homme dont les allures et les paroles me déplaisaient singulièrement.

— Allons, me dit-il d'un ton de bonne humeur, je vois que vous êtes un gentil garçon. — Ce mot me blessa.
— Il ne s'agit que de vous dégourdir un peu. Nous aurons, je le répète, occasion de nous voir souvent ici. Eh bien ! il faudra que nous allions dîner ensemble de temps en temps, et nous chasserons l'aventure de compagnie. Je vous formerai, moi. Je vous *déniaiserai.*

— Monsieur, répondis-je, j'ai bien peu de temps à moi.

— Bah ! une bonne râtelée de rire, prise de temps à autre, fait beaucoup de bien. Cela profite. On travaille mieux après. Il ne faut pas qu'un garçon vive comme un moine.

Il continua ses plaisanteries, et me contraignit à lui promettre d'aller un jour dîner avec lui. Il y mit tant de gaieté que mes préventions furent ébranlées. Je pris sous mon bras le volume que je lisais, et je sortis en refermant avec soin la porte du cabinet.

Nous nous séparâmes, M. Desjardins et moi, après une forte poignée de mains, en nous promettant que, la première fois que nous nous verrions, nous irions exécuter un fameux coup de filet sur les grisettes du quartier Latin. Il y avait des grisettes à cette époque.

Cependant, je fus quelques jours sans le rencontrer. Je travaillais plus souvent chez moi que chez M. Pautrel. Le temps se passait. J'avais trouvé des grammaires et des dictionnaires italiens et anglais dans la bibliothèque; j'apprenais l'italien et l'anglais simultanément à marches forcées. Je suis si naturellement polyglotte que je faisais de rapides progrès en travaillant le matin à l'italien et le soir à l'anglais. Un jour je reçus la visite de M. Georges Morand.

Il se plaignit de ce que, malgré ma promesse, je n'étais pas allé le voir. Il me dit qu'il s'ennuyait beaucoup de son métier de teneur de livres chez son père, et me lut quelques vers qu'il avait faits. Je lui lus volontiers des miens quand il m'en pria. J'avais jugé les siens médiocres; il proclama les miens admirables. Il sera nécessaire, par la suite, de parler plus amplement du bizarre caractère et du bon cœur de ce singulier poète qui, chose admirable chez un poète, ne jalousait personne, ne portait envie à personne, et trouvait à tout le monde plus de talent qu'à lui. La liaison, entre nous, fut rapide et profonde; elle se trouva bien autrement résistante que mon amitié avec Frédéric. Mais il est un détail de cette première visite que je ne dois pas laisser ignorer.

Georges Morand, je l'ai déjà dit, avait été élevé à Felletin, avec Frédéric. Leurs relations n'avaient pas cessé d'être intimes. Lorsque, dans le cours de la conversation, je vins à lui parler du départ précipité de Mme Séchain, de M. Pautrel et de Frédéric, ainsi que de la scène mystérieuse qui avait causé le départ, je demeurai plongé dans l'étonnement en voyant que Morand était instruit de tout; non-seulement des détails extérieurs que je connaissais, mais aussi des motifs qui avaient amené le combat dans la chambre, entre Frédéric et un adversaire redoutable, qu'il évita de me nommer.

Je le pressai vainement de me dire le nom de cet ennemi devant lequel tout le monde avait pris la fuite ; Morand fut discret, et comme j'y mettais de l'insistance, il me pria de lui épargner l'ennui de me refuser.

— Je ne puis rien vous dire, conclut-il. Non pas que je suppose que vous soyez des ennemis de la maison et que vous désiriez connaître ce secret pour mal faire. Je suis même convaincu que votre curiosité ne vient que de l'amitié que vous portez à Frédéric. Mais c'est un dépôt sacré. Il m'a confié ce secret sur l'honneur. Je ne puis parler, à moins d'avoir la langue déliée. Maintenant, voulez-vous un bon conseil d'ami ?

— J'allais vous le demander.

— Soyez prudent ; ne vous mêlez de rien. Evitez de voir les amis de la maison en dehors de la maison, et plus particulièrement M. Paul Desjardins.

— Mais je lui ai promis d'aller dîner avec lui. Je ne puis me dédire.

— Allez-y donc une fois, mais pas deux. Soyez circonspect surtout, et ne parlez de rien qui puisse vous être préjudiciable.

Je promis à Georges Morand de suivre ses avis ; et comme il n'existait entre nous aucun motif de circonspection, nous allâmes dîner ensemble chez *Pâtée de chat*, pour vingt-six sous par tête. Je payai le dîner ; Morand offrit le café, et nous passâmes notre soirée à nous avouer que nous avions la prétention de devenir des poètes étonnants.

Cette première absence de mes amis marque une étape dans le récit de cette histoire, la fin du premier acte, si l'on veut ; ou encore du prologue. Ce qui précède n'appartient à l'histoire qu'à titre d'introduction.

Tandis que j'étais seul à Paris, je fis un certain nombre de visites depuis longtemps promises. A mon vieux protecteur d'abord, le vieux monsieur à qui je devais ma première répétition, c'est-à-dire le premier argent que j'eusse gagné de ma vie. A M. de Brunoy, dont je pus parcourir longuement la galerie de tableaux, pleine de chefs-d'œuvre apocryphes. Je compris qu'il voulût les céder à M. Pautrel ou à Mme Séchain ; mais je compris encore que ni Mme Séchain, ni M. Pautrel ne voulussent accepter le marché. Je vis aussi M. Massé de Vireville, la veille de son départ pour la campagne. Il avait déjà le pied dans l'étrier, et notre entrevue fut courte. Il me reprocha de l'avoir trop négligé, et m'adressa quelques railleries sur ce qu'il nommait mon enterrement rue de l'Ouest. Nous convînmes qu'il me ferait une visite aussitôt qu'il serait de retour à Paris ; et je promis de lui tenir bonne compagnie quand viendrait l'hiver.

Enfin je dinai, selon ma promesse, avec M. Paul Desjardins. Ce dîner est pour moi des plus mémorables : ce fut la première fois de ma vie que je me débauchai dans un restaurant de haute volée. Nous dînâmes chez Champeaux, ni plus ni moins : un dîner d'une soixantaine de francs. Nous allâmes ensuite à la Chaumière, alors célèbre par la fréquentation assidue de la jeunesse étourdie ; un étrange jardin, où on dansait le *cancan*, où brillaient quatre étoiles qui, depuis, ont filé dans le pays des vieilles lunes : Pomaré, Maria, Mogador et Clara. La chanson classique a consacré leur souvenir, ainsi que celui du *Grand Chicard* et celui de Louise Balocheuse. D'où venait cet abominable nom ? Je ne le saurais dire. Toujours est-il que M. Desjardins, étonné et pour ainsi dire indigné de mon innocence, me présenta à plusieurs dames, lesquelles rirent beaucoup à mes dépens ; et l'addition de la journée dut se monter pour lui à environ cent francs : pour ce prix-là, il emporta la conviction que j'étais l'être le plus vertueux de ce monde.

Ses excitations et ses railleries ne purent vaincre ma timidité. Je rentrai seul chez moi, honteux et fâché d'être seul, mais seul.

Notre camarade de chez M. Legay, Ducouti, était allé passer l'été dans sa famille. Il se préparait à un ministère. Levernay suivait assidument les épreuves de l'Ecole polytechnique, afin de se préparer, par l'exemple d'autrui, à les subir à son tour l'année suivante. Je le vis cependant une fois, et je lui racontai ma soirée d'orgie avec M. Desjardins.

Levernay, en garçon avisé, se borna à me dire, ainsi que l'avait fait Morand :

— Prenez garde à vous, et veillez sur vos paroles, quand vous serez avec ce monsieur.

Je vis plus fréquemment Georges Morand. J'y allais souvent le soir, après l'heure à laquelle il était occupé. Nous nous renfermions dans sa petite chambre pour y causer en fumant, pour y lire à l'aise les œuvres des maîtres et les nôtres. Dans ces causeries, Morand insista sur le péril de mes rapports avec M. Paul Desjardins, mais il refusa constamment à toute explication à ce sujet, aussi bien que sur les mystérieux motifs qui avaient déterminé le départ subit de M. Pautrel et de Mme Séchain avec Frédéric.

M. Pautrel m'écrivait souvent, et je lui répondais d'interminables lettres, dans lesquelles s'épanchait mon cœur, épris de la bonté charmante de cet ami. Ses lettres, à lui, n'étaient pas courtes non plus que les miennes. Quatre pages du plus grand format des papiers à lettres ; souvent six, parfois huit. Il continuait ainsi, à distance, mon éducation. Un beau jour, je lui écrivis une lettre en anglais, et n'ayant pas reçu de réponse, je lui en adressai une autre en italien. J'étais tout fier de la surprise que cela devait lui causer : il ignorait mes études dans ces deux langues. Mais je ne reçus, au bout de huit jours, qu'une réponse en français, dans laquelle il n'était fait aucune mention de mes deux épîtres en anglais et en italien. J'en fus surpris d'abord, ensuite j'en fus honteux. Je pensai que, ne connaissant pas encore ces deux langues d'une façon suffisante, il avait pu m'échapper des fautes grossières, et qu'afin de ne pas m'humilier en les redressant, M. Pautrel avait préféré n'en rien dire ; que c'était là une leçon indirecte qui devait m'exhorter à plus de modestie.

8

Je fis part de ces réflexions à Georges Morand. Il convint que ma supposition pouvait être juste, et me demanda de vérifier les brouillons de mes lettres, avec l'aide d'un jeune homme qu'il connaissait, chargé des correspondances dans une grosse maison de commerce. Je n'avais pas fait de brouillons.

— Comment, me dit-il, tu es assez fort, — Georges et moi nous en étions venus à nous tutoyer, — tu es assez fort pour écrire l'anglais et l'italien au courant de la plume ! Oh ! alors, je comprends !

— Tu comprends, quoi ?

— Rien, répondit-il en riant. C'est un système. Dispense-moi de toute explication, je t'en supplie. Mais prends soin, à l'avenir, quand tu voudras que tes lettres parviennent, de n'écrire dans aucune langue étrangère, pas même en latin.

— Ni en grec ?

— Ni en grec, reprit Georges. Ecris en français, aussi mauvais que possible.

Quelle que fût mon insistance pour obtenir une explication, Georges Morand refusa de la donner. J'en conçus contre lui une certaine mauvaise humeur. Elle dut cependant céder aux supplications dont je fus l'objet.

A partir de ce moment, j'acquis la conviction que je marchais dans une situation pleine de périls, au milieu de gens très mal disposés pour moi, parmi lesquels M. Pierre Pautrel m'aimait seul d'une façon sincère. Je pris soin pourtant de ne plus écrire qu'en français, et j'évitai de lui demander son avis sur mes lettres en anglais et en italien.

Je commençais alors, sans m'en douter, une lutte terrible, de laquelle je devais sortir meurtri et désolé à jamais.

Vers les premiers jours de novembre, un matin, en sortant pour me rendre rue de l'Ouest, j'avais mis à la poste une lettre à l'adresse de M. Pautrel. J'entrai dans l'appartement comme de coutume, et en me dirigeant vers le cabinet dont j'avais les clefs, j'entendis parler dans le salon. J'ouvris la porte. Je me trouvai en face de M. Pautrel et de Mme Séchain. Ils venaient d'arriver d'Amélie-les-Bains.

Ma surprise se devine. Mme Séchain se mit à rire franchement.

— Bonjour, Armand! cria-t-elle. Ah! ah! le voilà tout ahuri.

M. Pierre sourit doucement, avec un peu de tristesse; et venant à moi les bras ouverts, il m'embrassa sur les deux joues.

— Armand, dit-il, vous êtes le premier visage ami que je vois à mon retour. Cela me portera bonheur. Nous arrivons à l'instant. Nous attendons nos bagages. Allons, nous voilà réunis, mon cher Armand. Quelle bonne et douce vie nous allons mener cet hiver!

VIII

Frédéric se tranquillise.

M. Pautrel avait dit vrai. Je commençai à vivre près de lui, entre Mme Séchain et Frédéric, d'une existence si douce que je m'étonnais souvent du charme que j'y trouvais. J'y passais presque toutes mes journées, presque toutes mes soirées; à peine si de temps à autre je faisais une visite à Georges Morand et à Massé de Vireville, qui était aussi de retour. Quant à Frédéric, il avait abandonné sa petite chambre du sixième, et occupait, à cette heure, un petit logement à l'entre-sol. Frédéric était, depuis son baccalauréat, devenu un jeune homme élégant, un dandy; il faisait son droit en grand seigneur, il allait à l'école en voiture, et portait des paletots magnifiques, et des chapeaux et des pantalons à l'avenant. La toilette était son fort. Sa mère se prêtait à cette fantaisie et ne lui refusait jamais l'argent pour s'habiller. Il en usait, il en abusait même. Le tailleur venait chez lui tous les jours.

On ne saurait concevoir jusqu'à quel point Frédéric portait l'affectation sur le chapitre de la toilette ; c'est le premier et le plus bel échantillon que j'aie connu de cette jeunesse dorée et inutile, à laquelle nous devons les trois quarts de nos sottises actuelles. Lorsque Morand et moi nous sortions avec lui, il nous traitait presque comme des domestiques ; par bonheur, au lieu de nous en fâcher, c'était pour nous une occasion de rires immodérés. Levernay était l'objet des mêmes avanies, ainsi que Ducouti ; mais Levernay et Ducouti se montraient moins patients, et menèrent souvent Frédéric d'une si rude façon que j'en avais honte pour lui. Cela ne le corrigeait pas. Il se contentait de hausser les épaules.

— C'est la jalousie, disait-il.

Dès le commencement de l'hiver, Massé de Vireville organisa, chez lui, une petite soirée qui avait lieu tous les samedis. On y prenait le punch, et on fumait en jouant au lansquenet. J'y allais une fois au moins sur deux samedis ; Frédéric était assidu ainsi que Levernay.

Georges Morand, ancien camarade du collège de Felletin avec Frédéric, Vireville et M. Dussaulx, y allait quelquefois, mais plus rarement. Ducouti, entêté de noblesse, et qui n'était pas loin de se faire appeler Du Couti, insista pour être présenté chez M. le comte Ferdinand Massé de Vireville. Il fut admis et perdait assidûment. D'autres jeunes gens, assez nombreux et tous du grand monde, formaient le fond sérieux de cette bande de joueurs, parmi lesquels je devais nécessairement me montrer prudent. Cependant, j'eus de fortes soirées de gain et de perte, qui se balancèrent de façon à ne me laisser ni gain ni perte. J'avais rétabli ma caisse de jeu, et je pouvais perdre impunément une dizaine de louis, parce que je les avais mis en réserve après les avoir gagnés.

Peu à peu il s'établit des affinités entre nous. Ma conduite prudente et la discrétion de mes allures me valurent l'estime, la considération de la meilleure partie

des habitués, et surtout du maître de la maison,
Ferdinand de Vireville, qui ne cessait pas de me faire
mille amitiés. Levernay était beau joueur, et surtout
joueur heureux, comme presque tous les mathémati-
ciens. On le redoutait. Morand ne jouait pas ; on le
laissait à l'écart. Dussaulx perdait souvent et d'assez
fortes sommes ; mais il était riche, et quoiqu'il criât
sans cesse contre la déveine, il ne cessait pas de jouer
pour cela. Je pense que cet hiver lui coûta bien une
dizaine de mille francs, ce qui était énorme pour une
seule des maisons où il jouait, et où l'on disait jouer
petit jeu.

Quant à Ducouti, il perdait presque aussi souvent que
Dussaulx. Seulement, il ne risquait jamais plus d'un
louis à la fois, et réglait ses pertes de façon à les rendre
insignifiantes. Il criait pourtant plus haut que personne,
et s'efforçait de faire croire à des pertes énormes. Quand
il avait perdu vingt francs, il hurlait qu'il en perdait
mille. Cela causa parfois de petites querelles ; car,
devant les énonciations exagérées de Ducouti, les
partners s'étonnaient de la disparition des sommes qu'il
disait perdre. Personne ne les avait gagnées, on en
cherchait la trace, et finalement Ducouti était contraint
d'avouer qu'il s'était *trompé*, ce à quoi il ne consentait
jamais de bonne grâce. Alors tout le monde se mettait
à rire à ses dépens. Le pauvre Ducouti finit par devenir
la bête noire de notre petit cercle. En général, les
joueurs détestent ces vaniteux de leurs pertes imagi-
naires. Le pire ennemi de Ducouti était son compagnon
de perte Dussaulx. Comme ce dernier perdait très
sérieusement, il regardait l'autre d'un très mauvais œil
dès qu'il commençait à se plaindre, et lui disait d'une
façon d'inimitable mépris :

— Chut ! chut ! on ne crie pas comme ça, mon cher !

Mais tout cela passait en risées. Une seule fois
Dussaulx donna dans le travers de Ducouti, et ayant
perdu trois ou quatre cents francs, accusa Ferdinand de
lui en avoir gagné le double ; Ferdinand, qui ne cachait

8*

jamais son gain, protesta que Dussaulx se trompait. Dussaulx protesta de son côté qu'il ne se trompait pas. Démenti formel des deux parts. Et Ferdinand, dont le caractère était mal commode, s'écria :

— Eh bien ! voyons ! Est-ce un coup d'épée que tu veux ? Si tu me provoques, dis-le ouvertement.

Dussaulx se recueillit, compta de nouveau son argent, et ayant découvert son erreur, répondit avec un sérieux parfait :

— *Monsieur*, je sais trop la distance immense qui sépare, aux yeux de la société, M. le comte Ferdinand Massé de Vireville et le bourgeois Dussaulx, pour me permettre de *te* provoquer.

Ce fut une explosion de rires immodérés. Depuis cette triomphante réplique, on n'appela plus Dussaulx que le *Bourgeois Dussaulx*. Il garda ce sobriquet, et à coup sûr le méritait bien ; car, dans cette réunion charmante, tout le monde était sur le pied d'une égalité parfaite.

Sauf un des membres, cependant. Et celui-là, que tout le monde tenait un peu à l'écart, était tout justement celui qui paraissait l'ami de tous, et grâce à qui je faisais partie du cercle. Frédéric Séchain était, à vrai dire, fort mauvais joueur ; mais cela ne suffisait pas à expliquer la défaveur dont il était l'objet. D'abord, cette défaveur n'avait point été sensible ; mais peu à peu elle s'accentua et devint évidente. Au reste, cela variait suivant certaines circonstances occultes, auxquelles je n'étais pas initié. Il y avait des jours où Frédéric était en paix avec tout le monde, d'autres jours où l'hostilité était patente, et où l'on refusait même de faire ses banques. Il semblait ne rien remarquer, mais c'était affectation pure ; au fond, il était cruellement blessé.

On le serait à moins ; pourtant il évita toujours les explications. Une fois je dus lui faire *banquo*, car on refusait de tenir contre lui ; une autre fois, la même circonstance se représenta ; j'étais en perte. Néanmoins, je voulus encore faire banquo, pour lui épargner un désagrément. Ferdinand, qui me primait, m'obligea à

me retirer et tint contre Frédéric. Je compris que notre
hôte agissait ainsi pour épargner ma petite caisse, sans
en avoir l'air. J'insistai, prétendant que j'avais parlé le
premier et que Ferdinand avait perdu son droit.

— Comme vous voudrez, dit-il. Je ne tiens pas à
jouer contre Frédéric.

Frédéric fit sa banque et perdit. Ce coup me refit
mon jeu. Comme j'étais alors assez inquiet de mes pertes, je ne remarquai pas ce qu'il y avait de désobligeant
pour Frédéric dans la phrase de Ferdinand de Vireville.
Il est vrai que cela pouvait n'avoir aucun sens fâcheux.
Mais Frédéric fut frappé, comme beaucoup d'autres, et
se retira du jeu sur-le-champ. Je l'imitai. Nous sortîmes ensemble, et Morand nous accompagna. Je pris
Morand à part et je lui demandai :

— Pourquoi ces façons avec Frédéric ? Serait-ce un
joueur indélicat ?

Pour toute réponse, Morand se mit à rire, et se hâta
de rejoindre Frédéric, qui marchait en avant.

Frédéric, cependant, ne semblait plus affecté de cette
petite affaire. Il nous proposa un tour de promenade au
boulevard et nous parla de choses et d'autres avec une
mine si parfaitement joyeuse que je pensai m'être
trompé sur la portée de l'incident. Il était environ onze
heures ; les rues étaient encore brillamment éclairées.

En traversant le Palais-Royal, Frédéric se prit à discuter les questions de toilette.

— Voyez-vous, disait-il, la toilette est une chose plus
importante que vous ne croyez. Cela donne de la valeur
et pose admirablement un homme. La considération est
toute à l'habit.

D'après ce qui venait de se passer, la chose ne semblait pas très claire ; Frédéric était, sans conteste,
excessivement bien mis, et cependant on venait de le
traiter assez cavalièrement.

Morand répondit :

— Te voilà comme Sedaine : « Oh ! mon habit, que
je te remercie. »

— Sedaine ? demanda Frédéric. Qui cela, Sedaine ?

— Pour un bachelier frais émoulu, reprit Georges, tu n'es pas fort.

Précisément, à cette époque, on jouait souvent le *Déserteur* à l'Opéra-Comique.

— Sedaine, dis-je afin d'éclairer Frédéric est l'auteur du *Déserteur* et de plusieurs autres machines.

— Ah oui, je me souviens, reprit Séchain. M'y voilà. Mais vous êtes si forts en littérature, vous autres. C'est peut-être un mérite, mais j'aime mieux mon paletot.

— Ta veste, interrompis-je. C'est ta veste que tu veux dire.

Cette insouciance après un affront me fâchait. Frédéric fit mine de ne pas comprendre.

— Veste ou paletot, dit-il. Appelle cela comme tu voudras. Toujours est-il que c'est une superbe étoffe double face, feutrée, imperméable, chaude comme une fourrure. Ça m'a coûté deux cent cinquante francs, et c'est pour rien. Car vous observerez, mes amis, qu'il n'existe pas à Paris dix paletots pareils au mien. Et quoique Armand fasse son fier, j'aime mieux mon paletot de deux cent cinquante francs, qui me préserve du froid et de la pluie, que son paletot marron, sous lequel il grelotte, après l'avoir payé soixante-dix francs à la *Belle-Jardinière*. Ça n'est pas fier, ça.

Frédéric essayait de me blesser. Il n'y réussit pas. Je lui répondis simplement :

— Avec cinquante francs que je gagne par mois et soixante qui me viennent de mon père, — car on a augmenté ma pension de dix francs, — je me paye les paletots que je peux me payer.

Georges Morand trouva une riposte plus vive, il dit à Frédéric :

— Et, en outre, Armand est condamné à une économie assez serrée, pour ne pas tolérer qu'on lui crache sur le dos. Il se fâcherait, lui.

Malgré la vivacité de la riposte, Frédéric ne broncha pas. Il reprit de plus belle l'éloge de son paletot, et finit par soutenir, avec le plus grand sérieux du monde, que les passants émerveillés se retournaient afin de l'admirer. Les femmes surtout, disait-il, ne savaient pas résister à son air vainqueur.

— En vérité, répondis-je, je n'en crois pas un mot.

— Ma foi, ajouta Morand, je n'en crois pas davantage, et tu es fou, mon pauvre Frédéric.

— Il faut, reprit Séchain, en faire l'expérience sur-le-champ.

Nous nous regardions, Morand et moi, ne pouvant croire qu'il parlât sérieusement. Cette prétention, malgré le caractère vaniteux de Frédéric, nous paraissait invraisemblable et touchait à la bouffonnerie. Lui, cependant, nous voyant immobiles, fit quelques pas en avant pour mettre entre nous et lui une distance suffisante ; puis, se retournant, il nous fit signe de le suivre sans le rejoindre. Il fallut se prêter de bonne grâce à cet enfantillage. Nous étions alors à l'entrée de la galerie d'Orléans. Frédéric s'y engagea, marchant résolûment, d'un air fier et prétentieux, le nez au vent, le cigare à la bouche, quêtant l'admiration du public et cherchant à en surprendre l'expression sur la physionomie des gens qu'il rencontrait. C'était à mourir de rire. Morand et moi, nous nous suivions, sans échanger une parole, ayant beaucoup de peine à réprimer notre hilarité, assez excusable cependant.

— Eh bien ! nous dit-il avec fatuité, en se rapprochant de nous, après avoir fait deux tours dans la galerie, avez-vous remarqué ?

— Quoi ? demandâmes-nous d'une même voix.

— La manière dont on me regardait.

— Pas du tout, dis-je, on ne te regardait ni plus ni moins que le premier venu.

Il haussa les épaules et se tourna vers Morand.

— Et toi ? dit-il encore, as-tu remarqué ?

— En aucune façon, dit celui-ci. Je n'ai rien remarqué, rien vu ; je n'ai pas entendu le plus petit cri d'admiration sur ton passage. Tu te donnais pourtant assez de mal.

— Vous êtes de mauvais plaisants, reprit Frédéric. Vous n'en voulez pas convenir, mais vous avez certainement vu, ainsi que moi, combien on admirait mon paletot. Cependant, je dois avouer que l'effet a été moindre que je ne l'espérais. La raison est qu'aux lumières on remarque moins la beauté de l'étoffe ; mais, en plein jour, je suis parfois honteux de l'effet que je produis.

— Il y a de quoi, dis-je, et cela me gênerait fort d'être ainsi l'objet de l'attention générale.

— Tu crois rire, répondit Frédéric, mais cela est bien agréable, au contraire.

Je donne Frédéric tel quel, sans l'inventer, sans même rien ajouter à son caractère. Il est certain que ce naïf portrait doit paraître une caricature odieusement chargée. Non ! non ! C'est la vérité pure. Frédéric Séchain, enorgueilli d'un paletot double face, reproduisit souvent cette scène. Georges Morand et moi ne fûmes pas les seuls à qui il demanda de coopérer à l'expérience, en recueillant à distance l'aveu des admirations qu'il se flattait de soulever ; et c'était avec la plus entière bonne foi qu'il revenait ensuite s'enquérir si quelqu'un n'était pas mort de dépit et de jalousie en le voyant passer. Ce soir-là, il était dans la joie la plus grande, et répétait à chaque pas, en se fourrant les mains dans ses poches :

— Avec cela, on est au-dessus de tout !

— Au-dessus de tout ! m'écriai-je à un certain moment. Au-dessus de quoi ?

Morand, qui me donnait le bras, fit un petit geste pour me recommander la prudence.

— Au-dessus de tout, répondit Frédéric, cela veut dire tout. Dans un temps, à une certaine époque, je me suis fort inquiété du *qu'en dira-t-on*. Un peu de réflexion m'a démontré la superfluité de ces préoccupations. On *cause* toujours, quand on *ne parle* pas. Que faire à cela ? S'en moquer ! Me voici, à l'heure qu'il est, tout à fait tranquillisé ; et, je l'espère, rien ne pourra plus troubler cette bienheureuse tranquillité. Je me moque des jalousies.

Ces discours étaient, pour moi, incompréhensibles. Je me demandais en vain ce que Frédéric voulait dire. Ces mille petits mystères m'impatientaient. Par bonheur, à peine arrivé sur le boulevard, Frédéric rencontra deux jolis garçons qui, le lorgnon dans l'œil, le saluèrent et firent à peine attention à Morand et à moi.

— Ce sont deux de mes amis intimes que vous ne connaissez pas, nous dit Frédéric : des jeunes gens fort à leur aise. Ils font courir et sont très connus sur le *turf*. Il y en a un qui est possesseur de la plus belle écurie de Paris. Il est propriétaire de *Stella*, qui, au dernier Chantilly, a battu *Warrior*, le fameux anglais, d'une demi-longueur. Je ne vous présente pas, mes enfants : ces connaissances-là ne vous plairaient guère ; mais il est indispensable que je leur dise deux mots. A la dernière soirée chez la duchesse de Chancey, où nous nous trouvions ensemble, le propriétaire de *Stella* a eu une prise de bec avec un petit monsieur qui fait des vers. Je crois qu'ils se battent demain, quoique ce petit drôle de versificateur n'en vaille guère la peine. Enfin, je cours les rejoindre. Bonsoir !

Et il nous quitta ; dans les lueurs du boulevard, nous le vîmes rejoindre le maître de *Stella* et son ami avec de grandes démonstrations d'amitié. Tous les trois s'éloignèrent. Morand et moi nous changeâmes de direction, et étant revenus vers les quartiers moins brillants, nous entrâmes dans un café modeste, où l'on nous servit une canette d'excellente bière. Tandis que je versais dans les deux chopes, Morand me demanda :

— As-tu lu les nouvelles poésies d'Alfred de Musset?

— Non, répondis-je. Valent-elles les anciennes ?

— C'est la même valeur inappréciable. Il y a surtout de petites pièces, entre autres : *Sur trois marches de marbre rose*, que je te recommande. C'est fin, élégant, distingué, et en même temps sublime.

— A la santé de nos maîtres ! dis-je gravement en heurtant mon verre contre celui de Morand.

IX

Le Barbier de Séville.

Mais avec tout cela, direz-vous peut-être, que deviennent vos amours? Les paletots mirifiques de M. Frédéric Séchain ne présentent qu'un faible intérêt, si on les compare à vos propres préoccupations, à vous, héros et historien de cette aventure.

Patience.

D'abord, les paletots de Frédéric Séchain n'étaient point sans avoir un certain rapport avec mes amours; si l'on veut bien se souvenir qu'il était question d'un mariage possible, sinon probable, entre Frédéric et l'une des deux demoiselles de Renne; que celle des deux sœurs qui paraissait avoir le plus de chances près du beau et riche Frédéric était précisément Ernestine, celle que j'aimais, on conviendra que la toilette de mon ami avait, en cela, son importance. Si donc je me bornais à la raillerie devant le luxe de mon rival, je montrais une certaine grandeur d'âme.

Il est vrai que j'avais mes raisons pour jouir d'une parfaite sécurité.

Les longues soirées que je passais rue de l'Ouest étaient pleines de charme. Il pleuvait, il ventait, gelait ou neigeait au dehors. Mais le grand salon était bien clos; il y avait de bons tapis sur le parquet, un feu doux dans la cheminée. Au dehors, la bise et la pluie; au dedans, une conversation paisible, et dans les intervalles on entendait le tic-tac de la grosse pendule. J'étais assis dans un large fauteuil entre M. Pautrel et Mme Séchain. Près de moi, un petit guéridon de laque supportait les livres, les journaux, le thé et des gâteaux.

M. Pautrel aimait les lumières douces. Les rayons de la petite lampe, diffus en dehors de la concentration de l'abat-jour, éclairaient vaguement les murs à tentures grises et veloutées ; on voyait çà et là briller le coin d'or des cadres. Les peintures, dans l'ombre, présentaient des masses noires et carrées, au milieu desquelles le ton plus clair de quelques figures dessinait l'attitude majestueuse ou charmante d'un personnage du Titien ou d'une nymphe du Corrège. Quand je laissais errer mes regards, pendant la causerie calme, je rencontrais toujours ces mêmes apparitions de l'art divin, rendues éternelles par le génie des vieux maîtres du seizième siècle ; quand, au hasard, ma main saisissait un volume sur le guéridon, je rencontrais encore le génie, mais cette fois sous la forme écrite par Corneille, par Molière, par Hugo, par Musset, par tous ceux enfin qui ont trouvé un verbe pour l'âme humaine, et, pour ce verbe, l'incarnation du sublime vers.

Puis, ayant porté ma tasse à mes lèvres, je me renversais dans mon fauteuil, et je voyais, d'un côté, Mme Séchain qui souriait, à moitié endormie ; de l'autre, M. Pautrel, un coude sur le bras de son fauteuil, un peu penché de côté, et me regardant par dessus ses lunettes avec une indéfinissable expression de bonté.

Bien rarement Frédéric prenait part à ces soirées. Quelque chose semblait l'éloigner de son oncle et de sa mère ; mais souvent, en revanche, nous avions la visite de Mme de Renne et de sa fille Ernestine.

Car, pour Amélie, dont la maladie semblait s'éterniser comme un prétexte, elle ne vint jamais.

Mme de Renne et Ernestine arrivaient généralement dès le commencement de la soirée. J'avais acquis la faculté précieuse, naturelle d'ailleurs chez les amoureux, de deviner sûrement les jours où elles devaient venir. Quand elles étaient en retard de cinq minutes sur mes prévisions, je me sentais mal à l'aise. Je refusais de lire et de causer. Je me disais indisposé.

Au bruit de la sonnette dans l'antichambre, une révolution se faisait en moi. Il me semblait que mes artères allaient éclater. Bien entendu, je devinais encore à la

9

façon dont la sonnette avait vibré si c'était une visite étrangère, ou celle que j'attendais.

Elle entrait toujours avant sa mère. Sa robe avait un frou-frou qui m'allait au cœur. Je me levais pour saluer, — et je voyais sur le tapis la petite pointe de ses pieds qui dépassaient le bord de sa robe, à chaque pas qu'elle faisait.

Elle allait embrasser Mme Séchain qui s'était réveillée au coup de sonnette. Pendant cela, sa mère donnait le bonsoir à M. Pautrel. Moi, je restais là, debout. J'avais le dernier salut. Mais c'était le meilleur. — Bonsoir, monsieur de Rives! disait-elle. — Ses grands yeux de charmeresse avaient une expression si douce, en disant cela : Bonsoir, monsieur de Rives! C'est bien simple, pourtant. Mais imaginez cette belle jeune fille qui me souriait, et que ces simples mots faisaient rougir. — Oui. Je voyais alors une rougeur transparente courir sous l'épiderme et passer des joues au front. Rougeur divine pourpre du sang jeune et vierge. Quels charmes, quels rayonnements éclairaient ce front couronné de cheveux bruns !

Quand on s'était assis, c'était d'abord un bavardage étourdi qui mettait en fuite nos graves discussions sur l'art, et nos méditations sur la poésie. Mademoiselle riait. Elle s'était fait mal au doigt dans le joint d'une porte. Elle ne pourrait plus toucher au piano pendant neuf jours. — Vous savez que ces *bobos* là sont neuf jours à guérir. — Mais elle pourrait broder. D'ailleurs ce n'était pas grave. Voyez plutôt ! — On cherchait. Où donc ? On ne voyait rien sur ce doigt fin dont l'ongle était rose. Elle prenait un air grave. — Ma sœur est malade. Le médecin est venu aujourd'hui. — Puis se remettant à rire, elle nous racontait quelles cabrioles faisait son chat, ou toute autre chose.

Sa mère parlait à demi-voix avec Mme Séchain. Quant à elle, elle en voulait surtout à M. Pierre. Elle s'avisa de lui fabriquer de grands chaussons, bleus comme des bas de collégien, pour qu'il les mît par-dessus ses pantoufles. Cela la fit rire pendant une heure. Elle avait une petite chaise et se plaçait à l'autre bord du guéridon, vis-à-vis de moi. Je la regardais ; elle avait l'air de n'y point faire attention. Mais les yeux de M. Pautrel allaient d'elle à moi, et de moi à elle. Plusieurs fois je le vis qui riait dans sa barbe. Pourquoi diable avait-il ri ? Est-ce qu'il avait surpris mon secret ?

Un soir, ayant trouvé sur le guéridon un crayon et du papier, elle se mit à dessiner un navire. Elle n'y comprenait rien. M. Pautrel lui dit :

— Ce n'est pas cela.

— Comment donc est-ce ? demanda-t-elle.

— Demandez à Armand, dit mon vieil et bon ami.

Elle approcha sa chaise de mon fauteuil, et tenant toujours le papier, elle me remit le crayon :

— Dessinez-moi une frégate, me dit-elle.

Je m'exécutai en tremblant, car, penché sur le papier qu'elle tenait, je sentais parfois les petits cheveux fous, échappés à ses bandeaux, qui me passaient sur la joue. Je dessinai un navire quelconque.

— C'est ça une frégate ? s'écria-t-elle. Et un brick ?

J'indiquai en quatre coups de crayon la mâture d'un brick.

— Et une goëlette ?

Il me fallut lui expliquer longuement, avec la gravité d'un professeur, les divers systèmes de mâture, et ce qu'était qu'une voile latine et une voile à trait carré. Elle y prenait un plaisir singulier, et suivait avec attention tous les traits que je faisais sur le papier.

Tout à coup elle releva la tête. Sa figure touchait presque la mienne.

— Ah ! dit-elle, la mer ! s'en aller sur la mer, dans des pays sauvages, bien loin ! que j'aimerais cela ! Oui, j'aimerais cela ! Et vous ?

Je sentais sur ma figure le souffle de ces paroles. Son dernier mot : Et vous ? m'envoya à bout portant une émanation qui me mit au cœur une nouvelle vie.

— Finis donc, Ernestine ! cria sa mère. Tu ennuies monsieur.

Je me reculai avec vivacité et je regardai machinalement M. Pautrel. Lui aussi me regardait plus que jamais par dessus ses lunettes. Il caressait avec distraction la pointe de sa barbe et son rire était silencieux.

— Vous êtes donc marin, Armand ? demanda-t-il.

— J'ai passé deux ans au Croisic, chez un parent, répondis-je.

— Bien, bien !

Son rire devint plus incisif, et selon sa coutume, quand il était de bonne humeur, il lança en l'air la jambe gauche qu'il tenait croisée sur la droite. Je demeurai confondu.

Evidemment mon secret n'était plus à moi. M. Pierre avait des idées.

Et dans le court silence qui suivit, j'entendis au dehors le vent qui pleurait et la pluie qui fouettait énergiquement les fenêtres.

— Je l'aimais ! je l'aimais ! Ah ! je sentais que ma vie était à elle, que je pourrais mourir si elle ne m'aimait pas. M'aimait-elle ? M'aimerait-elle jamais ? Il y avait des minutes de joie infinie où je me disais avec ravissement : Elle m'aime ! — Il y avait des heures de découragement où je m'affirmais qu'elle ne m'aimait pas et ne pourrait jamais m'aimer.

Et puis, enfin, à quoi nous conduirait cet amour, s'il était partagé ? Pourrait-elle jamais être ma femme ? N'avais-je pas Frédéric pour antagoniste ? N'avait-il pas sur moi tous les avantages ? J'étais pauvre, si pauvre qu'on me pouvait dire sans un sou vaillant. Je n'avais pas laissé ignorer que les faibles ressources dont je disposais alors s'éteindraient avec la vie de mon père. Or, mon père était déjà vieux ; et quand il mourrait, j'aurais à aviser à vivre par moi-même, à faire vivre ma mère avec moi. C'était une lourde obligation, quelque chère qu'elle fût à mon cœur.

Quand je serais reçu licencié, je continuerais dans la voie du professorat. Le plus bel avenir que l'on pût raisonnablement m'assigner était une chaire de professeur d'histoire dans un collège de province ; car pour venir à Paris, c'était presque un rêve. Bien peu y réussissent.

Pouvais-je avec cela soutenir la lutte contre Frédéric ? Non, sans doute. Dès lors, était-il sage, était-il même loyal de chercher à faire partager un amour que j'avais eu la folie de concevoir ? Non, encore une fois. Mais, hélas ! quand ces raisonnements si sensés se présentaient par intervalles à mon esprit, je n'avais pas la force de les suivre jusqu'au bout. Je me hâtais même de les écarter. J'aimais ! Eh ! qu'importait le reste ? J'aimais ! Eh ! quand donc l'amour a-t-il attendu la permission de la raison ? Je me laissais emporter au courant de ma folie, et j'avais dans le cœur, au lieu d'appréhensions et de craintes, une fête divine, une ivresse souveraine.

Ernestine, peut-être afin de cacher quelque trouble, continuait à regarder obstinément les dessins du navire, indiqués sur le papier. M. Pautrel reprit :

— Je vais, monsieur et mademoiselle, vous faire une petite surprise dont vous me saurez bon gré, je l'espère.

— Oh! dites vite ! s'écria mademoiselle, en jetant son papier au diable.

Une idée stupide me traversa la tête : Est-ce qu'il va, pensai-je, la demander en mariage pour moi ?

— C'était, je le constate, très stupide. Mais j'étais affolé pour le quart d'heure, et je m'attendais à tout.

Cependant, la surprise de M. Pautrel n'avait rien d'énorme. Elle ne laissait pas d'être agréable, je dois en convenir. Je prêtai l'oreille. Il continua :

— Je vais dire, mademoiselle, mais je ne vais pas dire vite. Vous savez que je suis très exposé aux congestions. Parler vite est dangereux.

Et, très enchanté de sa malice, il jeta sa jambe en l'air.

Ernestine, d'un air boudeur, ramassa son papier et se

mit à dessiner. Mme de Renne, déjà instruite par Mme Séchain de l'objet de la surprise, ne manifestait aucune impatience. Mme Séchain me regardait avec un air à moitié satisfait de me voir si rêveur près d'Ernestine.

Moi, j'étais idiot. On aurait pu me mordre que je n'aurais pas bougé.

— Voici, reprit M. Pautrel, de quoi il s'agit. Quelqu'un de nos amis nous a cédé une logette aux Italiens. Notre jour sera le jeudi, et la logette qui est une baignoire, peut contenir tout un petit peuple. C'est aujourd'hui mercredi. Demain jeudi, le *Barbier de Séville*, et Mario avec Alboni. M. de Rives aime la musique ; on lui mettra un tabouret dans le fond, par grâce. Mademoiselle Ernestine de Renne ne se montrera pas trop exigeante, et acceptera un tout petit coin sur le devant. Si ces divers arrangements reçoivent la commune approbation, je dirai, comme l'empereur Titus, que je n'ai pas perdu ma journée.

— Oh ! c'est gentil ! s'écria Ernestine.

Moi, je dis, en m'efforçant de garder mon sang-froid :

— Le *Barbier*, avec Mario et Alboni. Soit ! La journée n'est pas perdue, sire !

Les Italiens étaient pour moi le paradis, par cette seule raison que je n'y avais jamais mis les pieds. J'étais un bon diable de grand enfant, très épris des choses de la vie et surtout de la vie élégante dans laquelle j'incarnais la poésie qui me faisait rêver. J'ai appris depuis ce que ces choses valent. — Passons ! — Alors, j'étais tout yeux et tout oreilles. Par une étrange disposition d'esprit l'avidité des merveilles inconnues ne me rendait pas sévère pour ce que je voyais. Bien différent des gens qui vont à Rome, et qui, pour avoir trop entendu crier : Rome ! par-ci, Rome ! par-là, ne trouvent dans la Ville-Eternelle qu'un amas de vieilles bâtisses en démolition et se disent, désenchantés : Tiens ! ça n'est que ça ! Moi, j'entendais parler des merveilles de l'existence, de ses joies, de ses splendeurs. Je m'en formais une idée peut-être exagérée. Mais quand j'arrivais devant la réalité, au lieu de la trouver laide et de m'arrêter à ses pauvretés, je passais outre vers l'idéal ; j'embellissais la réalité avec les lueurs de mon imagination, et le nouveau était toujours, pour moi, le splendide et l'idéal.

Ah ! les Italiens ! Aujourd'hui, je trouve cette salle laide. Je la connais trop. J'ai vu Rome, j'ai vu Naples, — et Palerme, et Malte et Athènes, et surtout Constantinople. J'ai fait le tour de cette Méditerranée toute bleue et j'ai vu Al-Gezaïr, que, nous autres mécréants, nommons Alger. M'en voilà revenu, et quand j'y pense, je ne trouve plus que cela soit si beau. Mais quand j'ai foulé la poussière du Parthénon, quand j'ai traversé le Bosphore sur un caïque, quand j'ai passé, pour la première fois, à travers la longue rue qui va de Bab-Azoum à Bal-el-Oued, je le confesse, j'ai trouvé tout cela admirable. Le premier moment a été ravissant. Il y a tant de charmes dans l'apprentissage !

Si bien donc que la promesse d'aller aux Italiens me causa une joie folle ; et que l'idée d'entendre cette maudite musique du *Barbier de Séville* me donne envie de danser.

Je demandai cependant :

— Frédéric sera-t-il des nôtres ?

Ernestine fit un geste d'impatience, et Mme Séchain répondit avec non moins d'impatience :

— Je ne crois pas que Frédéric soit des nôtres.

— Frédéric a ses plaisirs ailleurs, ajouta M. Pautrel d'un ton sec.

Il y eut un court moment de silence, au bout duquel Mme de Renne dit :

— Nous irons donc aux Italiens !

— Oui ! oui ! appuya Ernestine.

— Avec ou sans Frédéric, ajouta Mme Séchain.

Avec ou sans Frédéric ! — de la part de sa mère, cette insouciance me surprit. — Nouveau silence.

— Nous allons nous retirer, dit Mme de Renne en se

levant. Ernestine, prends ton chapeau. — Ah! j'allais encore oublier une question que je veux vous adresser depuis longtemps, monsieur de Rives?

— Faites votre question, madame, dis-je en saluant.

— N'êtes-vous pas parent de M. François de Rives, un brave officier, aide de camp du général Partouneaux, tué dans la campagne de Russie?

— Oui, madame, je suis son neveu.

— Bien. Mon mari, qui avait fait aussi cette malheureuse campagne et avait servi dans la même division, m'a souvent parlé de votre oncle. C'était un brave et brillant officier. François de Rives et Philippe de Renne avaient été amis, amis intimes même. Votre grand-père avait été procureur syndic de son département dans la grande République!

— Oui, madame. Mon grand-père, ainsi que mon oncle, est mort pour son pays.

— A cela près, dit-elle, que votre oncle a été tué par l'étranger, tandis que votre grand-père est une des victimes de Thermidor. Allons! allons! dit-elle. Je voulais bien m'assurer si mes souvenirs étaient exacts. Quand vous verrez votre père, vous lui présenterez mille amitiés de ma part. De la part de la veuve d'un vieil ami de son frère. Son frère a dû lui parler de son ami de Renne.

— Je m'acquitterai de cette mission, madame.

— N'y manquez pas. Maintenant, une autre question. Pourquoi ne m'avez-vous jamais honorée d'une visite? J'aurais le plus grand plaisir à vous recevoir.

— Ah! madame! en vérité...

— Soyez moins négligent à l'avenir. Ma fille Amélie me le faisait remarquer hier : Comment se fait-il que M. de Rives, le neveu d'un ami de mon père, ne vienne jamais nous voir?

— Quoi! Mlle Amélie a pensé...

Mme de Renne se mordit les lèvres.

— Amélie, reprit-elle, ainsi que moi. C'est tout naturel. Nous demeurons à Saint-Mandé, auprès de la chaussée de l'Etang. C'est une promenade, en prenant par l'avenue du Bel-Air. Vous nous trouverez toujours, car nous ne sortons jamais, à moins que ce ne soit pour venir ici.

— Je n'aurai garde de négliger votre invitation, madame. Chaussée de l'Etang?

— Non. Grande-Rue de Saint-Mandé. Notre maison est isolée. Vous verrez bien. Notre grille d'entrée donne dans Saint-Mandé ; mais nous avons une porte sur la chaussée de l'Etang, dans le bois de Vincennes. En été, c'est charmant. Ces demoiselles font de la musique, nous donnons de petites soirées, pour nos amis seulement. Vous en serez.

— Certes, j'en serai, m'écriai-je.

C'était le paradis qu'on m'ouvrait là.

Ernestine avait pris son chapeau et son manteau. Debout, elle mettait ses gants et souriait, tandis que sa mère me faisait cette invitation inespérée.

— Allons! viens, Ernestine, dit Mme de Renne en serrant la main de M. Pierre.

Mme Séchain proposa d'envoyer chercher une voiture ; mais il ne pleuvait plus, et ces dames assurèrent qu'elles sauraient bien trouver en chemin la voiture qu'il leur fallait. On se dit adieu, on prit rendez-vous pour le lendemain. Je restais anéanti de tous ces bonheurs qui m'arrivaient ; et mon ébahissement était tel, qu'en me retrouvant seul avec M. Pautrel et Mme Séchain, je ne savais quoi dire. A peine avais-je la force de penser. Bientôt, j'annonçai que j'allais me retirer à mon tour. J'eus soin pourtant de plier et de mettre dans ma poche le papier béni qu'Ernestine avait froissé dans ses mains, et sur lequel je lui avais dessiné des navires.

Il fut convenu que je viendrais dîner le lendemain, afin d'être prêt de bonne heure pour le *Barbier*. Je partis. J'emportais assez de joie pour me consoler d'une vie entière de souffrances. Cependant, une fois chez moi, je me mis à réfléchir.

Chose étrange! On me menait aux Italiens avec

9·

Ernestine, et Mme de Renne m'engageait du même coup à lui faire des visites à Saint-Mandé.

Cependant, j'en avais la presque certitude, mon amour, jusqu'alors discret et voilé, avait ce soir-là éclaté à tous les yeux. Mme Séchain, sans que je comprisse pourquoi, avait froncé ses divins sourcils, mais Mme Séchain avait été la seule à se fâcher de cette passion dévoilée. M. Pautrel avait souri ; Mme de Renne avait fermé les yeux avec indulgence.

Le sourire de M. Pautrel et l'indulgence de Mme de Renne, dans une telle circonstance, étaient à eux deux, un fait d'une excessive gravité. Ces personnages étaient des gens posés, des gens sérieux ; ce n'était point des caractères dont le sourire et l'indulgence devaient passer inaperçus.

Je pouvais audacieusement aimer Ernestine ; Ernestine avec imprudence, pouvait tolérer cet amour, où même le partager. C'était deux folies en une seule. Cela n'engageait que nos cœurs et non l'avenir des faits, et non la logique des événements.

Mais que mon vieil ami, mais que la mère d'Ernestine, donnassent à cet amour une sorte d'approbation tacite ! c'était à confondre l'imagination la plus sensée ; c'était à pervertir la raison humaine ; à démentir, à souffleter la logique. Ni M. Pautrel, ni Mme de Renne ne pouvaient à la légère tolérer l'amour d'Ernestine pour quelqu'un, ou — à supposer qu'Ernestine ne m'aimât pas, — ne pouvaient tolérer que je lui fisse une cour sans espoir, dont l'issue devait être une douleur.

Or, je faisais ma cour ; on l'avait vu, on l'avait toléré. Encore une fois, c'était grave.

Qu'étais-je ? un garçon sans fortune pour le présent, sans espérances pour l'avenir. On le savait ; je n'avais pas caché cette pauvreté. On passait outre ; on tolérait mon amour ; on l'encourageait par des invitations, dont il n'était pas douteux que je susse tirer parti.

Quel était le but que l'on se proposait ? Je n'en voyais aucun.

Comme il arrive en pareil cas, j'eus recours à toutes les suppositions. Je n'en trouvais pas une admissible ; l'absurde même ne me satisfaisait pas. Etant admis que Frédéric Séchain, riche et heureux, mieux en rapport par son âge avec Ernestine, était mon compétiteur, quelle raison pouvait me faire préférer ?

Etait-ce que Mme de Renne, se piquant d'idées libérales, voulait me donner sa fille sans autre bénéfice que de m'avoir pour gendre et sans le sou ? Mais j'avais la conviction que Mme de Renne était une femme forte, calculatrice, et très intéressée à l'argent. Etait-ce qu'elle avait découvert, la rusée, que mon oncle François, l'aide de camp, n'était pas mort — on l'avait toujours soupçonné — et, ayant fait, au contraire, une fortune fabuleuse en Sibérie, en vendant des peaux de renard bleu, revenait de l'exil, en passant par Golconde, afin de m'apporter une dot incalculable ? Allons donc ! ces oncles à succession n'existent plus, si jamais ils ont existé.

Etait-ce, enfin, que M. Pautrel voulait m'enrichir en me léguant sa fortune ? Mais, à supposer que M. Pautrel répudiât Frédéric, son héritier naturel, chose qu'en tout cas je n'aurais pas acceptée, je savais, et tout le monde savait que M. Pierre n'était pas riche.

Quoi alors ?

Je jetai ma langue au chat. Je pensai que le diable s'en mêlait, et que mon père qui s'était dit pauvre, était au contraire riche comme un Crésus.

Il avait bien caché son jeu, le cher homme. Mais on voit de ces choses-là dans les romans.

En tout état de cause, je résolus de me laisser conduire par l'aveugle amour. J'avais encore le parfum d'Ernestine sur la figure ; et le bout de ses cheveux me caressait la joue. Au diable du reste ! J'étais si enivré qu'à peine si je trouvais une pensée, une pensée d'une seconde, pour avoir le loisir de m'étonner au sujet de ce que Mme de Renne m'avait dit de la sœur d'Ernestine. Etait-il naturel que Mlle Amélie de Renne s'inquiétât de mon indifférence en fait de visites ?

Non, pas plus pour cela que pour le reste, le vrai n'était vraisemblable. Mais c'était vrai. Ce qui le démontrait surabondamment, c'est que cela avait échappé à Mme de Renne, et qu'elle aurait bien voulu le reprendre après l'avoir dit.

Je fermai les yeux. A peine je pus entrevoir la gracieuse figure d'Amélie de Renne, qui me regardait avec ses yeux doux et tristes, un peu sévères. Le tumulte de mes rêves effaça cette image pleine d'une grâce ineffable, et je ne vis plus qu'Ernestine ; Ernestine seule, avec ses regards profonds, avec ses lèvres rouges d'écarlate. En me couchant, j'étendis mes deux bras dans le vide, et je criai : « Viens ! viens ! » Mon sang battait avec folie. Mais qu'on se garde de me juger sévèrement. Je n'eus pas d'autres songes, dans mon sommeil, que de me voir avec la bien-aimée appuyée à mon bras, me promenant dans une interminable allée d'orangers. Le sol était couvert de gazon frais, et des oiseaux de paradis se perchaient sur les branches.

On donnerait ce rêve à lire à une jeune fille, n'est-ce pas ?

Lorsque, le lendemain à huit heures, notre voiture nous déposa sous le péristyle de la salle Ventadour, je fus surpris de l'apect froid de ce théâtre. Néanmoins, étant résolu à le trouver fort beau et fort gai, je sautai à terre et j'offris la main à ces dames, comme un petit page amoureux du temps des ballades. Frédéric avait refusé de nous accompagner. On nous ouvrit la porte de notre baignoire. Elle était la dernière donnant sur l'orchestre, à droite.

Bonne position pour voir Rosine à sa fenêtre.

Ces baignoires des Italiens sont fort obscures. C'est, au reste, le refuge des gens qui viennent pour écouter réellement la musique. Partout ailleurs, on est bien plus préoccupé du public que du théâtre ; la première galerie reçoit les regards, — et les rend. C'est un agréable bouquet de jolies femmes bien coiffées, aux épaules et aux bras nus. Les éventails, Victor Hugo l'a bien dit, tremblent entre leurs mains comme de grandes ailes de papillons dorés. Ces femmes-là, — ces fleurs, veux-je dire, — sont tout humides d'une rosée de diamants qui scintillent aux feux du lustre-soleil. Et le menu peuple du parterre, qui a grand'soif, se passe la langue sur les lèvres en redardant tout cela.

Nous entrâmes donc dans notre baignoire. — Un long couloir tapissé de papier rouge. Cela me fit de prime abord l'effet d'une chambre de stéréoscope, où j'aurais fourré mon nez, pour apercevoir en transparent, à l'autre bout, une scène dont la toile était baissée encore. On se tassa comme on put. Mme de Renne et Ernestine sur le devant, Ernestine occupant la gauche; et, j'ignore par quelle audace, je disputai la même place de gauche, au second rang, à Mme Séchain, réléguée ainsi à une place de beaucoup inférieure à la mienne. Mais je voulais absolument être derrière Ernestine. Personne ne m'en aurait chassé.

M. Pautrel se tint derrière moi.

On exhiba les lorgnettes, on se plaignit de la chaleur. On parla de Ronconi, de Lablache, qui jouait encore à cette époque. On parla de Mario, que nous allions entendre; d'Alboni, puis d'un débutant qui avait un grand succès dans le rôle de Basile, surtout dans l'air de la *Calomnie*. Moi, je ne connaissais rien de tout cela, et je ne m'en inquiétais guère. Pensez que j'étais derrière Ernestine, et que je regardais la salle par-dessus sa tête.

On frappa les trois coups. Les premières notes de la divine partition se firent entendre. Quel charme! quel rêve!

La musique est un art perfide. Si je bâtissais, à mon tour, une *république* idéale, j'en chasserais, à coup sûr, les musiciens, et je mettrais à prix la tête de Rossini. Je ne bâtis aucune république, idéale ou non, j'aime à rencontrer Rossini sur le boulevard des Italiens, le soir, entre quatre et cinq heures, et j'aime surtout à me souvenir de cette soirée où je vis le rideau de la salle Ventadour se lever et me découvrir une rue de Séville, dans laquelle Figaro entra avec sa guitare : Ah ! ah ! ah ! ah ! — ah ! ah ! ah ! — ah ! ah ! ah ! — ah ! ah ! etc. Vous le connaissez, cet air du *Barbier*? Il n'est pas nécessaire que je vous le note ; il n'est pas nécessaire que je vous le chante. Vous l'avez chanté. Puis, Almaviva entre, le chapeau rabattu, le manteau sur le nez. — Reconnaissance! — Il raconte son amour pour Rosine.

Que tout cela est jeune, que tout cela est vif, pétillant, spirituel ! — Amoureux ! — Amoureux surtout ! Assurément, dans l'univers entier, où se joue le *Barbier*, cent millions d'auditeurs ont écouté cette musique ; mais assurément encore il n'en est pas un qui l'aime comme je l'aime. J'étais ivre. Je me penchais haletant sur la tête d'Ernestine, afin de mieux écouter, et le parfum de ses beaux cheveux me montait jusqu'à l'âme.

Lorsque Almaviva prit la guitare de Figaro et se mit à chanter sous la fenêtre de sa belle, je ne m'appartenais plus. C'était moi qui étais sur la scène. Je détestais du fond du cœur ce *vecchio* Bartholo ; je m'élançai, passionnément, jusqu'à la jalousie de Rosine, et je sentis le soleil se lever dans mon cœur à ces douces paroles :

« Ecco il cielo sereno ! »

Je tombais aux genoux de Rosine, et je prenais ses mains dans les miennes... ses mains, non ! celle d'Ernestine qui pendait nonchalamment le long de son fauteuil.

Elle ne se retira pas, cette main. Nos doigts s'entrelacèrent et s'étreignirent. Personne ne pouvait nous voir, car cela se passait dans l'espace compris, à gauche, entre nos fauteuils et la cloison de la loge. Mais l'univers entier eût-il été là, nous n'y aurions pas pris garde. A mesure que je me penchais en avant, Ernestine se renversait en arrière. Sa tête touchait ma poitrine, et je murmurai, sans trop me comprendre moi-même : *Cara, cara, saro sempre servitore della tua beltà.*

Je ne pense pas qu'elle me comprit. Cela n'était pas dans l'opéra, et elle ne savait pas l'italien.

Mais elle devinait. Finalement, je perdis tout à fait la raison, et, par un brusque mouvement que personne, par bonheur, ne put surprendre, j'effleurai ses cheveux de mes lèvres, en me rejetant sur ma chaise, comme si j'avais été fatigué de me pencher en avant, et presque debout.

Sous ce baiser elle tressaillit, s'irrita et repoussa ma main loin de la sienne. Bientôt le rideau s'abaissa. Il était temps. Le cœur me battait à rompre ma poitrine. Je repris haleine. Ernestine se retourna et me sourit. Elle était rouge et s'écria :

— Quelle chaleur !

— Cela est vrai, répondit Mme Séchain, qu'une mauvaise humeur évidente semblait rendre insensible aux douceurs de la musique. Oui, cela est vrai !

Elle agita son éventail avec vivacité ; et, voulant me faire partager la fraîcheur qu'elle se procurait ainsi, elle approcha sa tête de la mienne, et fit jouer l'éventail pour nous deux à la fois.

M. Pautrel se tenait immobile au fond de sa baignoire. Son habituelle finesse lui fit défaut en ce moment-là. Il ne fit aucune allusion maligne à ma situation bizarre entre ces deux femmes, et se contenta de louer la musique et les chanteurs.

Quand le rideau se releva, j'étais plus calme. Je me flattai que je pourrais mieux savourer les charmes de mes rêves. Je me maîtrisai d'abord, en effet. Mais l'opéra se déroulait, et quand vint la scène de la leçon de musique, j'étais de nouveau séduit et affolé. D'instinct, je cherchai la main d'Ernestine ; elle voulut fuir, je la poursuivis, je la repris et je l'emprisonnai. Nous palpitions tous deux à l'unisson ; c'était à croire que le même sang battait dans nos artères.

Plusieurs fois je sentis sous mes doigts le poignet et la naissance du bras. J'étreignais, comme un jaloux, ce bras ferme et rond, à la peau jeune et fraîche, dont le

grain avait l'attrait du marbre. Ernestine finit par se
révolter. Aux premières minutes, elle avait, ainsi que
moi, cédé à l'engourdissant attrait de la musique ; mais
elle revenait à la raison. Elle comprenait ce que cet
échange clandestin avait de dangereux. Je ne pus qu'à
grand'peine conserver le bout de ses doigts jusqu'à la
fin de l'acte.

Mme Séchain paraissait de plus en plus mécontente.
On aurait juré que l'opéra lui déplaisait ; M. Pautrel
était heureux du plaisir que je paraissais éprouver, et
sans deviner ce qui revenait à Ernestine de parts cachées
dans ce plaisir évident, il s'en attribuait tout l'honneur.

Au fond, il avait raison, car, sans lui je ne serais pas
venu aux Italiens. Si je n'étais pas venu aux Italiens, je
n'aurais point eu l'occasion de serrer la main de la bien-
aimée. M. Pautrel m'avait donc en réalité, donné toute
cette joie.

Mais, de nous cinq, le personnage le plus étrange était
Mme de Renne. La mère d'Ernestine, bien qu'elle dût
être assez clairvoyante, en sa qualité de mère, ne parut
pas soupçonner le moins du monde ce qui se passait
entre sa fille et moi, ou, pour mieux dire, si elle le soupçonna, ne parut pas s'en soucier. Elle se tenait accoudée au rebord de velours de la baignoire ; quand le
rideau était levé, elle regardait la scène ; quand le
rideau était baissé, elle regardait la salle. C'était tout.
Deux ou trois fois seulement, elle jeta les yeux sur moi
et m'adressa quelques paroles aimables et pour ainsi
dire, encourageantes. Au moment de partir, elle s'informa si je n'avais pas mis en oubli ma promesse d'aller
la visiter à Saint-Mandé.

Cette soirée fut donc sans nuages. Il y eut, cependant, un incident singulier vers la fin. Incident tout
moral, mais qui me frappa étrangement. La pièce terminée, nous sortions parmi la foule. J'avais hésité à
donner mon bras à Ernestine ; je ne l'osais pour le trop
souhaiter. Mme de Renne, afin de mettre fin à mon hésitation, m'avait poussé du doigt en disant :

— Allez, mes enfants !

J'avais obéi avec toute la joie que l'on peut supposer. Mme Séchain m'avait jeté un étrange regard, et nous allions ainsi au milieu de la foule. Arrivés sous le vestibule, parmi les groupes élégants de belles jeunes femmes et de lions, — c'était alors le mot consacré, — qui attendaient leurs voitures, nous dûmes faire une courte halte. Je pressais le bras d'Ernestine sur mon cœur, je la regardais avidement ; elle avait les yeux baissés, — et ce n'était qu'avec distraction, et par intervalles, que je promenais un regard ébloui sur ce public brillant qui m'entourait. Il y avait là plus de jolies femmes, plus de beautés aristocratiques que je n'en avais jamais rêvé. Cheveux blonds ou bruns, visages souriants ou dédaigneux, mains gantées, bras nus sortant par le pan des pelisses blanches doublées de soie cerise ou bleue. Dans cette cohue d'élégance, dont on entendait froufrouter les robes et frôler les pieds de satin, je voyais çà et là scintiller les diamants aux flammes comparables à l'éclair, et rayonner l'or des bracelets. Tout à coup, une vieille dame se retourna vers une jeune fille qui l'accompagnait. Un coup de vent assez frais s'était fait sentir par une porte du vestibule. La vieille dame dit à sa fille :

— Couvre-toi bien, Amélie, l'air est vif.

Un grand laquais vint à ces dames, et leur fit signe que leur voiture attendait. Elles fendirent la foule et suivirent le laquais. La mère dit encore en se retournant :

— Viens donc, Amélie !

La voiture tourna et s'éloigna rapidement.

Je fus un momennt sans penser à Ernestine. Amélie ! Rien de plus simple. Cette mère avait appelé sa fille : Amélie. Cependant, ce nom prononcé avait fait vibrer quelque chose en moi, quelque chose de vague et de doux, je ne sais quoi d'indéfini. Ma pensée vola, à tire-d'ailes, vers Saint-Mandé. Je pensai à Mlle Amélie de Renne, que je n'avais pas vue depuis longtemps et que l'on disait malade. Pour un moment, j'oubliai Ernestine, dont le bras était sur le mien, et il me sembla que, — peut-être, — j'aimais Amélie, cette absente !

Mais ce moment fut court. Nous montâmes en voiture à notre tour. Un domestique de ces dames, qui devait les accompagner à Saint-Mandé, prit place sur le siège du cocher, et nous étions entassés, à cinq, dans notre coupé.

Dix minutes après, j'étais chez moi.

Chez moi, dans ma solitude. Ce n'était pas beau ; et pour quelqu'un qui sortait du Théâtre-Italien, la transition était brusque. Cependant, toute brusque qu'elle fût, cette transition ne me fut pas pénible : j'étais habitué à cet intérieur de cénobite ; et puis, la pauvreté a ses charmes. Je ne l'ai jamais haïe. Alors, je l'aimais.

Direz-vous ici que je fais parade d'un caractère romain? Que vous me connaissez peu ! J'ai en moi le germe de tous les vices élégants, l'appétit de toutes les jouissances. Voilà ma confession faite. Mais, après cette confession, qu'il me soit permis de dire, avec la même franchise, que je sais merveilleusement me passer de toutes les jouissances et de toutes les élégances. Cela peut paraître contradictoire. Mais on m'a vu, dans des époques de détresse, traverser Paris d'un bout à l'autre, par une chaleur accablante, sous un soleil de plomb, sans me plaindre, raidi par la fatigue, mort de soif, et ne songeant pas à prendre un omnibus ni à boire un verre d'eau. En revanche, quand la fortune me souriait, quand j'avais quelques louis dans ma poche, vous ne m'auriez pas fait faire vingt pas à pied, vous ne m'auriez pas fait dîner autrement qu'au champagne frappé. Supérieur à l'argent, moins parce que je sais le gaspiller après l'avoir gagné, que parce que je sais m'en passer absolument, et sans avoir le moindre regret ni la moindre envie.

Prenez-moi tel que je me donne, et si je vous ennuie, fermez le livre. Ces détails sur mon caractère ont ici une importance capitale ; il ne se passera pas longtemps avant que vous en conveniez.

Et après tout, sceptique, si vous ne comprenez pas que l'on aime la pauvreté, si vous jugez que l'amour dont je me vante pour elle est un paradoxe, c'est qu'alors vous ne l'avez jamais connue. Réfléchissez !

Réfléchissez ! La pauvreté se trouve placée au début de toutes les existences glorieuses ou simplement utiles. C'est une sévère nourrice qui enseigne la vie à ses nourrissons, et dont les enseignements durables ne s'effacent jamais. Faut-il citer des exemples ? Ils sont dans toutes les mémoires. On dirait un instituteur austère qui se plaît à développer nos facultés par une joute continuelle, par un exercice incessant. Elle nous enseigne la vigilance, la ténacité, la sobriété, mille industries étonnantes qui font que l'homme pauvre, sachant se suffire à lui seul, terrifie l'homme riche qui a toujours besoin du secours d'autrui. La pauvreté apprend à l'écrivain à se passer de livres, à meubler sa mémoire, à écrire sans plume et sans papier ; elle apprend au peintre à travailler dans un atelier sans jour et sans modèles ; à l'industriel à faire sa fortune avec ses deux bras pour capital ; à tous, à se passer de pain, de feu, de vêtements. Plaçant l'homme contre la destinée armée de toutes pièces, elle l'accoutume à mesurer toujours sa valeur sur son cœur et son énergie, à ne s'inquiéter jamais des obstacles, à les surmonter tous. Elle fait comprendre qu'on peut noblement se tenir debout avec une redingote trouée aux coudes, que l'on peut fièrement garder sur sa tête un vieux chapeau déformé. Elle fait plus. Elle vous met au cœur une miséricorde infinie pour les faiblesses des autres ; elle vous donne la pitié et la charité en même temps que l'orgueil. Et croyez-le, les hommes qui se laissent abattre par la pauvreté et qui succombent sous les obstacles, ceux-là, riches, n'auraient été que d'inutiles oisifs. Mais ceux qu'elle éprouve et qui sortent triomphants, ceux-là sont forts et dignes du succès. Leur cœur est un or pur qu'aucun alliage ne souille ; leur pays, leurs amis, leurs parents, peuvent avoir confiance en eux ; et volontiers, avant de m'appuyer sur la main d'un homme, je prendrais la précaution de lui demander :

— As-tu souffert ?

J'étais plein de joie et d'espérance. Cette soirée marquait dans ma vie comme le commencement d'une ère nouvelle. J'aimais Ernestine de Renne : elle m'aimait. J'en avais, à présent, la certitude. Elle m'avait serré la main ; elle avait abandonné sa tête sur ma poitrine. Dans mon austère candeur, je ne me dis pas qu'Ernestine pouvait n'avoir cédé qu'à un entraînement irréfléchi, à l'enivrement de la musique. J'acceptai pour aussi valable qu'un serment cette furtive démonstration, dont je ne discutai pas la sensualité et, sur-le-champ, avec l'implacable résolution de logique de l'homme énergique et pauvre, je passai à l'examen de la situation et à la recherche des moyens d'atteindre ce but désormais placé devant toutes les avenues de ma vie, ce centre vers lequel devaient converger tous mes efforts :

Epouser Ernestine de Renne !

Aucune idée clandestine ne me vint à l'esprit. J'aimais ardemment, loyalement, hautement. Je ne débattis aucun de ces moyens qu'un homme plus rusé aurait conçus, et qui ne me vinrent pas même à l'idée. Ni séduction, ni surprise. Elle m'aimait, je m'en tenais pour assuré ; dès lors elle refuserait Frédéric Séchain, si Frédéric la demandait en mariage ; et puis sa mère m'avait autorisé à lui faire des visites, je pourrais donc combattre de près.

Restait ma pauvreté : il s'agissait de gagner une aisance, de conquérir une position honorable. Le travail était là ; et l'impétuosité de mon vouloir n'admit pas une minute la possibilité de l'insuccès, ni même le retard de la victoire. Avec une confiance hautaine, je promenai mon regard autour de ma chambre ; je vis mon petit bureau de bois noir sur lequel étaient mes papiers et quelques livres ; au milieu du bureau, ma bougie garnie d'un abat-jour ; devant, ma chaise de travail.

Je m'assis. Je touchai tour à tour les livres, les

papiers, les plumes, l'encrier. Avec la vaillance d'un matelot qui, le branle-bas de combat terminé, se tient à sa pièce, l'écouvillon en main, les narines ouvertes à l'odeur de la poudre, la tête penchée vers le sabord pour guetter le navire ennemi, je m'écriai :

— Voilà les armes de la victoire !

Et volontiers, j'aurais hissé mon pavillon, je l'aurais cloué sur le mât, avec la résolution de vaincre ou de mourir.

X

Une grosse affaire.

Mais dans quelle direction vais-je diriger mon premier coup de canon ? La licence ès lettres m'était imposée par mon père ; c'était une nécessité. Ce grade important, difficile à obtenir, m'ouvrait plusieurs issues dans la carrière de l'enseignement ; chemin faisant, les tentatives littéraires étaient aisées. Le succès d'un livre ou d'une pièce de théâtre pouvait arriver et simplifier la situation. J'eus le bon sens de ne considérer cela que comme une éventualité à laquelle je ne devais pas sacrifier l'examen, mais qui, cependant, avait un certain degré de vraisemblance. Je résolus donc de préparer mon examen de licencié avec un redoublement d'ardeur.

Cette résolution prise, je me couchai et je dormis avec le calme que donnent le bonheur et l'espérance de le garder. Le lendemain, je ne fis à M. Pautrel qu'une très courte visite ; je ne vis pas Frédéric Séchain. Je rentrai chez moi afin de travailler. Le surlendemain, qui était le samedi, je ne fis pas même de visite rue de l'Ouest, et je travaillai toute la journée, en me donnant à peine le loisir de manger.

Si j'avais continué de ce train-là, je ne sais si je n'aurais point été en état de subir mon examen au bout d'un mois. En y pensant, je me préoccupais déjà d'obtenir les dispenses nécessaires. Vers le soir, au moment où j'allais allumer ma bougie, on frappa discrètement à ma porte ; mécontent d'être dérangé, je fus sur le point de ne pas ouvrir, mais on frappa avec insistance, et la voix de Georges Morand se fit entendre derrière la porte :

— Ouvre, Armand, ouvre ; c'est moi. Une affaire très grave !

J'allai donc ouvrir, Morand entra. Dans le crépuscule, je fus très surpris de lui voir une physionomie sérieuse et même triste. Il me serra la main avec une sorte de solennité puis me dit :

— Allume ta bougie. Nous avons à parler longuement. Il faut nous voir bien en face.

Je ne répliquai rien. Morand prit une chaise, et, lorsque j'eus placé la lumière sur la table, je m'assis moi-même en face de lui. Il parut inquiet de savoir par où il allait commencer.

— Tu n'as pas oublié, dit-il enfin, que c'est aujourd'hui samedi, le jour de la réunion chez Massé de Vireville ?

— Tiens ! dis-je. C'est vrai. Je n'y pensais pas. J'ai bien autre chose en tête. A bas les cartes !

Morand sourit d'une étrange façon.

— Alors, reprit-il, tu n'as pas l'intention d'aller ce soir chez Ferdinand ?

— Non.

— Eh bien ! tant mieux. Dans le cas où tu aurais eu cette intention, je venais t'avertir en ami, de ne pas aller chez Ferdinand, parce que Ferdinand ne te recevra plus à l'avenir.

— Tiens ! répondis-je avec indifférence, et pourquoi cela ? A-t-il suspendu ses soirées ?

— Non, reprit Morand. Mais il-ne-veut-plus-te-re-ce-voir. Voilà !

Mon ami avait accentué chaque syllabe de façon à me faire comprendre que la chose était très sérieuse. Je restai un moment stupéfait, ne pouvant pas me rendre compte de ce que j'entendais.

— Est-ce que Ferdinand de Vireville, demandai-je, t'a chargé de venir me dire cela?

— Non; je viens te le dire de mon propre mouvement. Il est même probable que si Ferdinand connaissait l'avertissement que je te donne, il m'en voudrait beaucoup.

— Je ne comprends pas, dis-je. C'est à Ferdinand à me dire cela lui-même. Il faut s'expliquer. Je n'avais pas l'intention d'aller chez lui ce soir; mais puisqu'il en est ainsi, j'irai.

— Je te prie de n'y point aller, insista Morand avec vivacité. Reste chez toi, dans ton intérêt.

— Mais du tout! m'écriai-je. Je veux une explication. J'irai la chercher.

— A quoi bon?

— Comment! à quoi bon? Ferdinand de Vireville, après avoir insisté pendant six mois pour m'attirer chez lui, me refuse à présent sa porte comme à un valet, et tu ne veux pas que j'en sache la raison? Tu es fou!

— C'est toi qui l'es, répliqua Morand. Tu me pousses à bout. Voyons, je suis ton ami, n'est-ce pas?

— Je l'ai cru jusqu'à présent.

— Eh bien! sur la parole d'un ami, tiens-toi tranquille. Les choses s'éclairciront toutes seules.

— Mille fois non! m'écriai-je. J'irai ce soir les éclaircir. Cela vaut mieux.

— Tu as tort. Je te déclare que si tu vas ce soir chez de Vireville, lui, Vireville, tous ses amis, vingt personnes, enfin, vont te recevoir à la porte, t'empêcher d'entrer et peut-être...

— Et peut-être?...

— Et peut-être te souffleter. Là.

— Me souffleter! moi! moi! Ah! c'est trop fort! Je ne suis pas un homme à reculer, entends-tu, Morand, je ne sais pas me cacher quand on me menace. Des soufflets à moi? Et c'est toi qui oses me dire cela, et me conseiller de rester tranquille? Je te somme de t'expliquer sur l'heure, ou sinon, c'est moi qui vais te souffleter.

Morand se leva et saisit ma main que je levais déjà.
Je criais à tue-tête, j'étais hors de moi ; Morand l'étreignit et la garda de force. Il paraissait bouleversé.

— Armand, me dit-il, tu es un brave cœur. Je me
suis porté garant pour toi, j'ai bien fait, je le vois,
mais je n'ai rien pu gagner sur des esprits prévenus.
Avec le temps, si tu avais été sage, j'aurais tout arrangé ;
mais tu n'as pas confiance en moi. Tu m'as obligé à
parler. Tant pis. Je voulais éviter un conflit. Au reste,
je comprends ta colère. Voyons encore une fois, veux-
tu te fier à moi ?

— Non ! répondis-je en vociférant. Non ! un homme
de cœur ne reste pas sous la menace d'un soufflet. Je
veux que tu t'expliques. Je l'exige ; si tu es mon ami,
tu vas t'expliquer.

— Eh bien donc, consentit Morand, assieds-toi,
reprends un peu de calme, je vais m'expliquer.

— A la bonne heure ! dis-je en regagnant ma chaise.

Morand conserva ma main dans les siennes, et s'assit
devant moi.

— Voici donc, me dit Morand, puisque tu l'exiges, ce
qui s'est passé avant-hier au soir, tandis que tu avais
l'imprudence d'aller aux Italiens avec M. Pautrel et
Mme Séchain. Frédéric, mécontent, à ce qu'il paraît, de
n'avoir point été de la partie...

— S'il n'est pas venu avec nous, m'écriai-je, c'est
qu'il ne l'a pas voulu.

Morand reprit :

— Je te crois ; mais je répète les choses telles que
Frédéric les a dites. Au reste, ne m'interromps plus, tu
vas en entendre d'autres. Frédéric Séchain est venu me
trouver, après son dîner, et m'a conduit bon gré mal
gré chez Ferdinand. Chez Ferdinand, nous avons trouvé
Dussaulx, Ducouti, toute la bande enfin. Frédéric les
avait priés de se réunir, voulant donner une certaine
solennité à la déclaration qu'il allait faire. Nous voyant
tous très intrigués, Frédéric a commencé par nous rappeler que nous étions tous ses amis, que beaucoup

d'entre nous étaient ses camarades d'enfance, ses com-
pagnons de collège, et il a ajouté qu'il comptait sur
nous, sur notre aide. Tout le monde a promis ; et, à
vrai dire, Frédéric paraissait si bouleversé qu'il était à
faire pitié. On l'a prié de s'expliquer. Alors il s'est mis
à pleurer ; il nous a dit que depuis que tu t'étais introduit furtivement, malgré lui, dans la maison de sa
mère...

Je fis un mouvement de fureur.

— Du calme ! dit Morand. Frédéric a donc dit que
depuis que tu es reçu chez sa mère, la maison n'est
plus habitable pour lui ; que tu te plais à le brouiller
avec sa famille par des manœuvres indignes, en soulevant à chaque moment des comparaisons toutes à son
désavantage ; en parlant sans cesse, avec vanité, de tes
travaux, de tes études, de tes succès ; si bien que son
oncle, M. Pautrel, s'est engoué de folie pour toi, et
accuse quotidiennement Frédéric de fainéantise, d'incapacité et de mille choses désagréables. Sa vie est
ainsi, dit-il, devenue un enfer. Toi seul es le maître de
l'esprit de M. Pautrel et de Mme Séchain ; lui, Frédéric,
est dédaigné, maltraité et repoussé de toutes les parties,
de toutes les fêtes, qui ne sont données que pour toi.

— Oh ! m'écriai-je, quel mensonge ! quelle atroce
calomnie !

— Voyons, continua Morand, tâche de m'écouter
patiemment. Frédéric a ajouté qu'il était facile de
deviner le but que tu poursuis à l'aide de ces manœuvres. Tu es pauvre, tu convoites la fortune de M. Pautrel ; tu veux faire rayer Frédéric du testament et te
faire instituer héritier à sa place. Tu as poussé la perfidie, dit-il, jusqu'à te poser en prétendant à la main de
Mlle Ernestine de Renne, connaissant toute l'affection
que M. Pautrel porte à cette jeune fille, et prévoyant
bien que ton mariage avec elle serait un moyen de
résumer à ton seul avantage l'affection dont Mlle de
Renne et toi vous êtes séparement l'objet. Au reste,
Frédéric affirme que tu n'aimes pas cette jeune fille,

10

que, chez toi, tout est calcul. Il nous a juré que lui, au contraire, était très amoureux, et que le chagrin de se voir maltraité par elle à cause de toi était la raison première pour laquelle il t'en veut mortellement. Je t'affirme, mon pauvre ami, que les larmes de Frédéric m'ont paru sincères. A la seule pensée que tu te trouvais près d'elle, au moment où il parlait, dans une loge des Italiens, Frédéric s'abandonnait aux mouvements de la jalousie la plus affreuse ; ses yeux étaient deux ruisseaux. Il avait presque des attaques de nerfs. Je n'ai rien vu d'aussi navrant que ce désespoir jaloux.

— Morand ! m'écriai-je, tu tournes contre moi.

— Non. Mais pense que j'ai été élevé avec Frédéric, et que je l'aime d'une amitié de dix ans. Tu comprendras...

— Je comprends, dis-je avec amertume. Je comprends fort bien.

— Non, tu ne comprends pas, répliqua Morand. Mon amitié pour toi est inaltérable.

Plus jeune que celle que j'ai pour Frédéric, elle est malgré cela plus grande. Je voudrais tout concilier. Séchain nous a fait promettre que nous lui prêterions notre aide pour tirer vengeance de ta conduite, pour te chasser de chez sa mère, pour lui rendre le cœur de Mlle de Renne. Tous ses amis et les miens alors présents, ont été unanimes : ils ont promis tout ce que Frédéric a voulu. Ils l'ont même juré. Moi seul...

— Je devine, interrompis-je. Pour M. Ferdinand Massé de Vireville, pour Henri Dussaulx, pour tous les autres, je ne suis qu'un intrus, un gueux que l'on peut soupçonner de tous les crimes, de toutes les bassesses, et que l'on peut châtier, dès que le soupçon est venu ; car, contre mes pareils, le soupçon est suffisant.

— Laisse-moi continuer, reprit Morand. Si cela est vrai pour eux, cela est faux pour moi. J'ai donc pris ta défense ; j'ai répondu de ta loyauté. On ne m'a pas écouté. C'est alors, voyant que tout était inutile, que j'ai pris la périlleuse détermination de t'avertir, au risque d'être mal accueilli par toi. Le rôle d'avertisseur est dangereux. Mais je t'ai assez aimé pour ne reculer devant rien ; et je voudrais que tu m'aimes assez pour me laisser le soin d'arranger les choses sans intervenir toi-même ?

A mesure que Morand parlait, l'abattement succédait chez moi à la colère. Cette odieuse accusation m'avait, au premier abord, jeté dans une fureur si excessive, que la fureur avait épuisé mes forces et que la réaction se faisait. Je me mis alors à discuter toutes les invraisemblances des suppositions de Frédéric ; et tandis que Morand m'emprisonnait les mains dans les siennes, je m'abandonnai à mon désespoir.

— Quoi ! disais-je, cela est-il possible ? Quelle probabilité y a-t-il à cela ? Les amis de Frédéric ne sont-ils pas fous de croire à ces imputations ? Ne sait-on pas que la fortune de M. Pierre Pautrel est modeste, et que peuvent importer à un ambitieux les quelques mille francs qu'il possède, quand on pense que Mme Séchain, la mère de Frédéric, est riche de plus d'un million, de deux millions peut-être ? En admettant que les calculs dont on m'accuse soient entrés dans mon esprit, n'est-il pas clair que la fortune de M. Pierre importe peu à Frédéric Séchain, à Frédéric deux fois millionnaire ? Il est bien certain que sa mère ne peut pas le déshériter de la fortune de son père. Cela est évident. Si, contre tout bon sens, on admettait que mon pouvoir allât jusqu'à capter la succession de M. Pierre, celle de Mme Séchain, qui est vingt fois plus forte, resterait toujours à Frédéric.

— Deux observations, répondit Morand. *Primo :* Ton pouvoir sur l'esprit de M. Pierre est immense, plus grand que tu ne le parais croire ; et tu peux aller avec lui-même en succession, jusqu'où tu voudras, jusqu'où tu voudras, entends-tu ? *Secundo :* Que dirais-tu si, au lieu d'être entre les mains de Mme Séchain, toute la fortune et par conséquent tout l'avenir de Frédéric était entre les mains de M. Pautrel ?

— Je dirais... je dirais... Tu es fou, Morand, M. Pierre n'a pas un million !

— Mais enfin s'il l'avait?... s'il en avait deux ?

— Je dis que si M. Pierre avait un million, il ne le donnerait pas. Je ne suis pas son neveu, moi, que diable! Les droits de Frédéric sont inattaquables, trop bien établis pour que je puisse l'inquiéter.

— Tu es fou, dit Morand à son tour, fou et aveugle.

— Je ne suis, repris-je, ni fou, ni aveugle. Peut-on croire que dans cette maison pleine de luxe et d'élégance, la fortune entière appartienne à M. Pierre Pautrel? à M. Pautrel qui, seul, est mal vêtu, tandis que sa sœur et son neveu dépensent et même gaspillent tout le revenu pour leur luxe et leur élégance personnelle? Il n'y a pas à dire : non! M. Pierre porte des chemises rapiécées et des habits retournés; il pousse l'économie jusqu'au ridicule. Cela est un fait évident ; il suffit de regarder l'homme pour se convaincre qu'il n'est pas riche ; et même, bien souvent, en moi-même, j'ai trouvé scandaleux, ridicule, que sa sœur, riche comme elle l'est, lui laissât porter les vêtements étriqués qu'il porte.

Morand fit un geste d'impatience avant de répondre.

— Mais enfin, dit-il, si ces vêtements lui plaisent tels qu'ils sont ?

— Singulier goût, répondis-je, qui n'empêche pas Frédéric d'avoir tous les droits contre moi puisqu'enfin il est le neveu, et que moi je ne suis qu'un étranger, le premier venu.

— C'est tout ce que le monde dit.

— Donc j'ai raison et Frédéric a tort, même quand la fortune appartiendrait à son oncle et non pas à sa mère. Je ne sors pas de là. L'énormité du soupçon en empêche la vraisemblance.

Morand se leva et me dit d'un ton péremptoire :

— Laissons tout cela de côté. Pour toi, une seule chose est évidente : on t'accuse, et l'accusation est fausse, et l'accusation te révolte. Il s'agit de la réduire à se taire, et peut-être d'en tirer vengeance. Le second point te regarde ; mais je puis t'aider pour le premier ; j'y vois plus clair que toi. Veux-tu me laisser la direction de l'affaire ?

— Oui, répondis-je, pourvu que tu n'exiges pas que je supporte cet affront en silence...

— Un mot seulement à ce sujet ; j'exige si peu que tu supportes quelque chose, que s'il te plaît de te battre avec Frédéric Séchain, je te servirai de témoin volontiers. Mais tu ne peux pas te battre contre Massé de Vireville et tous ses amis. On ne se bat pas en duel contre une légion. Il faut les convaincre qu'ils ont tort ; je ferai pour cela le possible et l'impossible, et j'y réussirai si tu veux faire ce que je vais te conseiller.

— Dis ! je suis prêt à tout.

— Ne retourne plus chez Mme Séchain et cesse de voir M. Pautrel.

— Pourquoi ?

— Ce sera prouver que tu n'as aucun projet sur leur fortune.

— Ce sera, m'écriai-je, avouer que j'avais des projets, et avouer aussi que je suis un lâche qui recule devant la première menace. Et puis, enfin, j'aime M. Pautrel et Mme Séchain, moi ; et je ne veux pas...

— Tu justifieras les soupçons en continuant tes visites.

— Je n'ai aucun prétexte pour discontinuer ces visites. Et puis, mon cher Morand, pour d'autres motifs que ceux dont Séchain m'accuse, je ne puis renoncer à être reçu rue de l'Ouest. Je ne suis qu'un garçon mal dégrossi, ignorant de beaucoup de choses, dont l'éducation est nulle, dont l'instruction est à peine ébauchée. Je me vois bien accueilli, sincèrement aimé, par des gens charmants, des gens du monde près desquels je complète mon instruction, et qui m'ont donné le peu que j'ai d'éducation. Grâce à M. Pautrel et à Mme Séchain, je suis en train de devenir homme du monde ; grâce à leur tolérance pour mes bévues, j'apprends à vivre, et ce ne sera que grâce à eux que je pourrai, un jour, me

10.

présenter décemment dans un salon. Trouverai-je jamais, ailleurs, des gens ainsi disposés à me montrer une pareille bienveillance, à me patroner, et, s'il faut dire le mot, à me déniaiser ? Non, mon ami. Livres, théâtre, savoir-vivre, je leur dois même le sentiment de l'art, le sentiment de l'élégance, de la délicatesse de la vie. Sans eux, je ne saurais ni parler ni causer. Je leur dois tout, enfin ; et c'est trop précieux pour que j'y renonce, parce qu'il aura plu à Frédéric Séchain de venir braver une calomnie sur ma conduite et sur mes intentions.

— Tu oublies quelque chose, reprit Morand. Tu oublies que tu leur dois aussi d'avoir connu Mlle Ernestine de Renne ; et je crains bien que ce soit cela surtout qui te tient à cœur.

— Il est vrai, répondis-je. Je leur dois aussi de connaître Mlle de Renne, dont la mère a bien voulu, avant-hier, m'engager à lui faire des visites.

— Voilà le mal, dit Morand. Aimes-tu cette jeune fille ?

L'aveu d'un premier amour est une affaire difficile. Au moment de confesser que l'on aime, il semble, à dix-sept ans, que l'on va commettre un sacrilège, que c'est profaner le secret de son cœur. En tout autre moment, je n'aurais pu répondre à la question de Morand : je me serais troublé, j'aurais balbutié, j'aurais rougi ; mais en cette circonstance, attaqué dans ma dignité, outragé dans mon honneur, je voulus défendre à la fois mon honneur et mon amour. Aussi je répondis avec une impétuosité folle :

— Si je l'aime ! mais de toute mon âme, de toute ma vie ; et elle m'aime aussi, elle !

Je me levai, et je répétai, orgueilleusement vaniteux de mon bonheur :

— Elle m'aime aussi, elle n'aime pas Frédéric !

— Naturellement, reprit Morand, puisqu'elle t'aime, elle n'aime pas Frédéric. Mais c'est là qu'est le mal.

— Sur ce terrain-là, dis-je avec colère, Frédéric et moi nous sommes égaux. Il n'a rien à me reprocher. Je

ne l'empêche pas de se faire aimer ; Ernestine ne dépend
que de son propre choix. Qu'il lutte avec ses armes, je
me sers des miennes, et nos droits sont pareils. Je ne
reconnais à personne au monde le droit de se mettre en
opposition avec mon cœur. Si je puis, jusqu'à un certain
point, comprendre et excuser les inquiétudes des amis
de Frédéric pour sa fortune, je suis résolu à ne tenir
aucun compte de ce qu'ils peuvent penser et dire sur la
préférence dont Mlle de Renne n'honorerait.

— Tu as raison, répondit Morand. Mais il est fâcheux
que cette affaire, toute simple, entre égaux, ait lieu
entre deux jeunes gens de fortune inégale, surtout lorsque le riche accuse le pauvre de vouloir le spolier.

— Ces deux questions, m'écriai-je, sont entièrement
séparées.

— J'en conviens, reprit mon ami ; mais le jugement
public les rattache l'une à l'autre. Enfin, il faut agir
avec prudence ; je t'engage de nouveau, au besoin, je
te prie de cesser tes visites chez Mme Séchain.

— Non !

— Au moins pour quelque temps !

Non ! Et même, je vais aller dès ce soir chez Massé
de Vireville pour chercher les soufflets qu'on me promet.

— Au nom du ciel, Armand, ne fais pas cette folie.

— Je la ferai, c'est résolu.

— C'est la colère qui te fait dire cela ; mais avec un
peu de sang-froid, tu reconnaîtras combien cette idée
est ridicule. Voyons, mon cher Armand, je te propose
une transaction ; tu n'as pas dîné, nous allons dîner
ensemble et parler d'autre chose pendant tout le dîner.
Après cela, nous irons tous les deux chez Levernay.
Levernay est un homme d'honneur et de bon conseil.
Nous lui raconterons ce qui se passe, et nous nous déci-
derons d'après ses avis. Cela te plaît-il ?

J'hésitai pendant une minute.

Levernay, avec son esprit mathématicien, froid, cal-
culateur et rectiligne, me parut en effet homme à juger
sainement les choses ; et comme je le savais incapable

de transiger sur le point d'honneur, je pensai qu'il m'indiquerait volontiers ce que j'avais à faire pour sauvegarder mon honneur. Je redoutais seulement ses sarcasmes sur mon amour pour Mlle de Renne ; j'aurais été désolé que l'austère Levernay déclarât mes espérances chimériques, et même ridicules.

Morand le comprit, et il leva la difficulté en me disant :

— Il·suffira, bien entendu, de parler à Levernay des craintes de Frédéric pour sa fortune, et il .serait. superflu de l'entretenir de ton amour pour Mlle Ernestine.

— Soit, dis-je. J'y consens. Allons dîner. Nous verrons Levernay ensuite.

Je m'habillai à la hâte, et nous allâmes dîner. Il avait été convenu que nous ne parlerions point en dînant de l'affaire délicate ; mais j'étais incapable de parler d'autre chose, et nous gardâmes le silence. En sortant du restaurant, nous nous rendîmes au café Voltaire, où Morand ne resta qu'un moment. Il alla chercher Levernay rue de l'Ouest ; j'attendis seul au café, ne voulant pas, dans cette crise, m'exposer à rencontrer Frédéric en montant chez Levernay. Morand revint avec Levernay au bout de vingt minutes. Chemin faisant, l'affaire s'était déjà expliquée entre eux, et je n'eus que peu de chose à ajouter pour que Levernay fût au courant de ce qu'il devait connaître.

— Je m'en doutais depuis quelque temps, dit-il.

— Enfin, mon cher ami, lui demandai-je, quel est votre avis là-dessus ?

— Oh! c'est grave, et cela demande réflexion. Je vais d'abord prendre une chope et fumer ma pipe, cela *localise* les idées. Passons à l'estaminet. Je crois, en tout cas, que je ne ferai pas mal d'aller faire ce soir une partie de *lansquène* chez Vireville. Je verrai de quoi il retourne.

Etant assis à une table écart'e dans l'estaminet, Levernay fit apporter de la bière, bourra consciencieusement une longue pipe belge, qu'il portait toujours dans sa poche, protégée par un étui de bois, puis ayant fumé la moitié de cette pipe et vidé sa chope d'un trait, il dit gravement :

— Mon avis, mon cher Armand, c'est que vous vous conduisiez comme si vous n'aviez aucune connaissance de ce qui s'est dit. Vous avez la conscience nette, donc vous ne craignez rien. Pas de bravade, mais pas de reculade. Allez toujours de l'avant. Seulement, au premier mot de travers que Frédéric ou ses amis s'aviseront de vous dire, c'est à vous de leur *ficher* une bonne giffle et de les mener rondement sur le terrain. Voilà mon sentiment.

— Et voilà parler, dis-je. Me servirez-vous de témoin, Levernay ?

— *Turellement*. Je ne conseille jamais un coup d'épée sans offrir mes services. Qui donne le conseil doit le service. C'est indubitable. Savez-vous tenir une épée seulement ?

— Non, répondis-je. Je n'ai jamais touché ni épée ni fleuret.

— Alors, pékin, il faut prendre au moins une leçon pour vous conduire avec propreté.

— C'est que, observa Morand, Frédéric est de première force.

Levernay haussa les épaules dédaigneusement, tira cinq ou six bouffées, but une seconde chope et répondit :

— Il n'est pas si fort que ça, allez, Armand, ne vous effrayez pas. Voilà ce que vous avez à faire : Demain, à deux heures, — c'est demain dimanche, vous savez, — trouvez-vous à Vincennes, en face du donjon, à gauche de la route, café du *Grand-Orient*. Vous m'y trouverez avec mon ami Flambert, un sous-officier du troisième génie, qui se prépare, comme moi, à la Polytechnique. Seulement, Flambert manie l'épée comme personne ; au régiment, on ne l'appelle que *Flamberge-au-Vent*. Malheureusement, ça le fâche ; vous voilà averti ; ne le plaisantez pas sur son nom. Flambert vous donnera une leçon séance tenante ; il est bon enfant, et ne vous abrutira pas pour les commencements. Si vous avez le temps, avant de vous *tirer le plumet* avec Frédéric, vous retournerez à Vincennes sans moi, et Flambert continuera votre éducation. Mais il est nécessaire, en tout cas, que vous preniez demain une leçon de combat. Après la leçon, nous irons dîner à la cantine des sous-officiers. Voilà qui est dit.

— Très bien ! répondis-je.

— Ah ! reprit Levernay, une seconde recommandation. Vous savez, Flambert est un garçon qui sait vivre ; ne faites pas de boulettes. C'est lui qui vous invitera, et il est d'usage, quand un troupier invite un pékin, que ce pékin se laisse traiter et *gobelotte* à son aise, sans rien payer du tout. Ne vous avisez donc pas de proposer seulement un petit verre ; cela ne serait pas convenable.

— C'est entendu, dis-je. Je vous remercie mille fois, mon cher Levernay, et je compte sur vous, avec Morand, pour me servir de témoins s'il faut qu'on en vienne aux coups.

Levernay et Morand me firent ensemble un signe de tête d'assentiment. Cela fut grave, mais simple et de bon aloi, comme il convient en pareil cas. Je vis que j'avais l'entière estime de mes deux témoins, et que je pouvais compter sur leur amitié et leur énergie.

— Maintenant, repris-je, que me conseillez-vous pour ce soir ? Dois-je aller chez M. de Vireville ?

— Aviez-vous l'intention d'y aller avant de connaître cette affaire ? demanda Levernay.

— Non. Je voulais rester chez moi et travailler toute la soirée.

— Restez donc chez vous, et travaillez comme si de rien n'était. Je vous répète de ne rien changer à vos allures. D'ailleurs, si vous y veniez ce soir, il s'ensuivrait peut-être une scène : il faudrait peut-être se battre demain matin ; vous n'êtes pas préparé, et vous ne pourriez pas demander de sursis. La semaine prochaine à la bonne heure. Il ne faut jamais, de gaieté de cœur, se mettre dans une position ridicule, et rien n'est plus ridicule, à mon avis, que de se faire embrocher.

— C'est non-seulement ridicule, répondis-je en riant, mais très incommode.

— Et malsain, ajouta Morand.

La conversation prit alors une allure gaie, et il ne fut plus question de rien. En nous séparant vers dix heures, nous convînmes de nouveaux de notre rendez-vous. Morand et Levernay se rendirent ensemble chez Massé de Vireville, et je rentrai chez moi.

Mais quand je me retrouvai dans ma solitude, quand je n'eus plus la conversation de mes amis pour m'étourdir le sentiment de l'injustice criante dont j'étais victime me revint soudain, impérieux, intolérable. Jamais, certainement, non jamais un homme n'avait mieux que moi marché loyalement son droit chemin ; jamais homme n'avais tendu sa main à un autre de meilleur cœur que je n'avais tendu la mienne à Frédéric : et j'étais calomnié ! et j'étais calomnié par Frédéric lui-même ! C'était à rendre fou de colère et de chagrin. Aussi, passant tour à tour de la fureur à la désolation, je me promenais à travers ma chambre, tantôt criant des imprécations insensées, tantôt pleurant comme un enfant.

Je l'ai déjà dit : j'ignorais la malice humaine ; aussi j'éprouvais une sorte de honte intime en me rappelant que j'étais un homme, lorsque je voyais l'homme si méchant. Aucun raisonnement ne pouvait prendre racine dans ma tête ; je n'avais jamais encore éprouvé rien de tel. Lorsque je me décidai à me coucher, il était deux heures du matin ; j'avais la fièvre.

Le sommeil prit enfin le dessus ; il me donna un peu de calme. Lorsque je me réveillai, mes idées me parurent plus nettes ; un raisonnement précis se présenta à mon esprit :

« Frédéric, me dis-je, a cru sincèrement ce qu'il a dit à ses amis. Il l'a cru, parce qu'il ne me connaît pas ; qu'il a pu, ignorant quel est mon caractère, supposer que je ne résisterais pas à l'appât de quelque argent. C'est une erreur. Pour la faire, cesser, pour rétablir les choses entre Frédéric et moi, je n'ai qu'à me faire connaître ; je n'ai qu'à l'aller trouver, à lui tendre la main, à lui dire : Frédéric, tu t'es trompé. Aucun calcul d'intérêt ne me dirige. Je lui donnerai ma parole que, son oncle voulût-il me faire part de sa petite fortune, je refuserais cette fortune à laquelle je n'ai aucun droit. Et je vais lui donner cette parole avec tant de franchise, si positivement, qu'il va me croire ; nous allons nous embrasser, et nous irons ensemble démentir les bruits qu'il regrette, sans doute, d'avoir répandus. »

On admirera cette naïveté de ma part. Mais elle fut sincère. Si sincère que, malgré les avis de Levernay, je ne pus résister au désir d'obtenir sur-le-champ une réconciliation que je croyais possible. Le cœur soulagé par cette résolution, je me hâtai de m'habiller ; et déjà je me réjouissais de surprendre Levernay quand j'irais à Vincennes, non pour une leçon d'escrime, mais simplement pour lui crier : La paix est faite.

Je courus rue de l'Ouest. Frédéric, depuis son retour de voyage, demeurant à l'entresol, je montai d'un seul bond. La clef était à la porte ; j'entrai sans frapper. Je traversai l'antichambre et le salon de son petit appartement de garçon ; je fis invasion dans la chambre à coucher.

Frédéric, en robe de chambre, toujours coiffé, comme autrefois, de son bonnet de pêcheur napolitain, assis dans un bon fauteuil devant son feu, faisait la toilette de ses ongles. Il tourna vers moi une face pâle et fatiguée, longue comme la mine d'une pauvre qui meurt de faim. Son accueil fut froid, mais non pas hostile comme je m'y étais attendu ; il me tendit même la main. Je la serrai avec force, et, ayant roulé un autre fauteuil devant le feu, je m'assis bien à mon aise en disant gaiement :

— Causons.

De quoi ? fit-il. Veux-tu un cigare ?

— Je veux bien, répondis-je.

Je choisis un magnifique londrès dans la boîte qu'il me tendit, et, l'ayant allumé, je commençai :

— On m'a raconté, Frédéric, que jeudi soir, chez Massé de Vireville, tu as cru devoir faire part à tes amis, un peu légèrement, de craintes que tu aurais conçues au sujet de mon intimité avec ton oncle.

Il se leva d'un bond de tigre, et se mit à marcher avec agitation.

— Ne parlons pas de cela ! ne parlons pas de cela ! balbutia-t-il.

— Mais si fait, repris-je. Cela m'intéresse, et je ne me suis levé de si grand matin que pour en parler pacifiquement avec toi. Entre amis, il est bon que l'on s'explique. Je ne t'en veux pas, tu as pu te tromper ; je viens te tendre la main et te donner toutes les assurances possibles que tu n'as rien à redouter des choses dont tu t'es entretenu avec ces messieurs.

— Quelles choses ? demanda-t-il.

— Mais du but pervers que je poursuivrais, selon toi, en faisant de trop près la cour à ton oncle, dans l'espoir de m'approprier les cent mille francs qu'il peut avoir.

— Tu es fou ! C'est à faire mourir de rire. Encore une fois, ne parlons pas de cela.

— Mais enfin, dis-je avec insistance, soyons précis : as-tu dit cela chez Massé de Vireville, ou ne l'as-tu pas dit ?

— Eh ! bon Dieu ! dit-il, on dit un tas de choses en parlant. Est-ce que je sais, moi ?

— Pardon, observai-je. On dit un tas de choses ; mais celles que tu peux avoir dites ne sont point à mettre dans le tas. Quand on incrimine l'honneur d'un homme, d'un ami surtout, il y faut prendre garde ; et si les rapports qui me sont faits sont exacts, mon honneur a été incriminé.

— Quels rapports ? Et qui te les a faits ?

— Tu m'interroges quand tu as à répondre. Je t'ai indiqué les propos qu'on te prête ; quant aux noms de

11

ceux qui m'ont répété tes paroles, ils ne font rien à l'affaire.

— Enfin, répondit-il, supposons que j'aie tenu ces propos ; que ferais-tu ?

— Je te l'ai dit. Je les attribuerais à une erreur de ta part, et t'ayant tendu la main, je te prierais de conserver notre amitié intacte et de démentir près de tes amis et des miens ce que tu as pu dire contre moi.

— Démentir ? Me démentir ?

— C'est le moins que tu me doives, après m'avoir décrié à tort.

— A tort ?

— Évidemment.

— Quelle garantie ai-je contre toi ?

— Ma parole.

Frédéric sourit étrangement, et, s'étant assis dans le fauteuil qu'il venait de quitter, il répondit :

— Ta parole, mon cher, a sans doute sa valeur ; cependant nul n'est croyable dans sa propre cause.

— Eh ! dis-je, je vois que tu as dû tenir les propos en question ; car malgré les subterfuges et les doubles sens de tes répliques, ton hostilité contre moi est évidente.

— Du tout.

— Enfin, refuses-tu de rétracter tes imputations près de ceux qui les ont entendues ?

— Je n'ai rien à rétracter.

— Très bien.

Je me levai à mon tour, et ayant jeté au feu le cigare qu'il m'avait donné, je lui dis froidement :

— Je t'enverrai deux de mes amis demain matin.

Il me regarda avec une sorte d'inquiétude ; mais, se remettant aussitôt, il éclata de rire en s'écriant :

— Me battre avec toi ? Moi ! me battre avec toi ? Tu es fou !

— Je ne crois pas. En tout cas, nous verrons bien, répondis-je en me dirigeant vers la porte.

Il courut à moi et me saisit violemment par le bras, au moment où j'allais sortir.

— Écoute : inutile de m'envoyer tes témoins ; je ne me battrai pas ; je ne les recevrai même pas. N'expose pas tes amis à un affront. Je ne me battrai pas ; je ne suis pas assez bête pour te faire si beau jeu. Mais, malheureux, songes-y : tu n'aurais qu'à me tuer ! Je t'aurais débarrassé de moi.

— Pour le coup, dis-je en revenant vers le milieu de la chambre, l'injure est positive.

— Prends-le comme tu voudras, répliqua-t-il ; mais comme il n'y a rien de public, je te refuse toute espèce de réparation. Je te défie de me contraindre à me battre, parce que je ne dirai rien en public.

— Il y en a eu assez de dit, repris-je. Mais je ne suis pas homme à chercher des témoignages pour me faire certifier ce qu'on t'impute. Il me suffit d'avoir entendu ce que tu viens de dire. Tu refuses de te battre ?

— Oui ! je le répéterai cent fois ; je ne me battrai pas !

— Tu te battras, parce que la première fois que je te rencontrerai, n'importe où, — dans la rue, chez Massó de Vireville, chez M. de Brunoy, je te donnerai une belle paire de soufflets.

De nouveau il me regarda avec une sorte d'expression poltronne, puis s'écria :

— Tu ne feras pas cela !

— Si fait, je ferai cela. J'étais venu dans une tout autre intention ; mais tu as refusé ma proposition, tu as refusé la main que je t'offrais. Je la retire donc, et je te *giflerai* la première fois que je te rencontrerai.

Ayant, après cette déclaration, tourné sur mes talons, je sortis en toute hâte afin de n'être pas retenu par une nouvelle incartade de Frédéric. Bien m'en prit. J'étais à peine sur le carré que j'entendis un bruit de vaisselle brisée, qui me révéla que Frédéric faisait payer mes menaces à sa cuvette et à son pot à eau. Je me rappelai la scène de dévastation qui avait eu lieu dans sa chambre du sixième, un jour, sans que j'eusse jamais su contre quel adversaire il avait, cette fois-là, exercé sa fureur. L'idée du couteau catalan brisé me revint à l'esprit. Définitivement, Frédéric était un personnage très violent ; il devait être redoutable sur le terrain, et les leçons de M. Flambert me seraient bien nécessaires pour résister à un pareil enragé. Je m'en allai déjeuner avec cette persuasion que mes jours étaient fort en péril, et que le sergent Flambert pouvait seul conserver mon existence, cette existence que je comptais consacrer au bonheur d'Ernestine de Renne.

Cependant, ayant fait à l'amitié la dernière concession d'une démarche et d'une tentative si délicates, dans lesquelles j'avais si complètement dépouillé toute animosité, je me trouvais l'âme tranquille, et résolu seulement à tirer vengeance de l'injure qui m'était faite. J'avouerai même que j'éprouvais un vif sentiment de joie d'avoir une affaire d'honneur sur les bras. Cela me faisait homme. Je marchais sur le trottoir avec beaucoup de dignité, et je regardais les passants dans le blanc des yeux, d'un air qui leur disait clairement, — mais ils n'y prenaient pas garde :

— J'ai un duel ! j'ai un duel ! ne le savez-vous pas ? En avez-vous eu dans votre vie, des duels ? Et ne trouvez-vous pas que je me comporte tout à fait bien ?

Cette disposition magnifique se prolongea une heure ou deux. Au bout de ce temps, le calme céda peu à peu la place à la fureur de me voir outragé et calomnié, et j'allai prendre, place de la Bastille, l'omnibus de Vincennes, en roulant dans mon esprit les projets les plus sanguinaires. J'arrivai avant l'heure indiquée par M. Levernay, et je profitai de cette circonstance pour faire une promenade dans le bois. Il faisait un assez mauvais temps ; d'un moment à l'autre il pleuvait ; la boue des chemins était détrempée, et dans les taillis, dont les arbres étaient dépouillés par l'hiver, on voyait les feuilles séchées de l'été passer amoncelées parmi les bruyères mortes. Par endroits, des tapis de mousse ou de petites places sablonneuses me semblaient des emplacements tout à fait favorables pour un duel au pistolet ou à l'épée.

Ayant trouvé un bout de chemin assez encaissé entre deux monticules et dont le sol, plus résistant qu'ailleurs, n'était pas trop boueux, je m'arrêtai. Je m'imaginais avoir Séchain en face de moi. Je me mis à brandir ma canne avec fureur, et je tirai, non pas même au mur, mais dans le vide, de manière à pourfendre au moins une douzaine d'adversaires. « Il me semble, pensai-je, que l'affaire ne sera pas longue. Tiens ! tiens !... pare donc celui-ci !... touche !... ouf !... » Peu à peu, je m'animai jusqu'à parler tout haut ; de telle sorte que deux chasseurs à pied, qui se promenaient par là, vinrent vérifier de quoi il s'agissait, et, en me voyant, se mirent à rire. Je m'éloignai tout honteux, et je repris la direction de mon rendez-vous. Deux heures sonnaient au château quand j'entrai dans le café du *Grand-Orient*. J'aperçus Levernay et son ami à une table près de la porte.

Levernay était dans une belle tenue, tiré à quatre épingles. Quoiqu'il fût *civil*, il avait l'air plus militaire que Flambert. Tous deux jouaient l'absinthe aux dominos ; Levernay fumait une pipe, et Flambert, la cigarette.

Ce dernier avait un certain nonchaloir dans l'attitude, un certain débraillé dans le vêtement. Sa longue tunique avait le plastron de velours à moitié déboutonné ; par le bas, on voyait la chemise de fine toile, non d'ordonnance. Son pantalon à larges bandes rouges tombait mal sur de fines bottes cirées, aussi peu d'ordonnance que la chemise. Flambert était fantaisiste. Il avait souvent été *bloqué* pour ses négligences de tenue ; mais comme alors il se préparait à l'examen, — disait-il, — beaucoup de choses lui étaient permises.

La préparation de Flambert à l'examen était une chose antique dont on parlait depuis sept ans. C'était pour lui un prétexte utile qui le dispensait du service. Il n'avait qu'une notion très vague du lieu où se passait l'examen ; car chaque année, à l'époque décisive, il se disait malade et savait se faire passer pour malade, au point que le médecin s'y trompait. Comme il était très instruit, sa réception eût été certaine ; il n'aurait pas voulu accepter l'humiliation d'un refus, s'il s'était présenté. Il préférait donc se dire malade, entrer à l'infirmerie, et n'en ressortir que lorsque l'examen était clos.

Le capitaine se disait : « Quel malheur il a ce pauvre Flambert ! Un garçon si capable, si instruit ! Toujours malade aux examens ! »

Le capitaine ne pouvait soupçonner qu'au fond, Flambert avait horreur du régime sévère de l'École polytechnique, qu'il préférait la vie facile que sa perpétuelle préparation lui procurait au régiment. Flambert savait bien que, dans le génie, l'avancement est une chose régulière, et que le temps ainsi écoulé le menait sûrement à l'épaulette.

C'était un grand et beau garçon, de manières très élégantes, malgré sa négligence de tenue. Son cou était ceint d'une cravate de taffetas noir ; on voyait le bout d'une chaîne de montre en or qui sortait du plastron. Sa figure, un peu colorée, était coupée en deux par de fortes moustaches blondes, au-dessus desquelles s'élevait un nez un peu trop accentué. Ses yeux étaient fins et moqueurs ; on les voyait luire sous la visière du képi qu'il portait, non point sur l'oreille, à la manière militaire, mais rabattu en avant, à la manière des songeurs.

A mon entrée dans le café, voyant que Levernay me saluait de loin, il comprit qui j'étais ; il rejeta alors son képi en arrière, par un geste qui ressemblait à un salut, de façon à découvrir son front intelligent. Puis, m'ayant regardé des pieds à la tête pendant une seconde, il ramena le képi à sa position favorite.

— Bonjour, monsieur, me dit-il en tirant un tabouret qu'il m'offrit. Asseyez-vous donc.

— Merci, répondis-je. Vous voyez, Levernay, je suis exact.

— Ça vous fait honneur, dit Levernay.

Puis posant un domino :

— Double-quatre.

— Quatre-cinq, cinq partout, dit Flambert.

— Je n'en ai pas, répondit Levernay. Allez toujours.
— Vous ne prenez pas l'absinthe, vous, Armand? —
Garçon, une chope pour monsieur. — Du cinq-deux;
je vous dis que je n'en ai pas!

Le garçon m'apporta une chope, et Levernay continua sa partie avec Flambert; il y avait une heure qu'elle
durait, elle se prolongea encore une autre heure. Les
deux joueurs étaient des calculateurs émérites, et me
causaient une profonde admiration par la savante stra-
tégie qu'ils apportaient dans un jeu que le commun des
mortels regarde comme assez peu fait pour exercer
l'intelligence.

Quand Flambert eut complété les cinq cents points,
au désespoir de Levernay, qui n'en eut que quatre cent
quatre-vingt-dix-huit, ces messieurs engagèrent la
conversation avec moi.

— Ah çà! dit le sergent, vous voulez donc vous
battre? Et pourquoi ça?

— Levernay, répondis-je, a dû vous expliquer
l'affaire.

— Oui. Mais c'est un âne, votre monsieur. Il ne vaut
pas un coup d'épée, votre monsieur. Moi, je lui flan-
querais positivement mon pied dans le derrière. Voilà
tout.

— Comment! sergent, c'est vous, un militaire, qui
me donnez ce conseil?

— Pourquoi pas? Il ne faut se battre qu'avec des
gens qui le méritent. Votre monsieur ne le mérite pas.

Flambert, en me faisant cette réponse, regarda
Levernay. Levernay cligna de l'œil d'un air d'intelligence, comme pour lui recommander de se taire. J'ai
su depuis, qu'avant mon arrivée Levernay avait
expliqué l'affaire à son ami, et avait joint à ses explications de graves suppositions qu'il formait sur le
compte de Frédéric Séchain, et qui plus tard se trouvèrent être la vérité juste sur bien des points où je ne

voyais que du feu. Mais alors ses inductions n'étaient point encore complètes ; il ne voulait pas me les communiquer à la légère ; il craignit les indiscrétions que Flambert pourrait laisser échapper, et lui fit un signe que je remarquai.

Ce signe me mécontenta ; mais Flambert reprit aussitôt.

— Après tout, c'est votre idée de vous battre ; cela vous regarde. Vous me demandez une leçon, je suis à votre service.

— Je vous en remercie, répondis-je. La chose est d'autant plus inévitable à présent, que j'ai vu Frédéric ce matin, avant de venir, et que nous nous sommes fait des menaces.

Je leur racontai la démarche que j'avais tentée près de mon adversaire, et le résultat qu'elle avait eu. Levernay me blâma énergiquement ; Flambert ne dit mot, mais me parut partager le sentiment de Levernay. Quand ma narration fut terminée, il se leva, boutonna sa capote, et me dit, en roulant une centième cigarette :

— Ne vous fâchez pas. Votre tentative près de votre monsieur prouve un bon cœur, mais une inexpérience absolue de ces affaires-là. C'est dit. A présent, vous allez dîner avec nous, n'est-ce pas ? — C'est encore dit. — Là-dessus, nous allons faire un tour à la salle d'armes et tâcher de vous mettre en état. Donnez-moi le bras, pour que le sergent de planton vous laisse passer. Il connaît Levernay et ne dira rien. En avant, marche !

Cinq minutes après, nous entrions dans la salle d'armes d'un régiment de ligne, accompagnés d'un prévôt qui nous offrit des fleurets, des gants et le reste. La leçon commença, en présence de Levernay et du prévôt. Vous devinez ce que fut cette leçon. Dans cette grande salle dont les murs étaient tapissés d'armes, dont le pavé était recouvert de planches, en face de ce grand sous-officier du génie, l'un des premiers tireurs de France, je ne pouvais pas faire une très brillante figure. Je me sentais maladroit et gauche, même ridicule. J'en fis l'observation en riant, au bout de quelques minutes.

Flambert, qui gardait un sérieux de glace, me répondit, durement :

— Allez donc toujours ! On ne rit jamais les armes à la main. Vous n'êtes pas plus maladroit qu'un autre.

Cet éloge bourru m'encouragea, et je m'appliquai mieux à suivre les indications de mon professeur. J'y réussis. J'entendais Levernay et le prévôt qui disaient :

— Pas mal !

Dans un moment de repos, Flambert me dit :

— Toute l'affaire est d'avoir du sang-froid et de la vivacité. Vous avez de la vivacité. Tout à l'heure, nous allons laisser la leçon pour essayer d'un petit assaut. Nous verrons le sang-froid.

En effet, quand la leçon se fut encore prolongée quelque temps, nous vînmes à l'assaut. Il est bien inutile de dire que je m'animai étonnamment ; dans la situation d'esprit où je me trouvais, cela se comprend de reste, surtout après ma répétition dans le bois. Flambert était irrité de ce défaut de calme ; et pour me montrer le danger, il me portait des coups en répétant : — Tenez ! parez donc ça ! C'est pourtant un coup que je viens de vous montrer ? Voilà ce que c'est quand on s'échauffe. A la fin, ma fureur n'eut plus de bornes, et je me mis à ferrailler aveuglément en chargeant Flambert, de telle sorte qu'il eut beaucoup de peine à parer plusieurs coups que je lui portai. Après l'un d'eux, il me dit :

— Très bien, celui-là... Si je n'avais pas regardé dans vos yeux, j'étais touché !

— Avec tout cela, répondis-je haletant, vous ne me touchez plus, vous.

— Il faudrait voir, dit-il.

— Essayez.

— Voilà, dit-il.

Mais j'avais paré le coup. Il en fut surpris, et je lui adressai une riposte si vive qu'il eut peine à se défendre.

— Encore pour celui-là, reprit-il, je l'ai lu dans vos yeux.

11.

— Eh bien ! m'écriai-je, parez celui-ci, si vous pouvez !

Je lui portai un coup droit si furieux que, sans le plastron, je l'aurais traversé de part en part. La lame du fleuret se brisa net.

— Diable ! dit Flambert, je plaindrais votre monsieur si vous étiez aussi animé sur le terrain que vous l'êtes ici. Vous avez de jolies dispositions. Voulez-vous en rester là pour aujourd'hui ?

— Je me sens un peu fatigué, répondis-je ; je veux bien m'arrêter.

Au fond, j'éprouvais une petite vanité du coup que je venais de porter, et je n'étais pas fâché de clore la leçon sur ce beau fait d'armes. Le prévôt, qui nous avait regardés faire, m'adressa des félicitations.

— A présent, dit Levernay, il se fait heure d'aller dîner.

— Jusqu'à ce que votre affaire se décide, reprit Flambert, avant que vous donniez des calottes à votre monsieur, je vous engage à venir me voir le plus souvent que vous pourrez. Une bonne leçon est bonne ; deux sont meilleures. Il n'y a pas à dire, mon cher monsieur, vous donnez de belles espérances ; ce serait dommage de vous laisser tuer. Seulement, défiez-vous de votre emportement.

— C'est quelquefois une ressource, observa gravement Levernay.

— Rarement, répondit Flambert.

Une discussion commença à ce sujet ; et tous les trois nous nous dirigeâmes vers la cantine des sous-officiers.

J'étais fier comme Artaban. Il est dit que cet Artaban fut très fier, et je ne veux pas, en honnête homme, lui chercher de chicane. Mais, enfin, je le valais bien. La cantine ! Un lieu où l'on mange, moins somptueux sans doute que le salon de tel hôtel grand ou petit. Enfin, une cantine. Quatre murs blanchis à la chaux, un casier pour les serviettes rarement renouvelées ; des patères et des clous pour pendre les shakos et les sabres des habitués. Au milieu, une table de cuisine grasse et luisante ; autour de la table, des chaises de paille dont le nombre était calculé de telle façon que, pour moi et Levernay, deux chaises de plus, il fallut bouleverser le château de Vincennes, et, à force de recherches, dénicher un banc dans le corps de garde d'entrée. On eut la politesse de nous asseoir sur deux chaises, et deux sous-officiers prirent place sur le banc.

Une porte donnait dans la cuisine. La porte s'ouvrit, la cantinière parut, mit la nappe, s'informa si on boirait de l'*ordinaire*, et n'attendit pas la réponse pour apporter du bordeaux. Le couvert dressé et la soupe servie, nous nous trouvâmes vingt et un mangeurs. Dix-neuf sous-officiers du génie ou d'artillerie, et deux *pékins*. J'étais en nage ; je soufflais comme un bœuf et je mangeais comme un ogre. La perspective du combat ne m'effrayait aucunement, et, ma première faim apaisée, je pris part à la conversation de ces messieurs. Il y avait des groupes. J'allais de l'un à l'autre. Dans celui-ci, — celui des sous-officiers du génie, — on parlait fortifications, contrescarpe, redan, chemin couvert, plongée et banquette ; dans celui-là, — celui des sous-officiers d'artillerie, — on parlait des tirs à pleine volée, ou à ricochet, boulets pleins, boulets creux. Que sais-je ? Au dessert, la conversation devint érotique, naturellement. Au café, on chantait des chansons étranges, oubliées depuis des siècles dans le coin de la cantine :

> Serai-je toujours épée d'adjudant,
> Ne serai-je jamais tirée ?...

Ou bien encore :

> Il faut vous dire, ô ma payse !
> Que j'étais le plus tendre amant
>   Du régiment !

> Que votre amour se tranquillise,
> Car, à toutes j'offrais mon cœur
>   En votre honneur !

> Si j'ai perdu par la mitraille
> Ma jambe gauche et mon œil droit,
>   J'en ai le droit ;
>
> Aussi dans un jour de bataille,
> On a déposé sur mon cœur
>   La croix d'honneur !
>
> Rataplan ! ta plan ! pataplan !
> En amour, comme en guerre
>   Toujours le militaire,
>
> Rataplan ! ta plan ! pataplan !
>   Toujours le militaire,
> A triomphé tambour battant.

Je n'en doutais pas. Tous avaient l'air de fameux triomphateurs. Innocents guerriers ! Flambert avait la mine rouge. Levernay était pâle. Ils hurlaient de compagnie. Symptôme alarmant : Flambert fumait la pipe de Levernay, et Levernay fumait les cigarettes de Flambert.

Moi, je pensais que le bois de Vincennes n'étant pas large, je pouvais en dix minutes me trouver près d'Ernestine de Renne, dont la mère m'avait invité à aller la voir. Sa maison était à Saint-Mandé, près de la chaussée de l'Etang. Dix minutes ! J'aurais couru, cinq auraient suffi.

Cette idée me séduisait. J'aurais voulu fuir à toutes jambes. Mais on me montrait tant d'amabilité que je ne pouvais décemment quitter la table sans explication. Le premier verre après l'essai de chaque bouteille était pour moi. J'aurais dû être vingt fois gris ; mais l'idée d'Ernestine me retenait, et ma tête demeurait saine. On parla de mon duel ; ce fut une occasion pour chacun de raconter les siens. Puis on revint aux chansons. Le troupier français est volontiers poète : et, chose étonnante, quand ses refrains ont dépassé les dernières limites de la grivoiserie, ils reviennent soudain au sentiment, aux chansons du pays. Nous touchions à ce moment mélancolique, lorsque Levernay, pour ramener la gaieté, révéla ma qualité de poète, et me demanda de faire, sur-le-champ, une chanson pour tout le monde, afin que l'on pût boire à ma santé pendant le refrain.

J'y consentis. Je pensais qu'après avoir témoigné de ma politesse par une chanson, je pourrais m'esquiver sans scandale ; on accueillit mon consentement par de longs bravos. L'un des convives m'alla chercher ce qu'il fallait pour écrire ; on me fit une belle place nette, afin de me mettre à mon aise. Puis, sur l'air connu de *Paillasse*, j'improvisai une chanson abondamment pourvue de locutions militaires, à la louange de mes hôtes.

Elle eut douze couplets, cette chanson. Évidemment je ne la transcrirai pas ici ; d'ailleurs, la mémoire me fait défaut. Cependant, afin de donner une idée de l'allure étrange que prit ma muse, sous l'influence du milieu où je me trouvais, je vais citer seulement le premier :

> En vous voyant ainsi, lascars,
> Autour de cette table,
> Je me dis : Ce sont richards .
> Qui font un train de diable ?
> Ces joyeux buveurs
> Sont de grands seigneurs
> Dont les écus s'envolent ?
>
> Non ! c'est simplement,
> Positivement,
> Des troupiers qui *rigolent*.

C'était hardi. Mais ne rougissez pas ! En somme, la morale fut respectée. Flambert, la chanson écrite, me la prit des mains, et la chanta au milieu des applaudissements. Tout le monde reprenait le refrain. On remarqua la pointe d'ironie de ce refrain, dans lequel le mot *positivement* faisait une allusion délicate à l'habitude qu'avait Flambert de placer ce mot partout. On eut la bonté de crier : *Bis !*

Et au moment où Flambert recommençait, je pris mon chapeau et je m'esquivai. A travers la cour du château, me heurtant aux piles de bombes et de bou-

lets, je gagnai le pont-levis du côté du bois. La nuit
était belle. Un factionnaire se promenait là, dans le
silence ; on voyait les rayons de la lune pâle se projeter
sur le canon de son fusil. Au moment de m'engager sur
le pont-levis, je me retournai. Au loin j'aperçus les
deux fenêtres encore éclairées de la cantine, où je
laissais Flambert et Levernay ; plus près, à droite et à
gauche, la chapelle et le vieux donjon profilaient leurs
grandes silhouettes sur le ciel. Les murs grisâtres
étaient percés de fenêtres en ogive, et vers le bas de
l'enceinte particulière du donjon, cinq ou six pièces de
canon allongeaient leurs gueules menaçantes.

Je passai devant le factionnaire, je m'engageai sous
la voûte du pont-levis. Mes pas sonnèrent lourdement
sur la grosse charpente, et je me trouvai sur les glacis.

Le bois s'étendait à l'infini, calme, silencieux, bru-
meux jusqu'à l'horizon lointain. Je pris, à ma droite, la
longue avenue de Saint-Mandé. Selon que je l'avais
décidé, je me mis à courir follement. Le vent de la nuit
fouettait mon front et m'emplissait les narines. De
temps à autre, je m'arrêtais pour respirer.

— Ernestine ! Ernestine ! disais-je.

Et je reprenais ma course. Que c'est bon d'être jeune,
et d'être amoureux !

XI

Variations sur un vieux motif.

Pensez-donc ! jeune, amoureux et poète. Aimé,
surtout ! aimé ! ce mot dit tout. J'étais sûr de l'être. Un
duel sur les bras, sortant d'un dîner militaire, après
une leçon d'escrime, je courais aux pieds de ma bien-
aimée. Eh bien ! cela sentait son gentilhomme d'une
lieue.

Beau début dans la vie ! Ma poitrine n'était pas assez
large pour mon cœur. Je riais de bonheur, en moi-

même. Au moment où je tournai la porte du bois pour entrer dans la Grande-Rue de Saint-Mandé, je vis deux paysans qui parlaient sur le seuil d'un cabaret, et je les méprisai en les comparant à moi-même :

— Ces gens-là, dis-je, cela ne vit pas !

Je rajustai un peu ma toilette, effarouchée par la course furieuse que je venais de faire, et, le nez en l'air, je me mis en quête de la maison de Mme de Renne. Le gaz était rare, dans les rues de Saint-Mandé ; il était difficile de voir le numéro. J'arrivai pourtant sans trop d'incertitude devant une petite villa à deux étages, séparée de la rue par une cour que protégeait une grille ; on devinait que, par derrière, la villa avait un jardin qui joignait le bois. Malgré les fenêtres closes, le son d'un piano qui jouait le *Barbier* arriva jusqu'à moi. Je ne pouvais m'y tromper : c'était là.

Ce piano me causa une joie infinie. Il jouait le *Barbier*, d'abord : c'était un souvenir de jeudi dernier ; ensuite il mit fin à une inquiétude qui venait de me prendre. Comme c'était dimanche, je pouvais craindre que ces dames ne fussent à Paris, chez Mme Séchain ainsi que cela leur arrivait presque régulièrement. Mais le piano m'assurait de leur présence. Il était encore heure de me présenter. Je sonnai timidement.

A travers la grille, je vis une bonne, munie d'un bougeoir, descendre le perron, à double rampe qui donnait de la maison dans la cour. La bonne m'ouvrit la grille ; je demandai si Mme de Renne était chez elle, et sur la réponse affirmative, je m'avançai vers le perron.

Or, — comment vous dire cela ? — une commotion me courut des pieds à la tête. Sans savoir pourquoi, je levai les yeux vers le haut de la maison. Dans le second étage, une fenêtre sans lumière était ouverte ; et à cette fenêtre une femme vêtue de blanc, était accoudée. Je ne pouvais voir, dans la nuit, quelle était cette femme. Mais tout à coup, à cette vision indécise, un élan irréfléchi me donna un désir fou de m'élancer jusqu'à elle ; je la regardai comme une apparition céleste. Volontiers, j'aurais joint les mains comme pour une prière. Je crus voir le salut, la joie, l'amour, que sais-je ?

Ce n'était point Ernestine, cependant.

Ernestine était à son piano et jouait le *Barbier*. Elle s'arrêta seulement quand j'entrai dans le salon. Un grand salon, immense, somptueux. Deux lampes l'éclairaient faiblement. L'une des lampes était placée sur le piano, l'autre sur la tablette de la cheminée. Tandis qu'Ernestine jouait, sa mère sommeillait dans son fauteuil devant un petit feu doux.

On ne voyait qu'à peine les opulentes tentures des fenêtres, les grands canapés, les larges fauteuils, l'immense tapis à dessins splendides. Çà et là les cadres vieillis entouraient des portraits de famille ; leurs vieilles dorures brillaient aux angles ; et comme les abat-jour des lampes concentraient la lumière, la majeure partie du salon et le plafond lui-même se perdaient dans une ombre douce qui faisait paraître cette grande pièce plus grande encore par un vague sentiment d'inconnu.

Seulement, au-dessus des deux lampes, la lueur de leurs verres traçait au plafond deux cercles clairs, moirés d'ombres fantastiques, que semblait agiter un mouvement, un souffle imperceptible.

A mon entrée, Mme de Renne se leva lentement de son fauteuil. Ce ne fut que lorsque j'arrivai dans le rayon de sa lampe qu'elle me reconnut. Elle me tendit la main avec une vivacité charmante, et s'étant retournée vers Ernestine qui restait debout devant son piano, elle s'écria :

— Ernestine ! c'est M. de Rives !

Ernestine me reconnaissait assez. Elle vint à moi avec une démarche de chatte, et me dit, d'une voix qui me ravit :

— Bonsoir, monsieur !

— Ah ! c'est aimable à vous, reprit Mme de Renne,

de vous être souvenu de mon invitation. Je n'espérais
pas avoir le plaisir de recevoir si promptement votre
visite. Prenez donc un fauteuil, je vous prie. Ernestine,
donne un fauteuil à M. de Rives ! C'est-à-dire que vous
êtes un homme charmant : vous venez tout exprès pour
aider deux pauvres isolées à passer leur soirée.

Mme de Renne avait repris place dans son fauteuil ;
je m'assis dans le mien. Ernestine plaça entre sa mère
et moi une petite chaise basse. Elle était adorable ; et
ses poses, et la cambrure de sa taille, et son profil que
la lampe n'éclairait qu'à moitié, tout cela m'enchantait.

Mme de Renne continua :

— Comment se fait-il que ce soir vous ne soyez point
allé chez Adèle ?

— Mon Dieu ! répondis-je, j'ai honte de l'avouer,
aujourd'hui, je suis allé au café.

— Oh ! fit Mme de Renne.

— Hélas ! oui. J'ai dîné ensuite, avec quelques amis,
au château de Vincennes. Au dessert, je me suis
esquivé, dans la pensée qu'il était encore heure de risquer une visite, et me voilà. Je craignais fort de ne pas
vous rencontrer.

— C'est doublement aimable.

— C'est par hasard que nous ne sommes point allées
à Paris, dit Ernestine ; mais il y a demain une petite
soirée. Nous ne voulions pas sortir deux soirs de suite,
— Maman est si paresseuse ! — et nous avons remis au
lundi notre visite ordinaire du dimanche.

— C'est, dis-je, un hasard heureux pour moi.

— Et notre soirée, reprit Mme de Renne, sera moins
triste que nous ne l'avions craint.

Le silence succéda à cet échange de politesses. Une
idée me tourmentait. Où donc est Mlle Amélie de
Renne ? Etait-ce elle que j'ai vue tout à l'heure à sa
fenêtre ? Cependant, je n'osais pas m'informer d'elle ;
par un bizarre jeu d'esprit, tandis qu'il était tout naturel
que je m'informasse de cette jeune fille que l'on disait
malade, je ne l'osais faire ;   me semblait que ce serait

commettre une indiscrétion. Pourquoi ? Et sa mère, et sa sœur gardaient aussi le silence. Je me sentis gêné.

Mais soudain le bruit d'une robe de soie se fit entendre derrière la porte du salon. Le même frémissement que j'avais eu en traversant la cour m'agita de nouveau. Je me levai comme en sursaut, et, m'étant retourné, je vis entrer Amélie de Renne. Mon émotion m'irritait ; je n'en pouvais comprendre le motif.

Elle était vêtue d'une robe de taffetas noir, sans aucune garniture. Un col blanc, plat, uni, se rabattait autour du cou. Ses admirables cheveux bruns, abondants, opulents, encadraient son visage divin ; une large tresse formait un diadème au-dessus du front. Bien qu'on m'eût assuré qu'elle était malade, elle n'était point pâle, loin de là. Malgré la faible clarté des lampes, je remarquai sur ses joues une rougeur juvénile qui donnait à la peau le ton d'un rose transparent, rougeur virginale des jeunes filles. On aurait dit qu'elle venait de courir et qu'elle était essoufflée. Ses yeux me regardaient profondément ; ses narines étaient dilatées. Quelle beauté ! Elle me parut une reine ; je me sentis bouleversé. Je n'aurais point osé l'aimer. J'osais à peine la regarder.

Et tandis qu'une sorte de frayeur pieuse me clouait à ma place, Amélie, glissant sur le tapis plutôt qu'elle ne marchait, arriva jusqu'à moi. Elle appuya sa main droite sur son cœur comme pour en comprimer les battements, et me dit :

— Il y a bien longtemps que je ne vous ai vu, monsieur de Rives.

Je ne sais quelle sotte réponse je balbutiai, mais Amélie souriait gracieusement de ce sourire qui n'appartenait qu'à elle. J'eus honte de ma timidité ; je voulus faire un effort pour rompre le charme ; je me recueillis un instant, puis je repris d'un ton plus posé :

— Etait-ce vous, mademoiselle, que j'ai aperçue à votre fenêtre quand j'ai traversé la cour ?

Ses yeux se tournèrent vers sa mère, et tandis que

son regard hautain semblait dominer Mme de Renne par une audace dont je n'aurais pas cru cette jeune fille capable, surtout vis-à-vis de sa mère, elle répondit :

— Oui, monsieur, c'était moi, en effet.

Mme de Renne fit un brusque mouvement de contrariété.

— On te l'avait défendu, dit-elle. Prends un fauteuil. — Monsieur de Rives, asseyez-vous donc !

Tout le monde reprit sa place. Amélie avança un tabouret, pour elle, entre sa sœur et moi. Mme de Renne, au bout d'un instant le silence, reprit :

— Vous le savez, monsieur, Amélie est malade. Le médecin recommande les plus grands soins ; elle ne peut sortir avec nous, même pour les visites dans la journée. Eh bien ! elle a la mauvaise habitude de se mettre tous les soirs à sa fenêtre, pendant des heures entières. En hiver ! Comprend-on cela ? On craint pour sa poitrine ; elle devrait comprendre et obéir.

Amélie regarda sa mère de nouveau, bien en face, presque audacieusement dirais-je, si ce mot ne pouvait convenir à n'importe quelle action de cette charmante fille. Quoi qu'il en soit, ses yeux obligèrent ceux de sa mère à se détourner. Puis, revenant à moi, elle me dit :

— Pour vous voir plus vite, j'ai fait ma toilette de travers. Comme il y avait longtemps que je ne vous avais vu, monsieur, j'y ai mis tant de hâte... je suis encore essoufflée. Pardon.

En effet, elle respirait avec peine, et soit fatigue, soit émotion, elle était devenue, en me parlant, toute rouge, toute émue. Sa sœur la regardait avec curiosité. Sans que j'y pusse comprendre rien, j'étais plus que jamais frappé du contraste étonnant de ces deux jeunes filles. Toutes deux étaient jeunes et belles ; c'est dire que toutes deux étaient la poésie et l'amour, mais à un inégal degré, ou, pour mieux dire, de deux manières différentes et même opposées. Amélie était l'âme, le cœur de tous les sublimes sentiments dans leur sublimité, avec leurs aspirations les plus belles.

Bien qu'elle fût belle et désirable, elle avait une façon d'être belle qui imprimait au rêve, même dans ses plus grandes audaces, un de ces respects-profonds sous l'impression desquels on lui aurait plus volontiers parlé à genoux que debout. Ernestine, au contraire, c'était le corps, la grâce raffinée ; une femme, dis-je, une femme dans laquelle Dieu mit tout juste ce qu'il fallait d'âme pour animer cette beauté et faire que Galathée s'agitât sous son enveloppe de marbre.

Moins belle que sa sœur, mais plus attrayante en de certains sens, elle provoquait la passion au lieu de la tenir en respect. Elles étaient créées ainsi, ces deux sœurs. Et volontiers je demanderai aux moralistes, toutes deux étant également vertueuses, la part de mérite qui revenait à chacune dans la pratique de sa vertu, quelles sollicitations secrètes elles éprouvaient, et enfin quelle mesure il aurait fallu donner au blâme si l'une d'elles avait failli.

Je répète qu'alors je ne me fis pas toutes ces réflexions ; je subissais l'impression sans la définir ni la discuter. Au reste, Amélie avait avec moi une expansion tout à fait imprévue. En somme, elle ne m'avait vu que très peu, et l'on se rappellera sans doute que notre dernière entrevue, qui datait déjà de fort longtemps, avait été marquée par une légère hostilité d'Amélie à mon égard. Que s'était-il donc passé depuis lors qui pût m'avoir rendu digne de son affectueuse intimité ? Était-ce pur caprice de sa part ? Personne, après ce que nous venons de dire de son caractère, n'aura l'idée de le penser.

Quelque motif secret avait agi en ma faveur à mon insu. Je me laissai aller au charme, je savourai à longs traits la séduction dont j'étais l'objet. Moi comme elle, elle comme moi, il semblait que nous nous retrouvions après nous être crus perdus à jamais. Volontiers, j'imagine, sans la présence de sa mère et de sa sœur, nous serions tombés dans les bras l'un de l'autre ; mais moi plutôt à ses pieds que dans ses bras.

Je me sentais humble en sa présence ; et le peu que

j'osais prétendre ne me venait que de la bonté profonde
avec laquelle elle me parlait. Ses yeux avaient un rayon,
sa bouche un sourire divin. Ah! si dès lors j'avais pu
lire dans son cœur et dans le mien, si j'avais osé regarder au fond de moi-même et me demander de quel foyer
rayonnait la chaleur dont je me sentais réchauffé! Ma
vie, si tourmentée depuis, aurait été, dès cette heure, le
paradis, l'Eden que nous rêvons tous sans parvenir à
l'atteindre. O bonheur! je n'ai pas le droit de me plaindre
si je ne t'ai jamais rencontré depuis; car alors, je passais près de toi en me bouchant les yeux pour ne point
te voir en face!

Mais qu'on sache bien que l'impression profonde que
me causait Amélie n'empêchait pas l'amour que je ressentais pour sa sœur. J'ai insité, à dessein, sur le paral-
lèle d'Ernestine et d'Amélie, afin de rendre bien saisis-
sable la différence des sentiments qu'elles éveillaient en
moi. Deux sentiments parallèles, qui n'avaient rien de
commun, ne tenaient alors, et véritablement s'adres-
saient à deux parties de mon être si éloignées l'une de
l'autre, que je n'éprouvai aucun tiraillement et que l'affection que je ressentais pour Amélie, affection que je
croyais n'être pas de l'amour, ne me parut donner aucune
atteinte à l'amour que je portais à Ernestine.

Cela, contrairement aux opinions arrêtées dans la
tête d'une foule de gens, et spécialement de lectrices,
d'ailleurs très sensées et éminemment raisonnables,
établit clairement que l'on peut aimer une femme et la
porter au delà des nues, sans pour cela se dispenser
d'en aimer éperdûment une autre qui se trouve toute
portée auprès de vous sous la calotte céleste. Il me paraît
démontré, par suite, que la législation conjugale de ce
qu'on nomme les infidélités doit être l'objet d'une prompte
revision; autrement, nous sommes exposés à voir se
perpétuer la déplorable erreur judiciaire par laquelle
sont frappés tant d'honnêtes maris, condamnés comme
infidèles à leurs serments, tandis que leur innocence est
complète, évidente, palpable, qu'ils n'ont fait qu'aimer

une autre femme moins qu'ils n'aiment leur femme. Mais
un préjugé barbare, qui heureusement tend à disparaître
de nos mœurs, veut qu'il en soit ainsi.

Les hommes sont donc victimes d'une loi vicieuse
dans son principe. En ce temps de réforme, il est bon
qu'on y pense. Je m'estimerai très heureux si j'ai pu y
faire penser.

Si maintenant on m'objecte qu'une femme peut, aussi
bien qu'un homme, ressentir cette variété de sentiment,
et réclamer pour elle les bénéfices des adoucissements
à la loi des infidélités, et si l'on croit m'embarrasser en
me demandant ce que je penserais d'une femme que
j'aimerais, qui me laisserait au delà des nues et s'en
irait aimer sur la terre, sous prétexte que ce n'est point
infidélité, je répondrai que le cas n'est point nouveau.
Il y a même des livres écrits là-dessus, et justement l'un
d'eux est l'œuvre d'une très charmante femme.

Si on insiste, si on prononce ce gros vilain mot de :
partage, et qu'on me demande si je ne m'indignerais
pas, je répondrai : Madame...

(C'est naturellement à la partie intéressée que je
m'adresserai.)

Madame, vous êtes jeune, belle, vertueuse ; eh bien,
vous êtes bonne, car la vertu ne va pas sans la bonté.
Pourquoi me mettez-vous à la torture ? Et qu'est-ce que
cela vous fait ? Est-ce bien vous qui pouvez revendiquer,
ayant toutes les vertus, le bénéfice des faiblesses mas-
culines comme si vous y participiez ? Non, non, madame.
Si nous autres, êtres grossiers et incomplets, nous avons
besoin d'indulgence, vous qui êtes toute délicatesse et
toute vertu, vous n'en avez pas besoin. Vous feriez
croire, en parlant ainsi, que vous avez des fautes, commises ou près d'être commises, que vous cherchez à
faire excuser. Il n'en est rien. Non ! vous n'avez commis
et ne voulez commettre aucune faute. — Vous alliez en
jurer ? — Fi ! — il n'est pas besoin de serment pour
qu'on vous croie. Vous êtes incapable d'infidélité ; ainsi,
madame, accordez-nous le pardon qui est le lot des

coupables, et gardez pour vous la sévérité qui est le droit de ceux qui n'ont pas failli. Sommes-nous en paix, et qu'allez-vous répondre à cela? Rien du tout, j'imagine. Vous voilà en colère, et vous pensez que je suis impertinent. Madame, je suis trop poli pour vous contredire : je conviendrai donc que j'avais tort.

Mais enfin j'avais dix-sept ans, et cet âge explique bien des choses. N'ayant point encore, à cet âge, lu les bons auteurs qui traitent de cette matière, j'étais très inexpérimenté. Je ne savais pas observer mon cœur; et j'allais avec une complète sincérité. Mettons, si vous le voulez, pour vous laisser l'esprit en repos, que je n'aimais pas Amélie; mais je sais bien, et vous n'en douterez pas, que j'aimais Ernestine, et que je l'aimais de toutes mes forces.

La conversation s'engagea. On s'informa de mes travaux, et si j'étais satisfait de mes affaires. J'avouai que mes travaux personnels allaient bien, et que même, pour mieux m'y consacrer, j'avais négligé depuis trois jours les répétitions que je donnais, et grâce auxquelles je pouvais vivre. Je ne pus cacher, du reste, que j'éprouvais en ce moment quelques contrariétés assez vives. Aux questions qu'on m'adressa, je répondis simplement que j'avais à me plaindre d'un ami.

Ernestine et sa mère échangèrent un regard, comme si elles avaient compris plus que je n'en disais.

— La vie est ainsi faite, dit Mme de Renne. Vous ne la connaissez pas encore. On a souvent à se plaindre du monde, on rencontre de fréquentes désillusions. Vous le saurez plus tard. Il faut vous consoler, prendre votre parti de tout.

Elle appuya sur ce mot : tout, de façon à le rendre significatif pour tout autre que moi. Je n'y pris pas garde. Mais Ernestine précisant encore, et sans plus de succès, me demanda :

— Que comptez-vous faire dans cette circonstance pénible?

— Mon Dieu! répondis-je, ne me prenez pas pour

une bravache. Mais on m'a cruellement blessé. Je me battrai.

— Vous vous battrez !

Ce fut Ernestine qui poussa ce cri avec terreur: en allongeant ses bras devant sa sœur qui nous séparait, elle saisit une de mes mains dans les siennes, sans paraître se soucier de ce qu'il y avait en cela d'insolite.

XII

Tentative d'explication.

Elle ajouta :

— Vous vous ferez tuer !

Je fus ému et ne répondis pas d'abord. Mme de Renne gardait le silence. Amélie, en se reculant un peu, afin de laisser libres les bras de que sœur tendait vers moi, dit d'une voix douce :

— J'espère que M. de Rives ne se battra pas. S'il se bat. j'espère qu'il ne sera pas tué. Le bon droit est le bon droit,

— Tu crois au jugement de Dieu, toi ! s'écria Ernestine en colère.

— Je crois que Dieu est juste, répondit Amélie sur le même ton doux.

— Et moi de même, repris-je en riant. Mon Dieu! pourquoi vous émouvoir? Il n'y a encore rien de fait, et les gages de bataille ne sont point échangés. Puis, je sais tenir une épée. Au besoin, le pistolet ne m'effraye pas.

— Ah ! mais, dit Mme de Renne, quelle vilaine nouvelle vous nous annoncez là !

Ernestine lâcha enfin ma main, et se rejetant sur sa chaise, elle reprit sur le ton de la parfaite indifférence :

— Bah ! (c'était un mot habituel à Ernestine) bah ! vous ne vous battrez pas !

Amélie. débarrassée des bras de sa sœur, se rapprocha et me dit en souriant :

— J'espère, bien entendu, que vous ferez vos premières armes pour une bonne et juste cause. — Si vous les faites, — car enfin, on voit bien des affaires s'arranger. Mon frère Édouard, un militaire pourtant! a dû se battre bien souvent, sans se battre en réalité. Êtes-vous brave? Tremblez-vous en parlant de votre bataille? Voyons!

Timidement, elle effleura ma main du bout des doigts. Si, comme on doit le supposer, ces dames étaient instruites de mon affaire, plus que je ne le pensais, je puis croire qu'Amélie voulut prendre une petite revanche sur sa sœur. Mais elle le vit avec une grâce craintive. Elle avait à peine touché ma main qu'elle retira la sienne.

— Tremble-t-il? demanda Mme Renne, qui parut résolue à ne s'étonner de rien.

— Du tout! répondit Amélie.

— C'est bizarre, reprit Ernestine. Si j'étais homme, je me battrais pour un oui ou pour un non! *Je voudrais savoir* l'effet que produit un duel. Et puis j'aurais du courage!

— Ne dis donc pas de sottises, Ernestine, s'écria Mme de Renne. A-t-on idée d'une fille pareille!

Puis, venant à moi, la mère ajouta d'un ton fâché :

— Elle est folle, cette petite fille. Il ne faut pas lui en vouloir, je vous prie bien de l'excuser, monsieur de Rives. — Voulez-vous prendre une tasse de thé?

Ernestine persistant, malgré les avertissements de sa mère, dans son rôle d'enfant terrible, me demanda :

— Prend-on du thé, à la caserne?

— Non, mademoiselle, répondis-je en riant.

— Alors, vous en prendrez ici!

Amélie se leva sans rien dire, et de sa démarche hâtive courut, pour ainsi dire, jusqu'à la porte du salon.

— Mais où vas-tu donc, Amélie? demanda Mme de Renne.

Amélie ne répondit pas sur-le-champ. Ce ne fut que lorsqu'elle eut passé la porte qu'elle dit, en la refermant :

— Je vais commander le thé et préparer le plateau moi-même.

12

— On aurait pu sonner, observa Mme de Renne.
Enfin, monsieur, nous faisons de notre mieux.

La nuance était sensible, et tout le monde l'appréciera. Je tiens à la faire remarquer, car elle précise,
avec d'autres, le caractère des deux sœurs. Mme de Renne
m'avait proposé de prendre du thé. Ernestine y avait
trouvé matière à une plaisanterie, en me reprochant
d'avoir dîné dans une caserne ; mais Amélie s'était levée
sur-le-champ, afin de surveiller comment serait fait le
thé qui m'était offert.

Au total, l'accueil que je recevais chez Mme de Renne
était, — si je puis, sans fâcher mes critiques, employer
un néologisme — était aussi *familial* que celui dont j'étais
l'objet chez M. Pautrel. Ici et là, j'étais un ami, presque
l'enfant de la maison.

On paraissait, çà et là, également sympathique à mes
dix-sept ans, à mon inexpérience, à ma naïve présomption
sur certaines choses. Je suis assuré, tant j'étais aimé, tant
on avait confiance en moi, que j'aurais pu jouer à la
poupée avec Ernestine et Amélie, sans que la mère y
trouvât à dire quelque chose. Il faut bien avouer que la
poupée était presque de notre âge, et si nous étions
préoccupés de certains côtés de la vie, je dois faire
remarquer que c'était plutôt par instinct que par désir
raisonné de connaître.

Amélie revint au bout de quelques minutes. Elle portait elle-même le plateau, sur lequel la théière et ses
quatre tasses, accompagnée de sucre, de lait et de rhum,
se trouvaient au milieu d'une énorme collection de petits
gâteaux secs. Tout cela était groupé avec un art dont
Amélie seule avait le secret. Ernestine alors se leva
brusquement de sa chaise, approcha un guéridon de
laque et s'écria :

— Quel bonheur ! nous allons faire une dînette ! Allons
à table tout le monde !

Mme de Renne se prêta à cet enfantillage. Quant à
moi, tout cela était dans mon caractère. Si d'un côté,
hâtivement mûri par les leçons d'une existence austère,

j'étais devenu précocement homme sous certains rapports, d'un autre côté j'étais encore trop voisin de l'école. A mes heures, j'étais un enfant. Je me précipitai donc vers le guéridon en m'écriant comme Ernestine : Oui, à table ! Amélie seule était sérieuse.

Ce fut elle qui versa le thé. Ernestine émietta trois ou quatre gâteaux dans sa tasse en disant :

— Ceci est le potage. Une bonne soupe au lait.

Ayant ajouté du lait sur son thé, ses gâteaux émiettés dans ce mélange justifiaient presque sa comparaison. Elle agitait le tout avec sa cuiller de vermeille, et de temps en temps portait de petites miettes à ses lèvres. Le thé était très chaud, Ernestine secouait la tête avec les mines défiantes d'un chat qui se brûle.

— C'est égal, disait-elle, c'est très bon. Faites comme moi. Monsieur de Rives, vous avez mis du rhum, vous. C'est un consommé. Il ne vaut pas ma soupe au lait. Et puis, vous ne savez pas faire les miettes.

Ayant pris quelques gâteaux dans ses mains, elle les émietta, puis, bon gré mal gré, partagea les brins secs entre sa mère sa sœur et moi. Il fallut se résigner à faire sa volonté. Dans ces mouvements pleins de pétulance, elle avait un charme indicible, et je pouvais à peine reconnaître cette belle jeune fille indolente qui m'avait frappé par son air de nonchalance, la première fois que je l'avais rencontrée.

Ce n'était pourtant pas la première fois que je voyais Ernestine s'amuser et rire. Mais jamais je ne l'avais vue telle. Depuis, j'ai remarqué que certaines natures ne sont réelles qu'aux lumières. J'ajoute qu'un secret motif, facile à deviner, le même qui rendait Amélie sérieuse, poussait Ernestine à exagérer sa gaieté.

Sans s'opposer directement à cette familiarité un peu excessive, Mme de Remme essayait cependant de la modérer dans une certaine mesure. J'acceptai aisément l'intimité qui m'était offerte, et par chance plus que par calcul, je n'en abusai pas. C'était la justifier autant qu'il était en moi.

Après le thé, on fit un peu de musique. Pour le coup, Ernestine, par un caprice que je trouvai bizarre, ne voulut rien jouer du *Barbier de Séville*, bien que la partition fût ouverte sur le pupitre, et qu'elle en jouât lorsque j'étais arrivé. Mais la musique ne se prolongea guère, car la soirée s'avançait; il était plus de dix heures et demie quand j'annonçai que j'allais me retirer.

En prenant congé, je promis à ces dames de les revoir le lendemain chez M. Pautrel; j'exprimai à Mlle Amélie le regret de ce que sa santé l'empêchât de venir à Paris. Elle me répondit, d'un ton très sec, qu'elle le regrettait aussi, mais que je devais renoncer à la revoir rue de l'Ouest. Malgré mon inattention, je ne pus me défendre d'un mouvement de surprise en entendant le ton de cette déclaration.

La servante m'accompagna à travers la cour avec une lanterne, et referma la grille derrière moi. Je me mis à pied en route pour Paris. Il faisait mauvais; mais j'avais le cœur plein de joie, et qui m'eût parlé des calomnies de Frédéric Séchain m'aurait fort indigné.

En résumé, depuis la soirée du jeudi, aux Italiens, je n'avais fait qu'une très courte visite à M. Pautrel, le vendredi. A ses yeux, s'il n'était pas instruit de ce qui se passait, cette abstention devait paraître inexplicable; si, au contraire, il y avait en connaissance des accusations portées contre moi, mon absence devait lui paraître une fuite et un aveu de culpabilité. Je ne pouvais accepter cela. Quant à Frédéric, en ne me voyant pas le dimanche soir chez sa mère, il avait, probablement, chanté victoire; il s'était dit, sans aucun doute, que la scène violente du dimanche matin, chez lui, n'était qu'une bravade que je ne saurais soutenir jusqu'au bout; que je battais en retraite; que, pour battre en retraite, je devais me sentir coupable au fond; et dès lors, pensais-je, Frédéric s'imaginait avoir touché juste, croyait avoir rencontré la vérité en croyant formuler une accusation hasardeuse. Mon absence devait l'autoriser à croire lui-même à sa calomnie. Quelles proportions ne prendrait pas cette

calomnie, arrivée à ce point de conviction? Je ne pouvais pas davantage accepter cela.

Puis, j'avais promis à Mme de Renne de la voir le
lundi chez Mme Séchain. Je me résolus donc à me rendre
le lundi soir à cette réunion, que l'on m'avait annoncé e
à Saint-Mandé, préparé à tout, mais inquiet pourtant de
l'éventualité d'une querelle avec Frédéric chez sa mère
Je me plus à penser que, comme cela lui arrivait fréquemment, Frédéric passerait la soirée ailleurs, et que
je ne le trouverais pas dans le salon.

Je m'étais trompé. Lorsqu'on m'eut annoncé et que je
franchis la porte, je vis d'abord Frédéric assis près de
M. Pautrel. Il y avait, outre Mme Séchain, Mme de Renne
et Ernestine, M. Desjardins, M. de Brunoy, M. de Tervières, que j'ai déjà mentionné comme apportant des
soins spéciaux à sa toilette, et cette dame entre deux
âges, prétentieuse comme une poupée de modes, que
j'ai oublié de nommer jusqu'à présent : Mme Baudry.

On me reçut comme de coutume. Mme Séchain me fit
le reproche d'être resté trois jours sans la voir, et s'informa si je n'avais pas été malade. Ernestine me sourit
gracieusement en s'informant comment je me portais
depuis la veille ; sa mère voulut bien m'assurer qu'elle
avait été enchantée de ma visite, et m'engager à lui en
faire le plus souvent possible. —Mlle Amélie avait beaucoup parlé de moi, me dit-on.

M. de Brunoy, M. de Tervières, Mme Baudry furent
pleins de prévenances ; M. Desjardins, seul, mit une
petite nuance ironique dans son salut. Quant à M. Pautrel, il me tendit la main en souriant, sans quitter son
fauteuil ; et ayant, selon sa coutume, quand il était de
belle humeur, jeté sa jambe en l'air, il me dit :

— Vous voilà donc de retour, coureur de bois?

— Coureur de bois? demandai-je en riant ; qu'entendez
vous par là?

— J'entends que vous courez le bois de Vincennes,
répondit-il. Cela fera du tort à la rue de l'Ouest.

Il se mit à rire et je rougis. Mlle Ernestine, embar-

12.

rassée, tourna le dos, s'approcha du piano, et, comme par distraction, sans s'asseoir, joua deux ou trois mesures de la cavatine du *Barbier*.

Cette musique avait dès lors pour moi, et devait conserver à tout jamais, une puissance si grande, un charme si vainqueur, qu'ayant regardé Frédéric au moment même, ma colère s'évanouit, et je n'eus plus le courage de lui en vouloir. Il était resté assis et me regardait, lui aussi, d'un air indifférent. Dans la miséricorde soudaine que le *Barbier* me soufflait à l'âme, je pensai que je devais ajourner l'effet de mes menaces. Partout ailleurs où je le rencontrerais, il me serait facile de lui demander raison; mais chez sa mère, devant son oncle, devant tous ses amis, je me dis que je devais l'épargner.

M'était-il permis, pour mon amour-propre, de transformer en champ de bataille ce salon où tout le monde me tendait la main? Etais-je autorisé à marcher sur les convenances en attaquant Frédéric au milieu d'une soirée de famille? Puis enfin, comment les congestions de M. Pautrel supporteraient-elles une scène qui ne tarderait pas à dégénérer en drame? Et surtout, au fond, j'aimais Frédéric. Que l'on m'accuse de lâcheté, j'y consens. Mais que l'on pense que Frédéric était mon premier ami, le premier qui m'eût tendu la main; j'éprouvais une horreur invincible à l'idée d'une violence à son égard, en présence de sa mère et de son oncle.

Que l'on pense, surtout, que j'avais dix-sept ans; âge béni où le pardon est facile, où la haine est odieuse. Je ne sais, en vérité, comment il se fit que j'eus assez de puissance sur moi pour ne pas tendre une main à mon ennemi. Je ne me retins qu'à peine et je lui dis d'une voix émue:

— Bonsoir, Frédéric!

— Bonsoir, répondit-il sèchement, en continuant à me regarder.

Ce regard persistant m'irrita. Je pris une chaise et je m'assis. Mon émotion était d'autant plus vive, que le calme de Frédéric paraissait plus grand. Je l'épargnais, il semblait triompher. J'aurais voulu pleurer.

Je n'étais qu'un enfant, je n'étais qu'un enfant! — absolument que cela. Je me trouvais alors en face du monde, seul, sans appui, sans conseil, sans père ni mère pour me diriger. On m'écrasait sous la plus atroce calomnie, je sentais bien que je devais résister et tirer vengeance de cet affront, mais je ne pouvais pas. Mon cœur vierge avait un si grand besoin d'aimer qu'il saignait affreusement, douloureusement, à cette première piqûre de la malice humaine. Je me trouvais faible, petit, désolé. Au lieu de donner à Frédéric les soufflets que je lui avais promis, je me serais volontiers jeté à son cou, et je l'aurais embrassé en pleurant, et je lui aurais dit :

— Mon ami! mon ami! pourquoi me fais-tu tant de peine?

J'ignorais alors combien sont fréquents, en ce monde, les attentats contre le cœur. Dans l'impossibilité où je me sentis de m'irriter contre Frédéric, je lui cherchai des excuses pour sa mauvaise action et je n'en pus trouver qu'en m'accusant moi-même. Plutôt que croire à sa calomnie, je préférai chercher si ma conduite ne lui avait pas fourni un motif sérieux de s'effrayer ; mais au fond de mon cœur je ne trouvais rien de blâmable dans ma conduite, rapidement passée en revue, je ne vis rien dont le légitime héritier pût s'effrayer, et je fus contraint de convenir qu'au bout de tout cela se trouvait une chose infâme.

En regardant Frédéric plus attentivement, je m'aperçus que sous son masque froid perçaient les indices d'une véritable peur. Il attendait, sans doute, l'effet de mes menaces et s'en épouvantait. Par un dernier élan de générosité, j'entrepris de le rassurer d'abord sur mes intentions; et, avec l'air le plus enjoué que je pus simuler, je demandai à M. Pautrel :

— De quoi donc était-il question quand je suis arrivé? Je ne veux pas me jeter à travers la conversation.

— Nous parlions musique, répondit mon vieil ami. Etes-vous Allemand, Italien ou Français?

— Je n'en sais trop rien, répondis-je. Ayant entendu

un seul opéra, la comparaison est impossible pour moi.

— Je crois, dit Ernestine avec sa voix douce, que nous y retournerons jeudi.

— Jeudi, demanda Mme Séchain, on jouera, je crois, la *Gazza Ladra*. Prenez-vous du café, Armand?

— Oui, madame, — merci. — Viendras-tu avec nous, Frédéric?

— Non, répondit-il brusquement.

Nous nous regardâmes. Frédéric était surpris de ma question, après ce qui s'était passé entre nous. Moi je fus irrité de sa réponse, et surtout du ton de cette réponse, qui correspondait si mal à mon désir de tout pacifier. Je fis une nouvelle tentative.

— Tu as tort. Nous pourrions tenir six dans la baignoire. Au besoin, je te céderais ma place.

— Merci, reprit-il avec dureté, mais je ne veux me rendre gênant pour personne.

Je fus seul, avec M. Desjardins peut-être, à remarquer le double sens hostile de cette réponse. Je passai outre; pendant une heure entière je m'efforçai de ramener Frédéric à force de bons procédés, et j'essuyai toutes ses ripostes malhonnêtes. Je connaissais bien peu mon adversaire. Il est difficile de se rendre compte de la bizarrerie de caractère de Frédéric : honteusement poltron devant les braves, et couvrant sa poltronnerie sous un air d'arrogance, il devenait d'une audace intolérable quand il avait affaire à plus faible que lui.

Tout le monde supposera que Frédéric, heureux d'esquiver une orageuse explication dans le salon de sa mère, aurait dû profiter avec joie de mes avances pacifiques ; quitte à saisir ailleurs la première occasion qui s'offrirait.

C'est une erreur.

Il avait eu, en me voyant arriver, une frayeur énorme; mais du moment où je me montrais doux, il entreprit de m'irriter, afin d'amener lui-même la querelle dont il avait peur. J'insiste peu sur cette nuance, que la suite de ce récit fera mieux comprendre. Toujours est-il que Frédéric, épouvanté à la seule idée d'une explication avec moi devant son oncle et sa mère, n'oublia rien de ce qui pouvait me contraindre à l'attaquer.

Plus je me montrai doux, plus il fut arrogant ; et pendant une heure, je le répète, je dévorai toutes ses inpertinences, tandis que tout le monde autour de nous, sans en comprendre le motif, les remarquait. Cependant, la patience commençait à m'échapper, et afin d'éviter absolument la querelle, je pensai à me retirer. Je ne sais alors de quel esprit de douceur j'étais possédé. mais il est clair que je faisais preuve d'une grande abnégation en me laissant ainsi malmener devant une femme que j'aimais éperdûment

M. Pautrel me demanda :

— Qu'étiez-vous allé faire hier au fort de Vincennes ?

— Rien, répondis-je indifféremment. J'étais allé dîner avec Levernay à la cantine des sous-officiers du génie.

— Quelle idée! s'écria Mme Séchain. Nous avons fait ici un si joli petit dîner! Nous comptions sur vous.

— Je le regrette, madame; mais pour une fois, une cantine est une chose curieuse à voir. J'ai été curieux.

— Dis donc, Frédéric, ajoutai-je, as-tu quelquefois dîné à la cantine?

Frédéric ne me répondit pas ; je crus qu'il ne m'avait pas entendu. Je répétai ma question :

— As-tu quelquefois dîné dans une cantine, Frédéric?

Même silence.

— Il est sourd! dis-je.

Et une troisième fois je répétai ma question, en élevant la voix. Tout le monde était muet de surprise, il régnait dans le salon un silence embarrassé, lorsque Frédéric me répondit enfin, de façon à être entendu de tout le monde :

— Je ne sais pas, mon cher, pourquoi *vous vous* permettez de m'adresser la parole.

La réponse était grossière et inopportune : il m'avait parlé et tutoyé pendant toute la soirée. Ces deux *vous* arrivant avec solennité, au moment de mon départ, étaient hors de propos. Mais c'était une attaque trop directe pour que je n'y répondisse pas. Au milieu du silence et de l'étonnement général, tandis que M. Pautrel, irrité et près de la congestion, reprenait le petit chien de bronze pour se l'appliquer sur le front, je me levai lentement et je dis :

— Frédéric, tu viens de m'insulter publiquement ; tu as voulu me pousser à bout. Il faut que l'explication soit publique comme l'insulte. Je vais donc, ici, devant tout le monde, raconter ce qu'il y a entre nous.

En parlant, j'avais regardé fixement Frédéric. Rien ne saurait exprimer la hideuse lâcheté qui se peignit sur sa figure. Sa bêtise l'avait amené à m'insulter et l'avait empêché de calculer les légitimes limites que ma patience ne dépasserait pas. Quand il vit que les bornes étaient franchies, que l'adversaire faisait face, que les soufflets promis allaient arriver, sa consternation fut si profonde, qu'il ne trouva pas un mot à me répondre. M'étant levé, j'allai m'accouder à la cheminée, et tous les yeux se tournèrent vers moi. L'instant fut solennel, presque terrible. Il faut bien admettre que la probité outragée a ses droits. Personne ne s'imagina de protester contre ma violente apostrophe.

Je me sentais grandir, de seconde en seconde, au niveau de la situation. L'enfant de dix-sept ans était loin, ma voix trouva soudain des notes mâles et énergiques.

— Outragé dans mon honneur et dans mes affections, dis-je, j'ai le droit de demander, d'exiger une réparation.

— Bien ! très bien, Armand ! Oh ! cher Armand ! s'écria une voix de femme.

C'était — qui l'eût pu croire ? — c'était Mme Séchain, elle-même, la mère de Frédéric, qui, seule, trouva cet élan de cœur en ma faveur. Tandis que tout le monde était muet, tandis que M. Pautrel redoutait la congestion, qu'Ernestine et sa mère étaient circonspectes, Mme Adèle Séchain, bousculant M. de Brunoy, M. Desjardins et M. de Tervières, passant devant son fils atterré, se précipita vers moi et me prit les mains. Exaltée, honteuse de la lâcheté de Frédéric, fière de mon audace presque autant, mais autrement que ma mère l'aurait été, on aurait cru voir une châtelaine des temps jadis qui remettait à son jeune page et serviteur le fer avec lequel il devait châtier une félonie. Ses yeux flamboyants me disaient : Fais ce que dois ! Je fus comme ébloui de trouver ainsi une femme orgueilleuse de mon énergie. Mais cet instant fut court. Elle abandonna mes mains, fit un effort pour revenir à la raison, et me dit simplement :

— Du calme, Armand, du calme !

Ernestine, impassible, se tenait près de sa mère et ne me regardait pas.

Mme Séchain se retourna vers Frédéric. La mère, humiliée dans son fils, revint promptement à son rôle après cet élan si peu calculé, en faveur de celui dont elle aurait souhaité que son fils eût le caractère. Frédéric, étendu dans son fauteuil, muet, haletant, les yeux clos, était à faire pitié.

— Je m'expliquerai donc avec calme, repris-je.

Et je fis le récit des calomnies de Frédéric, en insistant sur ma surprise de voir que l'on supposât que moi, le premier venu, accueilli et fêté seulement comme un ami, j'eusse pu causer des craintes au légitime héritier. Cela, disais-je, aurait pu se concevoir si, à la veille de la mort de M. Pautrel, Frédéric et moi, parents au même degré, nous avions contesté pour le testament. Mais non : M. Pautrel était encore jeune et se portait bien ; Frédéric était son neveu, et je n'étais qu'un étranger. Jamais je n'avais cherché à lui nuire dans l'esprit de son oncle ; jamais je n'avais cherché à provoquer des comparaisons entre lui et moi. J'en appelais au témoignage de M. Pautrel et de Mme Séchain. Que restait-il, dès lors, de ses insinuations ? Rien, évidemment. Bien entendu, je ne parlais que de la petite fortune de M. Pautrel, car il était de toute certitude que jamais je n'avais pu aller jusqu'à penser que Mme Séchain dépouillât son fils, son propre fils en ma faveur, de la grande fortune qu'elle possédait.

Avec plus de sang-froid, j'aurais pu remarquer que

cette dernière partie de mon discours produisit dans l'assemblée entière une pénible sensation.

Mais mon sang-froid était loin. A mesure que je parlais, ma colère montait comme le flot d'une marée ; toute commisération pour Frédéric s'éteignait, et le sentiment de l'honneur outragé régnait en maître. Ayant terminé le récit de mes injures, j'arrivai à demander satisfaction. Je conclus :

— Il faut, je veux, j'exige, Frédéric, que tu ailles chez Massé de Vireville et chez tous nos amis, démentir dès demain les bruits que tu as semés contre moi. Je veux que tu déclares me tenir pour un homme d'honneur, incapable d'aucune manœuvre de captation déloyale ; ou bien tu me rendras raison. Le feras-tu ?

Frédéric fit un effort, ouvrit ses yeux hagards, et répondit avec peine :

— Jamais !

— Tu ne le feras pas ?

— Non !

Ce mot : Non ! fut prononcé à peine dans un faible souffle. Il n'en fallut pas davantage pour me pousser à bout. Je m'écriai avec un indicible accent de colère :

— Alors !...

Et je m'élançai la main levée sur Frédéric.

Mais lui, fou, furieux, égaré, esquiva le coup que je lui portais en pleine figure. Bondissant hors de son fauteuil, fuyant devant l'outrage plutôt que d'oser le rendre, il se précipita vers une fenêtre en poussant d'étranges exclamations d'angoisse et de désespoir. On distingua seulement ces mots :

— Plutôt mourir ! je vais me jeter par la fenêtre.

Il donna de la tête dans une vitre qu'il brisa, ouvrit la fenêtre avec fracas et déjà s'élançait dans la rue, lorsque M. Desjardins le saisit par le collet et, aidé de M. Tervières, le retint à grand'peine. Après une courte lutte, Frédéric s'évanouit. On le rapporta sur son fauteuil, près de M. Pautrel, dont la pâleur attestait que la congestion avait perdu là une belle occasion de tuer son homme.

Le silence se rétablit. Frédéric, évanoui, avait une plaie au front; il saignait beaucoup. Sa mère étanchait le sang. Ernestine restait debout, les yeux fixés à terre; le reste des assistants me regardait avec une sorte d'horreur. Je sentis autour de moi une violente et générale hostilité. Mais je ne voulus pas reculer. Je promenai mon regard sur tout le monde avec une hauteur indignée, et je repris :

— Puisqu'ici tout le monde garde le silence, et que pas une voix ne s'élève pour répondre que je suis croyable quand je parle de mon honneur, je n'ai plus qu'à me retirer; et je me retire, en remettant à plus tard la réparation que je suis en droit d'exiger de Frédéric, qui ne m'aura pas calomnié impunément. Je me retire avec regret et douleur, désespéré qu'un tel affront de la part de Frédéric et une telle indifférence de la part de vous tous soit venue me détromper sur l'estime et l'amitié que je donnais à tous et que je croyais recevoir de tous, comme je les mérite.

J'attendis en vain un regard d'Ernestine. Mme de Renne, elle-même, baissa les yeux. M. Pautrel ne dit rien; Mme Séchain s'empressait près de Frédéric.

Je pris mon chapeau, placé à ma portée sur une chaise; j'adressai à tout le monde un salut collectif un peu ironique, car leur silence m'indignait. Puis m'étant coiffé, je sortis du salon, lentement, et la tête haute. Au milieu de l'universelle consternation, j'avais l'air d'un triomphateur.

Une fois sorti, je montai rapidement chez Levernay, à qui je racontai et ma visite de la veille à Saint-Mandé, et la scène qui venait de se passer chez Mme Séchain. Il donna son entière approbation à la vigueur que j'avais montrée, et m'affermit dans l'idée de saisir la première occasion qui se présenterait pour souffleter Frédéric en public. Il ajouta le conseil de ne pas négliger les excellentes leçons de Flambert. A ce sujet, il me fit quelques reproches de m'être esquivé la veille sans rien dire. Je m'excusai aisément en rejetant la faute sur mon amour. Puis je repris le chemin de mon domicile, où j'arrivai encore échauffé par la colère.

Mais arrivé chez moi, la colère tomba. Assis sur ma chaise de travail, je regardai les quatre murs de ma petite chambre, et comme si je m'étais trouvé dans un affreux désert, mon cœur se serra et je fus désolé. Je venais d'outrager, de briser, de tuer toutes les affections qui faisaient ma vie depuis près d'une année, et quand je voulus me dire qu'au moins l'amour d'Ernestine me restait, je sentis un cruel pressentiment qui, du fond de mon âme, protestait contre les élans éperdus de mon cœur, contre cet amour, ma seule consolation. Hélas ! personnne, pas même M. Pautrel, mon vieil ami, mon excellent ami, n'avait pris ma défense ! Etais-je donc un réprouvé, un maudit ?

Pourquoi cet abandon et cette indifférence de la part de ceux que j'aimais ?

— Eh bien, quoi ! m'écriai-je en abandonnant ma chaise pour me promener à travers ma chambre, ils ne m'aimaient pas, eux ! Est-il digne de moi, digne d'un homme qui se sent de l'honneur, de mendier une affection qu'on lui refuse ? Et pourquoi les aimé-je après tout ? Me sont-ils indispensables, me sont-ils même utiles ? Non, en vérité ! Et le plus sûr de mes amis, celui dont je puis attendre le plus de services, c'est moi, moi seul.

Je m'arrêtai devant la petite glace qui surmontait ma cheminée. Je vis dans ce cadre ma tête blonde et ma figure juvénile, animée alors de la mâle et indomptable ardeur que je sentais en moi. Comme, ainsi que je l'ai dit, l'expérience avait devancé les années, et que, pour moi, la maturité de l'intérieur était en désaccord avec la juvénilité de la figure, je me sentis pris de pitié pour ce jeune homme que je voyais dans ma glace. Il me sembla que c'était un autre, et j'entrepris de le consoler.

— Mon pauvre enfant, me dis-je, calme-toi, console-toi. Ah ! certainement, tu sens que toi-même es ton plus

sûr ami, celui-là sur les services duquel tu peux compter.
Cependant, tu te désespères. Tu te dis, pauvre enfant,
que la vie n'est pas toute dans l'utilité des relations
et dans les services rendus; tu demandes à aimer pour
aimer, et tu protestes que l'existence est plutôt dans l'é-
change des sentiments, dans l'épanchement des facultés
aimantes; quand le cœur, pour ainsi dire, afin de se lier
plus intimement au cœur de ceux que tu aimes, bondit
hors de ta poitrine, s'arrache de tes entrailles pour aller
l'offrir à ceux qui voudront t'aimer.

Je me fis, dans la glace, un signe affirmatif et je repris :

— Eh bien, mon enfant, je sais quelque chose de plus
beau encore que d'aimer et de demander la seule affection des autres en retour. Je sais quelque chose de plus
fier que d'aimer, sans demander de services; c'est de
rendre des services soi-même, et de provoquer l'ingratitude pour tout payement. C'est à ce but glorieux que
tu dois atteindre, et c'est là que tu atteindras. Je te vois
là devant moi. Tu es jeune, tu as la volonté, le cœur,
mille vertus que je ne te contesterai pas. En outre, tu es
aimé d'une femme et tu l'aimes. Que te faut-il de plus ?
Va! tu es un homme! Relève le front, travaille, amasse
de la puissance, de la fortune, du savoir ; et quand tu auras
les mains pleines, ouvre-les! Répands autour de toi pour
qui voudra prendre ; tu seras un homme alors, et non un
égoïste qui veut aimer pour être aimé. L'ingratitude te
touchera peu, car tu seras trop haut, et elle sera trop bas.

Mais alors, les larmes jaillirent abondantes de mes
yeux, et je sentis bien que je n'étais point encore assez
homme pour avoir ce tranquille orgueil. Je revins à ma
chaise, et les coudes appuyés sur ma table, la tête dans
mes mains, je me pris à pleurer abondamment, sans plus
essayer de résister à ma douleur.

Si l'on savait, — ou plutôt, si l'on se souvenait, — combien amère est la première désillusion du cœur, on aurait sans doute plus de circonspection avec les jeunes
gens. Je dirai plus : afin de leur éviter cette atroce et

honteuse souffrance, on les entourerait d'une sorte de respect. Comme ils croient au bien, au beau, au noble, au grand, comme ils aiment! Quel crime pour le premier des hommes qui soufflette ses croyances, et qui, faisant monter le rouge sur la joue imberbe, donne au jeune homme une honte profonde d'être homme, en lui apprenant qu'un homme peut se forfaire, se parjurer, — mentir, enfin, et lui enseigne, toute pudeur éteinte, à mentir à son tour.

Si je n'en étais pas encore à mentir, du moins je commençais à comprendre que l'on peut mentir, et selon les exagérations de la jeunesse, passant d'un excès de confiance à l'excès de la défiance, je trouvai matière, dans ce qui m'arrivait, à suspecter l'humanité tout entière. Le monde me parut horrible, affreux, noir. Levernay et Morand, fidèles à ma cause pourtant, en cette circonstance, ne trouvèrent pas grâce devant mon soupçon.

Peut-être, si j'avais eu des armes sous la main, me serais-je tué pour me sauver de la vie comme on se sauve d'une forêt pleine de voleurs.

Ma mère, — cependant? Ah! oui, ma mère. Ma bonne et chère mère aurait pu me consoler, peut-être. Mais elle était trop loin de moi. Et je dis : peut-être !

Car, notez ceci : les mères, c'est ce qui fait leur force et leur faiblesse, les mères ignorent la vie. Jeunes filles, elles furent prises par un homme qui les amena chez lui, et qui fut votre père. Lui, comme il avait déjà longuement vécu, il n'admit point sa femme pour confidente, la trouvant trop au-dessous de lui pour cela. Par une nonchalance hautaine qu'il nommait prudence et décence, il laissa sa femme en dehors de sa vie et ne l'initia pas. Mais, à vingt ans, elle eut un fils. A quarante ans elle vit son fils entreprendre la vie, et devint sa confidente. — Maman — c'est ainsi que parlent ces grands enfants, — maman, je veux être artiste, ou avocat, ou ceci, ou cela !

La mère croit la chose aisée. Elle ignore autant que lui. Avec l'aveuglement de l'amour, elle répond, sans le moindre doute : Tu seras un *grand* artiste, ou tu seras un *grand* avocat. Elle n'en doute pas, la chère femme. — Maman, reprend le fils, je suis amoureux ! — Elle est un peu jalouse. Elle est femme, pensez-y bien. Mais elle se résigne, répond : Tu dois être aimé, car tu es beau. — Tout va bien quelque temps ; la mère et le fils, tenaces dans leurs illusions, se bercent d'espérances. Puis la désillusion arrive : Je suis trompé ! s'écrie le fils. — La mère est consternée ! Est-il possible que son fils soit trompé ? Cela se peut-il ? Le monde est donc bien mauvais ? Elle ne savait pas que le monde était si mauvais. Son fils est trahi. Elle apprend avec lui, plus que lui, la douleur des trahisons. Voilà les mères.

Comme j'aurais pleuré de bon cœur dans les bras de la mienne ! Mais elle était à Juvisy, avec mon père, un rude homme, un terrible homme, allez !

XIII

Chagrins d'amour.

Dans la résolution d'attendre les événements sans les provoquer, je me remis au travail le lendemain, non sans peine, je dois le dire. Il me fallut en appeler à toute ma volonté. Je retournai à mes répétitions et je m'excusai de mon mieux de ne les avoir pas données les jours précédents.

Quelque espoir me resta d'abord que M. Pautrel m'écrirait pour me donner au moins un témoignage du chagrin que notre séparation ne pourrait manquer de lui causer. Le mercredi soir, cette espérance était évanouie. Aucune lettre ne vint.

Ce silence absolu, l'abandon dans lequel on me laissait, me causaient une amertume mêlée de colère.

Plutôt qu'être ainsi laissé honteusement à l'écart, après ce qui s'était passé, j'aurais préféré recevoir des reproches, des injures, avoir à me justifier contre des

accusations quelconques. Avoir à batailler, enfin. Le
jeudi, j'écrivis à Levernay de venir me voir, et nous
allâmes ensemble chez Morand. Morand me parut gêné
par quelque secret qu'il avait sur le cœur. Mais son
amitié pour moi ne se démentit pas.

Je passai la soirée avec ces deux amis fidèles ; et
l'on comprend que j'avais pour cela un puissant motif.
C'était la soirée de jeudi, la soirée pour laquelle il avait
été décidé que nous irions aux Italiens. On jouait la
Gazza ladra.

Malgré mon admiration pour Alboni, je proteste que
ce qui me rendait soucieux, c'était surtout la pensée que
Frédéric Séchain, maître de la place, par suite de ma
retraite, était dans la baignoire, derrière Ernestine, et
lui faisait sans doute la cour.

Afin de fuir ces pensées importunes, que la solitude
n'aurait pas manqué de rendre poignantes, je restai donc
jusqu'à une heure du matin avec Levernay et Morand.
Il fut convenu, entre eux et moi, que nous irions ensemble, le surlendemain samedi, à la soirée de Massé
de Vireville, afin de voir la figure que pourrait faire
Frédéric en ma présence. Je promis, en outre, d'aller
le lendemain à Vincennes, après mes répétitions, demander une seconde leçon à Flambert.

Ces répétitions me laissaient assez libre. Je ne les
donnais que trois fois par semaine habituellement, et
j'avais la faculté de changer les jours et même les
heures, à mon gré. Mais m'étant montré un peu
négligent dans les derniers temps, je me rattrapais en
déployant une assiduité inaccoutumée. Ce surcroît de
travail me plaisait d'ailleurs ; il avait pour résultat de
m'arracher à de trop longues méditations sur ma triste
aventure. Je n'avais pas le loisir de penser à mon
chagrin.

Le vendredi je retournai donc à Vincennes. J'eus
quelque peine à retrouver Flambert au milieu de la
population militaire. Il ne m'attendait pas. Il m'accueillit
en ancien camarade sans me parler de ma suite de la

cantine, le dimanche dernier. Il me proposa une part
de dominos, et admira mon inexpérience à ce jeu. Nous
passâmes à l'écarté; il s'étonna de ma faiblesse.

— Allons, dit-il, voyons l'épée, à présent!

La seconde leçon, plus prolongée que la première, fut
loin d'être aussi brillante pour moi. J'étais en déveine.
Flambert ne me cacha pas que je courais grand risque de
me faire crever comme une vieille baudruche. Nous
sortîmes de la salle d'armes. Il était mécontent. Nous
visitâmes en détail le château, le donjon, la chapelle. Mon
professeur exigea que je dînasse encore avec lui; mais
il spécifia que je serai entièrement libre de me retirer
quand je le voudrai. Le dîner fut gai.

Au dessert, on répéta ma chanson. Flambert, moi et
un sous-officier d'artillerie, nous fîmes une courte visite
au café. Je les quittai de bonne heure, et je repris le
chemin de Paris.

Sur l'impériale de l'omnibus, je réfléchissais : tout est
malheur pour moi. — En réalité, de toutes les joies qui
m'entouraient jadis, le seul amour d'Ernestine me
restait comme consolation. Du moins j'étais assuré de
mon amour. Ernestine n'était pas une femme à tromper
et à se dédire. Puis je me demandais, ce que m'avait dit
Ernestine? J'étais forcé de m'avouer qu'elle ne m'avait
rien dit. Mais par des témoignages évidents elle avait pris
soin de m'en faire comprendre plus que la parole n'aurait
su le faire. Je l'avais embrassée sur la tête, et elle avait
abandonné sa tête sur ma poitrine; j'avais serré sa main,
et elle avait répondu à mon étreinte.

Que me fallait-il de plus? Rien sans doute. Cependant
j'eus peur. Les femmes nous placent dans une étrange
perplexité. Si, sur un signe d'elles, nous pensons être
aimé, elles s'écrient : Quel fat! Il prend de simples
politesses, de simples familiarités amicales pour des encouragements. — Au contraire, restons-nous insensibles
à ce signe? Restons-nous respectueux, après qu'un clin
d'œil nous a autorisés à ne plus l'être? Nous voilà passés
niais, imbéciles, aveugles. Elles s'écrient : Que lui faut-

il donc, à ce monsieur? Attend-il pour se déclarer que je me compromette? C'est une bête!

Insolents ou niais, fats ou bêtes, nous avons le choix des périls. Sans compter que souvent ces mots sont pris pour synonymes. Est-ce assez barbare? Que devais-je penser d'Ernestine, qui, le lundi, pendant la scène avec Frédéric, ne m'avait pas encouragé d'un regard? Rien de bon, peut-être.

Le resultat de ces méditations fut qu'arrivé à la Tourelle, je me fis descendre, et que je me dirigeai vers la maison de Mme de Renne, afin d'aller m'assurer de ce que j'avais à espérer ou à redouter.

Une fois à pied, je me mis à rire. Je suis fou, dis-je. Cette jeune fille si gracieuse, si timide, si sincère, n'a pu souffrir une équivoque. Elle m'aime! sans quoi elle m'aurait foudroyé d'un regard, ou bien se serait plainte de mes importunités. Cependant, puisque me voilà en chemin, il faut faire ma visite. D'abord, ce sera une consolation pour moi de passer une heure près d'elle; et puis il est bon, après la scène de lundi, la porte de Mme Séchain m'étant à jamais fermée, que je consacre sans retard mon droit de me présenter chez Mme de Renne. Mon absence prolongée aurait toute l'apparence d'une fuite et d'un aveu de culpabilité.

Ce fut dans cette disposition, avec cette sécurité d'être aimé, que j'arrivai chez Mme de Renne, et que, de même que la première fois, la bonne m'introduisit dans le salon où se trouvaient ces dames.

Ce soir-là, Mlle Amélie était au salon avec sa mère et sa sœur. Belle et immobile comme un marbre, elle était dans un grand fauteuil, devant le feu, les pieds sur un pouf à la hauteur de son siège. Un coude appuyé sur le bras du fauteuil, et la tête dans sa main, elle jouait de l'autre main avec la cordelière d'une étrange robe de chambre rouge à grands carreaux noirs. Elle ne paraissait pas souffrante. Quoi qu'on pût me dire, je ne croyais pas à sa maladie, sans m'expliquer pourtant les raisons qui la faisaient dire qu'elle était malade.

Dans sa bizarre robe de chambre rouge, elle paraissait blanche comme un lis, voilà tout. Effet de couleur. Sa sœur faisait de la tapisserie à l'autre côté de la chambre. Mme de Renne lisait près du guéridon sur lequel nous avions pris le thé l'autre soir.

Mon arrivée ne produisit pas la même explosion de joie qui m'avait salué le dimanche. D'abord, personne ne se leva. On se contenta de me saluer d'un signe de tête; et on laissa à la bonne le soin de m'approcher un fauteuil. Je me sentis un peu gêné par cet accueil. Cependant je m'assis près du guéridon, en face de Mme de Renne; puis, je m'informai de la santé de ces dames, et leur présentai mes compliments comme si je n'avais pas remarqué leur froideur, qui, au fond, m'épouvantait.

Quand je dis: froideur, cela s'entend seulement d'Ernestine et de sa mère. Amélie n'avait point, il est vrai, la même expansion que je lui avais vue; mais loin de se tenir froide, elle tournait fréquemment les yeux de mon côté, et son regard révélait un intérêt profond. Elle avait, à chaque parole, un sourire bienveillant. Et lorsque ma conversation, pénible avec sa mère, vint enfin au sujet épineux de ma querelle avec Frédéric, Mlle Amélie fit un mouvement dans son fauteuil, se souleva à demi et me dit:

— Vous avez bien fait, monsieur de Rives. Vous vous êtes conduit en homme de cœur et d'honneur. Si mon pauvre frère, mon pauvre Edouard, était ici, — la voix de la jeune fille eut une inflexion de tendresse infinie, — ce cher frère, qui se connaît en honneur, vous servirait volontiers de témoin et de second, dans le cas où vous viendriez à vous battre contre Frédéric Séchain.

— Ton frère, répondit Mme de Renne, est un fou qui voit faux bien souvent. Moi, je soutiens que M. de Rives a eu grand tort de donner une tournure violente à une explication qui pouvait et devait être pacifique.

— Quoi! madame, m'écriai-je, devais-je rester sous le coup d'une telle imputation?

13.

— Je ne dis pas cela, reprit la mère. Cependant, avec tout cela, vous voilà en guerre avec tout le monde, exclu de chez Mme Séchain, et même brouillé avec M. Pautrel.

— En guerre avec tout le monde ! dis-je tout interdit.

— Mais... oui, répondit Mme de Renne : avec... avec tout le monde enfin.

Je crus un moment qu'elle allait dire : avec moi. Peut-être était-ce dans sa pensée ; mais un regard d'Amélie l'arrêta et lui fit modifier la réponse dans le sens pacifique.

— Je ne nie pas, ajouta la vieille dame, que vous vous soyez comporté en homme d'honneur ; mais vous vous êtes surtout comporté en jeune écervelé. Pardonnez ce jugement à une vieille femme qui y voit plus clair que vous. Je crois vous rendre service en vous tenant ce langage.

— Cependant, madame, hasardai-je avec timidité...

— Il n'y a pas de cependant ! Tenez... je vous demande pardon de ce que je vais dire ; mais enfin, soyez convaincu que je ne veux pas vous blesser, et que je parle dans votre intérêt. Eh bien ! vous n'êtes pas riche ; on le sait, vous n'en faites pas mystère ; est-il raisonnable pour un jeune homme doué de quelque ambition, de se fermer, de gaieté de cœur, la porte d'une maison où tout le monde s'intéressait à lui, où il était reçu sur un pied d'égalité qui l'autorisait à demander des services de toute nature ? J'ajoute que cette maison que vous vous fermez ainsi était la seule — ou du moins la première — où vous étiez reçu de la sorte. Évidemment, vous n'avez pas réfléchi ; c'est un coup de tête, une échauffourée de jeune homme.

— Mais, madame, on m'avait si cruellement insulté !

— Hé là ! là ! fit Mme de Renne en haussant les épaules d'un air singulier.

Dans tout cela Ernestine ne disait rien. J'étais surpris et encore plus affligé de son silence. A quoi pensait-elle ? La mère m'accusait, me blâmait, et sa sœur était

seule à prendre ma défense. Le blâme que m'infligeait
Mme de Renne me semblait si peu mérité, que, peut-
être, je me serais fâché et que j'aurais renouvelé la
scène dont on me faisait un reproche, que j'aurais dans
l'indignation de mon bonheur rompu avec Mme de Renne
comme j'avais rompu avec Mme Séchain, si je n'avais
été retenu par la pensée que c'était me condamner à ne
plus revoir Ernestine. Mais l'amour me rendit lâche.
J'acceptai le blâme qu'on infligeait à ma conduite, que
je trouvais si juste, à ma colère, qui me paraissait mo-
tivée par les meilleures raisons. Je courbai la tête.

— Je soutiens, réitéra Amélie avec une certaine
âpreté, je soutiens que M. de Rives a bien fait.

— Chacun son opinion, répondit Ernestine en posant
sa tapisserie et en allant se mettre à son piano sans qu'on
l'en priât, alors qu'elle avait assez l'habitude de refuser
quand on l'en priait.

Ce fait dénotait une certaine perturbation dans l'esprit
de la jeune fille. Quant à moi, j'étais littéralement anéanti
de l'accueil peu flatteur dont j'étais l'objet. Ma mine désolée frappa Mlle Amélie, qui me dit en se tournant vers
moi, avec cordialité :

— Bon courage ! Encore un coup, vous avez raison.
Mme de Renne eut un geste de vive impatience et riposta :

— Tu es folle, Amélie !

Amélie détourna le regard, et mon désarroi fut au
comble. Je ne sais si je n'allais pas laisser échapper
quelque bêtise, et me procurer ainsi tous les déshonneurs
d'une malheureuse sortie, lorsque j'entendis Ernestine,
qui venait de s'asseoir à son piano, attaquer bravement
le *Barbier de Séville*. Ce fut un baume pour mes bles-
sures. Je savourai cette musique quelque temps en
silence ; puis, cédant peu à peu à l'attraction, je me
levai pour m'approcher du piano. Ernestine, à mon
approche, s'arrêta.

— Continuez, je vous en prie, lui dis-je en m'accoudant sur le haut du piano.

Elle secoua la tête par un geste plein de coquetterie. Et tandis qu'elle reprenait la romance d'Almaviva, je l'entendis chantonner à demi-voix : *Ecco il cielo sereno*. Mme de Renne et Amélie parlaient ensemble et ne paraissaient pas s'occuper du piano, ni d'Ernestine, ni de moi.

Enivré de la toute-puissante magie de la musique, j'oubliai mon chagrin d'un instant; accoudé sur l'instrument, je me penchai vers Ernestine et je lui dis tout bas :

— Jamais je n'oublierai qu'ensemble, voilà huit jours, nous avons entendu ce *Barbier*.

Elle, du ton le plus indifférent :

— Oui, une bien ravissante musique, dit-elle.

— Ce n'est pas seulement la musique, repris-je. C'est encore votre main dans la mienne, dont je me souviendrai jusqu'à la mort.

— Bah ! fit-elle.

— Et, repris-je, le parfum de vos cheveux, tandis que je me tenais penché sur vous.

Elle s'arrêta et frappa à plusieurs reprises sur la même note :

— Ré ! ré ! ré ! dit-elle. Entendez-vous comme c'est faux? Ce *ré* est-il assez faux !

— Mais, répondis-je, je ne trouve pas. Il me paraît assez juste.

Elle haussa les épaules et me dit durement :

— C'est qu'alors vous n'avez pas d'oreille. C'est étonnant : il y a *des gens* comme ça !

— Oh ! fis-je, des gens !

— Certainement, reprit-elle. Tout le monde n'est pas musicien. Il n'y a pas plus de mal à cela qu'à être bossu. Que voulez-vous ? Il faut se résigner.

Et elle recommença à jouer. Cruellement froissé de ce qu'elle venait de me dire, je m'éloignai du piano, et je fis quelques pas dans le salon. Mme de Renne continuait à parler avec sa fille aînée ; je ne voulus pas me jeter à travers leur conversation. Je revins au piano, mais je gardai le silence.

Ce silence déplut à Ernestine. J'ignorais alors le degré de méchanceté atroce dont certaines femmes sont capables. Il fallait une victime à mademoiselle ; mon silence la lui dérobait. Elle entreprit alors de me faire parler. Avec le sourire le plus doux et les yeux les plus pervers, elle me demanda, sans cesser de jouer :

— Que disiez-vous donc ? que vous vous étiez penché sur moi, je crois ?

Dans mon innocence, je pensai qu'elle regrettait de m'avoir brutalisé, et qu'elle revenait à moi.

— Oui, répondis-je avec émotion. Et même... M'avez-vous pardonné ? J'ai embrassé vos cheveux.

— Je ne m'en suis pas aperçue, répondit-elle. Et c'est heureux. Je me serais fâchée.

— Oh ! pardonnez-moi, mais ce souvenir ne me quittera jamais.

— Qu'est-ce que cela prouve ? dit-elle.

— Que je vous aime éperdûment, et que j'ai pu espérer que vous m'aimeriez aussi.

— Je ne sais, monsieur, où vous avez pris cela.

— Mais... — je tremblais comme la feuille en lui parlant, — mais, et nos mains qui se sont serrées ?

— Ce n'est pas vrai !

— Comment ! fis-je presque à haute voix.

Elle continua son morceau et se remit à chantonner les paroles. Plusieurs fois elle haussa les épaules ; puis, sans se soucier du désaccord qu'il y avait entre ses regards et ses paroles, elle me fixa longuement avec ses grands yeux de charmeresse, tout en me répétant comme si elle avait chanté cela sur la musique.

— Je ne vous aime pas ! Je ne vous aime pas ! Je ne vous aime pas !

Et ses yeux disaient le contraire. Ses yeux me fouillaient le cœur. Je n'y pus tenir :

— Ne me regardez pas ainsi, alors !

— Qu'est-ce que cela prouve ? dit-elle pour la seconde fois.

Ses yeux prirent soudain une expression de dédain et de mépris implacable. Elle répéta :

— Je ne vous aime pas. M. Frédéric Séchain était hier à la place que nous occupions l'autre soir...

Je fis un mouvement de fureur ; elle arrêta son piano et me dit, sans se soucier d'être entendue par sa mère :

— Ah ! mais, de la convenance au moins !

Je me contins et je m'efforçai de sourire. J'avais la mort dans l'âme. Elle recommença à jouer et me dit :

— M. Frédéric Séchain voudrait me faire croire aussi qu'il m'aime. Toujours la même chose. Allons ! à quoi sert de mentir ? Éloignez-vous donc, vous me gênez. Maman va remarquer que vous me parlez à l'oreille. Vous êtes insupportable avec votre mine de saule pleureur.

— Mais, dis-je d'une voix étranglée par l'émotion, je vous aime... je vous aime à mourir !

— Bah ! fit-elle.

Et ses doigts insoucieux égrenaient la divine musique ; la poésie jaillissait autour d'elle à chacun de ses mouvements, et elle me repoussait et elle ne m'aimait pas. Et elle ne m'aimait pas !

Mais cependant, elle me l'avait laissé croire. Elle se démentait à présent, mais j'en étais sûr ; le jeudi soir, quand nos mains s'étaient rencontrées, elle avait répondu à mon étreinte ; quand mes lèvres s'étaient posées sur ses cheveux, elle avait tressailli de tout son être et avait abandonné sa tête sur ma poitrine. J'en étais sûr, je n'avais pas rêvé ! Non, je n'avais pas rêvé !

Quel damnable jeu jouait-elle donc à cette heure, pour se démentir ainsi ? Quel motif avait pu la conduire à encourager d'abord mes audaces, pour venir à présent me repousser avec l'indignation dans le regard ? Je m'épuisais en suppositions, et je n'en trouvais aucune qui pût m'expliquer pourquoi, comment, une fille sage et de bon sang pouvait d'abord se laisser embrasser, et renvoyer ensuite celui qu'elle a laissé dormir huit jours sur une telle faveur. Quelle coquetterie diabolique était donc

dans cette âme de femme? Avait-elle une âme d'abord?
Ne m'étais-je pas trompé sur son compte? Et elle que je
croyais innocente et pure, n'était-elle que la dernière
des scélérates?

Déjà, peut-être, a-t-on répondu à cette question. Un
homme de jugement sain, lisant ces choses, a déjà prononcé son verdict. Toute femme sincère et honnête de
cœur, lisant ce récit, a condamné Ernestine et je ne sais
si on ne se dit pas : Ce garçon était fou, aveugle, d'aimer une telle femme. Il devait reconnaître qu'elle ne
valait pas un regret.

Mais, j'en appelle à ceux qui ont aimé ; je m'adresse
à ceux qui aiment. Malheur sur eux, s'ils aiment sincèrement une femme indigne d'être aimée ! Ceux-là sont
aveugles et comprendront mon aveuglement. Celui qui
ouvre les yeux à l'évidence, celui qui se rend aux preuves
d'une trahison, celui-là peut dire qu'il aime : mais soyez
certain qu'il n'aime pas. L'amour, le véritable amour
ferme les yeux, la bouche, les oreilles, pervertit le sens,
renie la raison.

Venez donc lui parler de convenance ! Il met la femme
qu'il a choisie sur un autel, il se traîne aux pieds de son
idole ; il peut oublier la famille, renier la patrie, douter
de Dieu. Mais il ne doute pas de celle qu'il aime. Il prend
ses mensonges pour des vérités, il admet ses aberrations
pour de la sagesse. Sans avoir besoin d'en chercher, il
trouve des excuses pour ses fautes, pour ses crimes.
Bien plus, il en fait des vertus. Il se laissera profaner,
humilier, frapper, tuer même. Une seule chose peut l'é-
mouvoir, c'est de se voir chasser de la présence de celle
qu'il aime.

Je n'accusais donc pas Ernestine. Cependant j'étais
chassé : douleur affreuse ! Les outrages de Frédéric, le
pronostic fâcheux porté par Flambert, qu'inévitable-
ment je serais *crevé* si je venais à me battre, tout cela
n'était rien. Ernestine me repoussait. C'était tout. C'était
le vrai malheur, la seule calamité. Il me sembla que le
ciel s'écroulait sur ma tête. Furieux, mordu par une

douleur que je ne connaissais pas encore, je la regardais à son piano. Elle était jeune, belle, charmante, divine. Sa taille avait des souplesses de couleuvre, son cou, des mouvements irritants. J'aurais voulu assassiner cette insolente créature qui avait l'impudence de me dire que Frédéric Séchain s'était assis à ma place, derrière elle. J'étais jaloux, atrocement jaloux, et, comble de torture! je ne pouvais faire éclater ma jalousie, je ne pouvais ni crier, ni injurier, ni tuer!

Perdu dans cet ouragan de douleur, sentant mes idées couler au gré de ma folie soudaine, je me mis à marcher à travers le salon en disant des choses insensées, probablement inconvenantes, dont je n'avais aucune notion. Les lampes me paraissaient avoir des flammes rouges, les murs, les tableaux, les meubles avaient l'air de danser. Le piano ricanait sa musique; les voix de Mme de Renne et d'Amélie me semblaient venir d'une distance infinie.

De toutes les choses idiotes que je proférai, il ne m'en revient qu'un petit nombre; cela suffira cependant à faire comprendre l'incohérence de mes discours. Je dis que je ferais, le lendemain, des excuses à Frédéric Séchain, que je partirais pour aller faire le voyage à Tombouctou, comme Caillé; que ce serait tant pis si j'étais tué. La vie m'était à charge. Il n'y avait au monde ni amitié ni amour. Ensuite, par une contradiction à laquelle je ne pris pas garde, je déclarai que je devais épouser une cousine que j'aimais éperdument, et à laquelle j'avais été fiancé dès le berceau.

Cette cousine n'avait jamais existé. Je n'avais au monde que des cousins, ou des cousines fort vieilles, dont le berceau était devenu un grand lit quand j'avais été dans mes langes; mais enfin, on devine que mon instinct vague était, en disant cela, d'aiguiser la jalousie d'Ernestine pour lui rendre le mal qu'elle m'avait fait en me parlant de Frédéric. Vaine tentative, effort puéril et bien fait pour exciter sa pitié, si elle en avait eu. Avec une arme de plomb, et la poitrine nue, je combattais contre un ennemi

cuirassé qui me poignardait avec une lame de fin acier.
Je recevais les coups sans pouvoir les rendre : elle ne
m'aimait pas! et au moment où je croyais la toucher,
elle se mit à rire, sans quitter son piano.

A la fin, je tombai assis. Je vis Mme de Renne me
regarder avec ses yeux de vieille femme indifférente et
moqueuse. Je fus terrifié à l'idée qu'elle pouvait avoir lu
dans mon cœur et qu'elle faisait peut-être cause commune avec sa fille. Je me révoltai, et je recommençai
mes discours sans suite. Je ne sais où cela serait allé, si
Amélie n'était venue à mon secours.

— Vous paraissez souffrant, monsieur? me dit-elle.
Cette méchante affaire vous affecte beaucoup trop.
Calmez-vous. Frédéric Séchain peut dire ce qu'il veut.
Votre honneur reste sauf. Vous perdez en lui une amitié
qui ne vaut pas tant de regrets. Quant aux excuses, vous
n'en ferez pas.

— Ah! mademoiselle! m'écriai-je. Vous ne comprendrez jamais combien...

— Du calme! me dit-elle en me coupant la parole.
Soyez plus calme.

Elle se leva toute gracieuse et toute bonne, alla dans
un coin me préparer un verre d'eau sucrée, et vint me
l'offrir avec un sourire de sœur de charité. Je bus par
obéissance; cela cependant me fit du bien. Mme de Renne
restait impassible, et lorsque j'annonçai que j'allais me
retirer, elle ne fit aucune tentative pour me retenir et ne
m'engagea pas à revenir la voir.

Je saluai pour sortir. Je serrai mon chapeau avec frénésie; je ne sais quelle expression eut mon regard en se
portant sur Ernestine; j'ignore ce que je lui dis, mais
je l'entends encore me répondre :

— Adieu, monsieur, adieu. Soyez plus sage à
l'avenir.

Je sortis, Mlle Amélie, seule, m'accompagna jusqu'à
l'antichambre.

XIV

La paix et la guerre.

Je n'eus pas un moment l'idée que j'avais été l'objet d'une spéculation, et que la bienveillance de Mme de Renne pour moi, ainsi que l'amour d'Ernestine, étaient subordonnés à mes bons rapports avec M. Pautrel et Mme Séchain. Je ne cherchai à tirer aucune conséquence de cette coïncidence si fâcheuse entre ma rupture rue de l'Ouest, et le cruel accueil dont j'étais l'objet à Saint-Mandé. Je n'eus pas même le loisir de faire la réflexion sur l'affectueuse bonté de Mlle Amélie.

J'étais ivre de douleur, anéanti. Je revins chez moi. J'aurais voulu fuir au bout du monde.

Ma nuit fut affreuse, pleine de cauchemars, de soubresauts, de réveils épouvantés. J'avais beau me répéter qu'après tout j'aimais Ernestine depuis trop peu de temps pour ne pas me guérir aisément ; j'avais beau vouloir me persuader même que je ne l'aimais pas ; que mon amour et mon chagrin n'étaient qu'un jeu de mon imagination. — Imagination, soit. Mais si l'imagination seule causait le mal, le mal était réel, le désespoir sincère. Ce fut presque une agonie. Le premier amour mourait.

Le matin, au moment de me lever, je crus que j'allais m'évanouir. Je fermai les yeux pour ne pas voir tourner les murs de ma chambre. Je me trouvais dans cette somnolence douloureuse, lorsque j'entendis frapper à ma porte. J'y avais laissé ma clef. Je criai d'entrer. C'était Frédéric Séchain.

Frédéric, que j'étais si loin d'attendre, entra gaiement, comme si rien ne s'était passé. Il souriait, et vint à moi de la meilleure grâce du monde. Il me tendit la main. Je la refusai.

— Tu as tort de refuser ma main, dit-il. Je viens te faire mes excuses, et te prier d'oublier nos querelles.

— Entre nous, répondis-je froidement, il n'y a plus d'amitié possible.

— Tu es fou, reprit-il. Expliquons les choses ; elles ne sont pas si graves, au fond.

Il approcha une chaise devant mon lit, et s'assit à califourchon sur le siège, les bras croisés sur le dossier. De loin, il jeta son chapeau sur mon bureau, puis me regarda en continuant de sourire.

— Armand, me dit-il, tu ne voudrais pas refuser la main d'un ami qui reconnaît ses torts ?

— Encore un coup, m'écriai-je, je te défends de te dire mon ami !

— Armand, reprit-il avec insistance, tu ne voudrais pas être cause du malheur de toute ma vie.

— Pourquoi cela ? demandai-je. Ne m'as-tu pas outragé de manière à salir ma vie, à moi ?

— Je le reconnais, j'en suis fâché. Je t'en demande pardon.

Il cessa de sourire, je crus qu'il allait pleurer. Ses yeux devinrent rouges. Je me retournai violemment sur mon lit. Frédéric tombait mal. Il venait à une mauvaise heure, au moment où mon cœur ulcéré par Ernestine cherchait une vengeance, une victime. N'importe ! je répondis durement :

— Tes excuses, de toi à moi, ne signifient rien. Il faut qu'elles soient publiques, comme l'outrage l'a été ; autrement, je te le jure, tu me rendras raison, l'épée à la main.

— Oh ! oh ! dit-il, serais-tu rancuneux à ce point, Armand ? Ce n'est pas possible.

— Pardieu si ! J'irai ce soir chez Massé de Vireville, je t'en préviens, et nous verrons, demain matin, qui de nous aura la vie de l'autre.

— Tu me tueras si tu veux, répondit-il : mais je ne me battrai pas contre toi.

— De la magnanimité ! m'écriai-je avec dédain.

— Non, de la franchise. Écoute-moi : je commence par reconnaître que j'ai eu tort. Maintenant, la scène que

tu m'as faite, lundi soir, devant tout le monde, a eu les
plus tristes résultats. Mon oncle et ma mère irrités m'ont
demandé des explications. Ils ont jugé que tu avais raison. Alors, tous deux, d'un commun accord, m'ont déclaré que si je ne trouvais pas moyen de t'apaiser, que
si tu ne consentais pas à revenir chez nous comme par
le passé ; qu'enfin, si je ne te ramenais pas, je n'avais
qu'à prendre mon parti de quitter moi-même la maison,
sans espérer d'y revenir jamais. Ainsi, mon cher Armand, tu vois qu'en acceptant mes excuses, tu donneras
la preuve d'un caractère vraiment généreux ; car tu feras
plus que pardonner une injure, tu sauveras du même
coup la vie de celui qui te l'a faite.

— Cela, dis-je, est un peu fort et très invraisemblable.
Que ton oncle t'ait chassé, à la rigueur on peut l'admettre,
dans un moment de colère. Mais que ta mère te chasse
elle-même de chez elle, pour moi qui ne suis qu'un
étranger, c'est une vaine menace. Cela n'est pas sérieux.
Cela ne peut être sérieux.

— Hélas ! reprit Frédéric d'un ton triste, je l'ai cru
comme toi d'abord. Jeudi soir, après ton départ, lorsque
ma mère et mon oncle me posèrent cet ultimatum, ils
me fixèrent un délai de huit jours pour te ramener. Passé
ce délai, dirent-ils, je n'aurais plus de grâce à attendre.
Je crus, je te le répète, je crus, ainsi que toi, que la
colère leur inspirait ce langage, et qu'au bout des huit
jours ils n'y penseraient plus, Mais hier au soir, mon
oncle, qui jusque-là ne m'avait plus parlé de cette
affaire, et qui avait même consenti à me recevoir jeudi
dans sa loge, aux Italiens, hier au soir, mon oncle m'a
demandé si je t'avais vu. J'ai répondu que non. Alors il
a regardé ma mère et lui a dit : « Répétez à votre fils,
ma chère Adèle, que notre volonté n'a pas changé, et que
si M. Armand de Rives ne dîne pas ici lundi, la paix étant
faite, M. Frédéric Séchain n'a qu'à se pourvoir d'un logement ailleurs que chez nous. » Ma mère m'a certifié que
cela était sa volonté et celle de mon oncle. Elle a ajouté
que, dans ce cas, tous deux, mon oncle et elle, feraient

une démarche personnelle près de toi ; démarché qu'ils n'ont ajournée jusqu'à présent que par une dernière condescendance en ma faveur, afin de me laisser le mérite de réparer en homme de cœur, et selon mon devoir, la faute que j'avais commise à ton égard. Voilà, mon cher Armand, ce qui se passe. C'est à toi de voir si ta colère contre moi va jusqu'à vouloir me perdre absolument.

— C'est, dis-je, encore incrédule, une puissance que je ne me soupçonnais pas.

— Étant admis que tu l'as, reprit Frédéric, quelle est ta réponse ?

— Ma réponse est que je suis très fâché de tout cela. Tu comprends bien que, si je me suis irrité de l'accusation d'avoir voulu me substituer à toi dans ta famille, ce n'est pas pour la justifier aujourd'hui, en ne me prêtant pas à un raccommodement. Te perdre serait te donner gain de cause.

— Voilà de la raison, dit Frédéric, d'un ton plus gai.

— C'est clair, repris-je. Mais enfin, Massé de Vireville, Dussaulx, Ducouti et les autres, comment prendront-ils notre facile raccommodement, après les discours que tu as tenus contre moi ? Il me semble que j'aurai l'air de faire bon marché d'une insulte. En vérité, tiens, veux-tu que je te dise ma pensée ? Il vaudrait mieux nous donner un coup d'épée. Ce serait plus digne.

— Mon cher Armand, reprit à son tour Frédéric, je reconnais que j'ai eu tort. Je ne puis me battre, sachant que j'ai eu tort. Voyons, tu ne peux exiger cela, si tu savais combien ma vie est pénible ! Mon oncle et ma mère ont si peu d'indulgence pour moi ! J'ai le défaut d'aimer à m'amuser. On ne se refait pas. Mon oncle grogne, ma mère crie. On m'appelle fainéant. C'est un peu vrai, que je le suis. Là-dessus, on te cite comme un modèle : Vois Armand par-ici, vois Armand par-là. Toujours Armand ! Tu as des mérites sérieux, je le reconnais ; mais dans la bouche de mes parents, cela devient agaçant, à la fin des fins ! Cela m'a vexé. Après une scène cruelle qu'on m'avait faite, au moment où tu allais aux Italiens avec eux, j'avais la tête perdue. J'ai cru, oui, j'ai cru à de la méchanceté de ta part. C'est mon crime, si tu veux que ce soit un crime; mais je l'ai cru sincèrement. Alors, je suis allé m'en plaindre à quelques amis d'enfance. A présent, je vois que je me suis trompé. Ta conduite prouve ta loyauté. Coupable, tu n'aurais point agi comme tu l'as fait. Tout le monde l'a déjà reconnu. Massé de Vireville me le disait encore hier. Tu t'es mis au-dessus du soupçon, et il suffira qu'on nous voie ensemble à l'avenir bons camarades, bons amis, pour que tout soit oublié, et qu'on ne parle jamais plus de cette triste affaire.

— Là-dessus, lui dis-je en lui tendant la main, laisse-moi me lever, et allons ensemble chez ta mère!

Ma toilette fut achevée en un moment. J'étais content comme on l'est toujours quand on se débarrasse le cœur d'une haine : ce raccommodement, si peu prévu, me parut d'un favorable augure pour mon amour; et j'espérais qu'Ernestine me serait plus clémente quand je la reverrais. Frédéric et moi, nous nous mîmes en route. Notre conversation était affectueuse et nous avions l'un pour l'autre mille prévenances destinées à faire mieux oublier la querelle des jours précédents.

— Tu voulais aller ce soir chez Vireville? me demanda Frédéric.

— Oui.

— Eh bien! nous irons ensemble. Il s'y prépare du nouveau. Tu ne t'attends guère à la réunion qui va avoir lieu ce soir.

— Vraiment?

— Figure-toi : on fonde une revue bimensuelle qui s'appellera la *Nouvelle France*. Il s'agit, tout bêtement, d'enfoncer la *Revue des Deux Mondes*. M. Buloz doit, dit-on, en crever de dépit. Le fond de la rédaction est fourni par un petit journal hebdomadaire, *le Carillon*, qui désormais ne fera plus que doubler la Revue. Il faut que tu entres dans cette double rédaction, et Morand aussi. Nous irons le chercher ce soir. C'est une occasion à saisir. Les articles seront payés.

Cela est simple. Vireville, Dussaulx et plusieurs autres, qui sont riches et bons enfants, seront les actionnaires de l'entreprise. Ce sont les bailleurs de fonds. Ducouti en est aussi.

— Tiens! Ducouti, je le croyais avare?

— Oui, mais il lui est arrivé des aventures. Prépare-toi à tomber des nues, mon bon.

— Pourquoi cela?

— Parce que tu vas ouïr des choses cruelles. Tu n'as pas oublié Rosalie, j'imagine?

— Non, ni le trottin Guguste. Comment les oublierais-je? C'est à eux que je dois d'avoir connu ton oncle et ta mère. Pense donc! Et mes vers?...

— Ecoute, alors. Ducouti, à l'aide de manœuvres certainement criminelles, a réussi dans l'entreprise où nous avons tout perdu, même l'honneur. Ducouti a séduit Rosalie, il l'a ravie à ses parents, à la pratique austère du travail quotidien des modistes. Bref, mon bon, il l'a mise dans ses meubles. Il a fait pour elle de vraies folies. Du noyer! Conçoit-on ces prodigalités?

— C'est inouï!

— Va donc! La vie est pleine de choses inouïes. Toujours est-il que Vireville, en apprenant cette nouvelle, en a ri pendant quatre heures, et qu'en abordant Ducouti, le lendemain, il lui a fait un calembour encore plus inouï que le reste : il lui a dit que Rosalie était une femme à noyer.

— Tiens! tiens! Qu'a répondu Ducouti?

— Il a répondu, en se donnant du genre, qu'il aurait volontiers offert à Rosalie de l'acajou, ou même du palissandre, que ses moyens le lui permettaient, — vaniteux, va! — mais que c'était elle qui avait exigé l'économie, étant suffisamment heureuse et fière de l'amour d'un homme aussi distingué que lui.

— Voilà, dis-je, comment les hommes se damnent à force de mentir!

— Rosalie, reprit Frédéric, a un tic.

— Toutes les femmes en ont plusieurs, et c'est un bonheur quand ils sont gais.

— Celui de Rosalie est triste. — Pardon, je ne veux pas vous fâcher. — Elle aime la littérature !

— Tant de scélératesse ! Est-ce possible ?

— Que veux-tu, mon pauvre Armand, tu l'as gâtée, cette fille ! Sa maîtresse a confisqué les vers que tu lui adressais, ce n'était certes pas sa faute. Tant il y a qu'avant de confier son sort à Ducouti, elle a voulu s'assurer s'il savait tourner un sonnet : Ducouti a juré qu'il était poète comme pas un, et le lui a prouvé en copiant des sonnets dans Hugo et dans Musset. La crédule jeune fille a cédé. Voilà comme on les trompe, ces innocentes créatures. Mais depuis, elle ne cesse pas de faire des scènes odieuses à son ravisseur. Elle veut un poète ; il lui faut un poète pour amant. Si bien que Ducouti est obligé de se mettre à rimer pour avoir la paix. Et voilà pourquoi il concourt à la fondation de la *Nouvelle France.*

— Est-ce que Rosalie, demandai-je, écrira aussi dans la Revue ?

— Non, répondit Frédéric, elle aura un petit canif au service de la rédaction, et fera des trous dans les articles de Ducouti.

Tout en parlant, nous étions arrivés rue de l'Ouest. Mon retour fut aussi simple que si ma dernière visite avait eu lieu la veille. Mme Séchain fut plus séduisante que jamais. Seul, M. Pautrel montra quelque émotion et m'embrassa sur les deux joues en me disant :

— Très bien, mon cher Armand ; très bien !

Ce fut tout. Quand on annonça que le déjeuner était servi, je passai dans la salle à manger. Mon couvert était mis comme de coutume ; Frédéric, ce matin-là, déjeuna avec nous. Il était en verve, et trouva des saillies pleines de gaieté. Au dessert, M. Paul Desjardins entra sans être annoncé, parla familièrement de choses indifférentes. Il demanda seulement à Frédéric s'il m'avait fait part de la fondation de la revue de la *Nouvelle France.*

— Oui, repondit Frédéric.

— Comment! demandai-je, en seriez-vous aussi, monsieur?

— Non, répondit-il, je n'ai pas l'honneur de manier la plume. Mais Frédéric m'a parlé de cette revue l'autre jour, et je lui ai donné tout d'abord le conseil de vous y faire entrer si vous y consentiez.

— Je vous remercie de cette idée, dis-je. Frédéric m'a fait la proposition, et je consens.

— De quoi donc s'agit-il? demanda M. Pautrel.

Nous le mîmes au courant de l'important événement littéraire qui se préparait; mais naturellement, le nom de Rosalie et les infortunes de Ducouti furent passés sous silence On n'était point alors blasé sur les petits journaux; plusieurs vivaient et vivaient bien. M. Pautrel approuva l'idée, surtout pour moi. C'est un moyen de me former le style.

Quant à M. Desjardins, j'appris plus tard, à mes dépens, que ses vues avaient été différentes.

— Ainsi, dit Frédéric, je vous enlève Armand pour aujourd'hui. Il appartient tout entier à la littérature.

— Ma foi, répondit M. Pautrel, s'il la fait bonne, tant mieux. Nous en avons assez de mauvaise.

— Il faut bien l'espérer, ajouta Mme Séchain.

— A propos, Armand, nous avons Mme de Renne à dîner, demain dimanche. J'espère aussi, quand vous aurez rendu vos hommages à la littérature, que vous voudrez bien vous souvenir de nous.

— De grand cœur, madame, répondis-je avec joie.

Je me plus à penser qu'Ernestine oublierait sa rigueur en se retrouvant près de moi, dans ce salon où je l'avais vue pour la première fois.

Une fois sorti sur le palier, Frédéric me lit :

— Montons chez Levernay. Il faut lui faire part de notre raccommodement.

J'y avais pensé, mais je n'avais point osé faire cette proposition moi-même, dans la crainte de paraître, aux yeux de Frédéric, vouloir le traîner comme en triomphe

14

chez chacun de nos amis. Je lui sus gré de cette délicate attention. Levernay, en nous voyant entrer, ne manifesta aucun étonnement. Notre visite fut courte, et de là Frédéric et moi nous nous rendîmes chez Morand.

Gerges Morand fut surpris de nous voir ensemble, Frédéric et moi. Il ne chercha pas à cacher cette surprise, et félicita grandement Frédéric de la réconciliation. Il avait entendu déjà quelques mots de la nouvelle revue, et accepta volontiers l'office d'assister le soir à la séance de fondation. Nous convînmes de dîner tous les trois ensemble avant cette soirée chez Vireville; et ce fut Frédéric qui paya le dîner, circonstance notable, vu ses habitudes très parcimonieuses. Pendant le dîner, on parla longuement des amours de Ducouti avec la jeune Rosalie ; les habitués du restaurant à quarante sous où nous nous trouvions durent nous prendre pour des fous, tant nos rires étaient immodérés.

Ce n'était pas, on le comprend, que j'eusse une gaieté de bien bon aloi. L'arrivée de Frédéric chez moi, mon déjeuner avec M. Pautrel et Mme Séchain avaient, il est vrai, fait une diversion aux chagrins que me causait Ernestine. Mais, la première émotion passée, je me reportais en esprit à la scène désagréable de la veille à Saint-Mandé ; je me trouvais perplexe. La paix faite avec Frédéric, c'était la moitié de la paix reconquise; mais ce n'était que la moitié ; la moindre sans doute. L'autre question restait à résoudre. Ernestine m'aimait-elle, ou ne m'aimait-elle pas? Après ce qui s'était passé, il fallait la robuste foi de la jeunesse pour admettre qu'Ernestine pouvait m'aimer. Tout éveillé que je fusse, les cauchemars de ma nuit me reprenaient pendant le dîner, et j'étais bien près de perdre l'appétit quand je venais à me dire qu'il était possible qu'à notre première rencontre Ernestine me reçût avec la même hostilité qu'elle avait eue en me quittant.

Après dîner, après le café, nous nous rendîmes chez Massé de Vireville. Qui m'eût rencontré par les rues entre Morand et Frédéric aurait été loin de supposer que, le matin encore, Frédéric et moi devions nous couper la gorge, et que Morand m'aurait servi de témoin dans cette affaire. — Telle est la jeunesse !

En arrivant à l'hôtel de Vireville, — vieil hôtel aristocratique précédé d'une immense cour que des communs séparaient de la rue de Varennes, — nous fûmes très surpris du luxe de luminaire déployé en cette occasion. Ce luxe inusité, que pouvait seul justifier la solennité de la fondation d'une revue, consistait en un beau lampion, qui fumait et rougeoyait dans le coin de la cour, sur le perron des appartements particuliers de Ferdinand. Le valet de chambre de M. de Vireville le père attendait près du lampion, afin d'introduire les visiteurs ; ce valet de chambre, avec sa petite lumière devant lui, semblait un prestidigitateur forain qui se serait disposé à faire des tours en public.

— Ces messieurs viennent pour la séance ? demanda-t-il.

— Oui, répondit Frédéric.

Il nous ouvrit la porte du perron. Nous vîmes une lampe au haut de l'escalier.

— C'est au premier, nous dit le domestique.

Nous montâmes avec solennité. Le profond comique de l'affaire, c'est que le lampion, la lampe, le domestique et nous-mêmes, tout cela avait une égale gravité. Définitivement, M. Buloz allait mal.

Heureux M. Buloz ! — Combien ce Savoisien (quelques-uns disent qu'il est Suisse ; et le lieu de la naissance d'Homère est inconnu aussi), — combien ce Savoisien, qu'une folie de la destinée appela à régenter la littérature française, doit avoir d'orgueil en pensant au nombre infini de littérateurs qui le détestent et le jalousent. Sa revue, *rudis indigestaque moles*, est grande surtout par les clabaudages qu'on a faits autour d'elle.

La grue est un vilain oiseau ; les grenouilles en firent un roi. Que voulez-vous ? nous avons tous passé par là. Tous nous avons voulu collaborer à cette masse, et, repoussés par le maître, nous avons entrepris de le lapider avec les pierres dont il n'a pas voulu pour son édifice.

Depuis l'époque dont je parle, j'ai acquis quelque force
de poignet, et nous avons échangé de bien jolis horions.
Alors mes pierres étaient petites ; leur gravier remplissait
à peine le creux de ma main. Mais c'est égal, je détestais
M. Buloz, — si jeune, — et je voulais lui jeter mon gravier dans l'œil.

XV

Chérubin.

En entrant dans le salon de Ferdinand de Vireville,
nous y trouvâmes une réunion déjà nombreuse. Une
quinzaine de jeunes gens, à peu près, et un monsieur
d'un âge mûr, que je sus bientôt être M. Brugnon,
imprimeur, rue Saint-Germain. C'était à lui que revenait
l'honneur d'imprimer la *Nouvelle France,* comme déjà
il imprimait le *Carillon.*

Massé de Vireville, Dussaulx, Ducouti, tous enfin, me
firent un accueil tel que je pouvais l'attendre de mes
meilleurs amis, heureux de voir toutes les querelles
apaisées ; mais on donna peu de temps aux politesses
et aux accolades. Tout l'intérêt était accaparé par M. Brugnon, qui, en ce moment, exposait ses devis.

—In-octavo, disait-il. Un numéro de dix feuilles. Cent
quatre-vingts pages, de cinquante lignes à la page et de
quarante-cinq lettres à la ligne, en neuf, avec titre
courant en petites capitales. C'est bien cela que vous
voulez, hein ?

Nous avions trouvé en arrivant une quinzaine d'invités ; à chaque minute il en arrivait d'autres ; on se
tenait debout, par petits groupes ; on entourait, on regardait M. Brugnon, assis, tout seul, sur le canapé ; il promena sur tout ce monde son regard olympien et répéta :

— C'est bien cela que vous voulez, hein ?

Personne n'y comprenait rien. Il n'y eut que le rédacteur en chef du *Carillon,* M. Philippe Vannier, qui, plus

au courant que nous de ces questions pratiques, se hasarda à répondre :

— Oui, c'est cela que nous voulons.

Le chœur, alors, reprit avec le rédacteur en chef :

— Oui ! c'est cela que nous voulons !

— Écoutez donc, reprit Philippe Vannier; on peut commencer par dix feuilles et en mettre vingt plus tard.

— Comme vous voudrez, répondit M. Brugnon.

— Enfin, demanda Ferdinand de Vireville, combien cela coûtera-t-il le numéro?

— Cela dépend, dit M. Brugnon, du papier que vous emploierez.

— Ah ! oui, fit-on de toutes parts. Quel papier prendrons-nous ?

— Celui de la *Revue des Deux Mondes*, proposa le rédacteur en chef du *Carillon*.

— Soit, consentit M. Brugnon.

— Alors, combien coûtera le numéro? réitéra Ferdinand.

— Tout doux ! s'écria l'imprimeur. A combien tirerez-vous?

— Est-ce que j'en sais rien? répondit Ferdinand.

— A dix mille, dit une voix.

— Oh! fit M. Brugnon.

— C'est trop peu! s'écria Ducouti. A vingt mille.

— Oh! refit M. Brugnon.

— Sans doute, dit à son tour un jeune poète, mettons trente mille. Ce n'est pas trop.

— Qu'en pense M. Brugnon ? demanda Philippe Vannier.

— Dame! je pense, répondit l'imprimeur, qu'en tirant cinq cents, ce sera bien joli.

— Oh! oh! oh! vociféra le chœur sur tous les tons. A cinq cents! quelle bêtise! Cet imprimeur est idiot! A cinq cents exemplaires notre revue! La revue des jeunes, des vaillants, des braves! Quel crétin que ce Brugnon! C'est un misérable!

— Monsieur Brugnon! s'écria le jeune poète en se

14.

croisant les bras dans le dos, et foudroyant le pauvre homme d'un regard de mépris, je ne savais pas que vous soyez venu ici pour vous moquer de nous.

— Ça m'est bien égal, répondit M. Brugnon. Je dis ce que je dis. Cinq cents exemplaires, c'est déjà beaucoup. Moi, je tirerais à deux cent cinquante, là! Je vous demande un peu si je n'aurai pas toujours mes « étoffes », que vous tiriez à cinq cents ou à cent mille. C'est un conseil.

— Il est sage, selon moi, appuya Ferdinand de Vireville.

— Je maintiens, reprit le jeune poète, que c'est une bêtise !

— Monsieur !... s'écria Ferdinand.

— Cruelle ! ajouta le poète.

— Monsieur ! réitéra Ferdinand.

Le poète et Ferdinand échangèrent un regard fulgurant. Il y eut un silence. Ferdinand de Vireville s'avança vers son adversaire, et lui dit, en appuyant sur chaque syllabe :

— Vous prétendez que je suis une bête?

Nouveau silence. Le poète regarda Ferdinand des pieds à la tête, haussa les épaules, se pivota sur ses talons en s'écriant :

— Ah bien ! vous m'ennuyez, à la fin.

Ce fut un ouragan, un cataclysme universel. Les cris : Silence! A la porte! Taisez-vous! C'est stupide! se croisaient dans l'air. On aurait juré qu'on allait se battre. Ferdinand de Vireville et le poète s'expliquaient en criant à tue-tête ; mais, au milieu de la frénésie générale, on ne pouvait saisir ce qu'ils disaient : eux-mêmes ne s'entendaient pas.

Seul, l'impassible Brugnon comptait et calculait sur ses doigts.

— Cinquante-six et vingt-sept, ça fait quatre-vingt-trois, et trois, quatre-vingt-six. Quand ils auront fini, nous nous expliquerons.

Mais on n'en finissait pas, et le vacarme allait son train. Frédéric, Morand et moi nous mourions d'envie

de rire; mais nous n'osions souffler mot, dans la crainte
de nous attirer des affaires. M. Philippe Vannier vint à
nous et nous dit :

— Je vous en prie, messieurs, aidez-moi à ramener le
calme; sans cela, on ne pourra jamais s'entendre.

— C'est facile, répondit Frédéric. Vous allez voir.

Et Frédéric, prenant à deux mains le garde-cendres et
les chenets de la cheminée, les jeta lourdement au
milieu du salon. Cet affreux bruit de ferraille causa une
stupeur générale, tout le monde se tut soudain.

— Maintenant, reprit M. Brugnon, continuons nos
comptes.

Je me demandais si c'était là ce qu'on nommait une
pacifique réunion littéraire. On finit toutefois par s'entendre, à peu près, et l'on se sépara vers deux heures
du matin.

J'espérais égayer M. Pautrel du récit de notre soirée,
en allant, dès le matin, rue de l'Ouest pour déjeuner ;
mais, en rentrant chez moi, je trouvai sous ma porte
une lettre que ma portière y avait glissée, et qui m'annonçait que mon père avait eu une indisposition assez
grave, une sorte d'attaque d'apoplexie. Ma mère me
priait de venir à Juvisy, sans retard, pour voir mon père,
bien qu'il fût à cette heure hors de danger. Aussi dès le
premier convoi, je me trouvai à la gare d'Orléans, et je
passai toute ma journée en famille.

L'état de mon père ne pouvait pas inspirer d'inquiétudes. Ma mère, cependant, était soucieuse. Mes parents,
ainsi que je l'ai dit, n'étaient pas riches. Tout l'avoir de
mon père consistait en petites rentes viagères qui suf-
fisaient à peine à le faire vivre avec ma mère; et peut-
être, dans le but d'assurer quelques moyens d'existence
à ma mère après qu'il serait mort, dans la pensée que
je ne serais pas de longtemps en état de suffire aux
besoins de la pauvre femme, il s'était engagé dans plusieurs petites spéculations qui avaient mal tourné. Mon
père n'était point communicatif; je n'ai jamais bien su
quelles étaient ces spéculations. L'important est qu'elles

avaient mal tourné, et qu'au lieu de bénéficier, mon père avait réalisé des pertes assez lourdes, eu égard au chiffre qu'il possédait. De là le chagrin du pauvre homme, puis l'attaque d'apoplexie qui avait mis ma mère aux abois. Pour le moment, il paraissait hors de danger ; mais ma mère se demandait si une rechute n'était pas à craindre. Elle ignorait, ainsi que moi, quelles pertes avaient subies mon père, et elle était inquiète surtout de savoir si, avec des ressources peut-être très amoindries, on pourrait me fournir les moyens de continuer mes études.

Mon esprit, peu positif, s'inquiétait médiocrement de ce qui préoccupait si vivement ma mère. Je lui parlai de mes relations rue de l'Ouest ; je ne lui cachai pas que j'étais amoureux d'une jeune fille qui s'appelait Ernestine de Renne, et que, pour le quart d'heure, mon amour allait mal. Ma mère m'engagea à ne point trop donner de mon temps à des relations qui pouvaient me détourner de mes études ; elle insista pour me dissuader de me confier à des rêveries amoureuses dont la seule solution, — le mariage, selon elle, étant impossible, — ne pouvait être que scandale pour celle que j'aimais et désespoir pour moi. Je goûtai peu ces sages avis. Avec l'insouciance de l'avenir qui caractérise la jeunesse, je ne tenais compte d'aucune des difficultés qu'on me montrait ; je suivais mon rêve tout éveillé. L'important me parut être le rétablissement de mon père. Quant aux pertes qu'il avait éprouvées, il les réparerait aisément, et s'il ne les réparait pas, eh bien ! je ferais fortune et tout serait pour le mieux dans le meilleur des mondes.

Je ne savais pas au juste comment je ferais fortune, mais enfin j'étais certain de faire fortune.

Dans les chemins à travers champs, détrempés par les pluies d'automne, je me promenais près de la chère vieille femme que j'appelais : *Maman*, comme si j'avais encore été dans l'âge de recevoir le fouet. Connaissez-vous Juvisy ? Mon Dieu ! c'est un village pareil à tous les villages, et les champs, tout à l'entour, n'ont rien de remarquable. Je me souviens cependant des arbres, des buissons, des touffes d'herbe. Je me souviens de la longue promenade que je fis ce dimanche-là, et de la conversation sérieuse de ma mère, et du peu de bon sens avec lequel je lui répondais.

Ma mère n'avait eu que moi d'enfant, et j'étais venu au monde, sans me hâter, après un long temps de mariage. Ma mère était donc plus âgée que mes dix-sept ans ne le feraient supposer. Elle avait près de soixante ans, et sa vue commençait à devenir mauvaise. De plus, mon père ne l'avait pas absolument comblée de bonheur. C'était un homme rigide, qui vivait chichement comme tous les bourgeois de petite ville ; mécontent d'avoir gaspillé, dans sa jeunesse, une assez belle position, il accusait volontiers la fortune de lui avoir fait des traits, et s'en vengeait en se posant, dans sa vieillesse, en homme austère et incapable de faiblesse. Il pensait par là donner tort aux rigueurs de l'aveugle déesse. Le résultat le plus clair de ce caractère grognon était de faire à ma mère une existence des plus tristes. On ne riait pas souvent, chez nous.

Je craignais d'être obligé de passer la nuit à Juvisy.

Ma mère dit soudain :

— Retournons à la maison !

Puis en chemin, en me regardant du coin de l'œil, elle ajouta : — Tu es invité à dîner à Paris, il faut que tu retournes dîner à Paris.

— Mais, maman...

— Je le veux, dit-elle, en souriant.

Quel homme, et peut-être quel vieillard, ne se sentira le cœur ému au souvenir du jour où sa mère complaisante consentit à employer son autorité maternelle, pour le contraindre à faire ce qu'il voulait? Evidemment, tant la jeunesse est égoïste, je brûlais du désir de retourner à Paris. Ma mère le comprit. Elle se dit que ce serait pitié de me retenir ; elle pensa, tout en blâmant mon amour, que l'amour avait ses droits, que c'était une jolie chose d'aimer. Je résistai par pudeur, elle ordonna

par affection ; et quand j'eus embrassé mon père, elle
leva tous les obstacles en disant :

— Va-t'en, mauvais garnement !

— Oui, maman.

— Attends ! ta cravate est mal mise. Viens que je
t'arrange un peu. Au moins il faut être convenable.

Elle refit le nœud de ma cravate, et me prenant les
deux mains dans les siennes, elle s'écarta, et, me tenant à
distance de toute la longueur de ses deux bras et des
miens, elle me regarda des pieds à la tête, et dit :

— Tu n'es pas mal.

Elle dit cela d'un ton qui signifiait : Quel joli garçon !
Sa conviction fut si complète, qu'elle ne put se défendre
de sourire orgueilleusement. Et elle ajouta :

— Sois sage !

Puis elle m'attira vers elle, saisit ma tête à deux mains
et m'embrassa au front.

— Allons, va-t'en !

Le souvenir et la reconnaissance ne viennent qu'aux
hommes. Les garçons sont ingrats. Je décampai gaiement et je courus d'un trait jusqu'à la station du chemin
de fer. J'avais si peur de manquer le convoi et d'arriver
trop tard pour dîner rue de l'Ouest !

A l'heure exacte, je sonnais à la porte de Mme Séchain. On m'introduisit. Je retrouvai le salon gai, l'accueil gracieux de mes amis, l'affectueux sourire de
M. Pautrel. Frédéric était là. Il vint à moi les mains
ouvertes. Ce qui me toucha plus que l'accueil de Mme Séchain, de M. Pautrel, plus que la poignée de main de Frédéric, ce fut la présence d'Ernestine et de sa mère. Du
premier coup d'œil, je m'aperçus que j'étais rentré en
grâce. Les nuages étaient dissipés. Tout était joie et
soleil.

Si j'avais pu, si j'avais été seul avec Ernestine, je
serais tombé à ses pieds en m'écriant : Mon amie, ma
bien-aimée, pourquoi m'avez-vous torturé de la sorte ?
Que vous avais-je fait, le soir où vous me repoussiez si
durement, où vous me disiez que vous ne m'aimiez pas

Mais je vous retrouve enfin ; je vous retrouve, et vous m'aimez, et je vous aime ! Tout est effacé, tout est oublié. Je vous aime tant, qu'un seul regard que vous laissez tomber sur moi me paye de toutes mes douleurs ; je vous aime tant, que pour vous j'ai quitté le chevet de mon père malade ; et que me voici près de vous, oubliant que mon père est malade et que ma mère, seule et triste, est là-bas, près de lui.

Je l'aimais ainsi ; je l'aimais comme on aime celle dont on veut faire la compagne de sa vie, comme on aime celle que l'on choisit entre toutes pour la désirer, et la respecter et la chérir.

Tout jeune que j'étais, je me complaisais dans la pensée de cette longue et inaltérable affection qui, de deux existences, fait une seule vie ; et j'éprouvais une satisfaction infinie à me dire que, commençant de bonne heure l'union légitime, j'aurais plus longtemps à la savourer ; que je n'aurais point à subir le noviciat honteux des liaisons inavouées, dans lesquelles tant de jeunes gens perdent la fleur de leur sentiment et la virginité de leur cœur, pour n'apporter plus tard, à celle qui devient leur femme, que ces tristes débris d'eux-mêmes, surnageant au milieu du naufrage de leurs illusions et de leurs croyances.

Le dîner, la soirée furent ce qu'ils étaient d'habitude. Je m'informai de Mlle Amélie. On m'apprit que, depuis deux jours, son état de santé était devenu plus mauvais qu'il n'avait jamais été. Le médecin avait conseillé un voyage aux Pyrénées ; il n'avait pas dissimulé que le danger était imminent. Cependant, Mlle Amélie s'obstinait à repousser les soins dont on l'entourait ; et, soit dégoût prématuré de la vie, soit incrédulité dans la gravité de sa maladie, ne paraissait pas effrayée ni même soucieuse. Elle avait chargé sa mère et sa sœur de me porter ses meilleurs souhaits et l'expression de sa plus sincère amitié. On insista là-dessus avec une vivacité très grande, et l'on ajouta qu'elle souhaitait beaucoup que mes visites à Saint-Mandé devinssent plus fréquentes.

Cette invitation, on le conçoit, n'était pas faite pour me déplaire.

Mais, ce que l'on concevra moins aisément, c'est l'air de° gravité maussade avec lequel Mme Séchain, Frédéric et même M. Pautrel écoutaient ces communications. Il n'y avait pas jusqu'à M. Paul Desjardins, qui avait assisté au dîner, jusqu'à M. Brunoy et M. de Tervières, qui étaient venus pour la soirée, dont la physionomie n'eût un aspect d'hostile circonspection quand on parlait de Mlle Amélie de Renne. En voyant cela, on pouvait croire que la pauvre fille était mise à l'index par tout ce monde qui m'entourait. C'était pour moi une chose tout à fait inexplicable.

Comme j'insistais pour savoir si bien réellement la maladie était aussi sérieuse qu'on le disait, comme je manifestais mon inquiétude sur les progrès quotidiens de ce mal mystérieux, M. Pautrel me coupa brusquement la parole :

— En voilà assez ! Mlle Amélie est son propre bourreau. Elle est attaquée d'un mal qui pardonne rarement, parce qu'il a son siège principalement dans l'imagination du malade. On voit parfois des jeunes filles se renfermer ainsi en elles-mêmes, et accumuler sur leurs nerfs une telle dose d'électricité qu'elles vivent dans un état habituel de crispation et d'exaltation maladive qui les tue. Imagination.

— Imagination, si vous voulez, dis-je. Mais on en meurt à ce que je vois.

— En voilà assez ! réitéra M. Pautrel.

Cette vivacité n'était pas dans les habitudes de mon vieil ami. Je me tus. Outre la surprise, j'éprouvais un sentiment incompréhensible. Le tendre intérêt qu'inspire toujours une jeune fille souffrante se compliquait en moi d'une sorte d'épouvante à l'idée qu'Amélie de Renne pouvait mourir. J'aimais sa sœur, cependant, et très certainement je n'aimais que sa sœur. Ernestine était tout pour moi. Mais j'avais devant les yeux comme une apparition : Amélie mourante, pâle, blanche, livide. Je la voyais, et je dis que j'éprouvais une sourde épouvante, car elle me regardait d'une manière douce et menaçante à la fois. J'avais beau faire, je ne pouvais chasser cette impression indéfinissable.

D'ailleurs, on reconnaîtra que je me trouvais dans une situation où les sentiments se compliquaient nécessairement. Sans parler de mon père, que j'avais laissé malade à Juvisy; sans parler de l'impression singulière que me causaient la maladie de Mlle Amélie et la sourde hostilité que tout le monde, en y comprenant M. Pautrel, semblait nourrir contre cette charmante fille, je dois dire que mon raccommodement avec Ernestine, tout en me causant une joie infinie, me paraissait aussi inexplicable que le reste; pour bien dire, aussi inexplicable que notre brouille de l'avant-veille au soir l'avait été.

Au milieu de tout cela régnait un mystère irritant. Cette situation avait un sens qui m'échappait; peut-être quelque lecteur l'a-t-il déjà deviné. Moi, je n'y voyais goutte. Quand je voulais creuser les choses, je m'arrêtais, dès le premier pas, devant d'absurdes suppositions dont mon bon sens et ma loyauté ne pouvaient admettre la vraisemblance. Un dernier trait fera comprendre combien je devais être perplexe.

Mme Séchain m'accablait de prévenances.

Comprenez-vous? Il y a des nuances, dans la vie; je voudrais vous faire comprendre, à demi-mot, la nuance des prévenances de Mme Séchain pour moi.

Quand une femme, une très jolie femme, dont rien ne constate les quarante ans, se familiarise outre mesure avec un jeune homme de dix-sept ans et le traite à chaque moment comme si elle était sa mère, n'est-ce pas une incitation à lui faire comprendre qu'elle pourrait être autre chose? Eh bien! mais imaginez ce qui doit en résulter dans la tête de ce jeune homme: si d'ailleurs ce jeune homme, de bon appétit, est virginalement amoureux d'une fille de son âge, belle entre les belles, qui l'aime à son tour, et dont il veut faire sa femme?

15

— Armand, prenez-vous du thé?

— Oui, madame.

— Du lait ou du rhum?

— Du lait.

— Il est charmant, cet Armand. On dirait une jeune fille. Dites donc, Armand?

— Quoi, madame?

— A propos du *Barbier*, je parie que vous n'auriez jamais eu l'audace de jouer à l'Almaviva, et d'escalader la fenêtre de Rosine.

— Peut-être bien.

— Tenez, voilà votre tasse. — Vraiment, vous auriez escaladé la fenêtre?

— Assurément. Il pleuvait.

— Pour vous mettre à l'abri de la pluie alors?

— Mon Dieu, oui.

— Rien que pour cela? — Prenez-vous du savarin?

— Volontiers, madame.

— Pauvre Armand! Pour se mettre à l'abri, il aurait escaladé la fenêtre!

En me présentant l'assiette de savarin, elle se mit à rire d'une si singulière façon, d'un rire qui montrait de si belles dents; et elle me regardait dans le blanc des yeux d'une si cruelle manière que j'en rougis jusqu'aux oreilles, et que M. Pautrel, remarquant ce manège, s'écria :

— Adèle, pourquoi n'offrez-vous pas du thé à Mlle Ernestine?

Il y avait peut-être une épigramme dans ce rappel à l'ordre, à propos d'Ernestine. Evidemment, ce soir-là, M. Pautrel avait ses nerfs. Ernestine, de son côté, parut mécontente.

M. Paul Desjardins, spectateur désintéressé dans cette affaire, prit alors la parole.

— Comment s'est passée votre réunion d'hier, sur la fondation de la *Nouvelle France*?

— Très gaiement, répondit Frédéric. On s'est jeté les chenets dans les jambes.

— La chose, alors, ne marchera pas facilement, observa M. Pautrel.

La plaisanterie lui parut bonne, et il se mit à rire de bon cœur. Mais Mme Séchain ne fut pas de son avis, et riposta d'un ton sec :

— C'est étonnant combien, depuis quelque temps, M. Pautrel fait d'atroces calembours !

— Je les fais, répondit M. Pautrel, selon mes petits moyens. Mais il me paraît que vous préférez ceux d'Armand.

Mme Séchain rougit, et M. Pautrel ajouta en se retournant vers moi :

— Ce n'est pas par jalousie que je dis cela, au moins !

Je ne compris pas un mot de tout cela ; mais, à tout hasard, je répondis :

— Je l'espère bien.

— Armand, dit encore M. Pautrel, vous avez beaucoup d'esprit.

Le reste de la soirée se passa dans ces termes. Le lendemain je reçus des nouvelles de mon père. Il allait de mieux en mieux. J'allai le soir, comme de coutume, rue de l'Ouest. Ma vie reprit son train habituel, et Frédéric ne me parut plus soucieux ni jaloux de mon intimité avec son oncle ou de mon amour pour Ernestine de Renne.

XVI

Le dîner de fondation.

Mes visites à Saint-Mandé étaient assez fréquentes. J'y voyais régulièrement Mlle Amélie, qui ne manquait jamais de descendre au salon quand j'y étais arrivé. Jamais je ne lui parlais de sa maladie ; jamais, de son côté, elle ne m'en parlait. Mais les progrès étaient visibles à certains jours ; mais dans d'autres, au contraire, la jeune fille paraissait rayonnante de santé. Je vivais dans la conviction qu'elle guérirait ; un observateur plus attentif et plus expérimenté n'aurait pas été si tranquille : entre les jours de crise et les jours de bonne santé, il s'établissait une moyenne moins bonne de jour en jour. Puis, on la soignait mal. Parfois sa mère exagérait ses soins et ses inquiétudes ; d'autres fois, elle semblait ne plus s'en occuper. Puis, elle changeait de médecin tous les quinze jours. Les traitements se succédaient et se contredisaient, se neutralisaient par conséquent, si même il ne résultait pas de l'ensemble un régime fatal à la malade.

Il s'établit entre Amélie et moi des rapports de familiarité douce et charmante, fraternelle.

Je n'avais pas d'arrière-pensée ; elle, de son côté, ne manifesta jamais avec moi aucune de ces timidités qui auraient pu faire croire à un autre sentiment. Elle me demandait des livres, je lui en apportais. Elle les voulait sérieux, son esprit était grave et religieux ; je me soumettais à son goût sans protester. Mais, par une sorte de vanterie familière aux jeunes gens de mon âge, il m'arrivait quelquefois de dénigrer la religion. Amélie ne s'en fâchait pas, et me laissait dire, seulement, sans répondre. Une fois que j'étais allé trop loin, elle me pria de cesser ma controverse.

— Je vous en prie, me dit-elle, ne parlons pas de cela. Je vous crois assez sincère pour supposer que vous parlez de bonne foi, mais cela m'afflige de vous voir penser ainsi. Quant à moi, je trouve dans la religion, sans vouloir la discuter, quelques motifs de consolation en présence de la mort. Laissez-moi mon erreur, si c'est une erreur. Au moins, je mourrai en paix.

— C'est ridicule !... m'écriai-je étourdiment. Puis me ravissant : — Pardon ! je viens de dire un mot que je n'ai pas dans l'esprit.

Elle se mit à rire très franchement.

— Si fait, vous l'avez dans l'esprit. Vous me trouvez ridicule. Allons ! voilà qui est dit. Mais je ne me fâche pas, allez. J'ai un bon caractère. Vous ne savez donc pas que je prie tous les soirs le bon Dieu pour vous? Restons amis, mais n'en parlons plus.

Ce jour-là elle me donna en me quittant une poignée de main d'ami. Elle me tapa dans la main comme un garçon, et me serra les doigts très fortement.

Elle évitait avec le plus grand soin de me parler de sa sœur. Elle ne me parlait pas davantage de Mme Séchain, ni de M. Pautrel, et un jour que je lui apportais un livre que m'avait prêté M. Pautrel, en lui disant d'où ce livre me venait, elle me le rendit en me disant qu'elle n'en voulait pas. J'insistai. J'étais surpris de cette répugnance pour un livre qui venait d'un homme que j'aimais tant; mais Amélie persista dans son refus, et me fit observer que je ne devais pas prêter un livre qui n'était pas à moi.

— C'est pour cela, demandai-je, que vous le refusez?

Elle rougit, hésita, puis répondit :

— J'allais mentir en vous disant que oui; mais, franchise entière : ce n'est pas pour cela que je refuse. Je ne veux pas de ce livre, et voilà tout.

Quant à Ernestine, ah! vous devinez bien que l'amour ne restait pas inactif. Il grandissait, de mon côté du moins, — il grandissait tellement qu'il était bien malaisé de le cacher. Aussi, ce n'était plus un mystère. Mme de Renne surveillait sa fille, mais elle ne se montrait point hostile à mes projets légitimes. Elle faisait bien quelques plaisanteries qui me prouvaient que j'étais démasqué, mais tout s'arrêtait là. Pendant tout l'hiver, M. Pautrel me rit au nez, en me lançant des épigrammes et des allusions. Tout le monde semblait donner les mains à ma folie, car en résumé, dans l'état où je voyais les choses, ce mariage était impossible pour disproportion de fortune, et c'était de la folie de le rêver.

Cependant, quoiqu'on prétendît nous surveiller, Ernestine et moi, et connaître le fond de notre sac, on se trompait. Les amoureux les plus naïfs ont des malices

du diable. Notre amour trouva des ressources inconnues de tout le monde : deux mots échangés à la déro-
bée pendant nos visites officielles ; de petites pressions
de la main ou du pied, pendant un dîner ou une repré-
sentation aux Italiens. Deux fois je parvins à l'embrasser ; une fois elle me jura qu'elle m'aimait. Je lui écrivais de nombreuses lettres, parfois en prose, plus fréquemment en vers. Elle les recevait avec une gentil-
lesse rusée qui me charmait ; toutefois, elle n'y répondait jamais autrement que de vive voix, dans nos petits
à parte. Elle refusa constamment de m'écrire. J'aurais
tout donné pour avoir une lettre d'elle. Je ne pus obtenir, à force de prières, que trois lignes qui ne signifiaient
rien, et que même elle ne signa que de ses initiales.

Tant de circonspection chez une jeune fille que je
croyais naïve, et qui, par contradiction, se ménageait
si peu dans les occasions où il ne s'agissait pas d'écrire,
aurait dû me faire réfléchir.

Ces petits bonheurs clandestins, mes visites à Saint-
Mandé et rue de l'Ouest, les Italiens et les musées,
tout cela ne m'empêchait pas de travailler à mes examens, et même de faire de la littérature. Il est incroyable combien sont immenses les ressources de la
volonté jeune. Les répétitions que je donnais régulièrement, les comédies de Plaute et de Térence, les tragédies d'Eschyle, de Sophocle et d'Euripide, Montes-
quieu, Pascal, Voltaire, tout cela aurait dû m'absorber
ou être abandonné par moi. Non. Je menais tout de
front. Je ne pense pas que jamais examen ait été mieux
préparé que le mien. Il est vrai que si je donnais des répétitions, j'en recevais aussi.

J'avais en M. Pautrel un guide sûr, un maître dévoué ;
grâce à lui, grâce au soin qu'il apportait à me faire envisager les choses de haut, mon esprit embrassait des
horizons immenses. Je voyais les littératures anciennes,
non pas pièce à pièce et mot à mot ; je résumais l'ensemble de ces belles époques de l'esprit humain ; je suivais le mouvement des pensées et l'histoire des langues.

Sous cette vigoureuse impulsion, j'en étais venu à pouvoir écrire le latin et à comprendre le grec avec toutes leurs nuances.

Aussi j'insérais dans la *Nouvelle France* d'étonnants articles de philologie.

Car, il ne faut pas perdre de vue que la *Nouvelle France* était fondée, et que j'étais devenu l'un de ses rédacteurs.

Ceci tient plus directement à mes rapports avec Frédéric Séchain, et d'ailleurs me ramène à parler d'une femme entrevue au début de ce récit, dont nous n'avons dit depuis que deux petits mots, et qui pourtant doit par la suite y occuper une certaine place qui n'est pas sans importance : la jeune Rosalie, puisqu'il faut la nommer par son nom.

La *Nouvelle France* avait été bien accueillie du public. En raison de son succès croissant, — quand on est jeune on se contente de peu! — il avait été décidé par la rédaction qu'un repas solennel réunirait les rédacteurs et les actionnaires dans de fraternelles agapes, chez Ladmiral, rue Sainte-Marguerite.

La rédaction du *Carillon,* qui, en majorité, collaborait à la revue, devait aussi prendre part au festin. Quelques célébrités avaient promis leur présence parmi *les jeunes,* comme on disait dès lors. En outre, chacun des invités pouvait amener les amis qu'il voudrait, pourvu, bien entendu, que ces invités de seconde main appartinssent à la jeunesse des écoles.

Cela promettait d'être beau. On comptait sur deux cents convives.

Je n'étais point encore très lancé dans la rédaction. Je n'y étais allé que trois fois, pour y porter timidement mes deux premiers articles et en toucher le prix. Cette rédaction se trouvait chez un jeune homme, nommé Blondel, qui demeurait au sixième, rue de l'Ancienne-Comédie, et qui, ayant un assez vaste logis, l'avait mis au service de ses collaborateurs.

Il ne s'était réservé que sa chambre à coucher. Dans

le milieu d'une grande pièce lambrissée, qui jadis avait servi de salon, on avait installé une vaste table, aussi vaste que celle du cours de M. Legay, mais recouverte, en plus, d'un tapis de mérinos vert. Trois encriers de porcelaine étaient là-dessus ; plumes et porte-plumes dans leurs boîtes, des pains à cacheter dans des grimaces et des épingles dessus, du papier à copie, quelques journaux qui avaient consenti à l'échange, deux paires de ciseaux, quelques épreuves. Tout cela avait bon air ; tout cela aurait eu un air très digne, sans les pipes, la plupart cassées, et les cornets de vieux tabac qui attestaient, dans la rédaction, des habitudes assez peu convenables chez des écrivains de revue : gens collet monté s'il en fut, on le sait.

En outre, on voyait sur la cheminée, au lieu de pendule, des objets étranges et variés, soit le verre vide d'un mooss, ou des chopes ; de vieux bouquins, une Vénus de Milo et la moitié d'un violon. Beaucoup de poussière partout. Trois fleurets, deux épées de combat et des pistolets annonçaient chez les jeunes rédacteurs des instincts de bataille. Entre deux fenêtres on avait cloué un exemplaire de la *Lucrèce* de Ponsard, toute grande ouverte, comme on cloue les chauves-souris sur les portes de ferme à la campagne. Le buste de Victor Hugo, couronné de lauriers naturels, était placé au-dessus, sur une console. Telle était cette rédaction, la première que j'aie vue.

Ce lieu m'inspirait une sorte de respect qui n'était point exempt de peur. Tous ceux qui ont écrit connaissent cette nuance de pudeur juvénile du débutant qui redoute la raillerie pour lui et la critique pour ses écrits. Plus tard, on riposte à la raillerie, et on ne se soucie guère de la critique ; il est prouvé que les meilleurs livres sont ceux dont on dit le plus de mal. Mais alors, je n'allais point à la rédaction de gaieté de cœur.

Je reçus un matin, chez moi, un petit carton imprimé, portant invitation au dîner de fondation de la revue *la Nouvelle France*.

Voulez-vous que je vous le reproduise? A vous, cela vous est égal; à moi, cela me fera plaisir. Tout à l'heure, quand je l'aurai tracé sous ces lignes, je me croirai rajeuni de quinze ans.

LA NOUVELLE FRANCE
Revue de la Jeunesse

Vous êtes prié d'assister au dîner qui aura lieu le 16 janvier à l'occasion de la fondation de la Revue.

La rédaction se réunira rue de l'Ancienne-Comédie, chez M. Blondel.

Le dîner aura lieu dans les salons de Ladmiral, rue Sainte-Marguerite.

On se mettra à table à sept heures.

La souscription est de 6 fr. 50 c. par tête.

Muni de mon petit carton, j'allai prendre Frédéric Séchain chez lui, à cinq heures.

Nous nous rendîmes ensemble à la rédaction. En chemin, il faisait de grands gestes avec sa canne et il s'attachait à me démontrer que *s'il l'avait voulu*, lui aussi aurait pu écrire tout comme les autres, et que c'était de très bon cœur qu'il s'attachait à cette revue qui devait régénérer la littérature.

C'était la première fois que je me rendais à cette heure-là chez notre collaborateur Blondel. J'ignorais les habitudes un peu décolletées de la rédaction. En arrivant, Frédéric et moi, nous trouvâmes un certain nombre de nos amis, Massé de Vireville, Dussaulx, Georges Morand et Ducouti : je passe les autres. On fumait beaucoup. Il y avait aussi trois femmes.

Trois femmes, toutes trois jeunes, toutes trois jolies. Qu'on me passe cette expression surannée : trois grisettes. Il y en avait encore dans la littérature, à cette époque-là. Aussi, ayant tout dit par ce seul mot, je ne

15.

ferai point leurs portraits. Il y avait la maîtresse du
maître de la maison, nommée Zoé ; une amie à elle, nommée Pauline, que Ferdinand de Vireville lorgnait. Il y
avait enfin Rosalie.

Rosalie, fort embellie depuis un an. Elle était charmante, et menait Ducouti comme un toutou, à cela près
que la laisse du toutou était une chaîne.

Ces dames se trouvaient là, bien qu'elles ne dussent
point faire partie du dîner chez Ladmiral ; mais il était entendu que les invités viendraient, après le dîner, prendre
le café à la rédaction. Zoé, Pauline et Rosalie avaient
mission de le préparer.

Georges Morand nous aperçut dès notre entrée, Frédéric et moi.

— Tiens ! s'écria-t-il, voilà Armand de Rives !

L'assemblée fit un petit mouvement d'ensemble pour
nous accueillir, et Rosalie, partant d'un fol éclat de rire,
s'écria à tue-tête :

— C'est mon poète ! c'est mon poète !

Tout le monde resta en suspens, pour regarder le
poète de Mlle Rosalie. Je devins fort rouge et je m'arrêtai
tout interdit. Frédéric se mit à rire, et, me poussant par
les épaules vers Rosalie qui, de son côté, s'avançait en
riant, il me dit :

— Va l'embrasser !

Ducouti grogna ; j'hésitais, et j'eus l'air d'une bête.
Rosalie me tendit sa jolie tête.

— Sur le front.

— Bien ! A présent, sur les deux joues.

Je m'exécutai, comme on s'exécute quand on n'ose :
avec tant de prudence que l'on eût pu croire que mes
lèvres allaient rencontrer un fer rouge, et pendant cela
Frédéric déclamait, en agitant ses bras, tenant d'une
main son chapeau et de l'autre sa canne :

Mais qui que vous soyez, ange ou démon, qu'importe !
Je ne vous quitte pas, Satan ou Gabriel :
Si vous êtes démon, que le diable m'emporte !
Si vous être un ange, — ah ! — montrez-moi le ciel !

Le chœur reprit:

Si vous êtes un ange, — ah! — montrez-moi le ciel

— Bravo! bravo! — *Bis!* — C'est joli! — C'est stupide! — Vivent Rosalie et son poète! — Qu'il l'embrasse encore! — Qu'ils se livrent à de folles étreintes! — Messieurs...

— Messieurs, dit aigrement Ducouti, c'est stupide, tout ça. Vous devriez comprendre que.....

— A la porte, Ducouti! — Mort à l'homme jaloux! — Haine et malédiction sur lui! — Qu'il meure! Qu'on le jette par la fenêtre! vociféra l'assemblée.

— Non, dit Rosalie, il m'appartient, j'en fais ce que je veux. Qu'on le jette au feu, car c'est une fière bûche!

— Ah! çà...! mais! reprit Ducouti.

— Quoi? riposta Rosalie. Oui, tu es une bûche. Croiriez-vous, ajouta-t-elle, en prenant tout le monde à témoin, qu'il n'a jamais pu faire de vers? Ceux qu'il m'adresse, il les copie dans des livres qu'il achète. Je le sais bien, moi. Même qu'il fait des fautes, encore.

Je restais immobile et confus. Il me semblait que je faisais une infidélité à Ernestine. Cependant, l'obligation de faire bonne contenance l'emporta sur la timidité. Je pris la parole à mon tour.

— Eh bien! dis-je, mademoiselle Rosalie, puisqu'on veut que je vous embrasse encore, laissez-vous faire, et embrassons-nous de manière à satisfaire tout le monde.

— Oui, ajouta Vireville. Embrassez-la à pincettes!

— Je veux bien, consentit Rosalie, des pincettes pour prendre Ducouti!

Elle lui jeta un coup d'œil.

— C'est-y gentil, ça, hein? — Et monsieur me fera encore des vers pour la peine.

L'attention fut détournée de Rosalie et de moi par l'entrée d'un personnage influent, un critique d'un grand journal, qui avait accepté l'invitation à dîner. M. X... entra gravement, et fut quelque peu surpris d'apercevoir trois fillettes mêlées à la rédaction; mais il n'en parut pas fâché, au contraire. Il se mit à rire, et, distribuant des poignées de main à chacun de nous, il alla s'asseoir auprès de la cheminée, et donna sur-le-champ le ton d'une aimable conversation par deux où trois plaisanteries.

Puis il demanda une pipe et se mit à fumer de bon cœur.

Je ne pensais déjà plus à Rosalie. Je contemplais admirativement M. X..., et je m'étonnais de voir cet écrivain, dont le nom commençait à être illustre, si bon enfant avec nous tous. Il ne paraissait pas revendiquer les droits que lui donnaient sur nous l'autorité de son talent, de son âge et le nom imposant du journal où il écrivait.

Il promenait autour de lui un regard bienveillant et même familier; il nous parla des numéros déjà publiés par la revue; il mentionna spécialement, pour les louer, quelques articles, et ne manqua pas de prédire à la *Nouvelle France* un long succès. A condition, ajouta-t-il en souriant, que ces *dames* feraient elles-mêmes les bandes des abonnés.

Il faut mentionner cela avec soin, parce que les gens de lettres ont été assez décriés d'ailleurs, et peut-être l'ont assez mérité, pour qu'il soit juste de faire remarquer ce qu'ils ont de bon. Or, entre les maîtres de la plume et les jeunes recrues qui ont déjà montré quelque talent, il existe une familiarité de bon aloi et qui les établit sur un pied d'égalité parfaite, quelles que soient les différences d'âge et de fortune. Je ne pense pas qu'il existe de profession où l'on rencontre si peu de hauteur de la part des maîtres vis-à-vis des élèves.

M. X... prit donc gravement son parti de Zoé, de Pauline et de Rosalie. Il se montra poli avec elles, comme s'il avait ignoré leurs qualités équivoques ; et Rosalie, qu'aucun mérite particulier ne séparait du commun des grisettes, put soutenir une conversation de dix minutes au moins avec le grand critique. Cela fit que je m'y pris moi-même, et Rosalie fut par cela seul, à mes yeux, élevée sur un certain piédestal d'où elle ne devait plus descendre.

C'était, avec ses apparences enfantines, une femme effrontée et redoutable. On pouvait dès lors, avec un peu d'observation, pressentir en elle une de ces créatures d'enfer dont la volonté n'a d'autre but que le plaisir élégant et ruineux ; une de ces femmes pour lesquelles les mots : vertu, honneur, probité, pitié, amour, dévouement, n'ont aucun sens, et qui s'inquiètent peu de la fange et du crime, pourvu qu'elles se vautrent dans la fange avec des bijoux et du velours, et pourvu que le crime leur apporte le bien-être dont leur paresseuse indolence a besoin. Mais elle n'en était point encore au plein développement de ces facultés atroces. Elle avait encore les mains un peu rouges, et quelques piqûres au bout des doigts, dont les ongles ignoraient l'élégance.

Quant à celui qui le premier lui donnerait un savon d'amandes pour ses mains et une lime d'acier pour se tailler les ongles, il courait risque d'être déchiré par des griffes de chat qu'il aurait aiguisées ; il n'aurait qu'à bien tenir les cordons de sa bourse s'il ne voulait pas la vider.

On se mit en route, à l'heure précise, pour aller dîner ; Rosalie trouva moyen d'esquiver Ducouti, et se faufila jusqu'à moi pour me recommander à voix basse de lui rapporter du dessert. Je promis. Frédéric, qui l'avait entendue, voulut aussi promettre. Elle l'envoya promener. Il parut très contrarié de cette chose insignifiante ; et en prenant mon bras pour se rendre avec nous chez Ladmiral, il me dit, avec assez d'aigreur :

— Toi, tu as toujours la chance de me couper l'herbe sous le pied. Quand ce n'est pas mon oncle, c'est Rosalie. — Il faudra pourtant que ça finisse !

Georges Morand, qui marchait près de nous, intervint.

— Aussi, demanda-t-il à Frédéric, que ne fais-tu des vers ?

Frédéric ne répondit pas, mais il était visible qu'il rageait.

Rosalie lui tenait au cœur, et il devait assez naturellement être fâché que lui ayant fait la cour le premier, elle lui préférât Ducouti d'abord, puis moi.

Nous arrivâmes ainsi chez Ladmiral, assez mal disposés l'un contre l'autre, car depuis les dénonciations de Frédéric sur mon compte, je me tenais en garde ; mais cette hostilité du moment s'effaça dès que je fus à table.

Quel dîner ! Il ne me souvient guère de ce que l'on mangea. Si pourtant : il y avait des *bouchées à la reine*. Sous ce nom, compliqué d'une faute de français, se présente une petite pâtisserie grasse qui, peut-être, fut inventée, au temps de Versailles et de Trianon, pour être servie au goûter de Sa Majesté la Reine, quand les délicates princesses, mangeuses de bel appétit pourtant, rentraient exténuées pour avoir galopé pendant quatre heures, à travers les taillis, le jour où Sa Majesté le Roi allait courre le cerf. Eh bien ! le cuisinier royal, inventeur de cette petite drogue réconfortante, ne se doutait guère alors, qu'un siècle plus tard, elle serait servie à deux cents ou deux cent cinquante gens de lettres en goguette, qui célébraient entre eux la fondation d'une revue : *la Nouvelle France*, recueil destiné évidemment à propager en France l'esprit d'insurrection et la haine des tyrans.

A part cela, je ne me souviens plus du menu ; mais on mangeait bien, on buvait mieux. La table, dressée dans une immense pièce, était disposée en fer à cheval dont le centre était occupé par les sommités littéraires qui avaient bien voulu accepter notre invitation. Outre M. X..., le critique, il y avait M. Y..., le romancier, et M. Z..., le poète. Quelques autres encore. C'était une constellation d'étoiles brillantes, un Olympe merveilleux dont les bas bouts de la table, où je me trouvais, faisaient la critique ou l'éloge. Quand on eut bien mangé et bien bu, on porta des toasts et on prononça des discours. On parla de l'avenir, de la jeunesse, de la revue, du

Carillon. On remercia nos illustres invités qui avaient consenti à servir de parrains à notre entreprise. On hurla contre l'Institut, et il se trouva un orateur qui fit ressortir combien était étrange la destinée du faubourg Saint-Germain, qui se voit borné à l'ouest par les invalides de la guerre et à l'est par les invalides de la pensée. Ce rapprochement fut trouvé fort ingénieux. On demanda le nom de l'orateur. Il fut acclamé. Au milieu du vacarme, un sécessionniste ayant eu l'idée de crier : Vive l'Institut! quelques esprits modérés proposèrent de le tuer.

Ensuite, on récita des vers. Tout le monde y mettait du sien et prenait la parole tour à tour. Parmi les pièces récitées, il y en avait, je dois l'avouer, qui ne sortaient pas du commun; mais il y en avait aussi de très belles qui brillaient par un diable au corps inouï et par une forme très finie. L'école fantaisiste prenait alors naissance et réagissait de tout son pouvoir contre les égarements romantiques, à l'aide d'une recherche peut-être exagérée dans le pittoresque d'expression, et par une grande rigueur dans la rime correcte. Parmi tous ces jeunes gens, j'en suis persuadé, il se trouvait au moins un grand poète que le malheur des temps a empêché de réussir devant le grand public, qu'une balle française a tué, peut-être, deux ans après.

Quand vint mon tour, je débitai je ne sais quoi. Ce n'était pas ce qu'on avait entendu de pire; mais aussi, ce n'était pas ce qui avait été le plus remarquable. Les quelques intimes qui m'entouraient me firent un bout de succès. Autant qu'il en fallait. Après moi un autre se leva, et commença en ces termes :

— Messieurs, je suis gris! Ah! je suis gris comme un véritable ivrogne!

Ce fut une explosion générale et des rires à crever le plafond. En faisant un retour sur moi-même, je m'aperçus que j'étais non moins gris que l'orateur. La tête me tournait. Tout le monde était aussi gris que l'orateur et que moi. MM. X..., Y..., Z..., afin de ne pas se commettre dans le tapage énorme qui se faisait, s'étaient retirés discrètement. Nous restions seuls, maîtres du champ de bataille.

Alors, cris, fureur! A compter de ce moment, je ne sais plus trop ce qui se passa. On se leva de table en trébuchant, on forma un petit groupe d'intimes pour retourner chez Blondel prendre le café. Il me semble que Georges Morand, en sortant, voulant acheter un journal, entra chez un ferblantier dont il embrassa la femme, au milieu de nos applaudissements.

Quant à moi, en arrivant rue de l'Ancienne-Comédie, chez Blondel, je pris par les épaules, avec brutalité, ce pauvre Ducouti qui voulait embrasser Rosalie; je l'envoyai contre le mur, et je lui dis gravement :

— Mon cher, place aux jeunes! Vous êtes une ganache. C'est à moi d'embrasser Rosalie. Je lui apporte du dessert!

Ducouti n'avait rien à répliquer, ce me semble : j'avais mes poches bourrées de mendiants.

Rosalie s'assit auprès du feu et se mit à grignoter à son aise les amandes et les noisettes. Quant aux figues et aux raisins, elle les partagea entre Pauline et Zoé. Elle n'aimait, disait-elle, que ce qui croquait. Elle riait gentiment et montrait ses dents blanches. Après tout, c'était une femme, et je passai toute la soirée à causer avec elle pour faire enrager Ducouti.

Rien que pour cela. D'ailleurs mon innocence était complète, et je n'aimais pas Rosalie, vous le pensez bien. Aucune comparaison ne pouvait ternir mon amour.

Je rentrai chez moi, la tête très lourde. Le lendemain matin, me sentant hors d'état de travailler, j'allai m'excuser de mes répétitions, et, comme il était encore de très bonne heure, avant de monter chez Mme Séchain, je m'arrêtai chez Frédéric, où je trouvai Georges Morand et Levernay. On racontait à ce dernier les scènes principales du dîner et de la soirée de la veille.

En arrivant, je m'assis devant la cheminée. Il faisait froid. Et, du reste, la fatigue qui résultait pour moi

d'une débauche, si petite qu'elle fût, me faisait grelot-
ter. En me chauffant les pieds, tandis que je parlais
avec mes amis, je remarquai, avec assez d'indifférence,
une belle paire de pistolets qui se trouvaient sur la
cheminée.

On fumait, on causait. — Levernay faisait des plaisanteries sur la renaissance de Rosalie. Morand ébauchait
quelques vers, et Frédéric achevait sa toilette. La pendule sonna onze heures.

— Messieurs, dis-je en me levant, je vous quitte. Je
vais souhaiter le bonjour à Mme Séchain et à M. Pautrel.

Frédéric fit un mouvement d'impatience et cria :

— C'est-à-dire que tu n'es venu ici que pour tuer le
temps, en attendant qu'il fût l'heure de te présenter
chez mon oncle. C'est aimable, cela !

— Tu te trompes, répondis-je. Mais enfin, puisque je
suis ici, je vais voir ton oncle et ta mère.

— Je te le défends ! riposta Frédéric avec violence,
en me barrant la porte.

— Comment ! dis-je en m'avançant vers Frédéric,
qui leva la main.

Il paraissait furieux. Levernay et Morand s'élancèrent
sur lui pour empêcher qu'il me frappât. Ils l'obligèrent
à me laisser le chemin libre. Cependant, il vociférait :

— Armand ! Armand ! je te défends d'aller chez mon
oncle !

Je me retournai ; et, le regardant froidement des
pieds à la tête, je haussai les épaules en répondant :

— J'y vais !

— Armand ! réitéra-t-il, je te le défends ! Si tu y vas,
je te tue ! Je vais te tuer ! Entends-tu ?

Sans tenir compte de cette menace, je sortis. Mais au
moment où je franchissais la porte, j'entendis le bruit
sec de la batterie d'un pistolet, et le bruit d'une capsule
qui éclate.

Je ne parlai pas même de cet incident à M. Pautrel ni
à Mme Séchain. Je passai la journée avec eux ; et le

soir à dîner, Frédéric me parla amicalement comme si nous n'avions eu aucune altercation le matin.

Mme de Renne et Ernestine vinrent passer la soirée, et je trouvai le moyen d'avoir tous les petits bénéfices de nos conversations en *a parte*, sous les yeux même de Mme Séchain.

Ce fut de la sorte que l'hiver se passa. Je travaillais avec acharnement, et je prenais à la rédaction de la revue et du *Carillon* une part de plus en plus grande. J'allais souvent à Saint-Mandé, plus souvent toutefois rue de l'Ouest. Une fois par semaine, jusqu'à la fin de la saison, aux Italiens, toujours avec Mme Séchain et M. Pautrel, avec Mme de Renne et Ernestine. Frédéric nous accompagna deux ou trois fois. Il prenait ses plaisirs ailleurs.

Je voyais très fréquemment Morand et Levernay, et, de temps à autre, j'allais passer la soirée du samedi chez Massé de Vireville. Aucun incident nouveau ne venait troubler le calme de nos relations. Frédéric, lui-même, n'avait de mauvaise humeur qu'à de rares intervalles.

Quand le printemps arriva, je gagnais décidément quelque argent avec la *Nouvelle France*. J'étais obsédé de mes répétitions. J'y renonçai sans regret quand mes élèves partirent pour aller passer la belle saison à la campagne.

M. Pautrel me dit un jour qu'il allait, avec Mme Séchain, imiter l'exemple de ceux qui s'en allaient en villégiature. Cela était raisonnable. Ils avaient l'intention de passer l'été aux Pyrénées. Je ne soupçonnai pas qu'il fût arrivé quelque nouvel incident, semblable à celui qui avait déterminé leur premier voyage. Pourtant, j'appris que Frédéric, au lieu d'accompagner sa mère et son oncle au Pyrénées, irait occuper un emploi à Montpellier, chez un banquier.

M. Pautrel me fit observer que Frédéric, qui était beaucoup plus âgé que moi, devait se faire une position sérieuse dans la vie. Au reste, Frédéric, qui partit le premier, m'embrassa cordialement, me fit promettre de lui écrire, et promit de m'écrire pour se consoler de son exil.

M. Pautrel et Mme Séchain partirent à leur tour. Je les vis partir avec moins de regret qu'autrefois. Ma vie était mieux remplie, mon isolement moins grand. Et comme à leur premier voyage, je partageai avec M. Paul Desjardins le droit d'entrer dans l'appartement de la rue de l'Ouest.

XVII

Le baiser à la religieuse.

Libre, car j'étais libre... La *Nouvelle France* avec ses articles à deux sous la ligne, le *Carillon* avec ses vingt francs par article, remplaçaient avantageusement les répétitions, auxquelles j'avais dit adieu à l'arrivée des beaux jours. Juin s'épanouissait au ciel dans toute sa splendeur rayonnante ; il s'épanouissait sur la terre dans la verdure touffue des arbres, dans les hautes herbes émaillées de fleurettes. L'air était tiède autour de mon front, la lumière était douce pour mes regards. Et l'amour me chantait dans le cœur.

Je me souviens qu'un matin, ayant ouvert ma fenêtre dès six heures, et m'étant remis au lit, j'aperçus la fenêtre de la voisine d'en face, dont je vous parlais au début de cette histoire. Cette fenêtre, taillée dans une mansarde, était toute baignée des rayons du levant. Le plâtre gris qui recouvrait les charpentes avait des tons dorés ; les tuiles roussâtres étaient lumineuses. Le pignon aigu de la mansarde se profilait gaiement sur le ciel de lapis ; de temps en temps, les moineaux traversaient l'azur avec des cris de joie, pour s'abattre sur ce pignon ; et leurs battements d'ailes, leurs frémissements à la brise matinale, disaient qu'ils étaient amoureux. Cela formait un tableau auquel ma fenêtre servait de cadre.

La voisine avait comme moi ouvert sa fenêtre ; sur

l'appui, il y avait trois vieux pots de fleurs. Je voyais cette voisine en bonnet de nuit, une mèche de cheveux collée sur la joue, arroser ses fleurs. Elle chantonnait et ne s'occupait pas de moi. Par la large manche de sa camisole, son bras nu passait. Il avait des contours des statue. La voisine était encore belle ; je m'en réjouissais au point de vue purement plastique, n'ayant plus l'intention de lui faire la cour. Son bras au soleil était fort beau.

Je m'épanouissais ainsi dans la béatitude de la vie, dans la plénitude du bonheur. Je fermais les yeux de temps à autre pour les rouvrir et savourer, comme à la première minute, les éblouissements du ciel.

Je passais mes mains fraîches dans mes longs cheveux, et puis j'étendais mes bras dans des torpeurs pleines de charme. On eût dit que j'allais embrasser le monde entier. Par l'ouverture de ma chemise, le vent du printemps caressait ma poitrine à demi sortie du lit ; c'était comme un baiser que me donnait l'aurore. Et soudain, je bondissais, je me retournais brusquement sur l'oreiller. Et je ne sais pourquoi j'avais les yeux pleins de larmes délicieuses.

Je m'efforçais de lire. Toujours à portée de ma main il y avait des livres, quelquefois une lettre de M. Pautrel, que je relisais avec distraction. En d'autres moments, je prenais Hugo ou Musset.

Je tournais sans y penser les feuillets ; car je savais les vers par cœur et je les récitais au lieu de les lire. D'autres fois encore, je m'improvisais des poèmes, et, au hasard de la parole, je me faisais des vers que je n'écrivais pas.

Huit heures sonnaient, je quittais mon lit. Je déjeunais en travaillant jusqu'à midi, j'avais toujours soin d'avoir un pâté et du café. Puis j'allais à la rédaction de mes journaux et j'en revenais après dîner pour travailler toute la soirée.

A moins que.....

Ces temps sont si loin, que je puis bien faire cette

confidence, qui ne compromettra plus personne. Souvent
je laissais les travaux littéraires de côté pour courir à Vincennes, au bois de Vincennes, dans la partie, vous le
comprenez, qui avoisine Saint-Mandé.

Je savais que j'étais attendu. Le jardin qui se trouvait
derrière la maison de Mme de Renne était séparé du bois
par un mur à hauteur d'appui, surmonté d'une grille.
Une porte, qu'on ouvrait rarement, aussi était-elle toute
rouillée, donnait accès du jardin dans le bois.

A l'intérieur du jardin, la grille était doublée d'une
persienne, et, de plus, tapissée d'une infinité de plantes
grimpantes. Les profanes ne pouvaient pas voir ce qui
se passait dans le jardin. Du dehors, on voyait çà et là
les chèvrefeuilles, les volubilis, les liserons et les pois
de senteur passer leurs bras à travers les lames de la
persienne; malgré la persienne et la verdure opaque,
un rayon de soleil filtrait de place en place, et rayait de
ses filets d'or l'ombre épaisse de l'allée du bois qui passait là.

On devinait un éden derrière ce rempart; mais il était
clos à tous les yeux.

Le bois de Vincennes, en cet endroit, était délicieux.
La dépression de terrain qu'occupe aujourd'hui l'étang
de Saint-Mandé était à peu près desséchée et ce n'é-
tait guère que dans les grandes pluies qu'on y voyait
quelques flaques d'eau stagnante. Ce bas-fonds, traversé
par une petite rivière, était d'ailleurs généralement humide; de hautes herbes y poussaient avec vigueur, et
dans les éclaircies formées par les mares, on voyait les
petites plantes aquatiques couvrir les eaux de leur
mousse verte au point de les faire disparaître à l'œil.

Les arbres de haute futaie trempaient leurs pieds
dans ces eaux, les cachaient dans ces herbes; et leur
sommet touffu, en parasol, formait un couvert épais,
d'où, par de minces ouvertures seulement, le soleil semblait pleuvoir, comme à travers une toiture dégradée
par le temps. Sur la lisière de cet endroit, courait un
chemin ombragé de très grands arbres aux deux côtés,

que l'on nommait chaussée de l'Etang. Les grilles de quelques maisons privilégiées de Saint-Mandé bordaient ce chemin de l'autre côté. On a vu que la villa de Mme de Renne était du nombre de ces maisons, dont l'entrée réelle donnait sur la grande rue de la commune.

Je descendais à la Tourelle, et vers ma droite, je m'enfonçais dans le bois. L'omnibus qui m'amenait m'avait paru marcher avec une lenteur désespérante; mais quand je me trouvais dans le bois, près de la maison bénie, je me plaisais à suspendre ma marche, afin de savourer plus longuement le charme de l'arrivée. Je comptais mes pas, je me contraignais : un par seconde. Puis, irrité de cette lenteur, je me mettais à courir comme un fou. Au bout d'une minute, je m'arrêtais court. Le cœur me battait. Je riais tout seul. Il faut vous dire : j'avais un élégant costume d'étoffe grise, soyeuse et légère. Les guêtres même étaient pareilles au reste, et je portais toujours de frais souliers vernis. C'était presque un luxe. Autour du cou, je nouais négligemment un petit foulard blanc en guise de cravate, et j'étais coiffé d'un chapeau de paille. Je faisais tout cela pour elle, pour Ernestine. Elle aimait à me voir ainsi vêtu. Arrêté sur le chemin, je regardais le vernis de mes chaussures couvertes de poussière, et je me disais :

— Cela, si je le voulais, m'aurait déjà porté près d'elle. J'y vais être avant deux minutes !

J'y arrivais enfin. Lorsque du chemin qui serpentait sous bois, je débouchais sur la chaussée de l'Etang, je me hâtais de la traverser pour me couler le long des grilles, à l'abri des regards qui pouvaient venir de l'étage supérieur des maisons. C'était le seul danger que j'eusse à craindre; car, en cet endroit du bois, il ne passait jamais personne.

Je connaissais, un à un, les barreaux de la grille.

Dans la persienne qui la doublait, il y avait, à un certain endroit, un volet que l'on pouvait ouvrir pour regarder librement à travers les inaccessibles barreaux de fer.

C'était dans le jardin, à gauche.

Dans le jardin, il y avait un bosquet à cette place. Quelqu'un, placé dans le bosquet, pouvait ouvrir le volet sans être espionné de la maison.

Je frappais au volet d'une façon particulière quand je le trouvais fermé ; mais le plus souvent il était entr'ouvert ; on me guettait par la mince ouverture. Aussitôt que j'arrivais en vue, le volet s'ouvrait tout large.

C'était Ernestine ! Seule dans le bosquet, assise sur une chaise de jardin en bois peint en vert, elle venait m'attendre là, sous prétexte de faire de la tapisserie. Ni sa mère ni sa sœur n'eurent jamais l'idée de venir avec elle. La mère préférait rester au salon, mieux abritée contre la chaleur, et entre Amélie et Ernestine il y avait peu d'intimité.

Je la voyais, à travers la grille ; elle me grondait quand j'étais en retard d'une minute. Ses jolis cheveux bruns frissonnaient le long de ses tempes ; ses yeux, qui savaient si bien sourire, me souriaient, et je les adorais. Je m'appuyais sur le mur bas, je jetais mon chapeau à terre, et je lui disais que je l'aimais. Elle le savait bien. Mais entre amoureux, cela ne se dit jamais assez. Elle me disait : Non ! et secouait sa jeune tête. Je voyais ses belles mains courir sur la tapisserie, qu'elle feignait de continuer, ou bien elle fouillait dans sa corbeille de laines, placée près d'elle sur une autre chaise. Parfois, je tendais les bras en dedans de la grille, et je m'efforçais de saisir ses mains pour les porter à mes lèvres. Elle faisait mine de résister, puis elle se laissait prendre. Et puis, au moment où mes lèvres allaient toucher ses mains, elle les retirait brusquement. Elle riait ; j'implorais. — Chut ! — faisait-elle, et elle me tendait alors ses mains de bon cœur. Je les couvrais de baisers, et les bras aussi, quand les manches étaient larges.

Les liserons, les chèvrefeuilles et les clématites secouaient sur nous leurs feuilles vertes et leurs fleurs odorantes. Parfums ! Amour ! Quelquefois Ernestine arrachait une de ces fleurettes, la tordait, l'effeuillait et

me la jetait à la figure en riant. Belles et fraîches dents
du rire jeune, comme elles brillaient bien, ces perles,
entre les lèvres écarlates ! Comme le cou avait alors des
ondulations gracieuses ; et comme le corsage se soulevait chastement quand, revenue au sérieux, elle soupi-
rait en me disant :

— Non ! vous ne m'aimez pas !

Je restais là, accoudé près de la grille, des heures
entières qui me semblaient des minutes. De quoi parlions-
nous ? De notre amour surtout, puis de mille autres
choses. Et je vous dirai, moi aussi : je ne sais plus de quoi,
Les projets d'avenir tenaient moins de place que les joies
du présent. Une fois pourtant Ernestine me demanda :

— Travaillez-vous, au moins ?

— Je vous aime, répondis-je, et je travaille, parce
que le travail me rapproche de vous.

— A la bonne heure, dit-elle. Parlons raison. Voulez-
vous ?

— Je veux tout ce que vous voulez. Je vous appar-
tiens.

— Eh bien ! vos travaux littéraires ne nuisent-ils pas
à vos examens ?

— Non, dis-je. Cependant, c'est peut-être la littérature qui m'enrichira. Il est impossible qu'avec une énergique volonté on n'arrive pas au but qu'on se propose.
Mes débuts sont heureux, et je gagne déjà de l'argent.
Chose rare. De plus, dans une revue littéraire, Théo-
phile Gautier et Sainte-Beuve ont parlé de moi avec
éloge. J'ai adressé à M. Pautrel l'article dont ils avaient
parlé ; il s'est déclaré très satisfait, et m'a envoyé toute
une lettre d'encouragements et de félicitations, en me
promettant que j'irais loin.

— Bien, dit-elle. M. Pautrel est votre bon ami. Je
l'aime pour cela. Aimez-le toujours.

Elle devint un moment rêveuse.

— S'il le voulait, reprit-elle lentement et en me regardant, vous seriez riche.

— Comment cela ? demandai-je.

— Mais cela s'entend. Il peut vous soutenir dans vos débuts par quelques prêts d'argent.

— Mon amie, répliquai-je, vous savez les bruits qu'a fait courir Frédéric. Ne les ravivons pas.

— Vous êtes, dit-elle, plus enfant que moi,

Je protestai du geste. Elle me sourit et continua :

— Il faut souvent sacrifier ses susceptibilités à la fortune et à son amour. Je vous dis que M. Pautrel peut vous aplanir les voies au moyen de quelques prêts d'argent. Ce n'est pas usurper sa fortune, cela. Soyez donc sage, Armand. C'est simplement vous mettre en état d'en gagner plus promptement.

— Me donneriez-vous le conseil d'user de ce moyen? demandai-je.

— Oui. Puisque je vous le donne maintenant, c'est que j'y ai déjà pensé.

— Sérieusement?

— Sérieusement. Le tout est de savoir si vous m'aimez, et si vous voulez être riche promptement pour m'épouser.

— Si je le veux! m'écriai-je Vous n'en doutez pas, au moins? Mais, le voulez-vous aussi?

Elle rougit.

— Je ne réponds pas à ces questions-là, fit-elle, avec une moue charmante.

J'étais tellement enivré d'elle que j'aurais accompli n'importe quelle action pour lui plaire. Le sang de la rougeur, en montant à ses joues, les colora d'une pourpre transparente dont aucune expression ne saurait donner une idée. En la voyant ainsi, si belle et si rayonnante, je l'implorai les mains jointes.

— Oh! de grâce, un baiser, rien qu'un seul, sur votre joue.

Elle se mit à rire franchement, et, comme quelqu'un qui n'attache pas d'importance à ce qu'on lui demande, elle se pencha de mon côté et me tendit sa joue. Je l'eus à peine touchée de mes lèvres qu'elle se retira.

16

— Eh bien! dis-je, voilà de l'économie. Je vous en aurais donné dix.

— Me promettez-vous d'être raisonnable, demanda-t-elle, et d'écrire pour ce que je vous ai dit à M. Pautrel?

J'étais possédé du diable, et si elle l'avait exigé, j'aurais écrit au Grand Turc. Je promis ce qu'elle voulut, et elle me rendit sa joue. Encore un baiser. La joue se retira. Je fis observer que j'avais encore droit à huit autres.

— Quand écrirez-vous? demanda-t-elle.

— Mais encore faut-il, répondis-je, que j'aie une occasion d'utiliser l'aide de M. Pautrel pour le demander.

— On demande toujours, reprit-elle, même quand on n'en a que faire. C'est tout trouvé quand le besoin arrive.

— Vous êtes prévoyante! Me rendrez-vous votre joue?

— Quand écrirez-vous?

— Ce soir.

— A la bonne heure. Prenez-en deux, pour cette fois, et ce sera tout.

— C'est bien peu, dis-je.

Ne pouvant en obtenir davantage, je me contentai de ce que j'avais. Et c'était toujours quelque chose. Dans la crainte que je n'exécutasse pas ma promesse, Ernestine revint sur son projet; et tout en me développant les avantages qu'il présentait, elle eut le soin de m'en dissimuler les inconvénients. Elle prévint toutes mes objections; et quand je lui représentais combien cela était délicat, après ce qui s'était passé, elle me fermait la bouche par cette question :

— Me croyez-vous capable de manquer à la délicatesse? Supposez-vous que je vous donnerais un conseil contre l'honneur?

— Non assurément, disais-je. Autrement je ne vous épouserais pas.

— Eh bien! reprenait-elle, puisque vous avez confiance en moi, faites ce que je vous conseille.

Je partis donc, au bout de deux heures de bavardage,

ayant réitéré ma promesse, et résolu, quoi qu'il m'en coûtât, à la tenir. Mais le soir, rentré chez moi, je sentis que cette lettre m'était impossible à écrire, que je ne le pourrais jamais, malgré la volonté d'Ernestine et malgré mon désir d'obéir.

Afin de me créer un prétexte valable d'ajourner la chose, au moins jusqu'au lendemain, je résolus d'aller officiellement passer ma soirée à Saint-Mandé, chez Mme de Renne.

Ces visites officielles que je faisais le soir avaient lieu une ou deux fois par semaine, et sans jour fixe; bien différentes des entrevues clandestines derrière le jardin, qui n'avaient lieu qu'aux jours fixés par les rendez-vous qu'Ernestine et moi nous avions pris, à la fin de l'entrevue précédente. J'étais rentré d'assez bonne heure; afin d'arriver plus vite à Saint-Mandé, je pris une voiture de remise. Chose tout à fait insolite, luxe ruineux complètement en dehors de mes habitudes. Quoi qu'il en soit, je donnai l'ordre au cocher de me conduire très grand train. Il obéit à merveille, et j'arrivai chez Mme de Renne avant qu'on se fût levé de table. En qualité d'ami, je fus introduit dans la salle à manger.

— Quelle bonne surprise! me dit Mme de Renne.

— Madame, répondis-je avec plus de vivacité que je n'aurais dû, je n'ai pas pu passer la soirée sans vous voir.

En faisant cette réponse, mon regard glissait sur Amélie, qui me souriait, et s'arrêta sur Ernestine, qui rougit excessivement. Elle ne vit que l'un des côtés de ma réponse et se paya aisément de cette idée que j'étais venu seulement pour la revoir plus vite. En réalité, je fuyais lâchement devant l'exécution de ma promesse d'écrire à M. Pautrel, et autant que cela peut se dire, je venais de faire un mensonge d'intention.

Mais c'était elle qui m'y avait forcé. Règle générale : les femmes qui voudront toujours trouver de la sincérité en amour ne doivent jamais exiger rien de condamnable, au nom de cet amour.

Cependant, au fond, je fus embarrassé de ce mensonge, que personne ne soupçonnait. J'étais au supplice.

Amélie, dont la hautaine sérénité faisait un contraste si frappant avec la rougeur de sa sœur, me demanda :

— Avez-vous, depuis peu, reçu des nouvelles de M. Pautrel ?

— Il m'a écrit avant-hier, répondis-je.

— Il ne vous parle pas de M. Frédéric Séchain ?

— Non, mademoiselle.

— Moi, dit à son tour Mme de Renne, j'ai reçu une lettre de Mme Séchain. Cette pauvre Adèle se plaint de son fils. Il lui donne mille tourments par son incapacité et devient, chaque jour, plus antipathique à M. Pautrel.

— Vraiment ? demandai-je.

— C'est comme je vous le dis. Au lieu de travailler, il a rempli Montpellier de scandales.

— Lesquels ?

— C'est inouï. Sa mère n'entre pas dans tous les détails, vous comprenez ; mais on devine qu'il s'agit de choses honteuses, grotesques, qui n'ont pas même le mérite d'être gaies.

— A ce point ?

— Ce pauvre garçon, continua Mme de Renne, ne fera jamais rien qui vaille. Il vous a suscité des querelles pour la succession de son oncle ; je vous jure pourtant que jamais Frédéric Séchain n'héritera de M. Pautrel. Son oncle ne veut plus en entendre parler.

Ernestine alors se retourna vers moi, comme pour me dire : Vous voyez bien : à vous le dé !

Mais je ne voulais pas jouer ce dé. Ce qui venait de m'être dit des animosités déclarées de M. Pautrel contre Frédéric Séchain ne pouvait que me rendre encore plus circonspect, et la lettre que j'avais promis d'écrire me parut trop dangereuse pour être risquée. J'espérais qu'Ernestine le sentirait elle-même et renoncerait à son désir. Ce fut dans cette idée que, lorsqu'on se leva de table, je parvins à m'approcher d'Ernestine et à échanger quelques mots avec elle, en *a parte*.

— Je suis mille fois heureux d'être revenu aujourd'hui.

— Vous m'avez fait plaisir, répondit-elle.

— Je l'ai bien vu. Vous avez rougi.

— Vous vous trompez, dit-elle en rougissant plus encore. Vous m'avez fait plaisir en revenant. Voilà tout.

— Et puis, repris-je, ce qui vient de m'être révélé sur les rapports de Frédéric avec son oncle me rend circonspect, et sans doute cet avertissement fera que vous abandonnerez votre idée de tantôt.

— Quelle idée ?

— Celle d'écrire à M. Pautrel pour lui demander un prêt d'argent.

Ernestine secoua la tête d'un air à me faire bien comprendre qu'elle me trouvait fou.

Elle me répondit simplement :

— Ecrivez toujours.

— Mais...

— Je le veux.

Elle le voulait ! Le despote ayant parlé, l'esclave n'avait qu'à se soumettre. Que pouvais-je objecter ? D'ailleurs, Amélie s'approchait de l'embrasure de fenêtre où je me trouvais avec sa sœur. L'aparté devait finir. Je me mis à parler d'autre chose ; j'étais inquiet, mécontent de la tyrannie d'Ernestine. J'étais honteux de ma lâcheté, et je ne pouvais parvenir à décider en moi-même si j'obéirais ou non.

Ma conversation, en prenant le café, se ressentit de ma détresse intérieure. Je dis mille extravagances très ennuyeuses ; l'esprit me fit absolument défaut. Amélie parut triste, Ernestine était irritée. Mme de Renne proposa de faire une courte promenade dans le bois. Amélie accepta. Ernestine, selon son habitude de contradiction, quand la colère la tenait, refusa d'abord, et ne céda que sur l'ordre formel de sa mère.

Notre promenade se prolongea silencieusement. Les deux sœurs marchaient devant leur mère, à laquelle je donnais le bras ; car, à l'inverse de ce qui se passait d'habitude dans nos promenades, j'eus soin d'éviter de

16.

me rapprocher d'Ernestine, qui n'aurait pas manqué de me réitérer l'ordre d'écrire à M. Pautrel.

Nous revînmes vers la maison au moment où le jour commençait à décroître. Il faisait un crépuscule clair dans lequel les arbres se découpaient très nettement. La journée avait été chaude, et le bois répandait cette forte et vivifiante odeur des soirs d'été, qui fait dilater la poitrine. Un grand silence régnait dans les halliers au milieu desquels serpentait le sentier que nous suivions. Les deux jeunes filles marchaient en avant, à une vingtaine de pas, lorsque tout à coup, Amélie, levant les yeux vers les profondeurs du ciel, aperçut l'étoile de Vesper qui brillait comme un gros diamant.

Elle s'arrêta et contraignit sa sœur à s'arrêter aussi. Mme de Renne et moi nous ne tardâmes pas à les rejoindre. Amélie regardait l'étoile en souriant, et semblait ne pas s'apercevoir de notre présence :

— Cette étoile! dit-elle enfin.

— Eh bien! quoi, cette étoile? dit Ernestine.

— C'est un monde aussi, répondit Amélie. Il y a là-bas des hommes qui souffrent et d'autres qui sont heureux. Plus loin encore de cette étoile, on en aperçoit d'autres; et l'on irait ainsi de monde en monde, volant à tire-d'aile d'une étoile à l'autre, en ne s'arrêtant qu'un instant pour s'y reposer, que toujours, pendant l'éternité des temps, on ne pourrait compter que l'éternité des mondes. Que l'univers est grand!

— Marchons! dit Ernestine.

Amélie ne bougea pas.

Sa figure tournée vers le ciel, baignée par les lueurs du crépuscule, avait une expression douce et grandiose à la fois. Ce caractère de beauté sublime, et cependant purement humaine, me frappa profondément.

La jeune fille, après une minute au moins de silence, reprit :

— Que penser de l'âme humaine, enchaînée sur la terre, et qui cependant peut comprendre cet infini et s'élancer vers lui?

— Marchons, dit à son tour Mme de Renne. La fraîcheur du soir peut te faire du mal, Amélie.

Amélie obéit, non sans avoir pourtant fait un signe de tête accompagné d'un sourire, comme pour saluer l'étoile, et nous l'entendîmes murmurer :

— Nous irons tous te voir, Etoile. Mais moi, la première de nous tous, j'irai.

Ce pronostic funèbre, quoique sans amertume, porté par Amélie sur elle-même, n'était pas capable de faire revenir la joie au milieu de nous.

La promenade s'acheva silencieusement ; je reconduisis ces dames jusqu'à leur porte, mais je refusai de monter, et je revins à pied à Paris.

En descendant le faubourg Saint-Antoine, j'entendis un homme et une femme qui, sur le seuil d'un cabaret, se querellaient ensemble pour quelques sous. La femme faisait à l'homme le reproche de ne point lui assurer la vie de leur ménage et de ne pas se faire payer l'argent qui leur était dû.

— Et tu dis que tu m'aimes ! s'écria-t-elle.

Je m'éloignai rapidement, indigné contre ce couple vulgaire qui me fournissait, trop bien à point, un motif de retour sur les préoccupations peu nobles d'Ernestine pour les intérêts matériels. Je rentrai chez moi, furieux contre elle et contre moi-même. Ma fatigue était si profonde, que je m'endormis sur-le-champ. J'eus des songes, des songes étranges.

Il me sembla que je voyais la terre, non pas telle qu'elle est aujourd'hui, mais telle qu'elle était aux temps antiques. Je contemplais d'un coup d'œil tout le pourtour de la Méditerranée. Je voyais Rome avec le luxe de l'ère impériale, les cent villes du vieux Latium, composées uniquement de palais de marbre. Je voyais ensuite la Grèce : Elis, Corinthe, Delphes et Athènes surtout, avec l'Acropolis, les Propylées, le temple d'Erecthée, le Parthénon. L'Asie-Mineure venait ensuite. Ayant franchi d'un bond l'archipel bleu, Délos, Mélos, Egine, j'apercevais Ephèse, Milet et la grande Palmyre. Plus grandes encore Babylone et Ninive. Puis revenant vers l'Occident, je visitais la grande Egypte, couronnée de lotos, assise au bord du Nil, où se miraient les villes fantasques composées de pylônes, de pyramides, d'obélisques, et peuplées de monstres de porphyre et de granit. Puis enfin Carthage, cette Tyr africaine.

Je voyais tout cela.

Mais tous ces monuments, toutes ces statues de marbre, œuvres du génie humain, sublimes créations de l'art à son apogée, me paraissaient toutes baignées d'une lueur étrange qui n'était pas celle du soleil. Et, dans mon songe, en levant les yeux, j'aperçus, rayonnante au ciel, l'étoile qu'avait saluée Amélie. En sorte que les rayons doux de la petite planète versaient une clarté charmante sur la terre entière.

Et comme la jeune fille l'avait dit, je désirai mourir pour jouir de la vie calme que promet l'infini.

On frappa rudement à ma porte. Je m'éveillai.

Il était grand jour.

J'ouvris. J'aperçus, sur le seuil, un facteur de la poste, en chapeau ciré, une lettre à quatre cachets à la main. Il me demanda avec politesse :

— M. Armand de Rives ?

— C'est moi.

— Une lettre chargée. Amélie-les-Bains. Voulez-vous signer ?

Je signai le reçu.

Le facteur étant parti, j'ouvris la lettre avec empressement. Quatre billets de banque de chacun mille francs sortirent de l'enveloppe.

Je poussai un cri.

La lettre qui accompagnait cet argent était signée de M. Francis Pautrel.

Je transcris cette lettre.

XVIII

Tout s'explique.

« Mon cher enfant,

« Commencez par serrer avec soin, dans le tiroir de votre petit bureau, les quatre mille francs que je vous envoie sous ce pli. Puis lisez attentivement cette lettre.

« Vous ne doutez pas, je l'espère, de l'amitié que nous vous portons, Mme Séchain et moi. C'est après avoir délibéré, Mme Séchain et moi, que nous avons résolu de vous faire la proposition suivante : Voulez-vous entreprendre avec nous un voyage d'une ou deux années, autour de la Méditerranée? Nous verrons toute l'Italie, la Grèce, Constantinople, la Syrie, l'Egypte. Nous reviendrons par l'Algérie et l'Espagne.

« Je prévois vos objections. Vous êtes retenu à Paris par vos études et le soin de votre avenir. Mais, mon cher enfant, vous êtes encore bien jeune, vous avez besoin de vous former aux choses réelles; ce voyage ne sera pas du temps perdu, croyez-moi. Je me hâte d'ajouter qu'à notre retour, dans deux années au plus, j'aurai soin de surveiller moi-même votre avenir, de manière à vous indemniser du temps que vous aurez consacré à me faire plaisir, en acceptant ce voyage, comme je vous en prie.

« Si cependant vous désirez continuer vos études en voyage, vous pouvez faire un choix de livres que vous ferez emballer dans autant de caisses que vous voudrez. Ces caisses nous suivront partout et vous aurez toujours vos livres d'étude sous la main. Toutes les dépenses me regardent.

« C'est vous dire que j'entends vous défrayer entièrement : voitures, bateaux, logement et nourriture sont à ma charge. Comme je ne veux pas que le plaisir de voyager soit gâté pour vous par l'obligation de vivre

avec moi et Mme Séchain, je vous préviens que vous
serez toujours libre de loger et même de manger sépa-
rément. Nous ne vous accompagnerons dans vos promenades que s'il vous plaît de nous le permettre. Ainsi, il
est bien entendu que vous pourrez vous livrer à vos
inspirations, sans avoir à compter avec deux vieillards
comme nous.

« Enfin, comme je sais que, même défrayé de sa nourriture et de son logement, un jeune homme de votre
âge peut avoir des fantaisies à satisfaire, pour lesquelles
il lui est pénible de manquer d'argent, ou d'avoir à en
demander à mesure, je vous prie de vouloir bien accepter,
à titre d'argent de poche, pour deux années à compter
de ce jour, une rente annuelle de deux mille quatre
cents francs, qui vous sera payée chaque trimestre
par mon notaire, qui vous en fera parvenir directement le montant, sans qu'à l'avenir j'aie à m'en occuper.

« Mes ordres sont donnés en conséquence. Vous rece-
vrez votre premier trimestre ces jours-ci.

« Il me semble, mon cher enfant, que ces arrangements
sont de nature à vous satisfaire, et que votre famille
devra consentir aisément à ce voyage. Demandez sur-le-
champ l'avis de votre père et de votre excellente mère,
car je ne doute pas de votre acceptation personnelle.
Les quatre mille francs qui sont joints à cette lettre sont
destinés à vous donner un équipage convenable sans
que vous soyez obligé de rien demander à vos parents,
et sans que vous ayez à rien prendre sur le premier trimestre de votre pension.

« Si cependant, contre mon attente, vous refusiez de
me faire la joie d'accepter ce voyage, je vous préviens
que je n'en aurais aucune mauvaise humeur contre vous.
Je ne vous impose aucune obligation ; je vous prie, je
vous supplie. Mais vous êtes le maître. Dans le cas où
vous croiriez devoir refuser le voyage, les quatre mille
francs ci-joints, ainsi que la pension de deux mille
quatre cents francs pendant deux années vous restent
acquis. Cela, du moins, ne peut pas être refusé. Vous

acceptez donc, en tout cas, les quatre mille francs et les deux cents francs par mois. Je le veux. Et la moindre tentative de refus serait, entre nous, le signal d'une rupture immédiate. Il est bon, mon cher enfant, qu'un jeune homme de votre âge et de votre valeur jouisse d'un certain bien-être. Prenez un bon tailleur, meublez-vous convenablement, voyez un peu le monde. Il est important pour votre avenir que vous ne soyez pas perdu par l'excès de travail.

« Mais je reviens au voyage. J'espère que vous accepterez sans hésiter. Je vous offre de bon cœur. Venez vite; nous mènerons la vie la plus joyeuse que vous puissiez rêver. Répondez-moi le plus tôt possible. Je perds la tête d'impatience. Vous ne voudriez pas me donner une congestion?

« A bientôt votre réponse, mon cher Armand. Le plus tôt possible. Je me répète : le plus tôt possible.

« Votre affectionné,

« P.-F. PAUTREL. »

Les larmes me vinrent aux yeux en lisant cette lettre, si bien remplie d'affection paternelle, que j'acceptai comme une chose toute simple, toute naturelle. Un petit détail qui surprendra bien des gens.

A la lettre était attachée, par une épingle, une feuille de papier qui portait en tête :

« Note des objets d'équipement et d'armement dont « M. Armand de Rives devra se précautionner pour un « voyage en Grèce et en Syrie. — Note des habille- « ments. »

Suivait tantôt de la main de M. Pautrel, tantôt de celle de Mme Séchain, un long catalogue avec les prix et les indications des maisons où je devais trouver les objets dans de bonnes conditions. Rien n'était omis, ni la flanelle, ni les chaussures. M. Pautrel avait inscrit : Un revolver à six coups, chez Devisme. Mme Séchain avait ajouté : Une douzaine de paires de bas de laine, chez Oudot. Tous deux semblaient s'être donné la tâche de m'indiquer ce qui pouvait m'être utile ou seulement agréable. A mesure qu'une idée venait, chacun écrivait de sa propre main.

Cela, dis-je, ne me surprit pas. Je trouvais cela tout naturel de la part de gens qui m'aimaient comme je les aimais moi-même.

Au bas de la note se trouvaient écrits ces mots :

« Si M. Armand de Rives désire faire d'autres acqui-« sitions, et que l'argent qu'on lui envoie ne suffise pas, « il est averti d'écrire directement au notaire, pour évi-« ter les pertes de temps. Surtout pas d'économie mal « entendue. En voyage, tout doit être solide. La santé, « et souvent la vie du voyageur en dépendent. »

Derrière cette note, M. Pautrel seul en avait rédigé une autre :

« Note de l'itinéraire conseillé à M. de Rives, pour se « rendre de Paris à Amélie-les-Bains. »

Ici, tout était mentionné. Cet itinéraire, dressé par un homme habitué aux voyages et qui se connaissait en choses d'art, comprenait les villes les plus remarquables du centre de la France, avec l'indication des monuments à visiter, l'indication des tarifs dans les meilleurs hôtels, et même la mention des petites curiosités gastronomiques de chaque ville. Tout cela, dis-je, rédigé dans un style clair à ne pas se tromper d'un mot. Un père, une mère n'auraient pas eu de prévoyance plus affectueuse. J'étais ému au cœur.

Après dix minutes, au moins, de tremblement nerveux, d'émotion, d'égarement, la joie folle se fit jour. Je me mis à pleurer en criant : Italie ! Italie ! Je courais comme un fou à travers ma chambre. Ce n'était pas seulement l'Italie qui m'était promise, c'était la Grèce, l'Asie, l'Egypte, l'Espagne ! Tout ce que j'avais vu dans mon songe ! Tous ces pays merveilleux dont la vision seule rend la jeunesse heureuse et poète !

L'Italie ! Venise, Rome, Bologne, Pise, Naples, Palerme, l'Etna, le Vésuve, les gondoles, les pifferari, le carnaval enchanté ! Je vous verrais aussi, vieilles villes exhumées, Pompéï, Herculanum, Stabies! Je te verrais, Grèce héroïque, mère des dieux qui ne son 'pas morts! Et la Syrie? Et Jérusalem? Et le Caire, Alexandrie, Alger, Séville, Grenade, Madrid, Valence? Espagne, tu allais m'appartenir aussi! Un coup de baguette faisait ce miracle et m'ouvrait des horizons infinis. Je verrais la Méditerranée bleue, le désert jaune, deux immensités! J'aurais sur ma tête le ciel d'azur de Constantinople, le ciel brûlant de Saint-Jean d'Acre et de Tibériade. Je passerais à Sasphad, où les Templiers moururent; à Alger, où s'éclipsa la gloire de Charles-Quint. Je croyais rêver encore. Il me fallait chiffonner les billets de mille francs dans mes mains frémissantes pour admettre la réalité positive. Je voulus même relire la lettre de mon vieil ami. Tout à coup, ma joie tomba comme par enchantement.

La lettre avait un post-scriptum que, d'abord, je n'avais pas lu. Si ce post-scriptum ne contenait pas, comme le veut le proverbe, toute l'essence de la lettre, il était cependant assez important pour en modifier grandement la portée. M. Pierre-Francis Pautrel, après sa signature, avait ajouté:

« Ma vie n'est pas gaie, mon cher enfant. Épargnez-moi de nouveaux ennuis avant votre départ. Je désire qu'en écrivant à Frédéric vous gardiez le silence sur nos projets et qu'il en reçoive la nouvelle par moi, dans le temps que je jugerai opportun. »

Je crus pouvoir conclure de là que Frédéric Séchain ne serait pas de notre voyage, quoique M. Pautrel ne l'eût pas dit explicitement. J'en éprouvai une contrariété très vive. Il ne convenait point à ma délicatesse de prendre la place qu'on me faisait vacante : je ne pouvais me résoudre à me substituer, dans le sein de la famille, au fils que l'on exilait pour moi. En un mot, c'était me rendre l'acceptation impossible. Adieu, dès lors, adieu Rome, Constantinople et Athènes! Je ne pouvais partir.

Quel dépit! Je restai au moins une heure plongé dans

17

mes méditations. Je cherchai un moyen de tourner la difficulté; je cherchai un compromis dont ma conscience pût se déclarer satisfaite. Je ne trouvai rien. Le sévère honneur me criait impérieusement : Refuse !

Ce voyage serait la joie, le rêve de ta jeunesse, le complément de ton éducation; n'importe ! refuse ! Ton devoir est de refuser !

Après cette heure de discussion avec moi-même, je ne trouvai qu'une chose à faire : demander à M. Pautrel si Frédéric serait du voyage; et, dans le cas probable où il me répondrait que non, mettre à mon départ la condition formelle que Frédéric partirait avec nous. Mais accepterait-on cette condition? C'était peu croyable. J'en revins à me dire qu'il valait mieux refuser tout d'abord.

Et cependant, je ne pouvais m'y résigner.

D'ailleurs, partir, c'était quitter Ernestine pour deux années. Oui, mais au retour, je le pressentais d'après la lettre de mon vieil ami, il s'occuperait de mon avenir. C'était me faire comprendre que je jouirais de si sérieux avantages que mon mariage avec Mlle de Renne deviendrait facile. Dans de telles circonstances, la quitter, ce n'était pas la perdre, c'était la gagner à coup sûr. Ne devais-je pas faire à mon amour le sacrifice de cette séparation et de mes susceptibilités ?

En refusant, pouvais-je me vanter d'aimer Ernestine? Perplexité cruelle ! La quitter pour deux ans, c'était affreux. Ne pas la quitter, c'était tout compromettre.

Hors d'état de rien résoudre par moi-même, j'espérai dans le conseil d'un ami sûr. Morand, qui, comme j'en avais la conviction, connaissait à fond le secret qui se trouvait entre Frédéric, son oncle et sa mère ; Morand, de l'amitié duquel je ne pouvais douter, me parut capable de me donner le conseil qui devait fixer mes irrésolutions.

Je m'habillai, puis, ayant serré les quatre mille francs avec les notes d'acquisitions et d'itinéraire dans mon bureau, je pris sur moi la lettre de M. Pautrel et je courus chez mon ami. Il était absent. On me dit qu'il était à la rédaction du *Carillon*. Je m'y rendis et je l'y trouvai occupé, non à faire de la copie, mais à mettre la paix entre Ducouti et Rosalie, qui s'arrachaient les yeux.

Rosalie était devenue excessivement forte. Elle ne craignait plus aucunement d'irriter la jalousie de Ducouti ; elle parlait de plusieurs *messieurs* qui voulaient lui faire du bien ; elle les nommait, donnait leur adresse et reprochait à Ducouti de la laisser manquer de tout.

De tout ! — accusation grave dont le jeune protecteur se débarbouillait de son mieux, en énumérant les sacrifices qu'il s'imposait pour son amour.

Rosalie me prit à témoin, en me montrant ses bottines qui tiraient la langue, disait-elle, et elle affirma que, bien certainement, ce ne serait pas moi qui me montrerais si ladre avec une femme.

— Tais-toi ! hurla Ducouti. Nous savons tous que tu as une idée pour Armand de Rives.

— Tiens ! riposta-t-elle, et pourquoi pas ? C'est un vrai poète, lui.

— Je crois bien. Il t'a fait des vers qui n'étaient pas de lui.

— Ça n'empêche pas, répondit Rosalie, que s'il voulait m'en faire seulement dix, à présent, de lui à moi, j'irais lui faire son ménage tous les matins, et je me remettrais à travailler au magasin.

— Armand, me dit gravement Ducouti, vous m'avez volé son amour. Entre gens d'honneur, vous savez ce qu'on se doit dans ces circonstances !

Je me mis à rire, et Rosalie se jeta à mon cou.

— Laissez-le dire, s'écria-t-elle, il sait bien que je vous aime.

Comme j'étais devenu d'une belle force à l'épée et que l'insuffisance de Ducouti en ce genre d'escrime était notoire, je fus clément pour sa provocation.

Morand lit observer lui-même à l'infortuné que sa colère n'avait pas le sens commun et que je l'*occirais* facilement si nous venions à nous battre.

Cela l'adoucit. Rosalie, très irritée, prit le parti de

s'asseoir et de bouder, pendant que je priais Morand de sortir avec moi.

Nous laissâmes Ducouti en tête-à-tête avec son orageux amour.

— De quoi donc s'agit-il ? me demanda Morand quand nous fûmes dehors.

Sans lui répondre, je tirai de ma poche la lettre de M. Pautrel et je la lui passai tout ouverte. Il la lut, il la relut, la replia lentement, me la rendit en me disant ce seul mot :

— Pars !

— As-tu lu le *post-scriptum ?*

— Oui.

— Tu comprends, comme moi, que Frédéric ne sera pas du voyage ?

— Je le comprends fort bien. Mais, je te le répète : pars !

— Mon ami, repris-je, je suis venu te demander conseil dans l'intention de suivre ce conseil. Je le suivrais aveuglément si tu prenais la peine de le motiver. Mais tu comprends que je ne puis me rendre à un avis que tu me donnes si légèrement, comme si cela n'avait aucune importance.

— Cela, répondit Morand, n'a aucune importance en effet.

— Mais enfin, objectai-je encore, que dira-t-on de moi, partout ?

— Laisse-moi réfléchir, dit-il.

— A la bonne heure ! c'est ce que je te demande. Quand tu auras réfléchi, je t'écouterai plus volontiers.

Nous marchâmes côte à côte, lentement, sans dire un seul mot, jusqu'au quai. Arrivés place Saint-Michel, nous entrâmes dans un bureau de tabac situé — je le vois encore — près d'un boucher qui se nommait *Ours.* J'essayai, sur le nom de ce boucher, une plaisanterie assez pauvre que je ne manquais jamais de faire en passant devant sa boutique.

Mais Morand me regarda de travers, et sa mine lugubre me coupa le rire sur les lèvres.

Ayant acheté chacun un londrès, nous prîmes le trottoir du pont Saint-Michel. Après avoir fait une vingtaine de pas, Morand m'arrêta par le bras, et, me regardant en face, me dit sèchement :

— Frédéric Séchain n'est pas le neveu de M. Pautrel.

— Mais alors... dis-je tout ahuri de la révélation, et perdant le souffle, tant j'étais ému.

— Cela se comprend, reprit Morand ; Mme Séchain n'est pas la sœur de M. Pautrel ; et j'ajoute que M. Séchain, père de Frédéric, est encore vivant, à l'heure où je te parle.

— Alors, observai-je naïvement, c'est un adultère perpétuel?

— Mon Dieu, oui ! et Mme Séchain n'est pas riche. La fortune entière est à M. Pautrel. Cela dit tout.

— En quoi cela éclaircit-il ma position, je te prie?

— Tu es bête ! dit Morand.

— Pardon : je ne vois pas que cela précise si je dois partir ou non pour l'Asie Mineure.

— Incontestablement, tu dois partir pour l'Asie Mineure, et au besoin pour la Chine.

Il ne s'agit pas ici de dépouiller un héritier légitime. Tu n'as devant toi qu'une assez pauvre intelligence d'homme, un garçon sans honneur, qui ne mérite aucun ménagement, car il profite sans vergogne des libéralités de l'amant de sa mère pour vivre dans la paresse.

Morand s'était fait une grande violence pour continuer à parler. Mais ayant commencé par le gros de la confidence, il continua d'un ton plus posé, tandis que j'avais peine à revenir à moi.

— Si je ne t'ai pas révélé cela plus tôt, c'est que je le tiens, sous le sceau du secret, de Frédéric Séchain luimême. Étant malades tous deux à l'infirmerie de Felletin, nos lits étaient voisins. Frédéric, comme tu as pu le voir, est très lâche ; le secret de la position de sa mère l'étouffait. Il avait peur de mourir avec ce poids sur la conscience. Il me fit jurer le secret et me révéla tout. Tu conçois, mon cher Armand, que j'étais lié par ma parole, et que, jusqu'à présent, j'ai dû me taire. Mais enfin la circonstance qui se présente me force à parler. Je viens, pendant une heure, de peser dans ma conscience si j'étais plus lié par ma parole, vis-à-vis d'un homme qui ne sait pas garder la sienne, que par mon amitié pour toi, pour toi, que j'estime comme le plus homme d'honneur que je connaisse. Il s'agit de savoir si Armand de Rives, loyal, plein d'avenir et de talent, doit posséder une fortune de près de deux millions, préférablement à Frédéric Séchain, menteur et fainéant, sans capacité aucune. Il s'agit de décider qui l'emportera de l'homme de cœur qui n'a pour lui que son propre mérite, ou de l'homme sans délicatesse qui n'échafaude ses espérances de lucre que sur le déshonneur de sa mère. Le choix n'est pas douteux. J'aurais cru manquer à tous mes devoirs en gardant le silence.

— Mais, dis-je, cette position si fâcheuse a pris naissance, sans doute, à une époque où Frédéric était encore enfant. Depuis, se trouvant lié, il a dû la tolérer, ne pouvant la rompre.

— Je te demande pardon, reprit vivement Morand. Parvenu à l'âge d'homme Frédéric, n'eût-il pas eu d'autres ressources, pouvait, et même devait quitter cette maison. Mais il y a plus. Son père existe et jouit d'une petite position honorable à Lille. M. Séchain a fait tous ses efforts pour ouvrir les yeux de son fils ; à plusieurs reprises, il lui a offert de se réfugier près de lui. Frédéric a toujours refusé, préférant une fortune mal acquise et honteuse avec sa mère, à une position modeste mais honorable avec son père. La dernière fois que M. Séchain a fait une tentative pour ramener son fils, tu as failli le rencontrer.

— Moi ! Et quand cela ?

— Tu te souviens, reprit Morand, que, quelques jours après l'admission de Frédéric au baccalauréat, à la suite d'une lettre qui jeta tout le monde dans le plus grand trouble, une scène de violence, dont tu n'as jamais connu les acteurs, eut lieu dans la chambre de Frédéric ?

— Oui. Je me rappelle fort bien que la chambre ressemblait à un champ de bataille. Tout y était cassé, mis en morceaux. Il y avait même un couteau catalan dont la lame était cassée...

— Justement. Eh bien ! Frédéric s'était battu avec son père, qui était venu chez lui.

— Le couteau..., dis-je, en hésitant. Qui avait porté le coup de couteau ?

— Je ne sais, répondit Morand. Est-ce le père, est-ce le fils qui a voulu tuer l'autre ? Je crois que c'est le fils !

— Ce n'est pas possible ! m'écriai-je. Morand, tu exagères les choses. Frédéric est incapable...

La figure de mon ami prit un air sinistre :

— Frédéric, dit-il, est capable de tout.

Ainsi, toi qui parles, il a voulu te tuer. Il t'a manqué d'un coup de pistolet. Tu n'as dû la vie qu'à un hasard providentiel.

— Quand cela ?

— Le jour — il n'y a pas longtemps — où il t'a défendu de monter chez sa mère, et où tu es monté malgré lui.

— Je me souviens. J'ai entendu le bruit d'une capsule. Levernay et toi, vous étiez présents.

— Oui. Au moment où tu passais la porte, Frédéric, hors de lui, saisit un des pistolets qui se trouvaient sur la cheminée, t'ajusta et fit feu. Le coup rata par bonheur. Levernay et moi nous nous précipitâmes sur lui et nous lui arrachâmes l'arme. Elle était chargée. Frédéric prétendit qu'il l'ignorait, qu'il n'avait voulu que brûler une capsule par plaisanterie. Cependant il était pâle d'émotion : Levernay et moi, nous restâmes convaincus que tu n'avais échappé que par miracle.

— Quelle horreur ! C'est impossible ! Non, mon ami, tout cela est impossible !

— Tout cela est vrai. S'il t'avait tué, Frédéric aurait mis la chose sur le compte d'un hasard malheureux. Cela se voit tous les jours, quand on joue avec les armes à feu.

Une imprudence! en réalité, sois sûr qu'il te hait à mort, et qu'il surveille la fortune de M. Pautrel avec férocité.

— Je le conçois; elle lui cause assez de honte pour cela. Mais sa mère, qui est si charmante pour moi?

— Mon cher, dit Morand, cette charmante femme est un Tartufe en jupons. Elle t'a fait la cour. Tout le monde l'a observé; eh bien! mon cher ami, si par hasard tu avais remarqué ses avances, et si tu y avais répondu, on s'arrangeait pour te faire surprendre dans un bon petit flagrant délit par M. Pautrel, lequel est très jaloux, je t'en préviens. Il t'aurait flanqué à la porte comme un chien. Tout le monde te surveillait. Mais tu as évité le piège, grâce à ta naïveté, à ton chevaleresque honneur, qui ressemble si bien à de la bêtise. La mère d'un ami était sacrée pour toi. Cela t'a sauvé. Méfie-toi à l'avenir, te voilà averti. Ce moyen a déjà servi, du reste.

— Comment! ce moyen a déjà servi?

— Quel niais tu fais! s'écria Morand. Crois-tu donc être le premier qui donne des soucis par sa présence dans la maison? Mais toute la famille auguste des Desjardins et des autres...

— Quels Desjardins, demandai-je, et quels autres?

— Voici le fait : la fortune de M. Pautrel est une rivière qui fait battre beaucoup de moulins. M. Pautrel est généreux, tout le monde en use et en abuse. Mme Séchain est une demoiselle Desjardins; donc Mme Desjardins est sa mère, et mange du Pautrel. M. Desjardins, qui tendait des petits pièges en te menant à la Chaumière et s'efforçait de dénicher de petits scandales contre toi, M. Desjardins est le frère de Mme Séchain, et sous prétexte que son petit commerce ne va pas, mange aussi du Pautrel à gogo. Tout le monde grapille. M. de Brunoy, M. de Terrières, Mme Remy, et — pardonne-moi — Mme de Renne.

— Ah! pour le coup, m'écriai-je, c'est tout à fait impossible!

— Je n'ai, reprit Morand, qu'une chose à te faire

observer : *Cela est, donc c'est possible*. Tous ces gens qui mettent leur fourchette dans le même plat, se détestent entre eux ; mais ils sont tous gens de force, et ne pouvant s'éliminer les uns les autres, sont contraints de se tolérer. Seulement, ils se réunissent tous, et font cause commune contre tout nouvel arrivant. Or le cas du nouvel arrivant s'est fréquemment présenté. M. Pautrel, si tu veux me permettre une comparaison, est un Louis XIII auquel on tue ses favoris à mesure qu'il en choisit. Tu en es un. J'en ai connu trois autres qui n'étaient pas mes amis. Que veux-tu ? près de Pautrel-Louis XIII, on voit tour à tour Mesnard-Chalais et de Rives-Cinq-Mars.

— Dont tu es le de Thou, dis-je amèrement. Si bien donc qu'un de mes prédécesseurs se nommait Mesnard ?

— Oui. Un bon garçon. Ce fut dommage. Mais Séchain-Richelieu, dont la robe n'est pas rouge, a traîné ce pauvre garçon si loin, si loin, qu'il s'est perdu. On l'a couvert de honte ; on l'a fait mettre à la porte par M. Pautrel lui-même, un jour qu'il fut convaincu d'avoir fait la cour à Mme de Renne.

— Dans tout cela, dis-je, un seul nom me touche ; celui de Mme de Renne.

— Oui, je comprends, répondit Morand. Mais ouvre les yeux : Mme de Renne n'a pour vivre que sa pension de veuve d'un général de brigade. Elle ne peut soutenir son luxe que grâce aux emprunts qu'elle fait à M. Pautrel. Mme Séchain et elle se détestent, cela va de soi. Elle a su dissimuler la vérité pendant longtemps à son fils et à ses filles. Mais, dans un voyage que le lieutenant Édouard de Renne a fait à Paris, il a flairé la vraie situation. Comme c'est un homme rigide, il s'en expliqua avec sa mère, et lui donna le conseil de ne plus conduire ses sœurs dans cette maison. Mme de Renne traita son fils de niais, parla de la fortune de ses filles et d'un mariage probable d'Ernestine avec Frédéric.

Le lieutenant, n'y pouvant rien, retourna en Afrique, et Mme de Renne, avec sa fille Ernestine, a continué ses

17.

spéculations rue de l'Ouest. Aujourd'hui, il ne s'agit plus de Frédéric; mais tu es seul en jeu, parce qu'on voit que tu l'emportes sur lui; tu resteras le favori de Mme de Renne et d'Ernestine tant que tu seras celui de M. Pautrel.

— Et Mlle Amélie de Renne, demandai-je?

— Oh! elle, c'est différent. Elle a jugé la situation comme son frère, dès qu'elle l'a connue. Sa maladie lui a fourni un prétexte pour cesser ses visites dans cette maison qu'elle réprouve. C'est une femme, elle, une vraie femme, digne d'un homme de cœur. Elle condamne la conduite de sa mère et de sa sœur; aussi, tu as dû remarquer l'hostilité dont elle est l'objet dans sa famille; son frère est son seul appui. Et sa mère, irritée contre ce juge silencieux, mais inflexible, ne serait pas fâchée si sa maladie l'emportait un beau matin.

— C'est horrible! m'écriai-je.

— Je le pense aussi, répondit Morand. Mais, mon pauvre garçon, le grotesque se mêle à l'horrible. Pour en revenir à M. Pautrel et à Mme Séchain, n'est-ce pas quelque chose de fort drôle de voir ce bonhomme assez benêt pour se laisser dilapider par toute une famille. Ils sont habillés comme des millionnaires; et lui, le pauvre sot, porte des habits retournés et des chemises rapiécées. Quand encore elles sont rapiécées.

— Morand, repris-je, j'aime M. Pautrel de tout mon cœur. En le voyant si faible, je le plains, mais en somme sa faiblesse ne le rend pas coupable, et je te saurai bon gré, mon ami, de ne parler de lui qu'avec plus de mesure que tu ne viens de le faire.

— Tu as raison, consentit Morand. J'ai eu tort. M. Pautrel peut avoir une maîtresse; il peut être faible sans être pour cela coupable. Sa bonté est trop grande; mais ce n'est ni un benêt, ni un sot. Il t'aime, d'ailleurs, ce digne homme. Il t'aime follement!

— Follement, interrompis-je, est beaucoup dire. Mais enfin il m'aime beaucoup, et je le lui rends bien.

— Je maintiens le mot follement, dit mon ami. La

preuve, c'est qu'en ce moment, pour toi, le digne homme joue sa paix intérieure, et risque ses congestions les plus grosses. — Ne ris pas! — Il est plus aisé de braver un vrai péril que de se dépouiller d'une imagination. Or, je maintiens que, pour toi, actuellement, M. Pautrel violente ses congestions et sacrifie sa paix intérieure, à laquelle il tient tant.

— Comment cela?

— Crois-tu donc que cette idée énorme d'un voyage avec toi, quand Frédéric en est exclu, ait été acceptée par Mme Séchain sans bataille? Oh non! va. On a crié. Cela a dû être vif. A propos, tu as reçu les quatre mille francs annoncés par la lettre.

— Oui.

— Bon. Mon garçon, va faire tes emplettes; prends ton passeport et décampe. Tu n'as plus besoin de t'inquiéter de l'avenir. Tu tiens ton homme. Je te vois déjà hériter de soixante mille francs de rente.

— Mais?...

— La fortune de M. Pautrel monte à un chiffre plus élevé. Mais il faudra déduire quelque chose pour Mme Séchain, qu'il ne voudra pas laisser dans le besoin.

— Cependant...

— Oh! je te garantis les chiffres!

— Ce n'est pas cela que je veux dire. Encore une fois, je ne sais si je dois me mettre dans cette position peu honorable, quelques conditions que l'on admette, d'un homme qui guette la fortune d'autrui.

— Tu es un niais. J'ai dit ce que j'avais à dire. Et si j'avais prévu que tu voulusses refuser après ma confidence, je ne l'aurais pas faite.

— Mais que diable! m'écriai-je, cette fortune ne m'appartient à aucun titre.

— Bah! et pourquoi cela? — Ah! j'oubliais un détail. Il va lever tous tes scrupules. — M. Pautrel n'a hérité de cette fortune qu'au même titre que toi. C'est un vieux savant dont il a été le secrétaire qui lui en a fait cadeau.

Je baissai la tête. Vainement les raisons s'accumu

laient pour me contraindre à accepter, je n'avais pas l'âme en repos. Je ne pouvais perdre de vue qu'après tout ç'avait été grâce à Frédéric Séchain que j'avais connu M. Pautrel; quels qu'eussent été les torts de Frédéric à mon égard, je ne pouvais oublier que c'était un ami, que même ses torts ne venaient que de la crainte d'être dépouillé.

Dans mon âme naïve, je me représentais l'amitié violée, la délicatesse outragée par une spoliation dont je serais l'auteur, et je m'irritais parce qu'on me conseillait cette spoliation avec tant d'insistance.

Georges Morand vit mes hésitations. Il reprit en se mettant à rire :

— Écoute : si tu refuses, il n'est pas un homme qui ne te traite d'imbécile ; et personne ne t'en saura gré. Tu tomberas sous la risée de tout le monde; car tous ces gens-là te craignent, te jalousent, te détestent, en un mot. Jamais ils ne te pardonneront la belle peur que tu leur donnes en ce moment. Si tu les laisses souffler, ils s'arrangeront pour t'écraser, pour te chasser de la maison, dans la crainte qu'un jour, dans une autre occasion, tu ne sois moins délicat. Tu perdras alors du même coup, sous la calomnie qu'on ne t'épargnera pas, ton honneur, l'amitié si précieuse de M. Pautrel, et enfin, sois-en sûr, l'amour d'Ernestine de Renne.

— Oh! pour cela, m'écriai-je, je suis bien sûr que non!

— Ta! ta! reprit Morand, pauvre bête! Elle ne t'aime que parce qu'elle te voit en passe d'hériter; si tu veux descendre dans tes souvenirs, tu reconnaîtras que son amour a subi les phases et les variations de la chance. Déjà, une fois, elle t'a maltraité parce que tu semblais près de te perdre. Si pour cette fois tu te perds volontairement, elle désespérera de toi et te mettra à la porte comme un chien.

— Comme un chien! m'écriai-je avec indignation.

Georges Morand posa sa main sur mon bras, sourit et répondit :

— Comme un animal à quatre pattes, fidèle, mais bête. Voilà !

— Cela, dis-je, est impossible. Tu ne connais pas celle que tu insultes ; et si ce n'était par respect pour notre amitié, je te donnerai des soufflets.

— Un axiome du jeu de dames, répondit mon ami : Souffler n'est pas jouer. — A toi le jeu !

— Tu m'impatientes !

Nous étions au beau milieu du Pont-Neuf. Je vis en ce moment, vers le quai de la Mégisserie, passer l'omnibus de la barrière du Trône. L'idée subite me vint de courir à Saint-Mandé, afin de m'assurer si Ernestine justifierait les dires de Morand. D'ailleurs, j'avais mon rendez-vous avec elle à la grille du jardin ; ce n'était pas que je l'eusse mis en oubli, mais tout ce que j'entendais depuis une heure me bouleversait tellement que j'étais hors de moi.

En voyant l'omnibus passer, l'omnibus jaune que vous savez, ma résolution fut soudaine.

Je campai là Morand devant la statue du roi Henri, et je me mis à courir pour rejoindre la voiture. Mon ami resta stupéfait. Il y avait de quoi. Vainement il voulut me rejoindre. J'étais déjà assis dans l'omnibus.

Pour cette fois, je descendis à la barrière du Trône ; je fis à pied le trajet jusqu'au bois, et j'arrivai tout essoufflé à la chaussée de l'Étang.

J'avais devancé l'heure. Il me fallut attendre vingt bonnes minutes ; cela me permit de reprendre haleine.

Enfin, à travers les lames de la persienne, je vis Ernestine prendre sa place habituelle sous le berceau, puis le volet s'ouvrit. Ernestine fut surprise de me voir arrivé.

— Ah ! me dit-elle, vous voilà avant l'heure ! C'est bien.

— Mon amie, répondis-je, il s'est passé depuis hier des choses très étonnantes. Je viens à vous comme à une bonne conseillère, pour vous supplier de m'éclairer sur ce que je dois faire.

— De quoi s'agit-il?

Frémissant, hors de moi, je tirai de ma poche la lettre de M. Pautrel, et, l'ayant dépliée, je la tendis tout ouverte à Ernestine, en lui disant :

— Lisez !

Elle lut rapidement une première fois, puis relut une seconde fois plus lentement. Ses jolis sourcils se fronçaient à chaque ligne; puis un sourire effleurait ses lèvres. J'attendais l'arrêt. Quand elle eut achevé sa seconde lecture, elle laissa tomber la lettre à terre devant elle, sur le sable du jardin, et hors d'elle-même se mit à battre des mains, sans se soucier d'être entendue par les gens de la maison.

— Quel bonheur! quel bonheur! s'écria-t-elle. Oh! Armand! mon cher Armand! Quelle joie!

— Dois-je accepter? demandai-je.

Au lieu de me répondre, elle ramassa la lettre, la relut encore, puis me la rendit en demandant :

— Quand comptez-vous partir?

— Quoi! dis-je, vous voulez que je parte? Vous voulez que je vous quitte?

— Vous tenez la fortune dans vos mains, dit-elle.

Je froissai avec impatience la lettre qu'elle venait de me rendre. Je la remis dans ma poche.

— Vous connaissez, demandai-je, la vraie position de Frédéric Séchain vis-à-vis de M. Pautrel?

Elle me regarda de manière à me terrifier. Je ne puis détailler le nombre infini de choses étranges qui se tenaient dans ce regard ; mais je me sentis crucifié par un vaste dédain. Elle me répondit :

— Non! Je — ne — sais — pas — ce — que — vous — voulez — dire. Mais partez !

— Eh! le puis-je avec décence?

— Soixante-dix mille livres de rentes, Armand!

Je me reculai de deux pas pour mieux la regarder. L'idée affreuse me vint que Morand pourrait bien avoir dit la vérité. Un éclair me montra un gouffre entre Ernestine et moi.

— Oh! fis-je.

Elle appuya le bout de ses doigts sur ses lèvres, et, avec un signe de tête charmant, elle m'envoya un baiser. Soudain, elle referma la persienne. Je restai là, debout, consterné de cette brusque disparition. Mais tandis qu'incertain de savoir si je devais attendre ou partir, je regardais ce volet inexorablement clos, j'entendis grincer la vieille porte rouillée qui donnait accès du jardin dans le bois et que je n'avais jamais vu ouvrir. Elle résistait avant de céder. Je me précipitai vers elle et j'appuyai de mes deux mains. J'étais fou. La porte s'ouvrit. Ernestine et moi, sans que rien nous séparât désormais, nous nous trouvions debout, l'un devant l'autre. Elle souriait, elle trépignait. Moi, je tremblais.

Elle sortit brusquement du jardin, et, ayant tiré après elle la porte, qui se referma brusquement, elle se pendit à mon bras, et me dit :

— Le bois, allons dans le bois.

Je regardai la porte avec inquiétude.

— Comment rentrer?

— J'ai la clef, dit-elle en tirant de sa poche la clef rouillée. Je l'ai depuis longtemps.

Des choses brèves, qui se disent, ne souffrent pas de commentaires :

Elle avait la clef depuis longtemps!

Nous traversâmes la chaussée de l'Étang, et bientôt nous nous trouvâmes abrités par les taillis et les arbres. En quelques secondes nous eûmes franchi le premier fourré. J'écartais au passage les branches des halliers qui auraient pu fouetter Ernestine au visage. En arrivant sous le grand couvert des arbres qui bordent la petite rivière dont le nouvel étang a, depuis, pris la place, nous nous mîmes à courir à travers les herbes, afin de joindre plus vite le premier des trois ponts qui franchissaient cette rivière.

Silencieusement, l'un près de l'autre et nous tenant le bras, nous courions comme si un ennemi nous eût

poursuivis. Où allions-nous? Pourquoi Ernestine avait-
elle quitté le jardin de sa mère? Qu'allions-nous faire
dans le bois? Était-ce le moyen de résoudre la question qui m'embarrassait?

Je ne m'interrogeais pas avec tant de précision. Un
sentiment indéfini m'emplissait le cœur, et je n'étais pas
fâché de courir et de m'échauffer, afin de m'épargner
la peine de penser, l'angoisse de résoudre les questions.
Il faisait un temps superbe. A travers le grand couvert
des arbres, il pleuvait des rayons de soleil. Sur le sol
herbu, on voyait çà et là de grandes taches de lumière,
au milieu desquelles étincelaient les boutons d'or et la
grande marguerite des bois. Des insectes qu'attirait
la rivière, volaient en rasant le sol; de grosses mouches
bourdonnaient dans les rayons du ciel, et les papillons
blancs farfallaient sur les fleurettes baignées de soleil.
On entendait les oiseaux voleter, gazouiller, s'ébattre.
Derrière nous, à droite, à gauche, mais surtout devant
nous, de l'autre côté de la rivière, le bois touffu,
immense, avec ses halliers, ses touffes de jeunes chênes,
et ses grands ormes et ses bouleaux dont le tronc blanc
tranchait sur la verdure sombre, et dont la tête, baignée de rayonnements, se détachait sur l'azur infini du
ciel de juin.

En arrivant au milieu du petit pont, je quittai le
bras d'Ernestine. Je la regardai. Elle me regarda.
Une mèche de ses cheveux s'était défaite et pendait
sur la tempe. Ses joues étaient rouges; ses lèvres
entr'ouvertes, qui laissaient voir ses dents, avaient une
couleur de pourpre sanglante. Ses yeux, fixés sur les
miens, étaient profonds, amoureux comme le bois dont
ils reflétaient la verdure.

Alors, sans qu'elle résistât, j'enlaçai sa taille de mes
bras, je l'attirai sur ma poitrine et je la pressai longuement, longuement, en déposant sur son front le
plus ardent et le plus chaste des baisers.

— Je t'aime! je t'aime! dis-je. Et je ne puis consentir à me séparer de toi.

— Mais, dit-elle, cependant...

— Non, pour rien au monde, m'écriai-je, pour rien au monde je ne puis consentir à te quitter. Que me font, je te prie, l'Italie, la Grèce et l'Asie? Que me font tous les enchantements de la terre et toutes les splendeurs du ciel? Pourrais-je respirer et vivre si j'étais loin de toi?

Elle se dégagea de mon étreinte, et, appuyant ses mains sur mes épaules, elle me regarda à bout portant; ses yeux foudroyaient les miens.

— Je t'aime aussi, dit-elle. Va! je t'aime. Mais pars!

— Non! non! jamais!

Elle me tendit son front que je baisai de nouveau.

— Je le veux! répliqua-t-elle.

Nous reprîmes notre marche, sans rien dire, et nous nous engageâmes dans les fourrés du bois, au delà de la petite rivière; Ernestine serrait énergiquement mon bras. Au bout d'un quart d'heure, je repris la parole :

— Encore un coup, je ne puis partir. En laissant de côté les raisons particulières que j'ai pour refuser la proposition qui m'est faite, je vous répète que je ne puis consentir à me séparer de vous. Sans vous, l'Italie et la Grèce ne sont rien; l'Asie et l'Afrique me sont en horreur...

Elle m'interrompit par un éclat de rire. Je continuai :

— L'Asie et l'Afrique me sont en horreur, parce que, à mesure que je m'enfoncerai dans leurs solitudes, je m'éloignerai de vous, de vous qui êtes ma vie. On me propose ce voyage comme un plaisir, j'avoue que ce serait un bonheur de le faire, mais avec vous. Sans vous, c'est un supplice. Sans doute vous m'exhortez à partir, parce que vous ne voulez pas que votre amour soit un obstacle à mes plaisirs. Mais détrompez-vous, je ne puis me faire à l'idée d'un plaisir que vous ne partagez pas.

Comme elle avait toujours le sourire sur les lèvres, je me mépris sur le sens de ce sourire, et je voulus

montrer aussi quelque gaieté en terminant d'un air de
belle humeur :

— Je vous dirai comme Hermione le dit à Oreste :

Je renonce à la Grèce, à Sparte, à son empire.

— Oh! riposta-t-elle d'un ton sec, pas de vers, je vous
prie. Parlons raison.

— Je le veux bien.

Nous étions dans une petite clairière dont le sol était
couvert de bruyères. Tout autour, des petits chênes
formaient un rideau impénétrable. Ernestine alla s'asseoir
au pied d'un de ces petits chênes, sur une sorte de petite
banquette de terre, où l'herbe était plus épaisse qu'ailleurs. Je restai debout devant elle.

— Écoutez, me dit-elle, il ne s'agit pas du plaisir ou
du chagrin que nous ferait ce voyage. Pour moi, Rome
et Athènes, Jérusalem et Balbeck, le Caire et Alger ne
sont rien. Ce que je vois, c'est que M. Pautrel, qui vous
aime, vous adopte, vous substitue à M. Frédéric Séchain
comme héritier de sa fortune, qui est de soixante ou
quatre-vingt mille francs de rente. Voilà tout.

Je fus si consterné de ces paroles et du ton avec
lequel elle les prononça, qu'involontairement je me retournai pour chercher si Georges Morand ne se trouvait
pas derrière moi, afin de lui crier :

— Tu avais raison !

— Que cherchez-vous ? me demanda Ernestine.

— Rien! répondis-je, en appelant à mon aide tout le
sang-froid dont je pouvais disposer.

Et mentalement je me disais : Je l'aime pourtant.
Est-il possible qu'elle m'aime si peu?

Je fis un violent effort afin de raffermir ma voix. D'un
ton indifférent, je dis :

— Puisque nous parlons raison, soit! Me permettez-
vous d'allumer un cigare ?

— Oui, répondit-elle. Pourquoi pas? Mon frère fume.

J'allumai donc un cigare.

J'allai m'appuyer, debout, contre le tronc d'un orme

qui faisait face à Ernestine. Je tirai deux ou trois bouf-fées, et je la priai de continuer.

— Je disais donc, reprit-elle, entre soixante et quatre-vingt mille francs de rente. C'est un joli chiffre. Je vous ferai remarquer qu'à votre retour, dans trois ans, M. Pau-trel ne voudra pas se séparer de vous. Il voudra, en attendant la succession, vous assurer de quoi vivre. Vous demanderez alors de m'épouser. Il vous aime, il m'aime aussi; il consentira à nous aider pour notre mariage. Pressentez-vous ce que la situation offrira alors de res-sources? Nous mariés, M. Pautrel viendra souvent nous voir. Il dînera souvent chez nous. Nous ferons des pro-menades ensemble. L'habitude de se trouver avec nous aidant, il prendra sa propre maison en dégoût, et il finira par se lasser de Mme Séchain, qui se fera vieille. Jus-qu'à présent, elle a conservé un reste de beauté; mais trois ans de voyage la fatigueront; à son âge, c'est terrible. Je vous recommande, Armand, de ne pas la ménager au soleil, quand vous serez en Syrie. C'est un climat désas-treux pour les vieilles femmes. Elle sera bien obligée d'en passer par où vous voudrez, car elle se verra dans l'al-ternative de vous laisser voyager seul avec M. Pautrel, ce qui serait abandonner la partie, ou de vous accompa-gner dans le désert, ce qui sera sa perte. Car elle vieil-lira! Ah! elle y vieillira au point de ressembler à un vieux prophète tanné.

Elle se mit à rire comme une folle. J'avais la gorge serrée.

— Continuez, dis-je.

— Vous voilà sérieux, à la bonne heure! fit-elle avec approbation. Je disais donc qu'au retour, M. Pautrel, fatigué lui-même du voyage, et fatigué aussi de Mme Sé-chain, prendra goût à se trouver avec nous. Je m'en charge. Dès lors, la vie est à nous. Nous sommes si jeunes que nous pourrons sans peine attendre l'échéance de la succession; l'attente, d'ailleurs, sera assez dorée. Envisagez cela, je vous prie. Vous n'êtes pas riche. Moi je n'ai pas grand'chose. Si vous refusez cette occasion que le ciel vous envoie, il nous faudra végéter cinq, dix, vingt ans, avant d'avoir seulement gagné de quoi vivre mesquinement. Vous ne serez qu'un pauvre littérateur, ou bien, étant reçu licencié et agrégé, on vous enverra à Landernau simple professeur à deux mille francs d'appointements. J'y mourrais. Il n'y a pas de Théâtre Italien à Landernau. Il vaudrait mieux encore rester à *littérariser* à Paris. Mais vous y ferez des dettes et, un beau jour, M. Pachon, huissier, viendra saisir vos meubles. La belle affaire ! Vous imaginez-vous avoir à vous débattre contre M. Pachon, huissier, avec une femme et des enfants? Mon pauvre ami, c'est de la folie, de la folie, tout bêtement de la folie...

— Cela, interrompis-je, en a tout l'air. Mais vous êtes d'une sagesse étonnante.

— N'est-ce pas que c'est assez joliment raisonné, pour une petite fille? — Pour terminer, on vous dira que c'est de la captation. Je n'ai pas peur des mots, mon cher Armand, quand ils ne signifient rien. Qu'est-ce que c'est qu'une captation qui s'adresse à un homme qui n'a pas d'héritiers naturels? Chacun, dans ces cas-là, prend son bien où il le trouve. Et puis qu'est-ce que fait Mme Séchain, je vous prie? Allons au fond des choses; il s'agit de quatre-vingt mille francs de rente, soit presque deux millions. Ceux qui en diront du mal seront enragés de ne les point avoir. Laissez enrager les gens et amassez les millions. Avez-vous calculé ce qu'il y a de voitures, de chevaux, de domestiques, de loges à l'Opéra, de bals, de dîners, de voyages en chaises de poste, de talent, de génie, d'amour, d'amis fidèles et dévoués, de bons parents et de fils respectueux, dans deux millions de capital? C'est effrayant combien cela donne de mérites inconnus dans la pauvreté. Si vous n'avez pas de quoi me payer de belles robes, vous me trouverez laide au bout de quinze jours. Si vous n'avez pas de quoi vous payer un tailleur suffisant, je vous trouverai ridicule et râpé, dans vos habits qui vous feront deux ans. Allez donc ! Vos enfants mêmes regarderont en rougissant leur père marchant devant eux, sur le trottoir, avec des bottes éculées; et vous ne pourrez pas leur acheter seulement un jouet de vingt-cinq sous. Ayez les deux millions : vous resterez le même homme; mais votre talent, qui est réel, peut se produire, et je vous vois en position de devenir illustre. Vous ferez des chefs-d'œuvre, on vous nommera député, ministre. Ce sera superbe. Toute la question est là : Avoir ou n'avoir pas.

Oh! ajouta-t-elle avec passion, — l'argent, c'est la vertu, l'honneur, le mérite. L'argent, c'est la femme belle, parée, marchant dans la moire antique ou dans la gaze pailletée d'or, couronnée de fleurs, enviée dans un bal, maniant de ses mains chargées de bracelets les éventails et les bouquets.

C'est l'homme adulé, fier, honoré, décoré de tous les ordres du monde. C'est le respect et l'amour des enfants, le bonheur de la famille, tous les enivrements de la vie. Le droit d'avoir les tableaux des maîtres, le droit d'avoir les livres des maîtres, le droit d'applaudir la musique des maîtres, le droit de faire saluer ce que l'on fait, ce que l'on dit. C'est l'abolition de toute faute, c'est l'acquittement même du crime. Pensez-y, Armand! Et au prix de trois années de séparation, pendant lesquelles je vous resterai fidèle, conquérez tout cela!

— Oh! m'écriai-je, avec une impétuosité soudaine, il y a quelque chose que vous ne comptez pas, quelque chose qui appartient à la pauvreté : c'est la fierté et le contentement de soi, c'est l'orgueil de n'avoir pas trempé ses mains dans la saleté où l'on voit les autres patauger!

Ernestine haussa faiblement les épaules. Je jetai mon cigare à mes pieds et je trépignai dessus avec colère.

Puis je repris :

— Qu'ils pataugent dans leur honte! mais moi, moi, j'irais, pour obtenir la considération et le respect du monde, commettre un acte qui m'enlèverait ma propre

considération et mon propre respect? Non! J'irais partager les affronts d'une lutte ignoble, et conquérir, au
même titre que ceux que je méprise, un argent que je
ne pourrais leur arracher qu'en devenant leur égal?
Non! Cet argent me servirait, dites-vous, à payer l'a-
dulation des sots; je n'en ai que faire! Il me servirait à
payer les amitiés fidèles et les amours sincères ; mais
les amitiés qui se payent ne sont pas fidèles; les amours
qui se payent ne sont pas sincères; et j'aurais l'argent
dont vous parlez entre les mains, que je ne voudrais
pas l'employer à solder ces mercenaires recrutés à
travers le monde, ces vénalités offertes à mes deux
millions de salaire, qui me trahiraient le jour où Frédéric
Séchain viendrait, armé de quatre millions, mettre une
surenchère à la fidélité de mes amis et à la sincérité de
ma femme.

— Voilà, dit Ernestine en faisant un mouvement pour
se lever, voilà que vous m'insultez.

Je m'élançai près d'elle, et je la contraignis à rester
assise.

— Non! balbutiai-je, je ne veux pas vous insulter.
Mon amie, je vous aime! je vous aime! Jamais il ne
sortira de ma bouche une parole insultante pour vous.
En me tenant le langage que vous venez de tenir, vous
n'avez pas réfléchi; vous avez été aveuglée par le désir
d'assurer ma fortune et mon avenir. Mais vous n'êtes
pas coupable! En parlant, vous n'avez pas consulté
votre cœur ; seulement, pensant que j'étais pauvre, vous
avez voulu m'enrichir, sans penser qu'il est en ce monde
des choses honteuses, des luttes humiliantes que l'on
peut déplorer, mais auxquelles on ne se mêle pas. Si
j'avais accepté, vous m'auriez méprisé. Car, à peine
vous aurai-je quittée, que, descendant en vous-même,
vous auriez trouvé votre délicatesse indignée de ma facile
acceptation. Vous m'aimez, n'est-ce pas? Dites-moi que
vous m'aimez ! Après les dures épreuves que je viens
de subir, donnez-moi la consolation de vous entendre
dire que vous m'aimez !

— Je vous aime, répondit-elle, et j'avais réfléchi. Je vous aime, et je persiste.

— Est-ce possible? m'écriai-je. Comment! vous persistez?

— Oui. Et si vous refusez, je ne vous aimerai plus.

— Vous ne m'aimerez plus!

— Non! non!

S'il est encore, dans notre temps, des âmes de bronze; s'il est des caractères inflexibles, qu'ils me jettent la pierre. Je fus lâche.

N'être plus aimé d'Ernestine était pour moi une idée impossible à concevoir sans une épouvante infinie. Il me sembla que, cet amour de moins, ma vie serait déserte, mes travaux sans but, mon âme sans pôle où tourner ses ambitions et ses rêves.

N'être plus aimé d'elle! grand Dieu! pouvais-je penser cela sans que mes cheveux soient dressés de frayeur? Je fus lâche. Lâche comme la mère qui voit son premier né suspendu sur un abîme, et qui pense pouvoir le sauver en s'avilissant aux pieds de l'homme sans pitié qui le tient suspendu.

Cet amour était le premier né de mon cœur. C'était le premier élan de mon âme. Le perdre? Y pouvais-je consentir?

Que pouvaient peser contre cette angoisse les mots d'honneur et de vertu? Mais j'aurais, pour conserver l'amour d'Ernestine, sacrifié l'empire du monde et toutes les jouissances d'ici-bas.

Il me semble que, pour être aimé d'elle, j'aurais consenti à toute honte et à tout opprobre, si elle pouvait m'aimer couvert de honte et d'opprobre. J'aurais assassiné, j'aurais fait des faux, je serais allé au bagne, je serais monté sur l'échafaud.

Je cédai à cet amour fougueux qui m'aurait fait tout braver. Je tombai à genoux devant elle, en m'écriant :

— Dis-moi que tu m'aimes! Dis-moi que tu m'aimeras toujours! Je consens à tout, si c'est pour te plaire. Je consens à tout, si tu partages tout avec moi. Mais, du moins, que cette honte bue le soit au nom de l'amour et pour l'amour.

— Mais certes oui, je vous aime, dit-elle froidement.

— Ce n'est point ainsi que tu me parlais tantôt, m'écriai-je. Ta voix, maintenant, a un accent que je ne connaissais pas. Ce n'est pas le cœur qui parle. Encore une fois, réponds-moi; parle avec ton âme et ton cœur. Je te croirai. Mais, par pitié, ne me parle plus avec cette voix cruelle qui semble démentir ce que tu dis!

— Mais dame! répondit-elle, je ne puis pas cependant jouer la comédie pour vous persuader. Je parle comme je peux.

— Ce n'est plus ta voix de tantôt. Ce n'est plus ton regard de tantôt. Ce n'est plus ton âme d'autrefois!

Elle fit un effort pour me sourire avec tendresse. Mais c'était un effort. Et la préoccupation de l'intérêt se dissimulait avec peine.

Je voulais m'illusionner et prendre pour un véritable élan cette pitoyable grimace.

Ernestine, afin de racheter la faiblesse de son jeu de physionomie, me tendit ses deux mains que je pris dans les miennes. Par cette chaleur de juin ses mains étaient froides et sans vie.

— Vous m'avez fait beaucoup de mal, dit-elle.

— Oh! pardonnez-moi!

Elle sourit.

— Puis-je t'en vouloir? dit-elle encore.

— Mais, repris-je, je t'entoure de toutes mes adorations et de tout mon respect. Tiens, je me soumets. Je ferai tout ce que tu diras de faire. Tu peux commander.

— Tu partiras? demanda-t-elle.

— Puisque tu le veux.

— Moi? Bon Dieu! dit-elle, je ne veux rien du tout. Je suis loin de vouloir vous imposer ma volonté. Je vous aime trop pour vouloir vous contredire. Vous ne ferez que ce que voudrez faire.

— Enfin tu le désires, au moins, je partirais.

— C'est parce que tu le veux donc, reprit-elle, seulement parce que tu le veux.

— Soit ! je le veux. Mais je ne le veux que pour t'obéir.

— Non, pas cela ! fit-elle. Tu ne m'obéis pas ; c'est moi qui te suis soumise.

On voit sur quelle pente je glissais. Tout lecteur reconnaîtra cette tactique féminine, si redoutable, si invincible même pour les plus aguerris des hommes. Je n'avais guère d'habileté.

Je consentis à prendre cette détermination du départ comme étant venue de moi ; j'admis, à la condition d'être aimé, la plus haïssable prétention des despotes : celle de n'être point despote.

J'étais asservi. On me forçait à proclamer que j'étais libre, afin de me laisser toute la responsabilité de l'acte dangereux qu'on m'imposait.

Protestations, serment d'amour, échange de promesses, bavardage charmant, projets de bonheur et de fortune : cela se prolongea une demi-heure. A la fin Ernestine se leva en soupirant :

— Hélas ! trois années sans nous voir !

Je me levai à mon tour, et la prenant dans mes bras, je répondis :

— Comme je penserai à toi, ma bien-aimée ! Et toi ? penseras-tu à moi ?

Elle me passa les bras autour du cou et murmura :

— Que faut-il pour te rassurer ? Quel gage veux-tu ?

— Quel gage ! — Le bois était plein de senteurs et de murmures enivrants. Ernestine et moi nous étions seuls : elle me pressait contre son cœur. Que pouvais-je demander ? Je l'aimais, et elle m'aimait !

Ma foi, vous pouvez rire de moi tout autant que cela pourra vous plaire : je ne demandai rien. « Les rossignols chantaient Rose et les merles me sifflaient. » Au risque d'être sifflé, j'eus le courage de respecter mon amour, par amour ; j'eus la force de réprimer les violences du sang qui me battait les tempes, et j'embrassai Ernestine avec toute l'effusion d'une âme vierge en lui répondant :

18

— Rends-moi ce baiser! — Ce qu'elle fit.

Et nous savons à présent que rien ne nous séparera plus.

Nous nous mîmes en marche pour regagner la maison de Mme de Renne. Nous fîmes quelques pas sans parler. Je remarquai qu'Ernestine souriait finement, et me regardait du coin de ses grands yeux, comme on regarde quelqu'un dont on a envie de rire. Moi, je trouvais cela charmant, et je me jugeais héroïque.

Au bout de quelques pas, elle s'arrêta.

— Vous avez gardé, demanda-t-elle, le gant que vous m'avez pris un soir?

— Oui, répondis-je. En doutez-vous?

— Non, dit-elle, gardez-le bien.

« Gardez-le bien! » Définitivement, elle avait l'air de se moquer de moi. Je lui protestai que j'emporterais non seulement ce gant, mais tous les souvenirs que j'avais d'elle, jusque dans les déserts de l'Arabie.

— Je n'en doute pas, fit-elle encore avec son air moqueur.

Cependant, tout en marchant lentement, nous approchions de la maison, et nous arrivâmes ainsi jusqu'à la petite rivière. Là, le paysage était plus découvert. Eussé-je voulu exiger alors tous les gages du monde, Ernestine était en droit de me les refuser et n'avait plus rien à craindre.

Au milieu du pont elle s'arrêta et me demanda :

— Quand comptez-vous partir?

— Je ne sais trop, répondis-je, en faisant un pas pour avancer. Le plus tôt possible, puisque c'est décidé.

Elle m'arrêta du geste,

— Restez là, dit-elle. Laissez-moi maintenant retourner seule. Si on m'aperçoit en rentrant, je trouverai plus facilement une excuse.

J'obéis.

Au moment de partir, elle se retourna, me regarda longuement des pieds à la tête, puis, se mettant à rire comme une folle, elle se jeta à mon cou et m'embrassa en s'écriant :

— Tiens! tiens! tiens! encore! Je t'aime et je t'aime. Tu es le plus homme d'honneur qu'il y ait au monde. Il n'y a pas, sur terre, un cœur qui vaille le tien!

Et me laissant immobile et ravi, elle se mit à courir dans la direction de son jardin.

Sur-le-champ, sans vouloir débattre la situation, sans vouloir vérifier jusqu'à quel point la conduite d'Ernestine vérifiait les suppositions de Georges Morand, je rentrai chez moi afin d'écrire à M. Pautrel que j'acceptais la proposition qu'il me faisait, et lui accuser réception des quatre mille francs.

La lettre était écrite et cachetée, je ne pus me défendre cependant de méditer. La tête dans les mains, je m'interrogeai.

Je ne pouvais démêler quelle était, au fond, ma perplexité !

Elle m'aime! — Elle ne m'aime pas!

Je flottais d'une extrémité à l'autre. Dans de certaines minutes je me prenais à mépriser Ernestine et à la haïr. Puis, soudain, revenant éperdu à mon amour, je demandais pardon à la bien-aimée pour mes soupçons, tout haut, comme si j'avais été devant elle. Puis encore, je ne sais quel regret, je dirais presque quelle honte de l'avoir épargnée dans le bois, alors qu'elle était si bien à ma grâce, me saisissait le cœur. Et tout en m'approuvant, je rougissais.

Mes yeux, errant sur les rayons de ma petite bibliothèque, s'arrêtèrent sur un volume de Molière. Je le pris, je l'ouvris au hasard. Je tombai sur ces vers d'Alceste à Célimème, dans *le Misanthrope :*

Ah! que si de vos mains je rattrape mon cœur,
Je bénirai le ciel de ce rare bonheur.

Je jetai le livre avec colère. Il peignait trop bien l'état de mon âme. Je m'écriai en me levant.

— Coquette! coquette! Oh! le pauvre homme aux rubans verts !

Et je l'aimais pourtant ! Tout ce que je pus faire, après m'être promené longtemps dans ma chambre, comme un loup dans sa cage, fut de constater que, malgré les insinuations de Morand, malgré la vérité palpable, malgré ma conscience, malgré tout, je l'aimais comme un fou, comme un insensé !

Le soir venait, je n'avais pas dîné. Je mis la lettre de M. Pautrel dans ma poche, et je sortis.

En descendant mon escalier, une idée jaillit de mon cerveau, si naturelle, que je fus étonné de ne l'avoir point eue plus tôt : Ma mère !

Il était simple que je demandasse conseil à ma mère et à mon père, au moment de prendre une détermination si grave, à laquelle mon avenir était engagé.

Je conservai donc la lettre dans ma poche, et j'allai dîner de bon appétit, soulagé, heureux de ce délai légitime, avant de m'engager. Il me sembla que je venais d'obtenir un sursis, au moment de subir une peine grave.

Je ne pouvais aller à Juvisy que le lendemain matin. C'était douze heures de gagnées.

Le lendemain matin donc, je me rendis à Juvisy. Je trouvai mon père au lit, malade. Il l'était toujours depuis quelque temps. Ma mère le soignait assidûment et me parut très inquiète. Je leur fis part de ce qui m'arrivait, je donnai lecture de la lettre de M. Pautrel, et je leur dis qu'avant de répondre à cette lettre, j'avais voulu, comme je le devais, prendre leur conseil et leur assentiment.

Mon père, après un long silence, pendant lequel je regardais tristement sa figure pâlie sur l'oreiller, me dit :

— C'est peut-être l'avenir. Mais il ne faut pas se leurrer. Tu es pauvre, on peut te prendre et te laisser; te traiter en enfant gâté d'abord, pour te chasser ensuite quand on aura assez de toi. Le plus clair, la seule chose certaine, c'est que tu es à même de faire un très beau voyage, un voyage qui peut achever ton éducation et te servir beaucoup par l'expérience qu'il te donnera. Quant au reste, au rêve de tes soixante mille francs de rente, je n'y attache pas une grande importance, et tu dois si peu t'occuper de cette éventualité folle, que je ne la fais pas entrer en ligne de compte. C'est à toi, qui connais tes rapports avec ce M. Pautrel, de juger s'ils te permettent d'accepter sa proposition. Cela dépend du caractère de l'homme. En thèse générale, je ne suis pas hostile à l'idée d'un voyage; mais en particulier, telles circonstances, que toi seul peux connaître, peuvent faire refuser ce qu'on accepterait volontiers. Réfléchis.

— Je ne fais que cela depuis vingt-quatre heures, répondis-je, et je ne suis pas encore fixé.

— Arrange-toi avec ta mère, dit mon père. Je suis très fatigué. Ce que vous aurez décidé sera bien décidé.

Ma mère n'avait rien dit jusqu'alors. En voyant qu'on s'en remettait à elle, elle prit la parole.

— Il me serait bien pénible de me séparer de toi, Armand. Si c'était pour ton bien, passe encore; mais je ne vois rien de bon là-dedans. Du temps perdu. Un voyage en Italie est certainement agréable et utile; mais en Grèce, en Asie, en Afrique, cela m'inquiète : il y a des dangers.

— M. Pautrel, fis-je observer, les partagerait avec moi.

— Je ne dis pas non. Au reste, c'est là la moindre de mes objections. Il y en a de plus graves. Tous ces gens avides qui entourent M. Pautrel vont se liguer contre toi. Tu te trouveras mêlé à de vilaines intrigues, mon ami, et tu es bien jeune, bien inexpérimenté. Ta conscience a une pudeur que je ne voudrais pas te voir perdre. Mieux vaudrait, à mon avis, ne pas te mêler de tout cela.

— Ta! ta! ta! dit mon père. Vous me fatiguez. Allez débattre cela en faisant un tour de promenade. Mon dernier mot est celui-ci : Armand ne doit viser à s'approprier la fortune de personne; qu'il marche droit, en tout bien, tout honneur; quant aux vilenies qu'il rencontrera sur sa route, eh! bon Dieu! le monde en est plein, de vilenies ; il en verra bien d'autres! Il faut qu'un

18.

homme s'habitue à les regarder en face, sans y participer. Qu'Armand devienne un homme. Au surplus,
arrangez cela entre vous. Encore une fois, ne me rom-
pez pas la tête.

Il se retourna sur son oreiller, et ma mère se leva pour
sortir de sa chambre en me disant :

— Viens !

Je sortis avec ma mère, et notre entretien fut plus
long que je ne m'y attendais. Ma mère que son grand
amour pour moi rendait défiante, s'informa de toute chose
et de tout le monde avec une préoccupation et une per-
sistance qui me surprirent.

Longtemps, elle hésita avant d'aborder le point capital, celui que je redoutais le plus; celui aussi qui l'intéressait le plus. Elle se résigna pourtant à prononcer le
nom d'Ernestine, et me demanda :

— Lui as-tu fait part de ce qui t'arrive, et quel est
son avis?

La vérité s'épanchait malgré moi de mon cœur. Avec
tous les ménagements possibles, je dus la découvrir à
ma mère. Ma mère sourit et me dit qu'elle était peu
surprise. Elle était sur le point de formuler, sur celle
que j'aimais, un jugement sévère qui se serait trop bien
accordé avec les imputations de Morand. En rougissant,
je la suppliai de n'en rien faire et de m'épargner la douleur d'accuser un amour qui faisait ma vie.

Ma mère se montra clémente, et se contenta de sourire en me prédisant que cette belle passion ne serait
pas de longue durée, quand j'en aurais reconnu la
vanité.

J'en voulus à ma mère pour la prédiction.

En résumé, la conclusion de ma mère fut celle-ci :

— Ce voyage, mon enfant, présente pour toi d'immenses avantages. Malgré mes inquiétudes, je me rési-
gnerai à ton départ; mais en partant, tu devras renoncer
formellement à toute idée de fortune qui te viendrait de
M. Pautrel. Il faut, sur ce point, être précis; il faut, par
ta franchise, désintéresser pleinement les intéressés.

Pour cela, voici ce que tu dois faire : écris à M. Frédéric Séchain, et fais-lui connaître les propositions qui te sont faites. Dis-lui que tu désires accepter le voyage, mais que, l'avertissant loyalement, tu ne feras le voyage que s'il t'en donne l'autorisation, et si, en échange de ta parole de ne point lui nuire, il t'assure, de son côté, qu'il ne concevra aucune inquiétude de ton départ avec M. Pautrel. Si M. Séchain refuse et prévoit que ton voyage soit capable de faire naître des complications, tu ne partiras pas. Si, au contraire, il consent, tu seras en règle pour l'avenir ; et, certain de ne rien faire que ta conscience puisse réprouver, tu partiras de l'aveu même de tes ennemis.

— C'est fort bien, dis-je. Mais, et l'argent qui m'est envoyé ? Et la pension ?

— Pour cela, comme pour le voyage, tu n'as rien de mieux à faire pour te mettre en garde contre les insinuations que de t'expliquer franchement et de n'accepter que ce que M. Frédéric Séchain te dira d'accepter. Il me paraît impossible que ce garçon ne comprenne pas ton procédé et n'en soit pas reconnaissant.

Et ma pauvre mère, baissant la tête, ajouta à voix basse :

— Nous ne sommes pas riches, mon pauvre enfant. Nous avons la douleur de ne pouvoir pas faire pour toi ce que tant d'autres, plus heureux, font pour leur fils. Tu as de bon sang dans les veines, et ma joie est de penser que tu ne dégénères pas. La bravoure que tu déploies contre une vie difficile, quelques bonnes qualités naturelles et ton ardeur à l'étude t'ont procuré un ami riche et puissant. Je l'aime, puisqu'il t'aime, tout en le jalousant de pouvoir te donner un appui qui ne vient pas de moi. Te dire absolument de refuser ses ordres, je ne le puis, quoique j'en sois humiliée. Je croirais céder à la jalousie si je te disais : « Refuse. » Et puis, je t'enlèverais alors l'arme la plus puissante qu'un homme puisse avoir entre ses mains, je t'enlèverais l'argent, ce premier élément de la fortune. Disposer d'un peu d'argent au

commencement de la vie est un bonheur rare. Du moment que celui qu'on t'offre te vient d'une main amie, il
faut accepter si ce n'est faire de tort à personne, si
l'honneur est sauf.

— Bien, répondis-je. Embrasse-moi, *maman*. J'ac-
complirai tes recommandations de point en point. Rentrons près de mon père, et faisons-lui part de notre
décision.

Mon père approuva. Je revins à Paris dans la soirée, et j'écrivis alors deux lettres. La première adressée
à M. Pautrel, pour lui demander un délai de quelques
jours afin de prendre une décision que l'état de santé
de mon père rendait délicate. La seconde lettre fut
adressée à Frédéric Séchain, et contenait le détail des
propositions qui m'avaient été faites par *son oncle*. Je
ne lui dis pas que je connaissais sa vraie situation vis-à-
vis de M. Pautrel, afin de ne point l'humilier; mais selon
le conseil de ma mère, je le laissai libre de décider si
je partirais ou non.

Il se passa trois jours, pendant lesquels je demeurai
enfermé chez moi, ne voulant voir personne et n'osant
pas retourner à Saint-Mandé avant d'avoir pris une résolution définitive, que je communiquerais comme telle à
Ernestine. Au bout de trois jours, je reçus une lettre de
Montpellier. Elle était de Frédéric Séchain. Il est aisé
de comprendre avec quelle impatience je l'ouvris.

Frédéric commençait par me dire qu'il était bien
malheureux. Il me remerciait de la communication que
je lui faisais, il me remerciait avec effusion de ma
franchise, et plaçait cette franchise au-dessus des plus
beaux exemples de vertu dont l'histoire fasse mention.

Arrivant ensuite à l'objet de ma demande, il me disait
que mon caractère ne lui laissait aucun doute sur mes
intentions de ne point lui nuire près de son oncle. Cependant, il me suppliait à genoux, — le mot y était, —
de refuser ce voyage, non qu'il se défiât de moi, mais
afin de ne pas fournir involontairement, à son oncle, les
moyens de se désaffectionner.

Quant aux quatre mille francs et à la pension offerte, non seulement il m'autorisait à accepter, mais encore il insistait énergiquement pour écarter de mon esprit toute idée de refuser.

Ce serait, disait-il, lui causer un chagrin cruel, et le mettre au plus mal avec son oncle, qui ne manquerait pas de le rendre responsable de mes refus. Il terminait, enfin, en me jurant une amitié éternelle et fraternelle, en me répétant qu'aucun homme au monde n'aurait agi avec la délicatesse que je montrais dans cette affaire.

Je lui répondis sur l'heure que ses intentions seraient remplies; puis j'écrivis à M. Pautrel que, vu l'état de santé de mon père, et l'urgence qu'il pouvait y avoir pour moi, dans un cas donné, à me trouver près de ma mère, je me voyais dans l'impossibilité absolue de faire le voyage qu'il me proposait.

J'ajoutai que, pour ce qui était de l'argent, je l'acceptais avec plaisir comme venant d'un ami, et que j'espérais, par de prochains et décisifs succès, lui rembourser en satisfaction et avec usure, ce petit capital qu'il plaçait sur mon avenir.

Ayant écrit ces deux lettres, le cœur serré et en me faisant violence à chaque ligne, je courus les jeter à la poste afin de résister à la tentation de les mettre en pièces. Puis je remontai à mon sixième étage, et je m'enfermai, plus triste, je crois, que je ne l'eusse jamais été.

Hélas! adieu Rome et Athènes! Adieu l'Italie et la Grèce! Adieu tous les mirages de l'Orient, le soleil de l'Afrique et les éblouissements de l'Espagne!

Adieu! dis-je tout bas avec angoisse et plein d'un cruel pressentiment, adieu l'amour d'Ernestine! Adieu la joie et l'espérance! adieu tout.

J'essayai de travailler et je ne pouvais prendre sur moi de le faire; je voulais courir à Saint-Mandé, et je ne l'osais pas. Je n'osais même aller voir Georges Morand; je craignais ses sarcasmes.

J'avais comme une honte de l'action que j'avais faite;

il me semblait que le monde entier se moquerait de moi.

Ainsi, me disais-je, il est au monde de pauvres êtres qui sont affamés de jouissances, de fortune, de luxe, d'amour, et qui, lorsque la fortune met à leurs pieds le moyen de tout obtenir et de tout réaliser, sont assez lâches et assez bêtes, pour ne pas oser prendre ce qu'ils ont tant souhaité.

Pourquoi?

Parce que de vains scrupules, une vaine délicatesse dont personne ne leur sait gré, dont eux-mêmes rougissent, les arrêtent au moment décisif.

Et! que pouvais-je demander de plus que ce que l'on m'offrait? Pouvais-je exiger davantage? Non. J'ai refusé, pourtant, sous le prétexte que prendre eût été spolier.

Spolier qui? Séchain? Y a-t-il plus de droits que moi, à cette fortune? Non. Mille fois stupide !

J'ai ouï dire que la Fortune offre à chaque homme, trois fois en sa vie, l'occasion de s'enrichir, mais que les vices, les passions, l'imprévoyance ou l'aveuglement, empêchent la plupart des hommes d'utiliser ces occasions offertes.

Eh bien ! aux vices, aux passions, à l'imprévoyance, à l'aveuglement, on pourrait ajouter certaines vertus ridicules qui n'ont pas même la récompense due à la vertu : l'approbation des autres et la fierté de soi !

C'est ainsi qu'à cette première heure me faisait parler le dépit et le regret d'avoir refusé un plaisir aussi grand qu'aurait été ce voyage.

Telles étaient les amères plaintes que me faisait proférer la frayeur de me voir maltraiter par Ernestine, mon seul amour.

Je ne voyais pas, en ce moment, et je ne voulais pas voir qu'il est au contraire d'autant plus noble de pratiquer la vertu, qu'elle est moins commandée par les circonstances; qu'il est d'une âme commune et vulgairement honnête de ne pas spolier un légitime héritier, mais qu'il est, au contraire, d'un cœur au-dessus du vulgaire, de repousser l'ombre même du mal et de s'effrayer par la seule apparence d'un mauvais acte.

Et maintenant, je le dirai pour l'instruction de tous, après l'expérience faite, après que les années ont passé en m'amenant un cortège de regrets et d'ennuis, la seule folie de ma vie que je ne regrette pas est précisément cette folie qu'alors je me reprochais avec tant de vivacité.

Les conséquences en furent si cruelles que peu de crimes ont été punis plus durement que cet acte de probité stricte.

N'importe, je l'ai dit et je le répète, jamais aucun regret n'a effleuré mon esprit, et j'ai la joie sincère de pouvoir affirmer que si c'était à recommencer, je recommencerais. Avec cette circonstance en plus que je ne prendrais le conseil de personne, et qu'à cette heure le refus serait immédiat.

Dites à présent, si vous voulez, que je suis parmi les incorrigibles.

XIX

Tout s'embrouille.

Le lendemain, j'allais rue de l'Ouest, afin d'y chercher quelques livres; je trouvais là M. Paul Desjardins, qui prenait ses aises et paraissait m'attendre.

Depuis la révélation que m'avait faite Morand, je savais combien M. Desjardins était à redouter, et combien peu sa valeur morale était à la hauteur de ce qu'on appelle : l'honorabilité. Cependant, je ne pouvais pas lui tourner le dos; je ne pouvais pas même refuser sa main qu'il me tendit. Étranges exigences de la situation que j'avais à subir, rien que pour avoir mis les pieds dans cette maison.

M. Desjardins parut vouloir me suivre dans le logement particulier de M. Pautrel; ne pouvant fuir ses familières importunités, je préférais les subir dans le salon de Mme Séchain, et je consentis à m'asseoir sur l'un des fauteuils recouverts de housses grises.

M. Desjardins se mit à rire, puis, ayant entr'ouvert, pour faire un peu de jour, le volet d'une des fenêtres, il me dit :

— J'ai rencontré M. Dussaulx; il m'en a raconté de belles sur votre sujet!

— Je ne m'explique pas, répondis-je, ce que Dussaulx a pu vous raconter de beau ou de laid.

En effet, il me semblait singulier que Dussaulx eût des familiarités avec M. Desjardins.

Mais M. Desjardins reprit :

— Il m'a raconté vos affaires avec la petite Rosalie. Ne faites donc pas le discret.

Le nom de Rosalie me fit rougir; mon interlocuteur le remarqua :

— Pourquoi rougir? s'écria-t-il; pourquoi rougir? C'est une jolie fille, à tout prendre; c'est la noblesse de la femme, et il n'y a pas de jolies femmes qui soient vilaines.

Il parut enchanté de son trait d'esprit. Quand il eut fini de rire, je lui répondis avec aigreur :

— Je ne nie pas que Rosalie soit ravissante; mais je ne puis convenir qu'il existe des *affaires* comme vous dites, entre elle et moi. Ducouti saurait y mettre ordre.

— Amoureux, heureux et discret, insista M. Desjardins, voilà trois adjectifs qui ne sont pas habitués à se trouver ensemble, et le dernier, sans flatterie, vous fait honneur.

— Il n'y a pas, mon cher monsieur, la moindre discrétion là-dedans.

— Soit. Je ne veux pas violenter votre silence.

Je fis un mouvement de mauvaise humeur; il s'arrêta et reprit avec douceur :

— Vous aurais-je fâché, monsieur de Rives?

— Aucunement, répondis-je.

— Eh bien ! voulez-vous, reprit M. Desjardins, me faire une promesse, entre camarades, entre amis?

L'expression me choqua. Je ne tenais pas à être l'ami

de M. Desjardins. Cependant, résolu au calme et à la patience, je ne fis rien paraître de mon mécontentement.

— Si la promesse peut se faire, répondis-je, je vous la ferai.

— Puisque Rosalie, demanda-t-il, n'est pas votre maîtresse — vous le dites et je vous crois — promettez-moi de venir souper avec moi dès qu'elle sera votre maîtresse.

Je le regardai. Je me souvins, avec défiance, du piège que, selon Morand, il m'avait tendu autrefois en me conduisant à la Chaumière. Je flairai un nouveau piège. Mais mon amour pour Ernestine me paraissait rendre si monstrueuse l'idée d'une liaison quelconque avec Rosalie, que je fis sur-le-champ la promesse que me demandait M. Desjardins.

— Je vous promets, dis-je, d'aller souper avec vous ayant Rosalie à mon bras, dès qu'elle sera ma maîtresse. Est-ce ce que vous désiriez, monsieur, et êtes-vous content?

— Parfaitement... Dites donc, monsieur de Rives?

— Quoi?

— Vous vous croyez fort parce que vous avez d'autres amours en tête... Mlle Ernestine.

— Monsieur !...

— Ne vous fâchez pas. La petite Ernestine a du bon; mais on peut faire la cour pour le bon motif, sans pour cela négliger une amourette. Je vous engage à penser à Rosalie. Quand soupons-nous?

— Nous ne soupons pas, monsieur.

— Nous ne soupons pas encore, voulez-vous dire; mais nous souperons.

J'étais tellement consterné de ce cynisme d'excitation que je ne pus répondre; et M. Desjardins sortit sans se soucier de me laisser voir qu'il n'était venu ce jour-là que pour m'éperonner au sujet de Rosalie.

Et, dans le fait, tant de noirceur me déroutait; je n'y pouvais rien démêler malgré les avertissements de Morand. La lettre que m'avait écrite Frédéric, dans sa

19

reconnaissance, ne me laissait pas le loisir de supposer que M. Desjardins jouait déjà son rôle dans une conspiration ourdie contre moi.

Je voulais aller le soir à Saint-Mandé ; mais, effrayé des conséquences que pouvait avoir mon refus, j'hésitais. Et, pour me fixer dans mes incertitudes, je résolus de prendre conseil de Morand. Je lui racontai tout avec une complète franchise. Mon refus de partir, malgré ses avis, et mes terreurs, et la petite scène que m'avait jouée M. Desjardins.

Morand, de qui j'attendais un blâme, puisque je restais à Paris en dépit de ses révélations, se montra enthousiasmé de ma conduite. La continence de Scipion, homme vertueux en son temps, si l'on en croit les histoires, ne fut point couverte de plus d'éloges que mon refus de voyager. Morand me proclama sublime de désintéressement et de courage ; il loua sans mesure le sacrifice que je faisais malgré lui. Il osa même ajouter que certainement Ernestine de Renne ne saurait se dispenser d'approuver la détermination que j'avais prise, et qui donnait une si haute idée de la fierté de mon caractère.

Réconforté par cette approbation inattendue, et cédant en outre à l'enivrement de mon héroïque détermination, je me rendis à Saint-Mandé après avoir dîné à la hâte. J'y arrivai, comme à ma visite précédente, au moment où ces dames achevaient leur dîner.

Dès mon entrée dans la salle à manger, je remarquai la froideur de l'accueil que me fit Ernestine. Cette froideur sembla partagée par sa mère. Mlle Amélie, au contraire, se montra pleine de familiarité et de grâce. Mais, comme je n'avais rien dit encore de mon refus de voyager, comme je ne pouvais prévoir que l'on fût à Saint-Mandé instruit par une autre voie de ce qui s'était passé, j'attribuai la manière dont on me recevait à quelque circonstance fortuite, et je n'en augurai rien de significatif en ce qui regardait mon amour pour Ernestine.

Je fus seulement malheureux de la sévérité avec laquelle elle me répondait.

Quand on se leva de table pour passer au salon, je trouvai moyen de m'isoler un instant avec Ernestine et de l'attirer dans l'embrasure, d'une fenêtre ouverte et qui donnait sur ce jardin même témoin de nos entrevues clandestines.

— Qu'avez-vous contre moi? demandai-je.

— Rien.

Elle s'accouda sur l'appui de la fenêtre, regarda le ciel infini, encore éclairé par le jour mourant; elle agita son éventail avec vivacité, soupira, et répéta :

— Rien.

— Cependant, repris-je, je sens en moi que vous ne me répondez pas avec l'abandon auquel vous m'avez habitué.

— Voulez-vous pas que je vous embrasse devant ma mère et ma sœur?

— Je ne dis pas cela.

— C'est heureux !

— Je vous y prends, dis-je ; vous venez de me répondre : C'est heureux! comme si vous m'aviez répondu : Allez vous promener ! Absolument sur le même ton.

— Vous ne savez pas ce que vous dites !

— Encore !

— Quoi?

Elle se retourna, en me regardant face à face, avec un air de défi.

— C'est, repris-je, parce que j'ai refusé de partir avec M. Pautrel et Mme Séchain?

— Comment le savez-vous?

— Je le sais.

—. Eh bien ! fit-elle avec impatience, puisque vous le savez, pourquoi me le demandez-vous?

— Je voudrais m'être trompé, m'écriai-je.

— Eh bien! reprit-elle avec vivacité, vous vous trompez; mais parlez plus bas.

En effet, nous étions exposés à être entendus par sa mère et par sa sœur.

Je continuai cependant :

— Que m'importe! je sens que je ne me trompe pas. Un motif aussi vil...

Son regard me coupa la parole. Ses yeux fixés sur les miens, à bout pourtant pour ainsi dire, avaient une expression si fulgurante que mille menaces proférées à haute voix n'y auraient rien ajouté.

De mon côté, je fouillai son âme avec mes yeux. Figure contre figure, si près que nos haleines se croisaient, nous nous regardions et nos prunelles avaient des éclairs aigus comme des épées.

Il se passa une longue minute dans cette observation réciproque. Par bonheur, sa mère et sa sœur avaient quitté le salon pour je ne sais quel motif. Irrité, humilié, désespéré, furieux, je m'écriai sans abaisser les yeux :

— Oh! scélérate, que tu me fais de mal !... Ne penses-tu pas que, seul à seul, je t'ai tenue dans le bois, et que j'aurais pu faire de toi ce que j'aurais voulu?

— Bah! dit-elle avec un sourire infernal.

— Oui. Et tu n'as échappé que grâce à ma clémence. Nouveau sourire de mépris.

Cela mit mon exaspération au comble.

— Tu t'en souviendras, au moins, m'écriai-je. Je sens que je suis perdu; mais je veux t'embrasser encore comme l'autre jour.

Et la saisissant dans mes bras, malgré sa résistance, je l'attirai sur ma poitrine, et je l'embrassai avec violence, à plusieurs reprises.

Dans cette courte bataille, son éventail fut brisé. Quand elle se fut dégagée, elle regarda son éventail avec impatience, mais sans colère.

— Quelle folie! dit-elle.

Et prenant à deux mains son éventail, elle acheva de le réduire en miettes, puis le jeta dans le jardin.

— *Vous devenez agaçant, monsieur!* Je ne sais quelles idées vous ont envahi la cervelle; je n'ai jamais eu pour vous d'autres sentiments que ceux que j'ai à cette heure. Je n'ai pas varié une minute, et vous me faites tristement payer une petite imprudence amicale.

— Amicale, dis-je, en venant avec moi dans le bois?

— Qu'est-ce que cela prouve ?

J'allais répondre. Elle me coupa la parole.

— Taisez-vous ! On entre ! je vous prie de ne pas me compromettre à présent devant ma mère.

Puis avec douceur :

— Vous êtes fou, mon ami, vous êtes fou, vous me désespérez.

Elle secoua la tête avec une adorable coquetterie, et, se penchant sur l'appui de la fenêtre, elle se mit à chantonner.

Ecco il cielo sereno.

C'était à me rendre fou, à me faire abdiquer toute raison. Mélange perfide de douceurs et de sévérités, cette conduite était inexplicable. Ernestine, en mêlant les souvenirs du *Barbier* à ses rébellions, était-elle une femme qui, redoutant de céder à son amour, se défendait de l'entraînement, à l'aide de duretés feintes? Ou bien, était-ce une femme qui, voulant me ménager encore, couvrait de quelques douceurs hypocrites l'indifférence ou même l'hostilité de ses sentiments pour moi? Je ne pouvais le décider.

Il me paraissait bien qu'au fond de tout cela se trouvait un reniement absolu de l'amour ; mais je voulus encore me cramponner à l'espérance ; et, me trompant avec passion, je me résolus à croire que cette sévérité était fausse, que c'était l'amour qui se défendait de trop aimer.

En cet instant rentraient sa mère et sa sœur. Je quittai la fenêtre, où j'étais près d'Ernestine, je vins près de Mme de Renne et je dis :

— La soirée est fort belle. J'étais là, à la fenêtre, avec mademoiselle, et nous disions qu'il serait bien agréable de faire une promenade dans le bois ce soir.

Ernestine restait accoudée sur l'appui de la fenêtre et ne parut pas avoir entendu.

Amélie, en se laissant tomber dans un fauteuil, dit simplement :

— C'est vrai. La soirée est fort belle.

— Entends-tu, Ernestine? demanda la mère.

— Quoi? fit la jeune fille, en se retournant.

— M. de Rives me dit que tu voudrais faire un tour au bois.

— Moi?

Elle me regarda des pieds à la tête, pendant un court instant de silence, puis elle reprit :

— Je n'ai rien dit de pareil.

Amélie eut un mouvement d'impatience.

— Alors, demanda-t-elle à sa sœur, tu ne veux pas venir te promener?

— Je n'ai pas dit cela.

— Dame! s'écria Mme de Renne, que veux-tu donc, alors?

Je marchais dans le salon avec vivacité. De mes poings fermés je me frappais le front de temps à autre.

— Mademoiselle, m'écriai-je à mon tour, est fort mal disposée ce soir.

— Peut-on dire !

— Certes!

— Mais c'est vous, *mon cher monsieur*, reprit-elle d'un ton si impérieux que je restai pétrifié. A-t-on idée d'une chose pareille? Il plaît à M. Armand de Rives d'aller ce soir, par extraordinaire, se promener dans le bois, il veut forcer tout le monde à y aller avec lui; et, pour cela, il me fait dire des choses que je n'ai jamais dites. C'est aussi trop violent.

— Qu'est-ce qu'elle a? demanda la mère d'un ton hypocrite.

Cette question, prononcée d'une voix suspecte, me frappa. La connivence de la mère et de la fille me sembla prouvée. Mlle Amélie prit la parole.

— Il est vrai, dit-elle, que la soirée est bonne. Je me promènerais volontiers. Refuses-tu de venir avec nous, Ernestine?

— Eh! bon Dieu, je ferai tout ce que vous voudrez.

Et, quittant la fenêtre, elle passa près de moi, afin de prendre son manteau, déposé sur un fauteuil.

— Merci! lui dis-je tout bas, au passage.

Pour toute réponse, elle haussa les épaules, mais, ayant pris son manteau, elle revint à la fenêtre et demanda à son tour, tout bas :

— Merci? De quoi, merci?

— De consentir à la promenade.

— Ce n'est pas pour vous, au moins!

Elle se mit à fredonner le *Barbier*.

En présence de ces duretés fantasques, alliées à ce souvenir persistant d'une musique qui avait bercé nos amours, je me sentais lâche, amoindri, humilié. Voilà, pensai-je, une femme coquette et intéressée. Ne l'aimons plus.

Je ne l'aime plus! Oui!

Mais j'avais beau dire, je sentais en moi que je l'aimais toujours ; et les mouvements orageux de la colère, soulevés en mon cœur de temps à autre, s'évanouissaient dès que mes yeux se tournaient du côté de l'ingrate. Bien plus, je sentais encore défaillir la résolution qui m'avait fait refuser le voyage, et je commençais à regretter cette résolution si digne, dont je m'étais d'abord félicité.

L'amour m'avait frappé au cœur ; et, comme un soldat blessé qui sent son sang couler sous ses vêtements, et qui calcule combien de temps il lui reste encore à se tenir debout, je me demandais avec angoisse si, avant d'être sorti de la maison, je n'allais pas tomber à genoux et me traîner aux pieds d'Ernestine en lui demandant grâce.

Je lui avais donné tout ce qu'il y avait en moi de plus noble et de meilleur ; je le voyais : je m'étais adressé à une femme indigne, et j'avais honte de m'être trompé, encore plus que je n'avais de regret d'être chassé.

Non! non! c'était impossible. Ernestine, pour un si vil motif d'intérêt, n'avait point cessé de m'aimer. A coup sûr, sa rigueur présente venait de quelque caprice, de quelque erreur. Et je me pris à penser qu'Ernestine souffrait plus que moi-même de cette rigueur.

On sortit enfin dans le bois. Cette fois encore je donnai le bras à Mme de Renne, et les deux jeunes filles marchaient en avant.

Chose étrange, Amélie était gaie, et la mauvaise humeur d'Ernestine se changea bientôt en tristesse.

Les hasards de la promenade, l'obligation de passer par des chemins trop étroits rompirent de temps à autre l'ordre de notre marche ; je dus, à plusieurs reprises, quitter le bras de Mme de Renne, et plusieurs fois j'essayai de me rapprocher d'Ernestine, qui se trouvait aussi éloignée de sa sœur. Mais elle me fuyait obstinément, et dès que j'étais près de la rejoindre, elle appelait à haute voix Amélie ou sa mère, afin de ne point demeurer seule avec moi.

Une fois, je la forçai à prendre mon bras ; sa mère et sa sœur étaient derrière nous, à quelque distance.

Je voulus lui parler bas, elle me répondit tout haut, de façon à me faire entendre qu'elle ne voulait aucune confidence et que j'y perdais mon temps.

Je m'éloignai avec dépit, et j'éprouvai un si profond désespoir de voir qu'elle ne m'aimait plus, qu'il me sembla voir les arbres du bois danser une ronde de sabbat. Je croyais devenir fou.

Mais non, encore un coup : c'était impossible ! Elle ne pouvait cesser de m'aimer, comme cela, tout à coup, sans motif. Cette conviction s'enracina si profondément en moi que je résolus d'avoir une explication décisive sur l'heure, et j'appliquai ce qui me restait de lucidité à faire naître une occasion.

Amélie et sa mère n'avaient pas cessé d'être gaies ; je me joignis à elles, et je feignis de laisser Ernestine à sa mauvaise humeur. Comme la promenade s'était prolongée pendant assez longtemps, la nuit était presque noire, un faible crépuscule seulement éclairait encore le milieu des chemins, mais les fourrés étaient impénétrables.

Nous revenions vers la maison ; je donnais le bras à Mme de Renne, Amélie marchait près de nous. Ernestine, boudeuse ou triste, nous précédait toute seule. En descendant le petit escarpement qui conduisait au bord de la petite rivière dont j'ai parlé, j'eus soin de hâter la marche, de façon à essouffler ces dames, et surtout Amélie, ce qui n'était pas difficile.

Comme je m'y attendais, on se plaignit, au bas de la pente, on demanda à se reposer un moment. Il n'en fallut pas plus pour que je fusse autorisé à laisser Amélie et sa mère s'asseoir sur l'herbe d'un talus, et je me mis à courir après Ernestine sous prétexte de l'avertir de notre halte et la ramener.

Je la voyais à une centaine de pas en avant, dans le crépuscule de l'allée ; elle formait comme une apparition noire qui venait on ne savait d'où.

Afin qu'elle n'essayât pas de fuir, je me jetai sous le couvert de la futaie, à gauche du chemin.

En cet endroit, la terre était humide ; on ne pouvait entendre le bruit de mes pas ; les herbes seulement fouettaient mes chaussures. Mais l'ombre des arbres me couvrait.

De cette façon, j'arrivai près d'Ernestine sans avoir éveillé son attention. Au moment où elle se trouvait devant le petit pont sur lequel, trois jours avant, nous nous étions quittés après notre promenade dans le bois, sur ce petit pont où elle m'avait embrassé follement, je m'élançai hors de l'ombre, et me trouvai près d'elle, sur le chemin.

Elle fit un mouvement pour fuir, et d'un bond se trouva au milieu du pont.

Là, je lui saisis le bras et je l'arrêtai de force.

— Mon amie, lui dis-je avec une autorité à laquelle elle ne s'attendait pas, il est inutile d'essayer de fuir. Je vous tiens. Inutile d'essayer d'appeler ; votre mère et votre sœur sont loin, je les ai écartées...

— Mais que voulez-vous ? balbutia-t-elle, visiblement intimidée.

19.

— Je veux que vous soyez sincère avec moi ; que vous me disiez franchement quel sujet de colère vous avez contre moi ; pourquoi vous me fuyez, pourquoi vous semblez me haïr.

— Mais, dit-elle sans répondre, je vais appeler ma mère et ma sœur. Je ne puis comprendre cette persécution que vous exercez contre moi.

— Si vous appelez, dis-je avec une fureur concentrée, si vous essayez de vous soustraire à mes questions, foi d'homme — entendez-vous ? — je me casse la tête devant vous sur ces pierres-là !

Et je lui montrai les pierres dégradées et biscornues qui passaient aux deux côtés du tablier de ce petit pont sans parapet. Il est certain que j'aurais exécuté ma menace ; Ernestine le comprit et eut peur. Ces pierres sur lesquelles je parlais de me casser la tête m'auraient fait une affreuse blessure, au moins.

Elle me saisit donc les mains, dont la fièvre se calma soudain au contact de ses mains fraîches.

— Soyez raisonnable, me dit-elle, calmez-vous.

— Le puis-je ? m'écriai-je.

Je levai les yeux au ciel. La nuit était claire, quoiqu'il y eût une faible brume.

Dans les clartés du crépuscule, cette brume me semblait couvrir les arbres lointains d'un rideau de gaze transparente. Et, au milieu du bois sombre, on voyait serpenter la petite rivière argentée, et l'on entendait le *glou glou* de ses eaux qui s'engouffraient sous l'arche du pont, au-dessous de nous.

— Puis-je être calme ? repris-je Oh ! mon amie, que vous me faites souffrir ! Vous perdre ! Je ne puis supporter cette pensée. Vous perdre ! Et pourquoi ne m'aimez-vous plus ? Vous ne voulez rien me dire. Cette soirée a été pour moi une soirée de tortures sans nom.

A mon tour, j'emprisonnai ses mains dans les miennes, et je les appuyai toutes deux sur mon cœur avec une passion folle.

— Sentez mon cœur, comme il bat. Il ne bat que pour vous.

— Vous m'avez insultée, dit-elle, en supposant que je vous aimais pour un motif honteux.

Cette réponse me pénétra d'une joie folle. Enfin ! Enfin mon adorée consentait à m'accuser ! Elle daignait m'accuser, j'allais me défendre : je ne doutais pas de réussir dans ma justification.

Ah ! c'est que j'avais la jeunesse, et la foi, et l'amour.

Je répondis à son accusation avec une telle impétuosité de passion qu'elle parut émue, et qu'un moment je crus que ce cœur de glace allait se fondre. Mais ce moment d'émotion fut court; elle reprit bientôt sa dureté. A peine si sa voix, par instants, trahissait quelque pitié.

Non, je ne crois plus aux miracles depuis cette affreuse soirée où j'ai vainement dépensé tout ce qu'un cœur d'homme peut contenir de passion loyale et d'amour héroïque, sans réussir à ébranler la volonté d'une jeune fille qui, la veille, disait m'aimer.

Non, les prophètes n'ont pas pu fendre les rochers du désert pour en faire jaillir les eaux vives, puisque, malgré les invocations de mon désespoir, les arbres n'ont pas consenti à nous écraser; puisque le pont n'a pas voulu m'obéir et s'écrouler sous nous. Prières, menaces, soumissions, révoltes, supplications, injures, tout fut en vain. Elle me répondait tantôt avec colère, tantôt avec raillerie. Souvent avec mépris. Et quelle impudence !

Elle me soutenait à moi, à moi-même, à moi qui l'avais tenue dans mes bras, et dont les lèvres étaient encore frémissantes de ses baisers, elle me soutenait avec impudence que je n'étais qu'un fou, qu'elle ne m'avait jamais aimé !

— Mais enfin, m'écriai-je, nos mains ne se sont-elles pas serrées?

— Vous avez rêvé.

— Et nos rendez-vous à la grille de votre jardin?

— Enfantillage. C'était une familiarité amicale, voilà
tout.

— Mais et^vnotre promenade dans le bois?

— Bah! qu'est-ce que cela prouve? On peut se promener avec un ami.

— Mais n'avez-vous pas approuvé nos projets de
mariage?

— Moi? jamais!

— Est-ce possible? Ne m'avez-vous pas dit que.....

— Je ne vous ai rien dit.

— Non seulement vous m'avez dit, mais vous m'avez
juré.....

— Rien du tout.

— Oh! fis-je avec violence, c'est infâme! Vous niez
tout. Je comprends maintenant votre prudence, et pourquoi vous ne m'avez jamais écrit; rien, du moins, qu'un
petit bout de lettre qui ne signifie rien, et qui même
n'est pas signé.

Elle eut l'impudence de se mettre à rire.

Je serrai les dents de froide rage.

— Ainsi, repris-je, vous ne m'aimez pas?

— Non! pour la centième fois.

— Vous ne m'avez jamais aimé?

— Non! non! et non. Là!

— Alors, j'ai été votre dupe...

— Des injures! dit-elle. C'est trop! Laissez-moi
rejoindre ma mère et ma sœur.

Je la retins avec violence.

Il me parut que la terre tremblait, que le ciel allait
s'écrouler. Je regardai à l'horizon si quelque éclair
n'allait pas jaillir, précurseur d'un cataclysme qui devait
nous engloutir tous deux.

Ah! c'est qu'en effet un cataclysme horrible avait lieu
en moi. Mon premier amour succombait sous le mépris
et la raillerie.

Le grand Dieu des croyances saintes voyait l'incrédulité envahir son temple, et dans mon cœur j'entendais ce

cri lamentable qui retentit dans le vieil Olympe dépeuplé :

LES DIEUX S'EN VONT !

Je gardai un moment le silence. Un coup de vent frais, ce doux vent des soirées d'été, passa dans les arbres avec un grand frémissement.

Le baiser que ce vent déposa sur mon front me fit horreur comme une caresse hypocrite. Avec la grande plaie qui me transperçait l'âme, je ne pouvais désormais goûter les charmes de la nature.

Je maudis l'esprit et je maudis la matière ; comme le vieux Job désespéré, je maudis le jour où j'avais reçu l'être. Je regardai Ernestine avec rage, et je la maudis aussi. Cette femme qui venait de détruire mon amour sous son souffle, — le dirai-je ? — prit soudain à mes yeux l'aspect monstrueux du puissant Béhémoth, dont le corps invulnérable est cuirassé d'écailles, dont le cœur est dur comme la pierre des meules les plus dures, et qui, insensible, mange et dort, et méprise la nature entière.

— Ah ! m'écriai-je, vous avez voulu ma mort !

Elle haussa les épaules, sourit comme si elle eût dit :

— A quoi bon ?

— Eh bien ! dis-je, soyez contente ; je vais mourir.

Je m'avançai au bord du pont.

Mais tout me trahissait.

Le pont était peu élevé au-dessus de la rivière ; en outre, la rivière n'était pas profonde et n'avait guère plus de deux mètres de largeur.

Comment se noyer là-dedans ?

Un reste de raison — je ne sais comment — me fit comprendre combien je serais ridicule aux yeux de l'impitoyable Ernestine, si je me jetais dans cette rivière à peine profonde d'un mètre, d'où je devais sortir honteusement, couvert de vase, et après avoir pataugé de mon mieux.

Il fallait au moins éviter cette dernière humiliation.

Mes mains se crispèrent en cherchant une arme. — Rien! — Je n'avais pas même un couteau sur moi.

Je regardai les arbres pour leur demander la mort. Ils étaient aussi impuissants que la rivière. La nature fut sans pitié et ne m'offrit pas un moyen de me tuer.

Ernestine, devinant peut-être ce qui se passait en moi, me regardait avec un sourire moqueur.

L'idée me vint bien, puisque je ne pouvais me tuer moi-même, de tuer, au moins, la femme qui m'outrageait; mais j'eus quelque pitié pour cette *forme* que j'avais aimée.

Aussi, exaspéré, saisi de fureur, entre un suicide que je ne pouvais accomplir et un assassinat que je ne voulais pas commettre, je pris la fuite à toutes jambes, en criant comme un insensé.

Il est si vrai qu'en l'homme quelque chose de supérieur veille, qui dirige ses passions à l'insu de lui-même, que ma fuite m'emporta d'instinct vers la sœur de celle qui me frappait si rudement, vers Amélie.

Vers la consolation.

J'arrivai, haletant, à l'endroit où j'avais laissé Mme de Renne et sa fille aînée. Je les retrouvai encore assises, mais inquiètes, moins encore du temps qui s'était écoulé que des cris que je poussais et de ma course éperdue. En réalité, cette explication avec Ernestine, dans laquelle j'avais épuisé plus de douleurs que je n'eusse cru, autrefois, qu'une vie d'homme en pouvait contenir, cette explication n'avait duré qu'assez peu de temps.

Je courais donc, j'étais à bout de souffle. Je tombai à genoux devant Amélie, et je me cachai la figure dans ses mains. Là, je me mis à pleurer comme un enfant.

— Qu'avez-vous? demanda Mme de Renne, de sa voix la moins tendre.

Pendant cela, Amélie restait immobile et muette.

Ernestine nous rejoignit avant que j'eusse pu répondre.

— Mais qu'avez-vous? réitéra Mme de Renne.

— Une plaisanterie, répondit Ernestine. M. de Rives est étonnant ce soir.

Ce mot me fit bondir.

— Une plaisanterie ! m'écriai-je, en me remettant sur les pieds. Une plaisanterie lugubre !

— En vérité, dit Mme de Renne, je ne vous comprends pas.

Il y eut un silence solennel, au bout duquel je pris résolument la parole.

— Je vous fais juge de ce qui se passe, de ce que Mlle Ernestine nomme une plaisanterie, m'écriai-je de nouveau.

— Taisez-vous ! fit Ernestine avec violence.

— Je parlerai !

— Monsieur, dit la mère, je prévois ce qui va se passer. Ce que vous faites n'est pas d'un galant homme. Par respect pour ma fille, je vous engage à vous taire.

Cette apostrophe n'était pas faite pour me calmer.

Elle confirmait trop bien mes soupçons sur la connivence de Mme de Renne et d'Ernestine.

Je sentis que les plus méchants pronostics de Morand étaient vrais ; j'étais en mauvaise compagnie, et ma bonne foi, indignée d'avoir été surprise, me donna un courage nouveau.

Devant Amélie silencieuse, malgré les interruptions indignées de mes deux adversaires, je racontai tout ce qui s'était passé : les serments, les promesses échangés entre Ernestine et moi, les gages donnés, les rendez-vous à la grille du jardin, la promenade dans le bois.

Je parlai librement de la situation de M. Pautrel et de Mme Séchain comme devant être connue de tout le monde, et je m'aperçus qu'elle l'était en effet. Morand m'avait dit vrai sur tous les points. Ma colère n'avait pas de bornes.

Vainement Ernestine, secondée par sa mère, essaya de soutenir que tous ces petits manèges étaient innocents ; qu'Ernestine n'avait cru me donner que des gages d'amitié et non des preuves d'amour.

Je pulvérisai ces subterfuges et les réduisis au silence.

Amélie ne disait rien. Seulement, de temps à autre, une exclamation douloureuse lui échappait.

— Monsieur Armand de Rives, s'écria enfin Ernestine, vous êtes un lâche !

— Oui, dit sa mère, quand un homme a obtenu de telles choses d'une femme, c'est une lâcheté de les révéler. Si mon fils était ici...

— Il me donnerait raison ! fis-je, en interrompant avec force. Je me venge comme je peux ! Tenez ! continuai-je en tirant de ma poche le gant que m'avait donné Ernestine, la lettre qu'elle m'avait écrite, et deux ou trois fleurettes que je tenais d'elle, tenez ! Voici votre gant, votre lettre, vos fleurs ! Chers souvenirs que je portais toujours sur moi comme des talismans, je n'en veux plus ! Ils m'ont trompé. Qu'ils vous soient rendus dans l'état où vous méritez de les recevoir. Tenez !

Une dernière fois, je pressai sur mes lèvres ces gages de l'amour éteint ; puis, un à un, les ayant déchirés, j'en jetai les morceaux à la figure de celle qui m'avait si odieusement trahi.

— C'est fait ! dis-je. Il ne me reste rien de vous. Tout est fini ! Adieu !

Au moment où j'allais m'éloigner, Mme de Renne me dit :

— Monsieur, à une pareille heure, vous ne pouvez nous laisser seules dans le bois.

— Oh ! fit Amélie.

— Soit donc, répondis-je. Si vous voulez rentrer, mesdames, je vais vous accompagner jusqu'à votre porte, pour la dernière fois.

Amélie se leva et prit le bras d'Ernestine. Mme de Renne marcha près d'elles, et je les suivis silencieusement, à quelque distance.

Quand nous fûmes arrivés à la porte de leur maison, toutes trois se retournèrent vers moi et me firent un grave salut, auquel je répondis en ôtant mon chapeau et en m'inclinant.

Pas une parole ne fut échangée. Elles franchirent la grille. Quand je me trouvai seul, je remis mon chapeau et me dirigeai rapidement vers Paris.

Dans le premier moment, je marchai d'un pas résolu, étonné de me sentir presque gai. Je fredonnais même je ne sais quelle romance, et je disais :

— Au diable! — Elle est indigne d'être aimée d'un honnête homme! — J'ai rompu, tant mieux!

Comme un homme atteint d'une mortelle blessure n'en sent pas d'abord toute la gravité et pense même n'être pas blessé, je me plaisais à croire que cette rupture consommée ne me laisserait aucun regret. Je marchais gaiement, dis-je, et je me promettais d'être bientôt amoureux d'une autre femme.

Mais, arrivé à la place du Trône, je profitai de sa vaste solitude pour m'arrêter. Je m'assis sur une borne, au pied d'un arbre.

Et, ayant pris ma tête à deux mains, je pleurai amèrement.

XX

Un petit souper.

Vainement j'entreprendrais de vous initier aux tortures morales auxquelles je fus en proie pendant la nuit qui suivit cette rupture.

Une longue insomnie coupée d'engourdissements qui ressemblaient au sommeil; réveils pleins d'angoisses, colères frénétiques, abattements, humiliations et révoltes. Telle fut cette agonie qui ne finit qu'avec la nuit, quand le grand jour arriva.

La douleur, alors, changea de nature. Je m'endormis réellement, et j'eus des songes charmants que, dans le sommeil, je sentais bien n'être que songes et mensonges. Je me revoyais dans les bois avec Ernestine, et nous nous aimions. Mais ma douleur n'en était que plus forte.

Je n'insiste pas sur ces détails. Chacun de nous ayant vidé le calice de la première trahison saura suppléer à ce que je ne dis pas. Cette psychologie, d'ailleurs, serait trop longue.

Mais on comprendra qu'à cinq heures du soir, m'étant réveillé en sursaut, baigné de sueurs et de larmes, et en proie à une crise nerveuse, je me levai néanmoins en riant comme un fou. Je fis ma plus belle toilette et je riais encore quand je remis ma clef à ma concierge, en sortant, pour qu'elle fît ma chambre.

Je note que cette femme trouvant mon lit trempé de moiteur jugea convenable d'y mettre des draps blancs; circonstance considérable; on verra pourquoi.

Je commençai par changer, rue du Four-Saint-Germain, un de mes quatre billets de mille francs; et avec cinquante louis bien sonnants dans ma poche, je me rendis chez Levernay que j'invitai à dîner. Je lui racontai le plus gaiement du monde ce qui m'était arrivé. Il me regarda du coin de l'œil, ne fut pas dupe de ma fausse gaieté, mais il parut l'être.

Cela me suffisait.

A six heures, nous arrivions, en voiture, chez Morand que j'invitai, lui aussi, à dîner, et à qui je répétai mon histoire. Il fit comme Levernay, et consentit à prendre ma belle humeur pour vraie. Cependant, dans le cours de la soirée, je les surpris tous deux à me regarder d'un air de pitié et se parlant à voix basse.

A six heures et demie, nous étions tous les trois dans un cabinet de chez Magny, et nous mangions un canard aux olives, arrosé de château-laffitte.

A sept heures, je buvais la dernière goutte de ma seconde fiole de champagne; j'étais gris comme un Cosaque, et je tenais sur les femmes des discours étranges.

Après le café et d'innombrables liqueurs, je soldai l'addition en donnant un pourboire énorme au garçon; et j'émis cette idée, qui n'était peut-être pas très neuve, que le vin nous consolait de tout.

Ensuite j'invitai gracieusement mes amis à passer la soirée à la Closerie des Lilas.

Jusqu'alors je n'avais jamais mis les pieds en ce séjour. Mais j'étais résolu à franchir toutes les barrières de la retenue, et j'annonçai comme très certaine mon intention de danser une polka.

La polka était alors la danse à la mode.

Mes amis me suivirent; ils étaient moins gais que moi, mais leur gaieté était plus sincère que la mienne.

La Closerie des Lilas, autrement dit le jardin Bullier, est aujourd'hui fort décriée. J'ignore si elle mérite tout le mal qu'on en dit et le dédain qu'on affiche pour elle; mais je sais qu'à l'époque dont je parle, c'était un bal d'étudiants qui rivalisait avec la Chaumière; et si la compagnie était bruyante, elle n'était pas mauvaise pour cela.

Au moment d'entrer, je renvoyai la voiture qui nous avait amenés. En descendant la rampe qui conduit du contrôle aux salles de danse, je fumais glorieusement ma pipe, et j'avais placé mon chapeau en tapageur. Morand et Levernay me suivaient.

Une femme, dont je ne voyais que le dos, descendait aussi la rampe devant moi.

Elle avait une tournure incroyable de fraîcheur et d'élégance; une robe d'été, fort claire, l'entourait de ses plis gracieux; une légère écharpe de soie lui serrait la taille, et son chapeau, certainement rien qu'à le voir par derrière, ne pouvait être porté que par une très jolie femme.

Mais ce qui me frappa le plus, tandis que je détaillais ainsi sa toilette, c'est que l'inconnue était chaussée de petits souliers à talons rouges, ni plus ni moins qu'une marquise du dernier siècle. A chaque pas qu'elle faisait, on voyait sous sa jupe le bas de la jambe fine, avec une cheville adorable, modelée sous des bas à jours.

— Je n'y tiens plus, dis-je en me retournant vers mes amis qui me suivaient.

Et rejoignant la jeune femme avec le sans-gêne que

cc lieu autorise, je lui mis la main sur l'épaule et je lui dis :

— Madame, combien faut-il voler d'étoiles au bon Dieu, pour tenir cinq minutes vos deux pieds dans une de mes mains?

Elle se retourna en riant.

— Voilà, répondit-elle, de la fine fleur de galanterie.

— Enfer et malédiction! m'écriai-je. Rosalie, est-ce vous? Ou n'êtes-vous qu'une image de celle qui doit faire mon bonheur?

Rosalie, car c'était bien elle, redoubla ses rires sonores. On aurait dit des pièces d'or tombant une à une dans un bassin d'argent. Je la saisis dans mes bras, et la tenant élevée comme un enfant que porte sa nourrice, je me mis à courir follement à travers les groupes de danseurs qui attendaient en ce moment le signal d'une polka.

Cette excentricité était de mise et même de bon goût pour l'endroit où nous nous trouvions. On cria : Bravo! Rosalie se débattait pour rire, mais avait soin de bien mettre en évidence ses petites pattes à talons rouges. Elle découvrit même sa jarretière et l'on cria : Bravo!

L'orchestre préluda pour la polka. Je ne savais pas trop danser, mais Rosalie promit de me conduire; je la remis à terre.

Et nous dansâmes glorieusement. Tant il est vrai qu'il y a un dieu pour les buveurs!

Après la danse, Levernay et Morand nous rejoignirent. On but, on fuma, on causa. Rosalie envoyait Ducouti au diable du meilleur de son cœur.

— Est-ce qu'il est ici ce soir? demandai-je.

— Non répondit-elle, avec un éclair dans chaque prunelle. Il m'a même défendu de venir, mais je suis résolue à le *lâcher*. Il m'ennuie, à la fin.

— Garçon! m'écriai-je, un demi-bol, au kirsch!

Levernay se pencha à l'oreille de Rosalie et lui parla tout bas. Je ne sais quelle confidence il lui fit, mais les yeux de la jeune fille se portèrent sur moi, et je sentis son pied presser le mien.

Je dansai encore et je bus d'autant. La soirée se passa tout entière en folies étonnantes; à la fin, Morand et Levernay disparurent, et à onze heures, comme je dansais un quadrille dans le jardin, Rosalie me fit observer qu'elle sentait une goutte d'eau sur son front.

— C'est impossible, dis-je, il ne doit pas pleuvoir. Le temps est superbe.

Mais ce n'était que trop vrai. La pluie se mit à tomber, et les danseurs et les danseuses prirent à qui mieux mieux la fuite vers la porte du jardin, et tout le monde se rua à l'assaut des voitures.

J'avais hésité un instant. Cet instant avait suffi pour que je fusse distancé. Lorsque Rosalie et moi nous arrivâmes sous l'auvent de la porte d'entrée, la pluie tombait par torrents, et il ne restait plus une seule voiture à l'horizon.

La foule nous bousculait violemment. Tous les cafés d'alentour étaient envahis. Je jetai un coup d'œil d'inquiétude sur la fraîche toilette de ma compagne.

— Qu'allez-vous faire? lui demandai-je.

— Oh! dit-elle, ça m'est égal pour ma robe, ça n'est qu'un blanchissage perdu. Il n'y a que mon chapeau qui m'inquiète.

— Eh bien! repris-je, donnez-le-moi!

Elle ôta son chapeau, que je serrai vaille que vaille dans mon mouchoir de poche, et j'abritai le tout sous une basque de mon paletot.

Rosalie dit :

— Très bien. Il sera peut-être cabossé, mais pas mouillé. Et ça se redresse.

Et riant comme une folle, sans s'inquiéter de l'averse, elle se mit à traverser le carrefour de l'Observatoire sous les arbres, vers la rue de l'Ouest. Je la suivis. En moins de rien, sa légère toilette fut traversée; elle semblait une baigneuse dans son peignoir.

— Les pluies d'été, disait-elle en trottant sous les gouttières, c'est bon, c'est tiède; mais c'est égal, pour sauver mon chapeau, je me mouille les cheveux. J'ai tort, ça les abîme.

En effet, il était fâcheux de voir mouiller par l'averse la belle crinière de cheveux bruns de Rosalie. Dans la pensée que cela me serait moins préjudiciable qu'à elle, j'ôtai mon chapeau, qui était en bon feutre, et je le lui mis sur la tête. Dans la rue de l'Ouest, rue presque déserte, cette mascarade ne pouvait être remarquée.

— Merci, me dit Rosalie en me regardant du coin de l'œil.

— Quelle contrariété, repris-je, de n'avoir pas trouvé de voiture!

— Oh! répondit-elle, il y a si peu loin d'ici chez vous!

Je pensai en moi-même : — Diable!

Au reste, cette affaire m'était à peu près égale. En passant au bout du Luxembourg, je reçus dans. le nez une bouffée odorante de la terre et de la verdure mouillées. Je pensai vaguement à Ernestine et au bois de Vincennes.

Cela me fut encore égal.

Selon la malice habituelle des choses, il ne plut guère que le temps qu'il fallut pour nous accompagner jusqu'à ma demeure. Quand nous fûmes à l'abri, la pluie cessa.

Rosalie marchait comme si elle eût connu le chemin de longue date. Le gaz de l'escalier était éteint et le portier couché. On ne remarqua pas, grâce à cette circonstance, l'accroc considérable que je faisais à la candeur de mon existence jusqu'alors immaculée, et l'étrange accoutrement de Rosalie passa inaperçu.

Elle monta résolument l'escalier, sans se tenir à la rampe. Ces filles sont étonnantes. Moi, je trébuchais. Quand nous fûmes entrés et que j'eus allumé une bougie, Rosalie s'assit comme chez elle et se mit à rire en disant :

— J'ai un peu froid!

En effet, cette douche reçue après une série de danses exaspérées pouvait être dangereuse. Par bonheur, il me

restait un peu de bois de ma petite provision de l'hiver
dernier. Je fis du feu. Rosalie se chauffa les pieds, après
avoir disposé ses deux petits souliers au sec, de chaque
côté de l'âtre. Puis elle dit :

— Tiens! j'ai faim. Je mangerais bien quelque chose.

— Qu'à cela ne tienne, répondis-je.

Ayant changé de chaussures et pris un paletot sec,
je descendis afin d'acheter quelque nourriture.

Il était minuit, les boutiques se fermaient. Cependant
je trouvai sans peine du vin, un pâté, du fromage, des
fruits et du pain. J'avais du café chez moi. Quand je rentrai dans ma chambre, Rosalie interrompit une chanson
très légère qu'elle fredonnait pour me dire :

— Mon cher, tu es gentil comme un amour.

En mon absence, elle avait fouillé ma garde-robe, et,
s'étant dépouillée de ses vêtements mouillés, avait
fabriqué un costume de fantaisie, moitié d'homme, moitié de femme. Mon ancienne redingote courte se trouvait à la taille de Rosalie. Elle l'avait passée en forme de
pardessus, et ayant arrangé son col de chemise avec une
de mes cravates, elle devançait ainsi d'une quinzaine
d'années la toilette semi-masculine que les dames de l'un
et l'autre monde aiment tant à porter aujourd'hui.

Bien cravatée, ses cheveux relevés avec une habileté
particulière, elle avait absolument la mine d'un gamin.
Elle fumait un cigare qu'elle avait trouvé sur la cheminée.

Je débarrassai ma table de travail, et je dressai le
couvert.

— Nom d'un nom! dit Rosalie, il fait une faim de cinquante-six degrés. Par un temps pareil, on mangerait
son père, avec beaucoup de pain.

Elle enleva le couvercle du pâté et regarda à l'intérieur.

— Ohé! y a-t-il du monde là-dedans? Probablement
comme toujours, du veau et du jambon. Peut-être de la
volaille? Oui. On dit que ce sont des petits enfants que
ces scélérats de pâtissiers coupent par morceaux et font

cuire comme ça. Est-ce que c'est vrai ça, monsieur de Rives?

— Tout à fait vrai, répondis-je en riant.

— Ah! taisez-vous donc! dit-elle en laissant le pâté. Rien que l'idée, cela me dégoûte.

Mais elle revint au pâté, et me servit d'abord avec un peu de gaucherie. On voyait que Rosalie voulait me prouver qu'elle savait vivre, et tenait à me faire oublier la grande dame dont, selon la chronique, j'étais amoureux. Elle se mit enfin à manger.

— Voulez-vous boire? lui demandai-je.

— Avec plaisir. Du vin pur. Je n'aime pas l'eau. L'eau dans le vin, voyez-vous, c'est absolument comme l'eau dans l'encre.

— Comment cela?

— L'eau gâte le vin et l'encre, donc. Les gens qui écrivent après avoir égoutté la carafe dans leur encrier, font des fautes d'orthographe.

— Vraiment?

— C'est inévitable. Et les gens qui mouillent leur vin font des fautes d'amour. C'est inévitable aussi. Voilà. — Ah! dites donc, reprit-elle avec finesse, on dit que vous êtes amoureux d'une jeune fille, une jeune fille comme il faut. Est-ce vrai?

— Non, ce n'est plus vrai.

— Que vous êtes gentil! Donnez-moi donc encore une goutte de vin. — Merci. — Est-ce que vous lui avez fait des vers, à cette demoiselle?

. — Non.

—. Menteur! Après ça elles ont tout, ces demoiselles du monde. Vous m'en ferez à moi, des vers?

— Certainement.

— Par exemple, je vous prie de ne pas me les faire trop beaux. Quand les vers sont trop beaux, je ne les comprends pas. Et j'aime à comprendre ce qu'on m'écrit. C'est comme M. Blondel; eh bien! il m'a fait des vers où il m'a appelée *Aphrodite*. Est-ce drôle, ça, hein?

Elle fit une petite grimace et reprit :

— C'est peut-être une injure, ça. C'est peut-être un nom de bête. On ne peut pas savoir.

— C'est, en grec, le nom de Vénus, dis-je.

— Est-ce que je sais le grec, moi ? Et puis, d'abord, M. Blondel est un effronté. Vénus ! Je t'en donne ! il ne m'a jamais vue. Ainsi, c'est entendu, n'est-ce pas, vous me ferez des vers, mais en français, et surtout vous ne les copierez pas dans les livres, comme cet animal de Ducouli.

Rosalie était ce qu'on nommait alors une grisette. Nous avons, en ce temps-là, usé les dernières de ces charmantes aventurières que l'on a, depuis, remplacées tout simplement par ces filles de je ne sais quoi, sans beauté et sans esprit, sur lesquelles la police exerce, de temps à autre, son droit de prise de corps. Il me siérait mal, étant un peu moins vieux que Mathusalem, de décrier l'époque présente en faveur du temps passé. Le rôle de *laudator temporis acti* est, d'ailleurs, plein de périls. Cependant, tenez, je ne puis m'empêcher, lorsque j'entre dans le boudoir de Mme de Saint-Loup, de regretter Rosalie.

Rosalie et ses pareilles étaient des gamines de Paris, chez lesquelles la grande ville avait développé à l'excès tous les instincts délicats de la femme. L'instruction primaire étant fort peu obligatoire pour les filles du peuple, elles savaient à peine lire, et rarement elles écrivaient. Mais elles avaient, avec l'ignorance de toutes choses, la curiosité de toutes choses.

Elles tenaient cela de leur mère Ève, qui les enfanta un jour de belle humeur, alors qu'elle n'avait plus guère de frayeur du diable.

Aussi, maître Satan, quand il tentait ces petites filles, était souvent mal à son aise. Elles lui faisaient des questions nombreuses : — Pourquoi ceci ? — Pourquoi cela ?

Bref, au lieu de croquer le fruit défendu comme des gloutonnes, les grisettes le coupaient naïvement en quatre et s'amusaient à compter les pepins.

Tout en mangeant la pomme, bien entendu.

Rarement elles aimaient une chose pour ce qu'elle

20

vaut ; elles étaient toujours à côté de la question. Elles
aimaient le champagne, parce que *ça pique ;* les voitures,
parce que *ça roule ;* les robes de soie, parce que la soie
fait *frou-frou ;* l'argent, parce que *ça sonne ;* l'amour,
parce que *c'est drôle.*

Rosalie aimait les vers, parce que *ça ressemble à des
chansons de Béranger.*

Mais pourquoi aimait-elle Béranger? Ah! voilà...

Parce qu'il a parlé d'une nommée Lisette, qui lui ressemblait.

Moi-même, alors, avec mes dix-huit ans, je n'étais
pas éloigné de prendre les choses ainsi ; puisque l'amour
divin et fort m'avait trompé, il me sembla que l'amour
léger me devait une compensation, et je me sentis disposé à aimer les femmes, parce que *c'est gentil.*

Je dis donc à Rosalie :

— Buvons !

Le souper s'acheva au milieu d'une gaieté folle. Nous
chantâmes un tas de chansons.

Une grabataire, qui demeurait dans la chambre voisine
de la mienne, frappa à la cloison ; la voisine d'en face,
dont j'avais admiré les bras, se releva, et nous vîmes
son ombre regarder à travers ses rideaux. L'horloge du
Luxembourg sonna deux heures et nous bûmes un dernier coup :

— A la santé de la Chambre des pairs !

Puis vint le café, puis vint le tabac. Rosalie me
demanda si la *demoiselle que j'avais aimée* me laissait
fumer. Et elle-même reprit son cigare. Elle eut trop
chaud et ôta sa redingote.

Le feu s'était éteint depuis longtemps, les bougies
défaillaient. Il se trouva un fond d'eau-de-vie pour faire
du punch ; à peine était-il allumé, que les bougies moururent. Rosalie profita de ce que la chambre n'était plus
éclairée que par le punch, pour ôter sa cravate et dérou-
ler ses cheveux.

Il vous souvient, j'aime à le croire, des dernières lignes
du *Voyage sentimental* de Sterne. On laisse là le pauvre

Yorick dans une position bien perplexe ; si perplexe que
Sterne, ne sachant comment en sortir, a coupé là son
livre. Il ne m'est pas permis d'user du même subterfuge,
et je suis forcé d'achever mon histoire, parce que nous
sommes un peuple logique, non moins que vertueux, et
qu'à tout commencement le bons sens français exige une
fin dont l'*humour* anglais se dispense souvent.

Je fais grand cas des romanciers anglais, notamment
de Charles Dickens, et aussi de Wilkie Collins, et encore
de miss Braddon, et enfin de beaucoup d'autres.

Ils prennent généralement leurs sujets dans l'observation de la vie, et savent poser et suivre un caractère
avec une rare perfection. De leur style, je ne dirai pas un
mot ; je sais peut-être assez d'anglais pour les lire, mais
les finesses de la langue m'échappent absolument. Je
suis porté à croire, toutefois, que des écrivains qui obser-
vent si bien les mœurs et les caractères doivent avoir un
style à la hauteur de leur talent d'observation ; et il est
certain que les traducteurs, qui les gâtent plutôt qu'ils
ne les amendent, ne nous les ont pas présentés comme
des auteurs insupportables.

Mais la conception générale d'une œuvre fait défaut
aux conteurs anglais. Ils ignorent l'art de faire entrer une
idée morale, une philosophie quelconque, dans une
œuvre ; l'esprit de suite, qui dispose les incidents vers
un but commun, leur manque, et leurs romans sont un
tissu de romans variés, d'incidents étranges, qui n'ont
d'autre liaison entre eux que la communauté de nom
des personnages qui y prennent part.

L'action principale d'un roman anglais de dix volumes
pourrait se condenser en vingt pages, que certes l'action
principale n'y perdrait pas. Le lecteur y perdrait de charmants détails et des historiettes charmantes, d'accord ;
mais enfin la fable principale du roman n'y perdrait rien.

Cela se suit, mon Dieu, sans trop savoir pourquoi, et
je ne saurais mieux comparer un roman anglais qu'à un
volume de *Nouvelles* françaises.

Ce qui me fait dire, contrairement à l'opinion commune, admise dans le monde, que les Français sont le peuple le plus raisonnable de la terre, et peut-être de l'univers entier, de notre système planétaire et d'ailleurs. Eux seuls, en effet, ont trouvé le secret d'imiter la Providence en posant, suivant et dénouant une action, selon des prémisses et des conséquences raisonnables.

Je mérite d'autant plus de créance en ce que je dis, que si, autrefois, j'ai écrit des romans, je raconte aujourd'hui une histoire vraie ; et qu'ainsi le mérite de l'arrangement est à la Providence et non à moi.

Or, ici, le lecteur français, qui l'emporte peut-être sur le lecteur anglais, aux mêmes titres raisonnables que le romancier français l'emporte sur le romancier anglais, le lecteur français donc, logique avant toute chose, tirera de ma situation avec Rosalie la conclusion logique que Sterne n'a point exposée à la fin du *Voyage sentimental*, parce qu'il était Anglais, déjà solidaire des défauts de ses successeurs, et que moi je n'ose point poser ici, parce que je suis Français, et encore imbu de la délicate convenance de mœurs que m'ont enseignée mes devanciers.

Rosalie me quitta le lendemain en me jurant qu'elle allait signifier à Ducouti un congé formel, et en me donnant rendez-vous pour le soir.

Moi, resté seul dans ma chambre encore encombrée des débris du souper, voyant dans un coin une assiette ébréchée parmi les papiers épars de mes travaux abandonnés, ne pouvant chasser, malgré la fenêtre ouverte, les odeurs tenaces du tabac et du punch, marchant sur les vêtements d'homme que, la veille, Rosalie avait jetés à terre, j'eus un serrement de cœur.

Je ramassai ma pauvre redingote, autrefois si dédaignée, je la regardai tristement. Elle était souillée de punch et de poussière. Je pensai qu'avec elle j'avais été heureux, laborieux, amoureux et aimé. Je me souvins que je l'endossais seulement aux jours de gala, et qu'avec elle j'avais conquis mon grade de bachelier, à seize ans!

Et maintenant!

Je la regardai, dis-je, avec une sorte de pitié et de regret amer. Je sentis que tout ce qu'il y avait en moi de noble et de fier venait de recevoir un échec à ne s'en pas relever. Ernestine et Rosalie, deux femmes, avaient passé et avaient avili ce lambeau de mes croyances et de mon travail.

Et je me pris à déclamer tout haut ces vieux vers que Mathurin Régnier écrivit, un jour de dégoût, quoique Mathurin Régnier fût plutôt un fils de la vieille sapience que l'un des pères de notre mélancolie moderne :

> A ce piteux spectacle, il faut dire vray,
> J'eus une telle horreur, que tant que je vivray,
> Je croirai qu'il n'est rien au monde qui garisse
> Un homme vicieux, comme son propre vice.

La portière frappa. Elle me montait une lettre de M. Pautrel. Mon vieil ami me disait qu'il était plus affligé que fâché de mon refus de voyager; qu'il ne m'en voulait pas, et que je pouvais compter que ma petite rente me serait payée exactement.

De Mme Séchain et de Frédéric, il ne me touchait pas un mot. Mais il me chargeait de prendre, dans son cabinet, un album que je connaissais bien, qui contenait des vues de la Suisse, et de le porter à Saint-Mandé, à Mme de Renne, en lui recommandant bien, de sa part, d'en avoir grand soin.

Cette commission me causa un secret plaisir. Elle correspondait aux mouvements intimes qui me poussaient à savoir ce qui se passait à Saint-Mandé. Je ne me serais pas avoué à moi-même le désir que j'avais de revoir Ernestine; moins encore j'aurais fait une tentative pour cela. Mais l'obligation de porter un album m'offrait un prétexte valable à mes propres yeux, et je saisis cette occasion avec un plaisir involontaire dont j'eus presque honte.

Malgré cette honte, mon premier mouvement fut de courir rue de l'Ouest, d'y chercher l'album et de prendre le chemin de Saint-Mandé.

20.

Mais, en route, une lueur de raison m'arrêta. Qu'allais-je faire? Je voulus au moins réfléchir.

Je m'arrêtai rue de l'Ancienne-Comédie, à la rédaction de la *Nouvelle France*. J'étais à peine entré, j'avais à peine serré la main du rédacteur en chef, Philippe Vannier, de Blondel, qui nous prêtait son logement, et de Massé de Vireville, qui se trouva là par hasard, que Ducouti entra.

Surpris de me voir, il eut une petite rougeur; mais il se remit bien vite et vint à moi. D'un air assurément trop grave pour une affaire de grisette, il me dit :

— Monsieur Armand de Rives, vous avez à me rendre raison.

— Moi!

— Oui, vous.

Tout le monde le regarda. Le pauvre garçon avait la figure pâle et de travers. J'éprouvai une sorte de remords de ma folie de la veille; mais ce remords fut de courte durée. Si Ducouti était frappé dans son amour pour Rosalie, n'étais-je pas frappé, moi, d'une autre manière, bien plus cruellement, dans un amour bien autrement profond? Et je répondis au pauvre Ducouti, tandis que tout le monde avait les yeux obstinément fixés sur nous.

— Vous rendre raison, mon cher, et de quoi, s'il vous plaît?

— Monsieur, dit-il, la gorge serrée, je quitte Rosalie.....

— Ah! fis-je.

Je fus cruel; et, en ricanant, j'ajoutai :

— Je pensais que c'était Rosalie qui vous quittait.

Les trois jeunes gens présents à la rédaction se mirent à rire à gorge déployée. Je les imitai. En ce moment, la porte s'ouvrit, et Morand entra avec le jeune poète que j'avais vu à la soirée de fondation de notre revue. Ces deux survenants, nous voyant rire, sans se rendre compte du sujet de notre hilarité, la partagèrent. Et ce fut ma fusée de gaieté moqueuse qui jaillit autour de Ducouti.

Il s'avança vers moi ; je me levai prêt à repousser son attaque.

— Monsieur, me dit-il tristement, vous n'êtes pas généreux. J'aimais cette fille.

Tout le monde comprit alors ce qui s'était passé. On fit silence. Mais moi, continuant ma raillerie, je regardai autour de moi, et je dis en riant :

— Si je ne suis pas généreux, je ne vois pas ce que Rosalie y aura gagné, puisqu'elle vous quitte pour ne l'avoir pas été assez.

On remarquera quels progrès j'avais faits. Mon éducation avait été rapide. La douleur de Ducouti m'aurait autrefois, deux jours auparavant, trouvé compatissant ; à présent, elle me faisait rire. Mesurant cette douleur à la mienne, je la trouvais moins profonde et moins aiguë que celle que j'avais éprouvée. L'égoïsme me tenait désormais et ne devait plus me quitter.

C'est ainsi qu'on apprend la vie : par les déceptions. Apprentissage cruel et qui ne porte que trop tôt ses fruits. Hier j'étais un jeune homme, un enfant presque, naïf, confiant, ayant la main ouverte et le cœur épanoui. Mais une femme avait écrasé toutes les délicatesses de mon âme ; et, aujourd'hui, j'étais un vieillard de sentiment.

Il me plut de jouer avec le chagrin de Ducouti, comme Ernestine avait joué avec mon désespoir, et j'éprouvai une mauvaise joie à torturer mon adversaire.

Ma dernière riposte avait fait rire, plus encore que les autres. Ducouti parut prêt, aiguillonné par les rires, à passer de la tristesse à la fureur. Massé de Vireville intervint.

— Voyons, dit-il, de quoi se plaint Ducouti?

— Pardieu ! répondis-je, c'est bien simple.

Et je racontai ce qui s'était passé. Morand qui, avec Levernay, avait assisté au début de l'affaire, se crut engagé par une sorte de solidarité. Il me soutint et affirma que je n'avais pu agir d'une autre façon que je ne l'avais fait. D'ailleurs, il était notoire que Rosalie s'était

irritée, un soir, contre Ducouti, et m'avait témoigné des
préférences. De Vireville approuva, Blondel approuva,
le jeune poète approuva, Philippe Vannier approuva.
Tous ces gens forts, se réunissant avec moi contre
le faible amoureux dédaigné par Rosalie, me parurent
jouer une cruelle parodie de la ligue formée contre
l'amoureux désespéré d'Ernestine de Renne. Mon rôle
avec Ernestine, rôle si plein de cœur et d'abnégation,
me parut ridicule à l'excès, par la comparaison avec celui
du pauvre Ducouti. Je me promis de me venger, un jour
ou l'autre, à Saint-Mandé; en attendant, je me donnai le
plaisir cruel d'éperonner Ducouti et de le pousser aux
dernières limites du ridicule.

Le malheureux se chargea lui-même de me justifier.

— Eh bien, dit-il, soit. M. Armand de Rives n'a pu
faire autrement. Il a été pris.

— C'est évident, dit Morand. J'y étais quand il fut
pincé.

Nouveaux rires.

— Mais je me vengerai sur Rosalie, murmura Ducouti.

— Je vous le défends, m'écriai-je avec colère.

— Oh! reprit Ducouti, je me vengerai d'une manière
que vous approuverez vous-même. Vous êtes trop galant
homme pour consentir à ce qu'elle conserve le mobilier
que je lui ai donné, et je compte bien le lui reprendre.

— Cela est d'une bonne économie domestique, observa
Vireville.

— Un mobilier de noyer, ajoutai-je. Soit! Je le rem-
placerai par de l'acajou.

— Voilà de la prodigalité, fit le poète.

— Quand, sur deux hommes, répondis-je, il y a un
pingre, l'autre est obligé d'être généreux doublement.
C'est ce que je fais.

— Bravo! bravo! cria-t-on de toutes parts.

Mon adversaire me céda la place. Il était furieux.

Cet épisode me fit réfléchir. La défaite de Ducouti me
rendait tout fier, il me plut de jouer un rôle perfide avec
Ernestine, afin d'observer de près la somme de scéléra-

tesse qu'une âme de femme pouvait contenir. Aussi, au lieu d'aller à Saint-Mandé pour y porter l'album, j'y envoyai un commissionnaire avec une lettre dans laquelle, en recommandant l'album, selon le vœu de M. Pautrel, je témoignais un repentir convenable de la scène que j'avais faite à Ernestine, résolu au fond d'attendre et de voir venir les gens.

Je m'exposais grandement. A supposer que cette ouverture pacifique fût accueillie, étais-je assez sûr de moi pour répondre que je ne ferais pas la paix? Dans ce premier moment, à la fureur légitime de l'amour déçu, se joignait encore le regret de l'amour perdu ; et je pouvais d'autant plus retomber sous le joug de mon indigne passion, que j'étais résolu, si on me le permettait, à feindre encore que je l'éprouvais... comme je l'éprouvais peut-être, en réalité, malgré tout.

J'échappai à ces pensées en me rendant chez Rosalie. Réellement, Ducouti avait eu le mauvais goût de lui faire une scène et de lui réclamer son mobilier. L'infante était aux abois, ne supposant pas que j'eusse assez d'argent pour réparer cet échec.

Elle fut comblée de joie quand je lui proposai l'acajou dont je m'étais vanté. Tout un billet de mille francs y passa, rien que pour les gros meubles, que nous fîmes porter dans un logement loué à la hâte. C'était assez mal remplir les vues de M. Pautrel; mais la brèche était faite à mon cœur, et toutes les folies pouvaient y entrer.

Dès ce jour même, Rosalie sortit de l'appartement meublé par Ducouti, sans emporter un fétu qui lui vînt de lui. La journée du lendemain se passa en acquisitions de menus objet complétant le mobilier. Cinq cents francs y restèrent encore. Je gaspillais l'argent comme un fou.

Je reçus, le lendemain, une lettre tout aimable de Mme de Renne. Qui l'aurait cru?

XXI

L'amour inconnu.

Elle mettait, disait-elle, mon incartade sur le compte d'une exaltation passagère qu'elle voulait oublier. C'était, à l'en croire, une folie de jeunesse, entre jeunes fous, sans aucune importance. Ernestine était irritée, c'est vrai, mais la mère ne doutait pas qu'à ma première visite on ne parvînt à établir une petite paix qui deviendrait, par suite, une paix définitive.

J'aurais dû flairer un piège et deviner qu'avec toutes mes belles résolutions de me jouer des sentiments de mon infidèle, en feignant de les éprouver, j'avais affaire à forte partie, et que je ne tarderais pas à me laisser reprendre. Que si on voulait me reprendre, c'est qu'on avait intérêt à cela. Mais, moitié par aveuglement, moitié par un reste d'amour, je cédai à l'entraînement. Je vivais dans un tourbillon. Et tout ce que je pus gagner sur mon impatience fut de ne point courir sur-le-champ à Saint-Mandé, et de me contenter d'écrire une lettre, dans laquelle je témoignais toute ma gratitude du pardon qui m'était accordé, en assurant qu'incessamment je ferai une visite.

Morand et Levernay, à qui j'en parlai, ne purent m'en détourner. Rosalie, qui devina quelque chose, se montra vainement jalouse. Dès le lendemain du jour où j'avais écrit cette réponse, je repris, le soir, la direction de Saint-Mandé ; et je me jouais à moi-même la comédie de me dire que je n'aimais plus Ernestine, que je voulais seulement jouer avec ses sentiments.

En arrivant, je trouvai la grille ouverte. Je gagnai le perron de la maison. La bonne vint à moi : ces dames étaient sorties ! Je baissai la tête ; et à la déception amère que j'éprouvai, j'aurais bien dû reconnaître combien j'étais mal assuré dans mes sentiments d'indifférence.

Je traversais le jardin pour retourner à Paris, lorsque

la bonne courut après moi. Je pensai d'abord qu'elle voulait me venir ouvrir la grille ; mais cette fille m'ayant rejoint, me pria de m'arrêter, et me dit que ces dames, Mme de Renne et Ernestine, étaient en effet sorties ; que cependant Mlle Amélie était au salon, et qu'ayant appris ma visite, elle me priait d'entrer si je voulais attendre près d'elle le retour de ma mère.

Il me parut singulier que Mlle Amélie, ayant défendu sa porte, fît en ma faveur une exception si flatteuse, dans les circonstances difficiles que traversaient mes rapports avec sa famille. En tout autre moment, nos habitudes de familiarité amicale auraient légitimé cette exception ; mais après la scène cruelle que j'avais eue avec sa sœur, en sa présence, je répète qu'il me parut surprenant qu'elle me fît appeler près d'elle. Cependant, je revins sur mes pas, et je dis à la bonne de m'introduire.

Cette fille ouvrit silencieusement la porte du salon. J'entrai. La porte se referma derrière moi. Il n'y avait pas de lumière, et comme la nuit était presque complète à l'extérieur, le salon, à cause des fenêtres garnies d'épais rideaux, était dans une obscurité noire.

Il y faisait frais. J'entrai là-dedans comme dans un tombeau, ne sachant trop comment me diriger. Tout à l'autre bout du salon, je vis une fenêtre entr'ouverte sous ses rideaux, et, dans l'embrasure de cette fenêtre, une forme svelte, élégante, qui me révélait une femme assise, dont le visage était tourné vers moi. J'ôtai mon chapeau et j'avançai en tâtonnant. Je me heurtai contre un fauteuil, je fis un faux pas en me prenant le pied dans un tapis. J'entendis alors la voix de Mlle Amélie :

— Je vous demande pardon, monsieur, de ne pas faire apporter de lumière et de ne pouvoir pas me lever pour vous recevoir. Mais, en votre qualité de vieil ami, vous m'excuserez. Je suis si faible que le mouvement et la lumière me fatiguent excessivement.

— C'est moi, répondis-je, mademoiselle, qui vous fais mes excuses. Je viens vous troubler dans votre solitude. Pardonnez-moi.

— Solitude assez triste, reprit-elle. J'ai entendu le bruit d'une visite; j'avais défendu ma porte. Mais en apprenant que c'était vous, j'ai donné l'ordre de vous faire entrer. Vous êtes venu pour voir ma mère et ma sœur. Je ne sais si elles rentreront de sitôt; elles peuvent ne pas revenir avant minuit, comme elles peuvent rentrer dans un quart d'heure. Si vous voulez courir la chance de l'attente, je ferai en sorte de vous la rendre tolérable.

— Je vous remercie, mademoiselle, dis-je, j'attendrai. Et si je ne vois pas ce soir madame votre mère et mademoiselle votre sœur, j'aurai du moins eu le plaisir de passer un moment avec vous.

Mes yeux s'habituaient à l'obscurité. Je pris une chaise et je m'assis en face de la jeune fille, et assez près d'elle. En allongeant mes pieds, je sentis le bord de sa robe sur le bout de mes souliers. Je fis un petit mouvement en arrière. Je la vis renverser sa tête sur le dos de son fauteuil. Dans la faible clarté que lui envoyait la fenêtre, cette figure adorable me parut plus belle que jamais; l'attitude du corps était pleine de nonchalance. Mlle Amélie souffrait beaucoup, ce soir-là.

— N'aimez-vous pas, me demanda-t-elle, à regarder le ciel et les arbres dans le crépuscule?

— Si, vraiment, dis-je, surtout quand j'ai l'âme triste. Cette teinte grise plaît à mon chagrin.

— Il y a, reprit-elle, des esprits dont le chagrin est permanent.

— Êtes-vous de ceux-là, mademoiselle?

— Peut-être bien. Mais parlons de vous. Vous voilà désespéré?

— Désolé, oui; mais désespéré, non, sans quoi, je ne serais pas ici. Il n'y a que l'espoir qui m'y ramène.

— Vous avez raison mille fois, dit-elle.

Puis, avec une nuance d'ironie, elle ajouta:

— Ecrivez à M. Pautrel que vous acceptez le voyage, et je vous assure que les nuages qui vous séparent de ma sœur feront place au ciel le plus serein.

— Cela, répondis-je, je ne le ferai jamais.

— Jamais ? demanda-t-elle d'un ton singulier.

— Jamais. Et vous, mademoiselle, me conseilleriez-vous de le faire ?

— Je ne dis pas cela. Mais enfin, quand on aime...

— Quand on aime, repris-je, on meurt, mais on ne s'avilit pas.

— Très bien ! fit-elle.

Il y eut un instant de silence, puis elle reprit :

— On meurt de mille manières. D'amour, très peu, je crois, quoique je n'aie là-dessus aucune expérience. En revanche, on meurt très joliment de phtisie pulmonaire ; j'en puis parler plus savamment, et je vous le garantis. Vous en aurez la preuve avant peu.

— Oh ! mademoiselle, répondis-je, voilà une fâcheuse prédiction ; par bonheur, je n'y crois guère. Vous vous trompez sur votre état ; il n'a pas cette gravité que vous lui prêtez. Et quand on a la jeunesse qui combat pour vous, on peut, à coup sûr, vaincre la maladie.

— Bah ! reprit-elle, quand on a la jeunesse, on regrette un peu plus la vie. Aussi, je la regrette affreusement. Ne vous trompez pas sur mon calme habituel : c'est la religion qui me soutient ; mais j'ai une terreur folle de mourir.

— Mais vous ne mourrez pas, mademoiselle !

Je lui donnai cette assurance d'un ton assez froid. D'abord parce que je ne croyais guère à ce que je disais ; ensuite parce que, rendu égoïste par mon propre chagrin, il ne me restait pas beaucoup de commisération pour la douleur d'autrui. Elle reprit cependant en se penchant vers moi :

— Figurez-vous, ils sont là un tas de médecins qui s'imaginent me faire un grand bien en ne me disant pas la vérité. Comme si je ne la lisais pas dans leurs yeux ! Il y a cinq ou six jours, j'ai entendu l'un d'eux qui, en s'en allant, parlait avec ma mère. J'ai écouté derrière la porte. Eh bien ! il disait que j'étais perdue, qu'il me donnait encore jusqu'au prochain printemps, au

21

plus ; que je ne respirais plus que par miracle, car mes deux poumons sont perdus. Après cela, vous avouerez bien que ce serait de la folie de conserver la moindre espérance.

« Ce serait de la folie de conserver la moindre espérance ! » Penchée vers moi, elle prononça cette phrase les dents serrées, le souffle haletant. On la devinait anxieuse. On sentait qu'elle implorait de ma pitié une parole qui lui commandât cette espérance folle qu'elle repoussait.

Je lui répondis, toujours du même ton froid et indifférent :

— Les médecins peuvent se tromper, et ils se trompent souvent. Quant à moi, qui ne suis pas médecin, je vous avoue ne pas croire que votre maladie soit si grave, et je m'en fie à mon bon sens pour juger qu'une maladie qui n'a laissé sur vous aucune trace de souffrance ne peut pas être, dès maintenant, une maladie incurable.

— Votre bon sens vous trompe, dit-elle en se redressant.

— Enfin, insistai-je, je ne veux pas — vous le sentez bien — vous faire de sots compliments ; mais votre beauté n'a souffert aucune atteinte. Vous vous plaignez de faiblesse, il est vrai, mais — sans madrigal — vous êtes belle comme toujours vous l'avez été.

— Vous vous trompez, répondit-elle. Vous me voyez souvent, et les ravages du mal, ayant lieu peu à peu, sont moins apparents que si vous me voyiez rarement. Mais, pour moi qui les épie et qui les guette, je les remarque chaque matin. (Elle eut le courage de sourire.) J'y prends tant d'intérêt ! — Aussi, je vois que mes joues sont creusées et que leur coloration n'est pas naturelle ; je vois que j'ai les traits tirés et vieillis ; je vois que mes yeux deviennent profonds. N'avez-vous pas remarqué que mes mains sont sèches et pour ainsi dire diaphanes ? La vie s'en va, et j'ai l'épouvante de la sentir s'en aller. J'assiste à ma mort, j'en constate les symptômes. Tous les jours je me sens plus affaiblie, et j'ai si bien mesuré ce que j'ai perdu de vigueur depuis un an, et ce qui m'en reste, que je puis calculer que tout sera épuisé dans peu de temps, et que je serai morte au mois de janvier prochain. Je ne reverrai pas même le printemps.

Je restai muet. Vainement je cherchais une phrase de consolation. J'étais ému. Mais pas assez, il faut le dire, pour trouver autre chose que des banalités. Le cœur seul, un cœur pareil au sien, aurait pu la consoler.

Après un long silence, pendant lequel j'entendais sa respiration haleter, elle reprit :

— Tenez, je ne sais pourquoi je vous parle de tout cela; car enfin, vous n'y pouvez rien et peut-être cela vous intéresse peu, et sans doute cela vous ennuie. Mais il y a des minutes où je ne suis pas maîtresse de mon désespoir.

— Comment! m'écriai-je, trouvant enfin un peu de vivacité, comment pouvez-vous penser que vos souffrances m'intéressent peu et que vos plaintes m'ennuient? Ah! mademoiselle, je vous porte vraiment une amitié si grande, une affection si profonde, que je n'ai pu jamais penser à votre maladie sans avoir le cœur serré. Je ne la croyais pas si terrible, pourtant. Oui, tenez, je donnerais... je donnerais beaucoup pour vous sauver. Je ne sais pas quel sacrifice je ne serais pas capable de vous faire!

— Pardonnez-moi, reprit-elle, d'avoir douté de votre cœur. Je le connais assez pourtant. Moi aussi, je vous estime et... je vous aime, comme mon frère, ajouta-t-elle vivement. Quel malheur que vous ne soyez pas mon frère! je vous dirais tant de choses!

— Parlez, mademoiselle! Parlez, si cela peut vous être une consolation d'épancher vos confidences; allez, ne craignez rien. Je souffre aussi, d'un autre mal que le vôtre, mais les malheureux se comprennent et s'aiment. Je suis à vous comme je serais à ma sœur, si j'en avais une.

En parlant ainsi, je me rapprochai. Mais elle recula brusquement son fauteuil.

— En vérité, dit-elle, notre situation est singulière. Et ma mère qui ne revient pas !

Je ne répondis rien à cette observation, la laissant seule maîtresse de diriger l'entretien. Il faut dire que l'observation me produisit un singulier effet. Pour la première fois, Amélie de Renne venait de se rappeler que j'étais un homme et qu'elle était une femme.

— Je me sens mieux, reprit-elle. Causons donc. Vous avez été trop cruel pour ma sœur. Si vous aimez sérieusement Ernestine et que votre bonheur dépende de votre mariage, écoutez mes conseils. Elle vous aime aussi, je vous en réponds. Si elle vous a montré quelque sévérité à propos de votre refus des offres que vous a faites M. Pautrel, c'est que, pour une jeune fille, la gêne de la vie a toujours quelque chose de repoussant, et qu'Ernestine, dans l'occasion que vous dédaignez, voyait le moyen de s'affranchir des ennuis de la vie. Il ne faut pas lui en vouloir. C'est une enfant qui ne raisonne pas. Je suis à peine son aînée ; le peu de raisonnement que j'ai, c'est à ma maladie que je le dois, à la maladie qui me contraint à méditer souvent à moi toute seule. Mais si j'étais bien portante, je parlerais sans doute comme ma sœur. Écoutez donc ! Toutes les femmes ont leur grain de coquetterie. Pourquoi vous irriter contre cette pauvre Ernestine, qui, au fond, en a beaucoup moins que d'autres ? C'est une faute de votre part. Il faut de l'indulgence pour nos faiblesses. Mais vous êtes bien jeune aussi. Au total, il faudra d'abord réparer les désastres causés par votre incartade de l'autre soir. Ernestine vous en veut ; ce sera difficile, je vous en avertis. Mais vous vous aimez tous deux, cela se fera. Vous ne doutez pas, je l'espère, que je ne vous aide de tout mon pouvoir. Dans l'état où je vois les choses, avec votre aptitude à réussir dans ce que vous entreprendrez vigoureusement, vous ne tarderez guère à vous faire une petite position. Il ne faudra qu'un peu d'aide pour assurer votre avenir. Nous sommes pauvres, mais les quelques ressources de ma sœur, en se mariant, pourront encore vous aider, car vous êtes homme de cœur et d'énergie, et, sans vouloir vous affliger, je crois pouvoir ajouter que mes ressources personnelles viendront encore vous aider. Moi morte, ma sœur sera mon héritière. Vous voyez bien, monsieur, que rien n'est désespéré.

Je fis un geste pour protester que je n'attendais rien de sa mort. Elle continua :

— Inutile de protester ! Je sais bien que vous ne spéculez pas sur ma mort ; mais le fait venant à se produire, il faudra accepter et vous accepterez les quelques mille francs qu'elle vous rapportera, comme le souvenir d'une amie sincère, d'une amie qui voudrait faire plus pour un homme tel que vous. Vous voyez qu'on pourra se passer de M. Pautrel. Je rougis de l'avouer, mais vous le savez ; oui, contre ma volonté, M. Pautrel nous aide ; il nous oblige souvent d'assez fortes sommes : mais si vous vous contentez, en épousant ma sœur, de notre avoir modeste — et bien modeste vraiment ! — vous pouvez déterminer Ernestine à s'en contenter avec vous. Dans les premiers temps, ce sera pénible et difficile. Ma mère est habituée à un certain luxe, et elle a toujours résisté aux conseils de mon frère et à mes prières ; mais ma sœur, devenue votre femme, subira votre influence ; ma mère cédera.

Il n'entrera pas chez nous de cet argent dont vous ne voulez pas. Un jour viendra quand les années auront passé, un jour viendra où votre femme, devenue plus sérieuse, comprendra et approuvera vos motifs. Ernestine a l'âme haute et fière. Quand les folies de la jeunesse se seront évanouies, elle rendra justice à votre austère honneur. Elle comprendra ce que vaut un homme capable de dédaigner soixante ou quatre-vingt mille francs de rente ; elle se sentira fière de porter le nom d'un tel homme. Elle vénérera — croyez-moi ! — elle vénérera cet esprit hautainement vertueux contre lequel elle s'irrite aujourd'hui. Vous aurez alors votre récompense, car il est rare qu'un homme soit vénéré par sa femme...

Elle se mit à rire doucement; mais son rire fut interrompu par une suffocation.

— Je fais de l'ironie, continua-t-elle. J'en suis punie. Je parle raison comme une vieille grand'mère. C'est ridicule. Allons! j'ai commencé, j'achève : Faites votre paix avec ma sœur, je vous aiderai. Vous vous marierez, et tout le monde en sera content. Est-ce dit?

— Je le voudrais! m'écriai-je. Mais il me manque le consentement de l'une des parties contractantes.

— Je vous dis qu'on l'aura, ce consentement. Vous êtes entêté! Dieu! que vous êtes entêté! Vous voulez absolument qu'une jeune fille comme Ernestine soit sans coquetterie et devienne soudain raisonnable. Prenez-y garde! vous ne l'aimeriez plus alors. Ce serait un horrible monstre, si à dix-sept ans elle ne rêvait pas un peu de fortune, et si elle tenait des discours de vieille femme.

— Mais, objectai-je, vous les tenez, vous, mademoiselle, ces discours. Et vous n'avez que dix-huit ans.

— Et je suis un monstre, hein? Bien obligée!

— Pardon, je n'ai pas dit cela. Je voulais précisément vous faire observer que vous les tenez sans être ni monstre ni ridicule, et que votre sœur pourrait faire comme vous.

— Bien! bien! reprit-elle. Essayez de débarbouiller votre maladresse.

— Je vous proteste que je n'ai pas voulu dire autre chose que ce que je dis.

— Eh bien! vous avez voulu dire quelque chose de très faux. Enfin, voyons! Pensez-vous que moi, qui vis en solitaire, et en solitaire malade, je n'ai pas dû, forcément, mûrir un peu plus vite mon intelligence, et que la disproportion qu'il y a entre mon âge et ma raison ne vient pas de cette autre anomalie qu'il y a entre mes dix-huit ans et ma mort prochaine?

— Je parie...

— Monsieur, on ne parie jamais avec une femme.

— Vous avez raison. Mais, enfin, je soutiens...

— Pas davantage. Il est inconvenant de soutenir quoi que ce soit contre une femme.

— Comment dire, alors ? Vous avez tous les privilèges. Je suis certain...

— Vous n'êtes certain de rien du tout.

— Si vous m'interrompez toujours, il faudra que je me taise, bon gré mal gré.

— Taisez-vous de bon gré, ce sera plus simple.

— Puisque vous le voulez, je me tais.

— A la bonne heure, dit-elle en riant, vous voilà soumis comme il convient. Puisque vous êtes obéissant, que vous ne pariez plus rien, que vous ne soutenez plus rien, que vous n'êtes plus sûr de rien, je vous accorde la parole. Vous pouvez présenter vos suppliques. La reine vous écoute.

Nous entendîmes alors, dans le lointain, l'horloge du donjon de Vincennes qui sonna dix heures. Le temps avait passé rapidement. Je me levai en disant :

— Dix heures ! je crois, mademoiselle, qu'il est temps de me retirer.

— Vous ne verrez pas ma mère, alors, répondit-elle. Il serait convenable de ne pas partir avant son arrivée, après l'avoir attendue si longtemps. D'ailleurs, elle ne saurait tarder.

Je repris place sur ma chaise, en répondant :

— C'est juste. Alors, mademoiselle, vous me permettez de vous faire quelques observations ?

— Faites vos observations.

— Eh bien ! il me semble que votre caractère sérieux ne vient pas seulement de votre maladie. Je crois, sans penser être injuste envers votre sœur, que vous êtes plus naturellement accessible qu'elle à certaines considérations qui me touchent beaucoup. Il me semble que vous comprenez mieux le cœur dans ses délicatesses ; et, si j'ose le dire, que vous avez vous-même plus de délicatesse.

— Pourquoi cela ?

— Je juge d'après ce que vous venez de me dire. Intérêt à part, il me semble, encore une fois, que votre sœur ne vous défendrait pas comme vous la défendez.

— C'est possible. Mais laissons les comparaisons. Vous venez de toucher une question qui peut me demeurer personnelle. En effet, j'ai des délicatesses quelquefois excessives, mais que je n'abandonne jamais de plein gré; aussi, je sympathise toujours avec les esprits qui, comme le vôtre, sont rebelles à ce qui leur paraît mauvais. Pendant un certain temps, je vous en ai voulu, parce qu'alors je croyais que vous connaissiez la situation des gens chez qui vous étiez. Mais, depuis votre fameuse querelle avec M. Frédéric Séchain, j'ai bien compris votre caractère, et j'ai dès lors complètement réparé mon éloignement temporaire, en vous aimant de tout mon cœur.

— Vous voyez bien que vous compreniez mieux les choses que votre sœur, et que vous me haïssiez pour les motifs qui la faisaient m'aimer, et vous m'aimiez pour les raisons qui la font me haïr à présent.

— Haïr est un bien gros mot, objecta Mlle Amélie. Mais on aime la vertu et l'on doit haïr le mal; d'autant plus que la vertu est rare et le mal est fréquent.

En parlant, elle s'animait peu à peu. Elle finit par arriver à une vivacité qui touchait à l'exaltation. Ce fut passionnément qu'elle continua :

— Si Dieu avait été plus clément pour moi, et si un honnête homme m'avait fait l'honneur de me confier le soin de sa vie, et que cet honnête homme n'eût point été honnête seulement dans l'acception vulgaire de ce mot; s'il avait compris ce qu'il y a de noble et de fier dans ce mot d'honnêteté, oh! oui, je l'aurais aimé de toute mon âme, et il aurait tout trouvé en moi, la femme soumise, l'ami dévoué, le bon conseiller, l'appui sans défaillance. Hélas! la volonté d'en haut m'a marquée pour une autre destinée; la résignation est à présent mon seul mérite. Croyez-vous, cependant, que je l'aie acceptée facilement, et qu'au fond il n'y ait pas

d'amers regrets? Oh! si! Je vide un calice d'amertume; et souvent la nuit, seule et désespérée, je me
jette à genoux, et je joins les mains en les élevant vers
le Père de toute clémence, pour le supplier d'écarter
ce calice de mes lèvres. Je n'ose vous dire les rêves,
les visions qui m'obsèdent. Ces rêves, ces visions n'ont
rien de criminel, pourtant; mais ils tiennent aux aspirations les plus secrètes de l'âme. J'ai mes secrets, donc,
mes délicatesses, mes pudeurs! — N'importe. Vous
êtes mon ami. Sachez-le donc : je rêve d'un fauteuil,
au coin du feu, en face de mon fauteuil, attendant l'ami
de ma vie qui viendrait s'y asseoir. Je rêve d'un petit
berceau, au fond duquel j'entendrais la respiration
calme et régulière de mon enfant. Je me lèverais de ma
place pour aller voir s'il dort bien, si rien ne le blesse.
La nuit, je me plais à me tenir éveillée, et je m'imagine
entendre l'enfant et surveiller le berceau. Oui, monsieur, telles sont mes faiblesses et mes folies. J'en ai
honte. Je sens bien que ce sont les hallucinations d'un
esprit malade; et cependant, bien loin d'y résister, je
me plais à retourner dans mon esprit ces rêves empoisonnés et ces regrets qui me tuent.

— Ah! mademoiselle, m'écriai-je, quelle révélation
me faites-vous! Non! vous ne mourrez pas, et tous ces
bonheurs que vous regrettez vous seront donnés.

— Non! répondit-elle avec une fermeté d'accen-
tuation qui me fit trembler.

Jamais parole n'a vibré à mes oreilles avec une précision si redoutable. Non! il sembla qu'Amélie, ayant à
se juger elle-même, venait de prononcer un arrêt inflexible. Non! on aurait dit l'impitoyable réponse du
bourreau au patient qui l'implore. Non!

Quelle âme! quel cœur! quelle énergie!

Reprenant plus posément la parole, elle continua
avec douceur :

— Vous me faites mal avec vos consolations et ces
dénégations qui ne pourraient tromper qu'un enfant.
Soyez donc plus généreux, faites-moi plus d'honneur.

21.

Malgré ces regrets que je n'ai révélés qu'à vous, ma résolution s'est accommodée à la nécessité, je porte mon deuil. Un deuil plus affreux que vous ne le pouvez croire. Car, enfin... disons tout et jusqu'au bout : Vous aimez ma sœur. Etes-vous certain que, moi aussi, je n'aie pas au fond du cœur une affection que vous ne connaissez pas ? Allez ! allez, monsieur, je suis courageuse ; et celui que je ne veux pas nommer vînt-il à me proposer de m'épouser, je refuserais...

— Vous refuseriez ?

— Je refuserais. Parce que je jugerais peu honorable ou même honteux de faire partager inutilement ma douleur par un homme ; parce que, portant en moi un germe de mort inévitable, je jugerais criminel et égoïste de condamner l'homme que je dirais aimer, et qui m'aimerait, à soigner mon agonie ; de le condamner d'avance à porter le deuil de sa femme.

— Ah ! misère ! m'écriai-je, pouvez-vous dire cela ? Celui qui vous aimerait, vous si belle, si bonne, si charmante ; celui qui serait aimé de vous, accepterait-il de vous laisser mourir ainsi ? Si son cœur était à la hauteur de votre affection, ne voudrait-il pas, au contraire, vous sauver au péril de sa propre vie ?

— Comment me sauver ? demanda-t-elle doucement.

— J'ai, répondis-je, ma religion et mes croyances. Je crois, j'ai foi dans la volonté de l'homme et dans l'amour. Je crois que l'amour peut briser la tombe. Ne serait-il pas plus beau et plus digne d'un homme, pour celui qui vous aimerait, d'accepter votre destinée et d'en faire la sienne ? Vous m'allez crier : On ne combat pas la Mort ! Je vous réponds qu'on peut la vaincre, moi. Si tout à coup on ouvrait devant vous cette maison tranquille dont vous parliez ; si on vous donnait le mari et l'enfant, la joie, le bonheur complet, ne croyez-vous pas que ce grand changement dans votre vie ne combattrait pas les progrès du mal ? Vous auriez près de vous un compagnon, un appui ; il surveillerait la maladie, il épuiserait tous les moyens et toutes les ressources. Au besoin, il s'ouvrirait les veines pour vous donner un sang nouveau. Ce serait un duel entre l'homme et la Mort. Moi j'accepterais ce duel. Il plairait à mon courage. J'aurais la certitude de triompher. Oui. La certitude ! Au lieu donc de vous renfermer dans ce malheureux silence et dans cette abnégation meurtrière, il faut parler, mademoiselle, et tenter un effort pour votre salut. Il est, dites-vous, au monde un homme que vous aimez et qui, sans doute, vous aime ; confiez-vous à lui.

— Ai-je dit cela ? demanda-t-elle. Vous vous trompez. C'est une supposition que je faisais, une supposition toute naturelle. Mais je n'aime personne, et personne ne m'aime.

— Cependant...

— Parlons d'autre chose, je vous en prie.

Malgré l'obscurité, je devinai, à son attitude, qu'elle éprouvait un malaise très grand. Je lui demandai ce qu'elle avait.

— Rien ! dit-elle.

La voix avait un son voilé, comme la voix de quelqu'un qui pleure. Je me levai brusquement afin d'appeler la bonne et de faire donner de la lumière. Mais Mlle Amélie se leva elle-même avec vivacité, me rejoignit et me dit avec une sorte d'épouvante :

— Je vous en prie ! Je vous en prie ! N'appelez personne ; pas de lumière. Cela me ferait mal !

— Comme vous voudrez, mademoiselle.

— Non. Je vais me remettre.

Nous reprîmes nos places, et je gardai le silence pendant quelques minutes.

Une certaine émotion me tenait. J'avais, si cela se peut dire, senti quelque chose de chaud à l'âme, et je restais interdit, ne sachant comment, au milieu du chagrin que me donnait Ernestine, comment devant la maladie, et je dirai presque l'agonie de sa sœur, une sorte d'allégresse et de joie infinie avait pu me traverser comme un rayon. Et je restais ainsi tremblant et muet.

On nous raconte l'histoire de ce prophète qui, dans

le désert, parlait avec Dieu demeuré invisible. Un jour, le prophète s'adressa au Seigneur, et lui demanda la grâce de le voir dans sa gloire. Le Seigneur lui dit :

— Voile-toi la face et je vais passer devant toi ; tu vas sentir les rayons de ma gloire. Quand je serai passé, tu ouvriras les yeux et tu me regarderas. Tu ne pourras ainsi me voir que par derrière ; mais cela t'est permis. Si tu me voyais en face, tu mourrais sur l'heure ; car nul homme ne peut contempler impunément les splendeurs de la gloire infinie.

Le prophète s'agenouilla et mit les mains sur ses yeux. Dieu passa. Le prophète alors ouvrit les yeux et resta tremblant d'une immense émotion, rien que pour avoir été effleuré par les rayons divins, et pour avoir contemplé le Seigneur, qui, après l'avoir touché, s'éloignait.

J'imagine que quelque chose de pareil venait de se passer pour moi. Seulement, je n'avais rien demandé, et le dieu m'avait touché à l'improviste. N'importe ! Je restai frémissant, éperdu, et sans avoir la conscience du prodige qui venait de s'accomplir, je regardais fuir à tire-d'aile, entouré de rayons, l'Amour qu'escortaient toutes les passions saintes, et toutes les vertus, et tous les dévouements. C'était, je puis le dire, un dieu puissant et superbe ; plus sublime et plus beau que tout ce que j'avais jusqu'alors compris en l'entendant nommer.

Tandis que je le regardais s'éloigner, et qu'une voix me criait aux oreilles : — Tu pouvais le retenir ! — une humilité profonde murmurait en moi-même : — Non ! je n'en étais pas digne, et je serais mort sur l'heure si je l'avais regardé en face.

Je puis aujourd'hui définir ces pensées et préciser ces choses. Le temps s'est écoulé et m'a rendu le pouvoir de juger. Mais, au moment dont je parle, dans l'émotion qui me tenait, nul pouvoir n'était en moi pour me redresser contre l'éblouissement. Je ne remarquai pas que l'image d'Ernestine s'était évanouie de mon âme, que toute tristesse, tout chagrin, toute incertitude s'étaient envolés. Je ne sentais qu'une chose, je le répète, une joie profonde à laquelle se mêlait un indéfinissable sentiment qui n'était ni de la tristesse, ni de l'amertume, ni du regret; — un je ne sais quoi qui me gravait au cœur le souvenir de l'heure présente, et si profondément que les années ont passé, et passeront, sans l'effacer jamais, sans même l'effleurer.

Amélie était devant moi, et, dans la douteuse clarté de la nuit, à laquelle mes yeux s'étaient habitués, je la voyais très distinctement. Mais je ne vous en dirai pas plus long. A quoi bon essayer de vous faire un portrait impossible? A quoi bon gâter l'image que je vois, en accentuant ces traits perdus à demi dans l'ombre pieuse du souvenir?

Fermez les yeux et essayez de vous retracer à vous-même ce que je ne puis vous décrire.

Ce fut elle qui, la première, reprit la parole :

— Ma mère ne revient pas, dit-elle. Son absence se prolonge plus que je ne l'avais pensé. Cependant je vous prie de l'attendre; il serait de la dernière inconvenance qu'elle ne vous trouvât plus près de moi, puisque nous avons commis cette première faute d'attendre jusqu'à présent.

— J'attendrai, répondis-je laconiquement.

Notre conversation s'engagea alors sur des sujets plus paisibles. Amélie me parla longuement de son frère, qui l'aimait beaucoup et que, de son côté, elle regardait comme un père. Elle m'en fit un éloge très vif, presque passionné; elle me dit que, sans sa mère, qui s'y était opposée, elle serait allée rejoindre son frère en Afrique. Puis nous en vînmes à parler de l'Afrique, des voyages, d'histoire, d'art, de tout enfin. Je m'étais peu à peu calmé; et je m'épris de plus en plus de cette âme charmante dont toutes les pensées et toutes les aspirations correspondaient avec les miennes.

Il était minuit, et la situation devenait très embarrassante, lorsque le bruit d'une voiture se fit entendre dans la rue, et cinq minutes après, Mme de Renne et Ernestine entrèrent dans le salon, suivies de la bonne, qui apportait une lampe.

Je me levai à l'entrée de ces dames et j'allai au-devant d'elles. L'accueil d'Ernestine fut moins froid que je ne l'avais craint; quant à Mme de Renne, elle fut parfaite de bonne grâce. J'expliquai comment j'avais été conduit à passer toute ma soirée près de Mlle Amélie en les attendant, et comment j'avais jugé indispensable d'attendre leur retour, afin d'éviter au moins une dernière inconvenance.

— Eh bien! dit Mme de Renne, nous voilà. Étant resté si longtemps, vous pouvez bien nous consacrer quelques minutes encore. Nous avons fait la paix?

— J'attends de votre clémence, madame, la signature du traité.

— La voilà, cette signature, répondit Mme de Renne en me tendant la main.

Je me hâtai de serrer cette main, et j'allai offrir la mienne à Ernestine. Ernestine, assise dans un fauteuil, avait la tête baissée, et, sans lever les yeux, me donna seulement deux doigts au lieu de la main entière.

— C'est de bien mauvaise grâce, observai-je.

— Du tout, dit-elle; c'est de bon cœur.

Elle ne me regarda pas; elle était rouge, et je crus m'apercevoir qu'elle pleurait.

— Voilà qui est entendu, reprit la mère, la paix est faite. Mais au moins ne recommencez pas vos folies, mes enfants. Je veillerai, d'ailleurs, comme c'est mon devoir, et je vous avertis, monsieur de Rives, que je n'aurai plus du tout, mais du tout, confiance en vous. La grille du jardin n'a plus de clef, le volet est condamné, et je ne perdrai pas Ernestine de vue.

— Oh! maman!... dit Ernestine avec supplication.

— Soit. Je veux être généreuse et ne pas gronder. Je suis bien libre pourtant de faire comprendre à M. de Rives, en lui pardonnant, qu'il a abusé de l'hospitalité, et de prendre mes garanties pour l'avenir.

Mme de Renne continua son sermon. Elle en avait le droit. Ernestine, qui, j'en avais la certitude, pleurait un peu, tenait la tête basse; et Amélie, toujours dans son fauteuil, près de la fenêtre, nous regardait avec des yeux brillants.

Hélas! combien peu valent les résolutions d'un homme en matière d'amour! Malgré tout ce que je m'étais juré, j'éprouvais une certaine joie à me *renchaîner;* j'étais presque heureux du pardon qu'on m'accordait. Et, tout bas, je me disais : Il est clair que j'avais tort! Mes suppositions sur l'amour d'Ernestine étaient fausses. Morand la calomniait. Maintenant il est bien clair que mon refus de voyager n'était pour rien dans sa bouderie; car enfin je ne pars pas, je reste à Paris, j'ai refusé toutes les chances d'héritage. Et cependant on me pardonne; et cependant on consent à renouer les liens que j'avais si follement, si indignement brisés.

J'allai si loin dans ces sentiments de repentir, que j'en arrivai à rougir. Je maudis Rosalie, je maudis mes folies. Volontiers je serais convenu que j'étais le dernier des hommes; je me considérais comme le plus grand des criminels.

Quoi! j'avais pu outrager cette charmante jeune fille, révéler brutalement les petits secrets de son amour et la confiance qu'elle avait eue en moi; j'avais pu forfaire à l'honneur de la parole donnée, en trahissant le mystère de nos entrevues clandestines! Et pourquoi? parce que, pour un motif inconnu et bien innocent à coup sûr, elle m'avait montré un mouvement d'humeur.

Et qui sait même si ce mouvement d'humeur, contre lequel j'avais montré une rage si sotte, n'était pas simplement un de ces petits et charmants manèges de femmes amoureuses, une de ces petites taquineries pleines de grâce, habituelles aux jeunes filles? Brutal que j'étais! Butor! Je n'avais rien vu, rien entendu, rien compris! Et j'avais broyé les fleurs discrètes de l'amour en piétinant dessus comme un sauvage!

Et cette mère si généreuse, si bonne, qui me pardonnait! J'avais eu la noirceur de la calomnier. Je n'avais d'autre excuse possible que d'avoir été poussé à cela par Morand. Mais Morand était un méchant homme, puisqu'il était capable de répandre de telles calomnies. Et moi, j'étais un niais et un imbécile de l'avoir cru.

Mme de Renne ayant terminé sa semonce, je me disposai à prendre congé, après m'être fait répéter à satiété qu'on m'avait pardonné, et que rien ne subsistait plus de notre querelle. L'heure était fort avancée ; les domestiques étaient endormis. On appela vainement.

Mme de Renne prit alors la lampe en main, et, accompagnée d'Ernestine, se leva pour me conduire jusqu'à la grille. Au moment où je saluais Amélie, à ma grande surprise, la jeune fille se leva à son tour de son fauteuil, et me dit :

— Je vais vous conduire aussi !

Ernestine lui jeta un regard.

En traversant la salle à manger, qui donnait sur le perron du jardin, Amélie mit soudain sa main sur mon bras et me dit brusquement :

— Pensez à moi !

Je me reculai d'un pas. Mme de Renne, surprise ainsi que moi, éleva la lampe qu'elle tenait à la main, afin de mieux regarder sa fille. Ernestine fronça le sourcil.

Or, ici, se place un incident qui dans le moment me parut étrange, et dont la signification poignante ne me fut révélée que beaucoup plus tard.

Aux deux côtés du perron, dans le jardin, se trouvaient des rosiers blancs, grimpant le long de la façade de la maison. Ces rosiers étaient alors en pleine floraison, chargés de boutons et de fleurs.

Amélie, après avoir prononcé son : Pensez à moi ! avec une brusquerie qui nous causa tant de surprise et qui m'avait fait reculer d'un pas, tandis que sa mère élevait la lampe et que sa sœur la regardait fixement, Amélie, dis-je, nous laissa là, tous les trois, stupéfaits. Elle traversa la salle à manger avec lenteur, alla au perron, ouvrit la porte et sortit.

Sa démarche lente, dans sa robe traînante, avait tant

de gravité; son action était si insolite, que personne ne
pensa à la suivre, ni à lui demander où elle allait. Nous
restâmes muets, à nos places.

Amélie rentra bientôt. Elle tenait à la main un de ces
petits faisceaux de boutons blancs que forment parfois
ces beaux rosiers; et parmi ces boutons, deux ou trois
à peine étaient entr'ouverts: l'un d'eux était à moitié épanoui en une petite et charmante rose.

Pour cueillir cette rose, la jeune fille s'était piquée le
doigt. On voyait une goutte de sang, rouge comme un
rubis, étinceler sur une feuille verte.

Pâle et grave, belle comme ces fiancées des ballades
allemandes, qui apparaissent en songe à leur fiancé; les
yeux profonds, la bouche entr'ouverte par un triste mais
divin sourire, Amélie vint à moi, son petit bouquet à la
main. Puis, d'une voix si douce que rien au monde n'en
saurait exprimer la douceur infinie:

— Emportez cela en souvenir de moi, dit-elle.

Je pris le bouquet sans avoir la force de rien dire. Une
fois encore l'étrange émotion que j'avais éprouvée près
d'Amélie, dans le salon, sans lumière, fit bondir mon
sang de la tête aux pieds. Et je restai debout, immobile,
devant elle, entre sa mère et sa sœur.

Mais soudain un éclair traversa, pour ainsi dire, tout
son être; ses yeux eurent un rayon, son front s'anima.
La passion brilla en elle d'une splendeur divine. Elle me
tendit la main en répétant:

— Pensez à moi!

— Oh! m'écriai-je.

Et je pressai cette main sur mon cœur, avec une fougue et un élan qui dépassaient tout ce que j'avais éprouvé
en sensations délicieuses.

Le don du bouquet, la pression de la main, avaient eu
lieu devant sa mère avec tant de candeur; la virginité
du sentiment était si bien empreinte dans cette action,
que la plus grande sévérité n'y pouvait rien blâmer.

Qu'y avait-il là, après tout? Un souvenir gracieux et
triste de cette longue soirée, passée dans l'obscurité

en tête à tête, dans laquelle la pauvre fille m'avait livré les confidences douloureuses de son cœur frappé à mort.

Quand je quittai sa main, Amélie rentra dans le salon sans rien dire ; et moi, reconduit à travers le jardin par sa mère et sa sœur, je m'éloignai plongé dans une sorte d'ivresse, ne sachant si je veillais ou si je dormais.

XXII

Opérations stratégiques.

Il est au monde plusieurs sortes d'amour. Amélie venait de me faire éprouver le plus noble et le plus infini de tous, l'amour qui se proclame au bord de la tombe, celui qui n'a pas besoin de mots pour s'exprimer, car il s'empare de l'être tout entier et rayonne en nous comme si nous avions une étoile au front. L'amour si beau, si pur, si noble, si sublime, qu'on n'y croit pas, qu'on n'y peut pas croire, et que, dans le souvenir, quand on l'a éprouvé, on est heureux de ne l'avoir éprouvé qu'une minute, qu'une seconde : car, dans sa courte et glorieuse manifestation, il a pu, du moins, échapper aux souillures de la terre. Il vous a touché en passant comme un dieu, et il reste dieu, sans faiblesses, fort de lui-même, plus radieux que si on l'avait longuement contemplé ; et éternel, car il a fait tenir l'infini des sensations dans une seconde.

Parmi les joies et les douleurs, les enivrements et les angoisses qu'Ernestine m'avait fait éprouver, qu'y avait-il de comparable à la puissance du coup que venait de me porter Amélie, avec un seul mot ?

La violence fut telle, je le répète, que j'étais plongé dans une sorte d'ivresse, et que je cherchais vainement à réunir mes idées, à résumer mes sensations.

Aimais-je Amélie ?

Il me semblait que non.

Je prie celui — ou celle — qui lit ceci d'apporter,

pour me juger, pour apprécier mon sentiment, toute la
délicatesse de son esprit et tous les souvenirs ou toutes
les espérances de son cœur. Ces coups de foudre soudains vous laissent anéantis et sans pensée. Quand vous
revenez à vous, vous vous sentez marcher, vivre comme
de coutume. Et comme tous les individus foudroyés,
vous vous rassurez et dites :

— Ce n'est rien.

Ce n'est rien, en effet, d'abord. Votre existence reprend
son cours. Mais plus tard, au moment d'une joie ou d'un
chagrin, le souvenir vous revient. Vous vous rappelez.

Afin de continuer la comparaison, comme les individus jadis touchés par le tonnerre ressentent plus tard,
un mois, un an, dix ans après, un muscle, un nerf qui
se raidit et souffre de l'impérissable blessure de la
foudre, vous de même, au bout d'un long temps et pendant le reste de la vie, vous sentez vibrer les cordes
ébranlées par la toute-puissante commotion que vous
donna le dieu en vous frappant.

Tel fut mon sort. Ignorant la distinction profonde qu'il
y a entre l'amour matériel et l'amour éthéré ; ignorant
plus encore la puissance de l'amour souverain qui réunit
en lui la passion des sens et celle de l'âme, je ne pouvais
admettre que j'aimasse Amélie, puisque j'aimais Ernestine.

Je ne pouvais les aimer toutes les deux.

Or, à faire le choix, il me semblait que j'avais choisi
Ernestine.

Il ne me vint pas dans l'idée que je pouvais aimer
Amélie en ce moment, l'avoir toujours aimée, dès le
premier jour, devoir l'aimer à jamais, et, portant en moi
cette passion latente et inconnue de moi-même, m'être
trompé par les sensations matérielles dont Ernestine
avait éveillé le désir, avoir fait fausse route ; en un mot,
je me crus bien assuré de ne pas aimer Amélie.

— Mais alors, me demandai-je, qu'ai-je éprouvé quand
elle m'a donné cette petite rose et quand j'ai serré sa
main ?

Cela m'embarrassait cruellement.

C'était une sensation toute différente de ce que j'éprouvais pour Ernestine. Toutes les règles du bon sens, tout ce que j'avais ouï dire de la morale et de la passion était démenti par le sentiment que j'avais pour Amélie.

En m'interrogeant, il était certain pour moi que, si je m'étais trouvé seul avec Amélie, dans une position pareille à celle où j'avais été une fois avec sa sœur, rien ne m'aurait arrêté ; je sentais, en outre, qu'Amélie n'aurait pas eu une minute l'idée de me provoquer ou de me résister. Je sentais que nous étions si bien l'un à l'autre que, dans un cas donné, nous serions tombés dans les bras l'un de l'autre, sans y penser ; absolument comme une électricité joint l'électricité opposée, dès que les deux sont en présence.

Qu'était cela, encore un coup ?

Selon le système chevaleresque des amoureux naïfs, je me dis, tant mon aveuglement était profond, que c'était Ernestine que j'aimais, puisque je l'avais respectée.

Mais, encore un coup, qu'éprouvais-je donc pour Amélie, puisque enfin j'avais mille raisons de l'estimer plus que je n'estimais sa sœur ?

Mon tourment était si cruel, que je renonce à en donner une idée ; et, encore une fois, j'ai la seule ressource de m'en fier, pour être compris, à la délicatesse de qui me lira.

Et puis, cette matière est périlleuse. Combien de passions grossières n'ont pas entrepris de justifier leurs honteux emportements en invoquant un amour auquel, disaient les coupables, il leur était impossible de résister ?

Combien d'âmes incomplètes, incapables de s'élever jusqu'à l'amour souverain, se sont, de très bonne foi, arrêtées en route, et ont cru, de très bonne foi, aimer assez pour justifier leurs fautes ?

Je ne veux donner prétexte d'excuse ni à ceux-ci, ni à ceux-là. Mais il me semble que, parmi mes lecteurs, il ne peut manquer de s'en trouver quelques-uns qui comprendront la stupeur dans laquelle je fus plongé en me trouvant, à dix-huit ans, étant, selon moi, très amoureux d'une jeune fille, soudainement transporté, par une autre jeune fille, dans une sphère de sentiments si supérieurs, que je ne pouvais croire à la sincérité de ces sentiments, tout en les éprouvant.

Je n'avais pas pris, pour ce soir-là, de rendez-vous avec Rosalie, et l'on devine bien que je fus mille fois heureux de ma solitude. Je pouvais à mon aise repasser en moi les diverses circonstances qui m'avaient si puissamment ému, non que je trouvasse le repos dans mes méditations, mais, entre toutes les satisfactions qui me manquaient, c'en était une au moins, je pouvais garder la virginité de mes pensées, quelque tumultueuses qu'elles fussent.

Eh bien ! le lendemain matin, au moment où le calme commençait à se faire ; lorsque, bien résolument, je proclamais que je n'aimais pas Amélie, que je ne lui portais qu'un intérêt tendre et purement amical ; que, par conséquent, Ernestine reprenait sur moi tous ses droits...

En ce moment, la portière me remit une lettre de M. Pautrel, dans laquelle mon vieil ami m'annonçait sa résolution de revenir à Paris pour l'hiver, puisque je ne voulais pas consentir à faire le voyage projeté.

Il ajoutait que cette détermination, sans doute, ne me surprendrait pas, puisqu'il en avait déjà fait part à plusieurs personnes, et que, notamment, Mme Séchain l'avait annoncée à Mme de Renne depuis deux jours.

Quelle révélation !

Je me repliai sur moi-même, et je conclus que l'on était instruit, la veille, à Saint-Mandé, du retour de M. Pautrel à Paris, retour qui me rendait toutes les chances de fortune, volontairement sacrifiées par mon refus de voyager, et qu'ainsi le pardon que l'on m'avait accordé n'était pas une générosité, mais bien une spéculation nouvelle.

Je fus indigné, furieux. Cette seconde blessure ne me causa pas tant de chagrin que de colère ; je vis que résolument on me jouait, et je conçus un égal mépris pour ma faiblesse passée et l'indigne spéculation dont elle avait été l'objet.

Par une pudeur que l'on comprendra sans peine, je ne parlai à aucun de mes amis, ni à Levernay, ni à Morand, de ce qui s'était passé. Mais le lendemain, effrontément, avec une sorte de volonté de porter un défi à tout ce qui m'entourait, j'allai rue de l'Ouest, dans l'espérance d'y trouver M. Paul Desjardins ; et l'ayant, en effet, rencontré, je lui rappelai la promesse qu'il m'avait faite de m'inviter à souper dès que Rosalie serait ma maîtresse.

M. Desjardins s'exécuta de bonne grâce ; il nous offrit, à Rosalie et à moi, un souper splendide que je lui rendis deux jours après. Je n'ignorais pas que l'argent de M. Desjardins et le mien venaient de la même source ; et, à la première imprudence d'avoir accepté cet homme pour compagnon de mes folies, j'ajoutai celle de le railler, à mots couverts, sur le rôle qu'il jouait près de sa sœur et de M. Pautrel.

Il répondit à mes plaisanteries sur un ton moqueur qui aurait dû me faire réfléchir. Ses yeux eurent une expression singulière. Il se promettait une revanche, c'était visible.

Rien ne m'arrêtait, rien ne m'éclairait.

Grâce, probablement, à quelques aiguillons lancés par M. Desjardins, Rosalie se jeta dans des fantaisies ruineuses. En quinze jours, je n'étais retourné qu'une seule fois à Saint-Mandé, où j'avais été d'une très violente impertinence ; je n'avais pas revu Amélie, et j'avais dépensé jusqu'au dernier centime des quatre mille francs que m'avait envoyés M. Pautrel.

Quand le diable nous tient à la gorge, il ne nous quitte plus. J'écrivis alors directement, comme j'y étais autorisé, au notaire chargé de me servir ma pension, et je le priai de m'envoyer sans retard mon premier semestre. Ce qu'il fit sur-le-champ.

Avec ces douze cents francs et ce que je gagnais de mes travaux au *Carillon* et à la *Nouvelle France*, je me flattais de vivre quelque temps et à mon aise. Mais,

d'abord, je ne travaillais pas du tout; je ne pouvais plus
prendre sur moi d'écrire une ligne. Et, en outre, les fantaisies de Rosalie ne se calmaient pas. Tantôt c'était une
robe et tantôt un chapeau. Aujourd'hui, elle voulait une
partie de campagne; demain, elle exigeait un dîner chez
Deffieux, et je me laissais conduire aveuglément sur cette
voie de perdition. Ma folie était sans bornes.

Elle peut vous donner à penser, cette folie, que j'étais
indigne d'un sort meilleur que celui qui m'était fait; elle
peut vous conduire à me retirer l'intérêt que, peut-être,
vous avez eu la générosité de m'accorder. N'allez-vous
pas croire qu'au fond j'étais un homme vicieux, ou tout
au moins faible, et que cette hautaine vertu, et que cet
amour du travail qui m'avaient conquis l'affection de
M. Pautrel venaient bien plutôt du joug que m'imposait
la nécessité de la misère que de mes propres mérites;
et qu'une fois affranchi des lois de la misère, je me trouverais un homme tout aussi faible et vicieux que le commun des hommes?

Gardez-vous de céder à ce désir de juger si sévèrement un pauvre enfant dont le seul tort était une faiblesse, coupable sans doute, mais qui a bien droit cependant à quelque indulgence, si l'on songe que, lancé sans
défiance au milieu d'un monde pervers, il avait à subir
toutes les excitations fougueuses de sa propre nature et
les excitations perverses de ceux dont l'intérêt était de
profiter de ses fautes.

Ce fut ainsi que l'été se passa, de faute en faute, d'imprudence en imprudence. Je continuai de faire, à de
longs intervalles, il est vrai, des visites à Saint-Mandé.
Je n'y voyais jamais Amélie. Il paraît qu'une secrète
pudeur la tenait éloignée de moi depuis que cette fille
adorable, par une involontaire imprudence, avait pu
m'autoriser à me croire aimé d'elle. Toutes les fois que
j'arrivais dans le salon de Mme de Renne, j'espérais y
voir Amélie; mais toujours mes yeux fouillaient en vain
la profondeur de cette vaste pièce.

Une coquette n'aurait pas mieux agi, direz-vous. J'en

conviens. Mais Amélie n'était pas coquette. Gardez-vous
de penser que cette retraite obstinée fût en effet de l'habileté et du calcul et que la pauvre malade cherchât, par
son absence, à irriter mon désir de la revoir. Gardez-
vous de mal interpréter aucun incident de sa conduite
ou de la mienne ; jugez-nous tels que nous étions : tous
deux naïfs, fiers et sincères. Je me livre à votre jugement avec la plus grande franchise ; je note, dans, ce
récit, chacun des battements de mon cœur ; il serait
injuste de ne pas tenir compte de cette franchise, et de
chercher des sens cachés et doubles à mes actions. Quant
à Amélie, bien que je n'aie point le droit de vous initier
aussi complètement aux mouvements de son âme ; bien
que, pour la faire connaître, je ne puisse vous offrir que
mes propres inductions, et que je ne vous la présente
que par l'extérieur, j'ai du moins le devoir de protester
de la certitude où je suis que, chez elle, comme chez
moi, tout était franchise, droiture et loyauté.

Grand Dieu ! quand j'y pense ! nous étions si près
l'un de l'autre, et nous nous entendions si bien, qu'aucune ruse n'était nécessaire. Pouvait-elle, dans sa candeur, plus que moi dans la mienne, admettre l'idée monstrueuse d'un revirement soudain qui eût fait passer mon
amour avoué d'Ernestine à elle, d'une sœur à l'autre ?
Cette conception odieuse, de quelque sophisme sentimental qu'on eût voulu la couvrir, n'était-elle pas hors
de la portée de nos idées les plus audacieuses ?

J'en suis sûr : Amélie se fuyait en me fuyant ; et moi,
je la désirais peut-être, mais assurément je ne m'avouais
pas que je la désirais.

Il me semblait plus digne — et peut-être encore cela
l'était-il en effet — de garder Rosalie, et de jouer avec
le faux amour d'Ernestine, en laissant à l'avenir le soin
de modifier mon ancienne situation et de me permettre
d'en accepter une nouvelle.

Je jouais donc avec l'amour d'Ernestine. Jeu terrible
et mortel, dans lequel j'usais mon cœur ; et dans lequel,
à tout moment, j'étais en péril de reprendre au sérieux

ce qui n'était plus qu'une fiction misérable. Vous trace-rai-je le tableau de ces entretiens *aparté* que Mme de Renne avait la complaisance de tolérer entre sa fille et moi ? Non, vous auriez pitié à lire, moi, j'aurais honte à vous écrire ces conversations pleines de mensonges et de fausse tendresse, si bien simulées de part et d'autre, pourtant, que quelquefois, je le répète, nous nous fai-sions mutuellement illusion, et que nous nous retrouvions sur le point de nous aimer encore !

Chose honteuse ! notre amour eut des regains de ten-dresse qui durèrent vingt-quatre heures. Il y eut entre nous des apparitions du spectre de notre passion défunte, et nous nous efforcions de prendre ce spectre pour la passion vivante.

Sans doute Ernestine, après mon départ et l'ivresse dissipée, se prenait à rire de ce qu'elle supposait être, chez moi, de la crédulité ; mais pour moi, je sais bien que, après avoir quitté celle qui m'avait si bien trompé, j'éprouvais un féroce et douloureux plaisir à me moquer d'elle et de moi-même. A mesure que, comme un torrent qui descend des hauteurs amortit son impétuosité de chute en chute, mon ancien amour, d'illusion en illusion et de réveil en réveil, perdait de sa douloureuse âpreté ; je trouvais sous mes pieds la vase des bas-fonds et le limon de la passion. J'en trouvais surtout le dégoût.

Et à mesure que la conception éthérée de l'amour s'éva-nouissait dans mon âme, l'idée matérielle prenait le dessus. Rosalie gagnait tout le terrain que perdait Er-nestine. Rosalie se dressait maintenant, dans mon idée, comme une Vénus païenne qui écrasait sous son pied nu la Volupté discrète et voilée. Quand je parlais de ces choses à mes confidents Levernay et Morand, ils me disaient :

— A la bonne heure ! voilà que tu deviens sage !

Hélas ! la sagesse, en fait de sentiment, est-elle donc de ne point avoir de sentiment ?

Ce rude apprentissage m'occupa donc durant tout l'été. A peine si je pus trouver le temps d'aller trois ou

22

quatre fois à Juvisy. Ma mère était toujours inquiète, et mon père se débattait entre des alternatives de maladie et de santé.

Mais à chaque revirement, la santé s'affaiblissait et la maladie prenait un plus fort empire. Un observateur plus attentif que moi aurait suivi, jour par jour, les progrès du mal; cependant, dans mon aveuglement, qui ressemblait à de l'indifférence, je me flattais toujours que mon père se rétablirait.

Le retour de M. Pautrel et de Mme Séchain pouvait seul mettre fin au calme apparent qui avait succédé aux scènes violentes que j'ai racontées. Ce retour eut lieu vers les premiers jours d'octobre. J'en fus averti par une lettre qui m'invitait à me rendre à la gare d'Orléans pour y recevoir les voyageurs. J'y trouvai M. Paul Desjardins, averti de son côté; et tandis que nous nous promenions, en attendant le train, sur le boulevard de l'Hôpital, M. Desjardins s'arrêta tout à coup, puis me regardant dans le blanc des yeux, il me demanda avec un sérieux de glace :

— Ne pensez-vous pas que la bienveillance de M. Pautrel pour vous serait fort amoindrie, s'il connaissait vos escapades avec Rosalie, et s'il apprenait que l'argent qu'il vous a donné pour vos études a servi à satisfaire les caprices de votre Andalouse?

J'eus l'imprudence de répondre :

— Est-ce pour me nuire, cher monsieur Basile, que vous m'avez poussé à prendre l'Andalouse en question, que vous m'avez invité à souper avec elle ?

M. Basile se mit à rire effrontément :

— Qui le sait ?

Mais je n'attachai à cela aucune importance. Non seulement j'ignorais le mal, mais je le méprisais si amplement que rien au monde ne pouvait me faire peur. L'arrivée de mon vieil ami et de Mme Séchain, qu'accompagnait Frédéric, me causa une joie sans mélange. Leur réinstallation rue de l'Ouest fut signalée par un dîner d'apparat auquel furent invités tous les amis de la maison, sans oublier, naturellement, Mme de Renne et Ernestine; et loin que ma faveur parût avoir subi aucun échec, tandis que je laissais un libre cours aux galanteries de Frédéric près d'Ernestine, Mme Séchain, revenant à certain caprice qui, déjà, lui avait traversé l'esprit autrefois, me fit une cour évidente dont ma modestie s'ébahit, et dont la jalousie de M. Pautrel, dans le premier moment, parut prendre ombrage. .

Peut-être était-ce cela que l'on cherchait.

Mais, bien loin que ce nuage laissât des ombres fâcheuses entre l'oncle Pierre et moi, nos rapports parurent prendre un nouvel accent d'intimité. Nous ne nous quittions plus. Rosalie, qui m'attendait tous les soirs chez elle, plus ou moins fidèlement, commença une série de plaintes sur le triste abandon où je la laissais; et un beau soir me déclara que, si je persistais à préférer la compagnie de M. Pautrel à la sienne, elle irait faire une scène à ce *vieux bonhomme, comme certaines personnes le lui conseillaient.*

Je rabattis le caquet de Rosalie; et la colère que me causa sa menace m'empêcha de me préoccuper de la question de savoir qui la lui avait conseillée. Il y avait pourtant, on le sent déjà, un intérêt majeur pour moi à savoir d'où venait ce conseil; mais je fermais les yeux comme à plaisir aux avertissements répétés qui auraient dû me faire pressentir une tempête à laquelle je ne pouvais échapper qu'à force de prudence.

Au reste, quelque erreur était excusable. Tandis que ces signes avant-coureurs de l'ouragan s'accumulaient sur ma tête, et que, d'un autre côté, Frédéric Séchain avait renoué à mes dépens ses relations avec nos amis communs, Massé de Vireville, Ducouti et Dussaulx, qui semblaient à présent me dédaigner; tandis que ce même Frédéric avançait, comme on dit, ses affaires auprès d'Ernestine, Mme Séchain se jetait pour moi dans des imprudences de plus en plus évidentes; et M. Pautrel, soudainement dédaigneux de toute jalousie, redoublait de confiance avec moi.

Un diplomate aussi rusé que Machiavel n'aurait pas soupçonné M. Pautrel de faire cause commune avec les ennemis qui me desservaient près de lui. Un jour, dans une de nos promenades que, maintenant, nous faisions à deux, lui seul et moi, il me donna la dernière et suprême preuve de sa confiance, en me révélant le secret de sa position avec Mme Séchain, secret qu'il ne supposait pas m'avoir été révélé d'ailleurs.

Il m'en souvient : c'était dans le parc de Saint-Cloud, sur cette pente herbue qui regarde les hauteurs de Bellevue. Les arbres avaient perdu une partie de leurs feuilles ; les cimes étaient rougies par l'été, et mon vieil ami et moi, nous nous étions assis sur cette colline exposée au soleil de midi, afin de jouir de ses derniers rayons.

Une émotion intérieure fit monter la rougeur au front de M. Pautrel. Selon sa coutume, quand la congestion lui paraissait proche, il passa à plusieurs reprises sa main sur son front ; puis, surmontant enfin ce malaise, il prit la parole :

— Il faut, mon cher Armand, dit-il, que je vous fasse part d'une chose que je vous ai cachée trop longtemps. Mme Séchain m'a fait comprendre que je devais à votre bonne amitié une explication nette et franche ; cette confidence rendra, pour l'avenir, nos rapports plus sincères, notre intimité exempte de toute restriction. Pour ma part, ce n'est pas sans résistance que je me suis résolu à vous entretenir d'un tel sujet ; il m'en coûte d'avouer ce qui, en somme, est la faute de ma vie ; il m'en coûte d'en faire l'aveu, surtout à vous, mon ami, dont l'âme hautaine peut me juger sévèrement. Mais malgré ma résistance, Mme Séchain a triomphé. Elle exige que je parle. Je vais tout vous dire.

Je prévis, d'après ces préliminaires, quelle était la nature de la confidence qu'on allait me faire, et cela me troubla. Je ne sus que balbutier quelques paroles confuses.

M. Pautrel, avec un embarras visible, entreprit alors la longue narration de ses rapports avec Mme Séchain ;

comment il l'avait connue alors qu'elle était malheureuse avec son mari, et comment, la séparation s'étant faite, il avait cru de son devoir d'offrir un asile à l'épouse émancipée. Il me dit beaucoup de mal de M. Séchain. Il ne pouvait guère faire autrement; mais en cela seulement sa narration différa de celle de Morand. Le reste reproduisit exactement ce que m'avait raconté mon ami.

— Il faut vous avouer, Armand, me dit-il enfin, que j'ai pris mon parti de cette situation fausse. Ma santé s'accommode de la vie calme qu'on me fait, et je vous affirme, égoïsme à part, que j'aime beaucoup Mme Séchain.

— Je le crois, dis-je.

— Jamais donc je ne me séparerai d'elle; et si quelque accident abrégeait ma vie, mes mesures sont prises pour la mettre à jamais à l'abri du besoin. Mes sentiments pour son fils sont bien différents.

— Cependant..., voulus-je observer.

— Frédéric Séchain, reprit M. Pautrel avec une grande volubilité, est le chagrin de ma vie. N'essayez pas, mon ami, de le justifier.

— Je ne dis pas...

— Frédéric est un malheureux fou, reprit l'oncle Pierre avec une vivacité croissante. Moins que personne, il eût dû exploiter la situation de sa mère près de moi. Il l'exploitait. Et je me rends compte de l'indignité de ce caractère, que je ne fais semblant de tolérer que pour Adèle.

— Permettez, dis-je à mon tour avec impatience, il ne me convient pas de me constituer le confident de votre irritation contre Frédéric. Pensez, je vous prie, à la position dans laquelle je suis placé, surtout après les bruits qui ont couru, qui ont même failli amener une rupture entre nous. Dans l'ignorance où j'étais des choses, j'ai décerné à Frédéric le titre d'ami; et, à présent, si je lui reprenais ce titre, on ne manquerait pas de mettre mon hostilité contre lui, non sur le compte de mon blâme pour sa conduite, mais bien sur le compte de ma propre avidité.

22.

M. Pautrel haussa les épaules avec un air de parfait mépris.

— Laissez dire, reprit-il; ceux qui nous blâmeraient ainsi le feraient par un motif pareillement intéressé; et pour employer votre propre raisonnement, leur blâme viendrait, non de leur amour pour la vertu, mais de leur jalousie pour la position que mon amitié veut vous assurer.

— Je n'ai rien fait, observai-je, pour conquérir cette position.

— Je le sais. Personne, plus que moi, ne rend justice à votre désintéressement. Mais, mon ami, les faits parlent d'eux-mêmes. Ils parlent très haut. Frédéric Séchain, incapable, paresseux, vaniteux, s'est fait le premier des exploiteurs qui m'entourent : car enfin, on m'exploite. Brunoy fait de son mieux pour m'amener à acheter ses tableaux; Tervières, en vue de séduire Mme Rémy, m'emprunte de l'argent pour se payer une toilette de dandy. M. Paul Desjardins... Oh! celui-ci, n'en parlons pas. Ne parlons pas davantage de Mme de Renne. Je ne voudrais pas vous affliger, puisque vous avez un coin de votre cœur à Saint-Mandé. Eh bien! Frédéric est le plus acharné de tout le monde, et si je ne dis pas que la comparaison entre lui et vous ne peut être douteuse, c'est que, réellement, il ne peut y avoir de comparaison.

M. Pautrel s'énonçait avec la lucidité qui lui était ordinaire, mais, de plus, avec un calme très surprenant, sur une affaire qui pouvait amener la congestion d'un moment à l'autre. Je pensai donc que l'entretien que nous avions en ce moment était des plus sérieux, et je me gardai de troubler mon vieil ami.

Il reprit :

— Sachez donc, mon bon et cher Armand, que si je ne me suis pas résolu de moi-même à vous faire ma confession; que si, même, j'ai résisté longtemps à Mme Séchain, qui m'excitait à le faire, ç'a été précisément parce que je comprenais qu'une déclaration positive de mes intentions pour vous devait résulter de cet entretien.

Un flot de sang me monta au cerveau, qui m'obscurcit la vue et me bourdonna aux oreilles. Je fis un geste de la main pour repousser cette déclaration que me voulait faire M. Pautrel. Il ne vit pas, ou ne voulut pas voir ce geste, et continua :

— Quand on croit que ma fortune ira nourrir la paresse de Frédéric, on se trompe.

— Ah! fis-je.

— Certainement, reprit encore l'oncle Pierre. Je me croirais la plus grande dupe du monde si je faisais à M. Frédéric Séchain plus de dix-huit cents francs de rente; et c'est, ma foi, ce qu'il aura.

— C'est bien peu, repris-je, sans savoir au juste ce que je disais.

— C'est assez pour le pain, poursuivit M. Pautrel. D'ailleurs, il a son père. Douze mille francs viagers à sa mère, si je meurs avant elle, et le reste de ma fortune à...

Je l'interrompis. J'avais peur d'entendre la suite.

— Vous n'êtes pas, m'écriai-je, encore près de mourir!

Il sourit.

— Je l'espère. Mais enfin laissez-moi dire. Le reste de ma fortune, ou, pour mieux dire, toute ma fortune, deviendra le lot du meilleur de mes amis, car je n'ai pas de famille.

Un long silence suivit cette déclaration. Le vent d'automne passa lourdement dans les arbres du parc et arracha les feuilles jaunies, qui tourbillonnèrent en l'air. J'avais un étrange frisson dans les veines et je pensais.

Je l'avoue : je pensais!

C'était la première fois que je voyais la fortune de si près. Il ne faut point s'exagérer la grandeur du sacrifice que j'avais fait en refusant le voyage qui m'avait été proposé. Tout, alors, n'était qu'hypothèse; rien ne prouvait que les bonnes intentions de M. Pautrel à mon égard dépasseraient le voyage. C'était donc le voyage seul que j'avais positivement refusé; quant à la fortune, je n'en avais refusé que l'éventualité. A cette heure, c'était la fortune elle-même qui m'était offerte, avec une restriction insignifiante, qui consistait seulement, et c'était bien peu, à ne pas prononcer mon nom.

Je me trouvai saisi d'un grand trouble, et ma tête se perdit. Je n'eus alors aucune idée d'accepter ou de refuser. Je me complus seulement à envisager l'avenir brillant que m'assureraient quatre-vingt mille francs de rentes; je me complus à penser que j'étais libre de réaliser cet avenir. Et je ne pus me défendre d'un orgueil intime devant cette richesse mise à mes pieds. N'était-ce pas à moi seul que je la devais?

Après quelques minutes de silence, M. Pautrel se leva, et je l'imitai. Nous regagnâmes le chemin. Mon vieil ami alors, avec une confiance paternelle, passa son bras sous le mien, et s'appuya lourdement sur moi, faisant sentir à plaisir la pression significative de son bras.

— Aimez-moi bien, Armand, dit-il. Je vous assure, de mon côté, que vous n'aurez jamais d'affection plus entière et plus dévouée que celle que je vous porte.

Il me regarda de côté, avec un sourire charmant.

— Vous voilà tout songeur, mon enfant; je serais désolé que ce que je viens de vous dire fût, pour vous, un motif de préoccupation ou d'ennui. Allons! allons! riez donc un peu! Avez-vous bien employé, au moins, les quatre mille francs que je vous avais envoyés?

— Oui, répondis-je sèchement.

— Je ne vous demande pas à quoi, reprit-il. L'important est que vous ayez été, un moment, assez riche pour vous passer une fantaisie qui ne peut avoir été que digne de vous. Voilà qui est très bien. Votre petite pension vous suffit?

— Oui.

— Je n'ai pas besoin de vous recommander de vous adresser à moi dans vos embarras. J'entends à moi seul. Il est inutile d'aller chercher des confidents, n'est-ce pas?

— Sans doute.

La brièveté de mes réponses prouvait combien était grande ma préoccupation. Mon vieil ami voulut y mettre un terme. Nous arrivions en ce moment au bout de l'avenue qui nous ramenait à la lanterne de Saint-Cloud ; il traversa l'étoile qui entoure cette lanterne, et s'arrêtant au bord de la hauteur d'où l'on aperçoit Paris, il me désigna l'horizon du bout de sa canne :

— Quel magnifique point de vue ! s'écria-t-il.

— C'est vrai ! dis-je, comme si j'étais sorti d'un rêve.

Notre conversation reprit alors la pacifique allure qui lui était habituelle ; je m'efforçai d'oublier ce que j'avais entendu et les promesses que la fortune venait de me faire. Je m'en remis à cette même fortune du soin de les réaliser ou de les rétracter ; et, en rentrant à Paris, je dînai rue de l'Ouest, bien moins avec la gaieté d'un homme à qui on vient de promettre un million et demi qu'avec le bel et solide appétit d'un jeune homme de dix-huit ans qui vient de s'aiguiser les dents par une course au plein air et dans les bois.

Durant la soirée intime qui succéda au dîner — soirée de laquelle Frédéric s'esquiva d'abord — je ne fis aucune allusion à ce qui m'avait été dit ; et je ne parus pas me prévaloir, vis-à-vis de Mme Séchain, de cette révélation qu'on devait supposer être, pour moi, la première. Cette perfide femme, qui venait, en réalité, de me jouer le plus mauvais tour du monde ; ce Machiavel en jupons, selon l'expression de Morand, qui tramait contre moi, à l'aide de mille moyens, une conspiration redoutable, cette ennemie jurée, enfin, se montra plus séduisante que jamais, et trouva, en vérité, des regards d'amoureuse.

Au moment où je m'y attendais le moins, après une heure d'absence, Frédéric rentra accompagné d'un jeune homme que je voyais pour la première fois, et qu'il présenta cérémonieusement à M. Pautrel, en le nommant Honoré Scarlat.

J'ignorais où l'on avait déniché cet étrange personnage: l'idée ne me vint pas une minute qu'on espérait faire de lui un rival de ma faveur près de M. Pautrel. Je vis un garçon d'une vingtaine d'années, qui alliait la suffisance d'un sot à la finesse d'un séminariste.

Il était, d'ailleurs, tout de noir vêtu.

Gros, petit, dodu, poupin, il avait une figure ronde, terminée, vers le bas, par une forte mâchoire et un menton de chanoine. Sa parole accentuée et vive indiquait un Méridional : cela roulait de manière à ne laisser aucun doute; il avait, en outre, le teint mat et les cheveux noirs des Méridionaux.

Son front ne manquait pas d'intelligence; son nez était un fort joli petit nez tourné à la friandise. Il portait des lunettes d'un numéro sans doute très fort, car l'épaisseur du verre jetait des feux brillants à la lueur de la lampe, toutes les fois que M. Scarlat faisait un mouvement.

Humble et subtil, retiré sur lui-même comme un paysan madré, il se tenait modestement assis sur une chaise, sous laquelle il ramenait ses gros pieds chaussés de souliers cirés. Sa redingote noire, boutonnée jusqu'en haut, faisait miroiter son drap neuf, et le bon apôtre, son chapeau entre les jambes, promenait avec lenteur ses mains proprettes sur son pantalon noir, non moins luisant que la redingote.

Ce personnage me déplut; mais — combien j'étais insoucieux! — je le méprisai de tout mon cœur, sans le craindre. La trouvaille de ce garçon faisait le plus grand honneur à mes adversaires. La ligue formée contre moi, résolue dès cette heure, semble-t-il, à poursuivre ma ruine avec vigueur, débutait par un coup de maître. On avait poussé M. Pautrel dans des confidences périlleuses, et on lançait ensuite contre moi un adversaire habilement choisi, assez redoutable pour me faire beaucoup de mal, mais d'un caractère assez plat, d'un autre côté, pour qu'après ma défaite espérée, il ne pût jamais être dangereux pour les intérêts de de ceux qui l'auraient employé.

Honoré Scarlat, qui paraissait être des intimes de Frédéric et que Mme Séchain parut très bien connaître, se chargea d'apprendre à M. Pautrel qui il était.

Il était neveu du notaire de Montpellier chez lequel Frédéric avait travaillé en amateur. Il n'avait pas d'autre famille que ce notaire, qui l'expédiait à Paris, en le recommandant à la bienveillance de M. Pautrel, et il espérait que, sur la recommandation de son oncle et sur la présentation de Frédéric, M. Pautrel voudrait bien l'accueillir et lui permettre de venir le voir quelquefois.

M. Pautrel objecta qu'il ignorait en quoi il pourrait être utile à M. Honoré Scarlat.

A quoi M. Honoré Scarlat répondit qu'il se destinait aux sciences exactes; qu'il venait à Paris afin d'y passer son baccalauréat ès sciences; qu'on n'ignorait pas, à Montpellier, combien était grande la science de M. Pautrel et les excellents fruits qu'on pouvait retirer de ses conseils.

M. Pautrel sourit et protesta qu'on faisait trop d'honneur à sa science.

M. Honoré Scarlat répliqua que M. Pautrel était trop modeste et qu'il en savait plus long que toute l'Académie des sciences.

Ces flatteries, auxquelles — il faut le confesser — M. Pautrel ne fut pas complètement insensible, étaient débitées avec volubilité et gasconnées à ravir. Honoré Scarlat avait dans la voix de bizarres intonations; et passant du doux au grave, après avoir prononcé une longue phrase d'une voix persuasive, il la terminait en relevant soudain le ton; et alors sa voix éclatait en notes cuivrées comme un cor de chasse. Rien ne saurait donner une idée de cette fanfare redoutable, alternant avec les murmures doux qui semblaient ceux d'un prêtre au confessionnal.

M. Pautrel ouvrit des yeux aussi ébahis pour le moins que les yeux de M. de Pourceaugnac quand il écoute les flatteries de Sbrigani.

Moitié par égard pour Mme Séchain, qui joignit ses

instances à celles de Frédéric, moitié par curiosité de savoir ce que valait au fond ce visiteur singulier, M. Pautrel consentit à l'objet de sa demande, lui permit de le visiter et lui promit ses conseils.

Les batteries d'Honoré Scarlat se tournèrent de mon côté. Il insinua que j'étais, au dire de la renommée, un homme d'une étonnante érudition; il ne fut pas éloigné de me comparer à Pic de la Mirandole. Mon ami Frédéric avait pris soin de lui révéler mes merveilleux mérites et lui avait fait entendre qu'après l'amitié de M. Pautrel, c'était la mienne surtout qu'il devait rechercher; car personne au monde — après M. Pautrel toujours! — ne pouvait mieux que moi le diriger dans ses études. Quant à lui, il protestait qu'il ferait tout au monde pour se rendre digne de l'intérêt qu'il me suppliait de lui accorder.

Et le cor de chasse retentissait toujours.

Le moraliste dit avec raison qu'il y a peu d'hommes qui soient au-dessus de la flatterie, et qu'il n'y en a pas qui soient au-dessous. Assurément les flatteries que nous débitait M. Scarlat étaient trop grossières pour qu'on s'y laissât prendre; cependant, grâce à elles, il trouvait moyen de s'insinuer malgré qu'on en eût. On ne voulait pas le repousser, par égard pour le plaisir qu'il pensait vous faire.

Il obtint donc ce qu'il voulut de moi comme de M. Pautrel; et je l'autorisai à venir me voir quand il le voudrait, tout en protestant que je ne croyais pas que cela lui fût utile.

Quand j'eus donné cette autorisation à l'importun, Mme Séchain échangea avec son fils un regard triomphant, et M. Scarlat me protesta qu'il était bien mon serviteur.

Sa visite se prolongea et parut interminable. Il parlait de tout, interrogeait sur tout, avait réponse à tout. Ce garçon était étonnant décidément. Quand onze heures sonnèrent, voyant qu'il ne se décidait pas à se retirer, je pris moi-même le parti de la retraite, et je me levai en annonçant ma visite pour le lendemain. Alors M. Scarlat bondit sur sa chaise, jura qu'il s'était laissé surprendre par l'heure, qu'il avait oublié le temps dans notre compagnie et nous en fit mille excuses, en rejetant la faute sur le charme de notre conversation. Il protesta qu'il allait se retirer en même temps que moi et me supplia de lui dire si je lui permettrais de m'accompagner un peu dans la rue.

C'était à ne pas s'en débarrasser. Il me fallut consentir encore à l'accepter pour compagnon. Nous prîmes congé tous deux ensemble, et Frédéric nous suivit jusqu'à l'escalier avec un flambeau, car toutes les lumières de la maison étaient éteintes.

Frédéric fut avec moi d'une amabilité outrée et me serra la main avec une effusion inouïe.

Une fois dans la rue, bras dessus bras dessous, avec M. Honoré Scarlat, que, deux heures avant, je ne connaissais pas et qui se vantait d'être mon protégé, n'osant se dire mon ami intime, une nouvelle complication se présenta.

J'avais rendez-vous avec Rosalie chez elle. Rosalie n'aimait pas à attendre, et l'heure était arrivée. Or, j'avais indiqué naturellement mon adresse, rue du Cherche-Midi, à l'obséquieux M. Scarlat; il s'obstinait à m'accompagner et devait se trouver surpris de me voir prendre un autre chemin que celui de la rue du Cherche-Midi.

Je fis tout mon possible pour me débarrasser du fâcheux. Mais rien ne réussit. Marchant pas à pas, car il m'obligeait à ralentir ma marche, il m'entretenait de ses études, de ses projets, de tout ce qui le concernait. Je trépignais. Il poussa la persécution si loin, qu'arrivé devant ma porte, il s'arrêta avec moi, et entreprit une nouvelle série de confidences.

Je ne pouvais réussir à le renvoyer, et je n'osais entrer chez moi dans la crainte qu'il ne me suivît. Une fois introduit dans ma chambre, Dieu sait quand il m'aurait quitté! Et je restais là, m'efforçant vainement de placer un mot au milieu de l'avalanche de ses paroles; tremblant de

23

froid et d'impatience, me demandant où cet imbécile voulait en venir.

J'aurais dû le deviner, et alors j'étais plus imbécile que lui. La preuve c'est que je donnai à pleines voiles dans l'embuscade préparée, et qu'un peu de réflexion m'aurait fait éviter.

Fatigué, irrité de voir l'heure s'écouler sans que cet interminable bavard m'accordât la paix, je pris le parti de brusquer la situation, et l'interrompant violemment :

— Je vous demande pardon, dis-je, mais quoique votre conversation soit charmante, je suis contraint de vous quitter. J'ai un rendez-vous.

— Ah! ah! fit-il, je vois ce que c'est; vous avez une dame chez vous?

— Vous vous trompez, monsieur, répondis-je. Il s'agit d'une dame, en effet; mais mon rendez-vous n'est pas chez moi. Il est chez elle.

— Bon! reprit mon persécuteur. Je suis fâché de vous avoir ramené par ici. Que ne le disiez-vous plus tôt? Il faut aller chez cette dame et ne pas la faire attendre.

— Puisque vous le permettez, dis-je, en faisant un pas sur le trottoir.

Mais lui, impitoyable, se mit à marcher auprès de moi.

— Je vais, dit-il, vous accompagner jusqu'à la porte de cette dame. Cela vous est égal, sans doute? Je suis discret, d'ailleurs; muet comme un poisson.

Rien n'égalait l'effronterie de ce jeune homme qui affichait l'humilité et la timidité. Cette effronterie allait jusqu'à se dire discrète, alors qu'elle m'assassinait à force d'indiscrétion! Je dus me laisser accompagner jusqu'à la porte de Rosalie, où, étant arrivé, il me quitta sur-le-champ, contre mon attente.

Cela, dis-je, cachait un piège que je ne démêlai pas. Après tout, il me parut que la révélation de l'existence de Rosalie et l'indication de son adresse à M. Honoré Scarlat n'avait guère d'inconvénient, puisque cette même

Rosalie était connue et visitée par tous mes amis, notamment par M. Paul Desjardins et Frédéric Séchain.

Mais j'étais loin de compte!

XXIII

Affaire d'avant-garde.

Malgré ces pronostics fâcheux qui me présageaient sinon une défaite, du moins une lutte acharnée entre mes ennemis et moi, la vie commune reprit un train pacifique et même joyeux. L'intimité entre Frédéric et moi parut se resserrer, et ce fut en vain que Levernay, d'accord avec Georges Morand, me conseilla de me tenir sur mes gardes. Vainement il me fit remarquer qu'entre des gens avides de la fortune de M. Pautrel et moi, qui menaçais leurs calculs intéressés, la paix ne pouvait être que factice et passagère, que tôt ou tard la lutte éclaterait formidable, et qu'ils n'étaient pas gens à me pardonner la peur que je leur avais causée. La générosité dont j'avais fait preuve devait aussi leur paraître une insulte pour la bassesse de leurs sentiments, et l'humiliation est l'insulte suprême pour ceux qui se sentent humiliés par leur propre conscience.

Je fus aveugle, et me plus, malgré tout, à rester aveugle.

Les soirées entre jeunes gens, chez Massé de Vireville, furent inaugurées. On recommença à jouer ; je me remis à travailler assidûment au *Carillon* et à la *Nouvelle France*. Il semblait que je n'avais plus qu'à me laisser mener par la vie. Tout était rose et gai.

Un seul côté du tableau me causait quelque ennui. Mes rapports avec Mme de Renne et Ernestine étaient étranges.

Ces dames, soit par ignorance, soit par désintéressement, accueillaient mieux que par le passé les assiduités de Frédéric. Il fut de nouveau question de projets de mariage entre Ernestine et lui. Un soir même, que l'on jouait à l'écarté chez Vireville, on parla de ce mariage, à mots couverts, comme devant être très prochain.

Massé de Vireville, tandis que cette conversation avait lieu autour de la table de jeu, s'approcha du divan où je me tenais assis, et, tout en roulant une cigarette, il me dit :

— Il me semble, cher monsieur de Rives, qu'on ne tient plus grand compte de vous, à Saint-Mandé?

— Je n'en sais rien, répondis-je. Que voulez-vous que j'y fasse?

— Dame! on vous disait si amoureux! Je pensais que cela vous désolait?

— Du tout. Pourquoi me désoler? On ignore ce qui s'est passé.

— Il s'est donc, demanda Vireville, passé quelque chose?

— Oui.

— Et quoi? — si ce n'est pas indiscret de le demander, cependant.

Je me mis à rire.

— On m'a un peu mis à la porte.

— Bah! vraiment?

— Comme je vous le dis.

— Et après?

— Après? Dame! j'ai accepté le congé qu'on me donnait; il le fallait bien. Et j'ai pris mon parti.

— Ce n'est peut-être pas très malheureux pour vous.

— Malheureux ou non, mon deuil est fait.

Ferdinand, ayant allumé sa cigarette, s'assit près de moi sur le divan. A la table d'écarté, les joueurs se querellaient un peu et ne faisaient pas attention à nous.

— Mais il me semble, reprit Ferdinand, que cette dame de Renne avait deux filles. On ne parle plus que d'une seule.

— Cela tient, répondis-je, à ce que l'une d'elles est malade, et ne sort jamais.

— Eh! tiens! J'avais ouï dire qu'il y avait un autre motif.

— Lequel?

Il haussa les épaules, chassa une forte bouffée de tabac, et, se croisant les jambes, répondit avec l'air le plus complètement indifférent :

— Je ne sais. On dit tant de choses! On parlait d'un autre motif qui empêchait Mlle Amélie de Renne de venir chez Mme Séchain. Après tout, ça m'est égal, vous comprenez bien. Cependant, je dois vous avertir qu'il se pourrait bien faire que nous eussions à parler de tout cela ensemble.

— Vraiment? demandai-je. Et à quel propos?

— Je vous le dirai.

— Bien.

— Ah! dites donc, reprit soudain Ferdinand, qu'est-ce que c'est que ce cuistre que j'ai entrevu chez Frédéric? Un singulier sire, qui est vêtu comme un croquemort, et dont le nom a l'agrément de vous faire penser à la fièvre scarlatine?

— Honoré Scarlat?

— Précisément. Est-ce que c'est un de vos amis?

— Non. C'est une recrue que Frédéric a jetée dans les jambes de son oncle.

— En voilà encore un, dit Ferdinand, qui a l'honneur de me déplaire d'une furieuse manière. Il vous a une mine de pédant et un regard d'hypocrite. S'il vous plaît, on prétend qu'il est reçu à Saint-Mandé?

— Je ne sais, répondis-je, si Mme de Renne reçoit M. Scarlat.

— Elle le reçoit. Au moins, il s'en vante. Je crois que vous êtes coulé, là-bas.

— Encore une fois, répliquai-je, cela m'est fort égal.

L'opinion désintéressée de Massé de Vireville venait se joindre aux avertissements que j'avais déjà reçus; et, quoique je demeurasse assez obstiné dans mon incrédulité, je ne pus me défendre d'un peu de surprise en voyant combien cette idée de ma ruine, soit rue de l'Ouest, soit à Saint-Mandé, était générale chez tous ceux qui me connaissaient.

— Qu'est-ce qui rentre à l'écarté? demanda Dussaulx en quittant sa place après avoir perdu.

— Moi, dis-je, si l'on veut.

— C'est assez juste, répondit Frédéric, qui se trouvait l'adversaire de Dussaulx et allait devenir le mien. Vous remarquerez, messieurs, qu'Armand de Rives n'a pas joué de la soirée.

La galerie s'écarta pour me faire place, et je me trouvai assis vis-à-vis de Frédéric.

— A qui la main? dit-il en tirant avec son jeu. Le roi!

Je tirai à mon tour.

— Le roi!

— Bataille pour le roi, dit quelqu'un dans la galerie. Je ne sais qui.

Il courut un petit murmure qui me prouva que ma situation avec Frédéric était assez soupçonnée.

Frédéric tira de nouveau et présenta un huit; j'amenai une dame.

— Heureux au jeu... tu sais le proverbe, dit mon adversaire. Voilà ce que prouve ta dame. Donne!

La partie s'engagea. Je gagnai. Selon sa coutume, quand il perdait, Frédéric était furieux; et afin de me fâcher, de me blesser en quelque chose, il parla avec une outrecuidance bien faite pour me faire pressentir quelque événement fâcheux. Son ressentiment paraissait immense.

Il se vanta d'être allé, dans la journée, à Saint-Mandé.

En revenant ensemble, le soir, je lui demandai :

— Puisque tu es allé aujourd'hui à Saint-Mandé, pourrais-tu me dire comment se porte Mlle Amélie?

— Mal, dit-on. Je ne l'ai pas vue.

— Au moins, tu en as entendu parler?

— Je ne m'en suis pas informé; tu sais que cette demoiselle n'est pas de nos amies.

Je ne répliquai pas. Engager la question sur ce terrain était trop dangereux. Mais Frédéric revint lui-même sur ce chapitre.

— J'ai ouï dire là-bas, reprit-il, que Mlle Amélie suit un traitement étonnant. Les médecins sont des ânes, je crois, et on a fait venir les plus bâtés. Cette fille se meurt de la poitrine, je pense, ou d'appauvrissement de sang. Une maladie de langueur. Eh bien, mon bon, tu n'imaginerais jamais le remède atroce qu'on lui prescrit.

— Quel remède?

— Des bains de sang. Je ne garantis rien, tu conçois. Encore une fois, je ne m'en suis pas informé. Mais je crois avoir ouï dire que mademoiselle va tous les matins à l'abattoir et se plonge dans le sang tiède jusqu'au cou.

Je m'arrêtai, pétrifié d'horreur.

— Est-ce possible? m'écriai-je.

— Ah! mon Dieu, oui. Voilà une idée qui n'est pas précisément d'une folle gaieté; et j'ose dire que, pour se soumettre à un pareil régime, il faut joliment tenir à la vie.

— C'est vrai, dis-je. Mais quoi d'étonnant que l'on tienne à la vie, quand on a dix-huit ans, qu'on est d'une beauté sans égale, et qu'on a l'espérance d'être aimée?

— Tu es superbe, repartit Frédéric; et, à propos de rien, tu nous dis des choses d'un bucolique, d'une poésie telles, qu'il est visible que tu auras plus de succès en littérature que dans le monde.

— Tu crois?

— J'en suis sûr. A propos de littérature, tu sais que ta revue, *la Nouvelle France*, se coule?

— Je n'en savais rien.

— Te paye-t-on ta rédaction?

— On me doit quelque chose.

— Fais-toi payer si tu ne veux pas perdre. La *Nouvelle France* a des difficultés avec son imprimeur; dans quinze jours, elle sera morte. Vois-tu, toutes ces machines littéraires, ça n'a rien de sérieux; compter là-dessus, c'est une duperie. Le sérieux de la vie est fait d'une autre étoffe. Tout homme qui, se piquant de talent, n'a que sa plume pour capital, et néglige de se créer d'autres ressources, est un sot, un triple sot. Dors là-dessus. Bonsoir !

Nous étions arrivés à ma porte, et Frédéric me quitta sur cette phrase comminatoire, que je ne relevai pas, parce que ce qu'il venait de me dire d'Amélie de Renne, l'instant d'avant, m'avait jeté dans une préoccupation triste dont je ne pouvais me défendre.

Je laissai Frédéric s'éloigner, et le regardai marcher sous les becs de gaz. Avec quelle insouciance il m'avait jeté le nom d'Amélie ! avec quel dédain il m'avait parlé de sa maladie ! A présent il s'en allait content. Il ne soupçonnait pas même combien son discours était atroce.

On dit que la vie consiste dans la succession des sensations ; que plus les sensations sont vives, plus la vie a de plénitude. C'est possible, et même vrai, probablement, car la pierre, qui se trouve au dernier échelon des êtres, ne sent pas, et par conséquent ne vit pas. A mesure qu'on s'élève dans les êtres organisés, on rencontre des sensations plus fortes, qui font naître des idées plus vives et plus nettes. On voit que je tiens pour l'idée objective. Mais quelle place assigner à la douleur ? Vivre, c'est jouir, évidemment, et la douleur ne peut être mise au rang des jouissances. La supprimerons-nous, la condamnerons-nous, cette douleur, comme une avant-courrière de la mort ?

Et cependant, qui n'a point souffert n'a point vécu ; et c'est dans la douleur que l'on trouve souvent les plus belles révélations de l'être.

Quand je rentrai chez moi, sans penser à faire de la lumière, je m'assis sur le bord de mon lit ; et, jetant mon chapeau au hasard dans ma chambre obscure, je pensai douloureusement :

— Amélie ! Elle tient à la vie ! Oh ! je le crois bien ! Ne me l'a-t-elle pas dit ?

Je pris mon front à deux mains, comme pour comprimer le sang qui faisait battre mes tempes et tourbillonner mes idées. Je m'efforçai de recouvrer un peu de sécurité, mais vainement.

Je la voyais dans son bain rouge ; je m'associais à l'angoisse qu'elle devait éprouver quand, se plongeant dans la baignoire remplie jusqu'aux bords, la pâle mourante sentait le sang des bêtes lui monter, tiède, le long de la poitrine, et l'étouffer, pour ainsi dire. Quelle épouvante ! quelle horreur ! Comme ses beaux cheveux devaient se hérisser de dégoût quand elle entrait, toute vive, dans ce sang extrait de la mort, pour y chercher la chaleur qui survivait encore !

Oh ! elle me l'avait dit, elle redoutait de mourir : l'idée de la mort la remplissait d'une immense épouvante. Il fallait bien que cette frayeur de la tombe la tînt énergiquement pour qu'elle se résignât à suivre l'ordonnance cruelle des médecins. Était-ce vrai seulement ? Était-ce possible ?

Non ! non, sans doute !

Mais Frédéric me l'avait dit ; et ses paroles me troublaient, et ce mensonge — si c'était un mensonge — m'égarait, m'affolait.

Jusqu'alors, peut-être, les sentiments religieux, si vivaces chez Amélie, avaient suffi à la soutenir et à la consoler. Mais à présent, la mort approchant, la terreur prenait la pauvre fille, et tous les moyens étaient appelés à l'aide et semblaient bons pour fuir la mort.

C'était comme une vision de l'*Enfer* de Dante. Je n'y pouvais croire ; et cependant l'horreur vraie me clouait à ma place, la bouche ouverte, sans qu'un cri pût sortir.

Je ne sais combien de temps je restai dans cet état de torpeur. A la fin, la fatigue qui m'engourdissait les membres me força à rentrer dans la vie. J'allumai une bougie. Mais alors l'idée d'Amélie se présenta sous une autre forme à mon esprit.

Il me sembla que j'étais dans son salon, près d'elle, comme dans cette longue soirée que nous avions passée en tête à tête. Assise dans son fauteuil, elle me regardait et me souriait doucement ; ses beaux yeux attristés semblaient me dire :

23.

— Je veux me conserver pour toi ! C'est pour toi que je fais cela.

Je me raidis contre cette nouvelle hallucination, et je me mis à marcher pour la fuir. En approchant de ma table de travail, je regardai avec une émotion difficile à décrire un dictionnaire latin qui s'y trouvait déposé.

C'était un *Gradus ad Parnassum* de M. Quicherat, tout relié en veau, un peu éraillé, comme tout livre d'études : il était maculé de taches d'encre et usé aux angles. Ce *Gradus* me servait à préparer mes vers latins de mon examen de licencié.

J'avais déposé dans ce pesant volume le petit bouquet de boutons blancs qu'Amélie m'avait donné. Le soir, en rentrant de Saint-Mandé, j'avais mis le petit souvenir à sécher entre deux feuilles. J'ouvris alors le livre, ou plutôt il s'ouvrit à la place où se trouvait le bouquet. Une sorte de parfum me fit frissonner.

Je pris ces fleurettes sèches entre mes doigts. Sur une des feuilles vertes se voyait une tache rousse ; et je me souviens qu'en effet Amélie s'était piqué le doigt en cueillant ce bouquet, et qu'une goutte de son sang était tombée sur les feuilles.

Cela venait bien d'elle, ou même cela était bien elle. Tenant ce bouquet à la main, je reportai mes yeux vers la fenêtre, où, l'instant d'avant, la vision m'avait montré Amélie dans son fauteuil.

Elle y était encore. Mais ses yeux, moins tristes, avaient une expression presque souriante. Et elle m'adressa un signe amical qui me la fit paraître si vivante, si réellement vivante, que je fus sur le point de lui parler.

Seulement, je portai son bouquet à mes lèvres, en la regardant fixement.

Mais elle, devant ce geste passionné, baissa lentement les yeux et secoua la tête, comme pour me dire : non ! cela ne se peut pas, et je ne serai jamais à toi !

Il est croyable que cette vision dura longtemps, car soudain je vis ma bougie défaillir, j'eus tout juste le temps de replacer le bouquet dans le livre, et ma bougie mourut.

Le jour pâle se montrait à travers mes rideaux. Je me jetai tout habillé sur mon lit, et je m'endormis d'un sommeil pesant.

Le lendemain, je me réveillai avec une sorte de surprise, et j'eus quelque peine à rassembler mes idées. La vision de la veille, dont je me souvins parfaitement, me fit l'effet d'un peu de folie : car, enfin, cela était clair, je ne pouvais, avec décence, aimer Amélie, alors que je n'étais pas encore très certain de ne plus aimer sa sœur. Passer d'une sœur à l'autre était impossible ! J'idolâtrais trop Amélie pour lui offrir ce qu'Ernestine avait dédaigné.

Involontairement, cependant, je pris la route de Saint-Mandé. Il y avait quelque temps que je n'y avais fait de visite ; j'y apportais maintenant une grande réserve. La présence d'Ernestine me causait un certain embarras : par une sorte de pudeur, je ne voulais plus lui dire que je l'aimais, et, d'un autre côté, je ne pouvais me résigner à considérer mon amour comme éteint. On a beau faire, on a beau dire, les plus cuirassés des hommes avoueront, à leur minute de franchise, que le premier amour ne se perd point ainsi, avec facilité et sans regrets.

Quand même cet amour est le résultat d'une erreur et s'est éteint dans la trahison, on conserve encore pour lui une sorte de respect pieux. On se cramponne à ce fantôme d'un bonheur impossible : un amour unique, une fidélité éternelle.

En traversant le jardin pour monter le perron, j'entendis résonner le piano d'Ernestine. Comme Ernestine faisait peu volontiers de la musique quand elle était seule, je pensai que j'allais trouver Frédéric Séchain auprès d'elle.

Quelle ne fut pas ma surprise, quand j'entrai dans le salon, d'y trouver, outre Frédéric, M. Honoré Scarlat, toujours dans sa redingote noire, et qui me parut plus affreux encore que de coutume.

Rien n'est laid comme la jeunesse pédante.

Malgré cela, M. Scarlat se leva et vint à moi en me tendant la main. Frédéric, se penchant alors sur le piano, derrière Ernestine, dans cette position que j'affectionnais jadis, échangea avec la jeune fille quelques paroles à voix basse. Elle ne cessa pas de tourmenter son piano; mais j'entendis un petit ricanement de mauvais augure, qui probablement s'adressait à moi.

Mme de Renne se tenait dans un coin, occupée à quelque broderie, et me fit un salut très circonspect, bien différent de son amabilité passée.

Après quelques phrases de politesse, je pris un fauteuil qu'on ne m'offrait pas, et je m'assis.

— Quel est donc ce morceau que vous jouez, mademoiselle? demandai-je.

— C'est, répondit-elle, un morceau de *Dom Sébastien*. Je l'étudie, puisque ces messieurs sont assez bons pour me permettre d'étudier en leur présence.

— Certainement, dit Scarlat avec sa voix de cor de chasse. Mademoiselle étudie avec le même charme que d'autres mettent à exécuter.

S'il existe certains hommes créés pour dire uniquement des choses gracieuses, il existe, en revanche, des humains, qui n'ont rien d'humain, dans la bouche desquels la flatterie même paraît une grosse et plate impertinence.

Aussi, en réponse à la flatterie que M. Honoré Scarlat lui adressait, Ernestine ne trouva pas d'autre réponse qu'un petit sourire ironique qu'elle m'adressa, et qui m'eût volontiers fait croire, par sa fine et intime moquerie, que nos amours n'étaient point éteintes. Quant à moi, j'adressai à l'oison un salut qui disait trop clairement :

— Mon cher monsieur, vous êtes une bête.

Il rougit jusqu'aux yeux, tandis que Frédéric, les yeux agrandis et la bouche entr'ouverte, comme un chien qui cherche à happer une mouche, se demandait intérieurement s'il devait rire ou se fâcher.

Cet instant fut court. Je me retournai vers Mme de Renne et lui demandai :

— Ne verrai-je pas Mlle Amélie ?

— Je ne crois pas, monsieur, répondit-elle.

— Serait-elle plus souffrante ?

— Très souffrante.

— Oui, dit Ernestine, ma sœur se porte mal, très mal. Je ne pense pas qu'elle puisse passer ici l'hiver. Les médecins sont unanimes. Il faut qu'Amélie aille passer la mauvaise saison dans un pays plus chaud, sous un ciel plus doux : aux Pyrénées, par exemple, ou à Nice.

— Elle ne peut, dis-je, y aller seule. Vous l'accompagnerez, sans doute ?

— Non ; elle ira chez des parents et n'aura pas besoin de nous.

— Vraiment ?

— Et cela même nous contrarie beaucoup, reprit Mme de Renne. Amélie doit partir prochainement, et nous avons la crainte qu'elle ne puisse pas être ici le mois prochain pour célébrer avec nous, en famille, la fête de sa sœur.

— C'est votre fête ? Quand donc ? demanda bêtement Frédéric à Ernestine,

— Le 7 novembre, dis-je. Mon cher Frédéric, je le sais depuis longtemps, moi.

M. Scarlat ne manqua pas de ramasser ce qu'il y avait de blessant pour Frédéric dans ma réponse, et riant de son gros rire de pédant, il s'écria :

— Eh bien! monsieur Séchain, consolez-vous. Vous apprendrez à retenir la date.

Le reste de ma visite se passa dans ces agréables alternatives de politesse et d'ironie blessante. Je dus me retirer au bout de deux heures, laissant près d'Ernestine Frédéric et M. Scarlat, et sans avoir pu voir Amélie.

—Mais quel est ce Scarlat, me demandais-je en revenant à Paris; quel est ce drôle de personnage qui nous tombe des nues, qui rit comme une crécelle des bêtises qu'il débite avec sa voix de trombone ?

Je commençais à avoir quelques soucis à ce sujet. Il me semblait impossible qu'on eût fait tant de frais pour transplanter à Paris et faire pousser rue de l'Ouest ce singulier produit de la Garonne, si l'on n'avait quelques bénéfices à recueillir de sa coopération. Je me félicitai de lui avoir donné l'autorisation de venir chez moi, m'imaginant, dans ma naïve prétention à la finesse, que je pourrais mieux le surveiller en le recevant de temps à autre, que si je ne le rencontrais qu'au dehors.

Cette prétention de ma part indique assurément un progrès dans ma sagesse, puisqu'en somme elle révèle une certaine crainte de mes adversaires. Mais, cependant, elle prouve aussi une bien périlleuse outrecuidance ; et, d'après cela, un spectateur désintéressé aurait mal auguré du résultat de la lutte qui se préparait.

XXIV

Conseil de guerre.

Cette lutte, cette suprême bataille qui devait être d'autant plus retardée que mes ennemis voulaient mieux profiter de ma confiance et préparer plus longuement leurs forces, afin de m'écraser à coup sûr ; ce dernier combat dans lequel toutes les fiertés de ma jeunesse et tous les espoirs de ma vie étaient en péril de succomber ; cet orage, enfin, accumulait à mon horizon ses signes précurseurs.

D'abord, M. Scarlat usa de l'autorisation que je me félicitais de lui avoir donnée ; il vint chez moi une fois, deux fois. Il vint tout les jours.

Il fit connaissance avec Rosalie, et j'oserais même dire, presque affirmer, que sa pédanterie se montra assez humaine vis-à-vis de cette petite évaporée.

Il trouva moyen de se faire tolérer par Georges Morand et par Levernay; il se fit admettre aux soirées de Massó de Vireville, bien qu'il ne jouât jamais.

Ses rapports avec M. Pautrel furent d'abord assez pénibles, mais grâce aux efforts de Mme Séchain, qui n'oubliait aucune occasion de pousser ce jeune drôle, M. Pierre finit par le tolérer, ainsi que l'avaient fait le reste de mes amis. Et M. Honoré Scarlat se trouva de notre monde.

Voyant que, décidément, Frédéric Séchain succédait à ma faveur près d'Ernestine, je me dispensai de retourner à Saint-Mandé. D'un autre côté, je redoutais les occasions d'entrer dans cette maison où se mourait Amélie; à ma dernière visite, j'avais éprouvé une sorte de volupté à respirer la même air que respirait cette mourante, et je devinais bien que, si je retournais à Saint-Mandé, je fournirais ainsi un aliment à la passion inconnue qui s'éveillait au fond de mon être, et dont j'avais peur sans m'en rendre compte. Le nom seul d'Amélie, quand je le prononçais tout bas, me brûlait le cœur; et je m'épouvantais de sentir rugir en moi un sentiment redoutable dont Ernestine ne m'avait donné aucune idée.

Une seule fois, ayant rencontré Mme de Renne et Ernestine dans une de leurs visites rue de l'Ouest, je m'enhardis, je ne sais par quel vertige, jusqu'à leur demander si Amélie se portait mieux, et si elle était partie pour son voyage dans le Midi.

On me répondit qu'Amélie était de plus en plus souffrante, et n'était pas encore partie, mais qu'elle devait partir incessamment.

Je me sentis rougir, et je n'osai prier Mme de Renne de porter mes adieux à Amélie. Mais je sortis quelques minutes après, en proie à une agitation dont je ne pouvais préciser les motifs.

Outre Mme de Renne, j'avais laissé avec Mme Séchain et Mme Pautrel quelques visiteurs rue de l'Ouest. Frédéric et l'inévitable M. Scarlat s'y trouvaient aussi. Je rentrais chez moi, vers dix heures, lorsqu'on me remit une lettre pressée, que je lus à la hâte, à la lueur de la lampe de mon escalier.

C'était une lettre de Massé de Vireville, qui me priait de me rendre sans retard à la rédaction de la *Nouvelle France*, chez Blondel, rue de l'Ancienne-Comédie.

Que pouvait-on me vouloir ?

Malgré la profonde préoccupation à laquelle j'étais en proie, je me rendis à l'invitation qui m'était faite. J'acceptai même avec plaisir cette occasion de rompre avec les idées qui m'oppressaient. Je me dirigeai sur-le-champ vers la rue de l'Ancienne-Comédie. Au moment où j'allais entrer dans la maison de Blondel, je vis quelqu'un franchir la porte cochère et venir vers moi ; mais ce quelqu'un, arrivé à quelques pas, m'ayant reconnu, voulut éviter une rencontre et rebroussa chemin.

J'avais cru reconnaître Georges Morand. Mais quel motif pouvait obliger Morand à me fuir ? Dans le but d'éclaircir mon doute, je me mis à courir pour rejoindre ce personnage à peine entrevu dans les lueurs du gaz. Lui, m'entendant courir après lui, profita de son avance ; il me distança sans peine.

Je dus revenir sur mes pas, fort contrarié, fort intrigué de cette affaire. J'étais encore essoufflé quand, ayant monté l'escalier de Blondel, je pénétrai dans la salle de rédaction de la *Nouvelle France*.

Il y avait une nombreuse réunion.

Sur le milieu de la table de rédaction se trouvait une bougie qui, à elle seule, éclairait cette vaste pièce. Autour de la table, et çà et là dispersés dans la pénombre, se tenaient tous mes amis, tous ceux de Frédéric Séchain : Massé de Vireville, Dussaulx, Ducouti, Blondel lui-même, le maître de la maison, Philippe Vannier et une vingtaine d'autres.

Les figures étaient graves, presque sévères. Beaucoup de ces jeunes gens fumaient : une épaisse atmosphère de tabac emplissait la chambre. Mais pas un rire, pas un mot. Un silence profond succéda au murmure de satisfaction que causa mon entrée.

— Monsieur Armand de Rives, me dit lentement Massé de Vireville, nous vous attendions avec impatience. Prenez la peine de vous asseoir.

Et il me désigna la seule chaise vacante, placée à l'opposé de la sienne de l'autre côté de la table. Cela ressemblait presque à la sellette d'un accusé. Je pris place en demandant :

— N'est-ce point Georges Morand que j'ai vu sortir, et qui s'est mis à courir pour éviter ma rencontre ?

— C'est lui probablement, car il sort d'ici, répondit Vireville.

— Et pourquoi m'a-t-il évité ?

— Vous allez peut-être le comprendre, quand nous aurons eu avec vous la conversation que nous voulons avoir et pour laquelle nous vous avons prié de venir.

— Soit, messieurs, répondis-je. Mais, en vérité, les choses sont donc d'une gravité bien grande, pour que vous ayez l'air si sérieux. On dirait l'aréopage !

— Ne riez pas, s'écria Blondel, et répondez-nous !

— Cela, dis-je, dépendra des questions que vous allez m'adresser.

— Monsieur de Rives, dit à son tour Dussaulx, nous ne voulons pas vous fâcher, et nous sommes vos amis, vous n'en doutez pas. Si nous vous avons prié de venir, dans cette circonstance solennelle, c'est que cela importe à tout le monde.

— Je proteste avec Dussaulx, ajouta Vireville, qui paraissait être, pour ainsi dire, le président de ce tribunal improvisé, que nous sommes vos amis, que nous ne voulons pas dire un mot qui vous offense, et que nous attendons de vous un service signalé.

Un murmure approbateur circula par toute l'assemblée ; j'entendis un grand mouvement qui se fit autour de moi, et les pieds des chaises glissèrent sur le parquet, afin de resserrer le cercle des auditeurs qui ne voulaient pas perdre un mot de ce qui s'allait dire.

J'avais recouvré mon calme. Ayant tiré un cigare de ma poche, je l'allumai à la bougie, et, ayant repris place sur ma chaise, je répondis, en promenant mon regard sur l'assemblée :

— Messieurs, je suis à vos ordres.

Massé de Vireville, ayant paru se recueillir quelques instants, prit alors la parole :

— Aussi bien, la chose qui nous préoccupe vous importe à vous-même, et les éclaircissements que nous allons vous demander, que vous nous donnerez sans doute, auront pour résultat de vous aider à sortir d'une position fausse et qui doit vous peser.

— Je ne vois pas, interrompis-je, que je sois sous aucun rapport dans une position fausse. J'ai sans doute mal entendu ou mal compris. Mais enfin, je vous le répète, je suis à vos ordres; veuillez continuer le plus brièvement possible.

— Voici, reprit mon interlocuteur. Nous avons eu le malheur, dit-on, de recevoir dans notre intimité un homme qui était indigne de nous toucher la main. Si nous en croyons certains rapports qui nous ont été faits, M. Frédéric Séchain — c'est de lui qu'il s'agit — serait dans une position honteuse qu'aucun homme de cœur ne saurait accepter. Les indications qu'on nous a fournies sont tellement précises, que nous ne pouvons guère douter de leur exactitude; mais la gravité des faits imputés à M. Séchain est telle, que nous ne voulons rien croire légèrement.

— Que puis-je faire à cela? demandai-je, assez embarrassé de la tournure que prenait la conversation.

— Vous pouvez, me fut-il répondu, préciser nos soupçons, et déterminer ainsi la mesure dans laquelle nous aurons, pour l'avenir, à reconnaître l'amitié de M. Séchain.

— Comment cela?

— Vous êtes reçu dans son intimité, dans celle de sa famille. Vous devez savoir d'une manière certaine la vérité que nous ne faisons qu'entrevoir. Nous attendons de vous une réponse catégorique à cette question :

Mme Séchain est-elle, oui ou non, la sœur de M. Pautrel?

— A supposer, répondis-je avec vivacité, que Mme Séchain ne soit pas la sœur de M. Pautrel, cela ne me regarde pas, cela ne vous regarde pas ; et ce serait, de ma part, une véritable délation de répondre à une telle question.

— Je vous demande pardon, reprit Vireville... Cela vous regarde et cela nous regarde. Il nous importe de savoir qui nous recevons dans notre familiarité ; et quant à vous, cela vous importe encore plus qu'à nous. Notez ceci. De deux choses l'une : Frédéric est le neveu de M. Pautrel, et alors vous êtes un captateur de successions ; ou Frédéric n'est que le fils de la maîtresse de M. Pautrel, et alors vous avez pleinement le droit d'accepter la succession qui vous est offerte.

— Qui m'est offerte ! m'écriai-je. Comment êtes-vous si bien renseignés ?

Un long frémissement se fit entendre autour de moi. Vireville me répondit :

— Vous venez de vous trahir. Votre question prouve la vérité de ce qu'on nous a dit.

— Aucunement, repris-je. J'ai voulu simplement vous demander de qui, vrais ou faux, vous tenez ces renseignements, voilà tout.

— Cela, observa Dussaulx, ne fait rien à l'affaire. Les renseignements, d'où qu'ils viennent, sont vrais ou faux, et nous vous demandons de nous le dire.

— Oui, appuya Vireville, voilà ce que nous vous demandons. Oui ou non, Frédéric Séchain est-il le neveu de M. Pautrel ? Mme Séchain est-elle la sœur de M. Pautrel ?

— C'est une délation que vous me demandez ! m'écriai-je de nouveau avec vivacité.

— Mais non, mais non, dirent tous ceux qui m'entouraient.

— Si l'accusation est vraie, reprit Vireville, ne pas la confirmer, c'est vous rendre coupable vis-à-vis de nous tous : car, alors, la position de Séchain serait si honteuse que ce serait une honte ineffaçable pour nous de l'admettre plus longtemps parmi nous.

— Mais enfin..., voulus-je observer.

On me coupa la parole par une explosion de clameurs. Quand elles se furent apaisées, Ducouti, qui, jusqu'alors, n'avait rien dit, produisit un argument péremptoire :

— Vous ne voulez pas dire : oui ! à l'accusation ; mais vous n'osez pas dire : non !

— Qui ne dit mot consent, appuya Dussaulx. Vous ne niez pas : donc c'est vrai.

— Eh bien ! la vérité, dis-je avec impatience, la vérité, c'est que...

Tout le monde me regardait. Au moment où l'aveu allait m'échapper, sous la pression qu'on m'imposait, je fis un nouvel effort pour le retenir, et je dis simplement :

— La vérité, messieurs, c'est que je ne sais rien de ce que vous me demandez !

Le désappointement fut général ; on m'entoura plus étroitement, presque avec menace, en criant :

— C'est impossible ! c'est impossible ! Parlez ! parlez !

Massé de Vireville, au milieu du bruit, s'adressa à moi avec une irrésistible autorité :

— Monsieur de Rives, dit-il, je pense me connaître en honneur, et c'est me faire injure de supposer que je puis vous demander une chose aussi honteuse qu'une délation. Au nom de l'amitié presque fraternelle dans laquelle nous avons vécu, je vous adjure de répondre franchement, positivement, aux questions que je vous ai posées. Il y va de l'intérêt de tous, et du vôtre le premier.

Que pouvais-je dire ? que pouvais-je répondre ? Assurément le cas était embarrassant. Si je n'avais reçu de confidences que de Georges Morand, ma position eût été beaucoup plus simple ; ce que Morand m'avait révélé ne m'engageait au silence que jusqu'à un certain point. Mais j'avais reçu, on s'en souvient, la confidence directe de M. Pautrel ; ignorant que j'étais déjà instruit, mon vieil ami m'avait avoué lui-même cette position qu'il subissait, après l'avoir choisie ; pouvais-je donner à celui qui m'avait témoigné une telle confiance le soupçon dé-

solant que j'avais pu le trahir ? Pouvais-je lui laisser supposer que sa confiance avait été mal placée ; que
Mme Séchain elle-même s'était trompée en l'encourageant
à user de franchise avec moi, à tout me révéler ?

Car enfin, je le savais : Mme Séchain avait la première
poussé M. Pautrel à cette confidence. Cette circonstance
particulière, dont un autre que moi, plus habile, eût conçu
des soupçons, était au contraire ce qui me poussait le
plus à la discrétion. Je fis rapidement ces réflexions et je
me résolus à tenir tête à mon inquisiteur. Aussi, ramassant au hasard la première idée qui se présenta, je répondis à Massé de Vireville :

— Interrogez un autre que moi.

— Qui ?

— Georges Morand, répondis-je étourdiment.

— C'est un aveu, cela ! cria-t-on de toutes parts.

— D'ailleurs, ajouta Massé de Vireville, Georges
Morand sort d'ici, vous l'avez vu vous-même ; et Georges
Morand, soumis au même interrogatoire que vous, a
refusé, comme vous, de répondre.

— Je m'expliquerai donc ! m'écriai-je avec impatience.

— Dites !

On attendait l'aveu. Pour cette fois encore je trompai
leur attente.

— Ce que vous supposez, messieurs, est entièrement
faux.

Mais je proférai cette phrase d'une voix mal assurée.
Mieux eût valu un aveu. Tout le monde s'écria :

— Vous nous trompez ! Nous ne pouvons pas vous
croire !

— Cette protestation vient trop tard, dit simplement
Dussaulx. Nous savons ce que nous voulions savoir.

J'étais désarçonné. Toute protestation nouvelle était
inutile à ceux que je voulais défendre et ne faisait que
compromettre mon caractère. Mon peu d'expérience du
mensonge m'avait contraint à laisser deviner la vérité.
Il ne me restait plus qu'à sauvegarder ma propre suscep-
tibilité. Je me levai de la chaise que j'occupais.

— Messieurs, dis-je, il faut mettre un terme à cette scène à laquelle je n'étais pas préparé et dans laquelle, seul contre tous, je ne puis me défendre victorieusement. Vous m'avez posé une question à laquelle je refuse de répondre ; et je pense que chacun de vous appréciera que, vos suppositions étant vraies ou étant fausses, le parti le plus honorable que j'eusse à prendre était de me taire, puisque, si la chose est vraie, la confirmer était en quelque sorte une délation, et, si elle est fausse, la propager par une vaine défense était une calomnie. J'avais le choix entre ces deux vilaines actions, et j'estime que m'imposer ce choix était peu généreux de votre part.

Tout le monde se leva à mes dernières paroles. Il y eut une certaine solennité dans le silence que l'on garda autour de moi. Je n'ose vous affirmer que la réunion était imposante ; le plus vieux de ces jeunes gens n'avait pas vingt-cinq ans ; mais, en somme, le souci qui les tenait prenait naissance dans une préoccupation trop digne pour que quelque chose de cette dignité ne rejaillit pas sur tout le monde.

Il s'agissait de faire une exécution éclatante de Frédéric, et je vis bien que la résolution était prise de faire cette exécution au premier jour, à la première occasion qui s'offrirait. Morand, interrogé avant moi, avait répondu comme moi par des phrases évasives ; il n'avait pas cru devoir, devant cette réunion, user de la même franchise que lui avait arrachée mon intérêt. A présent, la conviction était faite, et rien ne pouvait plus épargner à Frédéric le châtiment que ses anciens amis lui préparaient.

Ma seule préoccupation fut dès lors de savoir qui avait répandu ces vérités si cruelles pour Frédéric Séchain. Au moment de sortir, je me retournai vers l'assemblée, et je demandai :

— Au moins, vous ne refuserez pas de me dire le nom du délateur qui a fait naître ces soupçons ?

Tous les assistants s'interrogèrent du regard.

— Pour vous révéler ce nom, répondit Massé de Vireville, il faudrait le savoir. Mais, sur ma parole, je l'ignore.

Cette révélation m'est venue de divers côtés. Tout le monde m'a parlé de la position de Séchain, mais il me serait impossible de nommer personne d'une manière précise. — Ah! si, au fait; il y a Dussaulx qui m'en a parlé l'un des premiers, s'il ne m'en a pas parlé le premier.

Je me tournai vers Dussaulx, l'interrogeant du regard.

— Vireville se trompe, dit Dussaulx. C'est lui-même qui m'a raconté cette histoire, dont je ne savais pas le premier mot. Depuis, tout le monde en parle.

Je ne pouvais soupçonner ni Vireville ni Dussaulx d'une délation. Je m'adressai aux autres assistants, et tous me firent une même réponse : nous en parlons entre nous, nous ne savons d'où vient le premier bruit. Parfois, ils s'attribuaient les uns aux autres cette première rumeur; mais bientôt tous retombaient d'accord : on ne savait d'où cela venait.

Blondel, cependant, après avoir longtemps cherché, finit par hasarder une indication :

— Il me semble que c'est ce drôle de personnage qui suit partout Frédéric Séchain depuis quelque temps qui m'en a parlé le premier. Comment s'appelle-t-il donc?

— Serait-ce Honoré Scarlat? demandai-je.

— Précisément, Honoré Scarlat. C'est lui qui nous a parlé de cette histoire le premier.

— C'est bien invraisemblable, répondis-je. Scarlat est piloté partout par Frédéric; comment voulez-vous qu'il ait entrepris de nuire au seul homme qui le protège?

— Ah! permettez, reprit vivement Blondel, je ne dis pas que ce Scarlat m'ait rien révélé; mais je me rappelle au contraire fort bien qu'il m'a demandé des éclaircissements sur cette affaire, que lui-même tenait d'un précédent révélateur. Voilà tout son rôle.

— Il serait clair, repris-je, s'il n'était pas contraire à l'intérêt de celui qui le joue.

Il était hors de toute vraisemblance que Honoré Scarlat, mal instruit lui-même de la position de Frédéric, cût entrepris de la révéler, alors que cette révélation pouvait lui causer, à lui Scarlat, un dommage irréparable en lui aliénant Frédéric. Je dus admettre avec tout le monde que la voix publique seule avait servi de dénonciatrice, et que tout le monde ayant parlé, personne n'était coupable.

— D'ailleurs, conclut Vireville, cela nous intéresse peu. Notre conviction étant dès maintenant parfaite, il ne nous reste plus qu'à décider qui de nous sera chargé de jeter Frédéric à la porte de nos réunions.

— Oh! le premier qui le rencontrera, répondit Blondel. N'importe qui! Il n'est pas besoin de tirer au sort.

— Messieurs, reprit Massé de Vireville, la besogne devrait me revenir, ce me semble; car, enfin, j'ai reçu Frédéric Séchain chez moi plus souvent qu'aucun de vous; et cela, je rougis de le dire, malgré mon père, qui avait quelque pressentiment de ce qui nous arrive.

Ces paroles de Vireville me remirent en mémoire ma première querelle avec Frédéric, causée, on s'en souvient, par la crainte où était ce pauvre garçon des indiscrétions que M. de Vireville père pouvait commettre en ma présence. J'éprouvai alors quelque pitié pour les angoisses dans lesquelles devait vivre Séchain, poltron comme je le connaissais, toujours aux prises entre son honneur compromis publiquement et sa vanité bête de jouir d'une apparence de fortune. Je voulus du moins, par un reste de pitié, lui adoucir l'exécution que l'on méditait. Je m'adressai à Vireville :

— Vous avez deviné juste, j'en conviens. Non, Frédéric n'est pas le neveu de M. Pautrel; et, véritablement, Mme Séchain est la maîtresse de M. Pautrel. Vous m'arrachez cet aveu; il ne me sert de rien de dissimuler, puisque vous êtes résolus à agir. Je ne m'oppose pas à vos résolutions. Mais faites-moi la grâce de ne pas écraser brutalement Frédéric. Je l'ai vu de près, messieurs. Plus que personne j'aurais le droit de nourrir de la rancune contre lui, puisqu'il m'a autrefois dénoncé avec bien de la colère auprès de vous. Mais je connais sa faiblesse,

je sais combien il est craintif et malheureux. Ne m'en-
levez pas le plaisir de me montrer généreux envers celui
qui l'a été si peu pour moi. Chassez Frédéric, puisque
vous voulez le chasser ; mais faites-le avec décence, évitez
de le blesser trop cruellement.

— Je crois vous comprendre, répondit Vireville. Il
peut vous importer même de ne pas être compromis dans
cette affaire, et qu'on ne suppose pas que vous ayez con-
tribué par vos révélations à un scandale dont les suites
vous seront si profitables, en obligeant Frédéric et sa
mère à vous abandonner le terrain. Eh bien ! mon cher
Armand, nous agirons avec délicatesse. Nous emploie-
rons les moyens doux ; si vous le voulez, nous choisirons
un prétexte pour nous brouiller avec Frédéric, sans lui
dire le véritable motif, qu'il devinera toujours assez.

— Vous me ferez plaisir d'en user ainsi, messieurs.

— Nous vous le promettons.

Je me retirai en emportant cette promesse consolante,
qui, après tout, était la capitulation la plus honorable
que Frédéric pût obtenir ; et je me flattai que les choses
se passeraient avec une sorte de douceur. Pendant tout
le trajet de la rue de l'Ancienne-Comédie à la rue du
Cherche-Midi, je me creusai vainement la cervelle pour
deviner quel avait été le dénonciateur de Frédéric ; il ne
me vint même pas à l'idée que Honoré Scarlat pût être
ce dénonciateur, tant l'intérêt de ce cuistre était opposé
au rôle d'ennemi de Frédéric Séchain.

Mais, en arrivant chez moi, je reçus une secousse qui
m'arracha pour longtemps à cet ordre de préoccupations.
Une des grandes douleurs qu'un homme peut éprouver
m'attendait au seuil de ma chambre, tandis qu'ailleurs
je défendais Frédéric.

Il était tard. Les lumières de l'escalier étaient éteintes,
et lorsque j'ouvris ma porte, dans l'obscurité, je m'aperçus que l'on avait glissé une lettre dessous, en mon absence. Je ramassai ce papier à la hâte, j'allumai une
bougie.

C'était une lettre de ma mère. Le cachet était noir.

Je l'ouvris en tremblant. Avant d'avoir achevé cette lecture, la lettre s'échappa de mes mains, les larmes me suffoquèrent et je tombai à la renverse sur mon lit.

Mon père était mort !

XXV

Désolation.

Il est de ces douleurs intimes et poignantes si cruelles, que l'on ne peut pas dire qu'on les ressent. A proprement parler, ce ne sont pas des douleurs ; c'est une suspension générale des fonctions de l'être, une négation de l'être lui-même.

Je n'ai donc point à vous décrire combien fut terrible ce premier choc de la douleur poignante en frappant mon cœur. Je tombai à la renverse sur mon lit, et, allongeant le bras, je saisis le coin de mon oreiller, que je mis dans ma bouche afin d'étouffer mes cris, que je sentais près d'éclater. Je demeurai ainsi les yeux ouverts, sans rien voir dans ma chambre, pensant et ne pensant pas, ne sachant sur quel point appuyer mon âme : si dévoyé, si perdu, si égaré, qu'il ne me sembla pas d'abord que j'eusse besoin de consolation.

Mon père était mort ! Combien sont étranges nos pensées ! combien est faible notre esprit ! Mon père était mort ! Depuis longtemps il souffrait, et j'aurais dû prévoir cette inévitable catastrophe. Et même, il m'était arrivé de me placer en face de cette supposition : que ferais-tu si ton père mourait ?

J'avais fait alors mille projets : je devais redoubler de travail, prendre ma mère avec moi. Combien d'autres choses encore ? J'accordais une large part à la douleur que devait me causer cette perte ; mais il m'avait toujours semblé que je serais ferme dans mes regrets ; j'avais envisagé que la mort est la loi commune et qu'il s'y faudrait soumettre ; j'avais même pensé que mon père menait une vie pénible, que la mort serait pour lui une sorte de délivrance; qu'il n'avait jamais eu pour moi une affection très vive, et que ses sévérités, en m'éloignant de lui de bonne heure, m'avaient, par la séparation et l'éloignement, préparé à la séparation dernière, à l'éloignement suprême, à la mort enfin.

Faibles résolutions prises alors que rien n'était vrai, et qui s'évanouissaient devant la réalité. Je me sentis petit, faible, orphelin : c'était tout dire. La mort ne me parut plus la loi commune à laquelle il faut se soumettre sans murmure, avec résignation; elle me parut une exception cruelle que la nature m'infligeait.

Je me révoltai contre l'idée que j'avais perdu mon père, alors que tant d'autres avaient encore leur père. Les sévérités, les dissentiments disparurent de mon souvenir, et je n'eus plus de mémoire que pour les beaux jours de l'enfance dans lesquels le père m'avait conduit pas à pas, m'aimant et me protégeant. Il était doux; il était bon; il m'appelait « mon fils », et m'embrassait en souriant. Ses paroles, le son de sa voix, remplissaient mes oreilles; ses attitudes, ses gestes ordinaires désolaient mes yeux. Quoi! je ne le verrai plus, je ne l'entendrai plus!

Cette vie, qui était le commencement de la mienne, était désormais un néant, et quelque chose de moi-même était mort avec mon père !

Avide moi-même d'augmenter mes regrets et mes angoisses, je retournais en moi-même ces pensées affreuses et désolantes. Je me plaisais à m'arracher de nouvelles larmes en ravivant ces images de deuil dès qu'elles semblaient s'adoucir. Toute la nuit, je demeurai dans cet état, plongé dans cet abîme, et les frissons du matin me pénétrèrent jusqu'aux os comme le souffle de la tombe; car je ne m'étais pas couché, j'avais attendu le jour sans quitter mes vêtements.

Dès l'aube, j'écrivis un petit mot, à la hâte, que je voulais laisser rue de l'Ouest, afin d'apprendre à M. Pautrel le malheur qui venait de me frapper. Je lais-

sai ce billet, en passant, chez le concierge, et je courus
au chemin de fer prendre le premier train.

Les gens me regardaient passer, et s'étonnaient de ma
figure bouleversée et de mes yeux hagards. Plusieurs fois
je surpris des regards interrogateurs qui semblaient demander d'où me venait la douleur qu'on lisait sur mes
traits. Volontiers j'aurais crié à ces gens : Quoi! ne le
savez-vous pas? J'ai perdu mon père ! Mais je sentais
bien que cela ne touchait personne, que le monde se
souciait peu d'une existence de moins. Et mes larmes
redoublaient, et je marchais plus vite.

Dans le wagon qui me conduisait à Juvisy je me retournais vers la portière, afin de dérober à mes compa-
gnons de route mon visage sillonné de larmes. Je regardais vaguement, dans la rapidité du train, le paysage
bien connu, les arbres, les maisons, qui passaient,
comme une longue toile qu'on aurait déroulée. Je ne
me rendais compte de rien. On était à la fin d'octobre,
les arbres avaient encore des feuilles rougies : il pleuvait, les terres de labour étaient trempées. Tout était
triste sur la terre. Le ciel était gris, et je me plaisais
à sentir la goutte d'eau me fouetter au visage.

J'arrivai à la maison paternelle dans un état affreux
à voir et qui arracha une exclamation de pitié à une
vieille femme que je rencontrai dans notre pauvre salle
à manger, occupée à faire je ne sais quelle besogne
mortuaire. Je passai rapidement et me dirigeai vers la
chambre où je savais trouver le corps. Ma mère s'y tenait, assise devant le lit. Au bruit de mon arrivée, elle
se retourna, me regarda. Pas un mot. J'allai me jeter à
son cou; nous nous embrassâmes. Puis, m'étant dégagé
des bras de ma mère, je contemplai longtemps mon
père, qui, le visage découvert, paraissait dormir encore
dans son lit bien rangé.

Il avait le visage calme ; seulement les yeux clos étaient
enfoncés sous les sourcils et entourés d'une teinte brune
dans la peau. Les côtés du nez étaient un peu tirés par
deux plis qui s'allongeaient vers les coins de la bouche.

La bouche, entr'ouverte, montrait les dents. Et comme, dans les deux derniers jours de sa maladie, mon père n'avait pas continué ses soins de toilette, sa barbe était longue et ses cheveux épars, ce qui lui donnait un aspect plus misérable que la mort même.

A la tête du lit, sur une petite table, deux bougies flambaient aux deux côtés d'un christ. Un brin de buis bénit reposait dans une assiette pleine d'eau bénite. Cette eau lustrale et ce rameau vert, que le christianisme a empruntés aux païens, me navrèrent le cœur sans que je pusse m'expliquer pourquoi.

La douleur a de ces mystères.

Lentement, alors, je me penchai sur le lit; j'approchai ma figure de celle de mon père, et j'appliquai mes lèvres sur son front.

Je me relevai avec un frémissement; épouvanté, mais ne l'osant pas dire, d'avoir senti le froid du cadavre sous mes lèvres fiévreuses.

C'était la première fois que j'embrassais un mort, que je sentais la mort. Chose redoutable! Un frisson me parcourut de la tête aux pieds.

Grand Dieu! c'était cela, mon père!

Ma mère me fit signe de m'asseoir. Je cherchai une chaise, et mes yeux rencontrèrent dans un coin un objet de forme singulière : une sorte de grande boîte en chêne, dressée contre le mur, et dont les ais étaient fixés à l'aide de vis à demi enfoncées. Des poignées de fer étaient fixées aux deux côtés. Qu'est-ce que c'était que cela?

Je ne fis pas cette question à haute voix; mais ayant, avec la chaise que je tenais, heurté cet objet qui rendit un bruit sourd, mon geste fut si expressif, que ma mère, qui me suivait des yeux, me dit :

— C'est le cercueil.

— Ah! bon!

Et, tout naturellement, sans autre émotion, j'apportai ma chaise près du lit. Je pris place près de ma mère, j'y étais depuis quelques minutes seulement, quand un

24.

monsieur que je ne connaissais pas entra, guidé par la vieille femme que j'avais vue dans la salle à manger. Ayant fait entrer ce monsieur, la vieille se retira.

Ma mère et moi nous regardions cet inconnu avec une égale curiosité.

C'était un homme de moyenne taille, ou plutôt de petite taille. Maigre, chétif, étriqué sous une redingote noire assez râpée, porteur d'un pantalon, noir aussi, dont les genoux étaient marqués et dont la corde se montrait; il était chaussé de bottes fortes, qui n'avaient jamais été cirées.

On le devinait d'un certain âge, quoiqu'il se donnât des allures juvéniles. Il avait la tête fort grosse et portait une perruque bien peignée, d'un châtain irréprochable, de petits cheveux de laquelle on voyait dépasser les cheveux vrais du bonhomme, grisonnants et rares. Ses yeux finauds, comme ceux d'un Normand en quête de chicane, s'abritaient derrière de fortes lunettes d'or; son nez immense avait un épiderme pauvre, rougi par le froid et marqué de ces petits points noirs qui indiquent la présence des graisses en forme de vers. Ce nez avait une tournure de bec de perroquet et joignait presque une bouche à lèvres minces qui, trop rapprochées du nez, était ainsi trop éloignée du menton.

Ce personnage portait un cache-nez de tricot de laine grise, qui empêchait de voir s'il avait ou non du linge. Ses mains disparaissaient dans d'immenses gants fourrés.

Il me sourit d'un air tout confit en tristesse, salua ma mère, qui le regarda d'une manière incompréhensible, puis il me demanda à voix basse:

— C'est à monsieur de Rives que j'ai l'honneur de parler?

Je fis un signe affirmatif, mais je n'eus pas l'idée de me lever pour emmener ce visiteur hors de la chambre mortuaire. Lui, voyant mon immobilité, ne parut pas autrement affecté de la présence d'un cadavre et se mit en quête d'une chaise. Il en trouva une près du cercueil. Ayant de la sorte remarqué ce cercueil, il l'examina, frappa dessus avec son doigt recourbé, vérifia les joints, et promena sa main sur les planches; puis, ayant fait claquer sa langue en signe d'approbation, il finit par dire, en revenant avec sa chaise près de moi :

— Un bon bois, bien travaillé. Si ça ne vous coûte que cent francs, c'est pour rien.

Puis il s'assit avec sécurité, plaça son chapeau graisseux entre ses jambes, ôta ses gants, se frotta les mains, élargit le nœud de son cache-nez et fit :

— Broum! broum! il commence à faire froid!

Malgré ma torpeur, j'allais lui demander enfin ce qu'il voulait, quand, après ces divers manèges, il commença à parler de lui-même, à voix basse, avec une onction triste :

— Monsieur de Rives... Armand de Rives, je crois?... Je n'ai pas l'honneur d'être connu de vous, mais j'étais bien des amis de feu monsieur votre père; un digne homme, fort courageux, honnête surtout... Ah! homme d'honneur, monsieur Armand, homme d'honneur par-dessus tout, et bien digne d'avoir un fils aussi estimable que vous.

La douleur est si bête que je trouvai quelque plaisir à entendre ce plat éloge de mon père.

— Je disais donc, reprit l'inconnu, je disais donc que je n'ai pas l'honneur d'être connu de vous, et je le regrette. Moi, je vous ai deviné tout d'abord. Vous n'avez pas remarqué? — Non! — Eh bien! monsieur Armand, j'étais avec vous, tantôt, dans le même compartiment du wagon. Je me suis dit : Voilà un jeune homme bien contrarié, bien affligé; il pleure! Ça doit être M. Armand de Rives qui se rend à Juvisy pour enterrer son père. Moi qui venais aussi justement pour avoir le plaisir de faire votre connaissance, ça m'a bien satisfait de me trouver avec vous. Comme ça, je me suis dit, je n'aurai pas fait un voyage inutile. En descendant à la gare, je voulais vous parler, mais je n'ai pas pu vous joindre. Vous marchiez si vite ! Enfin, vous voilà, je vous répète que je suis bien heureux de vous rencontrer, comme étant un ami de votre père.

Mécontente d'être troublée dans sa douleur, ma mère regardait ce singulier visiteur et parut plusieurs fois sur le point de l'interrompre.

Elle se contint. Ses yeux se fixèrent à la fin sur moi d'un air d'inquiétude, et je lus clairement dans ce regard que ma mère me demandait, à moi, maintenant chef de famille, maintenant homme et chargé de la protéger, de chasser cet importun bavard. Je me sentis tout fier de ce rôle protecteur qui m'était offert pour la première fois.

— Monsieur, dis-je, je suis sans doute fort sensible aux témoignages d'intérêt que vous voulez bien me donner. Cependant, vous comprendrez que, n'ayant pas l'honneur de vous connaître, je ne puis vous retenir plus longtemps. Ma mère et moi avons besoin d'être seuls.

— Comme je comprends cela ! repartit vivement, mais toujours à voix basse, cet importun visiteur.

Ses yeux clairs, à la fois inquisiteurs et craintifs, se dirigèrent humblement du côté de ma mère ; il la salua profondément. Puis, revenant à moi, ils se fixèrent pesamment sur les miens, semblant fouiller au fond de ma conscience.

— Pourtant, avant de m'en aller, reprit l'homme, je voudrais vous parler un instant.

— Cela, dis-je en montrant le lit de mon père, ne se peut pas ici.

— Vous consentiriez peut-être à sortir un moment avec moi ? dit l'homme avec douceur.

— Volontiers, répondis-je, pourvu que vous ne me reteniez pas longtemps.

Nous nous levâmes tous deux, simultanément. Mais au moment où nous allions nous éloigner, ma mère, cédant à quelque instinct, me retint du geste.

Je m'arrêtai.

— Dans la circonstance où nous nous trouvons, dit ma

mère, monsieur ne peut avoir à nous entretenir qu'assez brièvement. L'entretien qu'il demande peut avoir lieu ici. Parlez bas, seulement.

L'inconnu et moi, nous reprîmes silencieusement nos places.

— Ma mère a raison, monsieur, dis-je à voix basse. Si vous voulez bien m'indiquer en quelques mots le sujet qui vous amène, je puis vous entendre ici.

Au lieu de me répondre sur-le-champ, mon interlocuteur garda quelques minutes un silence embarrassé et promena son regard de ma mère à moi. Enfin, voyant qu'il ne pouvait prolonger la situation, il se décida à venir au fait.

— Sans doute, monsieur, vous accepterez la succession de votre père?

Comme on le devine, je ne saisis pas la portée de ces paroles.

J'ignorais la loi.

— Je ne crois pas, répondis-je, que mon père laisse une bien forte succession.

— Cela ne fait rien à la question, reprit l'homme en baissant encore la voix. Le tout est de savoir si vous accepterez la succession de votre père, ou si vous la refuserez.

— Qu'est-ce que cela vous fait? demandai-je, prêt à me mettre en colère.

— Mon fils est mineur, répondit ma mère de sa voix douce. Il faut un conseil de famille ou plutôt je suis tutrice naturelle de mon enfant; c'est à moi de répondre.

L'homme se retourna vers ma mère et la salua jusqu'à terre, puis répondit à son tour :

— Sans aucun doute, madame; mais cependant vous ne voudriez pas étouffer sous votre autorité un bon mouvement de probité chez votre fils. Son père était un honnête homme, il est un honnête homme, et vous êtes trop honnête femme pour vous opposer à un acte de probité.

— Ah! monsieur, dit ma mère avec douleur, que venez-vous dire ? Est-ce le moment de nous dire de telles choses devant le lit de mort de mon mari ?

— Il était mon ami, madame, reprit l'homme avec componction ; et c'est justement parce que je me trouve avec vous, avec son fils, près de *sa couche mortuaire*, que je ne doute pas des sentiments d'honneur héréditaire qui font que M. Armand ne voudra pas renier les dettes de son père.

Je compris alors le motif qui amenait cet homme à Juvisy. J'appréciai les raisons qui le rendaient si humble, si doux, si persuasif. Le dégoût me monta à la gorge, et, pouvant à peine modérer ma colère, m'efforçant de garder le ton de voix convenable dans la chambre d'un mort, je répondis vivement :

— Ma mère ne s'opposera à rien, monsieur, et mon intention est de faire honneur aux engagements contractés par mon père. Vous pouvez être tranquille.

Il salua encore.

— Vous accepterez la succession, alors ?

— Je ne sais ce que vous voulez dire par accepter la succession. Quoi qu'il en soit, je vous assure que je payerai ce que mon père peut devoir. Cela doit vous suffire, je pense ?

— Assurément, oh ! assurément, reprit cet homme détestable. Mais..., vous comprenez, les affaires sont les affaires, et du moment où on fait des affaires, il faut prendre ses mesures. J'ai un petit effet de trois mille francs, souscrit par votre père, à échéance du trente et un octobre.

— Nous n'y sommes pas encore, monsieur.

— Je le sais bien. Mais nous y serons après-demain, monsieur.

— Et après ?

— Dame ! vous comprenez, je voulais savoir vos intentions. Je sais que votre père ne laisse pas un sou vaillant — car on doit même un an ou deux pour le loyer de cette maison ; le mobilier en répond, et le propriétaire est privilégié. — On présentera donc l'effet après-demain. Si vous acceptez la succession, tout va bien; vous payerez et tout est dit. Mais si au contraire vous refusez la succession, vous devez comprendre que je devrai m'arranger autrement. La succession étant insolvable, inutile à moi de faire des frais qui me retomberaient *sur le nez*. J'arrêterais les poursuites, et je ne pourrais pas vous forcer à me payer mon dû. Seulement, l'honneur de votre père resterait en souffrance.

— L'honneur de mon père, m'écriai-je à haute voix cette fois, — l'honneur de mon père n'a rien à démêler avec vous. Je payerai votre effet, voilà tout. Maintenant, allez-vous-en!

— Je me doutais bien que vous étiez un brave jeune homme, dit-il en se levant. Et madame votre mère consentira sans doute à ratifier votre engagement?

Ma mère confirma ma promesse d'un signe de tête. L'homme parut heureux.

— Au fond, reprit l'homme, j'étais bien tranquille. J'avais pris des renseignements, et je vous savais en état de payer, voyez-vous. Ç'aurait été bien mal à vous de refuser le payement, posé comme vous l'êtes dans une bonne maison, deux fois millionnaire, dont le MONSIEUR veut vous donner sa fortune et vous faire épouser une jolie fille par-dessus le marché. Allons, je vois qu'on ne m'avait pas trompé, et votre père, en me disant qu'à son défaut vous payeriez, avait été un honnête homme.

— Mon père n'avait pas pu vous dire cela.

— Je vous demande pardon.

— Au fait, mon père vous a dit ce qui a pu lui plaire. Mais en voilà assez. A présent, vous avez ce que vous vouliez, n'est-ce pas?

— Oui.

— Eh bien, donc, allez-vous-en! C'est la seule grâce que je vous demande.

— Et...

Il hésitait encore. Pour un peu plus, il aurait essayé

de me faire signer un engagement personnel, mais je
le poussai par les épaules, et je mis fin à ses incertitudes
en lui disant :

— Si vous ne décampez pas sur l'heure, je ne payerai
pas votre effet.

Il s'en alla. Ma mère était anéantie. En se retrouvant
seule avec moi, devant le lit funèbre, elle se jeta à mon
cou et m'embrassa avec effusion.

— Comment feras-tu ? me demanda-t-elle.

— J'ai encore une année et demie de la pension que
m'a promise M. Pautrel, répondis-je. Je le prierai de me
payer le tout d'un seul coup après-demain. Nous serons
quittes.

— C'est que, dit ma mère, j'ai bien peur que cet
homme ne soit pas le seul.

Mon père, je l'ai déjà dit, justement inquiet de l'avenir de ma mère, et ne supposant pas que je pusse suffire à l'existence maternelle quand sa petite rente viagère
serait éteinte, avait essayé de se créer d'autres ressources à l'aide de spéculations que je ne connus jamais.
Le résultat en fut malheureux, c'est tout ce que j'appris
d'une façon certaine, comme on le voit. La maladie qui
tenait mon père depuis si longtemps avait encore été
aggravée par ces circonstances désastreuses, et ma mère
m'apprit que sa mort était due à la commotion que lui
avait causée une lettre qu'il avait reçue l'avant-veille, et
qu'il avait brûlée aussitôt après l'avoir lue. Ensuite, il
s'était mis au lit pour ne plus se relever.

D'après cette révélation, je pensai que je n'étais pas
quitte de réclamations. L'avenir me parut gros de menaces. Mais je ne me sentis aucunement ébranlé. En
regardant la figure pâle de mon pauvre père, je me sentis
au contraire affermi dans la pensée d'accepter son héritage, quel qu'il fût. J'embrassai de nouveau, et cette fois
sans émotion lâche, cette figure froide, et mentalement
je lui jurai d'acquitter partout ce qu'il avait signé et ce
qu'il avait promis. Je le fis avec une confiance entière, et
je ne pleurai plus.

L'heure de l'enterrement approchait. On vint nous avertir. Ma mère ne voulut pas que des mains mercenaires touchassent au corps de mon père; elle voulut l'ensevelir, et je l'aidai. Quand il fut roulé dans son suaire blanc, quand nous lui eumes dit un dernier adieu, les porteurs arrivèrent et le mirent dans le cercueil. On sait ce que sont les enterrements de campagne : la croix et le prêtre précèdent le cercueil, porté par quatre hommes, et l'assistance suivant comme elle peut. Mon père était généralement aimé ; son convoi fut nombreux. Je ne connaissais personne de tout ce monde, et, sans adresser la parole à personne, je suivais le cercueil, donnant le bras à ma mère. La pluie avait cessé, mais les chemins étaient détrempés. Le curé avait de la boue au bas de son surplis; les porteurs trébuchaient dans les ornières. Enfin on arriva au cimetière. On descendit le cercueil dans la fosse ; le prêtre envoya l'eau bénite, marmotta quelques paroles, puis les deux fossoyeurs commencèrent à remplir le trou.

La terre, rendue lourde par l'humidité, résonna sourdement sur les planches de chêne, et mon cœur se serra d'une angoisse affreuse en entendant ce bruit sinistre. Je faillis tomber, ma mère me soutint sur le bord de la fosse. Elle me soutint encore sur le chemin qui nous ramena à la maison.

Nous rentrâmes. Quelques-uns de ces inconnus qui avaient été les amis de mon père nous accompagnèrent jusqu'à la porte, et nous laissèrent là. La maison en désordre nous parut déserte, triste, froide, navrante. La pluie recommença, nous l'écoutions fouetter les vitres, et nous pensions au mort dont le cadavre la buvait, filtrée par la terre jaune du cimetière.

Il fallut pourtant manger un dîner préparé à la hâte. Malheureuse humanité ! tu ne peux jamais te soustraire à ta condition misérable ! Et devant la tombe de ceux que nous aimons, il faut pourtant nourrir notre corps, tout en sachant bien que cela ne sert qu'à préparer un cadavre.

25

Ma mère et moi, les yeux pleins de larmes, nous nous regardions.

A la fin du dîner, un monsieur entra, sans demander la permission. C'était une sorte de bourgeois campagnard, imposant par son encolure, son chapeau de feutre et sa demi-redingote de drap. Il portait des galoches à cause de la pluie, et soufflait bruyamment à chaque pas qu'il faisait.

Ma mère me regarda avec inquiétude et me dit à voix basse :

— C'est le propriétaire !

Elle paraissait émue. Moi, je prévis une nouvelle demande d'argent, et je me raffermis de mon mieux.

XXVI

Congestion.

C'était le propriétaire en effet. En homme sûr de son cas, en créancier garanti par le mobilier de son débiteur et privilégié par la loi, il dédaigna les formes doucereuses et insinuantes dont le précédent visiteur s'était servi. Sans faire attention à un jeune homme sans barbe, plein de dédain pour ma qualité de monsieur, M. Gagnard, homme vivant de son bien, posa à ma mère cette question :

— Quand me payerez-vous, madame, l'année de loyer qui m'est due ?

Ma mère pâlit, comme le fait toute veuve insolvable devant une pareille question. Je répondis pour elle.

— C'est moi que cela regarde, monsieur.

M. Gagnard se retourna vers moi et me dit :

— Eh bien ! monsieur, quand me payerez-vous ?

— Mais, répondis-je, le plus tôt possible.

— Ce n'est pas une date, ça. Le plus tôt possible ne dit rien. Voyez-vous, monsieur, j'ai besoin d'argent, moi.

— Tiens! ripostai-je avec un grand sang-froid inattendu, et moi? Pensez-vous que je n'en aie que faire !

— C'est bel et bon, reprit M. Gagnard, mais enfin
j'ai mon droit. Par égard pour votre père, j'ai attendu
jusqu'à présent. Mais je ne peux plus attendre. J'ai eu
confiance, il ne faut pas m'en faire repentir. Voyez-vous,
monsieur, j'ai cru que votre père était un homme d'honneur...

— Et il a eu l'indélicatesse de mourir, interrompis-je.
C'est bien mal de sa part, en vérité.

— Toujours *qu'il* aurait dû régler ses affaires *par
avant*, affirma M. Gagnard.

— Soyez tranquille, monsieur, dis-je, je suis là.

— C'est bien. Êtes-vous prêt à payer?

— Non.

— Quand?

— Après-demain.

— C'est bien, conclut M. Gagnard en se levant, je
reviendrai donc après-demain.

Il se retourna vers ma mère, et dit sèchement :

— Madame, serviteur !

Puis il sortit. Je le conduisis jusqu'à la porte. Ses
larges épaules se dessinaient outrageusement sur le
fond du ciel pluvieux, et il s'en alla avec ses galoches,
qui, à chaque pas, lui battaient le talon comme une
mâchoire qui mâche à vide.

Les gens sensés qui liront ces pages — s'il se trouve
des gens sensés pour me lire — me feront observer
que l'homme aux trois mille francs et M. Gagnard
étaient dans leur droit en réclamant leur dû; et j'en
conviens volontiers. Je serais désolé que l'on me crût
un ennemi de la propriété et de la créance : si donc je
parais blâmer la conduite de ces messieurs qui venaient me demander le payement des dettes de mon
père, c'est uniquement au point de vue de la forme
qu'ils donnaient à leurs réclamations, et pour la préoccupation servile que révélait cette réclamation hâtive.

Les propriétaires forment un corps estimable que la

loi protège à juste titre. C'est pour la défense de la propriété et le châtiment des attentats commis contre elle que la société a institué les bagnes, les maisons centrales, les prisons, les maisons de détention pour dettes; c'est dans ce même but protecteur des droits du *mien* et du *tien* que veillent les gendarmes et les agents de police, que fonctionnent les tribunaux civils et de commerce, qu'instrumentent les avoués et les huissiers. Avec de pareils moyens de conservation mis en usage par l'infatigable vigilance des agents de l'autorité, les préoccupations vives me semblent déplacées. La propriété est si forte qu'elle a le droit de se montrer clémente. La société, pour la défense de ses droits collectifs, a le pouvoir d'être inflexible. Aucune collectivité n'a de cœur. Mais il appartient à l'individu de rester homme, de se montrer humain et compatissant. Si vous jugez que le créancier de mon père et son propriétaire se montrèrent humains en venant me harceler ainsi dès le jour même où je conduisais mon père au cimetière, vous êtes les maîtres. Moi, je pensai que ces hommes étaient des malheureux dénués de sens moral, et j'ai la faiblesse de le penser encore aujourd'hui.

Ce que je puis affirmer, c'est que je n'ai jamais poursuivi le remboursement d'une dette par de tels moyens, et j'ajoute que j'espère bien ne jamais le poursuivre à l'avenir

Quoi qu'il en fût, j'étais résolu à payer, coûte que coûte. Je m'efforçai de tranquilliser ma mère en lui faisant envisager les immenses ressources que nous assuraient ma jeunesse et mon courage, en même temps que l'appui de M. Pautrel. Il fut convenu que je passerais cette nuit-là à Juvisy, et que, dès le lendemain matin, je me rendrais à Paris pour réaliser les trois mille six cents francs sur lesquels je pouvais compter, somme qui, avec environ deux cents francs que possédait ma mère, devait payer ce qui était dû, et nous permettre de faire transporter notre mobilier à Paris, où

je m'établirais avec ma mère, qui ne pouvait rester seule à Juvisy.

Ce programme fut fidèlement exécuté. J'arrivai rue de l'Ouest vers neuf heures et demie, et ne trouvant personne dans le salon quand la bonne m'introduisit, je pensai que personne, à cause de l'heure matinale, n'était encore debout. Je n'avais pas de temps à perdre, et je me dirigeai vers l'appartement de M. Pautrel pour le prendre au lit.

En traversant la salle à manger, j'entendis que M. Pautrel, plus matinal que de coutume, jouait du violon. Le moment était mal choisi. Quand il jouait du violon, les congestions étaient à craindre.

J'entrai cependant, en faisant le moins de bruit possible.

M. Pautrel ne m'entendit pas.

M. Pautrel me tournait le dos. Debout devant son pupitre, il jouait en tourmentant son violon et se démenant comme un possédé. Jamais je ne vis exécutant déployer une telle furie. Figurez-vous une de ces figures fantastiques comme devait en rêver Hoffmann pour ses musiciens étranges. M. Pautrel, que je pouvais apercevoir de face dans la glace de la cheminée, avait les cheveux hérissés, les prunelles dilatées. Sa bouche souriait étrangement, et il pressait l'instrument sous son menton avec des gestes de maniaque.

Je ne me souviens plus de ce qu'il jouait. Une improvisation probablement. Mais la beauté et la pénétration de ce morceau étaient telles que le musicien avait les veines du front injectées de sang ; et moi, saisi par un sentiment inconnu, je sentis mes nerfs vibrer par tout mon être. Ma tête, vidée de larmes, entendit résonner le violon avec les éclats sonores de mille tuyaux d'orgue.

Les larmes, qui ne m'avaient guère quitté depuis la veille, me revinrent plus abondantes. Je suffoquais : et dans un mouvement que je fis, une feuille du parquet craqua sous mes pieds.

A ce bruit, qui révélait la présence d'un auditeur, M. Pautrel eut une crispation de colère. La chanterelle du violon éclata sous l'archet. Un gémissement se fit entendre dans la caisse de l'instrument, la musique expira, comme avec un râle.

M. Pautrel se retourna de mon côté et s'écria :

— Ah! ciel! c'est Armand! Que vous m'avez fait de mal!

Je ne saurais rendre l'impression que me causa cette voix. Mon vieil ami, s'efforçant en vain de maîtriser pour moi la fureur qu'il ressentait, jeta son violon sur une chaise et se précipita vers son cabinet de toilette. Il se plongea la tête dans sa cuvette.

J'avais, bien involontairement, amené une congestion.

Dix bonnes minutes se passèrent avant que M. Pautrel pût parler. De mon côté, je n'osais rien dire, et j'avais pris le parti de m'asseoir sur le canapé, afin d'attendre la fin de la crise. Enfin M. Pautrel reparut; il s'essuyait le front, et vint s'asseoir dans un fauteuil vis-à-vis de moi.

— Mon cher enfant, dit-il, vous m'avez fait une peur... vous m'avez fait bien mal! Je ne pouvais croire que j'eusse quelqu'un dans ma chambre. A cette heure personne n'était levé dans la maison, et je ne suis pas habitué à avoir si grand matin le plaisir de vos visites.

— Hélas! répondis-je. Vous comprenez bien que, dans la circonstance douloureuse où je me trouve, mes habitudes sont changées. Je ne me rends pas compte des heures.

M. Pautrel leva sur moi des yeux étonnés.

— Quelle circonstance? demanda-t-il. Vous est-il donc arrivé un malheur? Que s'est-il passé?

— Quoi! demandai-je à mon tour, ne le savez-vous pas?

— Non, je ne sais rien. Mais rien absolument.

— Mais je vous l'ai écrit hier, avant de partir pour Juvisy.

— Mais quoi, enfin? me demanda-t-il avec impatience.

— Mon père est mort!

— Ah !

M. Pautrel poussa un cri en se levant de son fauteuil. Sa figure s'injecta de nouveau et plus fortement que la première fois. Il fit le tour de sa chambre, en proie à une agitation extraordinaire, et finit par s'écrier :

— Je crois, Armand, que vous avez entrepris de me tuer.

— Mais...

— On n'a pas l'idée d'une chose pareille, de votre part surtout. Vous me connaissez, et vous venez me jeter cette nouvelle-là à la figure, brusquement, sans préparation. C'est inexcusable.

— Je vous demande pardon, mais...

— Il n'y a rien à dire à cela...

— Je vous ai écrit...

— Je n'ai rien vu.

— Cependant...

— Taisez-vous. Laissez-moi en repos. Laissez-moi seul un moment. Au moins faites-moi cette grâce.

Je dus céder à cette injonction faite sur un ton auquel M. Pautrel ne m'avait pas habitué. Je passai donc dans la salle à manger, un peu blessé, mais surtout affligé de ce qui venait d'avoir lieu. Bien que les congestions de M. Pierre fussent en partie l'effet de son imagination, elles ne laissaient pas de le faire beaucoup souffrir. La moindre émotion, la plus légère contrariété, lui causaient une peur folle qui provoquait elle-même le mal dont elle n'aurait dû être que le résultat. Assurément, l'annonce de la mort de mon père, faite à l'improviste, avait dû porter un coup violent à M. Pautrel; mais par quel hasard, ou plutôt quelle négligence, la lettre que j'avais laissée pour lui la veille au matin ne lui était-elle pas parvenue?

La porte de la chambre de M. Pautrel se rouvrit; il me fit signe de revenir près de lui. Pour la seconde fois, il était à peu près calme, et son premier soin fut de me faire des excuses de sa brusquerie. Ensuite, il entreprit de me consoler autant qu'il le pouvait faire sans trop

s'émotionner; il trouva de bonnes paroles venues du
cœur, qui me firent plus de bien que d'autres consolations plus ardentes en apparence. En terminant, il me
fit le reproche de ne pas l'avoir instruit dès la veille. Il
serait venu, dit-il, à l'enterrement de mon père.

C'était revenir sur la question de la lettre; je saisis
cette occasion de lever mes doutes.

— Mais, répondis-je, je vous ai déjà assuré et je vous
répète que je vous ai écrit hier.

— Qui a remis la lettre? Êtes-vous sûr de la personne qui l'a apportée?

— Assurément, dis-je, car c'est moi-même qui, en
courant au chemin de fer, ai déposé ma lettre chez le
concierge, dès le matin. Je ne puis m'expliquer qu'il ne
vous l'ait pas remise.

— C'est fort singulier! s'écria M. Pautrel. On n'a pas
l'idée d'une négligence pareille!

Il sonna. La femme de chambre de Mme Séchain
accourut en toute hâte.

— Allez chez le concierge, et dites-lui de monter sur-
le-champ.

La femme de chambre, en recevant cet ordre, fit un
geste équivoque, dont je ne pus saisir la signification, et
que M. Pautrel ne remarqua pas. Elle nous laissa seuls
deux minutes à peine, juste le temps de descendre à la
loge et de remonter. Elle était seule.

— Le concierge, dit-elle, n'est pas chez lui.

— Et sa femme?

— Sa femme non plus, monsieur.

— Avez-vous remarqué, insista M. Pautrel, qu'on ait
monté, hier matin, une lettre pour moi?

La femme de chambre rougit jusqu'au blanc des yeux,
et répondit en balbutiant :

— Je ne m'en souviens pas, monsieur. Après ça...

Elle hésita. Son embarras était visible. Un coup de
la sonnette de Mme Séchain qui l'appelait près d'elle vint
la tirer de peine, trop bien à propos pour que cela ne fût
pas singulier.

— Madame a sonné, dit-elle.

— Bien, allez! répondit M. Pautrel. Vous prierez Mme Séchain de venir au salon dès qu'elle le pourra. Il faut que le motif de la disparition de cette lettre soit éclairci.

La femme de chambre sortit, et nous-mêmes nous passâmes au salon.

La congestion menaçait de reprendre M. Pautrel, à cause de l'impatience que lui donnait l'affaire de la lettre. Afin de faire diversion à ce sujet irritant, dès qu'il se fut assis à sa place habituelle et qu'il eut encore, selon sa coutume, appliqué sur son front le petit chien de bronze, il me demanda :

— Eh bien! Armand, causons un peu. Que va faire votre mère, à présent?

Je lui répondis que ma mère viendrait avec moi à Paris, et je l'instruisis avec franchise de la situation déplorable dans laquelle nous laissait la mort de mon père. Je lui racontai les deux visites que nous avions reçues dès la veille, et je terminai en lui avouant qu'afin de payer ce que devait mon père, j'avais besoin, sur-le-champ, des trois mille six cents francs qui n'auraient dû m'être comptés qu'en dix-huit mois.

— C'est facile, mon ami, répondit-il. Je vais vous donner un mot pour mon banquier.

Il retourna dans sa chambre, afin de m'écrire un petit bon de trois mille six cents francs, et revint me l'apporter en toute hâte. Puis il reprit sa position en s'appliquant son petit chien sur le front.

— Peut-être cela ne vous suffira pas, mon ami?

— J'ai lieu d'espérer que si, répondis-je.

— Il faudra vivre avec votre mère, et dans les premiers jours vous ne pourrez pas travailler. Écoutez, Armand, je pense que dans la circonstance présente, vos amis doivent forcer un peu leur bienveillance et faire un peu plus que dans les temps ordinaires. Si donc vous avez de nouveau besoin d'un peu d'argent, vous n'oublierez pas que je suis à votre disposition.

25.

Je le remerciai avec l'effusion de cœur que l'on peut trouver à dix-huit ans quand, au milieu d'un désastre qui vous écrase, on voit soudain une main amie et généreuse qui vous offre son appui. Eh bien ! vraiment, cet homme, entre tous bon, était pour moi comme un second père. Il arrêta mes remerciements d'un geste amical, et me dit en souriant :

— Calmez-vous, mon ami. Je désire seulement que vous soyez fortifié par mon amitié et que mon aide vous soit un point d'appui pour vous élever à la place que vous méritez d'occuper.

En ce moment, la porte s'ouvrit, et Mme Séchain parut toute souriante dans sa toilette du matin. Elle vint à moi, me donna une poignée de main comme de coutume, sans paraître remarquer ma mine désolée ; puis s'adressant à M. Pautrel, elle dit, en prenant un fauteuil :

— Vous m'avez fait dire, mon bon Pierre, que vous vouliez me parler ?

— Oui. Il s'agit d'une lettre qu'Armand avait déposée ici hier matin et qui a disparu.

Mme Séchain écoutait et regardait M. Pautrel sans qu'un muscle de sa figure fît un mouvement. Elle paraissait ignorer absolument de quoi il était question. M. Pautrel continua :

— Le concierge ou vos domestiques se sont rendus coupables d'une impardonnable négligence ; ce n'est pas la première fois, du reste, et il est déjà arrivé que mes lettres ont été égarées. Il faut savoir qui est coupable dans cette affaire, afin de prendre des mesures, car c'est fort contrariant.

Mme Séchain conservait sa mine impassible et écoutait attentivement.

M. Pautrel continua encore :

— Ainsi, pour cette fois, cette lettre perdue a un résultat très fâcheux,. Voici Armand qui a perdu son père...

Sur ce mot, Mme Séchain manifesta une émotion soudaine et s'écria :

— Ah! mon Dieu! Comment! Est-ce possible! Votre père est mort, Armand?

Et donnant un libre cours à sa sensibilité, Mme Séchain parut plus émue encore que ne l'avait été M. Pautrel; elle versa des larmes abondantes et que je crus sincères, sur ce malheur inattendu qui me frappait.

Et pourquoi ces larmes n'eussent-elles pas été sincères? Je dirai donc que je crois encore qu'elles le furent. Il est impossible de s'y tromper. Toute sensibilité pour les douleurs humaines n'est point éteinte par la lutte contre l'adversaire. On peut détester un homme et le plaindre sincèrement d'être détesté ainsi; on peut frapper un ennemi dont la perte vous importe et s'associer aux regrets que donne sa perte à ceux qui l'aiment.

Quelque contradictoire et hypocrite donc que puisse paraître la conduite de Mme Séchain vis-à-vis de moi, je ne révoque pas en doute la sincérité des larmes qu'elle donna à la mort de mon père. Sa douleur fut vraie, elle me plaignit. Et, dirai-je ici ma pensée entière? Elle me plaignit comme quelqu'un que l'on avait aimé et que l'on aime encore.

Elle pleura donc, elle pleura beaucoup. Ses yeux, noyés de larmes, se fixèrent sur moi avec une compassion réelle. Pauvre Armand! pauvre Armand! répétait-elle. Et elle pleurait toujours.

— Je vois, Adèle, dit M. Pautrel, après avoir essayé à plusieurs reprises de calmer cette douleur, je vois que vous êtes hors d'état de répondre aux questions que je voulais vous faire au sujet de cette lettre perdue.

Il se leva donc et sortit du salon en me faisant signe de rester. Il resta absent pendant quelques minutes et rentra avec la mine contractée d'un homme qui vient d'apprendre une vilaine chose.

Mme Séchain essuya une dernière fois ses yeux et me demanda :

— Et maintenant, Armand, qu'allez-vous faire?

— Armand m'a dit ses intentions, répondit pour moi

M. Pautrel en reprenant place dans son fauteuil. Il vivra maintenant avec sa mère.

— Vous avez raison, me dit Mme Séchain, Vous avez raison.

— Puisque vous paraissez plus calme, Adèle, reprit M. Pautrel, je vais vous parler de la lettre perdue.

— Encore?

— Certes. Je viens de descendre moi-même chez le concierge. Il se rappelle fort bien que M.˙de Rives lui a remis sa lettre hier matin, et il se rappelle encore fort bien qu'il l'a montée et donnée à votre femme de chambre. Josette est donc bien coupable. Comme ce n'est pas la première fois que cela lui arrive, il est nécessaire de mettre un terme à cet état de choses et de la renvoyer.

— Mon Dieu! dit alors Mme Séchain, ne voulant pas commettre la faute de se laisser pousser dans ses derniers retranchements, mon Dieu! Josette est innocente ; c'est à moi qu'elle a remis cette lettre.

— Vous ne m'en avez rien dit! s'écria M. Pautrel.

De mon côté, je demeurai frappé de surprise. Qu'est-ce que cela pouvait signifier?

— Assurément, dit Mme Séchain, Armand ne m'en voudra pas pour cela. C'est à moi que Josette a remis la lettre. Je l'ai décachetée étourdiment et j'ai appris ainsi l'affreux malheur qui vient de frapper ce pauvre Armand. J'ai voulu vous épargner, mon bon Pierre, un saisissement trop vif, et mon intention était de vous apprendre cette cruelle nouvelle avec tous les ménagements que peut exiger votre santé. Si j'ai mal fait, c'est par bonne intention.

— Mais, observa M. Pautrel, tout à l'heure, quand je vous ai annoncé cette mort, vous paraissiez l'ignorer? Je ne me l'explique pas...

— Je me contenais à grand'peine, interrompit Mme Séchain. Si vous m'aviez observée, vous auriez vu que j'étais près de pleurer. Dès que j'ai vu que vous étiez instruit, mes larmes ont éclaté. Je n'avais plus de raison pour me contraindre, du moment où vous saviez tout.

— Certes, dit M. Pautrel, avec une naïveté qui n'était pas exempte de malice, vous avez dû souffrir. Mais enfin, pourquoi n'avoir pas pris votre temps hier pour m'apprendre cette nouvelle à loisir?

— Armand, répondit Mme Séchain, me comprendra, lui. Je connais votre amitié pour lui, et j'ai redouté que, par le mauvais temps qu'il faisait, vous ne voulussiez aller à Juvisy pour l'enterrement de son père. Avec la santé que vous avez, mon bon Pierre, sortir par une pluie comme celle d'hier, c'eût été vous tuer.

— Bon! dit M. Pautrel. Je suis fâché pourtant que vous ne m'ayez pas donné cette lettre.

— Voyez-vous! s'écria Mme Séchain, j'ai bien fait.

Puis, s'adressant à moi:

— Je vous dis, Armand, qu'il se serait tué pour aller à Juvisy. Au reste, ajouta-t-elle, comme si elle eût dit là une chose très naturelle, au reste, je comprends cela, puisque j'ai été près d'y aller moi-même, à Juvisy, pour l'enterrement de votre pauvre père.

Mon chagrin était trop grand pour que j'eusse le loisir de peser à leur juste valeur les raisons de Mme Séchain. M. Pautrel les prit pour très valables. Cette femme avait réponse à tout.

Mais on verra là certainement un indice des moyens avec lesquels on opérait contre moi.

XXVII

La fin d'un rêve.

Il importe de résumer nos sensations. Il importe, pour que vous puissiez me suivre avec intérêt dans les péripéties qui vont vous être racontées, que vous puissiez vous rendre un compte exact de l'intérêt que je mérite. Cette première étape de ma vie est fertile en enseignements, et l'enseignement qui résulte d'une histoire est le meilleur bénéfice qu'on puisse retirer de son récit. Le plaisir de lire et de s'associer à des événements extraordinaires étant, par lui-même, assez stérile, ne mérite que d'être placé au dernier rang.

Le temps donc que nous consacrons à nous résumer ne sera pas perdu.

Je ne sais si je me trompe, mais vous avez peut-être plus d'une fois souri de ma naïveté. Plus d'une fois, je le crains, vous avez dû, pour accepter mon caractère, vous rappeler cette vieille maxime : Que les héros de romans sont des personnages essentiellement voués à la convention ; qu'ils ont, au gré de l'auteur, tous les ridicules ou toutes les vertus ; qu'il n'y a rien à dire à cela ; et que c'est l'affaire du lecteur d'accepter la fiction ou de la rejeter, selon que le livre lui plaît ou lui déplaît.

Mais de nouveau, ainsi que je l'ai déjà fait plusieurs fois, je proteste qu'ici la maxime ne saurait être appliquée. Je raconte des vérités ; je raconte une histoire véritable, et de cette manière, si je perds les avantages que l'on accorde aux produits de l'imagination, qui sont d'avoir le droit de franchir les bornes de la vraisemblance, j'échappe en même temps au péril menaçant d'être accusé d'avoir enfanté une imagination ridicule. La nature n'est jamais ridicule.

Vous souriez, et vous ne me croyez pas ? Vous vous dites que c'est une habitude, commune à tous les faiseurs de romans, de violenter l'intérêt du lecteur en proclamant vraies les histoires les plus étranges et les plus invraisemblables. Vous jugez que, moi aussi, j'abuse du bénéfice de ce vers célèbre :

Le vrai peut quelquefois n'être pas vraisemblable.

Mais je proteste de ma sincérité. Dites, qu'y a-t-il d'invraisemblable dans tout ce que je vous ai raconté ? — Résumons-nous donc.

Un jeune homme de dix-sept ans, d'une intelligence

un peu précoce, d'une ambition un peu hâtive, mais doué de toutes les nobles aspirations de la jeunesse, est poussé par le hasard dans un monde élégant et quelque peu vicieux.

Ce jeune homme, élevé par des parents austères qui n'ont jamais permis à ses mauvais instincts de s'émanciper, ne voit que le côté sérieux de la vie. Dans ses examens, il ne voit que le travail et non l'indulgence des examinateurs, obtenue par quelque recommandation ; dans le travail, il ne voit que le devoir premier de la vie et non l'accomplissement d'une tâche odieuse. Dans le devoir, il voit une satisfaction et non une chaîne.

L'amitié, pour lui, c'est le dévouement et l'estime ; l'amour, c'est la vertu sainte et éternelle. Par-dessus tout, il se laisse guider par les nobles élans de sa nature juvénile, par je ne sais quel instinct supérieur du beau, du bon, du juste, qui l'a créé artiste, en lui faisant concevoir une harmonie presque divine dans les choses de ce monde.

Tel est le héros que je vous ai présenté ; tel j'étais à dix-sept ans.

Mais Armand de Rives se trouve lancé dans un monde qui, avec toutes les apparences honnêtes, bonnes et justes, méprise et foule aux pieds, en réalité, ces vertus que le jeune homme adore. On lui montre, dans ce monde, la fortune au service du mensonge et du vice. Il n'y croit pas d'abord.

Bien plus, on lui montre des gens dégradés et avides, qui peuvent largement satisfaire les appétits élégants et délicats dont son âme d'artiste est tourmentée ; tandis que lui, avec son austère honneur, est réduit à s'imaginer les splendeurs dont les autres jouissent en réalité.

On va plus loin encore. On lui offre de prendre sa place à cette ripaille dans laquelle on dévore une fortune magnifique. On lui offre les voyages, les plaisirs, le luxe.

On lui donne des hallucinations, des tentations, en mettant ainsi à sa portée tous les plaisirs rêvés, en lui disant : « Prends! jouis! » Et on lui montre le néant de son travail.

Il a la vertu, le courage incroyable de refuser.

Mais alors, il est battu en brèche par d'autres moyens. On ne le tente plus par l'étalage de la richesse; on l'attaque en lui montrant le ridicule de la vertu, le mensonge des sentiments.

L'ami qu'il préfère est un homme qui vit en adultère perpétuel.

Le jeune homme auquel il donnait la main est un lâche exploiteur de l'amant de sa mère.

La femme qu'il aime est une coquette éhontée qui ment à chaque mot et qui, sous la candeur de son regard, cache une dépravation infinie et précoce.

Alors le malheureux se laisse tenter. Il est bien vrai qu'une autre femme est là, il est bien vrai qu'une vertu aussi modeste que la sienne respire et souffre auprès de lui. Il sent qu'il s'est trompé. Mais en vain. Il ne peut revenir sur ses pas. Déjà séduit, déjà entraîné par le mal, il dit que c'en est fait; et il accepte une part dans les bénéfices de la concession au mal.

Il accepte; ou plutôt on le force d'accepter. Pour sept ou huit mille francs, il consent à devenir l'un des pareils de ceux qui l'entourent. Et ceux-là, ceux que gênait d'abord et qu'humiliait sa vertu sereine, se disent entre eux, avec dérision :

— Le voilà devenu semblable à l'un de nous.

L'accuserez-vous? le condamnerez-vous pour avoir cédé à la tentation, pour avoir déserté le travail, quand tant d'efforts se sont réunis contre lui? J'ose espérer que non, et j'ose espérer encore que vous attendrez avec quelque impatience le moment où il va se relever et triompher de ses ennemis.

Sa raison a pu s'égarer, mais son cœur est resté droit et pur. Son amour, emporté par les séductions de sa tête, a pu gaspiller les trésors de son adolescence près d'une femme indigne. Semblable à l'Enfant prodigue, cet amour a pu s'égarer dans des festins de jeunesse où on lui versait tous les enivrements à la fois : les parfums et les murmures des bois, les énervements de la musique, les baisers dérobés, les serments et les promesses. Mais aujourd'hui il a reconnu la vanité de ces choses ; toujours comme l'Enfant prodigue de la parabole, notre héros se dit : Je me suis trompé, je me fais honte ; je garde les pourceaux. Je vais retourner vers mon père. — Et il aspire déjà après le moment du retour.

Ainsi, à proprement parler, je n'avais commis aucune faute, et les quelques défaillances qu'on pourrait me reprocher étaient l'œuvre d'autrui plus que la mienne. La preuve, c'est que je n'hésitai pas une minute devant les devoirs si lourds que m'imposait soudainement la mort de mon père ; je résolus bravement de faire face à tous les engagements, et de sacrifier pour cela une somme qui m'assurait la vie indépendante pour deux années.

J'ose donc espérer, je le répète, que vous m'accorderez quelque sympathie, et que vous suivrez, non sans intérêt, les péripéties de cette lutte qui commence.

Étant allé d'abord chez le banquier de M. Pautrel, je touchai sans difficulté les trois mille six cents francs pour lesquels j'avais un bon. Je réfléchis ensuite que ma mère, venant à Paris, ne pouvait se loger dans ma petite chambre, et qu'il importait de louer d'abord un autre logement.

Après quelques recherches, je trouvai, rue Taranne, deux assez jolies chambres, avec une entrée qui pouvait servir de salle à manger. Une petite cuisine fort propre complétait l'ensemble de ce logement, que je louai pour cinq cents francs par an.

Je donnai le denier à Dieu selon l'usage, et je spécifiai, au moment de signer la location, que mon mobilier n'étant pas à Paris, je ne pouvais pas indiquer l'endroit où l'on prendrait des renseignements sur ma solvabilité. Cette notification troubla le portier, qui en référa au propriétaire. Si l'époque du terme n'avait pas été passée, on aurait refusé de me louer. Mais le logement, étant vacant au mois de novembre, menaçait de rester inoccupé jusqu'en janvier; on consentit à me louer, sous la condition expresse que je garnirais le local de meubles suffisants avant le 8, ou que je payerais le terme complet et d'avance. Je consentis. Il fallait bien en passer par là.

Il me restait à régler avec le propriétaire de ma petite chambre, rue du Cherche-Midi. Je voulais, on le comprend, déménager sur-le-champ, pour habiter avec ma mère. Je m'adressai d'abord à mon concierge, lequel, tout naturellement, m'adressa au propriétaire. Ce propriétaire était un bonhomme d'un certain âge, qui se montra plus accommodant que je ne l'eusse osé espérer.

Moyennant le payement du demi-terme, que j'effectuai sur-le-champ, il consentit à me rendre ma liberté. Un parent pauvre qu'il attendait devait occuper la chambre; il fut convenu par écrit que je lui rendrais cette chambre libre le 8 novembre au matin. Je ne pouvais espérer mieux.

Ayant ainsi réglé mes affaires de la façon qui me semblait la plus avantageuse, je repartis pour Juvisy, non sans avoir signifié à Rosalie son congé définitif. Elle le prit de très bonne grâce, et voulut bien m'assurer qu'elle serait toujours mon amie. Comme elle me parla beaucoup de M. Paul Desjardins, je pensai que mon successeur était tout trouvé. Mais, à cette heure, on comprend bien que cela m'importait peu.

J'arrivai à Juvisy.

Rien de nouveau ne s'était passé en mon absence. Je fis, avec ma mère, le compte de nos ressources. Cela montait environ à neuf cents francs, après avoir payé l'effet de trois mille francs que l'on devait nous présenter le lendemain.

Cette somme nous parut plus que suffisante ; nous devions quatre cents francs au propriétaire; les honoraires du médecin qui avait soigné mon père et la note du pharmacien pouvaient former un total de cent francs.

C'était donc cinq cents francs. Il restait cent francs pour nos besoins personnels.

La soirée se passa à faire les préparatifs de départ.

Nous mettions en paquets les effets les plus précieux ;
je renfermais dans une malle les vêtements de mon père,
à mesure que ma mère me les donnait.

On imagine cette triste scène. Nous étions éclairés
par une maigre chandelle, et de temps à autre je m'arrêtais pour regarder ma mère, qui pleurait un peu. Je
n'avais pas moi-même les yeux bien secs, et, plus d'une
fois, je sentis les gouttes tièdes de mes larmes qui tom-
baient sur mes mains.

Ceux qui ont, dans leur vie, de pareils souvenirs, sau-
ront comprendre ce que fut cette soirée.

Une idée pourtant préoccupait ma mère. Depuis longtemps, dans mes visites, je ne lui parlais plus d'Ernestine, et cet amour, qu'elle n'avait jamais approuvé, l'inquiétait à cette heure, par une sorte de jalousie que
toutes les mères comprendront.

— Armand, me dit-elle, tu ne me parles pas de
Mlle Ernestine de Renne?

— C'est que, dis-je, je n'y pense plus.

— Tant mieux, reprit ma mère ; tu es encore bien
jeune pour nourrir des idées de mariage.

— C'est vrai. J'avais tort.

Je m'arrêtai, et, fermant les yeux, je cherchai à lire
en moi-même. Je n'osais m'avouer qu'une autre image
se levait dans mon cœur, et qu'un nom que je ne prononçais pas vibrait à mes oreilles.

— Qu'as-tu donc? demanda ma mère.

— Rien, dis-je.

Puis, suivant à mon insu l'impulsion de mes pensées,
j'ajoutai involontairement :

— Tu sais qu'Ernestine a une sœur?

— Oui, répondit ma mère. Est-ce que tu l'aimerais?

— Moi? non! Elle est mourante, et je crois qu'à
cette heure elle a quitté Paris pour aller aux Pyrénées
chercher une guérison impossible. Elle s'appelle Amélie.
Oh! j'aurais bien mieux fait de l'aimer, plutôt que de
m'adresser à sa sœur. Mais que veux-tu? Il n'en a point
été ainsi. C'est une fille adorable, et sa mère ne l'aime

pas. Elle est condamnée par tous les médecins. Tu vois, je ne dois pas l'aimer.

— Mais tu l'aimes! s'écria ma mère.

— Encore une fois, non. D'ailleurs, en ce moment, j'ai le cœur plein de tristesse.

Cependant, j'entrepris sur l'heure un éloge insensé d'Amélie. Je ne pouvais épancher tout ce que mon cœur contenait, sans le savoir, d'adoration infinie pour elle. Ma mère sourit tristement de cette naïveté sincère qui me faisait méconnaître mes sentiments. Elle me demanda :

— Mais si Mlle Amélie de Renne guérissait?

— C'est impossible.

— Mais enfin, si elle guérissait, l'aimerais-tu?

— Mais non! mais non, encore un coup! m'écriai-je. Pourquoi me persécuter? Je ne l'aime pas, elle ne m'aime pas. Nous ne pouvons ni ne devons nous aimer, après ce qui s'est passé entre sa sœur et moi. Puis, je te le jure, ma pauvre mère, en ce moment, il me semble que je n'aime personne, et que je n'aimerai jamais personne.

Ma mère ne parut pas tout à fait convaincue, mais la fatigue nous gagnait. Nous nous quittâmes sur cette déclaration de ma part. Toute la nuit, je fus en proie à une agitation cruelle ; l'image de mon père s'alliait dans mon esprit à celle d'Amélie. C'était une sorte de cauchemar qui me donnait une angoisse indéfinissable. A cette vision tout à la fois charmante et douloureuse se joignait je ne sais quel pressentiment d'un malheur nouveau ; je ne parvins à trouver le repos et à m'endormir réellement qu'à l'approche du jour. Et alors mon sommeil m'accabla ; c'était un repos pénible comme la fatigue. J'étais en sueur et je grelottais.

Soudain j'entendis tinter la sonnette de la porte d'entrée.

Je me levai en sursaut et passai quelques vêtements à la hâte. Je courus ouvrir, et je vis devant moi le même monsieur qui nous avait visités l'avant-veille, apportant ses réclamations jusque devant le cadavre de mon père.

Il me salua profondément.

— Vous le voyez, monsieur, dit-il, je suis exact.

— Oh! très exact, répondis-je. Entrez, monsieur.

— Vous avez la somme?

— Entrez.

Il entra, et ayant ouvert un sale portefeuille, il en tira l'effet de trois mille francs souscrit par mon père. Il le garda prudemment dans ses mains, jusqu'à ce que j'eusse déposé devant lui trois billets de banque de chacun mille francs. Alors il me donna l'effet, prit les billets de banque, les retourna en tous sens, les examina à contre-jour, puis les ayant pliés, il les mit dans son portefeuille, qu'il referma et qu'il serra dans sa poche. Je le regardais faire avec dégoût.

— C'est trois francs pour le change, vous savez, monsieur, me dit-il avec un soupir.

— Trois francs? demandai-je.

— Oui, trois francs. Il en coûte vingt sous pour changer un billet de mille francs.

Je ne savais pas jusqu'à quel point sa réclamation était fondée; mais afin d'en finir avec cet homme qui me dégoûtait, je lui jetai trois francs sur la table et lui fis signe de sortir.

Il me salua profondément, mais ne bougea pas.

— Comme vous êtes un brave jeune homme, dit-il, j'ai un tout petit avis à vous donner.

— Quel avis? demandai-je avec surprise.

— Un bon conseil.

— Dites, monsieur; mais dépêchez-vous.

— Je fais de mon mieux. Je vous dirai, entre nous, que votre père devait beaucoup d'argent, et je ne suis pas le seul qui ait négocié sa signature. Mon conseil est simple. Nous sommes au 31 octobre. Eh bien! monsieur, dépêchez-vous de partir aujourd'hui même; car certainement il vous arrivera du désagrément, si vous êtes encore ici le 1er novembre.

— Merci du conseil, répondis-je sèchement. Mais

qu'eussiez-vous dit si je l'avais mis en usage contre
vous ?

— Dame ! répondit l'homme, chacun pour soi. Moi j'ai
mon affaire, le reste ne me fait rien.

— Je vous remercie encore, dis-je en le poussant vers
la porte. Mais je ferai de mon mieux pour payer ce que
devait mon père; j'agirai avec tout le monde comme j'ai
agi avec vous.

Ayant mis dehors ce donneur de conseils, j'allai
trouver ma mère pour l'interroger. Je ne pus obtenir
aucun éclaircissement. Mon père n'avait rien dit de ses
affaires. Ma mère savait seulement qu'il avait fait des
pertes d'argent; que pour soutenir ses spéculations il
avait dû avoir recours à certains emprunts fort onéreux.
Mais ce fut tout. Elle ignorait absolument le chiffre des
pertes et celui des emprunts ; mon inquiétude fut grande,
et je me représentai en vain que l'inquiétude du mal
n'en est pas le remède. J'éprouvais une impatience fiévreuse.

Nous avions à peine fini de déjeuner, et j'allais sortir
afin de chercher un voiturier pour le transport de nos
meubles, lorsque M. Gagnard, le propriétaire, se présenta. Le digne homme avait conservé son ton rogue et
son allure insolente, mais ce fut à ma mère seulement
que cette insolence s'adressa. Puisque c'était moi qui
payais, c'était moi, désormais, le chef de la famille. Ma
mère ne comptait plus pour rien. Et M. Gagnard me fit
l'honneur de me saluer à moitié, en touchant de l'une de
ses grosses pattes le petit bord de son chapeau.

Il s'assit à la table devant moi, sans gêne, sans façon,
comme s'il eût été chez lui. Je remarquai qu'il tenait à
la main deux petits papiers allongés, roulés l'un dans
l'autre, et je pensai que c'étaient les quittances des deux
semestres de l'année échue.

— Eh bien, là donc, quoi ! s'écria M. Gagnard, nous
avons un petit compte à régler ensemble.

— Réglons, monsieur, répondis-je laconiquement.

Je tirai ma bourse, je comptai lentement les vingt louis

que je pensais devoir à M. Gagnard, et je les plaçai sur la table en disant :

— C'est bien quatre cents francs; les voici.

— C'est bien quatre cents francs, répondit M. Gagnard.

Il prit la somme, la recompta lui-même soigneusement; puis, la gardant à sa portée, il reprit.

— C'est que voilà : outre le loyer d'une année, votre père me devait quatre cents autres francs d'argent prêté, pour lesquels il m'a fait un petit effet à échéance d'*aujourd'hui*. Avant-hier, je vous ai vu *si chose*, comme qui dirait, là, si embêté, que je n'ai pas voulu vous parler de ça. Mais aujourd'hui, puisque nous réglons, pas vrai, autant vaut en finir?

Je restai muet de surprise. Et M. Gagnard, ayant déroulé ses petits papiers, en choisit un qu'il me passa. Je reconnus, en effet, un billet souscrit par mon père. Je n'avais rien à dire. La signature de mon père mort m'était plus sacrée que la mienne. Je mis cet effet dans ma poche en soupirant, et M. Gagnard, ayant de son côté empoché les quatre cents francs, reprit la parole :

— A présent, nous allons régler le terme, pas vrai?

Je regardai ma mère : elle était blême d'émotion. Son indignation était visible. Mieux que moi, elle pouvait apprécier la ruse grâce à laquelle M. Gagnard avait su se faire payer son effet en conservant ses droits de propriétaire privilégié. Mais c'était fait. Il n'y avait pas à y revenir.

Troublé, hors de moi, je m'efforçai de réfléchir une minute. Nos ressources étaient dévorées, c'était évident. Mais je pensai que M. Pautrel ne me laisserait pas dans cet embarras. Aussi, raffermissant ma voix, je répondis :

— Vous avez la quittance?

— Oui, répondit M. Gagnard. La voilà.

Ce fut encore quatre cents francs que je tirai de ma poche. Après cela, il ne me restait que cent francs. Je frémis en passant la somme à M. Gagnard, qui, en échange, me remit pour cette fois la quittance du loyer, bien et dûment signée.

— C'est bien fini, dis-je, et nous pouvons partir à présent?

— Minute! s'écria M. Gagnard. Vous n'avez pas donné congé en temps utile, et vous ne pouvez pas enlever un meuble d'ici avant de m'avoir payé deux cents francs pour les six mois qui courent.

XXVIII

Une femme dédaignée.

Rien n'est plus capable d'indigner que la ruse pour frauder le droit, si ce n'est la ruse employée pour pervertir le droit. M. Gagnard venait de commettre cet acte honteux.

Mais quoi! qu'avais-je à dire? Il s'était fait payer de ce que je lui devais; et l'indignité des moyens ne faisait rien à la légitimité de la dette. Je me résignai. Il me restait encore cent francs à trouver pour satisfaire, pour apaiser M. Gagnard; et M. Pautrel m'avait permis d'hypothéquer de si belles sommes sur mon avenir, que je pensai pouvoir, sans grand crime, lui demander ces cent francs.

Ayant embrassé ma mère, l'ayant suppliée d'avoir confiance et courage, je courus au chemin de fer; et, à deux heures de l'après-midi, je sonnais à la porte de M. Pautrel.

Josette vint m'ouvrir, et me déclara que M. Pautrel était sorti.

Elle me donna cette assurance avec une mine si perverse, que je ne pus m'empêcher de penser à l'histoire de la lettre remise par elle à Mme Séchain. J'avais été satisfait à peu près des explications fournies par Mme Séchain au sujet de cette lettre; mais, sans que je pusse savoir le motif, Josette m'était demeurée suspecte. Je jugeai qu'elle me trompait; j'eus le pressentiment que M. Pautrel, quoi qu'en pût dire Josette, était chez lui.

Afin de lever ce soupçon, je demandai si, du moins, Mme Séchain était visible.

— Je ne sais pas, monsieur, répondit Josette. Mme Séchain est chez elle, mais je ne sais si elle vous recevra.

— Allez vous en assurer, dis-je d'un ton qui ne laissait pas place à la réplique.

Et, ayant repoussé cette fille, je traversai l'antichambre et j'entrai dans le salon. Josette me suivit et entra chez Mme Séchain.

Pendant le court intervalle où je me trouvai seul, il me sembla entendre parler chez M. Pautrel; il me sembla même reconnaître la voix de M. Scarlat. Mais il me plaisait peu d'espionner aux portes, et je ne voulus pas aller m'assurer d'où provenait cette conversation.

Mme Séchain, d'ailleurs, entra bientôt, et venant s'asseoir sur le coin d'une chaise, comme quelqu'un qui se pose là, en passant, et qui n'entend pas être retenu longtemps, elle me demanda d'un ton sec :

— Qui me vaut l'honneur de votre visite, monsieur de Rives?

Je la regardai, ne pouvant me rendre compte de ce qu'elle disait. Je pris le parti de passer outre.

— Je suis fâché de vous déranger, madame. J'ai demandé M. Pautrel, on m'a dit qu'il était sorti.

Mme Séchain me fit une inclinaison de tête, comme pour me prier de continuer. Je continuai donc :

— Et comme je voulais lui parler d'une affaire importante, j'ai voulu vous voir, pour savoir où je pourrais le rencontrer.

— M. Pautrel, répondit Mme Séchain, en sera désolé; mais il lui est impossible de vous recevoir à l'avenir.

— Comment?

— Je dis qu'à notre grand regret M. Pautrel et moi serons obligés, à l'avenir, de nous priver de vos visites.

On devine plus aisément ma surprise que je ne puis dire ce qu'elle fut. Cette phrase nette, positive, indiscutable, me parut si excessive, que je me demandai

26

d'abord si mes oreilles ne m'avaient pas trompé. Quoi!
Qu'est-ce que cela pouvait signifier? Était-ce vraiment
un congé en forme qu'on m'octroyait à l'improviste?
Pourquoi?

— Pardon, madame, repris-je en balbutiant, j'ai sans
doute mal entendu. Je ne puis m'expliquer...

— Je pense, dit Mme Séchain, que toute explication
est superflue. Vous devez très bien comprendre vous-
même qu'après ce qui s'est passé, toute familiarité
doit cesser entre nous. Encore une fois, vous me comprenez?

— Eh bien! madame, pas du tout. Je ne puis croire
que vous me parliez sérieusement.

Elle haussa les épaules et sourit avec une étrange
expression.

— A quoi bon plaisanter? dit-elle. Pourquoi m'obliger
à vous dire des choses désagréables que vous prévoyez
bien?

— Mais, madame, m'écriai-je impétueusement, je ne
plaisante pas, et je ne suis ni dans une disposition d'esprit, ni dans une situation où la plaisanterie puisse me
tenter. Je ne sais quelles sont ces choses désagréables
que vous prétendez que je prévois, et je vous prie de me
les dire. Je ne sais qu'une chose claire : vous me jetez
à la porte. Et il me semble, quand on a été amis comme
nous l'avons été, que le moins qu'on se doive, quand on
se fâche, c'est de s'expliquer franchement sur les griefs
que l'on a. Je réclame de vous cette franchise que vous
auriez avec le premier venu, et je ne pense pas que vous
puissiez me la refuser.

— Vous me mettez fort en peine, répondit Mme Séchain. Pourquoi me violentez-vous? Je me vois obligée
de vous dire que vous avez été un mauvais et ingrat ami;
que vous avez trahi la confiance que nous vous avions
témoignée, en divulguant le secret de notre situation.
J'avais été la première à prier M. Pautrel de vous mettre
au courant de nos affaires; il a eu pour vous une franchise entière. Je regrette bien, aujourd'hui, de la lui

avoir conseillée. Si c'était à recommencer, je ne recommencerais pas.

— Mais enfin, quoi? qu'ai-je dit? qu'ai-je divulgué?

— Monsieur de Rives, répondit Mme Séchain, avec l'air rougissant de la vertu outragée, ne me forcez pas à vous rappeler que vous n'êtes pas ici pour m'insulter.

— Mais enfin...

— En voilà assez, monsieur! En voilà assez. Je vous prie de sortir.

J'étais atterré. Certes, on le serait à moins. Quel mystère était au fond de tout cela?

Après m'avoir donné ce congé qu'elle croyait définitif, Mme Séchain se leva avec dignité et se disposait à se retirer; mais le sentiment de l'injure qui m'était faite, peut-être l'idée vague que j'étais victime d'une insigne fourberie, me donna une colère si violente que je montrai alors l'énergie que j'aurais dû avoir depuis longtemps. Au moment où Mme Séchain me tournait le dos, je m'élançai près d'elle, et, la saisissant par les deux mains, je la contraignis à revenir prendre sa place.

— Madame! m'écriai-je, je veux, j'exige une explication sur l'heure.

Je lui avais serré les poignets avec une telle force, qu'elle me dit vivement :

— Laissez-moi donc! vous me faites mal!

Ces mots : Laissez-moi donc! vous me faites mal! sont ceux que prononce toute femme irritée contre l'homme qu'elle aime et qui ne voit pas qu'elle l'aime. Une expérience plus approfondie des choses du sentiment m'a permis, dans la suite, de m'assurer que cette double phrase, dans la bouche d'une femme en colère, ne signifie jamais ce qu'elle semble signifier. Au moment où Mme Séchain la prononça, j'eus une sorte de notion de cette signification détournée; je dois dire encore que Mme Séchain eut tout à fait le regard d'une amoureuse en colère, et qu'enfin elle ajouta à la phrase précitée un mot qui n'avait besoin d'aucun commentaire.

— Maladroit!

— Hein ? fis-je.

— Je dis : maladroit. Eh bien, véritablement vous l'êtes.

— A la bonne heure! repris-je. Mais enfin, si je l'ai été jusqu'à présent, je ne veux plus l'être, madame.

— C'est s'y prendre un peu tard, répondit-elle, et de telles maladresses ne se réparent pas. Vous pouvez à votre gré faire la cour à Mlle Ernestine de Renne, et même — car on ne sait sur quoi vous daignez vous arrêter — vous pouvez vous occuper de sa sœur. Ces belles folies, monsieur, mènent loin, je vous avertis, mais elles mènent loin dans une direction que vous n'avez pas prévue. Une vieille femme comme moi y voit encore assez clair pour se rendre compte de bien des choses. Et, tout franchement, je vous le répète, vous n'avez été qu'un maladroit. Il est trop tard pour cesser de l'être.

— Bonté divine ! dis-je.

Le jour se fit subitement dans mon esprit. Je comprenais! Révélation soudaine du sens caché de la conduite de Mme Séchain avec moi : tantôt douce et tantôt irritée, tantôt gracieuse et tantôt fantasque, Mme Séchain m'était apparue tour à tour sous des aspects si étranges et si contradictoires, que plus d'une fois déjà j'en avais été frappé. Mais ma naïveté, ou, si l'on veut, ma sottise, avait été telle, que je n'avais pas cherché le véritable sens de ses bizarreries. Mais, à présent, je la tenais devant moi, tout irritée, toute rouge de colère, si peu maîtresse d'elle-même, poussée à bout comme elle l'était, qu'elle venait de me révéler le secret de son cœur. Mme Séchain m'aimait et me traitait avec toute la fureur passionnée d'une femme qui s'en est vu préférer une autre. Et bien plus, son intention jalouse était si clairvoyante, qu'elle pressentait que je devais aimer Amélie, qu'elle en était sûre, alors que, moi, je ne savais encore si je devais aimer Amélie.

Je dis donc : Bonté divine ! Et dans la conviction profonde de la maladresse du rôle que j'avais tenu, je me mis à maudire mon innocence et ma vertu, qui me jouaient de pareils tours.

Mme Séchain, me regardant toujours avec ses yeux
flamboyants, reprit la parole :

— Voyez-vous, Armand, on vous aimait ici comme un
fils, et plus qu'un fils. Jamais, dans votre vie, vous ne
retrouverez d'affection pareille à la nôtre; nous aurions
voulu vous rendre heureux; les succès que vous auriez
remportés ailleurs nous auraient donné un orgueil infini.
Que n'eussions-nous pas sacrifié pour assurer votre bonheur! Quels sacrifices nous eussent été pénibles pour
vous assurer dans le monde une large et belle place! Ah!
pour ma part, j'aurais tout donné, tout donné pour vous!

Elle confondait, dans ses reproches, les griefs géné-
raux que l'on m'imputait, et que je ne connaissais pas
encore, avec les siens propres. Elle me parlait à la fois
de l'amitié de M. Pautrel et de son propre amour. Cette
femme, d'une beauté splendide, mais qui sentait la jeunesse lui échapper, et qui, pour cela même, avait soif de
jeunesse, mettait une ardeur folle dans ses récriminations. J'étais confondu de voir que j'eusse ainsi passé
près d'une affection si grande et que je l'eusse méconnue.
Dirai-je que je le regrettais? Je ne l'ose. Dans tous les
cas, la douleur présente de la mort de mon père m'empêchait de bien creuser mes pensées dans la direction
de l'amour de Mme Séchain.

Elle reprit, cependant, avec une irritation croissante :

— Comment avez-vous répondu à tant d'affection? En
nous trahissant, en vous faisant notre délateur. Vous
avez eu la lâcheté, sachant bien le mal que vous nous
faisiez, de révéler aux amis de Frédéric ma véritable situation avec M. Pautrel! C'est infâme!

— Moi! moi! m'écriai-je. Qui ose m'accuser? Je n'ai
rien dit! C'est une indigne fausseté!

— Par exemple! reprit-elle. Vous niez? Vous n'avez
rien dit? Mais il n'est pas besoin de vous nommer ceux
qui ont révélé votre conduite. Qu'est-il besoin de nous
tromper? Tout vous accuse. Aujourd'hui Frédéric est
le jouet et la fable de tout le monde. Ses amis lui cra-
chent à la figure et l'insultent avec le nom de sa mère.

26.

Eh bien ! dites, qui était instruit ? Qui connaissait cette situation ? Qui pouvait la révéler ? Vous seul! vous seul!

— Mais, c'est faux ! répondis-je avec l'énergie de l'innocence outragée.

— Quoi donc! continua-t-elle. Qui soupçonnait la vérité autrefois? Il a fallu que vous parliez, et vous n'avez parlé que depuis le jour où M. Pautrel, conseillé par moi-même, vous a tout révélé. Car enfin, c'est vous seul qui avez reçu cette confidence; nul autre que vous n'a pu la trahir. Et aujourd'hui tout le monde est instruit. Encore un coup, ne me demandez pas qui vous accuse! Tout le monde parle, entendez bien cela, tout le monde! Et le coup ne peut venir que de vous.

— Eh bien ! dis-je, soit; tout le monde m'accuse. Cette clameur s'est élevée tardivement contre moi, puisque hier matin encore il n'était question de rien.

— Ah oui! Hier matin vous êtes venu nous demander un dernier service... et hier au soir...

— Enfin ! hier au soir ! Mais achevez donc, madame !

— Hier au soir Frédéric était allé passer la soirée chez son ami Massé de Vireville. Massé de Vireville est aussi votre ami et reçoit vos confidences, à ce qu'il paraît...

Je me rappelai alors la scène dont les bureaux de la *Nouvelle France* avaient été le théâtre; les questions que l'on m'avait adressées, et comment, la vérité étant découverte malgré moi, on avait résolu de faire justice de Frédéric. Je prévis ce qui était arrivé.

— Achevez, madame, dis-je avec insistance.

— On jouait, paraît-il, chez Massé de Vireville. Il y avait là tous vos amis, que Frédéric croyait aussi les siens. Ducouti, Dussaulx, Levernay. Tout le monde, enfin. On jouait donc.

La soirée s'était passée d'une manière assez paisible, lorsque, à la fin, en réglant les comptes d'une partie de lansquenet, Massé de Vireville a cherché querelle à Frédéric. Il s'agissait d'une somme de deux cents francs que Frédéric avait perdue. Vireville a soutenu que c'était trois cents francs que mon fils lui devait. Frédéric m'a juré que, bien réellement, il ne devait donner que deux cents francs ; et, du reste, la suite a bien fait voir, en réalité, ce que voulait Vireville. Il a donc réclamé cent francs de plus avec insolence. Il semblait très animé ; et Frédéric, afin d'éviter une querelle, a consenti à donner les cent francs qu'on lui réclamait injustement. Il y mettait toute la douceur possible. Mais Vireville voyant que mon fils s'exécutait, furieux, cherchant une querelle à tout prix, s'est écrié :

« — Ce n'est pas trois cents francs que tu me dois ! C'est trois cents francs cinquante centimes ! »

Frédéric a vu, pour le coup, qu'on lui cherchait trop évidemment querelle pour qu'il pût l'éviter. Il a donc répondu comme il le devait à Massé de Vireville :

« — Laisse-moi en repos ! Je ne te dois rien. Je ne te devais pas même les cent francs que je t'ai donnés en plus.

« — Ah ! c'est ainsi, s'est écrié Vireville, pâle de fureur. Eh bien ! tiens. — Et il lui a jeté les cartes à la figure, en s'écriant :

« — Tiens ! c'est comme cela qu'on règle ses comptes avec le fils d'une femme comme ta mère ! »

Frédéric voulait se jeter sur Vireville, on l'a arrêté ; on l'a maintenu à grand'peine. Il est revenu ici dans un état à faire pitié. Comment tirer vengeance ? Se battre avec Vireville ? Mais on ne se bat pas pour prouver qu'une vérité est un mensonge. — Encore une fois, monsieur, nous vous avons accusé : vous seul, par vos indiscrétions, par vos délations, avez pu causer cette déplorable scène. Eh bien ! je vous le répète, c'est une lâcheté, une infamie de votre part. Et croyez bien que nous ne l'oublierons jamais.

Elle se tut. Elle m'avait débité ce récit avec un emportement, une irritation dont rien ne saurait donner une idée. Ses narines dilatées disaient quelle fureur intime la possédait ; ses yeux jetaient des flammes

d'indignation. Je vis que j'essayerais en vain de me
laver; que rien, dans ce moment, ne pouvait racheter
à ses yeux la faute dont elle m'accusait et dont peut-
être elle me croyait réellement coupable. Remettant à
plus tard de me justifier avec M. Pautrel, je voulus
m'épargner l'affront de vaines supplications avec
Mme Séchain.

Je me levai donc, avec une tranquillité apparente, et
lui dis froidement :

— Je proteste de toute mon énergie que je ne suis
pas coupable de la faute dont vous m'accusez. Mais en
ce moment, madame, j'ai trop de chagrins d'une autre
sorte et votre colère est trop grande pour qu'une
tentative de justification soit opportune. Je me retire
donc, remettant à plus tard l'explication à laquelle je
ne renonce pas. Au revoir, madame.

— Adieu, monsieur, dit-elle en se levant aussi. Et
elle insista: Adieu !...

Au moment de sortir, les embarras de ma situation
me revinrent à la pensée. Je frémis à la pensée de la
situation où cette brouille nous réduisait, ma mère et
moi. Mais je fis appel à ma dignité, et, après avoir
cérémonieusement salué Mme Séchain, je sortis.

Que faire, cependant? On ne peut transiger avec le
temps, et le temps me pressait. En dehors des relations
que je m'étais créées, grâce à Frédéric, je ne connaissais personne, et je serais plutôt mort que d'aller
demander aucun service à ces jeunes gens, maintenant
initiés à nos débats. Il n'y avait que Levernay et
Georges Morand. Mais j'étais certain que Levernay
n'avait pas d'argent. Et il me sembla probable que
Georges Morand n'en aurait pas. Sa position chez son
père, véritable position d'ilote, ne lui permettait pas la
disposition de cent francs.

Cependant, comme je n'avais pas le choix des
moyens et que je savais que Morand ne serait pas de
ces lâches amis qui vous gardent rancune pour un service demandé, et qu'ils ont été forcés de vous refuser,

je courus chez Morand. Le bonheur voulut que je le rencontrasse au moment où il sortait de chez lui.

Il avait appris par Frédéric la mort de mon père, et il me fit quelques reproches affectueux de ne l'avoir pas averti personnellement. Je n'eus pas de peine à lui faire comprendre que cela m'avait été impossible. Il s'informa alors avec inquiétude de ce que je voulais faire, quelles étaient mes intentions. Cela m'amena tout naturellement à lui avouer ma position financière et à lui expliquer que j'avais besoin d'un prêt de cent francs.

— Hélas! dit-il, je n'ai ni sou, ni pièce. Je suis bien possesseur de vingt francs; si tu les veux, ils sont à ton service. Mais, sur ma parole, c'est tout ce que j'ai. Cependant, il me semble que tu pourrais, au point où en sont les choses, t'adresser très légitimement à M. Pautrel.

— Assurément, mais hier il y a eu chez Massé de Vireville une scène qui a tout gâté.

— Comment cela?

Je lui racontai alors les événements qu'il ignorait, et la querelle que je venais d'avoir avec Mme Séchain. Je fus aussi complet que possible dans cette narration, et je m'efforçai surtout de lui faire saisir les nuances par lesquelles j'avais compris enfin, d'une manière certaine, la nature des sentiments de Mme Séchain pour moi.

— Je te l'avais déjà fait observer, reprit Morand. Elle te faisait la cour, c'était visible; mais je ne pensais pas que ce fût aussi sincère. Donc, admettons-le, elle t'aimait vraiment. Mais, mon pauvre ami, cela ne rend pas ton affaire meilleure. Au contraire. Si tu avais cédé à ses avances, l'amour serait devenu un piège et n'aurait servi qu'à te brouiller avec M. Pautrel; si, comme cela est arrivé, tu jouais le rôle innocent de Joseph, l'amour dédaigné devait se changer en haine, et nous y voilà. De toute façon, tu es perdu, bien perdu. A tout prix, on voulait se débarrasser de toi. L'amour de Mme Séchain était une machine de guerre qui, selon ta conduite, devait te tuer dans un sens ou dans l'autre. Pour échap-

per à ce formidable dilemme, il aurait fallu une force
d'intrigue que tu ne possèdes pas; il aurait fallu vraiment une habileté hors ligne avec les femmes, et tu n'en
es pas même à l'*a b c*. Je ne t'en fais pas un reproche.

— C'est vrai, dis-je en souriant amèrement. Mais j'ai
prouvé que j'étais honnête, puisque j'ai refusé le voyage,
le moyen qu'on m'offrait de m'emparer de toute cette fortune; et il me semble que cet acte de probité, bien
naturel à coup sûr, et sans mérite aux yeux de tout honnête homme, me constitue cependant, et à tout le moins,
quelque droit à la reconnaissance, à la confiance, de
la part de ceux qui en ont été l'objet. Aujourd'hui ma
probité est éprouvée. Qu'ont-ils à craindre?

— Rien, répondit Morand. Rien. Mais ils pensent avoir
à craindre, et cette conviction de leur part suffit à les
rendre ennemis. Ils se disent, avec une apparence de
raison, que, si tu as refusé une première fois, tu peux
ne pas refuser une seconde; que tu peux céder à la tentation répétée. Et puis, n'eussent-ils pas cette crainte,
ils demeureraient encore tes ennemis, par cette seule raison que tu leur as fait peur, et que tu les as humiliés. Dans
la honte d'une telle position, on pardonne rarement à
l'honnête homme qui nous écrase de sa pitié. Voilà le
cas. Tout le monde, dans l'entourage de M. Pautrel,
t'exècre à la mort; et Mme Séchain te déteste doublement, comme femme dédaignée d'abord, et comme
adversaire épargnée ensuite. Il n'y a rien à dire. Tu es
perdu, absolument perdu. C'est à toi de battre en
retraite, quitte à reprendre l'offensive plus tard.

— Hélas! dis-je, reprendre l'offensive! Dans quel
but? La fortune de M. Pautrel ne me tente pas plus
qu'elle ne me tentait. Je me tiendrais pour satisfait si on
me tirait de l'embarras présent, et si on me laissait ensuite
le soin de gagner ma vie et celle ma mère.

— C'est bien dit, riposta Morand, mais c'est ce qu'on
ne croira jamais.

— J'attache du prix, dis-je encore, un prix infini à
l'amitié de M. Pautrel, parce qu'il m'aime, parce que c'est

à lui que je dois mon éducation et ma première initiation aux choses de la vie, parce que c'est un bon et sincère ami qui m'a fait artiste, qui m'a révélé les côtés délicats et sublimes de l'art. Voilà tout. Puis il est bon et paternel. Ses enseignements n'ont aucune raideur; il me mène par la main à la découverte de mes aptitudes. Si jamais, un jour, je deviens un homme — et j'en ai l'espérance — c'est à lui, c'est à ses enseignements, bien plus qu'à son argent, que je le devrai. Je ne puis lui dire ces choses à lui-même. Il ne me croirait pas. Sa modestie est si grande qu'il croit ne m'avoir rien appris. Quoi qu'ait pu dire Mme Séchain, je ne puis penser que mon bon et vieil ami me croie coupable de la lâcheté qu'on m'impute. Je ne l'ai pas vu; tant que je ne l'aurai pas vu, je n'accepterai pas la partie comme perdue. Je le verrai et je le convaincrai.

— Ne t'en flatte pas, répondit Georges. Les gens qui t'accusent sont bien habiles. Ils doivent travailler sans cesse. Tu n'étais pas coupable ce matin; mais, à cette heure, ils t'ont rendu criminel. Qui t'a dénoncé?

— Je n'en sais rien.

— Innocent! Moi, je vais te le dire. Je n'ai pas été admis dans le conseil de tes adversaires, mais leur jeu est si clair que je puis te dire, à coup sûr, ce qu'il est. Le dénonciateur est M. Joseph Scarlat. Vois, je te prie, et admire, si tu peux, l'habileté de cette conduite. Il fallait le brouiller avec M. Pautrel; la nécessité de cette brouille étant admise, comment l'obtenir? Te calomnier était d'abord le moyen le plus simple, aussi on y a pensé. Ce fut Frédéric qui entama l'action, et il fut repoussé avec perte. Tu te défendis victorieusement de cette première attaque. On imagina bien, d'abord, d'y revenir: on prépara même les premiers jalons de ce nouvel assaut; et ce fut M. Paul Desjardins qui se chargea de te provoquer à des escapades de filles, qui surveilla tes rapports avec Rosalie, de manière à trouver un point d'appui pour la calomnie dans des apparences de dissipation de ta part. Ce n'était pas assez, toutefois; la calomnie repoussée une première fois pouvait l'être une seconde. Le calomniateur s'exposait à se perdre dans l'estime de M. Pautrel. Afin de t'écraser à coup sûr et sans péril, on eut recours à un excellent moyen. On voulut te faire calomnier par les événements. C'est ici, mon ami, que la malice de tes ennemis arriva à des proportions héroïques. Afin de te faire accuser d'avoir révélé la vraie situation de Mme Séchain avec M. Pautrel, ils eurent soin d'abord d'exciter M. Pautrel à te faire cette confidence ; puis, lorsqu'il te l'eut faite, à toi, sous le sceau du secret, ils se résolurent à raconter eux-mêmes cette situation par tout Paris. Admire, encore un coup, l'héroïsme de gens qui se dénonçaient eux-mêmes ! Ils se perdaient d'honneur, c'est vrai ; ils se vouaient à l'infamie, c'est vrai, et Frédéric devait empocher des soufflets ; rien n'était plus sûr. Mais, perdus d'honneur, ils sauvaient leur fortune ; car ils savaient bien que jamais M. Pautrel ne les soupçonnerait de s'être trahis eux-mêmes, et toute l'infamie de cette délation devait rejaillir sur toi, qui, seul avec eux, étais supposé dépositaire du secret, puisque, moi, on ignore que je suis instruit.

— C'est merveilleux, dis-je. Alors, tu crois que c'est Frédéric et M. Desjardins qui ont tout raconté à Massé de Vireville et à ses amis ?

— Non. Ils sont trop fins pour cela. C'est en ce moment que tu vas voir l'utilité de ce comparse ridicule, mais bien choisi, qui a nom Honoré Scarlat. On s'est prémuni de ce personnage, on l'a fait venir de Montpellier, et on pris soin de le pousser près de M. Pautrel et de toi-même, afin qu'il n'eût pas l'air d'être ton ennemi, et que, par là, ses dénonciations contre toi ne parussent pas être l'effet de la haine. Lui, passablement roué, et voyant quelques sous au bout de sa comédie, a accepté le rôle qu'on lui distribuait, sans en demander plus long. Il est comme Vespasien, et pour lui l'argent n'a pas d'odeur. C'est assez drôle, n'est-ce pas ? Un pareil goujat ressembler à un empereur ! Toujours est-il que

Scarlat, bien venu partout, léchant les talons de Frédéric, a semé çà et là le venin qu'il avait mission de répandre Il a su se rendre utile, enfin, dans la mesure de ses petits moyens, et on espère encore que ce bonhomme, qui fait de la chimie tout au rebours de la façon dont M. Jourdain faisait de la prose, trouvera moyen de se substituer à toi près de M. Pautrel.

— Que le diable les emporte tous! m'écriai-je. Et moi, que vais-je devenir?

— Dame! mon pauvre garçon, dit Morand, prends d'abord mes vingt francs, et tâche d'arriver jusqu'à Paris avec ta mère. Moi, d'ici à demain, je vais battre l'estrade pour te dénicher quelque argent.

— Mais j'y pense : est-ce que la *Nouvelle France* ne pourrait pas me donner un peu d'argent? Elle me doit une trentaine de francs.

— Tu auras de la chance si on te paye tes trente francs : la *Nouvelle France* et le *Carillon* se coulent. Si tu avais un peu plus suivi la rédaction depuis quelque temps, tu saurais qu'il n'y a pas le sou. M. Brugnon, notre imprimeur, n'est pas payé. Comment veux-tu qu'on paye la rédaction? Puis, il serait peu digne à toi de t'adresser à des gens qui ont voulu te tirer les vers du nez.

— Mais j'y songe, m'écriai-je soudain, je suis bachelier ès lettres, je prépare ma licence. Est-ce que je ne pourrais pas entrer dans une institution comme maître d'études?

— Si fait. Seulement, il est un peu tard. La rentrée est faite, et les places sont prises à présent.

— Il peut s'en trouver une vacante, par hasard.

— Cherche. Mais tu feras là un dur métier. Maître d'études, pion! Y penses-tu sérieusement? Puis, tu es si jeune! On ne voudra pas de toi.

— Avec de l'énergie, dis-je, on arrive à tout, même à être pion. Mon bon Morand, trouve-moi quelques sous pour loger ma mère, pour qu'elle ait un coin où reposer sa tête, et quant à ce qui me regarde, je m'en charge.

— Bien dit, compte sur moi!

27

Il me serra la main avec effusion, et me donna ses vingt francs. Je le quittai, et je courus au chemin de fer, car il se faisait tard. A Juvisy, d'autres épreuves m'attendaient. Mille réclamations d'argent s'étaient produites en mon absence ; les petites dettes, les dettes criardes, criaient surtout, en effet. Puis c'était M. Gagnard, renforcé d'une meute de gens ; et je ne savais comment fermer ces gueules béantes.

J'abrège. Je ne veux point affliger votre esprit par le récit de ces scènes pitoyables, où la misère honnête se débat contre l'avidité éhontée. Je ne veux pas entreprendre le portrait de ces grotesques odieux qui, armés de la loi, surprise de seconder de tels actes, vinrent glapir, geindre et menacer autour de moi. Je leur distribuai loyalement jusqu'à ma dernière ressource, et ils ne furent pas satisfaits. Cependant, je n'avais gardé que ce qui m'était indispensable pour venir à Paris avec ma mère : les vingt francs que m'avait prêtés Morand.

Le pauvre mobilier de ma mère resta entre les mains de M. Gagnard. Nous ne pûmes obtenir l'autorisation d'emporter que le lit sur lequel j'étais né, et sur lequel mon père était mort ; ce fut la seule relique de nos souvenirs de famille.

Quant au reste, quant à ces vieux meubles au milieu desquels j'avais passé mon enfance, la table où j'avais appris à écrire, sous l'œil vigilant de ma mère, le fauteuil où ma mère s'asseyait pour m'apprendre à lire, il fallut laisser tout cela. Je les vois encore : sur le coin de la table, il y avait une grande tache d'encre, à l'endroit où j'avais un jour renversé mon encrier ; l'un des bras du fauteuil me rappelait une chute que j'avais faite, tout enfant. Je m'y étais cogné la tête. Et j'avais bien pleuré, malgré les baisers de ma mère qui voulait me consoler.

La vieille pendule qui marquait les heures de nos repas de famille, de vieux cadres contenant des lithographies de Géricault ; un petit berger de carton peint, avec sa houlette dorée, sous un globe ; tous ces riens sans valeur, tous ces souvenirs de mon cœur, qui ne valaient pas

quatre sous pour M. Gagnard, il fallut les laisser pourtant à M. Gagnard. Un voiturier de la commune chargea, de grand matin, le lit et les matelas sur sa charrette, et conduisit le tout au chemin de fer. Il pleuvait. Ma mère et moi, nous suivions la charrette, serrés l'un contre l'autre, transis et grelottants. A une centaine de pas de la maison, je me retournai pour la voir et la saluer encore. Les larmes me vinrent aux yeux.

C'était à cela qu'aboutissaient les promesses de fortune dont on m'avait comblé.

Pendant le trajet, dans le wagon, je rêvais avec moins d'amertume que d'ironie aux revirements soudains de la fortune, aux jeux surprenants du hasard. La première leçon que je recevais dans la vie était d'une si étonnante sévérité que je me plus à faire le procès à la volonté divine, et que je l'accusai d'injustice.

Oui, j'avais tout perdu. Et ce que je regrettais le plus, ce n'était pas, assurément, les millions de M. Pautrel et l'amour d'Ernestine, ce n'était pas la vanité satisfaite et les affections bruyantes. C'était...

C'était ce je ne sais quoi d'infiniment tendre et chaste que j'avais entrevu un soir près d'Amélie. C'était l'épanchement affectueux d'une douleur sœur de mon désespoir; c'était la confiance d'une âme sœur de la mienne, qui en comprenait les angoisses et les espérances. C'est par les épreuves que Dieu nous instruit et nous fortifie. Heureux, je n'avais pas ouvert les yeux; malheureux, je sentais, au souvenir seul de la soirée passée à Saint-Mandé, près d'Amélie, mon cœur se fondre et s'adoucir. C'était comme la vision d'un autre et meilleur monde qui me restait dans la mémoire; c'était comme le parfum de sa petite rose qui me revenait et m'embaumait à travers la séparation.

Malheureux d'avoir perdu ces trésors que j'avais possédés en réalité, bien plus qu'affligé d'avoir vu s'évanouir mes espérances de fortune, j'y puisais cependant un encouragement fortifiant. Mais quand je revenais à penser aux scélératesses dont ma naïveté avait été entourée, j'éprouvais un regret amer auquel se mêlait du dégoût, et j'étais tout prêt à déclarer au monde une guerre acharnée.

Dans mon chagrin muet, j'éprouvais un orgueil tumultueux. Un orage grondait dans ma tête. Encore voisin des impressions classiques, je me comparais aux héros fuyant leur ville saccagée et n'emportant pour tout bien que leur épée et leurs dieux. Ayant ma mère à mes côtés, j'allais fonder une nouvelle ville, une nouvelle famille, dans un pays que je ne voyais pas encore. Le soldat vaincu, qui suit son drapeau haché et qui se dit qu'après tout le sort trahit souvent le courage, n'est pas plus forcené dans son désespoir que je ne l'étais dans le mien. Encore le soldat peut se dire qu'il n'a été frappé que par devant et n'a combattu que des ennemis loyaux. Moi, j'étais frappé par derrière et j'avais eu affaire à des traîtres.

Je me surpris, en m'interrogeant, en flagrant délit de haine et de mépris pour l'espèce humaine. Sur les quelques échantillons que j'avais vus, je m'autorisais à juger l'humanité tout entière. Tel est l'excès à fuir dans de tels accablements. Après la confiance aveugle vient la défiance systématique. La réaction se croit autorisée à toutes les exagérations.

Je me sentais donc poussé dans la voie fatale de la désespérance. Quand nous arrivâmes à Paris, je fis charger sur une petite voiture de commissionnaire le lit que ma mère apportait pour tout mobilier, et je donnai l'ordre de le porter rue Taranne. Là m'attendait un obstacle imprévu. On ne m'avait loué qu'à la condition de garnir le logement d'un mobilier suffisant, ou de payer un terme d'avance.

M. Gagnard avait retenu le mobilier, et j'avais distribué mon argent à tout le monde. On refusa de laisser déposer le lit de ma mère dans la maison.

J'eus beau insister, prier, supplier, tout fut vain. Vainement je promis de payer le lendemain le terme d'avance. On fut inflexible. Le propriétaire, mandé par le portier,

me déclara qu'il serait temps de me laisser déposer le lit quand j'aurais payé le terme promis.

Je dus battre en retraite, et je dis au commissionnaire de porter ce pauvre lit rue du Cherche-Midi.

J'étais rouge de honte. Le commissionnaire, je le voyais bien, souriait de ma mésaventure. J'étais humilié surtout pour ma bonne vieille mère, dont le bras s'appuyait sur le mien; pour ma mère, qui, je le redoutais, s'apercevait avec douleur que le fils sur qui elle comptait comme unique appui n'était au fond qu'un enfant inhabile à la protéger et à la défendre.

Rue du Cherche-Midi, ce fut une autre affaire. Mon concierge s'étonna de me voir apporter un lit de plus dans ma petite chambre, déjà bien assez encombrée, et il me demanda si je me souvenais que je m'étais engagé à déménager le 8 du mois.

Tout compte fait, c'était encore six jours de répit que j'avais à moi. Six jours seulement!

Je donnai l'ordre au commissionnaire de monter le lit chez moi. Mais il était visible qu'on ne pouvait dresser ce lit dans ma chambre; il fallut en laisser les pièces éparses et les matelas sur le carré. Tout était mouillé, car il pleuvait depuis le matin; et le concierge se plaignit avec insolence de ce qu'on salissait l'escalier.

La nuit tombait, la triste nuit de novembre avec son cortège de frissons, avant-coureurs de l'hiver, avec ses tristesses, avant-coureurs de la misère. De larges pans d'ombre couvraient les maisons; et dans les rues qu'emplissait la brume qui suit un jour pluvieux on voyait les becs de gaz s'allumer peu à peu. Les fenêtres commençaient à s'éclairer. La voisine d'en face avait tiré ses rideaux, et je voyais chez elle plusieurs ombres, projetées sur ces rideaux, s'agiter et venir, soit gaies, soit tristes, je ne savais. Mais c'était la vie au moins; et ma mère, brisée de fatigue, reposait sur mon lit. Moi, assis sur une chaise, mouillé jusqu'aux os, je grelottais. J'étais anéanti.

Les carillons lugubres du jour des Morts pleuraient

dans l'air humide. Ces carillons pénétraient l'âme comme
la pluie pénétrait les os. Et je pensais : — Je n'ai pas
même un vêtement chaud !

—Beaux jours de l'été ! soleil de juin rayonnant à travers les couverts des arbres du bois de Vincennes, poussière sur mes souliers, qu'êtes-vous devenus ? Baisers,
joie, parfums, où êtes-vous ? Espérance, tu n'étais qu'un
mensonge. Vertu, amour ? Illusion !

J'avais une rage infinie de m'être laissé arracher cet
argent. J'aurais commis des crimes pour reconquérir
cette position perdue. J'enviais le cynisme de Frédéric
Séchain, et j'étais bien près de le partager. Je calculai
ce qu'il faut de hontes bues pour nous rendre insensibles
à la honte, et je me disais que j'avalerais bien cela.

Ma mère, cependant, ma bonne et sainte mère était
couchée sur mon lit, immobile, silencieuse, tandis que
Mme Séchain s'épanouissait dans son luxe et son insouciance ; mais ce fut à peine s'il me resta assez d'honneur
pour comprendre qu'à bien juger les choses ma mère
valait mieux que Mme Séchain.

Comme j'étais immobile et silencieux, aussi sauvage
qu'un loup traqué par une meute, ma mère me crut
endormi et me demanda :

— Armand, dors-tu?

— Non, dis-je. Je pense qu'il faut dîner.

— Je n'ai pas faim.

Je n'essayai pas de convaincre de mensonge cette
assertion courageuse. Je pensai seulement que du temps
où mon père vivait on dînait tous les jours ; et je rougis
de moi-même en constatant qu'il ne me restait plus que
onze sous dans ma poche.

Le transport des meubles, nos places dans le chemin
de fer et le commissionnaire avaient absorbé le reste des
vingt francs prêtés par Morand.

Mon parti fut pris en une seconde. Je courus à ma
garde-robe et je fis un paquet de quelques vêtements,
ce que j'avais de meilleur : le petit paletot gris avec un
pantalon et son gilet, un habit noir, aussi avec son pan-

talon, que je m'étais fait faire récemment ; puis je recommandai à ma mère de m'attendre tranquillement. Remarquant qu'elle avait froid, je jetai sur elle ma couverture : ma mère était vieille, vous le savez.

Puis je m'élançai dans la rue à la recherche d'un marchand d'habits.

C'était jour de fête. Toutes les boutiques étaient fermées.

A la fin, pourtant, je découvris une porte entr'ouverte rue de l'Ecole-de-Médecine. J'entrai résolument avec mon paquet. Un homme à figure de coquin s'avança :

— Qu'est-ce que vous voulez, monsieur ?

— Un paquet de vêtements que je veux vous vendre.

— Voyons !

Il défit mon paquet, examina sans trop de soin les divers vêtements qui s'y trouvaient, les critiqua pour l'acquit de sa conscience et m'en offrit vingt francs.

— Vingt francs !

Je me récriai avec énergie. Je fis observer que le tout était presque neuf et m'avait coûté quatre cents francs. Il me répondit que c'était à prendre ou à laisser et qu'il n'ajouterait pas un centime.

Il fallut accepter le prix qu'il imposait. Mais au moment où je pensais recevoir les vingt francs, il me dit qu'il ne me connaissait pas, qu'il fallait me faire accompagner chez moi pour me payer. Ce fut une fille de boutique, furieuse de se faire mouiller, qui dut venir rue du Cherche-Midi. Elle y mit tant de mauvaise grâce qu'il était dix heures quand je fus en possession de mes vingt francs.

Ma mère dormait. Je la réveillai et l'engageai à se lever pour venir dîner. Après s'être fait expliquer comment je m'étais procuré de l'argent, elle me fit de vifs reproches. Mais il n'était plus temps. J'insistai pour la faire manger, et elle consentit à se lever. Mais dès qu'elle fut debout, je la vis pâlir, et j'entendis ses dents claquer. Ma mère avait une lourde fièvre, suite des émotions et du froid. Il lui fut impossible de sortir.

Elle se mit au lit dans mon lit. Je ne savais que faire, ni quel traitement suivre. J'eus l'idée de lui faire quelques infusions de menthe, dont elle se trouva un peu soulagée.

Quant à moi, ayant étendu le moins mauvais de ses matelas à terre, dans le milieu de ma chambre, je m'arrangeai le moins mal que je pus pour passer la nuit.

Quelle nuit! vous la raconter m'est impossible. J'avais aussi une fièvre violente, que causaient à la fois la fatigue et la colère. J'entendais la respiration de ma mère haleter par intervalles. Encore une fois, quelle nuit !

Le jour vint. Ma mère était plus mal. Je me fis indiquer un médecin par le concierge. Je courus chez le docteur. Il venait de se mettre à table pour déjeuner; il devait d'abord faire les visites à ses malades ordinaires et ne pouvait venir voir ma mère que dans trois heures.

Je rentrai près de ma mère. J'avais la mort dans l'âme.

Le médecin vint après quatre mortelles heures d'attente. Il prit le pouls de ma mère, lui adressa quelques questions, secoua la tête, déclara le cas très grave; et ayant promené ses yeux inquiets sur ma petite chambre, il me donna le conseil de faire conduire ma mère à l'hôpital.

— Jamais!

— Vous avez tort. Il y a des gens qui préfèrent se faire soigner à l'hôpital.

Et, m'attirant à part :

— Monsieur, votre mère a une pleurésie. Je ne réponds de rien. Vous ne pourrez pas lui donner des soins suffisants.

— Faites votre ordonnance, docteur. Quand je devrais vendre ma peau...

Il haussa les épaules, me demanda une plume, de l'encre et du papier pour écrire l'ordonnance. Je le vis, à un certain moment, qui me regardait de travers, d'une étrange manière.

Aujourd'hui je pense que, peut-être, ce docteur, qui

était encore jeune, avait éprouvé des jours de détresse et prenait Armand de Rives en pitié.

XXIX

Un ami tranquille.

Je passai toute la journée près de ma mère, dévoré d'inquiétudes. Le lendemain, après avoir prié le concierge de me remplacer dans les soins qu'il fallait donner à la malade, je pris mon diplôme de bachelier dans ma poche et je me mis à la recherche d'une institution où l'on aurait besoin d'un maître d'études. Ainsi que l'avait prévu Morand, toutes les places étaient prises ; je courus en vain du quartier du Panthéon à celui du Marais. Cette première journée n'amena pas de résultat.

Dans la soirée, j'allai chez Morand. Il m'attendait avec impatience, me prêta vingt francs et me promit une autre somme de cent francs pour dans deux ou trois jours. C'était tout ce qu'il pouvait faire, et cela me tranquillisa un peu.

Deux autres journées se passèrent sans que je pusse me placer. J'allais, je venais, je marchais sans relâche. Ma fatigue était immense. Enfin, un soir, je rencontrai Leverney sous les arcades de l'Odéon ; je lui racontai quelle était ma peine. Il me reprocha de n'avoir pas eu d'abord recours à lui, et je lui avouai que je n'avais pas osé l'aller voir, parce qu'il demeurait dans la maison de Séchain, et que je redoutais de rencontrer quelqu'un dans l'escalier.

Il me dit qu'à son avis rien n'était perdu ; que, loin de fuir M. Pautrel, je devais au contraire provoquer une explication d'où je sortirais certainement victorieux, et que, pour lui, il était tout prêt à donner une volée de bois vert à Frédéric et à Honoré Scarlat.

Le meilleur résultat de cette rencontre fut que Leverney m'indiqua une institution de jeunes gens, près

27.

du Panthéon, où il donnait lui-même des leçons et dans laquelle, sur sa recommandation, on me recevrait sans doute pour donner des répétitions de français et d'italien. Il s'offrit de m'y conduire le lendemain matin. Il me donna rendez-vous hors de chez lui.

L'état de ma mère s'était un peu amélioré; la maladie semblait battre en retraite devant mes soins assidus; je commençais à respirer de ce côté. L'offre de Leverney me tranquillisa beaucoup, et pour la première fois depuis la mort de mon père, je dormis d'un sommeil paisible.

Le lendemain, je trouvai Leverney exact au rendez-vous. Nous allâmes chez ce maître de pension, qui s'appelait Tornesi, et qui, en effet, se trouva avoir besoin d'un maître d'italien. Il me demanda mes conditions, et ce fut Leverney qui les posa lui-même. Après une longue discussion, on tomba d'accord pour cent francs par mois; somme modeste pour laquelle je devais donner trois fois par semaine une leçon d'italien de deux heures, trois autres fois une leçon de français, de deux heures aussi; et je devais commencer dans quatre jours, c'est-à-dire le 10.

Cette convention me redonna joie et courage; ma mère en éprouva quelque soulagement dans ses inquiétudes, et je commençai à espérer que tout s'arrangerait pour le mieux si je parvenais à régler la question du logement.

Il s'agissait de trouver cent vingt-cinq francs pour prendre possession du logement de la rue Taranne. Dans la soirée, j'allai voir Morand, qui, selon sa promesse, me remit cent francs : c'était le plus gros de la somme, mais ce n'était pas tout; et, le fond de ma garde-robe une fois vendu, je calculai qu'il me fallait encore quarante francs pour conduire ma mère dans un nouveau lieu de repos.

Je pensai alors à mettre à exécution le conseil donné par Leverney, en allant trouver M. Pautrel. Il me semblait que les arrangements pris et les moyens que j'avais

courageusement adoptés pour faire face aux premières
nécessités devaient me concilier l'estime, en prouvant
de quoi j'étais capable, et qu'aucun vil sentiment d'intérêt n'entrait dans mon calcul. Je ne pouvais croire
que mon vieil ami, qui m'avait, pour ainsi dire, jeté huit
mille francs à la tête, me refusât quarante francs, au
moment où j'en avais un si grand besoin, surtout quand
je lui aurais démontré ma complète innocence des fautes
que l'on m'imputait.

Dès le lendemain matin, sans en rien dire à ma mère,
je me mis en route pour la rue de l'Ouest. Nous étions
au matin du 7 novembre ; c'était le jour de fête d'Ernestine.
J'y pensai un moment. Mais comprimant en moi-même
les souvenirs trop énervants d'un passé qui ne devait
plus renaître, je m'enveloppai tout entier dans l'énergie
un peu sauvage qui me possédait. Il fallait, il fallait absolument trouver quelque argent et sortir de l'impasse.
Mon cœur n'était plus à la tendresse, et je pensai que
je n'aimerais plus jamais ; que toutes les joies de la
vie étaient éteintes pour moi ; que j'étais condamné
à labourer une terre de désolation, et qu'attaché à la
glèbe, jamais je ne me redresserais pour regarder le
ciel.

J'arrivai rue de l'Ouest, résolu à enfoncer les portes
si on me les tenait fermées. La damnée Josette, en effet,
dès qu'elle me vit, ouvrit la bouche pour me déclarer
que tout le monde était parti. Mais je la repoussai durement, sans lui donner le temps de s'expliquer, et je
me dirigeai résolument vers l'appartement de M. Pautrel.
J'entrai sans frapper. M. Pautrel lisait ses journaux, assis
dans un fauteuil qui me tournait le dos. Il était si loin
de s'attendre à ma visite que, sans se retourner, il dit :

— C'est vous, Adèle ?

— Non, répondis-je. C'est moi.

Il se leva, pâle d'une émotion soudaine, et faisant
claquer ses lèvres avec un petit bruit d'impatience,
comme il le faisait toutes les fois que la congestion était
à craindre. Mais il se remit soudain, par un effort dont

je ne l'aurais pas cru capable, et me dit, avec sa voix affectueuse d'autrefois :

— C'est vous, Armand. Eh bien ! qu'avez-vous à me dire ?

— J'ai à vous dire, monsieur, que je suis navré de voir qu'on me refuse à présent l'entrée de votre maison, dont j'ai eu les clefs entre les mains et où autrefois j'étais traité comme un enfant, aimé de tout le monde.

— Ah ! oui, dit-il. Mais aussi, mon ami, c'est votre faute.

— Ma faute !

J'étais si ému que j'avais les larmes aux yeux et que ma voix tremblait. Je me tenais debout, sans avoir l'idée de marcher ou de m'asseoir. M. Pautrel m'apporta lui-même une chaise, en disant :

— Asseyez-vous !

Et lui-même reprit place dans son fauteuil.

— Je ne vous cache pas, repris-je, que je suis si ému, si irrité, que je ne sais par où commencer. On m'accuse de choses odieuses. Je ne sais quelle trame abominable on a ourdie contre moi.

— Pas de gros mots, je vous en prie, interrompit M. Pautrel. Épargnez-moi les émotions. Il n'y a pas de trame ourdie contre vous, et personne ne vous accuse de quoi que ce soit.

— Je vous demande pardon : ou je n'ai pas compris ce que m'a dit l'autre jour Mme Séchain, ou l'on m'accuse d'avoir tenu des propos, indiscrets en tout cas, mais qui deviendraient odieux après la confidence que vous m'avez faite.

M. Pautrel s'accouda commodément dans son fauteuil, appuya sa tête dans sa main, fit entendre un petit sifflement d'impatience et répondit :

— Quelle confidence vous ai-je faite, et quels propos avez-vous tenus en suite de cette confidence ?

Je tombai des nues. Qu'est-ce que cela voulait dire ? Est-ce que, réellement M. Pautrel n'était pas au courant de ce qui se passait ? Un moment j'eus cette espérance, quelque invraisemblable qu'elle fût; mais je vis bientôt que cela était impossible. Je pris donc le parti de forcer l'explication qu'on semblait éviter.

Sans hésitation donc, je repris le récit des accusations sous lesquelles on pensait m'accabler; j'eus soin de bien préciser et d'isoler chacun des griefs; puis, quand j'eus terminé cet examen préparatoire, durant lequel M. Pautrel, tout en témoignant fréquemment de l'impatience, n'interrompit pas une seule fois, je lui demandai s'il avait bien tout compris et s'il croyait à ce qu'on m'imputait.

— Heu! fit-il pour toute réponse.

— Alors, dis-je, laissez-moi vous prouver clairement, et grief par grief, que je suis innocent.

— Bah! fit-il encore, à quoi bon?.

— Pour me justifier à vos yeux de toutes ces calomnies.

— Mais, mon cher Armand, je ne vous en veux pas.

— Là n'est pas la question, repris-je avec vivacité. Il ne s'agit pas de savoir si vous m'en voulez ou non; il faut préciser si vous me croyez innocent ou coupable.

— Je ne puis rien vous dire, répliqua-t-il. On me dit tant de choses.

— J'offre de prouver qu'on en a menti! m'écriai-je avec colère.

— Là! là! fit tout doucement M. Pautrel. Ne criez donc pas ainsi : vous me fendez les oreilles.

— C'est qu'il faudrait, répondis-je, un sang-froid que je n'ai pas pour rester calme dans une telle circonstance. Un étranger, le premier venu, s'amuse à baver sur moi, et il faut que je me contraigne!

— De qui parlez-vous?

— De M. Scarlat.

— Vous vous trompez, mon ami; M. Scarlat est un honnête garçon fort innocent de toutes ces choses, et c'est vous qui, en ce moment, l'accusez injustement. Vous prétendez qu'il vous calomnie, et c'est vous qui jouez le rôle de calomniateur. Je vous en avertis.

— Comment! m'écriai-je. Oh! c'est trop fort. C'est moi qui calomnie M. Scarlat, à présent?

— Mais j'y vois quelque apparence. Vous l'accusez de choses dont il est innocent. M. Scarlat est, je vous le répète, un fort honnête garçon, auquel vous en voulez peut-être, parce qu'il a rencontré chez vous une certaine petite fille nommée Rosalie.

— Bon! repris-je. A tout le moins vous ne nierez pas qu'il a bavardé là-dessus.

— Oui, peut-être. Mais ce n'est pas à moi qu'il s'en est plaint.

— Qu'il s'en est plaint! Voyez-vous les plaintes pudiques de M. Tartufe.

— Encore un coup, vous allez trop loin. Scarlat, sans être un tartufe, peut redouter que votre fréquentation et celle des femmes qu'il rencontre chez vous ne nuise à son travail, et il a pu dire deux mots de cette crainte à quelques amis. Pas à moi, je dois le dire; la chose m'est revenue d'un autre côté.

— De la part de M. Desjardins? demandai-je.

— Peut-être!

— C'est encore là une belle autorité pour m'accuser.

— Mais on ne vous accuse pas, mon cher Armand. Vous êtes, grâce à Dieu, votre maître, et personne n'ayant rien à voir là-dedans, personne n'a le droit de vous accuser. Je puis, moi, trouver bizarre et fâcheux que vous m'ayez trompé. Mais peut-être n'y attachez-vous pas la même importance. Toujours est-il que vous avez joliment joué votre jeu. Ce pauvre Frédéric, quand il vous faisait écrire des vers à cette même Rosalie, a été tout bêtement votre dupe; il croyait que vous travailliez pour lui, et c'était lui qui travaillait pour vous, en payant le gamin qui portait vos lettres.

— Comment, vous pensez?...

— Mais oui. Il est difficile de penser autre chose que ce qui est évident. Vous avez nourri deux ans votre petit jeu pour Rosalie. Voilà tout. Et je ne vous blâme pas. Vous étiez maître, encore un coup, de refuser pour elle le voyage que je vous offrais. Comment expliquer autrement ce refus qui a dû si fort vous coûter? Seulement je ne vous cache pas que si j'avais su que l'argent qu'on vous envoyait, et que je destinais à vos études, devait servir à meubler vos amourettes de meubles en acajou, je ne vous aurais pas envoyé cet argent. Voilà tout. Mais un peu de folie est excusable de votre part.

Je tenais enfin une accusation nettement formulée, de la bouche même de M. Pautrel. Je crus que j'allais saisir la victoire, puisque l'ennemi précisait ses attaques et ne fuyait plus. Je pris la parole :

— Permettez-moi de m'expliquer. Le plan que vous me supposez dans mes amours pour Rosalie serait d'une si énorme rouerie que je ne puis m'expliquer comment vous, qui me connaissez, vous avez pu m'en croire capable. Cela me donne, au reste, la mesure de l'estime dans laquelle vous tenez ma franchise, maintenant qu'on m'a calomnié près de vous. — Car on m'a calomnié. Vos soupçons en sont la preuve. De vous-même vous ne les auriez pas conçus. Je n'entrerai pas dans la discussion pied à pied, pour vous démontrer combien ces imputations sont fausses. Il n'y a qu'une chose vraie, je l'affirme, c'est que j'ai eu une maîtresse pour laquelle j'ai dépensé une partie de l'argent que je croyais être le mien. C'est une faute, je l'avoue ; mais c'est la seule. Encore pourrais-je invoquer comme excuse que je cédais à l'emportement de mon chagrin, quand j'ai vu que Mlle Ernestine de Renne me repoussait, et se dédisait de l'amour juré, précisément à cause de mon refus de voyager avec vous.

— Comment ? s'écria M. Pautrel.

— Oui, ce refus de voyager m'a plus coûté que vous ne le pensez. Et vous allez apprécier la noirceur des attaques dirigées contre moi, quand je vais vous avoir expliqué le vrai motif de ce refus. Je connaissais dès lors, monsieur, votre vraie position avec Mme Sechain...

— Qui vous l'avait révélée ?

— Peu importe. Je ne vais pas me faire le délateur de l'ami qui m'avait tout révélé. Mais enfin, je le répète,

je connaissais cette position vraie, et Mlle de Renne
voyait, dans mon voyage avec vous, le moyen d'écarter
et de perdre à jamais Frédéric. Elle mettait notre mariage à ce prix. Cependant, me rappelant que Frédéric
avait été mon ami, je ne voulus pas le perdre en lui
prenant sa position près de vous. Je le rendis maître de
décider si je partirais ou non ; ce fut à sa prière que je
refusai, et j'ai chez moi la lettre dans laquelle il me
remercie humblement d'avoir refusé.

— Je vous avais pourtant défendu d'en parler à Frédéric, observa M. Pautrel.

— C'est vrai, dis-je. Mais cela vous prouve au moins
que j'étais plus soigneux de ma délicatesse qu'on ne le
dit, puisque, exagérant peut-être cette délicatesse, je
n'hésitai pas à vous mécontenter pour respecter la tranquillité d'un homme que j'avais nommé mon ami, quelque indigne qu'il fût de ce titre.

— Vraiment ! dit M. Pautrel, d'un ton visiblement
adouci.

Je continuai alors ma justification. J'expliquai comment
mon refus m'avait perdu dans l'esprit d'Ernestine, et
comment mon chagrin m'avait poussé à des folies pour
Rosalie. Ma jeunesse servait, selon moi, de circonstance
atténuante à ces prodigalités étourdies. Venant enfin à
l'accusation sérieuse que l'on me faisait d'avoir abusé de
ses confidences pour révéler sa situation anormale avec
Mme Séchain, je lui fis observer que je n'étais pas le
seul possesseur du secret, puisqu'il m'avait été révélé
par un tiers ; et qu'en tout cas ces indiscrétions de ma
part auraient été une maladresse insigne, en désaccord
avec la finesse perfide que l'on me supposait.

Tout était bien jusque-là, et ma cause semblait ga-
gnée ; mais je commis l'imprudence de vouloir pousser
plus avant. Avec ma bravoure inexpérimentée, je voulus
passer du rôle d'accusé à celui d'accusateur. Sans
révéler que ces indices m'étaient fournis par Georges
Morand, je reproduisis ses accusations contre Mme Séchain et sa famille, qui, pour me perdre, simulait d'elle-

même une dénonciation venue de ma part. Je fis valoir
le rôle joué, d'après moi, par Honoré Scarlat, et je prédis qu'on s'efforcerait, après m'avoir chassé de la maison, à le placer près de M. Pautrel comme mon rem-
plaçant. Je racontai la scène de l'interrogatoire que
l'on m'avait fait subir dans les bureaux de la *Nouvelle
France*, et je fis remarquer que j'avais refusé de rien
révéler jusqu'au dernier moment, où j'avais compris
que, soit que je parlasse ou non, la conviction des
anciens amis de Frédéric n'en était pas moins faite.

— Mais alors, dit M. Pautrel, vous avez tout avoué.

— A regret, mais pour protéger encore Frédéric
contre des violences immédiates.

— Voilà le mal.

— Mais on était instruit sans cela.

— Je ne dis pas non. On se doutait peut-être, mais
vous avez tout affirmé.

— Je vous affirme que la conviction était faite avant
mon aveu. Et d'ailleurs, je n'ai parlé que devant des
gens d'honneur, incapables de dissimuler ce qui s'est
passé si on les interroge. On m'accuse, je me défends.
Mais vous êtes juge. Eh bien! accompagnez-moi à la
rédaction de la *Nouvelle France*, que Frédéric nous
suive, et nous verrons qui a tort ou raison quand nous
pourrons confronter nos dires.

— Vous êtes fou! répondit M. Pautrel. Frédéric ne
peut se retrouver devant aucun de ses anciens amis.

— Soit! Eh bien! j'accepte la lutte dans les conditions
les plus défavorables. Confrontez-moi avec Mme Séchain, avec M. Desjardins, même avec Honoré Scarlat;
je me fais fort de les réduire au silence.

M. Pautrel ne répondit pas d'abord. Il réfléchit,
croisa, puis décroisa ses jambes. Il soupira profondément et parut méditer en lui-même la quantité de
chances qu'il avait d'échapper à la congestion. Il se
résolut enfin à prendre la parole, et ce fut du ton le plus
posé qu'il me dit:

— Mon cher Armand, vous vous défendez avec une

grande vivacité; mais les reproches qu'on vous adresse ont beaucoup de vraisemblance. Vous me proposez une confrontation qui vous justifierait sans doute; mais j'aime mieux m'abstenir de toute démarche, parce que, voyez-vous, je suis très ému. Cela tournerait mal pour moi. Vous êtes un peu violent. Déjà une fois, devant sa mère, devant tout le monde, vous avez terrifié ce pauvre Frédéric. En voilà assez. Épargnez-moi ces cris, ces discussions, ces querelles. Je ne veux plus me mêler de toutes ces criailleries. On vous accuse, vous accusez : qui a raison? Je n'en sais rien. L'avenir le montrera; quant à présent, autant vaut que je reste en paix. Dans le fait, je suis désintéressé dans la question. Je vous le demande, au fond, qu'est-ce que ça me fait?

— A votre point de vue, répondis-je, c'est bien. Mais les gens indépendants trouveront que c'est de l'égoïsme.

— Bon! s'écria-t-il. Des injures, à présent? Dieu me pardonne, vous me dites des injures !

— Non, vraiment. Mais quand vous refusez la justification d'un ami sous prétexte que vous craignez une congestion imaginaire et que vous ajoutez: Que m'importe! je ne crois pas que personne puisse s'y tromper. C'est de l'égoïsme.

— Mettez cela si vous voulez, dit-il, et n'en parlons plus. Je désire vivre en paix, je vous prie de respecter ma paix et de ne plus me rompre les oreilles.

— Très bien, monsieur. Je vois à présent que j'ai eu tort de compter sur votre amitié.

— Eh, nom d'un nom! s'écria-t-il, tant pis pour vous si vous vous êtes trompé. Vous m'impatientez. Vous me racontez un tas d'affaires qui me sont parfaitement égales. Je vous le demande, qu'est-ce que cela me fait? On vous accuse, vous vous justifiez... Tenez, voilà que le sang me remonte à la tête!

Mais, outré comme je l'étais, je n'eus plus pour « le sang qui se portait à la tête » la même considération qu'autrefois. Au lieu de baisser le ton, j'élevai la voix.

— Je me retire, monsieur, et de toutes les désillusions qui m'assaillent depuis quelques jours, celle que je viens d'éprouver est assurément la plus cruelle. J'avais cru que vous me portiez quelque intérêt, et je me flattais que ma jeunesse et mon ardeur à bien faire motivaient cet intérêt de votre part. Aujourd'hui, je le vois, je m'étais trompé. Vous vous étiez désennuyé avec moi; vous étiez inoccupé, il vous a semblé bon de me prendre comme passe-temps; l'argent que vous m'avez donné vous payait un amusement. Vous étiez curieux de voir une intelligence un peu précoce; c'était une curiosité. Mais vous vous seriez aussi bien payé un bossu ou un singe. Maintenant que vous en avez assez, vous me chassez.

— Je crois, mon ami, répondit M. Pautrel, que vous allez un peu loin. On peut aimer les gens et ne pas vouloir compromettre son repos.

Cette tranquillité, ce grand calme me mettaient hors de moi. Je continuai :

— Non! je ne vais pas trop loin. Je sais que la jeunesse, le travail, la franchise, la vertu, l'amour, tout enfin, tout est égal devant l'argent. Il passe son niveau stupide et ravale les gens de cœur au rang des imbéciles. Sans m'avoir aimé, vous estimez avoir assez payé mon amitié avec huit mille francs, et vous ne voulez pas vous déranger. Bien! bien! je serai peut-être riche un jour, moi aussi; je profiterai de la leçon que j'ai reçue aujourd'hui, et j'aurai soin de ne pas compromettre mon repos, comme vous. Tenez, je me tais. J'en aurais tant à dire que je vois bien que je n'en finirais jamais!

— Armand, dit encore M. Pautrel, je crois que vous êtes fou.

— N'ayez pas peur, répliquai-je. Moi, je ne serai pas malade.

Et je sortis, dans une exaspération impossible à décrire.

Ma position était pleine de ridicule et d'angoisse. Je ne savais que devenir. Le petit service que j'étais venu réclamer n'était pas même entré en ligne dans la conversation. Je me sentais refusé d'avance. J'étais chassé comme un pauvre honteux, après avoir été moi-même maître de chasser les autres comme des coquins, et j'avais le ridicule de l'impuissance sans avoir eu jamais les bénéfices de la générosité.

Personne ne m'ouvrit la porte. Je sortis tout seul en retirant cette porte avec fracas. J'avais enfoncé mon chapeau sur les yeux et je descendais l'escalier marche à marche — en pensant !

Un océan, un univers d'idées tumultueuses se battaient dans mon cerveau. Chaque marche que je descendais les voyait naître et mourir. On eût dit que je mettais, à chaque marche, le pied dans un nid de guêpes sauvages qui tourbillonnaient autour de moi et me piquaient les yeux. Chaque pas en faisait lever un essaim. Et elles me piquaient de leurs dards empoisonnés et bourdonnaient. J'étais fou !

XXX

Amélie.

On se souvient que Frédéric demeurait à l'entresol, précisément au-dessous de sa mère.

Il avait peut-être été instruit de ma visite à M. Pautrel ; peut-être encore le bruit que je fis en tirant la porte à ma sortie lui sembla étrange. Toujours est-il qu'en arrivant sur le palier de sa porte, je vis cette porte s'entr'ouvrir, et la longue figure ennuyée de Frédéric qui me guettait par l'ouverture.

Jamais Frédéric n'était d'une gaieté folle. En ce moment, il me parut sinistre. Sa figure, dis-je, était longue, amaigrie et pâle ; je l'aurais bien comparé à Pierrot, si le désarroi où j'étais m'eût laissé le loisir d'une comparaison. Ce pauvre diable, qu'une basse avidité condamnait à une position déshonorante, dont il était le premier à rougir, avait dans le caractère des notes

imprévues; il abondait en sorties singulières que rien
ne semblait motiver, et qui provenaient, non de sa raison, mais du hasard selon lequel il accrochait la première phrase qui se présentait à son esprit.

Ainsi donc Frédéric, montrant sa tête par l'entre-
bâillement de sa porte, me vit descendre, et me jeta à
la figure une phrase qui, venant de tout autre, aurait
été ironique, et qu'il ne me dit que pour dire quelque
chose, sans intention méchante, j'en suis certain.

— Tiens! — C'est toi! — Bonjour! — Te verra-t-on
ce soir — à Saint-Mandé? — C'est la fête d'Ernestine,
tu sais? — Il y a un bal. — On célèbre nos fiançailles...
ailles. — Tu sais que je l'épouse?

Il prononça cette phrase en la scandant ainsi, de place
en place, par des temps de repos. Je fus si surpris de
cette apparition et de cette annonce de son mariage avec
Ernestine, que je ne trouvai rien à répondre, et que je
m'arrêtai net sur la marche où je me trouvais.

Frédéric eut, probablement, quelque crainte que je
ne me livrasse à des voies de fait. Il referma soudain sa
porte pour se mettre à l'abri. J'achevai de descendre
l'escalier, lentement et toujours halluciné.

En mettant le pied sur le trottoir, dans la rue, je me
frappai le front avec joie. Les quarante francs que je
cherchais étaient trouvés. J'avais un matelas de trop.
Je pouvais le vendre.

J'en éprouvai un changement si grand que toutes mes
détresses disparurent, et qu'il ne me resta qu'un vaste
mépris pour la race humaine, une profonde et implaca-
cable haine contre mes ennemis. Je fus près de proférer
contre la société le serment d'Annibal. Toutefois, je
ne prononçai pas le serment pour les dupes qu'on liait
avec cette religion de la parole, dont les gens habiles
se moquaient amplement et avec raison.

Mon cynisme me servit pour le quart d'heure. Éhonté,
ou même prêt à faire étalage, je fis tranquillement lever
ma mère, sans m'inquiéter beaucoup du chagrin que ma
gêne lui causait, de la contrariété que pouvait lui donner

la vente de ce matelas, auquel elle tenait comme toutes les ménagères consciencieuses. Je lui dis presque brutalement que cela était nécessaire, et qu'elle me laissât tranquille. Elle ne dit mot, voyant bien à mes regards furieux qu'il s'était passé quelque nouvelle scène fâcheuse.

Je m'attendais à une longue discussion avec le marchand. Je fus trompé. Il me dit que les laines se vendaient *tant* la livre, et qu'il s'agissait tout bonnement de peser mon matelas pour en fixer le prix. Nous retournâmes chez lui, et il se trouva que je lui vendais pour quarante-sept francs de laine. Il me remit les quarante-sept francs, et je revins trouver ma mère sur-le-champ.

Elle me fit de nombreuses questions, auxquelles je répondis par des phrases entrecoupées et privées de sens. Un ouragan de fureur grondait dans ma tête; et tandis que je préparais mes emballages pour le déménagement, je proférais à voix basse d'atroces blasphèmes et des malédictions inouïes. La soif de la dépravation m'envahissait. Je me repentais cruellement d'avoir refusé cette fortune; je me sentais capable des plus grandes bassesses pour la reconquérir. Je riais de pitié en pensant que j'avais pu croire à l'amitié; je me prenais en mépris à la seule idée que j'avais pu aimer une femme et pleurer devant elle. Je me demandais ce que signifiaient les mots d'honneur, de foi, de probité. Et soudain, me souvenant que j'avais été poète et artiste, que j'avais fait des vers où je parlais de passion sainte, je me mis à rire tout haut, à gorge déployée, comme un fou.

Il est croyable que les gens condamnés au bagne ont de ces mouvements soudains, dans lesquels la raison joue le principal rôle. La vie, en effet, l'avenir m'apparaissait comme un bagne où je traînerais ma chaîne le temps voulu, comme les autres galériens de la vie, et dont la mort me délivrerait.

Quand tous mes paquets furent terminés, j'allai chercher un commissionnaire qui, à l'aide d'une petite charrette, nous déménagea en deux voyages et ne demanda que six francs pour ce travail. Le terme et le déménagement payés, il me restait encore une vingtaine de francs.

Je dressai le lit de ma mère ; elle se recoucha. Il faisait un froid cruel, un froid humide. Vous connaissez ces journées grises de novembre, la bise souffle en annonçant la pluie. Je grelottais, j'allai chercher, pour sept sous, un colret de mauvais bois ; et, assis aux pieds du lit de ma mère, qui commençait à sommeiller, je pensai longuement.

Ernestine se mariait ! Elle épousait Frédéric Séchain ; on célébrait les accordailles ce soir-là même, qui était le jour de la fête d'Ernestine. On donnait un bal ; tous les amis des deux maisons allaient s'y donner rendez-vous. On s'étonnerait, probablement, de cette décision soudaine du mariage ; et dans les groupes bien informés, sous les rideaux du salon, en chuchotant à voix basse, on parlerait peut-être de moi. — On s'étonnerait de mon absence, en raconterait ma mésaventure ; on rirait de ma naïveté !

Quelques camarades diraient : Il est au désespoir ! D'autres répondraient : Il y a de quoi. Une jolie fille et deux millions de fortune ; perdre tout cela d'un coup !

Et le chœur répondrait en masse :

— Cet Armand de Rives est un fier imbécile !

Mais Frédéric, comme il se pavanerait dans sa gloire et dans son bonheur ! Comme il allait étaler, durant toute cette soirée, son habit neuf et ses grâces de garçon coiffeur ! Mme de Renne souriait à ce gendre doré sur toutes les ficelles, et Ernestine se dirait en riant sous l'éventail : La bonne bête !

Ernestine avait enfin ce qu'elle voulait : un mari de forte encolure, suffisamment esclavagé ; plus la fortune de M. Pautrel. C'était surtout l'idée d'Ernestine qui me jetait dans une rage aveugle. J'aurais voulu la tuer, la rendre laide et pauvre. Sa joie et son bonheur me semblaient un affreux outrage pour ma détresse.

Mais Amélie ? Amélie était probablement absente. N'avait-elle pas dû partir pour les Pyrénées ?

Ma pitié et ma dérision pour ma vertu passée redoublaient ; mon mépris et ma colère contre le monde touchaient au paroxysme. J'étais dans cette disposition d'esprit, envieuse et frénétique, qui pousse immanquablement à concevoir et à exécuter le crime. J'étais si voisin de ce qu'on nomme un mauvais coup, qu'assurément un gendarme qui m'aurait rencontré et aurait bien regardé mes yeux m'aurait arrêté sans attendre le mandat, et m'aurait mis les menottes.

Je rugissais intérieurement :

— Ils sont heureux, riches ; ils s'aiment et se marient. Et moi, me voilà relégué comme un chien dans sa niche. Ma mère est malade. Elle va peut-être mourir comme mon père est mort. Qui s'en soucie ? Personne. Ah ! les chiens, ils dansent ! Que diraient-ils s'ils me voyaient arriver au milieu de leur bal ? Ils me croient si bien anéanti que jamais ils ne pourraient croire que je suis vivant, et ils croiraient apercevoir mon fantôme.

Dans l'ombre de la nuit tombante, mes yeux hagards voyaient s'allumer les lustres et les bougies de la fête ; j'entendais les robes des danseuses, je sentais leurs parfums. Et ma colère montait, montait comme une mer. Je finis par me lever brusquement de la chaise que j'occupais ; ma mère se réveilla en sursaut :

— Qu'as-tu donc, Armand ?

— Rien. Je pense qu'il est temps de dîner. Veux-tu prendre un bouillon ?

— Moi ? non !

— Tu veux donc un bouillon ? Je vais sortir pour dîner. On va te monter ce que tu veux.

— Laisse là ton bouillon, dit ma mère en se soulevant sur son oreiller. Viens m'embrasser, Armand, et dis-moi ce que tu as !

— Rien !

— Comme tu me réponds !

— C'est que, maman, je suis fatigué, et cela me contrarie fort, car il faut aller, dès ce soir, donner une répétition chez M. Tornesi.

— Je croyais que c'était pour après-demain seulement, observa ma mère.

— Oui ; mais il y a ce soir une répétition générale

pour un examen qui a lieu demain. On me saura gré d'y aller, quoique je n'y sois pas obligé. Il faudra peut-être travailler toute la nuit.

Pour la première fois de ma vie, je mentais avec un affreux aplomb. Ma mère, habituée à rencontrer chez moi la plus grande franchise, ne soupçonna pas ma ruse : on l'a déjà deviné, sans doute, je voulais aller à Saint-Mandé, au bal, chez Mme de Renne.

Ma mère finit par consentir à ma sortie, tout en me recommandant de rentrer le plus tôt possible. La pauvre femme voulait m'épargner la fatigue, mais elle me mettait au martyre. Je la laissais au milieu d'un logement dans lequel nos rares meubles étaient encore tout en désordre du déménagement. C'était triste à fendre l'âme. Mais que m'importait! Je roulai une chemise blanche dans du papier et l'emportai.

En sortant, je priai le concierge de monter un bouillon à ma mère, puis ayant acheté un petit pain pour unique dîner, je le mangeai dans la rue en courant chez Morand. Il travaillait, ce soir-là. Je lui demandai de me prêter sa toilette de bal pour la soirée; et, tout en lui avouant que c'était pour aller à Saint-Mandé, j'eus soin de me contraindre le plus possible, afin qu'il ne supposât pas quelle fureur intime me possédait. Il me blâma, mais il consentit. Je m'habillai à la hâte.

En dix minutes, j'étais dans une tenue irrépochable. Morand et moi étions à peu près de la même taille, ses habits m'allaient parfaitement. La chemise que j'avais eu la précaution d'apporter complétait cette transformation. Je trouvai une paire de gants dans la poche de l'habit. Il ne me manquait rien — qu'un paletot suffisant pour me défendre du froid.

Je pris mon paletot d'été et je partis. Il était près de neuf heures. Afin d'économiser mes fonds, je résolus d'aller à pied jusqu'à Saint-Mandé. Il était dix heures et demie quand j'arrivai à la grille du jardin. Ce fut alors seulement que je me demandai ce que je venais faire.

Jusqu'à ce moment, j'avais obéi sans discussion aux

28

impulsions de l'instinct. En ce dernier instant, je voulus réfléchir.

Je fis quelques pas dans la rue. J'invoquai tout ce qui me restait de décence dans l'esprit pour me préparer à la lutte que je venais chercher. Ce ne fut qu'à grand'peine que je réussis à trouver un peu de sang-froid, avec lequel je pus couvrir la haine que m'inspirait tout le monde. Alors, ayant remis bien en ordre ma toilette, que, malgré les soins que j'avais pris, la marche avait un peu dérangée, je pénétrai bravement dans le jardin ; je montai le perron avec assurance, et je m'aperçus, au moment où j'arrivais à l'abri, que quelques gouttes d'eau commençaient à tomber.

Je donnai mon paletot au domestique et j'entrai, non pas d'abord dans le salon, mais dans la salle à manger, où j'entendis la voix d'Ernestine.

Cette salle à manger était éclairée par la suspension seulement. La lumière était faible. Près du dressoir, et devant la table où l'on avait disposé les tasses, les verres à punch et les gâteaux, avec quelques autres rafraîchissements, tels que les glaces et les sirops, je vis d'abord un petit groupe composé d'une dizaine de jeunes gens au milieu desquels riait Ernestine.

Personne ne remarqua mon entrée.

Ernestine, tout entière à son rôle de maîtresse de maison, surveillait l'arrangement des plateaux, qu'une cuisinière aidée d'un domestique disposait sous sa surveillance. Elle s'impatientait, en redressant les bévues de ces deux serviteurs, peu habitués à un tel service. Les réceptions, à Saint-Mandé, étaient rares. Mais ce soir-là, on le devine, M. Pautrel faisait tous les frais.

Je l'avais aimée ! Je ne pus me défendre d'un souvenir. Elle était vêtue d'une robe blanche un peu trop décolletée, à garnitures blanches. Sur ses cheveux noirs s'arrondissait une petite couronne de pâquerettes blanches. Comme elle me tournait le dos, je vis librement les mouvements félins de cette taille que j'avais pressée dans mes bras, et les ondulations de son cou. Sous les bandeaux de la chevelure, le bout des oreilles se montrait et les perles de corail des pendants jetaient sur ce cou blanc leur ombre nette comme des grains de beauté.

Les bras nus sortaient des manches et m'irritaient par leur forme de statuaire et la blancheur de leur peau. Elle avait ôté ses gants et agitait, d'une manière distraite, un grand éventail qu'elle fermait et ouvrait de temps à autre, tout en donnant ses ordres pour le service.

Les jeunes gens qui l'entouraient paraissaient se pâmer d'aise. Par derrière je voyais les épaules découvertes, et le dos s'enfoncer dans le corsage. Frédéric, accoudé sur le dressoir, la regardait en face. Il avait convoqué pour cette soirée tout ce qui lui restait d'amis. Ils étaient, dis-je, une dizaine. Tous bien frisés, bien cravatés, bien gantés. Irréprochables enfin. Peu de ces jeunes gens me connaissaient, et aucun ne fit attention à moi. Je pus donc m'approcher et me perdre dans le groupe. Dans le salon, j'entendais la musique. On dansait.

— Oui, disait-elle alors, répondant à quelque question que je n'avais pas entendue, oui, M. Armand de Rives m'a fait un peu la cour. Mais, mon Dieu! cela ne prouve que sa parfaite ignorance de ce qui est convenable et de ce qui ne l'est pas. Que devient-il à présent?

— Je l'ai vu ce matin même, dit Frédéric.

— Vraiment? Il va donc encore chez vous?

— Je présume qu'il n'y viendra plus, répondit Frédéric. Il sortait ce matin avec toute la mine d'un monsieur qu'on vient de jeter à la porte. *Mon oncle* lui a dit ses vérités.

— Le fait est, observa quelqu'un, que c'était un scandale.

Ernestine s'adressa alors au domestique :

— Je crois que le quadrille est fini. Louis, prenez ce plateau. Attendez! Il est trop chargé.

Elle retira deux coquilles garnies de leurs glaces, et les plaça sur le dressoir.

— Là, c'est mieux. Allez !

Le domestique emporta le plateau. Un autre le suivait avec les sirops et un savarin coupé par tranches. Mlle de Renne plaça son éventail fermé sur le dressoir, et dit :

— Cela nous permet de disposer de deux glaces pour nous. Deux pistaches ! J'aime beaucoup la pistache : une pour moi ; l'autre... Messieurs, qui en veut ?

Elle se tourna vers le cercle de ses adulateurs, en offrant la glace dans laquelle mordait déjà le bout d'une cuiller en vermeil, et répéta en l'offrant à la ronde :

— Messieurs, qui en veut?

— Moi, dis-je en avançant la main entre deux jeunes gens qui se trouvaient devant moi.

Ernestine fronça faiblement les sourcils ; puis, se mettant à sourire avec un air parfaitement gracieux, elle me passa la coquille sans rien dire, comme elle l'eût fait pour le premier venu.

L'incident était piquant. Mais comme j'étais presque inconnu des assistants, l'incident n'eut de la valeur que pour Ernestine et pour Frédéric Séchain. Il menaçait de passer inaperçu, lorsqu'une voix s'écria :

— Tiens ! c'est monsieur Armand de Rives.

C'était M. Honoré Scarlat qui faisait son entrée.

Mon nom, jeté de la sorte au milieu du groupe qui, l'instant d'avant, me traitait si durement, produisit une commotion assez naturelle. Tous ces jeunes gens se dispersèrent en ricanant, deux par deux, assez contents, semblait-il, de la mésaventure qui arrivait à Mlle de Renne. Frédéric Séchain, ne sachant quelle figure faire, s'avança au-devant de Scarlat, et lui prit le bras en l'entraînant vers le salon.

— Mon cher, dit-il à voix basse, vous êtes une bête.

Je restai seul en présence d'Ernestine.

— Qui vous savait là ? demanda-t-elle en riant.

— Vous auriez dû vous douter que je viendrais,

répondis-je. Je prends trop de part à tout ce qui vous
arrive d'heureux, *ma chère*. Ainsi, vous épousez donc
ce pauvre Séchain?

— Oh! dit-elle, ce pauvre Séchain! Voilà qui n'est
pas gracieux pour moi.

— Bah! répliquai-je, je me venge. Chacun mord
comme il peut. Mais, moi je n'attends pas l'absence.

Elle eut l'air de méditer. Puis, haussant subitement
les épaules, elle repartit :

— Eh! mon Dieu! c'est qu'aussi vous êtes si... vous
êtes si *chose*, qu'on ne sait sur quel pied se tenir avec
vous. Voyons, là, est-ce que vous auriez le cœur de
m'en vouloir?

— Non, vraiment. La preuve, c'est que je vous invite
pour la première valse.

— Je l'ai promise.

— A qui?

— Mais... à Frédéric... Pardon, je veux dire : à monsieur Frédéric.

— Eh bien! dansez-la avec moi, et si Frédéric vient la
réclamer, nous lui dirons qu'il est fou.

— Vous voilà gentil. Pour votre peine, vous aurez la
valse. Pourquoi n'avez-vous pas toujours été si raisonnable? Que de malheurs évités!

— A votre tour, mademoiselle, vous n'êtes pas généreuse pour Frédéric.

— En voilà assez, dit-elle. On pourrait se scandaliser
de nous savoir ensemble. Rentrons au salon.

— Je veux bien. Mais avant, dites-moi donc un mot de
votre sœur.

— Amélie?

— Comment se porte-t-elle?

— Je ne sais trop. Elle est partie voilà huit jours pour
les Pyrénées.

— Quoi! partie?

— Mais, oui. C'était prévu. On dit que l'air du Midi
lui fera beaucoup de bien. A propos, avez-vous toujours
la rose blanche qu'elle vous a donnée un certain soir?

— Oui, répondis-je sèchement.

— Vous donner cela en ma présence ! c'était assez singulier. Enfin, la pauvre fille est partie et ne reviendra peut-être pas. Voyons, donnez-moi votre bras, et passons au salon.

Le piano préluda.

— Voici notre valse, dis-je.

— Non, répondit Ernestine après avoir écouté, c'est une polka. Vous ne pouvez pas tout avoir. Au revoir jusqu'à la valse. J'ai promis la polka à M. de Rancey.

Et elle s'échappa en courant. Je la suivis jusqu'à la porte du salon ; elle se perdit dans les groupes. Je pensais, avec un redoublement de mépris pour le monde, qu'il est difficile de préciser la quantité de mensonge et de scélératesse qui peut tenir dans une âme de femme.

Je me tins immobile à la porte du salon, tant que dura la polka. Mes yeux parcoururent tous les recoins de cette vaste pièce. Au fond, le piano, tenu par un gagiste, était entouré d'une groupe de vieilles dames, parmi lesquelles trônaient Mme de Renne et M. Pautrel.

J'aperçus plus près de moi, dans un fauteuil, Mme Séchain, avec une jeune fille qui paraissait moins jeune qu'elle. La mère de Frédéric, avertie sans doute par son fils, me cherchait des yeux et rougit un peu en m'apercevant.

Le reste de l'assistance était très brillant. La joie et l'animation étaient générales. Une seule figure faisait ombre dans ce tableau, c'était celle de M. Honoré Scarlat. Il ne dansait pas. Cela était incompatible avec sa dignité, semblait-il.

M. Desjardins dansait avec Mme Remy ; M. de Tervières et M. de Brunoy se rajeunissaient aussi en polkant avec deux jeunes dames, et développaient leurs grâces un peu démodées. Sous les feux des deux lustres du salon, on voyait passer et repasser le tourbillon des habits noirs et des épaules nues ; plus d'un cavalier, du bout ciré de sa moustache, dérangeait la coiffure brune ou blonde de sa danseuse. Et l'on commençait à sentir distinctement ce singulier parfum, particulier aux soirées, composé d'odeurs de violette, de citron, de poudre de riz, d'ambre, d'un tas de je ne sais quoi dont se garnit la toilette des femmes, mêlé aux odeurs des corps humains entassés et échauffés.

Quand la polka fut terminée, je m'avançai dans le salon. Ma présence, dont on s'entretenait déjà, produisit un véritable scandale. Je vis d'abord Mme de Renne qui parlait vivement avec M. Pautrel, en me désignant du bout de son éventail. Je fus certain, d'après les gestes, qu'elle protestait que ma présence la surprenait, qu'elle ne m'avait pas invité. Je fus certain encore que malgré les prières de M. Pautrel, Mme de Renne déclarait qu'elle allait me mettre à la porte.

Et de fait, elle se leva et vint vers moi. Elle parut animée des plus mauvaises dispositions. Un éclat était imminent, et je sentis, au silence que firent les conversations, que tous les yeux se fixaient sur moi, et que l'on s'attendait à cet éclat.

Je le sentis, mais je ne le vis pas. Grisé de fureur comme le taureau dans l'arène, je flairai mes ennemis et m'apprêtai à repousser l'attaque que l'on m'adressait, en présentant les cornes. Ou plutôt, ce furent mes yeux qui, comme deux dards aigus, reçurent Mme de Renne à l'approche. Je la crucifiai sur place d'un regard si méprisant et si cruel ; j'eus probablement la mine si menaçante, qu'elle n'osa pas exécuter son projet, et qu'au lieu de m'expulser de son salon elle se mit à me sourire avec crainte.

— Madame, dis-je avec une audace incroyable, permettez-moi de vous féliciter. Vous avez trouvé pour votre fille un mari digne d'elle. C'est ce qui n'arrive pas tous les jours.

Je vis qu'elle cherchait ce qu'elle allait me répondre. Elle ne trouva rien. Mon regard, constamment fixé sur elle, la magnétisait. Et, de toutes parts, les yeux étaient fixés sur nous ; on commentait notre attitude ; on se

répétait ce que je venais de dire, et l'on s'étonnait que
Mme de Renne ne répondit pas.

— Je regrette, dis-je encore, d'être arrivé si tard.
Mais, madame, pressentant peut-être, à cause de la
mort de mon père, l'ennui que me causerait une invitation, vous ne m'aviez pas invité. Je suis même assuré
que ma présence vous donne autant de surprise que de
joie.

Elle me tourna brusquement le dos :

— En effet, monsieur.

Ce fut à cette riposte assez insignifiante que se borna
sa colère. Non que le désir lui manquât ; mais la présence d'esprit lui fit absolument défaut. J'entendis chu-
choter et je compris que la victoire était à moi.

Dès ce moment, lancé à toute vapeur au milieu du
bal, je pris plaisir à étonner tout le monde. J'éprouvais
une certaine vanité à montrer que cet homme que l'on
croyait perdu, anéanti, effacé de la liste des vivants,
était encore debout et recevable. J'allai complimenter
Mme Séchain ; j'eus l'audace de l'inviter à danser ; elle
eut la lâcheté d'accepter. J'osai aller près de M. Pautrel
et lui parler amicalement, comme si rien ne nous séparait. Je me grisais de bruit, de paroles ; car il faut tout
dire : j'étais ivre.

Il est croyable qu'Ernestine, effrayée à l'idée de
valser avec moi, recommanda au gagiste qui tenait le
piano de ne pas jouer de valse ; car la valse qu'elle
m'avait promise n'arrivait pas. Je prenais patience en
dansant toutes les polkas et tous les quadrilles — seules
danses alors en usage — avec toutes les jeunes filles
que j'invitais successivement. Quand on m'adressait la
parole, je répondais avec un esprit et un à-propos qui
me surprenaient moi-même. A chaque tour de force de
ce genre que je réalisais, je me disais tout bas :

— Encore pour cette fois, bon ! Mais la présence
d'esprit va te manquer à la fin.

Mais mon ivresse semblait se nourrir d'elle-même.
J'étais presque arrivé à un état de somnambulisme.

J'entendais distinctement ce qui se disait d'un bout à l'autre du salon.

— Mais il est charmant, ce jeune homme, disait une dame, tandis que je dansais le quadrille avec sa fille.

— Vraiment, oui, répondait une autre.

Un jeune homme demandait à son voisin:

— Est-ce que M. Armand de Rives ne devait pas épouser Mlle de Renne?

— Je crois que oui; mais on le disait perdu, fou, ruiné enfin.

— C'est difficile à croire. Voyez comme il danse.

A l'autre bout du salon, une vieille dame disait:

— M. Armand de Rives est un cavalier charmant.

— Irréprochable, disait une autre. Je plains cette pauvre Ernestine de l'avoir refusé.

Ces propos, que je saisissais au passage, me rendaient plus rassuré dans le rôle que je jouais. Je sentais que je dominais tout mon entourage et que j'étais maître de mon public. Dans le moment où l'on ne dansait pas, j'essayai, à plusieurs reprises, de joindre Frédéric; mais il me fuyait comme un homme désormais hors de combat. Une fois, l'ayant saisi dans l'embrasure d'une porte, je ne pus le retenir. Il se dégagea avec effroi et s'alla réfugier près de sa mère.

Avec tout cela, je regardais les invités de cette soirée comme des ennemis. Je les jugeais; ceux qui, connaissant ce que valaient les choses, venaient cependant prêter à ces fiançailles l'appui de leur présence, je les jugeais comme des éhontés. Et je les méprisais encore pour cette fois. Je dirai que la haine et le mépris du monde me rendaient l'âme ulcérée. Je faisais litière de toutes les vertus, voyant le peu de cas qu'en faisaient les mères qui amenaient leurs filles dans cette maison et les filles qui y suivaient leurs frères.

Mais enfin, la valse promise par Ernestine n'arrivait pas. Je profitai du moment où Ernestine était absente pour m'approcher du pianiste, qui commençait un quadrille, et lui demander une valse après ce quadrille. Il me la promit. Ernestine étant rentrée ne voulut pas danser le quadrille. Elle avait la mine contrariée de quelqu'un qui vient de recevoir une méchante nouvelle.

J'allai m'asseoir près d'elle et je lui fis ouvertement la cour. Frédéric, qui nous aperçut, avait l'air furieux. Je me mis à rire. Ernestine était au supplice.

Ce fut bien pis lorsque, le quadrille terminé, elle entendit les premières mesures d'une valse. Elle essaya de fuir. Mais je lui rappelai sa promesse. Elle n'osa refuser et resta près de moi.

Quand la valse commença enfin, j'enlevai Ernestine dans mes bras et je me lançai avec elle dans le tourbillon. Je ne referai pas ici la description de la valse passionnée; je n'entreprendrai pas la monographie de cette danse de perdition. Une ivresse commune nous étreignait. Ernestine et moi, nous allions, nous tournions dans le vertige; je ne savais qui nous guidait au milieu des autres valseurs; plusieurs fois, dans une sorte de rêve, je m'inquiétai si nous n'allions pas heurter les couples qui valsaient en même temps que nous. Et j'allais toujours.

Je serrais Ernestine à l'étouffer. Sa taille semblait un roseau souple qui suivait tous les contours de mon corps. Mes yeux plongeaient jusqu'à son âme, et, de temps à autre, je me penchais sur son épaule nue comme pour l'embrasser.

A la fin, sans cesser de valser, elle se dégagea un peu de mon étreinte, en raidissant ses bras contre moi. Sa figure touchait encore presque la mienne. Et j'entendis son souffle dans mon oreille :

— Etes-vous discret? demanda-t-elle.

— En doutez-vous ?

— Non. J'ai quelque chose à vous dire.

— Quoi?

— Préparez-vous à recevoir une nouvelle imprévue, et faites votre figure, qu'il n'y paraisse rien.

— J'y suis.

— Sûr ?

— Très sûr. Vous pouvez m'annoncer n'importe quoi.
Il n'y paraîtra rien sur ma figure.

Nous fîmes encore quatre ou cinq tours de valse.
Ernestine paraissait hésiter à parler. Enfin elle me serra
la main avec force et reprit :

— Vous y êtes?

— Pour la seconde fois : oui !

— Bien. Amélie voudrait vous parler.

— Comment?

— Amélie voudrait vous parler. Là! Est-ce clair?

Je m'arrêtai soudain et faillis tomber, tant mon émotion fut poignante. Ernestine, avec un à-propos étonnant, afin de motiver cet arrêt, s'écria :

— De grâce, un peu de repos, monsieur de Rives. Je
suis très fatiguée.

Et elle s'assit sur le premier fauteuil venu.

— Comment! demandai-je, en me penchant vers elle,
Amélie est ici?

— Parlez moins haut, me répondit-elle sous l'éventail,

— Elle n'est donc pas aux Pyrénées? repris-je.

— Non. Écoutez-moi : puisque vous connaissez la
situation, inutile d'user de subterfuges, n'est-ce pas?
Eh bien! Amélie n'approuve pas mon mariage avec
M. Frédéric Séchain, et elle n'aurait jamais consenti à
assister à cette soirée. Ç'aurait été d'une haute inconvenance.

— Comme le mariage! dis-je.

Elle haussa les épaules et reprit, sans paraître m'avoir
entendu :

— En outre, Amélie est mourante. Eût-elle voulu
venir à cette soirée, qu'elle ne l'aurait pas pu. Les médecins lui donnent encore huit jours à vivre.

— Tiens! et vous dansez?

— Vous le voyez bien.

— Pendant que votre sœur agonise?

— Qu'est-ce que j'y peux faire? Voyons, je vous en
prie, du calme; vous m'avez promis d'avoir du calme.
Pensez qu'on nous regarde, et surveillez-vous.

— J'y tâche; mais c'est drôle. Nous dansons au-dessous de la chambre où votre sœur se meurt.

— Encore une fois, qu'est-ce que j'y peux faire ?

— Ne pas danser, pardieu !

— *Mon cher*, reprit Ernestine, pas de sentimentalité, hein? C'est agaçant pour tout le monde, et pour vous c'est dangereux; c'est toujours ça qui vous a perdu. Par décence pour le monde, nous avons répandu le bruit du départ d'Amélie, afin qu'on ne s'étonnât pas de son abstention au bal. En vérité, je vous le dis, à vous, elle n'est point encore partie et ne partira pas sans doute. Elle est beaucoup trop mal pour supporter le voyage. Lundi dernier, un médecin disait qu'elle ne passerait pas vingt-quatre heures. Elle a repris un peu de force depuis, mais elle ne peut aller loin.

— Comme vous dites ça !

— Je dis cela comme je peux. Avez-vous fini de me railler ?

— Oui. Allez! Vous disiez donc qu'Amélie voudrait me voir?

— Vous voir, non. Elle est au lit, et ne peut vous recevoir dans sa chambre. Mais il y a un moment, je suis montée afin de voir comment elle se trouvait, et elle m'a priée de vous faire venir là-haut; vous vous tiendrez près de nous.

— Belle sauvegarde !

— Vous dites?

— Rien.

— Si j'ai bien entendu, mon cher, vous êtes un insolent.

— Mettons que vous avez bien entendu. Mais comment votre sœur a-t-elle appris que j'étais ici? Elle ne devait pas supposer que j'y viendrais.

— La sympathie secrète, répondit Ernestine, sur un ton moitié railleur, moitié sérieux.

— Quand allez-vous me conduire près d'elle?

— Tout de suite. Afin qu'on ne remarque pas notre sortie, allez m'attendre dans la salle à manger. Je vais profiter de la fin de la valse pour vous y joindre.

Je repassai donc dans la salle à manger. Un domestique qui s'y trouvait crut que je cherchais des rafraîchissements, et m'offrit un verre de punch. Je le pris machinalement et le replaçai sur le dressoir sans l'avoir effleuré de mes lèvres. L'appel d'Amélie mourante, retentissant au milieu de la folie qui me possédait, au milieu de la colère furieuse que j'éprouvais contre le monde entier, m'avait arrêté, et je demeurais là, cherchant dans mon âme, sans découvrir encore ce qui s'y passait.

Je la revis, cette belle jeune fille, avec son sourire gracieux, son regard attrayant. Toute sa personne revêtue d'un charme indéfinissable. A cette heure, elle mourait : et tant de vertu et de beauté n'avaient pas su trouver grâce devant la mort ! Je me souvins de toutes les circonstances où je l'avais rencontrée depuis deux ans. Je me souvins du jour où, rue de l'Ouest, elle m'avait regardé tristement ; je me souvins de notre première entrevue à Saint-Mandé, quand elle accourut si follement au salon dès qu'elle sut que j'y étais. A cette heure, elle me savait encore là; mais elle ne pouvait plus venir, et ses pieds légers étaient cloués sur son lit d'agonie.

Je me souvins surtout de la longue soirée passée près d'elle ; je crus la voir au moment où elle m'offrait sa petite rose blanche en me disant : Gardez cela en souvenir de moi.

A ce dernier souvenir, mon cœur s'ouvrit, et l'amour qu'il contenait depuis longtemps s'épanouit soudain comme une fleur merveilleuse, dont je fus embaumé et ravi. On eût dit le soleil se levant tout à coup, et ses rayons me pénétrèrent. Hélas ! ce soleil se levait sur une tombe, et la fleur s'épanouissait près d'un cercueil ! J'ouvrais enfin les yeux ; mais c'était au moment où la mort me ravissait mon adorée, que déjà je voyais flotter comme une vision que je ne pourrais jamais ressaisir.

A l'entrée d'Ernestine, je me hâtai d'essuyer les larmes qui me brûlaient les paupières. Par bonheur, la lumière était faible dans cette pièce. Ernestine passa près de moi et me dit simplement :

29

— Venez ! .

Je la suivis. Elle me fit monter un petit escalier de service, garni d'un tapis de lisières, au haut duquel j'entrai dans une petite chambre à peine éclairée par une veilleuse. Il y avait pour tous meubles une chaise de paille, une table de bois couverte de fioles à médicaments, de boîtes à pilules. Dans un coin, je vis encore un lit de sangles avec un matelas sur lequel était jetée une couverture.

— C'est, me dit Ernestine, la pièce dans laquelle se tient la femme qui garde Amélie. J'ai eu soin de faire partir cette femme, afin qu'elle ne vous vît pas.

— Bien, dis-je. Allons!

Ernestine s'approcha d'une porte que recouvrait une épaisse portière. Elle souleva la portière, puis gratta e frappa sur le panneau de la porte d'une façon particulière.

Une voix s'éleva derrière cette porte, une voix qui me fit battre le cœur.

— C'est toi, Ernestine? demanda Amélie de l'intérieur de la chambre.

— Oui, répondit Ernestine. Je t'amène M. de Rives.

— Ah! fit Amélie.

Puis, après un court silence, causé peut-être par l'émotion :

— Vous êtes là, monsieur de Rives?

— Approchez! me dit tout bas Ernestine en me poussant contre la porte.

— Oui, mademoiselle.

— Merci d'être venu, répondit Amélie.

Il y eut un moment pendant lequel les bruits du piano et des danses de l'étage inférieur s'entendirent distinctement. Ils se mêlaient comme une ironie aux battements de mon cœur, qui refoulaient en tumulte le sang dans mes oreilles.

Je ne savais que dire, quoique j'eusse mille choses a dire. Gêné par la présence d'Ernestine, je ressentais une sorte de pudeur qui m'empêchait de parler à Amélie.

Amélie, que cette même pudeur tenait sans doute, Amélie reprit la parole :

— Ernestine ?

— Quoi ?

— Tu es là ?

— Oui.

Le silence se fit sur cette réponse. Puis Amélie dit d'une voix brève :

— Va-t'en !

— Mais...

— Va-t'en !

J'étais haletant.

— Cependant, voulut objecter Ernestine, tu n'as rien à dire à M. de Rives que je ne puisse entendre.

— Va-t'en, dit Amélie pour la troisième fois, avec toute l'autorité que lui donnaient son amour et l'approche de la mort ; je veux que M. de Rives m'entende seul.

Ernestine courba la tête et se dirigea vers l'escalier. Au moment de franchir la première marche, elle se retourna vers moi, et elle eut le courage d'essayer un sourire ironique. Mes yeux, dirigés vers elle, l'effrayèrent de telle sorte que son sourire s'arrêta, et sa figure parut contractée par une douleur intime qui, plus forte que tout, remontait au-dessus de sa fausse insensibilité.

Elle descendit donc lentement l'escalier. Son pas était sec. Et j'entendis le long froissement de sa robe de bal qui la suivait de marche en marche. Il me sembla qu'à ce bruit joyeux de la toilette opulente se mêlaient des soupirs et des sanglots.

Pourtant, parvenue à l'étage inférieur, Ernestine, qui rencontra Frédéric Séchain, partit soudain d'un rire dont les éclats me déchirèrent l'âme, comme eût fait un rire de damné.

Amélie reprit alors la parole.

— Vous êtes toujours là, monsieur de Rives ?

— Oui, mademoiselle.

Alors, dans la chambre, le parquet craqua sous les pas d'Amélie. Elle se levait pour s'approcher de la porte. Et, tandis que j'étais là, haletant, brisé d'émotion, je devinai que la mourante se baissait jusqu'au trou de la serrure, afin que sa voix m'arrivât de plus près. En me baissant moi-même, je sentis son souffle.

— Je voulais, dit-elle à voix basse, avec un inexprimable accent de douleur, je voulais, Armand, vous dire une dernière fois adieu. Nous ne nous reverrons plus jamais. Plus jamais, jamais! Je n'ai plus d'espoir qu'en Dieu pour nous réunir. Adieu, mon ami. Adieu donc!

— Oh! lui répondis-je avec l'élan éperdu de mon âme désespérée, Amélie, je vous aime et n'aimerai jamais que vous. Si vous mourez, votre souvenir sera la force et la consolation de ma vie. Je vous aime!

Elle ne me répondit pas. Seulement, j'entendis derrière la porte comme le bruit d'une chute. Je pense que l'émotion l'avait pliée sur elle-même et qu'elle était tombée à genoux.

Pris de peur, la sachant agonisante, je fus épouvanté à la pensée qu'elle allait mourir ainsi, sur le parquet, derrière cette porte qui me séparait d'elle. Je voulus ouvrir la porte, elle résista. Le verrou la retenait à l'intérieur. Un égarement indicible me saisit:

— Ouvrez! Au nom du ciel, ouvrez! m'écriai-je.

— Je ne peux pas! murmura-t-elle.

Alors, ramassant toutes mes forces, je me jetai contre la porte. Je ne sais si le choc fut violent, si la porte était solide ou faible, mais je sais bien que le verrou arracha sa gâche, et la porte s'ouvrit.

Au moment où j'entrai dans la chambre, Amélie, effrayée, par un dernier effort, se retrouva debout. Je la vois encore. Jamais elle n'avait été si belle. Elle était enveloppée d'un grand peignoir blanc, et comme elle avait été, jusqu'au dernier jour, soigneuse de sa beauté, ses magnifiques cheveux, à peine dérangés, encadraient fièrement sa figure divinisée par l'approche de la mort. Je la vois, dis-je; je vois ses mains s'étendant vers moi, avec un geste de prière; toute sa personne palpitait d'émotion :

— N'entrez pas! n'entrez pas! supplia-t-elle.

Mais moi, fou, éperdu, transporté, je m'élançai vers elle. Et la prenant dans mes bras, je lui donnai le premier, le seul baiser de l'amour éternel. Une explosion de larmes nous envahit tous les deux. Nos corps se confondaient dans une telle étreinte que nous ne faisions plus qu'un; nos sanglots nous étouffaient; et jamais peut-être Dieu ne fut si près de deux êtres humains qu'il le fut d'Amélie et de moi en ce moment-là.

Je la tenais dans mes bras. Elle me pressait dans les siens. Et nos paroles confuses se croisaient et se répondaient avant que nous eussions entendu. Elle me disait adieu en me jurant qu'elle m'aimait, et moi — parole impuissante, hélas! — je lui disais que je voulais mourir avec elle.

Je la vis défaillir. Il fallut la ramener à son lit. Ce lit n'était pas défait. Par une charmante pudeur, même pour me parler sans me voir, Amélie s'était habillée et n'avait fait que se replacer sur son lit dans sa dernière toilette. Je la ramenai donc près de son lit. Elle consentit à s'asseoir sur le bord; et moi, tombant à deux genoux devant elle, je lui saisis les mains. Elle me les abandonna. Et, les ayant couvertes de baisers et de larmes, je la suppliai, avec la naïveté de la douleur crédule, de ne pas mourir et de vivre pour moi, qui mourrais de sa mort.

Comme elle était assise devant moi, je me cachais le visage dans ses mains, sur ses genoux. Elle se penchait en avant, et je sentis quelques larmes tomber sur ma tête. Que vous dire de ce moment suprême? Je ne sais si ce souvenir, dans l'émotion poignante qu'il me donne à vous l'écrire, me fait plus de mal qu'il ne me donne de joie.

Elle dégagea enfin ses mains, je levai les yeux pour mieux la voir. Sa chambre de jeune fille, pleine de mystère, était faiblement éclairée par une petite veilleuse, et Amélie, toute blanche, assise sur son petit lit drapé de mousseline et de rideaux de dentelle tout blancs, semblait une apparition.

La petite veilleuse, seule lumière qui éclairât cette chambre que divinise mon souvenir, vacilla faiblement. L'huile, épuisée, s'abaissait sous la mèche, et les parois de porcelaine projetaient tout autour, sur le parquet, un grand cercle d'ombre qui s'agrandissait de plus en plus.

A mesure que la flamme descendait dans l'intérieur de la veilleuse, le cercle d'ombre s'élargissait, et, peu à peu, cette ombre vint toucher le lit; cette ombre monta! monta! monta! comme le flot d'une marée qui monte le long des falaises; l'obscurité envahissait les murs de la chambre. L'obscurité mordit les pieds d'Amélie, l'enveloppa jusqu'à la taille. Et la mourante, déjà prise à moitié par la nuit, saisie par la mort jusqu'à la ceinture, n'avait plus que la tête et les bras éclairés par ces lueurs de la nuit.

On eût dit un naufragé attiré par les flots. Assise sur son lit, Amélie paraissait sur une nef qui sombrait dans la nuit éternelle.

— Armand, dit-elle, je vous ai aimé du premier jour où je vous ai vu. Je vous ai aimé parce que vous aviez mon âge, parce que vous aviez le courage et l'honnêteté de mon frère. J'étais toute à vous, car personne ne vous valait. Que j'ai souffert!

— Ah! mon Dieu! sanglotai-je.

— Si vous m'aviez aimée, reprit-elle, j'aurais pu ne pas mourir...

— Mais je vous aimais! m'écriai-je.

Elle sourit presque gaiement.

— C'est que Dieu n'a pas voulu gâter notre bonheur ici-bas. Consolez-vous, mon ami. Je sais ce qui vous arrive. Vous faites en ce moment une affreuse expérience de la vie. Que votre âme ne se laisse pas ébranler par cet assaut. Les méchants sont à plaindre. Vous, continuez à croire et à faire le bien! Revenez à vous,

Armand, pour l'amour de moi. Vous êtes un homme. Je vous prédis une belle et heureuse destinée. Vous aurez un beau nom, que j'aurais été fière de porter. Au moins, dans une autre vie, je prierai Dieu pour vous, en vous attendant.

Elle s'arrêta, car la force l'abandonnait.

Eh bien! philosophes, chercheurs de problèmes, qui niez l'âme éternelle et faites de l'homme je ne sais quelle machine qui s'agite un jour et retourne au néant, vous aurez beau jeu contre moi, je ne vous discuterai pas. Mais je crois au Dieu que voulait prier Amélie; et, si je crois à sa grandeur, à sa puissance, à sa sagesse, à sa justice, je crois encore plus à sa bonté!

Saint et sublime amour de ma vie, non, tu ne m'as pas menti; tu étais bien immortelle, âme qui alors parlais à la mienne; et quelque chose de toi vit encore en moi à cette heure, et m'accompagnera jusqu'au jour de la fin, jusqu'à l'heure de la renaissance, où je te retrouverai tout entière, dans les bras de ce Dieu, Père éternel, qui n'abandonne jamais ses enfants. A la voix d'Amélie, je sentais s'évanouir et s'envoler toutes mes douleurs, toutes mes colères, toutes mes haines. La rage forcenée qui m'avait tenu depuis dix jours était vaincue; et vainement j'avais cru cuirasser mon cœur d'un triple airain, je ne pouvais me défendre, et mon armure de mépris pour le monde se brisait pièce à pièce.

Je sentis bien que la vie était une série de douleurs et de regrets; mais je sentis aussi que quelque chose de consolant plane au-dessus d'elle. Ce quelque chose, ce je ne sais quoi de l'âme m'envahissait. Amélie me regardait en souriant, et avait placé ses mains sur ma tête, comme pour me bénir.

— A présent, reprit-elle, tout est bien fini. Ne prenez pas cet adieu comme une tristesse; prenez-le comme une consolation. Je vous ai donné le meilleur de mon âme; laissez-moi maintenant.

Je me levai lentement, et involontairement nos mains

se cherchèrent, se joignirent et se serrèrent encore. Un tremblement convulsif nous agitait tous deux. Je vis les yeux d'Amélie se voiler. Elle détourna les regards et parut chercher, dans les plis de ses rideaux, une apparition visible pour elle seule.

On dit en effet que les mourants peuvent entrevoir sur le seuil de l'autre vie quelque esprit qui vient les chercher et leur donner la main. La veilleuse, s'abaissant de plus en plus, concentrait ses rayons au plafond. Le reste de la chambre n'avait plus que des lueurs vagues. Et dans les plis des rideaux, il y avait peut-être des âmes qui attendaient.

Amélie semblait les voir et les saluer.

Puis, soudain, tandis que je sentais ses mains déjà froides, ses yeux revinrent se fixer sur les miens. Elle se leva toute droite, m'attira vers elle, me donna son dernier souffle dans le premier baiser qu'elle m'eût donné, en murmurant :

— Je t'aime! Adieu!

Puis elle eut une convulsion, poussa un faible cri : — Ah! — et tomba sur son lit, enveloppée dans un rideau qu'elle arracha par un dernier spasme.

Je ne pus croire d'abord qu'elle était morte. Le rideau brodé l'enveloppait comme un voile de mariée ; je me penchai vers elle et me relevai avec une angoisse indicible.

Tout était bien fini, en effet.

Je ne sais si je criai. Je ne sais si aucun son put sortir de mon gosier. Il me sembla pourtant que j'appelais : au secours! et que mes cheveux se hérissaient sur ma tête.

Je tournai sur moi-même, comme un insensé ; je renversai, je crois, la veilleuse ; ou bien mes yeux cessèrent soudain d'y voir, car je me trouvai plongé dans l'obscurité, et j'allais, me heurtant aux meubles et aux murs, appelant Amélie dans le désert de ma vie et ne la trouvant plus.

Soudain j'entendis une grande rumeur qui remplissait la maison. On criait, j'entendais des piétinements tumultueux dans le salon au-dessous. Le piano s'était arrêté. Et j'entrevis une lueur vive qui remplissait la pièce voisine de la chambre d'Amélie, où plusieurs personnes, des flambeaux à la main, semblaient réunies et n'osaient entrer.

C'en était fait. Je m'élançai dans l'escalier, après avoir traversé cette foule de gens interdits. Ernestine accourait, je la bousculai au passage et je lui dis :

— Votre sœur est morte!

Je vis ensuite Mme de Renne et je lui dis :

— Votre fille est morte!

Au bas de l'escalier, que je descendis en me laissant aller à mon propre poids, au péril de tomber à chaque marche, je me trouvai soudain dans les bras de M. Pautrel, de Mme Séchain et de Frédéric. Je me souvins alors qu'Amélie m'avait dit de pardonner, et je leur criai :

— Je vous pardonne!

Puis je me dirigeai vers la porte du perron sans avoir tâtonné, comme un homme ivre.

Quelqu'un fit observer :

— Mais il pleut à verse!

On essaya de m'arrêter. Je bousculai tout le monde. Un domestique me jeta mon paletot sur les épaules, et je sortis. A droite et à gauche du perron, je vis les deux rosiers à l'un desquels Amélie avait cueilli la petite rose blanche qu'elle m'avait donnée. L'hiver avait dépouillé les deux pauvres arbustes; leurs branches maigres et noires s'étendaient sur la façade de la maison. Il me sembla pourtant que ces deux rosiers étaient verts et couverts de fleurs. Soit que la piété du souvenir me les retraçât ainsi, soit que l'impérissable espérance protestât au dedans de moi-même, par cette illusion, que toutes les fleurs de ma jeunesse n'étaient point fanées, et qu'Amélie n'était pas morte.

Oh! certes ils pouvaient bien tous s'empresser autour

29.

de ce qu'ils prenaient pour un cadavre ; la mère et la sœur pouvaient s'abandonner, devant ce cadavre, à un désespoir tardif ; mais moi, possédé d'un esprit nouveau, je me mis à courir comme un voleur qui emporte un trésor.

FIN

TABLE DES CHAPITRES

Paris. — Soc. d'imp. PAUL DUPONT (Cl.) 567. 10. 85.

Paris. Typographie de E. Plon, Nourrit et Cie, rue Garancière, 8.